云南古代文学理论文献整理与研究丛书

张国庆◎主编 | 段炳昌 孙秋克◎副主编

药栏诗话笺注

〔清〕严廷中◎著

刘炜◎笺注

中国社会科学出版社

图书在版编目(CIP)数据

药栏诗话笺注/刘炜笺注. —北京：中国社会科学出版社，2022.10
(云南古代文学理论文献整理与研究丛书)
ISBN 978-7-5227-0483-8

Ⅰ.①药… Ⅱ.①刘… Ⅲ.①古典诗歌—诗歌研究—中国—清后期
Ⅳ.①I207.227.52

中国版本图书馆CIP数据核字(2022)第128429号

出 版 人 赵剑英
责任编辑 郭晓鸿
特约编辑 杜若佳
责任校对 师敏革
责任印制 戴 宽

出 版 中国社会科学出版社
社 址 北京鼓楼西大街甲158号
邮 编 100720
网 址 http://www.csspw.cn
发 行 部 010-84083685
门 市 部 010-84029450
经 销 新华书店及其他书店

印 刷 北京明恒达印务有限公司
装 订 廊坊市广阳区广增装订厂
版 次 2022年10月第1版
印 次 2022年10月第1次印刷

开 本 710×1000 1/16
印 张 13.75
字 数 183千字
定 价 78.00元

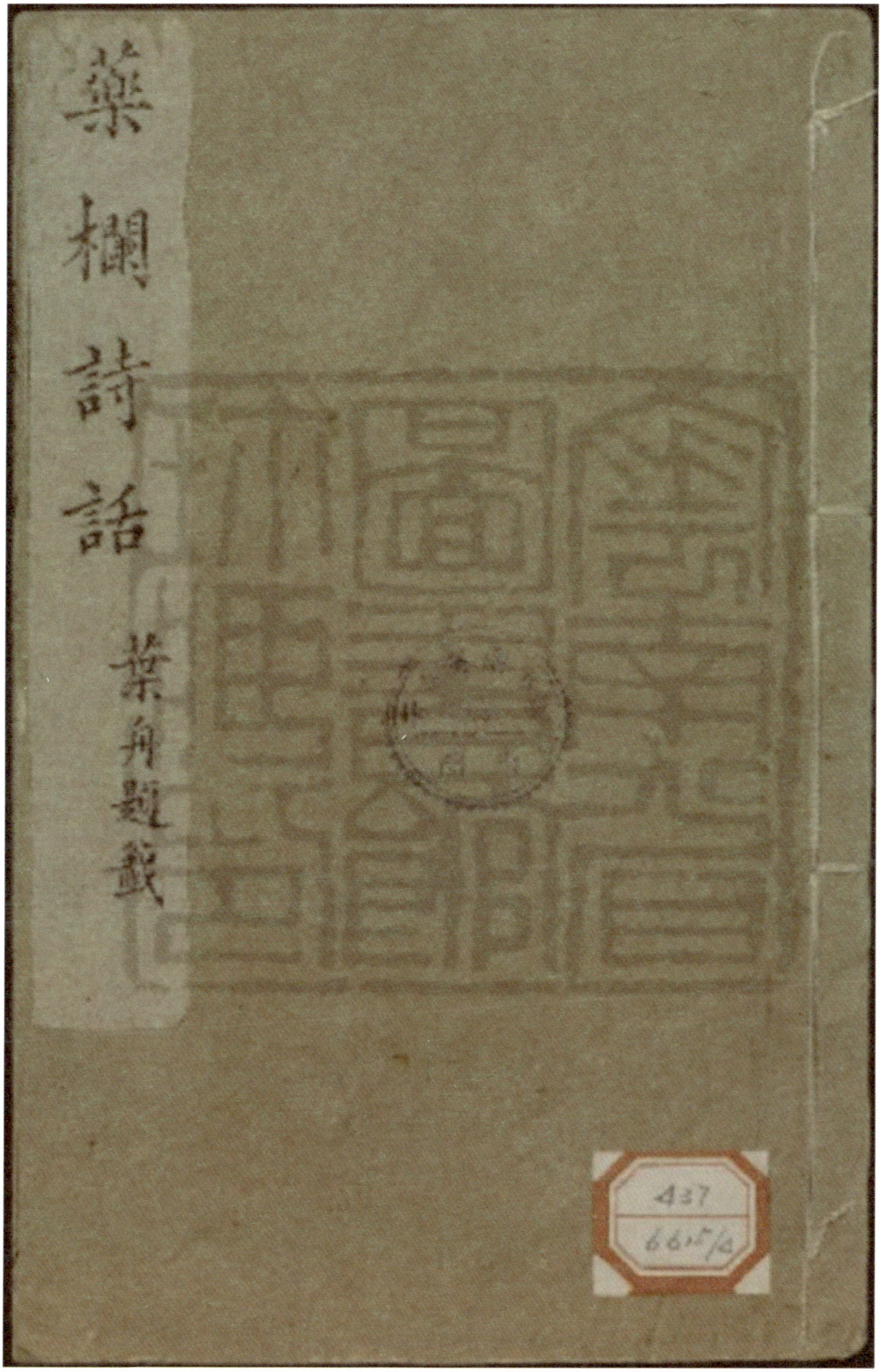

《药栏诗话》书影，叶舟题签，云南省图书馆藏

严廷中小像，见《红蕉吟馆诗存》，云南省图书馆藏

目　录

《云南古代文学理论文献整理与研究丛书》序

张国庆

在云南古代，有的少数民族也有自己的文学理论著述，如傣族的《论傣族诗歌》。但从总体上看，汉民族的或说受汉文化直接影响而产生发展于古代云南的文学理论，是云南古代文学理论的主体。本丛书整理与研究的对象，正是这一主体。这一主体与所谓“中国古代文学理论”一脉相承，可以说是产生发展于“古代云南”这个特定时空境域中的“中国古代文学理论”，是“中国古代文学理论”的一个有机构成部分。由于学界对云南古代文学理论的研究开展得较晚且不够充分，一般学者和读者对它和与它相关的一些情况不甚了解，故下面有必要对与它产生发展相关的社会文化历史背景以及它本身的基本情况、相关的研究情况等依次略作介绍。之后，也将对与本丛书相关的一些情况进行介绍。

一

高山深谷，重峦叠嶂；边鄙蛮荒，道阻且长。极其复杂的自然地理条件和极其艰险的交通危途，使得古代云南与古代中原在经济文化诸方面的距离似乎要比其相隔甚远的实际地理距离显得更为遥远。双方在经济文化诸方面的沟通交流，其艰难程度远非我们今天一般人所能想象。然而，中原的高度发达与古滇的缓慢后进之间形成的巨大落差，并没有阻止具有强大渗透力的中原文化通过各种渠道给予滇文化以深刻的影响。这一影响虽艰难曲折，但毕竟又随着久远的历史演进而不断扩大与深化。

战国时期，楚将庄蹻率军入滇，称王于滇中，时日一久，将士们尽皆“变服从其俗”，融入当地土著（“蛮”“夷”）文化中去了。此一番楚融于滇的文化碰撞，实开了中原文化长期影响滇文化的先声。汉武帝元封二年（公元前 109 年），滇王降汉，汉以其地（今滇池一带）设益州郡，开始了中原王朝对古代云南的实际统治。汉晋、南北朝时期，内地更迭频仍的政权对滇地的虽松散乏力而仍持续不断的统治，以及内地移民的不断到来，渐次将浓郁的汉文化之风吹进了一向为高山大川深锁其门户的这一方边远蛮荒之地。例如出土于云南曲靖的早已蜚声海内外的那两块南碑瑰宝——《爨龙颜碑》和《爨宝子碑》，就是很好的明证。公元 8 世纪中叶，南诏国统一云南。一方面，南诏王室积极引进并学习汉文化。南诏曾虏唐嶲州西泸县令郑回，南诏雄主阁罗凤“以回有儒学，……甚爱重之”（《旧唐书·南诏传》），后更委以清平官[1]要职。而据郑回所撰《南诏德化碑》碑文[2]，阁罗凤本人

[1] 《新唐书·南诏传》：“官曰坦绰，曰布燮，曰久赞，谓之清平官，所以决国事轻重，犹唐宰相也。”

[2] 历来典籍和大多数学者认为或倾向于认为《南诏德化碑》的作者是郑回。1978 年，有学者撰文论证，此碑作者并非郑回，而是王蛮盛。1985 年至 1987 年，王宏道先生在《云南社会科学》和《云南民族大学学报》接连发表《〈南诏德化碑〉碑文作者为王蛮盛质疑（上）》《〈南诏德化碑〉碑文作者为王蛮盛质疑（下）》《“〈南诏德化碑〉作者问题答疑”读后驳答（上）》三篇文章。王文论据丰富翔实，论证深入周详，分析透彻明晰，逻辑周密顺畅，得出确定不移的结论：碑文作者，就是郑回。王文此一结论，大约可为《南诏德化碑》作者一案定谳。然而，自 20 世纪 90 年代以来的多种著述，既无视（或根本未睹）王氏之论，亦不自作深入考辨，率尔即认定此碑作者为王蛮盛，不能不令人十分遗憾！愚以为，今后凡欲论此碑作者问题者，皆当研读王文而后言之。

更是“不读非圣之书”。另一方面，唐王朝积极扩大汉文化对南诏的影响。唐剑南西川节度使高骈《回云南牒》称，唐王朝对南诏曾“许赐书而习读，……传周公之礼乐，习孔子之诗书”。正是在双方的共同努力下，汉文化对南诏产生了深广的影响，由此南诏国中出现了“人知礼乐，本唐风化”（《新唐书·南诏传》载阁罗凤孙、南诏王异牟寻语）之景象。继南诏而起，大体上与中原两宋王朝相始终的大理国，由于赵宋王朝无力远顾，加之佛教盛行，其受汉文化的影响实较南诏为弱。元灭大理，建云南行省，兴学校，建孔庙，播儒学，使得云南境内不少地方“师勤士励，教化大行”①。明清两代，云南被纳入中央集权政府的直接统治，于是移军屯戍，沟通商贾，发展矿业，更广置学校，推被儒学，开科取士，使得云南子弟翕然向学，云南文化蓬勃发展。袁丕钧《滇南文化论》谓明代云南文化有“骎骎与江南北地相颉颃”之盛，当非虚语。可以说，在元代尤其是明清以后，中原汉文化全方位地直接渗透融合进滇文化之中，并成了滇文化中具有主导意义的重要成分，成了滇云各族人民生活、生产尤其是相互交往赖以维系的主要纽带。

汉文化对滇文化影响渗透的进程也反映在文学领域中。今见于典籍的古滇最早的汉文歌诗，主要有西汉武帝时的《渡兰沧歌》和东汉明帝时的《白狼王歌》。总的看，古滇早期的歌诗、文学已受到汉文化、文学的浸染，但这浸染还明显缺乏深度和广度。南诏、大理国时期，汉文歌诗和文章，在量与质上都有了较大的发展。南诏布燮②杨奇鲲的《途中诗》和大长和国③布燮段义

---

① 支渭兴：《中庆路增置学田记》，见方国瑜主编《云南史料丛刊》第六卷，云南大学出版社1999年版，第371页。

② 布燮：见前页注释①。

③ 大长和国：公元902年，南诏权臣郑买嗣（郑回七世孙）篡夺南诏，建立大长和国。公元926年，大长和国灭亡。

宗的《思乡》，均被收入《全唐诗》，即是突出的例证。而《南诏德化碑》碑文，更是曾被史家评为“胎息左氏，其辞令之工巧，文体之高洁，俱臻上乘。三千余言，一气呵成，名章隽句，处处有之，在有唐大家中，亦不多觏”[1]。此碑之铭文，亦被评为“掷地有金石声，非凡响也”[2]。元代云南汉文化影响持续扩大，但汉文学作品见诸记载者却极为有限，此中原因，尚待云南地方文学史家探究。明清时期，伴随中原汉文化全方位渗透融合进滇文化之中，云南汉文学情势大变，云蒸霞蔚，顿显壮观。当时已有多种诗文总集、合集、选集刊行于世，如《滇南诗略》《滇南文略》《滇南诗选》《滇诗嗣音集》《滇诗重光集》等。民国时期编纂的《新纂云南通志》，著录已刊、未刊的个人诗文集达千种左右。而民国时期编辑出版的《滇文丛录》和《滇诗丛录》也各有一百卷之多。借用前引袁丕钧《滇南文化论》之语，则明清时期云南诗文之盛，亦可谓“骎骎与江南北地相颉颃”矣。总而言之，汉文化、文学对滇云文学的影响，由浅入深，由窄趋宽，至明清而达于极致，这与汉文化对整个滇文化的影响渗透历程若合符契。

二

元代以前，云南（“古滇”“滇云”）文学理论尚未露出端倪。一方面，文学理论的产生总有赖于文学创作实践的一定程度的发展，元代以前发展相对稚弱的滇云文学还不足以成为孕育文学理论产生的合适的土壤。另一方面，其时相对稚弱的滇云文学尚未有对理论的较为明确的需要，故面对早已走向成熟的中原

① 见徐嘉瑞《大理古代文化史》，云南人民出版社 2005 年版，第 206 页。
② 徐嘉瑞：《大理古代文化史》，云南人民出版社 2005 年版，第 206 页。

汉文学理论也未受到明显的影响。明代以后，随着滇云汉文学的日趋兴盛，云南文学理论开始萌生并逐步走向相对繁荣。确切地说，云南古代文学理论的相对繁荣，不是出现在滇中风雅刚刚兴起且其“文采风流，极一时之选”的明代中叶，而是出现在云南汉文学获得持续、稳固、长足发展的清代乾嘉以后。与中原文论相较，云南文论的发展呈现出明显的滞后性。它发展、繁荣既迟而结束得也晚。它的尾声，大致在20世纪30年代前后①。

二十一年前，我选编的《云南古代诗文论著辑要》由中华书局出版，在前言中，曾就云南古代诗文论著的存佚情况做过如下简要概述。“在云南古代诗文论著中，诗话一类著作占有最突出的地位。云南古代诗话，有的已有目无书，有的曾经为其他著作提及而现已散佚，有的则仍流传至今。有目无书的，据史载，约有《榆门诗话》《古今诗评》《诗法探源》等十种左右。为各类著作提及而现已散佚的，有《方黝石诗话》《贮云诗话》等数种。流传至今的，有《荫椿书屋诗话》《筱园诗话》等十余种。从形式和内容上看，除了兼收云南地方诗人诗作并予以论说评赏以外，云南古代诗话完全与中原古代诗话一脉相承。在内容方面，各部著作常有自己的侧重点。有的偏重于保存滇中的诗人诗作，如檀萃《滇南诗话》②、袁家谷《卧雪诗话》；有的偏重于记载滇

① 本丛书所谓“云南古代文学理论”，一方面包括产生于云南古代的汉文学理论；另一方面也包括云南近现代人所写的在理论对象、理论内容、思维方式、表达方式等几乎所有重要方面都与“中国古代文学理论”一脉相承，在理论上完全可以而且应当归入“中国古代文学理论”范畴的那些文学理论论著。

② 外省籍人士撰写于滇的诗文论著，一般并不划入“云南古代诗文论著”的范畴，如杨慎的《升庵诗话》等。但，檀萃的《滇南诗话》应是一个例外。檀萃虽系安徽望江人，但居滇数十年，其《滇南诗话》十四卷，收有他和他的滇中友人、学生，以及滇中淑女、仙释，并流于滇客于滇宦于滇者，共约三百家的大量诗作，其作大多与滇密切相关。《滇南诗话》之名，颇符其实，故视其为“云南古代诗文论著”之属，应当是可以的。

中诗人的断篇、逸事、掌故，品评滇中诗人诗作，如师范《荫椿书屋诗话》；有的偏重于对汉文学史上的诗人诗作进行广泛的评论，如陈伟勋《酌雅诗话》、严廷中《药栏诗话》、由云龙《定庵诗话》；有的在品评历代诗人诗作的同时，更注重文学理论问题的探讨，如王寿昌《小清华园诗谈》、许印芳《诗法萃编》、朱庭珍《筱园诗话》等。当然，著作既有所侧重，却又常常程度不等地含有上述多个方面的内容。从文学理论的角度看，《酌雅诗话》《小清华园诗谈》《诗法萃编》《筱园诗话》等的价值更高一些。其中尤其是《诗法萃编》和《筱园诗话》不仅可视为云南古代文学理论的冠冕，即使置诸整个中国古代文学理论史上，也称得上是富有特色的佳作。除诗话外，据不完全统计，现存的云南古代诗文论著尚有：各种诗文集的序文跋语近千篇左右；论诗文的专题论文十数篇；论诗诗数种百余首；论文赋一篇；与友人论诗文的书信若干……”由于除诗文理论著述以外其他文学理论类别（如小说理论、戏剧理论）的著述极为少见，故所谓“云南古代文学理论”的主体，就存在于云南古代诗文论著之中。换言之，云南古代文学理论的基本规模和存佚情况等，大体即如《云南古代诗文论著辑要》“前言”之所述了①。这里，要向为云南古代诗文论著的保存做出过贡献的滇中历代先辈贤哲致以深深的敬意与谢意，因为正是他们持久不懈的苦心搜求，精心呵护，细心整理，才使得云南古代文学理论能够以如此可观的规模保存至今！

20世纪80年代以前，除了对中国古代文学理论搜求极广、研究甚深的郭绍虞先生以外，对云南古代文学理论有较多关注的

① 可以预期，本丛书最终完成时，对于《云南古代诗文论著辑要》“前言”所述之云南古代文学理论的基本规模和存佚情况等，很可能会有适度的修正和更为确切一些的描述。

学者几乎难以见到。80年代中后期到90年代中前期，一批云南本土学者始对之展开了粗具规模的群体性研究。蓝华增先生的《云南诗歌史略——赵藩〈仿元遗山论诗绝句论滇诗六十首〉笺释》、张文勋先生等的《许印芳诗论评注》、张文勋先生主编《滇文化与民族审美》中之“汉文化浸润的滇云文学理论”一章（张国庆执笔）以及杨开达先生关于朱庭珍《筱园诗话》研究的系列论文，是这一群体性研究的主要代表。之后，相关研究进一步展开。2001年，中华书局出版了由我选编的《云南古代诗文论著辑要》，对于相关研究在云南乃至全国范围内的广泛开展起到了一定的推动作用。据粗略统计，截至目前，新增的相关研究专著有李潇云博士的《清代云南诗学研究》（中国社会科学出版社2017年版）和王欢博士的《朱庭珍诗论研究》（待出版）两部，相关的研究论文已达四十余篇，其中对朱庭珍《筱园诗话》的研究尤为集中突出，成果也最为丰富。

三

2017年10月，在云南大学文学院领导的支持下，以云南大学为主，在昆多所高校老中青三代近二十位学者发起成立“云南大学中国古代文论研究中心”。几年来，在广泛开展多方面学术活动的同时，中心一直以云南古代文论为学术研究的聚焦点，同仁们取得共识，要对云南古代文学理论的基础文献资料做一次比较全面的搜集整理，并要对其中比较重要、集中的一批资料（即现存诗话）进行系统的初步研究。2018年，中心申报的课题《云南古代文学理论文献整理与研究》获云南社科规划办批准为云南省哲学社会科学研究基地重点课题。经中心研究，决定编纂《云南古代文学理论文献整理与研究》丛书，丛书由如下两个部分组成。

第一部分，是通过对现存十余部云南古代诗话展开文献整理和理论研究工作后，形成十余部整理研究专著。各部专著，统名之曰“笺注”，如整理研究《筱园诗话》的专著，即名之曰“《筱园诗话》笺注”，余类推。各书大抵含三至五个部分，依序如次。

其一，丛书序。

其二，各部专著之前言。前言交代或讨论笺注者认为有必要交代、讨论的相关情况或问题。

其三，诗话文本笺注。

各部诗话中原来的各条正文之间，一般并不排序，笺注时各条正文前加括号按（一）（二）（三）……顺序排列。这在一定程度上有改变诗话原貌之嫌，好处是使诗话排列显得有序，眉目更加清晰，能为研究者提供较多方便。注释主要为正文中之人名、地名、引文、疑难词语、出典故事等而作，注释的宽窄详略，笺注者视情况自行处理。当正文内容需要引申讨论时，给出笺释文字。

其四，根据各部诗话的具体情况，有的著作可专设对于该部诗话或该诗话作者之诗学进行研究的一个部分，以展开深入的理论研究；有的专著不设此一部分，但仍须在前言中展开关于所笺注诗话或其作者诗学的必要理论探究。

其五，根据各部诗话的具体情况，确定设或不设“附录”部分。

第二部分，是通过普查广搜，将除诗话外广泛存在于云南各种历史文化典籍中的与文学理论相关的分散篇什（专题论文、论诗诗、论文赋、与友人论诗文的书信、各种诗文集的序文跋语……）尽量搜集起来并加以整理，从而形成的《云南古代文学理论散论汇编》若干册。《汇编》作为云南古代文学理论除诗话以外的最基础的文献汇集，以历史年代为序编排内容，不做过多的讨论研究，仅作少量最必要的注释。

上述两个部分，分别或共同有着一些大致统一的编写体例，为免冗赘，这里只指出其共有的编写体例之一，即采用简体字，不用异体字。中华人民共和国文化部和中国文字改革委员会于1955年12月22日联合发布《第一批异体字整理表》，淘汰、停用了1055个异体字，一般来说，本丛书凡遇到《整理表》所确定的异体字，基本都改为相应的简体字。要特别说明的是，在特殊情况下，本丛书也会使用异体字。主要是遇到人名、地名中有异体字时，根据“名从主人”的原则，仍用原字。比如，“堃”是“坤”的异体字，一般情况下，“堃”改作“坤”；而当“堃”出现在人名、地名中时，仍作“堃”。

丛书的上述两个组成部分，其工作有先后之分，即诗话笺注在前，散论汇编在后。目前诗话笺注部分已有多部著作接近完成并将于本年度内出版，其余的大致也将于明年付梓。散论汇编工作将随后展开，预计于2024年内完成。

四

本丛书的编纂，有几个重要的意义。首先，是对云南古代诗话第一次进行集中、全面的整理和研究。之前虽有一些整理（如拙编《云南古代诗文论著辑要》），也有一定的研究（如张文勋先生等《许印芳诗论评注》），但总体上在广度和深度上都远不能和这一次的整理与研究相比。其次，对云南古代文学理论基础文献资料第一次进行全面的搜集整理。之前虽也做过一些搜集整理（如蓝华增《云南诗歌史略——赵藩〈仿元遗山论诗绝句论滇诗六十首〉笺释》等），但其规模格局同样远不能和这一次的搜集整理相比。再次，发现并解决了一些文献版本方面的重要问题。

比如，朱庭珍《筱园诗话》现在的通行版本是《云南丛书》本，其采用的是朱氏写定于1877年、梓行于1884年的《筱园诗话》第三次修订稿。王欢博士之前在撰写其关于《筱园诗话》研究的博士学位论文时已发现，云南省图书馆现藏有朱氏改定于1880年、曾刻于1885年的《筱园诗话》第四次修订稿（即《筱园诗话》之“筱园先生自订钞本”），与《云南丛书》本相较，此稿不惟在原有三篇自序外增加了第四篇自序，在卷一、卷二、卷四中共增补了四段文字，而且与《云南丛书》本在细部文字方面出入多达两百来处，显然此稿在前三稿基础上作了不小的改动。这一次整理《筱园诗话》，王欢即以“筱园先生自订钞本”为底本，而以《云南丛书》本和以《云南丛书》本为依托的多部现当代《筱园诗话》整理本为参照进行笺注。相信王欢这一整理工作的完成，将提供之前一般未曾得见的《筱园诗话》的另一个同样值得信赖而内容更加丰富的版本，这将给目前国内学术界日益升温的《筱园诗话》研究热进一步提供基础文献方面的更多支撑。又比如，刘炜教授在笺注严廷中《药栏诗话》时，发现云南省图书馆藏有一个本子，比目前《药栏诗话》的通行版本《云南丛书》本多了诗话十一则，且《云南丛书》本细部多处模糊或有错讹的地方该本子都刻印得清楚准确，《云南丛书》本有几处将两条诗话合刻为一的情况该本子也没有出现，而是分刻得清清楚楚。刘炜的《笺注》采用了这个本子。目前尚不能落实的是，该本子究竟是《云南丛书》本之外的另一个版本呢，抑或它就是《云南丛书》本所据的原始底本。无论是哪一种情况，刘炜的《笺注》都将提供给学界和读者一部较具新貌的《药栏诗话》。[①] 最后，是纠

① 关于王欢、刘炜二位所遇到的著作版本问题，这里谈两点看法。一是《云南丛书》所收录的大部分文献，辑刻于1914—1942年间。其收入《筱园诗话》第三稿而未收入作者手订的、内容更为完备的《筱园诗话》第四稿的原因，估计是1942年以（转下页）

正了包括拙编《云南古代诗文论著辑要》在内的现当代一些相关文献整理著述中的不少疏误。本丛书编纂的意义也许还有一些，但以上四点乃其荦荦大者。若一言以括本丛书编纂之意义，则：在云南学术史上，本丛书对云南古代文学理论的基础文献资料第一次进行了较为全面的发掘、整理和研究，将使这一基础文献资料首次以近乎全面的清晰的面目呈现在学界和世人面前，从而有力地推动有关云南古代文学理论的整体研究持续向前，更上层楼！

本丛书的编纂毫无疑问具有重要学术意义，但我们也清醒地认识到，相关基础文献资料的搜求整理不可能毕其功于一役，对基础文献资料展开研究更将是一项历时久远的学术工程，本丛书所进行的整理与研究，以学术史的眼光来看，仅只是完成了一项初步的工作而已。本丛书的撰写者都是云南高校拥有高中级职称或博士学衔、从事中国语言文学专业教学与研究多年的中青年教师，因为确知点校、笺注古书极为不易，故在工作中时刻都怵惕在心，勤勉于行，争取尽量减少可能出现的疏误，以确保丛书的

（接上页）后第四稿始入藏省图书馆，故省馆虽藏而《云南丛书》未及收。二是《药栏诗话》的版本似存在两种可能。首先，很可能现今省馆所藏而《云南丛书》未收之本，同样是1942年以后始入藏省馆的。其次，也可能该本早藏省馆，且正是《云南丛书》本所据底本，但因为当年可能存在的多方面（手民、编审、经费……）的问题而导致《云南丛书》本漏误多有，质量不佳。除《筱园诗话》《药栏诗话》二书外，这里还要提及云南诗论家王寿昌的《小清华园诗谈》，早年出版的拙编《云南古代诗文论著辑要》曾考证指出，《云南丛书》所收的《小清华园诗谈》只是其雏形、初稿，而其完本或定本则另有他藏，并于后来被收入郭绍虞、富寿荪先生校点的《清诗话续编》（上海古籍出版社1983年版）。笔者在此处比较集中地提及云南古代诗话整理中遇到的版本问题，是想就此提出两点建议。第一，今后学者凡依据《云南丛书》进行文献整理工作，都应该对相关文献的版本问题予以特别的关注，这既有助于保证自家整理工作的质量，也可帮助发现《云南丛书》在版本等方面可能存在的问题，相信经过月累年积，最终当可对提升《云南丛书》的整体质量发挥积极作用。第二，省图书馆等相关部门，似应将相关问题纳入视野并予以长期关注，以期当重印或再版机会出现时，能汲取一切相关研究成果，全面解决《云南丛书》在版本方面可能存在的问题，进一步提升《云南丛书》的整体质量。《云南丛书》是记录云南古代（汉代至明清）至民国初年极为丰富的历史文化、社会生活和思想精神的文献总汇，是云南地方文献的百科全书，是云南地方文史研究者们历来极为珍视的文献宝库，其编纂质量的哪怕是些微的提升，对云南的文化与学术建设的整体事业而言，都是有着重大意义的！

完成质量。虽则如此，疏误的出现，当在所难免。编纂者们始终抱持谦虚谨慎的态度，在丛书问世后将虚心地接受学术界和广大读者可能提出的质疑和批评，以期他年有机会时能以具有更高学术质量的相关成果奉献于世。

五

缕述至此，谢意衷出。首先要感谢参与丛书工作的众多同人尤其是丛书的每一位执笔者，以及在搜寻相关学术资料方面为丛书撰写提供了重要帮助的我的研究生丁俊彪同学，正是他们勤勉严谨的工作，保证了丛书以较好的学术质量顺利完成。其次要感谢丛书的两位副主编段炳昌教授和孙秋克教授，二位不仅对丛书的编纂提出过重要的建设性意见，而且参与了丛书的组织领导工作，分别审读了丛书的部分初稿并提出了很好的意见和建议。再次要感谢云大文学院的多任领导，他们的鼓励和支持是本丛书从酝酿启动到最后完成的重要保证。还要感谢中国社会科学出版社的有关领导和编辑人员，他们的大力支持和辛勤劳动是本丛书能够以较好质量顺利出版的有力保证。最后要感谢吾师张文勋先生。先生于20世纪50年代开始学习和研究中国古代文学理论、文艺理论、文艺美学，其后数十年深耕不辍，成就斐然。又于80年代初引我踏上中国古代文论研究之途，复于90年代初为我开启云南古代文论研究之门，今再以九十六岁高龄欣然挥毫为丛书题署书名，此皆深铭我心。在中国古代文论和云南古代文论研究领域，文勋先生贡献良多，声誉卓著，松柏常青！

二十一年前，当拙编《云南古代诗文论著辑要》出版时，我曾题“书《云南古代诗文论著辑要》后”小诗一首，此时欣然忆及，直觉得当日之所曾吟与刻下之所欲语竟毫无二致。遂改其题而移诗于下，借以为此序之结。

题《云南古代文学理论文献整理与研究丛书》

汉风千载漫吹拂，
边地云山气象殊。
兰椟捧出君细看，
从来滇海蕴明珠。

壬寅新春　谨叙于云南大学东二院

前　言

严廷中（1795—1864），字幼卿，号秋槎，一作秋查，诸生，云南宜良人，清道光、咸丰时期重要诗人。父严烺，字存吾，号匡山，乾隆癸丑（1793）年进士，历官甘肃布政使、湖北按察使等。严廷中自幼随宦京城、兰州、武昌等地，父殁，无以为生，入赀为山东莱阳县丞，历官福山、文登、蓬莱等县知县。道光十六年（1836）辞官归里，经停扬州，结“春草社”，名动一时。后复任莱阳县丞，擢两淮盐参军，以疾引退，卒于莱阳。严廷中诗文词曲无不擅，尤工词，著有《红蕉吟馆诗存》《红蕉吟馆未刻诗》《岩泉山人诗四选存稿》《红蕉吟馆诗余》《麝尘词》《红豆箱剩曲》《秋声谱传奇》《药栏诗话》等。

《药栏诗话》是一部随笔式的诗歌理论批评著作。全书分甲、乙二集，甲集75则，乙集92则，共167则。从内容来看，这些论诗文字应该陆续作于严廷中道光元年（1821）任职山东至道光十六年（1836）经停扬州期间。此时正是袁枚性灵诗学产生重要影响的时期。作为“乾隆朝诗学的最强音”，其“流波所及，嘉、道之际的诗坛一直都涌动着崇尚性灵的思潮（尽管同时也有质疑的声音）”。[①] 所以《药栏诗话》的写作受到袁枚及其《随园诗话》的深刻影响。王英志先生《袁枚评传》在讨论袁枚的“深远影响”时，曾指出，“嘉庆云南诸生严廷中的《药栏诗话》”等，“皆赞同袁枚性灵说，或褒扬性灵诗，是性灵派的支持者”。[②] 蒋寅先生《清诗话考》对《药栏诗话》做了考察，认为“其论诗主旨追踵随园，推崇至情至性语，风格则主柔，论诗史见解通达”。[③] 张寅彭先生《清诗话三编》第八册《药栏诗话提要》也指出，其“论诗主真情至性，近于袁枚，然又喜柔、曲，故所录虽不乏嘉道间名家，诗风却落于词风，远不逮随园之气局”。[④] 诸位先生都注意到《药栏诗话》与袁枚性灵诗学的承继关系，这是我们深入理解《药栏诗话》的重要视角。因此我们稍加展开，按照由显至隐、由浅入深的顺序，从以下四个方面讨论《药栏诗话》所受袁枚及其《随园诗话》的影响。

一 《药栏诗话》以袁枚诗歌作为典范

《药栏诗话》共有四则采录袁枚诗歌，其中三则都是以之为典范，肯定其价值和地位。甲集第三十六则曰：

> 至性至情语，似易而实难。或以浅目之，非知诗者也。如袁子才先生《病中赠内》云：“千金尽买群花笑，一病才征结发情”；《送女还吴》云：“好如郎在安眠食，莫带啼痕对舅姑。”此种真挚语，在唐惟香山，在宋惟放翁耳。近代诸公，集中不多见此。

① 蒋寅：《清代诗学史》（第二卷），中国社会科学出版社 2019 年版，第 395 页。
② 王英志：《袁枚评传》（下），南京大学出版社 2011 年版，第 593—594 页。
③ 蒋寅：《清诗话考》，中华书局 2005 年版，第 524 页。
④ 张寅彭：《清诗话三编》（第八册），上海古籍出版社 2014 年版，第 5637 页。

诗歌的本原在“至性至情”，只要能抒发“真挚”的情感，即使语言浅近，也是真正的好诗。袁枚“赠内”“送女”之诗，语浅而情真，远超近代诸公，直追香山与放翁，因而是近代诗歌的典范。

甲集第二十六则曰：

> 毛伯成“宁为兰摧玉折，不作萧敷艾荣”，抱负语。高青丘“富老不如贫少，美游不如恶归”，真实语。黄仲则“贱修不如贵夭，饥聚不如饱散”，悲愤语。若袁子才先生“言我明日饥，我已今日饱；言我明日死，我已今日好”，则又旷达语也。

诗之本原在于情感，但情感的内容与状态是有差异的。内心的宏大“抱负”与“真实”感受，即为两种不同的情感内容；内心的“悲愤”激烈与“旷达”平静，即为两种不同的情感状态。四种情感的诗歌抒写各有其典范性诗句。袁枚诗歌因表现了对生死贵贱的了悟，可为“旷达”之典范。

乙集第八十二则曰：

> 落花诗，咏者多矣，要不过伤红悼紫，以新巧见长耳。惟袁子才太史之“清华曾荷东皇宠，飘泊原非上帝心”、顾秋碧之“为有聪明才堕劫，已偿恩怨合生天”二联，别有寄托。

诗歌既然以情为本，那么任何题材的抒写都应有深沉的情感寄托，落花诗也不例外。袁枚与顾槐三的落花之咏，虽有旷达与悲愤之别，但都寄托了各自人生失落的感慨，因而堪称落花诗的典范。

不论是对诗歌本原即“至性至情”的契悟，还是对诗歌某一类情感状态如“旷达”，以及某一类抒情题材如“落花诗”的抒写，袁枚的诗歌都具有突出的典范性，可见《药栏诗话》对袁枚评价之高，受袁枚影响之大。

二 《药栏诗话》直接或间接引用《随园诗话》的材料

《药栏诗话》直接引用《随园诗话》只有两则，即甲集第十四则、第五十四则，但间接引用则有十余则之多。例如甲集第一则曰：

> “夕阳何处不销魂？马上黄昏，楼上黄昏”，词中之隽品也，与唐人“可怜闺里月，长在汉家营”相似。“平芜尽处是春山，行人更在春山外”，词中之神品也，与宋人“夕阳山外山”相似。“试问卷帘人，却道海棠依旧”，词中之逸品也，与元人“新妆满面犹看镜，残梦关心懒下楼”相似。

本则起首“夕阳何处不销魂？马上黄昏，楼上黄昏”三句，出处不详，应该是转引自《随园诗话》卷七第六一则：

> 宋人词云：“斜阳何处最消魂？楼上黄昏，马上黄昏。”陈古渔《咏月》云：“闺中少妇关山客，楼上无眠马上看。”《清波杂志·咏望后月》云：“昨夜三更后，嫦娥堕玉簪。冯夷不敢受，捧出碧波心。”本朝杨文叔先生《咏十六夜月》云：“休言三五团圞好，二八婵娟更可怜。”《玉壶清话·咏新月》云：“一二初三四，蛾眉影尚单。待奴年十五，正面与君看。”近人方子云《咏新月》云：“宛如待嫁闺中女，知有团圞在后头。”心思之妙，孰谓今人不如古人耶？

而且就两则材料的写作思路来看，《药栏诗话》强调的是诗词风格之相似，《随园诗话》强调的是古今心思之不异，前者受后者的影响是比较明显的。

再如甲集第八则、第十三则曰：

眼前静境未经人道者，“柳塘春水漫，花坞夕阳迟”，“微云澹河汉，疏雨滴梧桐”。或问其妙，又不能道。大约此等句如仙姬神女，自不以粉黛示人。

金山诗，唐宋以来作者甚多，予独爱杨公济“天末楼台横北固，夜深灯火见扬州”，移置他处不得。

两则材料分置各处，似乎并无关联，其实是对《随园诗话》卷五第三四则的拆解化用：

宋人论诗，多不可解。杨蟠《金山》诗云：“天末楼台横北固，夜深灯火见扬州。”的是金山，不可移易。而王平甫以为是牙人量地界诗。严维：“柳塘春水慢，花坞夕阳迟。”的是静境，无人道破。而刘贡父以为“春水慢”不须“柳坞”。孟东野《咏吹角》云：“似开孤月口，能说落星心。”月不闻生口，星忽然有心。穿凿极矣，而东坡赞为奇妙。皆所谓好恶拂人之性也。

再如乙集第三十八则、第五十二则曰：

“谁知姹紫娇红外，衣被苍生别有花”，此前人咏棉花诗也。戴湘圃学士《桑林》诗云：“黄鸟一声暮，绿云三径宽。

江南数千里，未有一人寒。”与此同一寄托，乃有目为粗浅者，非知诗者也。

菜花诗以“半亩粗供寒士馔，一生不上美人头”为最。近见钱唐屠修伯（秉）《野花》云：“溪畔美人初识面，座中佳士未知名。”二诗格调，可称伯仲之间。

两则材料所引棉花诗和菜花诗，分别见于《随园诗话》卷七第七九则和第八六则：

方制府问亭栽棉花，招幕府吟诗，多至数十韵。桐城马苏臣曰：“我止两韵。”提笔云：“五月棉花秀，八月棉花干。花开天下暖，花落天下寒。”方公击节不已。常州杨公子揩一联云：“谁知姹紫嫣红外，衣被苍生别有花?”

商宝意先生《咏菜花》云：“小朵最宜村妇鬓，细香时簇牧童衣。”其同乡刘鸣玉翻其意云：“半亩只邀名士赏，一生不上美人头。”鸣玉与童二树、陈芝图，号“越中三子”。

两诗皆质朴无华，兴味隽永，故传诵一时，并被袁枚记载于《随园诗话》之中。严廷中想必既目睹《随园诗话》之记载，又耳闻时人之传诵，但二者并不完全一致，所以《药栏诗话》中的诗句文字与《随园诗话》稍有出入。

不论是直接引用，还是间接引用，都可以见出《药栏诗话》所受《随园诗话》的影响，而间接引用尤其能见出其影响于无形的巨大力量。这固然是因为《随园诗话》“堪与《三国志演义》《红楼梦》《聊斋志异》并列为清代四大畅销书，无可争议地是清代影响最大、流传最广的诗话”①，也与严廷中对袁枚的认同与推崇有关。

三 《药栏诗话》的采诗原则受《随园诗话》的影响，主要采录当代诗人诗作，尤其关注寒士诗人与女性诗人

蒋寅先生指出，《随园诗话》是“我所知道的第一部评论本朝作家的分量超过前代作者的诗话”②，“不仅于乾隆诗学，就是从整个清代诗学来看，它都代表着诗话写作的一个重大转型，即首先重视当代诗歌的批评，论当代诗歌的分量远远超过论古代诗歌，这为诗话编撰带来一股新的风气，同时也使这一传统诗歌批评的主要形式渗入许多非文学的因素，不再是纯粹意义上的文学批评。可以肯定地说，嘉、道以后诗话写作风气的所有变化，诸如由探究理论转向记录诗事，由研究技巧、规则转向欣赏式的品鉴，由艺术批评转向自我标榜，等等，无不肇始于《随园诗话》。只要读一读以李调元、法式善、凌霄、郭麐、吴嵩梁、王偁、潘焕龙等为代表的清代中叶诗话，我们就会知道此书对后来诗话的诱导和影响之力，无论如何估量都不会过分的”③。

很显然，《药栏诗话》也在蒋寅先生所说的深受《随园诗话》编撰方式影响的“清代中叶诗话”的谱系之中，其采录原则是“重视当代诗歌的批评”。全书评点古人诗作较少，主要是对当代诗人诗作进行记载与评赏。以作者经历为序，依次采录武昌诗人、山东诗人、以扬州为中心的江南诗人的诗歌作品，尤其详于后者。这些诗人中，虽有袁枚、刘墉、铁保、孙原湘、张问陶、阮元、郭麐、梁章钜、陶澍等名家大家，但更多的还是一些不甚

① 蒋寅：《清代诗学史》（第二卷），中国社会科学出版社 2019 年版，第 388 页。
② 蒋寅：《清代诗学史》（第二卷），中国社会科学出版社 2019 年版，第 368 页。
③ 蒋寅：《清代诗学史》（第二卷），中国社会科学出版社 2019 年版，第 368、383 页。

知名的寒士诗人，除此之外还有一批女性诗人。

《药栏诗话》中的寒士诗人人数众多，我们举顾槐三、邹熊、叶舟三人为例稍加说明。顾槐三（1785—1853），又作顾櫰三，字秋碧，江苏江宁（今南京）人。弱冠补诸生，课徒里中。道光十一年（1831）与杨辅仁、车持谦、王章等结苔岑诗社。顾槐三与严廷中早年相识，后于扬州复聚。《药栏诗话》乙集第六十九则记载其事：

丙申十月，与顾秋碧遇于扬州。次日以《燃松阁诗稿》十卷属予点定。名篇佳句，美不胜收。五七古出入于苏韩李杜而复参以香山义山，能写人不能写之景，能道人不敢道之语，真奇才也。

乙集第十八则、第八十二则又引其诗句“多累自知难摆脱，他生何苦再聪明”“为有聪明才堕劫，已偿恩怨合生天”，对其拥有聪明才智却不遇于时的遭际充满同情与愤慨。严廷中《红蕉吟馆诗余》刊刻时，顾槐三受严廷中之请，作序一篇，冠于卷首。序曰：

其词也其人也，第以词人目秋槎，浅之乎测秋槎也。今春乞归省墓留扬州，当事及鹾商慕君才求一见不可得。顾独开春草诗社，日与穷蹙之士游，暇则与梦琴夫人、侍儿镜波棹扁舟往来湖上。浅斟低唱，俯仰凭吊，意若有甚不屑者。嗟乎，秋槎之狂，秋槎之词之人也。

“日与穷蹙之士游”，而“当事及鹾商慕君才求一见不可得”，这是“秋槎之狂”，也是严廷中关注寒士诗人的原因。二人相知之厚，由此序之请和此序之作，正可以见出。

邹熊（1762—1821），字耳山，江苏泰州人。监生。嘉庆元年（1796），入泰州芸香诗社，与叶兆兰共主坛坫。嘉庆十三年（1808），与叶兆兰选编社友诗作，辑成《芸香诗钞》12卷。邹熊是当时扬州诗坛成就颇高、影响较大的一位重要诗人。甲集第六十三则曰：

泰州邹耳山（熊）下笔有情，《声玉山斋集》中，五言似香山，七言似放翁也。

严廷中论诗，以情为本，以香山放翁为宗，其肯定邹熊的诗歌“有情”，“似香山”“似放翁”，这显然是极高的评价。

叶舟（1766—1832），字布帆，又作布飘，江苏江都（今扬州）人。叶舟是一位比较典型的寒士诗人，乙集第七则曰：

江都布衣叶布帆（舟），性幽僻而工诗。……布帆家藏古砚甚多，旧时好结客，极文酒倡酬之乐，晚年诗益工而家日贫矣。

从《药栏诗话》甲集第六十则、乙集第七十三则的记载来看，严廷中与叶舟交往甚密。现存《药栏诗话》即为叶舟题签，可见严廷中对这位寒士诗人的敬重。

《药栏诗话》中的女性诗人共十余位，以李含章、汪端、何氏三姐妹比较有代表性。李含章（1744—?），字兰贞，云南晋宁人，李因培长女，嫁浙江归安叶佩荪为继室。甲集第五十五则曰：

叶琴柯先生（绍楏）母李太夫人（含章），吾乡鹤峰先生（因培）之女，诗笔沉雄阔大，殊无闺阁气。记其《题太白集》云：“灵凤翔千仞，高歌一代中。在天犹被谪，入世岂能容？胆落高骠骑，恩深郭令公。再回唐社稷，诸将莫言功。”通首一气卷舒，笔墨之迹俱化。或谓“容”字出韵，代易为“入世岂求通”，大逊原句矣。因思“东冬”、“鱼虞”之类，唐人往往通用，不以为嫌，近日拘儒每有此胶柱鼓瑟之论。

李含章及其子女俱能诗，并以之为中心形成著名的叶氏女性诗人群，在清代诗坛影响较大，袁枚《随园诗话》有详细记载。其云南籍身份，也让严廷中倍增亲切之感，故于诗话中大力表彰。作为女性诗人，“诗笔沉雄阔大，殊无闺阁气”，其《题太白集》，神气卷舒，而于文辞声律不甚措意，可谓得李白之真髓。赵翼《瓯北诗话》卷一论“李青莲诗”曰：“诗之不可及处，在乎神识超迈，飘然而来，忽然而去，不屑屑于雕章琢句，亦不劳劳于镂心刻骨，自有天马行空，不可羁勒之势。”严廷中对于李含章的评介，或许即受到赵翼这段话的影响。在当时的女性诗坛，李含章无疑具有“诗仙”的风采与地位。

汪端（1793—1839），字允庄，一字小韫。浙江钱塘（今杭州）人。乙集第五十一则曰：

钱唐汪允庄女史，闺阁中之仙才也。《题徐比玉女史花卉遗册》云：“明月三生仙证果，优昙一现梦因缘。”《同小云宴坐》云：“叶落钟鸣悲梦短，花飞钏动奈愁何。”《挽姬人紫湘》云：“云中紫凤长离鸟，天上夭桃薄命花。夜月空林呼妙子，晓钟残梦见瑶华。画眉菱镜花双笑，记曲珠帘月二分。锦瑟惊弦怀梦草，玉箫旧约返生香。”哀感顽艳，温李集中上乘也。女史名端，小云司马室人。

汪端生于钱塘文化大族，父母早卒，由姨母梁德绳抚养成人，梁德绳即《再生缘》的续作者。后嫁钱塘陈文述之子陈裴之，陈文述是继袁枚之后广收女弟子的著名诗人。汪端即生活在当时最优秀的女性文学场域之中，并最终成长为嘉道之际的“第一”女诗人。[①] 严廷中称之为“闺阁中之仙才”，可谓定评。

何氏三姐妹，即何佩芬、何佩玉、何佩珠，安徽歙县人，两淮盐知事何秉棠女。乙集第三十四则、第三十五则、第三十六则曰：

> 歙县何吟香女史（佩芬）《秋雁》云：“高楼怨笛惊秋早，古戍寒笳入夜多”；“关河摇落悲千里，湖海飘零恨一生。”《饯秋》云：“江湖风雨三更梦，烟水芦花一段愁。”《秋怀》云：“病起瘦宽银约指，梦回凉透玉搔头。”又“藻疏鱼露脊，荷静鹭舒拳”，十字亦妙。

> 浣碧女史（佩玉），吟香妹也。《春暮》云：“风暖樱垂红子重，雨余苔绣绿花肥。”《即景》云：“嫩凉先向水边生，红蓼青蘋景最清。一个草虫飞簌簌，茨菰花里作秋声。”《荷花生日后四日初度》云：“头衔自署荷花妹，恰好生辰第四朝。”又《秋夜》云：“夜凉云蕴藉，花睡月温存。”女史有《渔父》词，气味逼近六朝。如“绿阴四面，红雨一蓑；画桥柳短，春坞花多”。又如“菰烟渺渺，枫叶飞飞；春水鱼小，秋江蟹肥”。古艳如此，一洗脂粉习气。

> 予倡《春草》诗于邗江，和者如云。女史中如何芷香（佩珠）、金仙裳（云封）、张饮香（醴兰），皆有和章，已

---

① 严迪昌：《清诗史》（下），人民文学出版社2011年版，第729页。

刊入《春草唱和集》矣。惜诸女士诗集未见，无从采入。

何氏三姐妹中，佩珠最幼，诗作不多，诗才尚未充分显现，所以严廷中简单带过，其重心是对佩芬、佩玉诗作的采录和品评。佩芬诗沉郁慷慨，佩玉诗清新平易，各有所长，而皆能“一洗脂粉习气”，故为难能。严廷中《红蕉吟馆诗存》卷十一《题何吟香（佩芬）浣碧（佩玉）两女史合稿》曰：

鸾凤声中紫玉箫，双双福慧总能消。湘帘半卷红灯影，又见观书大小乔。

天上人间事渺然，拈花一笑悟前缘。云英小妹云翘姊，都是瑶台谪后仙。

以“谪后仙”称之，与《药栏诗话》对李含章、汪端的评价相类似。在严廷中看来，李含章、汪端、何氏三姐妹，无疑是三代女性诗人的杰出代表。

《药栏诗话》对寒士诗人与女性诗人的关注，其实也是《随园诗话》的影响所致。严迪昌先生曾说：“在袁枚看来，有‘真我’、有‘性灵’的诗人每于布衣贫士和闺阁女子中见，因为他们未沾上官场廊庙习气，较多葆有心灵的自在。所以，他空前地揄扬寒士诗人，即真正诗国的小人物和女性诗人，于是，从客观上为诗歌史展示了另一侧面的景观，在士大夫占统治地盘的诗界空间更多地保留了非贵族化的诗的群体。这是一帙别具意义的《录鬼簿》，乃其‘性灵说’所派生的一项重要贡献。”①《随园诗话》的这一“重要贡献”，显然在《药栏诗话》中得到了进一步

① 严迪昌：《清诗史》（下），人民文学出版社2011年版，第708页。

的继承和发展。

四 《药栏诗话》的诗学观念深受袁枚的影响

《药栏诗话》的诗学观念比较丰富，大约有以下几点，从这几点都可以见出袁枚的深刻影响。

首先，在诗歌本原上，主“性灵”说。乙集第二十四则、第六十一则曰：

> 丹徒严问樵（保庸）……为人倜傥不羁，不屑屑于礼法小节，视龌龊辈蔑如也……均自写性灵，不愧名士风流。

> 白门汤雨生参戎（贻汾），工书画，善词曲，诗主性灵。

严问樵与汤雨生皆风流名士，其人真率如此，其诗则必以“性灵”为宗。“性灵”即真之情，或情之真。故《药栏诗话》又称其为“性情”或“情”，亦称为“真挚”或“真”。

甲集第六十四则、乙集第三则、乙集第五则曰：

> 钱唐屠琴坞太守（倬）著有《是程堂集》，五七古不矜才不使气，和平大雅，一洗近世靡靡之音，近体自写性情，无所依傍。

> 钱塘陈鲁山孝廉（寓泰），丽京先叔甲子同年也。侨居邗上，倡白桃花诗社，名著一时。著有《香草山房诗集》。……皆性情诗也。

> 甘泉许春卿（之翰），诗以情胜，不作人云亦云语。

此数则以“性情”或“情”论诗。诗人“自写性情”，“不作人云亦云语”，是谓“性情诗”，自能感人。

乙集第六十八则、甲集第七十五则曰：

> 诗以真胜。有时随口说出亦足动人者，真故也。劳小山（长龄）《客中示妾》云：“白傅青衫今湿尽，累他蛮素对霑衣。”予每吟此，不觉增感。

> 酒生亦工诗，感予采其尊人诗，以五律四首见赠。末一首云：“马服遗书在，千篇读未能。讴吟本忠孝，风雨畏侵陵。采摭劳明府，流传抵暗灯。鲰生稽首谢，展卷泪难胜。”宛转真挚，具见孝思也。

此数则以“真挚”或“真”论诗。不论是劳小山的“示妾”之语，还是酒生的“孝思”之篇，因为“宛转真挚”，“以真胜”，故能动人。

王英志先生在讨论袁枚“性灵”说的理论内涵时，曾经指出：“‘性灵说’特别强调‘性情’或‘情’，袁枚把‘性情’、‘情’是作为‘性灵’的主要内涵来运用的。所以在感情这个特定含义上，‘性灵’、‘性情’、‘情’往往相互代替、交叉使用。”① 又说：“袁枚标举的性情实质上是真性情、真情，其所谓‘性情得其真’，‘情以真而愈笃’，就是强调感情之真。”②《药栏诗话》论诗主“性灵”，注重“性情”、“情”之真，或“真挚”、“真”之情，显然受到袁枚的深刻影响，可谓得“性灵”

① 王英志：《袁枚评传》（下），南京大学出版社 2011 年版，第 394—395 页。
② 王英志：《袁枚评传》（下），南京大学出版社 2011 年版，第 396—397 页。

说之真传。

其次，在诗歌风格上，贵“柔”、尚“鲜脆”。先看“柔”。甲集第十八则、乙集第八十三则曰：

> 予论诗以柔为主。盘空硬语，皆矫揉造作为之，非正格也，故于唐之昌黎，宋之东坡、山谷，皆不甚好。

> 至诗以温柔和平、缠绵雅丽为主，韩苏集中无此也。韩以排奡为主，苏亦以排奡为主；韩不善言情，苏亦不善言情；韩以文为诗，苏亦以文为诗，其失一也。且二公集中，五七古犹可，五七律绝则不可，短于言情，刚而不柔故也。盘空硬语，佶屈聱牙，岂诗之正格哉！

诗之正格，在“柔”不在“刚”。所谓“柔”，即“温柔和平、缠绵雅丽”；所谓“刚”，即“盘空硬语，佶屈聱牙”。后者的代表是韩、苏、黄，故不为严廷中所甚好。这显然是受到了袁枚的影响。《随园诗话补遗》卷三第一〇则曰：

> 诗家百体，严沧浪《诗话》，胪列最详，谓东坡、山谷诗，如子路见夫子，终有行行之气。此语解颐。即我规蒋心馀能刚而不能柔之说也。然李、杜、韩、苏四大家，惟李、杜刚柔参半，韩、苏纯刚，白香山则纯乎柔矣。

从这一则材料来看，袁枚是以李杜之“刚柔参半”为至极，认为韩苏之“纯刚”与香山之“纯柔”都是各得一偏，似乎无所轩轾。但《小仓山房尺牍》卷八《答李少鹤书》曰：

然而天下物，未有不以柔为贵者。金、银、铜、铁、绸、罗、纱、绢，触目皆然。虽太阿纯钩，天下之至刚者也，亦以能屈能伸为贵；而况于声诗一道，将含商嚼徵，播之管弦者耶?《易》称君子“独立不惧”，而仍“藉用白茅”，取其柔之至也。刘熙《释名》云：“儒者，柔也。”即此意也。

《随园诗话补遗》卷二第一二则曰：

凡药之登上品者，其味必不苦：人参、枸杞是也。凡诗之称绝调者，其词必不拗：《国风》、盛唐是也。大抵物以柔为贵：绫绢柔则丝细熟，金铁柔则质精良。诗文之道，何独不然？余有句云：“良药味不苦，圣人言不腐。”

袁枚说，天下之物大抵“以柔为贵”，“虽太阿纯钩，天下之至刚者也，亦以能屈能伸为贵”，“金铁柔则质精良”。这里明显是在“刚”“柔”两端之中，偏向于“柔”。《药栏诗话》以“柔”为正格，以“刚”为变调，不好韩、苏、黄，而以香山为宗，正是对袁枚诗学观念的直接继承与衍生。

再看“鲜脆”。“鲜脆”是袁枚论诗的重要标准，但似乎没有受到足够的重视。《随园诗话》卷七第三二则曰：

选诗如用人才，门户须宽，采取须严。能知派别之所由，则自然宽矣；能知精采之所在，则自然严矣。余论诗似宽实严，尝口号云：“声凭宫徵都须脆，味尽酸咸只要鲜。”

“脆”，指的是诗歌外在声韵的清脆；“鲜”，指的是诗歌内在意味的鲜美。“鲜脆”兼顾诗歌内外两方面的审美要求，是诗歌

"精采之所在"。无论"宫徵""酸咸"，即无论何种风格，只要能达到"鲜脆"的要求，即为好诗。《药栏诗话》在这一问题上显然也受到袁枚的影响。乙集第十一则、第七十八则、第八十三则曰：

作七绝当如雪藕冰梨，鲜脆利齿。

凡此之类，皆如食春韭秋菘，鲜脆可口。

汉魏六朝诗骨自高，以去三百篇未远耳。然诗中往往取字之晦者句之涩者入之，读之令人口齿不利。

严廷中固然"鲜""脆"并提，但似于"脆"更为留意。"脆"就是口齿爽利，所以诗中不能"取字之晦者句之涩者入之"，即诗歌的用字不能"晦"，造句不能"涩"，应当追求平易、流畅之风，以便于讽咏吟诵。这可视为对袁枚"鲜脆"观念的发展和补充。

再次，在诗歌取法对象上，非驳杜韩苏黄，而以香山放翁为宗。《药栏诗话》批驳韩苏黄，已见于上述论"柔"一节，非议杜甫则主要见于乙集第八十三则，甲集第三十三则、第三十四则：

又有祖工部抱韩苏以自夸格调者。吁！伪矣！工部一代大家，名重今古，仆何人，斯敢置一喙？然窃有鄙见，以为工部之诗坏于宋人之诗话，因之以误后人。盖宋人尊之过甚，往往附会穿凿，引某字曰"此渊源于某书也"，引某句曰"此一代之史笔也"。工部诗诚高矣，而何至字字皆书，句句皆史？且工部当日下笔时，又何必字字皆书，句句皆史！如此其不惮烦，遂至后人不体此意，不学其沉雄阔大而学其字字皆书，不学其忠厚缠绵而学其句句皆史，几至堆砌直率而不自知。此非工部之误后人，宋人之诗话误之也；亦非尽宋人之诗话误之，后人以耳为目自误之也。

宋人诗话宗韩祖杜，令人生厌。黄彻《䂬溪诗话》尊工部而抑太白，更为呓语，至谓“心术事业可施于廊庙”，以李杜齐名为“忝窃”，则全无心肝矣。要之，少陵自是一代大家，然何至字字皆经，语语皆史？如引“皇帝二载秋，闰八月初吉”、“乾元元年春，万姓始安宅”、“元年建巳月，官有王司直”，以为史笔森严，人不易及。如此论诗，几于无诗。

少陵诗“安得广厦千万间，大庇天下寒士俱欢颜”，香山诗“争得大裘长万丈，与君都盖洛阳人”，皆不失仁人之旨。乃《䂬溪诗话》云：“同合而论，则老杜之心差贤古人。”自咏所怀，何烦后人为之评较？且又安见老杜之句，其心遂贤于香山耶？此种议论，恨不起始皇焚之。

鉴于杜甫的崇高地位，严廷中虽然心中不好，但也不敢明确批评，只能以批评宋人诗话的曲折方式表达自己的见解。严廷中说，宋人诗话，如《䂬溪诗话》等，对杜甫诗歌尊之过甚，往往附会穿凿，以为其“字字皆经，语语皆史”，遂误导后人，堆砌直率而不自知。至于推崇杜甫的“诗史”之作，则是对诗歌抒情本质的茫然无知。而以杜甫贤于太白香山，更为严廷中所鄙视愤恨，断不能接受。严廷中借批评宋人诗话以批评杜甫的这一曲折思路，与袁枚如出一辙。袁枚《小仓山房诗集》卷二十五《题宋人诗话》曰：

玄圣虽不作，何王不衮裳。终日嗜菖蒲，未必皆文王。孔子所以圣，岂在不撤姜。我读宋诗话，呕吐盈中肠。附会韩与杜，琐屑为夸张。有如倚权门，凌轹众老苍。又如据泰华，不复游潇湘。丈夫贵独立，各以精神强。千古无臧否，于心有主张。肯如辕下驹，低头倚门墙。

宋人诗话附会杜韩，一切以杜韩为准，心中毫无主张，丧失了独立精神，令人作呕。袁枚对宋人诗话的厌恶，以及潜藏的对于杜韩诗歌的不满，都直接影响到了《药栏诗话》。

《药栏诗话》推崇的是白居易和陆游，常以二人双提并举，作为论诗的标准。甲集第三十六则、第六十三则，乙集第七十二则曰：

至性至情语，似易而实难。或以浅目之，非知诗者也。如袁子才先生《病中赠内》云："千金尽买群花笑，一病才征结发情"；《送女还吴》云："好如郎在安眠食，莫带啼痕对舅姑。"此种真挚语，在唐惟香山，在宋惟放翁耳。近代诸公，集中不多见此。

泰州邹耳山（熊）下笔有情，《声玉山斋集》中，五言似香山，七言似放翁也。《元旦》云："开樽集少长，拜母学儿童。"《示弟》云："当思规戒日，即是爱怜时。"《待雪》云："若是肯来宜酒后，似曾有约在梅先。"《新蝶》云："已消扇底三秋恨，来结花间再世缘。"《吴门》云："春从欸乃声中去，愁在湖山画里消。"

富豁汪巢林（士慎）善画梅，暮年双目失明，犹能以意运腕作狂草。金冬心谓其"盲于目而不盲于心"，信哉。著有《巢林集》七卷，金竹簃代刊行世。好句五言如“朝昏来冷客，风雨落闲门”；“绿暗云连树，春阴酒病人”。七言如“满径草肥春梦里，隔帘花尽雨声中”。《种竹》云：“沾泥犹带山中雪，冲冷先锄屋角冰。”和平蕴藉，在香山放翁之间。

香山与放翁的共同点，在于语浅情真，和平蕴藉，有闲淡之风。二人之间，严廷中又于香山更为倾心。《红蕉吟馆诗存》卷五《拜白集》序曰：

生平读古人诗，雅好香山，苦未窥其藩篱。甲申十二月，东莱翟君文泉镌“拜白山房”小印见贻，高山仰止，景行行止，虽不能至，心向往之矣。

以香山放翁为宗，尤其推崇香山，这固然是因其合乎严廷中的诗学观念，但也是受到了袁枚的直接影响。表面上看，袁枚对香山放翁的评价并不高。《随园诗话》卷四第四则曰：

凡事不能无弊，学诗亦然。学汉、魏、《文选》者，其弊常流于假；学李、杜、韩、苏者，其弊常失于粗；学王、孟、韦、柳者，其弊常流于弱；学元、白、放翁者，其弊常失于浅；学温、李、冬郎者，其弊常失于纤。人能吸诸家之精华，而吐其糟粕，则诸弊尽捐。大概杜、韩以学力胜，学之，刻鹄不成，犹类鹜也。太白、东坡以天分胜，学之，画虎不成，反类狗也。佛云：“学我者死。”无佛之聪明而学佛，自然死矣。

袁枚高扬独立精神，自言“试问随园诗学某，三唐两宋有谁应”（《遣兴》），于唐宋诸大家皆不愿学，既不学李杜韩苏，也不学元白放翁。《随园诗话》卷十六第四则、卷十四第五九则曰：

> 古人诗集之多，以香山、放翁为最。

> 诗者，人之精神也；人老则精神衰葸，往往多颓唐浮泛之词。香山、放翁尚且不免，而况后人乎？故余有句云：“莺老莫调舌，人老莫作诗。”

袁枚认为，香山放翁诗作最多，但不免颓唐浮泛之词。对香山放翁的不足，袁枚有清醒的认识。但是，理性的批评，并不影响其情感的喜好。袁枚《读白太傅集三首》序曰：

> 人多称余诗学白傅，自惭平时于公集殊未宣究。今年从岭南归，在香亭处借《长庆集》，舟中读之，始知阳货无心，貌类孔子。然平生不饮又不佞佛，二事与太傅异矣。

“无心”而“貌类”，正是其情感深处的共鸣所致，也就是因其人生境界与创作态度的相近而产生不期然而然的一致性，如“天性多情，喜好女乐，诗谢雕琢，心由自主”① 等。袁枚与香山放翁的这种情感共鸣，尤其是与香山的“无心”而“貌类”，直接而深刻地影响到了严廷中，使其明确地树立了以香山放翁为宗，而尤其推崇香山的观念。值得注意的是，从此处对于香山的态度，以及上述对于“柔”的态度，我们可以见出袁枚“情”与

① 尚永亮：《从“浅俗”之否定到多元之阐释——清前中期白居易诗接受的阶段性变化及其要因》，《复旦学报》（社会科学版）2010 年第 5 期。还可以参阅石玲《袁枚诗与白居易诗之“貌类”及内在成因》，《文学评论》2005 年第 3 期。

"理"的矛盾，即理性批评与情感喜好的对立冲突。相较于袁枚，严廷中则显得更加任"情"而动，一往"情"深，即完全尊崇情感的喜好，不会为了观念的全面与正确，而以理性的批评压抑情感的喜好。这是严廷中的偏狭之处，也是其单纯之处。透过严廷中，我们反倒更能把握袁枚性灵诗学的真精神与真面目。

综上所述，《药栏诗话》受到袁枚及其《随园诗话》的深刻影响。这些影响不仅表现在《药栏诗话》对袁枚诗歌典范性的确认，对《随园诗话》直接或间接的引用，更表现在对《随园诗话》采诗原则的继承，对袁枚诗学观念的认同。《药栏诗话》对袁枚性灵诗学的赓续和发展，无疑起到了重要的作用。只有在性灵诗学的脉络之中，才能深入理解《药栏诗话》的价值与意义。

《药栏诗话》有清道光刻本，云南省图书馆藏。民国时期，云南省政府组织人力编印《云南丛书》，将《药栏诗话》收录其中。《药栏诗话》的云南丛书本是否即以云南省图书馆藏本为底本翻刻而成，还是另有所本，现已不得而知。其后上海书店《丛书集成续编》和台湾新文丰出版公司《丛书集成续编》收录此书，皆据云南丛书本影印。今人张国庆先生《云南古代诗文论著辑要》和张寅彭先生《清诗话三编》也都以云南丛书本为底本，收录此书并做新式标点。云南丛书本乃成为现今最流行的本子。但笔者仔细对照云南丛书本和云南省图书馆藏本，发现云南丛书本存在较严重的问题。首先，云南丛书本缺漏 11 则，其中甲集 10 则，乙集 1 则。其次，云南丛书本中有多处存在前后两则混为一则的情况。再次，云南丛书本文字错讹较多。因此，本书舍云南丛书本，而以云南省图书馆藏本为底本，同时参考云南丛书本，以及张国庆和张寅彭二位先生的标点本。

本书笺注部分，"注"主要是对原文中的人名、地名、生僻字词、典故、诗句出处等做简要注释，"笺"主要是征引相关材料作为原文的参考。本书校勘较少，故不单独出“校”，相关情况在“注”中一并说明。本书附录搜集了严廷中的三篇传记、八篇诗文序，并征得张一粟女士和李超先生的同意，收录其《严廷中年谱简编》和《严廷中生平及其〈药栏诗话〉的价值》两篇论文。

由于笔者学力有限，加之时间仓促，本书还存在很多疏漏之处，恳请专家和读者批评。

药栏诗话笺注

甲　集

（一）

“夕阳何处不销魂？马上黄昏，楼上黄昏”[一]，词中之隽品也，与唐人“可怜闺里月，长在汉家营”[二]相似。“平芜尽处是春山，行人更在春山外”[三]，词中之神品也，与宋[四]人“夕阳山外山”[五]相似。“试问卷帘人，却道海棠依旧”[六]，词中之逸品也，与元人“新妆满面犹看镜，残梦关心懒下楼”[七]相似。

注：

［一］“夕阳”三句：出处不详。或引自《随园诗话》卷七第六一则：“宋人词云：‘斜阳何处最消魂？楼上黄昏，马上黄昏。’陈古渔《咏月》云：‘闺中少妇关山客，楼上无眠马上看。’《清波杂志·咏望后月》云：‘昨夜三更后，嫦娥堕玉簪。冯夷不敢受，捧出碧波心。’本朝杨文叔先生《咏十六夜月》云：‘休言三五团圞好，二八婵娟更可怜。’《玉壶清话·咏新月》云：‘一二初三四，蛾眉影尚单。待奴年十五，正面与君看。’近人方子云《咏新月》云：‘宛

如待嫁闺中女，知有团圞在后头。’心思之妙，孰谓今人不如古人耶?”

［二］“可怜”二句：出自唐代沈佺期《杂诗三首》其三：“闻道黄龙戍，频年不解兵。可怜闺里月，长在汉家营。少妇今春意，良人昨夜情。谁能将旗鼓，一为取龙城。”

［三］“平芜”二句：出自宋代欧阳修《踏莎行》：“候馆梅残，溪桥柳细，草薰风暖摇征辔。离愁渐远渐无穷，迢迢不断如春水。　寸寸柔肠，盈盈粉泪，楼高莫近危阑倚。平芜尽处是春山，行人更在春山外。”

［四］宋：底本作“明”，云南丛书本作“宋”，可从。

［五］“夕阳”句：出自宋代戴复古《世事》：“世事真如梦，人生不肯闲。利名双转毂，今古一凭栏。春水渡傍渡，夕阳山外山。吟边思小范，共把此诗看。”

［六］“试问”二句：出自宋代李清照《如梦令》：“昨夜雨疏风骤，浓睡不消残酒。试问卷帘人，却道海棠依旧。知否，知否？应是绿肥红瘦。”

［七］“新妆”二句：出自元代张昱《无题》：“灼灼庭花露未收，乐然双燕语绸缪。新妆满面犹看镜，残梦关心懒下楼。春到自怜人似玉，困来谁问酒扶头？狂踪已作风丝断，敢怨流年似水流。”

笺：

张寅彭《清诗话三编》第八册《药栏诗话提要》：

论诗主真情至性，近于袁枚，然又喜柔、曲，故所录虽不乏嘉道间名家，诗风却落于词风，远不逮随园之气局。甲集首则以词、诗相似之例开篇，即此之谓也。

（二）

新柳诗，咏者甚多，予独爱章琯香[一]（炜）“深闺未到十分愁”之句。琯香，庐江人，兰台[二]先生（廷梁）之子。先生官武昌盐道[三]时，先君[四]秉臬[五]楚北[六]，同寅[七]中深相契合。先君卒后，全家得以扶榇[八]归里，及予今日薄禄自养，皆先生力也。先生岂弟[九]慈祥，善政在人，侍太夫人旋里[十]，优游林下。瑨香兄弟联袂登科，瑨香旋成进士，官御史。天之报施，正自不爽。

注：

［一］章瑨香：即章炜，生卒年不详，字元城，号瑨香，安徽庐江人。道光九年（1829）进士，官刑部陕西司郎中，擢河南道监察御史，后任吏科给事中。著有《涵翠山房杂咏》。

［二］兰台：即章廷梁，生卒年不详，原名道杞，字南有，号兰台，安徽庐江人。曾任湖北盐法道。

［三］盐道：即盐法道，掌管一省盐政。

［四］先君：指严廷中父严烺。

［五］秉臬（niè）：执掌刑法。臬，法度，准则。

［六］楚北：楚地之北，即湖北。

［七］同寅：同僚。

［八］榇（chèn）：棺材。

［九］岂弟：亦作“恺悌”，和乐平易。

［十］旋里：返回故里。

（三）

予与瑨香在武昌[一]，一时名流硕士，共相往还。兰台先生署[二]中，如顾剑峰[三]（日新）、余铁香[四]（鼎）、吴雪锋[五]（国宝），皆为入幕之宾。先君署中，则江阴[六]王侪峤[七]先生（苏）主持风雅。予尝约同人作秋声诗社，黄谷原[八]（均）、周筑东[九]（山）、史荔洲[十]（福臻），朝夕过从，吟咏唱酬，殆无虚日。坛坫[十一]之盛，至今楚人能言之也。惟汉阳[十二]常芝仙[十三]（道性）屡招不至，先君去世后，始来舟中订交。

注：

［一］武昌：即湖北武昌府（今湖北武汉市）。

［二］署：办公机关。

［三］顾剑峰：即顾日新（1763—1823），号剑峰，江苏吴江（今苏州）人。嘉庆贡生，客游公卿间，曾入武昌胭脂山“藏诗坞”诗社。著有《寸心楼诗集》。

［四］余铁香：即余鼎（1779—1825），字铁香，号伯溉，江西新建人。诸生。师事恽敬，受古文法。道光初，楚北鹾使、满洲德丰延主蕲州书院。著有《归朴堂诗钞》。

［五］吴雪锋：不详。

［六］江阴：即江苏常州府江阴县（今江苏无锡市江阴市）。

［七］王侪峤：即王苏（1763—1816），字侪峤，号延庚，江苏江阴人。乾隆五十五年（1790）进士，改庶吉士，授编修，擢湖广监察御史，后任河南卫辉府知府。著有《试畯堂诗集》。王芑孙序其诗集曰：“其为人刚中有守，介特无所依，不随形势为燥湿，而所作情辞婉约，吐纳风流，不类其为人。”

［八］黄谷原：即黄均（1775—1850），字上琓，号谷原、香畴、墨华居士、墨华庵主，江苏元和（今苏州）人。画家，于武昌胭脂山筑小园，居二十年。著有《墨华庵吟稿》。

［九］周筑东：即周山，生卒年不详，字筑东，江苏上元（今南京）人。幕游湖北，工诗，善画梅。著有《芙蓉山馆集》。

［十］史荔洲：即史福臻，生卒年不详，字会五，一字荔洲，江苏阳湖（今常州）人。道光二年（1822）举人，官安徽太和县教谕。少时好雄奇瑰丽之作，后以抒写性灵，淡泊自得为宗。著有《荔洲吟稿》。

［十一］坛坫（diàn）：会盟的坛台，引申为文坛。

［十二］汉阳：即湖北汉阳府汉阳县（今湖北武汉市汉阳区）。

［十三］常芝仙：即常道性，生卒年不详，一作性道，字芝仙，安徽芜湖人，后迁汉皋（今湖北汉口）。精鉴赏，工翰墨，与黄均为莫逆交。

笺：

《红蕉吟馆诗存》卷八《寄章瑄香（炜）》：

忆昔相逢日，南楼侍宦年。豪华两公子，风雅一时传。官舍江城共，冠裳盛地联。胭脂山路熟（道署山名），芳草画堂偏（皋署堂名）。结伴观经史，谈心厌管弦。寒灯分焰碧，残雪绘图鲜（予与琯香读书藏诗坞，会大雪，约黄谷原作图，图中有我三人小影）。四座惊余论，群公诵短篇。隔亭频问枣，跨鹤欲登仙。听雨晴川畔，停舟大别前。情怀增渺渺，裘马望翩翩。棣种花兄弟，行分雁后先。埙篪非异调，胶漆自同坚。岂料三生契，刚余半载缘。大椿悲陨折，孤鸟泣泛涟。舟荷尧夫麦，囊倾元振钱。麻衣沾别泪，素旐指归鞭。读礼方居里，携家再入燕。侨居欣路近，重会更情专。买宅邻东郭，栽花汲井泉。秋风催酿酒，夜月照开筵。折柬同呼友，传题共劈笺。鲍昭（子坚）文灿烂，吴质（春帆）赋缠绵。铩羽君先返，持筹我未贤。千金随手尽，万贯失腰缠。纳粟随诸子，应官备散员。头衔莲座近，心事鹊华巅。佐县姜山集，哦松大海边。簿书欣简率，诗酒得流连。种树花成幄，堆山石数拳。迎霜蔬脆美，坠露果轻圆。父老分瓜芋，鱼虾买市廛。不随人俯仰，时与我周旋。桃李盈门种，诗文按月编。束脩花似锦，奖励笔如椽（予在姜山，设立官学，按月试文，列前茅者，以笔酬之）。不负成材意，都能夺锦还（门人于梦锡、苏肇脩、迟衍灏辈，接踵入泮）。岂惟敦习俗，藉此谢喧阗。一纸题名到，经时望眼穿。文章真有价，姓字喜高悬。柳汁三春嫩，樱桃九宴全。秋官丹陛重，郎署白云镌。吾子真名士，相如可并肩。入赀原偶尔，献赋又腾骞（琯香援例为郎中，成进士，后得旨以原官即用）。他日持文柄，乘骢到海天。步行如肯下，手版定容捐。富贵非能强，升沉亦偶然。顺风须振翮，勇退或归田。夙爱江南好，思将孥累迁。倘能挂冠去，常此枕蓑眠。白下君安宅，青溪我泛船。结邻姑有待，恨别倩谁宣。芳讯疏三载，修途阻二千。萱苏缄郑重，鱼雁祝安便。尺素频通否，分阴各勉旃。

名山千载事，莫使世荣牵。

（四）

鲍觉生[一]先生（桂星），一代文人，于予尤有知己之感。在都门[二]曾以诗集赐观，惜未录存。先生下世后，官贫子幼，长君[三]子坚孝廉[四]又先先生亡，遗稿恐一时未能付梓[五]。仅记古诗一首，乃辛巳年[六]出都先生为予书扇者，录之以志吉光片羽。诗云："曲径少人行，风吹绿萝短。携琴选幽石，落日忽已晚。高梧起鸾啸，兰露滴秋坂。悠悠山水音，空际出闲婉。不待清商[七]弹，心期白云远。"

注：

［一］鲍觉生：即鲍桂星（1764—1824），字双五，一字觉生，安徽歙县人。嘉庆四年（1799）进士，历官工部侍郎、翰林学士，因事革职，官终詹事。师从姚鼐，诗古文并有法。著有《觉生诗钞》。严廷中《红蕉吟馆诗存》卷首有鲍桂星《红蕉吟馆诗词序》，见附录。

［二］都门：京都城门，借指京都。

［三］长君：成年的公子，泛指公子。

［四］孝廉：汉代察举制的科目之一，亦指被推选的士人，明清变为对举人的雅称。

［五］付梓：书稿交付刊印。

［六］辛巳年：即道光元年辛巳（1821）。

［七］清商：即清商曲，一种汉族传统音乐，声调比较清越，故名。

笺：

《红蕉吟馆诗存》卷六《挽鲍觉生年伯》：

文星闻道陨长安，千里关河一吊难。来往瀛洲仙历劫，主持风雅将登坛。本来面目能招怨，生就孤高只累官。小立中庭看明月，平生风骨类高寒。

才如天骥独行空，一代文章共仰公。小梦卅年燕市月，新诗万里皖江风。何妨议论轻余子，自有声名简帝衷。硕果晨星留不住，倩谁叩壁问苍穹。

当年曾记客京华，知己情深爱转加。夜雨帘栊新试茗，春风庭院正飞花。逢人屡诵狂生句，问病常停长者车。一样怜才成往事，江阴宿草墓门斜（谓王侪峤年伯）。

离悰冉冉四年余，昨倩双鱼问起居。信到已成千古别，人回谁复数行书。何时杯酒浇坟土，暂借招提荐笋蔬（时寓石岛僧寺）。今夜海边残月落，可能梦里话当初。

（五）

道光壬午[一]赴吴门[二]，道经顺河集[三]。道中见一贵官乘肩舆张红盖前导，后随太平车数乘，车中环珮铿锵，笑语间杂，望之使人意消。后读宋人诗云“前队貔貅[四]冲晓色，后车莺燕杂春声”[五]，叹其工稳。

注：

［一］道光壬午：即道光二年壬午（1822）。

［二］吴门：即春秋吴都阊门，借指苏州或苏州一带。

［三］顺河集：即江苏徐州府宿迁县顺河集，在今江苏宿迁市东七里。

［四］貔貅（píxiū）：传说中的一种猛兽。比喻勇猛的军队。

［五］“前队”二句：出处不详。或引自明代瞿佑《归田诗话》卷中《金明池》：“金明池为宋东京游赏之地，当时有诗云‘柳外雕鞍公子过，水边纨扇丽人行’，风景可以想见。又有人送边帅赴任云‘前队貔貅冲晓色，后车莺燕杂春声’，行色之盛，宛然在目。惜全篇不传。”

（六）

七绝难于雄放。张船山[一]先生（问陶）《送杨荔裳[二]之任川北道》诗，可谓雄放矣。诗云："天外飞书数异才，军容如火万山开。书生笔墨英雄胆，戈马丛中百炼来。""穷边回首望乌斯[三]，竟过斜阳未可知。得句直题天尽处，古人无此纪游诗。""定有雄才靖百蛮，一年来往剑门关。三刀不作寻常梦，管领连云十万山。"先生不喜宋儒，诗中往往见之。如《过眉州》云："宋时多拘儒，惟公有生气"；《车中》云："理学传应无我辈，香奁[四]诗好继风人[五]"；《汲县[六]》云："儿女私情比兴殊，诗关君父费踟蹰。颟顸[七]只作淫奔读，天厄风人遇宋儒。"大抵宋人理学多托空言，折服中人则有余，牢笼才智则不足。当时洛蜀分党[八]，已各挟私见矣。

注：

［一］张船山：即张问陶（1764—1814），字仲冶，一字柳门，号船山、蜀山老猿，四川遂宁人。乾隆五十五年（1790）进士，曾任翰林院检讨、江南道监察御史、吏部郎中、山东莱州知府，后辞官寓居苏州。与袁枚、赵翼并称为"性灵派三大家"。著有《船山诗草》。

［二］杨荔裳：即杨揆（1760—1804），江苏无锡人，字同叔，一字荔裳。乾隆中举人，授中书。从福康安征卫藏，官至四川布政使。著有《藤华吟馆集》《卫藏纪闻》。

［三］乌斯：即乌斯藏，又作乌思藏，清以后改称卫藏，包括今拉萨市和山南市等，为西藏的核心区域。

［四］香奁（lián）：妇女盛放香粉、镜子等物的匣子。借指闺阁。

［五］风人：即诗人。

［六］汲县：即河南卫辉府汲县（今河南新乡市卫辉市）。

［七］颟顸（mānhān）：糊涂而马虎。

［八］洛蜀分党：宋哲宗元祐年间，反对王安石新法的朝臣分为洛、蜀、朔三党。王应麟《小学绀珠·名臣下·元祐三党》："洛党：程颐为领袖，朱光庭、贾易等为羽翼；蜀党：苏轼为领袖，吕陶等为羽翼；朔党：刘挚为领袖。"

（七）

"一点缁尘涴素衣，斑斑驳驳使人疑。纵教洗尽千江水，何似当初未涴时。"［一］诗佳矣，而阻人迁善之心。

注：

［一］"一点"四句：出自宋代黄庚《污衣》："一点缁尘涴素衣，斑斑驳驳使人疑。纵教洗遍千江水，争似当初未涴时。"

笺：

《随园诗话》卷三第六七则：

诗家有不说理而真乃说理者……无名氏云："一点缁尘涴素衣，斑斑驳驳使人疑。纵教洗遍千江水，争似当初未涴时？"

（八）［一］

眼前静境未经人道者，"柳塘春水漫，花坞夕阳迟"［二］，"微云澹河汉，疏雨滴梧桐"［三］。或问其妙，又不能道。大约此等句如仙姬神女，自不以粉黛示人。

注：

［一］云南丛书本中此则紧接上则末尾，合为一则，误。

［二］"柳塘"二句：出自唐代严维《酬刘员外见寄》："苏耽佐郡时，近出白云司。药补清羸疾，窗吟绝妙词。柳塘春水慢，花坞夕阳迟。欲识怀君意，明朝访楫师。"漫，一作"慢"。

［三］"微云"二句：出自唐代孟浩然《省试骐骥长鸣》："微云澹河汉，

疏雨滴梧桐。逐逐怀良驭，萧萧顾乐鸣。”

笺：

《随园诗话》卷五第三四则：

宋人论诗，多不可解。杨蟠《金山》诗云：“天末楼台横北固，夜深灯火见扬州。”的是金山，不可移易。而王平甫以为是牙人量地界诗。严维：“柳塘春水慢，花坞夕阳迟。”的是静境，无人道破。而刘贡父以为“春水慢”不须“柳坞”。孟东野《咏吹角》云：“似开孤月口，能说落星心。”月不闻生口，星忽然有心。穿凿极矣，而东坡赞为奇妙。皆所谓好恶拂人之性也。

（九）[一]

对联之佳者，如蟂矶祠[二]之“思亲泪落吴江冷，望帝魂归蜀道难”[三]，关帝祠[四]之“知我者其惟春秋乎，乃所愿则学孔子也”[五]，花神庙[六]之“翠翠红红处处莺莺燕燕，风风雨雨年年暮暮朝朝”[七]，杭州试院[八]之“落笔千言当桂子黄时槐花香后，出门一笑正西湖月满东浙潮来”[九]，随园[十]之“此地有崇山峻岭茂林修竹，是能读三坟五典八索九丘”[十一]。

注：

［一］此则云南丛书本缺。

［二］蟂（xiāo）矶祠：即蟂矶灵泽夫人祠。蟂矶，地名，在安徽芜湖西江中。灵泽夫人，俗传即三国时刘备妻、孙权妹。

［三］“思亲”二句：梁章钜《楹联丛话》卷六《胜迹上》：“蟂矶孙夫人祠有徐文长联柱云：‘思亲泪落吴江冷，望帝魂归蜀道难。’”《楹联续话》卷一《庙祀》：“蟂矶庙联：‘思亲泪落吴江冷，望帝魂归蜀道难。’人皆知为徐文长所撰。”

［四］关帝祠：指黑龙江虎林市虎头关帝庙。

［五］“知我”二句：梁章钜《楹联丛话》卷三《庙祀上》：“关帝庙联最多，世人皆习用《三国演义》语，殊不雅驯。有集《四书》句者，云：‘知我者其惟《春秋》乎？乃所愿则学孔子也。’最著于时。语似正大，不知帝之好读《春秋》，正史亦无明文，惟裴松之引《江表传》云‘公好《左氏传》，讽诵略皆上口’而已。‘学孔子’语亦泛而无当，不得谓之佳联。”

［六］花神庙：指杭州西湖花神庙。

［七］“翠翠”二句：梁章钜《楹联丛话》卷六《胜迹上》：“西湖花神庙在孤山下，跨虹桥之西，雍正九年，总督李敏达所建。……犹记得有一旧联云：‘翠翠红红，处处莺莺燕燕；风风雨雨，年年暮暮朝朝。’曼调柔情，情景恰称。”

［八］杭州试院：即浙江贡院，旧址在今杭州高级中学贡院校区。

［九］“落笔”二句：梁章钜《楹联丛话》卷六《胜迹上》：“阮芸台先生题杭州府贡院一联云：‘下笔千言，正桂子香时，槐花黄后；出门一笑，看西湖月满，东浙潮来。’为时传诵。”

［十］随园：袁枚别墅，旧址在今南京师范大学随园校区。

［十一］“此地”二句：梁章钜《楹联丛话》卷六《胜迹上》：“袁简斋随园中联云：‘此地有崇山峻岭，茂林修竹；是能读三坟五典，八索九丘。’是李鹤峰侍郎（因培）所赠。”

（十）［一］

戏台对联之佳者，“将往事今朝重提［二］起，破工夫明日早些来”，“父老闲来消白昼，儿童归去话黄昏”［三］。京师庆宁园台上对联云：“大千春色在眉头记当年翠暖珠香曾游赡部，五万莺花如梦里念此日丁歌甲舞重睡昆仑”［四］，或云乩笔［五］也。

注：

［一］此则云南丛书本缺。

［二］提：底本作“题”，据原文改。

［三］“将往事”四句：梁章钜《楹联丛话》卷十二《杂缀》：“京师戏园每演一剧，必分开数日，始了其绪。盖勾留观者，使不能中途而辍也。有集联

云：‘把往事今朝重提起；破工夫明日早些来。’可称工切。又乡村戏台联云：‘父老闲来消白昼；儿童归去话黄昏。’”

［四］“大千”二句：梁章钜《楹联丛话》卷十二《杂缀》：“京师庆宁园戏台联云：‘大千春色在眉头，记当年翠暖珠香，曾游赡部；五万莺花如梦里，念此日丁歌甲舞，重睡昆仑。’词意在可解不可解间。或云是乩笔。”

［五］乩（jī）笔：扶乩中假托神灵书写的文字。乩，占卜问疑。扶乩，一种占卜方法，假托神灵附身，在沙盘上画字，传达神灵意旨。

（十一）[一]

九江琵琶亭面临大江，唐蜗寄[二]先生以“残月晓风大江东去”八字书额，可称雅切。

注：

［一］此则云南丛书本缺。

［二］唐蜗寄：即唐英（1682—1756），字俊公，晚号蜗寄老人，盛京沈阳（今辽宁沈阳）人，隶汉军正白旗。雍正间授内务府员外郎，历监粤海关、淮安关、九江关。雍正、乾隆中，监督江西景德镇窑务十余年。奉敕编《陶冶图》，为图二十，各附详说。所造器，世称“唐窑”。工书画诗文，著有《陶人心语》等。

笺：

《随园诗话》卷三第六〇则：

升平日久，海内殷富，商人士大夫慕古人顾阿瑛、徐良夫之风，蓄积书史，广开坛坫。扬州有马氏秋玉之玲珑山馆，天津有查氏心谷之水西庄，杭州有赵氏公千之小山堂，吴氏尺凫之瓶花斋，名流宴咏，殆无虚日。许佩璜刺史赠查云：“庇人孙北海，置驿郑南阳。”其豪可想。此外，公卿当事，则有唐公英之在九江，鄂公敏之在西湖，皆以宏奖为己任。不四十年，风流顿尽。

唐公号蜗寄老人，司九江关，悬纸墨笔砚于琵琶亭，客过有题诗者，命关吏开列姓名以进。公读其诗，分高下，以酬赠之。建白太傅祠，肖己像于旁。甲辰冬，余过九江，则太傅祠改作戏台，唐公像亦不见。

（十二）

历城[一]大明湖[二]对联甚多，无一佳者，惟铁冶亭[三]中丞[四]（保）“四面荷花三面柳，一城山色半城湖”一联可存。

注：

［一］历城：即山东济南府历城县（今山东济南市历城区）。

［二］大明湖：济南市区湖泊，为历史名胜。

［三］铁冶亭：即铁保（1752—1824），本姓觉罗氏，后改栋鄂氏，字冶亭，号梅庵，满洲正黄旗。乾隆三十七年（1772）进士，授吏部主事，历郎中、侍讲学士、礼部侍郎等官。嘉庆时官至两江总督，后革职，流放新疆。再起后迁至吏部尚书，又革职，流放吉林。工书法，与成亲王永瑆、刘墉、翁方纲，并称为“清朝四大书家”。著有《惟清斋全集》。

［四］中丞：巡抚的代称。铁保于嘉庆八年（1803）任山东巡抚。

（十三）[一]

金山[二]诗，唐宋以来作者甚多，予独爱杨公济[三]“天末楼台横北固[四]，夜深灯火见扬州”[五]，移置他处不得。

注：

［一］云南丛书本中此则紧接上则末尾，合为一则，误。

［二］金山：位于江苏镇江市西北。

［三］杨公济：即杨蟠（约1017—1106），字公济，号浩然居士，浙江章安（今浙江台州）人。宋仁宗庆历六年（1046）进士，曾任杭州通判，与苏轼交

厚。著有《章安集》。

[四] 北固：即北固山，位于镇江市东北，北临长江，形势险固，故名“北固”。

[五] “天末”二句：出自杨蟠《陪润州裴如晦学士游金山回作》：“世上蓬莱第几洲，长云漠漠鸟飞愁。海山乱点当轩出，江水中分绕槛流。天远楼台横北固，夜深灯火见扬州。回船却望金陵月，独倚牙旗坐浪头。”末，一作“远”。

笺：

见甲集第八则笺。

（十四）

《随园诗话》载郑中翰[一]《赠内》诗云：“明年春到江南岸，杨柳青青莫上楼。”[二]作绝句固应如此著笔，方不愧雅人吐属。

注：

[一] 郑中翰：即郑澐（？—1795），字晴波，号枫人，江苏仪征人。乾隆三十年（1765），以举人应召试，授内阁中书，历官杭州知府，升浙江督粮道。著有《玉勾草堂诗集》。中翰：明清时内阁中书的别称。

[二]《随园诗话》卷十第三〇则：“真州郑中翰澐，字晴波，新婚北上，《留别闺中》云：‘来年春到江南岸，杨柳青青莫上楼。’其同年周舍人发春喜诵之。时有陈庶常濂，与周相善，而未识郑。一日公宴处，周、郑俱在，陈忽语周曰：‘昨闻有人赠内之句，情韵绝佳，当是晚唐人手笔。’周急叩之。则所称者，即郑诗也。郑闻而愕然。周因指郑示陈曰：‘此即赋“杨柳青青”之晚唐人矣！’三人大笑。真州程灌夫亦有句云：‘春风自绿垂杨色，何事羁人怕倚楼？’”

（十五）

明永乐[一]破金陵[二]，建文[三]亡去，后宏光[四]亦自金陵出亡。徐石生[五]二尹[六]（鈖）《金陵怀古》云：“一从燕子飞藩邸[七]，又见龙孙走旧京”，此意未经人道。

注：

［一］永乐：即明永乐帝朱棣。

［二］金陵：南京。

［三］建文：即明建文帝朱允炆。

［四］宏光：多作“弘光”，即南明弘光帝朱由崧。

［五］徐石生：即徐鈖，生卒年不详，字石生，曾任山东掖县县丞、文登县令，为严廷中山东任上好友。

［六］二尹：县丞的别称。县丞是县令的副职，故称二尹。

［七］藩邸：藩王之第宅。

（十六）

张六琴[一]巡检[二]（禄卿）《咏老幕》云：“无官操大柄，有室守长鳏”，可称佳句。或谓中无“老”字，予应之曰：“老而无妻曰‘鳏’。”[三]六琴原名诩，以字行。

注：

［一］张六琴：即张诩，生卒年不详，字禄卿，号六琴，江苏元和（今苏州）人。监生。幕游山左，后投效曹南军营，官山东胶州巡检。著有《露华榭集》。

［二］巡检：明清时，凡镇市、关隘要害处俱设巡检司，主官为巡检，归县令管辖。

［三］“老而”句：出自《孟子·梁惠王下》：“老而无妻曰鳏，老而无夫曰寡，老而无子曰独，幼而无父曰孤，此四者，天下之穷民而无告者。”

笺：

《红蕉吟馆诗存》卷五《张六琴（禄卿）以近作属为点定，

辄题其卷》：

倜傥张公子，骚坛著盛名。韩苏传杰笔，郊岛避寒声。剑古光无定，弦高响不平。偏师当劲敌，险阵走奇兵。顾我空疏久，辜君郑重情。将军真负腹，新妇敢尝羹。把卷甘低首，抽豪愧浪评。两州邮吏便，诗句好频赓。

（十七）

诗以在人意中为妙。蒋伯生[一]明府[二]（因培）署汶上[三]县，其尊人[四]旧治也，画《汶上行春图》，征诗。六琴和其原韵云："共惊措大[五]新官样，私说郎君[六]旧小名。"

注：

［一］蒋伯生：即蒋因培（1768—1838），字伯生，号辛峰老民，江苏常熟人。嘉庆二年（1797）援投效例授阳谷县丞，历知汶上、泰安、齐河诸县。道光元年（1821）因直言忤上官，遣戍新疆，遇赦释还。著有《乌目山房诗存》。蒋因培与严廷中为挚友，《红蕉吟馆诗存》卷首有蒋序一篇，见附录。

［二］明府：县令的代称。

［三］汶上：即山东兖州府汶上县（今山东济宁市汶上县）。

［四］尊人：对他人或自己父母的敬称。蒋因培父蒋瞻岵（1727—1786），字蓼庭，曾任山东汶上知县。

［五］措大：贫寒的读书人。

［六］郎君：贵家子弟。

（十八）

予论诗以柔为主。盘空硬语，皆矫揉造作为之，非正格也，故于唐之昌黎[一]，宋之东坡[二]、山谷[三]，皆不甚好。

注：

［一］昌黎：即韩愈（768—824），字退之，自谓“郡望昌黎”，故世称韩昌黎。

［二］东坡：即苏轼（1037—1101），字子瞻，号东坡居士。

［三］山谷：即黄庭坚（1045—1105），字鲁直，号山谷道人。

笺：

袁枚《小仓山房尺牍》卷八《答李少鹤书》：

然而天下物，未有不以柔为贵者。金、银、铜、铁、绸、罗、纱、绢，触目皆然。虽太阿纯钩，天下之至刚者也，亦以能屈能伸为贵；而况于声诗一道，将含商嚼徵，播之管弦者耶？《易》称君子“独立不惧”，而仍“藉用白茅”，取其柔之至也。刘熙《释名》云：“儒者，柔也。”即此意也。

《随园诗话补遗》卷二第一二则：

凡药之登上品者，其味必不苦：人参、枸杞是也。凡诗之称绝调者，其词必不拗：《国风》、盛唐是也。大抵物以柔为贵：绫绢柔则丝细熟，金铁柔则质精良。诗文之道，何独不然？余有句云：“良药味不苦，圣人言不腐。”

《随园诗话补遗》卷三第一〇则：

诗家百体，严沧浪《诗话》，胪列最详，谓东坡、山谷诗，如子路见夫子，终有行行之气。此语解颐。即我规蒋心馀能刚而不能柔之说也。然李、杜、韩、苏四大家，惟李、杜刚柔参半，韩、苏纯刚，白香山则纯乎柔矣。

（十九）

如皋[一]江黄竹[二]（干）《片石诗钞》，哀怨绝伦，殆于郊寒岛瘦[三]外另树一帜者。《燕子矶[四]》云："吴楚千秋征战地，乾坤终古去来潮"；《文山春眺》云："孤戍远连空野烧，一楼寒拥乱山钟"；《客感》云："贫说温柔空适意，愁闻歌吹转伤心。老忽催人愁有据，才能造命福无权"；《题桃花庵册子》云："词客闲吟荒野月，孤僧寒拥破楼霜"；《寄人》云："有身自缚如蚕茧，以寄为生比兔丝[五]"；《寒夜》云："古戍冻云低断雁，空村斜月乱荒鸡"；《老狸》云："人鬼丛中乱，乾坤劫外存。水云蒸媚骨，儿女炫春魂"；《疲驴》云："落叶踏不碎，四蹄轻可知"，均妙。予尤爱其"暮烟凝处失孤村"一语，画工所不能到。

注：

［一］如皋：即江苏通州如皋县（今江苏南通市如皋市）。

［二］江黄竹：即江干（1739—?），字片石，号黄竹，江苏如皋人。嘉庆五年（1800）恩贡。貌陋，好苦吟，与罗两峰友善，谈诗说鬼，津津不倦，袁枚会宾客于随园，以"江北诗人"目之。著有《片石诗钞》。

［三］郊寒岛瘦：出自宋代苏轼《祭柳子玉文》："元轻白俗，郊寒岛瘦。"指孟郊、贾岛简啬孤峭的诗歌风格。

［四］燕子矶：位于南京市栖霞区幕府山东北角观音门外，因石峰突兀江上，三面临空，势如燕子展翅欲飞而得名，是重要的长江渡口和军事重地，被世人称为"万里长江第一矶"。

［五］兔丝：即菟丝子，一种寄生植物。

（二十）

黄竹[一]《袍去》诗云："袍去一家安，将饥换到寒。"读之令人失笑。

注：

［一］黄竹：即江干，见甲集第十九则。

（二十一）

道光七年[一]，予在历城，蒋竹坪[二]以吴晦亭[三]《古人今我斋诗刻》持赠，为摘录一二以存其人。五言如《汾江[四]送客》云："古渡落黄叶，西风江上愁。那堪长病客，复送远行舟。海色黄牛暮，滩声白马秋。相思若汾水，千里共悠悠。"七言如《六和塔[五]凭眺》云："绝顶浮图[六]宿雾开，荒荒唐宋旧亭台。钱塘弩下红潮伏，艮岳[七]霜寒白雁来。社稷金缯[八]和虏策，山河铁卷[九]定边才。流离琐尾[十]朝廷小，不及婆留[十一]辟草莱。"他如《买臣[十二]》云："贱干天子易，贫悦妇人难"，《村行》云："远山远水秋风店，黄叶黄花暮雨村。"又《孙夫人庙》"乱世婚姻成祸水"，七字亦佳。晦亭，顺德人，名维彰。临终手书遗札，以诗稿付其弟子梁章冉[十三]，辞极哀楚。

注：

［一］道光七年：即道光七年丁亥（1827）。

［二］蒋竹坪：不详。

［三］吴晦亭：即吴维彰（？—1819），字晦亭，广东顺德人。嘉庆十二年（1807）举人。著有《古人今我斋诗》。

［四］汾江：位于今广东佛山市。汾江古渡为佛山古镇八景之一。

［五］六和塔：位于杭州钱塘江畔月轮山上，北宋时吴越王为镇钱塘潮而建。

［六］浮图：佛塔。

［七］艮岳：位于河南开封城内东北隅。宋徽宗政和七年（1117）于汴梁东北作万岁山，宣和四年（1122）徽宗自为《艮岳记》，以为山在国都之艮位，故名艮岳。

［八］金缯（zēng）：黄金和丝织品。泛指金银财物。

［九］铁卷：多作"铁券"，俗称免死金牌。此处指钱镠铁券，系唐昭宗为犒赏彭城郡王钱镠平定董昌叛唐称帝所赐的一块金书铁券。

［十］流离琐尾：颠沛流离，处境艰难。

［十一］婆留：即钱镠（852—932），字具美，一作巨美，小字婆留，杭州临安（今浙江杭州市临安区）人，吴越开国国君。

［十二］买臣：即朱买臣（？—公元前115），字翁子，会稽郡吴县（今江苏苏州市）人。早年家贫，其妻去之，后因献平定东越之策，获汉武帝赏识，出任会稽太守。

［十三］梁章冉：即梁廷枏（1796—1861），字章冉，号藤花亭主人，广东顺德人。道光十四年（1834）副榜贡生，曾入两广总督林则徐幕，以献策抵御外侮获内阁中书衔。戏曲家，著有杂剧《江梅梦》《圆香梦》《昙花梦》《断缘梦》4种（合称《小四梦》）、传奇《了缘记》、戏曲理论著作《藤花亭曲话》等。枏，音nán。

（二十二）

李易安[一]词足与李后主[二]并肩。予尝戏谓："使易安得配后主，可称词君词后。"一老儒作色曰："此等失节妇人，虽有数篇佳句，亦何足取！"予笑曰："君亦知妇女再醮[三]固是常事乎？《凯风》[四]之什，孟子以为亲之过小[五]，此圣贤之不持苛论也。国家立法，守节者有旌，改嫁者无罚，此法度之近情也。君休矣！无轻诋词人。"时王侪峤[六]先生在座，掀髯大笑曰："'是故恶夫佞者'[七]，然吾不能谓此语之尽非。"

注：

［一］李易安：即李清照（1084—约1155），济南人，号易安居士。

［二］李后主：即李煜（937—978），南唐最后一位国君，史称李后主。

［三］再醮（jiào）：妇女再嫁。

［四］《凯风》：即《诗经·邶风·凯风》："凯风自南，吹彼棘心。棘心夭夭，母氏劬劳。凯风自南，吹彼棘薪。母氏圣善，我无令人。爰有寒泉，在浚之下。有子七人，母氏劳苦。睍睆黄鸟，载好其音。有子七人，莫慰母心。"

《毛诗序》："《凯风》，美孝子也。卫之淫风流行，虽有七子之母，犹不能安其室。故美七子能尽其孝道，以慰其母心，而成其志尔。"后人多认为此诗之意是子劝母不要再嫁。

［五］孟子以为亲之过小：见《孟子·告子下》："曰：'《凯风》何以不怨?'曰：'《凯风》，亲之过小者也；《小弁》，亲之过大者也。亲之过大而不怨，是愈疏也；亲之过小而怨，是不可矶也。愈疏，不孝也；不可矶，亦不孝也。孔子曰："舜其至孝矣，五十而慕。"'"孟子认为，《凯风》所述母欲再嫁，是亲之过错小。

［六］王侪峤：见甲集第三则。

［七］"是故"句：出自《论语·先进》："子路使子羔为费宰。子曰：'贼夫人之子。'子路曰：'有民人焉，有社稷焉，何必读书，然后为学?'子曰：'是故恶夫佞者。'"意即，所以我讨厌能言善辩的人。

（二十三）

王侪峤[一]先生，一代风雅，名重海内，《试畯堂诗集》先君已代刊行世矣。先生有《题荼蘼[二]春去图》二绝，后考《金石录》[三]诸书，以易安再适[四]为传闻之误，故集中删去此诗。先生尝为予诵之，诗云："黄花瘦尽过江东，又见瑶阶斗落红。细雨忽来香梦冷，最难将息是春风。""覆水何曾再点茶[五]，饯春[六]谁解酿名花？荼蘼事了开天棘[七]，飞出东墙又一家。"

注：

［一］王侪峤：见甲集第三则。

［二］荼蘼（túmí）：一种落叶灌木，可供观赏。

［三］《金石录》：李清照之夫赵明诚所著，集录上古三代至隋唐五代钟鼎彝器的铭文款识和碑铭墓志等石刻文字，共三十卷。书后有李清照《后序》一文，自叙其身世。

［四］再适：妇女再嫁。

［五］点茶：唐宋时期的一种沏茶方法。相传李清照擅点茶之法。

［六］饯春：饮酒送别春光。

［七］天棘：即天门冬，一种攀缘植物。

（二十四）

古人诗无自注之理，惟眼前纪实语不得不借注以明之，然诗有因注转劣者。东坡《夜泛西湖》诗："渔人收筒未及晓，船过惟有菰蒲[一]声"[二]，的是湖中将晓静景，乃自注云："湖上禁渔[三]，皆盗钓者也"，岂不令二语索然？

注：

［一］菰蒲（gūpú）：菰和蒲。菰，多年生草本植物，生在浅水里，嫩茎称"茭白"，可做蔬菜，果实称"菰米"，可煮食。蒲，多年生草本植物，生池沼中，叶长而尖，可编席、制扇。

［二］"渔人"二句：出自苏轼《夜泛西湖五绝》其三："苍龙已没牛斗横，东方芒角升长庚。渔人收筒及未晓，船过惟有菰蒲声。"

［三］湖上禁渔：底本与云南丛书本皆作"湖中禁鱼"，据原诗改。

（二十五）[一]

六经中有伪文章，造语特奇，然经书中颇有可议。如子夏丧子丧明是何等境遇，曾子因其无罪一语遂至呼名怒责，圣贤待友何至不近人情至此。[二]又如尧之于舜，以天子试一鳏夫，何必厘降二女使试之，而不贤如二女何及，后历试诸艰又何必纳于大麓。[三]此等类皆事之可疑者，善乎随园[四]之言曰"六经虽读不全信，勘断姬孔言微茫"[五]。

注：

［一］此则云南丛书本缺。

［二］“子夏丧子丧明”事：见《礼记·檀弓上》：“子夏丧其子而丧其明。曾子吊之，曰：‘吾闻之也，朋友丧明，则哭之。’曾子哭。子夏亦哭，曰：‘天乎！予之无罪也！’曾子怒曰：‘商，女何无罪也？吾与女事夫子于洙泗之间，退而老于西河之上，使西河之民疑女于夫子，尔罪一也。丧尔亲，使民未有闻焉，尔罪二也。丧尔子，丧尔明，尔罪三也。而曰女何无罪与？’子夏投其杖而拜曰：‘吾过矣！吾过矣！吾离群而索居，亦已久矣！’”子夏因为儿子去世而哭瞎了眼睛。子夏对曾子说，自己“无罪”，为什么会如此不幸。曾子发怒，直呼其名“商”，责备他对老师、对父母、对自己都没有尽到责任。严廷中认为，这是曾子过于苛责，不近人情。

［三］“尧之于舜”事：见《尚书·尧典》：“帝曰：‘咨！四岳。朕在位七十载，汝能庸命巽朕位？’岳曰：‘否德忝帝位。’曰：‘明明扬侧陋。’师锡帝曰：‘有鳏在下，曰虞舜。’帝曰：‘俞！予闻，如何？’岳曰：‘瞽子，父顽，母嚚，象傲，克谐，以孝烝烝，乂不格奸。’帝曰：‘我其试哉！女于时，观厥刑于二女。’厘降二女于妫汭，嫔于虞。帝曰：‘钦哉！’”又《尚书·舜典》：“慎徽五典，五典克从；纳于百揆，百揆时叙；宾于四门，四门穆穆；纳于大麓，烈风雷雨弗迷。帝曰：‘格！汝舜。询事考言，乃言厎可绩，三载。汝陟帝位。’”尧为了考察舜，让自己的两个女儿下嫁给舜，后来为了历练舜，又让舜深入大山之中，这些在严廷中看来都是不可理解的。

［四］随园：即袁枚（1716—1798），字子才，号简斋，晚年自号仓山居士、随园主人、随园老人。

［五］“六经”二句：出自袁枚《子才子歌示庄念农》：“子才子，颀而长，梦束笔万枝，为桴浮大江，从此文思日汪洋。十二举茂才，二十试明光，廿三登乡荐，廿四贡玉堂。尔时意气凌八表，海水未许人窥量。自期必管乐，致主必尧汤。强学佉卢字，误书灵宝章，改官江南学趋跄。一部《循吏传》，甘苦能亲尝。至今野老泪簌簌，颇道我比他人强。投帻大笑，善刀而藏，歌《招隐》，唱《迷阳》。此中有深意，晓人难具详。天为安排看花处，清凉山色连小仓。一住一十有一年，萧然忘故乡。不嗜音，不举觞，不览佛书，不求仙方。不知《青乌经》几卷，不知樗蒲齿几行。此外风花水竹无不好，搜罗鸡碑雀箓盈东箱。牵鄂君衣，聘邯郸倡。长剑陆离，古玉丁当。藏书三万卷，卷卷加丹黄。栽花一千枝，枝枝有色香。六经虽读不全信，勘断姬孔追微茫。眼光到处

笔舌奋，书中鬼泣鬼舞三千场。北九边，南三湘，向禽五岳游，贾生万言书，平生耿耿罗心肠。一笑不中用，两鬓含轻霜，不如自家娱乐敲宫商。骈文追六朝，散文绝三唐。不甚喜宋人，双眸不盼两庑旁，惟有歌诗偶取将。或吹玉女箫，绵丽声悠扬。或披九霞帔，白云道士装。或提三军行古塞，碧天秋老吹《甘凉》。或拔鲸牙敲龙角，齿牙闪烁流电光。发言要教玉皇笑，摇笔能使风雷忙。出世天马来西极，入山麒麟下大荒。生如此人不传后，定知此意非穹苍。就使仲尼来鲁东，大禹出西羌，必不呼子才子为今之狂。既自歌，还自赠，终不知千秋万世后，与李杜韩苏谁颉颃？大书一纸问蒙庄！”

（二十六）

毛伯成[一]“宁为兰摧玉折，不作萧敷艾荣”[二]，抱负语。高青丘[三]“富老不如贫少，美游不如恶归”[四]，真实语。黄仲则[五]“贱修不如贵夭，饥聚不如饱散”[六]，悲愤语。若袁子才[七]先生“言我明日饥，我已今日饱；言我明日死，我已今日好”[八]，则又旷达语也。

注：

［一］毛伯成：《世说新语》注引《征西寮属名》曰：“毛玄字伯成，颍川人，仕至征西行军参军。”

［二］“宁为”二句：出自《世说新语·言语》：“毛伯成既负其才气，尝称‘宁为兰摧玉折，不作萧敷艾荣’。”

［三］高青丘：即高启（1336—1374），字季迪，号槎轩，江苏长洲（今苏州）人。元末隐居吴淞青丘，自号青丘子。与杨基、张羽、徐贲被誉为“吴中四杰”。著有《高太史大全集》等。

［四］“富老”二句：出自高启《悲歌》：“征途险巇，人乏马饥。富老不如贫少，美游不如恶归。浮云随风，零乱四野。仰天悲歌，泣数行下。”

［五］黄仲则：即黄景仁（1749—1783），字汉镛，一字仲则，号鹿菲子，江苏武进人。著有《两当轩集》。

［六］“贱修”二句：出自黄景仁《短歌》：“清江弥弥，白石粲粲。小星荧

荧，大星烂烂。豢龙不如鳅虾，籢凤不如凫雁。贱修不如贵夭，饥聚不若饱散。”

［七］袁子才：即袁枚。

［八］“言我”二句：出自袁枚《杂诗八首》其三：“天地有春秋，来往不能了。不为拘者多，不为达者少。达者贵行乐，行乐还须早。使我明日饥，我已今日饱。使我明年死，我已今年好。不得行胸臆，头白亦为夭。苟得快须臾，童殇固已老。”

（二十七）

诗以含蓄不尽为妙。若“汉恩自浅胡自深”[一]、“者回休更怨杨妃”[二]之类，则说尽矣。予绝爱明袁海叟[三]（凯）《苏武泣别图》[四]云：“犹有交情两行泪，西风吹上汉臣衣。”

注：

［一］“汉恩”句：出自宋代王安石《明妃曲》其二：“明妃初嫁与胡儿，毡车百两皆胡姬。含情欲语独无处，传与琵琶心自知。黄金杆拨春风手，弹看飞鸿劝胡酒。汉宫侍女暗垂泪，沙上行人却回首。汉恩自浅胡恩深，人生乐在相知心。可怜青冢已芜没，尚有哀弦留至今。”

［二］“者回”句：出自唐代狄归昌（一作罗隐）《题马嵬驿》：“马嵬烟柳正依依，重见銮舆幸蜀归。泉下阿蛮应有语，这回休更怨杨妃。”者，多作“这”。

［三］袁海叟：即袁凯（约1310—?），字景文，号海叟，以《白燕》一诗负盛名，人称袁白燕，华亭（今上海松江）人。洪武三年（1370）任监察御史，后为朱元璋所不满，以病免职。著有《海叟集》。

［四］《苏武泣别图》：又作《李陵泣别图》，诗曰：“上林木落雁南飞，万里萧条使节归。犹有交情两行泪，西风吹上汉臣衣。”

笺：

潘德舆《养一斋诗话》卷三：

凡作讥讽诗，尤要蕴藉；发露尖颖，皆非诗人敦厚之教。如元人《博浪沙》云："如何十二金人外，犹有民间铁未销？"《陈桥驿》云："路人遥指降王道，好似周家七岁儿。"皆机警有余，深厚不足。余独爱袁凯《苏李泣别图》云："犹有交情两行泪，西风吹上汉臣衣。"斧钺寓于缠绵，极耐寻讽，高出《白燕》诗百倍。

（二十八）

诗用替代字最可厌，如竹曰"绿筱"[一]，荷曰"朱华"[二]，以及"苍官"[三]"黄妳"[四]等类，令人闷闷。必如李义山[五]"青女素娥俱耐冷，月中霜里斗婵娟"[六]，始可谓之新巧。

注：

［一］绿筱（xiǎo）：绿色小竹。

［二］朱华：荷花。

［三］苍官：松或柏的别称。

［四］黄妳：亦作"黄奶"，书卷的别称。

［五］李义山：即李商隐（约813—约858），字义山，号玉谿生。

［六］"青女"二句：出自李商隐《霜月》："初闻征雁已无蝉，百尺楼高水接天。青女素娥俱耐冷，月中霜里斗婵娟。"青女，掌管霜雪之女神。素娥，即嫦娥。

笺：

《随园诗话》卷九第八三则：

吾乡诗有浙派，好用替代字，盖始于宋人，而成于厉樊榭。宋人如："水泥行郭索，云木叫钩辀。"不过一蟹一鹧鸪耳。"岁暮苍官能自保，日高青女尚横陈。含风鸭绿鳞鳞起，弄日鹅黄袅袅垂。"不过松、霜、水、柳四物而已。廋词谜语，了无余味。

樊榭在扬州马秋玉家，所见说部书多，好用僻典及零碎故事，有类《庶物异名疏》《清异录》二种。董竹枝云："偷将冷字骗商人。"责之是也。不知先生之诗，佳处全不在是。嗣后学者，遂以"瓶"为"军持"，"桥"为"略彴"，"箸"为"挟提"，"棉"为"芮温"，"提灯"为"悬火"，"风箱"为"扇隤"，"熨斗"为"热升"，"草履"为"不借"；其他"青奴""黄奶""红友""绿卿""善哉""吉了""白甲""红丁"之类，数之可尽，味同嚼蜡。余按《世说》："郝隆为桓温南部参军。三月三日作诗曰：'娵隅跃清池。'桓问何物。曰：'鱼也。'桓问：'何以作蛮语？'曰：'千里投公，才得蛮部参军，那得不作蛮语？'"此用替代字之滥觞。《文选》中诗，以"日"为"耀"，"灵风"为"商飙"，"月"为"蟾魄"，皆此类也。唐陈子昂出，始一洗而空之。

（二十九）

盛唐诗如朴玉浑金，盎然元气，晚唐诗如雕金琢玉，精巧绝伦，各有所长，不可偏废。争盛较晚，皆耳食之论[一]，非本心语也。

注：

［一］耳食之论：听来的没有确凿根据的话。

（三十）

蔡文姬[一]将归别子诗云："不谓残生兮却得旋归，抚抱胡儿兮泣下沾衣。汉使迎我兮四牡骓骓，胡儿号兮谁得知？与我生死兮逢此时，愁为子兮日无光辉。一步一远兮足难移，魂销影绝兮恩爱遗。"[二]古音古节，《三百篇》之遗也。

注：

［一］蔡文姬：即蔡琰，生卒年不详，本字昭姬，晋时避司马昭讳称文姬，陈留圉县（今河南杞县）人，东汉著名学者蔡邕之女。汉末大乱，为匈奴左贤王所掳，生育二子，后被曹操重金赎回。作品今传《悲愤诗》二首和《胡笳十八拍》。

［二］“不谓”数句：出自《胡笳十八拍》。

（三十一）

“空林木落长疑雨，别浦风多欲上潮”[一]，与“湘潭云尽暮山出，巴蜀雪消春水来”[二]同一格调；“南楼楚雨三更远，春水吴江一夜生”[三]，与“云间路绕巴山色，树里河流汉水声”[四]同一杼轴，而皆景中有情，卓然名句，安见有古今之别耶？

注：

［一］“空林”二句：出自宋代严羽《和上官伟长芜城晚眺》：“平芜古堞暮萧条，归思凭高黯未消。京口寒烟鸦外灭，历阳秋色雁边遥。清江木落长疑雨，暗浦风多欲上潮。惆怅此时频极目，江南江北路迢迢。”空林，多作“清江”。

［二］“湘潭”二句：出自唐代许浑《凌歊台》（台在当涂县北，宋高祖所筑）：“宋祖凌高乐未回，三千歌舞宿层台。湘潭云尽暮山出，巴蜀雪消春水来。行殿有基荒荠合，寝园无主野棠开。百年便作万年计，岩畔古碑空绿苔。”

［三］“南楼”二句：出自清代张养重《春日张水部招游江南留别同社》：“话别空支半壁灯，故人相约过延陵。南楼楚雨三更远，春水吴江一夜增。去就黄鱼分野馔，行看紫笋挂山藤。他时遥忆羊求侣，花满晴龛向日蒸。”生，多作“增”。

［四］“云间”二句：出自明代浦源《送人之荆门》：“长江风扬布帆轻，西入荆门感客情。三国已亡遗旧垒，几家犹在住荒城。云边路绕巴山色，树里河流汉水声。若过旗亭多买醉，不须吊古漫题名。”间，多作“边”。

（三十二）[一]

文登[二]县尉[三]王学之[四]（书山），人品正大，襟怀磊落，有幽燕侠气。徐石生[五]署文登令，予查海运住县署半月。一日闲坐，石生指墙头草出对曰“墙头草小人乃在高位”，学之应声曰“涧底松君子而居下僚”[六]。一座叹其工切。

注：

［一］此则云南丛书本缺。

［二］文登：即山东登州府文登县（今山东威海市文登区）。

［三］县尉：位在县令之下，主管治安。

［四］王学之：不详。

［五］徐石生：见甲集第十五则。

［六］“涧底松”句：意出西晋左思《咏史》其二：“郁郁涧底松，离离山上苗。以彼径寸茎，荫此百尺条。世胄蹑高位，英俊沉下僚。地势使之然，由来非一朝。金张藉旧业，七叶珥汉貂。冯公岂不伟，白首不见招。”

笺：

《红蕉吟馆诗存》卷六《王郎歌寄王学之少尹（书山）》：

秋云淡淡起天河，秋风飒飒生月波。漏长人静不成寐，闲坐为谱王郎歌。王郎汝南奇男子，倜傥风流近无比。二十一史罗心胸，秦汉唐宋记终始。一官喜承慈母养，暂图薄禄供甘旨。我奉大吏檄，驱车东海东。官衙偶下榻，得与王郎逢。相逢同是天涯客，新知旧雨欢朝夕。开筵屡损贫官钱，吟诗时疥公堂壁。半日不相见，相思若三秋。招邀遣使日三四，童仆怨怒庖人愁。一尊日日坐秋雨，丝竹管弦那足数。主宾欢笑酒政严，传花乱打花奴鼓。光阴不可挽，一别两月余。昨日双鲤来，接君一纸书。书中何所云，谈笑论军需。今年玉门正用兵，山东大帅西出征。几辈书生投笔起，如君胡不请缨行。王郎王郎有用材，吴钩锦带自徘徊。夜深闻鸡空起舞，谁能拔尔抑塞磊落之奇才。

（三十三）

宋人诗话宗韩祖杜，令人生厌。黄彻[一]《䂬溪诗话》尊工部[二]而抑太白[三]，更为呓语，至谓“心术事业可施于廊庙”，以李杜齐名为“忝窃”[四]，则全无心肝矣。要之，少陵自是一代大家，然何至字字皆经，语语皆史？如引“皇帝二载秋，闰八月初吉”[五]、“乾元元年春，万姓始安宅”[六]、“元年建巳月，官有王司直”[七]，以为史笔森严，人不易及。如此论诗，几于无诗。

注：

［一］黄彻（1093—1168），字常明，号太甲，晚号䂬溪居士，莆田（今福建莆田市）人。宋徽宗宣和六年（1124）进士，历官辰溪县丞、沅州军事判官、嘉鱼县令、平江县令等，忤权贵弃官归里。著有《䂬溪诗话》。黄彻论诗，不尚雕华，其去取以“辅名教”“存风雅”为准绳。

［二］工部：即杜甫（712—770），字子美，自号杜陵布衣、少陵野老，因授检校工部员外郎，故世称杜工部。

［三］太白：即李白（701—762），字太白，号青莲居士。

［四］“至谓”二句：见《䂬溪诗话》卷二：“世俗夸太白赐床调羹为荣，力士脱靴为勇。愚观唐宗渠渠于白，岂真乐道下贤哉？其意急得艳词媟语以悦妇人耳！白之论撰，亦不过为玉楼、金殿、鸳鸯、翡翠等语，社稷苍生何赖？就使滑稽傲世，然东方生不忘纳谏，况黄屋既为之屈乎？说者以谋谟潜密，历考全集，爱国忧民之心如子美语，一何鲜也！力士闺闼腐庸，惟恐不当人主意；挟主势驱之，何所不可，脱靴乃其职也。自退之为‘蚍蜉撼大木’之喻，遂使后学吞声。余窃谓如论其文章豪逸，真一代伟人；如论其心术事业可施廊庙，李杜齐名，真忝窃也。”

［五］“皇帝”二句：出自杜甫《北征》：“皇帝二载秋，闰八月初吉。杜子

将北征，苍茫问家室。维时遭艰虞，朝野少暇日。顾惭恩私被，诏许归蓬荜。拜辞诣阙下，怵惕久未出。虽乏谏诤姿，恐君有遗失。君诚中兴主，经纬固密勿。东胡反未已，臣甫愤所切。挥涕恋行在，道途犹恍惚。乾坤含疮痍，忧虞何时毕！靡靡逾阡陌，人烟眇萧瑟。所遇多被伤，呻吟更流血。回首凤翔县，旌旗晚明灭。前登寒山重，屡得饮马窟。邠郊入地底，泾水中荡潏。猛虎立我前，苍崖吼时裂。菊垂今秋花，石载古车辙。青云动高兴，幽事亦可悦。山果多琐细，罗生杂橡栗。或红如丹砂，或黑如点漆。雨露之所濡，甘苦齐结实。缅思桃源内，益叹身世拙。坡陀望鄜畤，岩谷互出没。我行已水滨，我仆犹木末。鸱枭鸣黄桑，野鼠拱乱穴。夜深经战场，寒月照白骨。潼关百万师，往者散何卒？遂令半秦民，残害为异物。况我堕胡尘，及归尽华发。经年至茅屋，妻子衣百结。恸哭松声回，悲泉共幽咽。平生所娇儿，颜色白胜雪。见耶背面啼，垢腻脚不袜。床前两小女，补绽才过膝。海图拆波涛，旧绣移曲折。天吴及紫凤，颠倒在裋褐。老夫情怀恶，呕泄卧数日。那无囊中帛，救汝寒凛栗。粉黛亦解苞，衾裯稍罗列。瘦妻面复光，痴女头自栉。学母无不为，晓妆随手抹。移时施朱铅，狼藉画眉阔。生还对童稚，似欲忘饥渴。问事竞挽须，谁能即嗔喝？翻思在贼愁，甘受杂乱聒。新归且慰意，生理焉得说！至尊尚蒙尘，几日休练卒？仰观天色改，坐觉妖氛豁。阴风西北来，惨澹随回纥。其王愿助顺，其俗善驰突。送兵五千人，驱马一万匹。此辈少为贵，四方服勇决。所用皆鹰腾，破敌过箭疾。圣心颇虚伫，时议气欲夺。伊洛指掌收，西京不足拔。官军请深入，蓄锐可俱发。此举开青徐，旋瞻略恒碣。昊天积霜露，正气有肃杀。祸转亡胡岁，势成擒胡月。胡命其能久，皇纲未宜绝。忆昨狼狈初，事与古先别。奸臣竟菹醢，同恶随荡析。不闻夏殷衰，中自诛褒妲。周汉获再兴，宣光果明哲。桓桓陈将军，仗钺奋忠烈。微尔人尽非，于今国犹活。凄凉大同殿，寂寞白兽闼。都人望翠华，佳气向金阙。园陵固有神，扫洒数不缺。煌煌太宗业，树立甚宏达。”

［六］“乾元”二句：出自杜甫《送李校书二十六韵》：“代北有豪鹰，生子毛尽赤。渥洼骐骥儿，尤异是虎脊。李舟名父子，清峻流辈伯。人间好妙年，不必须白晰。十五富文史，十八足宾客。十九授校书，二十声辉赫。众中每一见，使我潜动魄。自恐二男儿，辛勤养无益。乾元元年春，万姓始安宅。舟也衣彩衣，告我欲远适。倚门固有望，敛衽就行役。南登吟白华，已见楚山碧。

蔼蔼咸阳都，冠盖日云积。何时太夫人，堂上会亲戚。汝翁草明光，天子正前席。归期岂烂漫，别意终感激。顾我蓬屋姿，谬通金闺籍。小来习性懒，晚岁慵转剧。每愁悔吝作，如觉天地窄。羡君齿发新，行已能夕惕。临岐意颇切，对酒不能吃。回身视绿野，惨澹如荒泽。老雁忍春饥，哀号待枯麦。时哉高飞燕，绚练新羽翮。长云湿褒斜，汉水饶巨石。无令轩车迟，衰疾悲宿昔。”

［七］“元年”二句：出自杜甫《戏赠友二首》其二：“元年建巳月，官有王司直。马惊折左臂，骨折面如墨。驽骀漫深泥，何不避雨色？劝君休叹恨，未必不为福。”

笺：

袁枚《小仓山房诗集》卷二十五《题宋人诗话》：

玄圣虽不作，何王不衮裳。终日嗜菖蒲，未必皆文王。孔子所以圣，岂在不撤姜。我读宋诗话，呕吐盈中肠。附会韩与杜，琐屑为夸张。有如倚权门，凌轹众老苍。又如据泰华，不复游潇湘。丈夫贵独立，各以精神强。千古无臧否，于心有主张。肯如辕下驹，低头倚门墙。

（三十四）

少陵诗“安得广厦千万间，大庇天下寒士多欢颜”［一］，香山［二］诗“争得大裘长万丈，与君都盖洛阳人”［三］，皆不失仁人之旨。乃《碧溪诗话》云：“同合而论，则老杜之心差贤古人。”［四］自咏所怀，何烦后人为之评较？且又安见老杜之句，其心遂贤于香山耶？此种议论，恨不起始皇焚之。

注：

［一］“安得”二句：出自杜甫《茅屋为秋风所破歌》：“八月秋高风怒号，卷我屋上三重茅。茅飞渡江洒江郊，高者挂罥长林梢，下者飘转沉塘坳。南村群童欺我老无力，忍能对面为盗贼。公然抱茅入竹去，唇焦口燥呼不得，归来

倚杖自叹息。俄顷风定云墨色，秋天漠漠向昏黑。布衾多年冷似铁，娇儿恶卧踏里裂。床头屋漏无干处，雨脚如麻未断绝。自经丧乱少睡眠，长夜沾湿何由彻。安得广厦千万间，大庇天下寒士俱欢颜，风雨不动安如山。呜呼！何时眼前突兀见此屋，吾庐独破受冻死亦足！”

［二］香山：即白居易（772—846），字乐天，号香山居士。

［三］“争得”二句：出自白居易《新制绫袄成感而有咏》：“水波文袄造新成，绫软绵匀温复轻。晨兴好拥向阳坐，晚出宜披踏雪行。鹤氅毳疏无实事，木绵花冷得虚名。宴安往往叹侵夜，卧稳昏昏睡到明。百姓多寒无可救，一身独暖亦何情。心中为念农桑苦，耳里如闻饥冻声。争得大裘长万丈，与君都盖洛阳城。”

［四］“同合”二句：出自《碧溪诗话》卷九：“老杜《茅屋为秋风所破歌》云：‘自经丧乱少睡眠，长夜沾湿何由彻？安得广厦千万间，大庇天下寒士俱欢颜，风雨不动安如山。呜呼！何时眼前突兀见此屋，吾庐独破受冻死亦足。’乐天《新制布裘》云：‘安得万里裘，盖裹周四垠。稳暖皆如我，天下无寒人。’《新制绫袄成》云：‘百姓多寒无可救，一身独暖亦何情。心中为念农桑苦，耳里如闻饥冻声。争得大裘长万丈，与君都盖洛阳城！’皆伊尹身任一夫不获之辜也。或谓子美诗意宁苦身以利人，乐天诗意推身利以利人；二者较之，少陵为难。然老杜饥寒而悯人饥寒者也，白氏饱暖而悯人饥寒者也；忧劳者易生于善虑，安乐者多失于不思，乐天宜优。或又谓白氏之官稍达而少陵尤卑，子美之语在前而长庆在后；达者宜急，卑者可缓也，前者唱导，后者和之耳。同合而论，则老杜之仁心差贤矣。”

（三十五）[一]

莱阳[二]尉[三]陆春舫[四]（议）泊舟大姑塘[五]，招妓侑酒[六]，妓名大姑。春舫赠以句云“几度问名羞不应，回头笑指大姑山[七]”。

注：

［一］此则云南丛书本缺。

［二］莱阳：即山东登州府莱阳县（今山东烟台市莱阳市）。

［三］尉：指县尉。

［四］陆春舫：不详。

［五］大姑塘：简称姑塘，即今江西省九江市濂溪区姑塘镇，东临鄱阳湖，雍正元年（1723）设立九江钞关姑塘分关，是鄱阳湖水道重要的通商口岸和商品集散地。

［六］侑（yòu）酒：劝酒；为饮酒者助兴。侑，劝人饮酒进食。

［七］大姑山：在鄱阳湖中，距鄱阳湖入长江口仅数公里。又名大孤山，与长江中小孤山相对。因其形似仙女遗落湖中之鞋，又名鞋山。

（三十六）

至性至情语，似易而实难。或以浅目之，非知诗者也。如袁子才先生《病中赠内》云："千金尽买群花笑，一病才征结发情"；《送女还吴》云："好如郎在安眠食，莫带啼痕对舅姑。"此种真挚语，在唐惟香山，在宋惟放翁[一]耳。近代诸公，集中不多见此。

注：

［一］放翁：即陆游（1125—1210），字务观，号放翁。

笺：

朱克敬《瞑庵杂识》卷四：

随园诗学香山而加以新巧，兼有公安、竟陵之长，亦兼有两家之弊。然袁诗言情，实有独至之处，如《送女还吴》云："柏舟此去雪盈途，一曲离鸾万木枯。后会自然来世有，佳期怎奈半年无。好如郎在安眠食，莫带啼痕对舅姑。娣姒成行偏汝独，未知何处续遗孤。"婉转真挚，香山不能过也。

（三十七）

诗用干支字，不以新奇出之则可厌。如沈桐威[一]之"屈戌[二]牢钩防露眼，秘辛[三]私授试风怀”[四]，始称新巧。

注：

［一］沈桐威：即沈起凤（1741—?），字桐威，号赘渔，又号红心词客，别署花韵庵主人，吴县（今江苏苏州）人。乾隆三十三年（1768）举人，曾任安徽祁门、全椒县学训导。以小说、戏曲知名于世，著有志怪小说《谐铎》等。

［二］屈戌：门窗上的搭扣。屈，表示搭扣的形状；戌，地支十一位，即戌狗之戌，有护卫之意。

［三］秘辛：即汉代无名氏撰《汉杂事秘辛》一书。秘，秘密书籍；辛，天干第八位，用为卷帙标号。后指秘密之事。

［四］“屈戌”二句：出自《谐铎》卷三《穷士扶乩》。

（三十八）[一]

唐人《打起黄莺儿》[二]一诗，或戏改云“莫打黄莺儿，任教枝上啼。啼时惊妾梦，免得到辽西”。通首只易三字，而迥然两意。

注：

［一］此则云南丛书本缺。

［二］《打起黄莺儿》：即唐代金昌绪《春怨》：“打起黄莺儿，莫教枝上啼。啼时惊妾梦，不得到辽西。”

（三十九）

宋太学生郑所南[一]，原名某，宋亡后易名思肖，寓思“赵”之意。工墨兰，不画土，根无所凭藉。或问其故，则云：“地为番人夺去，汝不知耶?”坐卧不北向，名其居曰“本穴世界”，以本字之十置下文，则“大宋”也。尝著《大无工十空经》一卷，空字去工而加十，亦“宋”字也。其诗如“不知今日月，但梦宋山川”、“此世但除君父外，不曾别受一人恩”，皆念念不忘君国。《寒菊》云：“宁可枝头抱香死，不曾零落北风中”，尤为蕴藉。惟所著《一百二十图诗》，殊乏意味。如《三顾草庐》云：“若无三顾草庐意，剖出心肝卖与谁?”《周处除三害》云：“若是不能降自己，纵屠龙虎不为高。”此类甚多，几于喷饭矣。

注：

［一］郑所南：即郑思肖（1241—1318），福建连江人，随父徙居苏州。宋末诗人、画家。著有《心史》《郑所南先生文集》《所南翁一百二十图诗集》等。

笺：

洪亮吉《北江诗话》卷二第五五则：

“宁可枝头抱香死，不曾吹堕北风中。”“此世但除君父外，不曾别受一人恩。”此宋末郑所南（思肖）诗也。读之顽夫廉、懦夫立志。

（四十）

所南父[一]名震，后更名起，号菊山。诗有可传者，如《喜静》云：“素来嫌僻静，今渐与相安。师友凋零尽，年时出处难。春风双屐暖，夜雨一灯寒。洙泗[二]曾颜辈，何曾作好官?”《荆南[三]留别》云：“来时秋雨满江楼，归日春风度客舟。回首荆南天一角，月明吹笛下扬州。”《饮马长城窟》起四句云：“饮马长城窟，下见征人骨。长城窟虽深，见骨不见心。”

注：

［一］所南父：即郑思肖父郑震（1199—1262），字叔起，号菊山，福建连江人。理学家，晚年主讲苏州和靖书院、泰州安定书院。著有《倦游稿》。

［二］洙泗：即洙水和泗水，春秋时属鲁国地，孔子曾在洙泗之间聚徒讲学，因以代称孔子及儒家。

［三］荆南：荆州一带。亦泛指南方。

（四十一）

王介甫[一]修《三经义》[二]成，有赐予，王雱[三]亦加职。元厚之[四]赠诗云："陈前舆服嘉桓传[五]，拜后金珠有鲁公[六]。"时人称诵之。

注：

［一］王介甫：即王安石（1021—1086），字介甫，号半山。

［二］《三经义》：又称《三经新义》。宋熙宁五年（1072），神宗决定颁行新的经义。次年，任命王安石提举经义局，由吕惠卿、王雱等兼修撰，重新解释《诗》《书》《周官》等书。熙宁八年（1075），《周官新义》《诗经新义》《尚书新义》完成，合称《三经新义》。《三经新义》是熙宁变法的理论根据。

［三］王雱（1044—1076），字元泽，王安石之子。神宗时，任太子中允、崇政殿说书，受诏撰写《诗义》《书义》，擢为天章阁待制兼侍讲。书成，迁龙图阁直学士，因病辞而不拜。雱，音 pāng。

［四］元厚之：即元绛（1008—1083），字厚之，钱塘（今浙江杭州）人。累迁翰林学士，拜参知政事。著有《玉堂集》。

［五］"陈前"句：用东汉桓荣受封事，见《后汉书·桓荣丁鸿列传》："二十八年，大会百官，诏问谁可傅太子者，群臣承望上意，皆言太子舅执金吾原鹿侯阴识可。博士张佚正色曰：'今陛下立太子，为阴氏乎？为天下乎？即为阴氏，则阴侯可；为天下，则固宜用天下之贤才。'帝称善，曰：'欲置傅者，以辅太子也。今博士不难正朕，况太子乎？'即拜佚为太子太傅，而以荣为少傅，赐以辎车、乘马。荣大会诸生，陈其车马、印绶，曰：'今日所蒙，稽古之力也，可不勉哉！'"桓荣因解经而受到嘉奖，被赐予车舆冠服。

［六］"拜后"句：用周初周公鲁公受封事，见《公羊传·文公十三年》："世室屋坏。世室者何？鲁公之庙也。周公称太庙，鲁公称世室，群公称宫。此

鲁公之庙也，曷为谓之世室？世室，犹世室也，世世不毁也。周公何以称太庙于鲁？封鲁公以为周公也。周公拜乎前，鲁公拜乎后。曰：生以养周公，死以为周公主。然则周公之鲁乎？曰：不之鲁也，封鲁公以为周公主。然则周公曷为不之鲁？欲天下之一乎周也。”周初，封周公长子伯禽于鲁，为鲁公。周公在前面下拜，鲁公在后面下拜。

笺：

朱翌《猗觉寮杂记》卷上：

元厚之与介甫诗云：“陈前舆服嘉桓傅，拜后金珠有鲁公。”是时，《三经义》成，有赐予，元绛亦加职。厚之此诗为切当。桓荣以所赐舆服陈之前，曰：“此稽古之力也。”《公羊》：“封鲁公以为周公也。周公拜乎前，鲁公拜乎后。”

（四十二）

朋友之情，惟共患苦者尤切。蒋竹坪[一]（维時）、白丽萱[二]（寿椿）与予在济南订交。道光丁亥[三]，予重游历下，染瘟疫几殆。竹坪奔走酷暑中，为予寻医问药；丽萱数夕不寐，与家人秤药量水。此种情谊，较骨肉更切也。未三年，竹坪、丽萱均殁于历城。予有《哭竹坪》[四]诗，载集中。闻丽萱讣音，予寄联挽之云：“此别竟千秋，闻暂时萧寺停棺，午夜怀君梁上月；回头增百感，记当日明湖作客，一灯伴我病中身。”

注：

［一］蒋竹坪：见甲集第二十一则。

［二］白丽萱：不详。

［三］道光丁亥：即道光七年丁亥（1827）。

［四］《哭竹坪》：即《红蕉吟馆诗存》卷七《闻蒋竹坪柩附粮艘南返哭送以诗》：“浪迹天涯不计年，那禁衰病感华颠。兰陵烟水家山近，如此归舟亦可怜。”

（四十三）[一]

鲍觉生[二]先生临终自撰挽联云“功名事业文章他生未卜，嬉笑悲歌怒骂到此皆休”，遗命悬于灵前。

注：

［一］此则云南丛书本缺。

［二］鲍觉生：见甲集第四则。

（四十四）

纪晓岚[一]先生（昀）《滦阳[二]消夏录》中一则云：“南村董天士，不知其名，明末诸生[三]，先高祖老友也。《花王阁剩稿》[四]中有《哭天士》诗四首，曰：‘事事知心自古难，平生二老对相看。飞来遗札惊投箸，哭到荒村已盖棺。残稿未收新画册，余资惟卖破儒冠。布衾两幅无妨敛，在日黔娄[五]不畏寒。’‘五岳填胸气不平，谈锋一触便纵横。不逢黄祖[六]真天幸，曾怪嵇康太世情。开牖有时邀月入，杖藜到处避人行。料应尘海无堪语，且试骖鸾[七]向紫京。’‘百结悬鹑[八]两鬓霜，自餐冰雪润空肠。一生惟得秋冬气，到死不知罗绮香。（原注：天士不娶。）寒贯[九]村醪[十]才破戒，老栖僧舍是还乡。只今一瞑无余事，未要青蝇作吊[十一]忙。’‘廿年相约谢风尘，天地无情殒此人。乱世逃禅聊解脱，衰年哭友倍酸辛。关河泱漭连兵气，齿发沧浪[十二]寄病身。泉下有灵应念我，白杨孤冢亦伤神。’”[十三]予爱其诗抑郁顿挫，一往情深，故录存之。

注：

［一］纪晓岚：即纪昀（1724—1805），字晓岚，别字春帆，号石云、观弈道人、孤石老人，谥号文达，直隶献县（今河北献县）人。乾隆十九年

(1754）进士，官至礼部尚书、协办大学士、太子少保，曾任《四库全书》总纂官。著有《纪文达公遗集》《阅微草堂笔记》等。

［二］滦（luán）阳：河北承德市的别称，因在滦河之北，故名。

［三］诸生：明清时期考取秀才而入学的生员。

［四］《花王阁剩稿》：明代纪坤诗集。纪坤（1570—1642），字厚斋，纪昀高祖。

［五］黔娄：春秋战国时隐士，不肯出仕，家贫，死时衾不蔽体。后作为贫士的代称。

［六］黄祖：东汉末年江夏太守。名士祢衡，因骂曹操，被遣送给刘表，又被刘表送给黄祖，后因言语冲突为黄祖所杀。

［七］骖（cān）鸾：驾驭鸾鸟云游。

［八］百结悬鹑（chún）：比喻衣衫破烂。鹑鸟尾秃，像补缀百结，故云。

［九］贳（shì）：赊欠。

［十］醪（láo）：汁滓混合的酒，即浊酒。

［十一］青蝇作吊：死后无人治丧，只有苍蝇作吊客来凭吊自己。

［十二］沧浪：头发斑白。

［十三］“南村董天士”一段：出自《阅微草堂笔记》卷六《滦阳消夏录六》。

（四十五）［一］

有以玉皇庙戏台属题额者，予以“视听在民”［二］四字书之，颇为时人所赏。

注：

［一］此则云南丛书本缺。

［二］“视听在民”：意出《尚书·泰誓中》：“天视自我民视，天听自我民听。”又《阅微草堂笔记》卷十五《姑妄听之一》：“有州牧以贪横伏诛，既死之后，州民喧传其种种冥报，至不可殚书。余谓此怨毒未平，造作讹言耳。先兄晴湖则曰：‘天地无心，视听在民，民言如是，是亦可危也已。’”

（四十六）

金寿门[一]自题画兰云："苦被秋风勾引出，和葱和蒜卖街头。"士之轻于出处，以致流落不偶者，读之应悽怆悲怀也。

注：

［一］金寿门：即金农（1687—1763），字寿门、司农、吉金，号冬心、稽留山民、曲江外史、昔耶居士等，浙江仁和（今杭州）人。著名书画家，扬州八怪之首。著有《冬心先生集》。

（四十七）

梁茝林[一]先生（章钜）任山东臬使[二]时，招张六琴[三]巡检入幕，后擢江苏方伯[四]。六琴呈诗，以"部民受业属吏禄卿"书款，颇别致。予笑谓六琴曰："可对'蛮夷大长老夫臣佗'[五]。"

注：

［一］梁茝（chǎi）林：即梁章钜（1775—1849），字闳中，又字茝林，号茝邻，晚号退庵，福建福州人。嘉庆七年（1802）进士，历官山东按察使、江苏布政使、甘肃布政使、广西巡抚、江苏巡抚等。积极配合林则徐严禁鸦片，是坚定的抗英禁烟派人物。诗文著作颇丰，尤精楹联创作与研究，乃楹联学之开山祖。著有《楹联丛话》等。

［二］臬使：即按察使。

［三］张六琴：见甲集第十六则。

［四］方伯：明清对布政使的尊称。

［五］"蛮夷大长老夫臣佗"：汉南越王赵佗对汉廷的自称。出自《史记·南越列传》："陆贾至南越，王甚恐，为书谢，称曰：'蛮夷大长老夫臣佗……'"

（四十八）

先生[一]在山左[二]爱才如渴，在六琴壁上见予诗，大加称赏。

后予奉程月川[三]中丞（含章）檄调[四]赴省，将有所委任，忽有季布之毁[五]，中丞惑于人言而止。时全家栖迟历下，进退皆难。先生一力维持，极为剖白，予亦自此得受知于月川中丞。尝记一日，先生谒中丞出，执予手语人曰："此少年名士也，无轻视之。"时多官济济立阶下，莫不惊异。噫！知己之感，何日忘之？故予呈先生诗有"肯因小吏羁栖日，费尽怜才宛转心。若使衔环[六]酬夙愿，全家都是报恩禽"[七]之句。结句人每谓太过，缘不知当日情事耳。

注：

［一］先生：指梁章钜。

［二］山左：即山东。

［三］程月川：即程含章（1762—1832），字月川，云南景东人。乾隆五十七年（1792）举人，历官至山东巡抚，后左迁福建布政使。著有《程月川先生遗集》。

［四］檄调：发檄文调动。

［五］季布之毁：指莫须有的毁谤。出自《史记·季布栾布列传》："季布为河东守，孝文时，人有言其贤者，孝文召，欲以为御史大夫。复有言其勇，使酒难近。至，留邸一月，见罢。季布因进曰：'臣无功窃宠，待罪河东。陛下无故召臣，此人必有以臣欺陛下者；今臣至，无所受事，罢去，此人必有以毁臣者。夫陛下以一人之誉而召臣，一人之毁而去臣，臣恐天下有识闻之有以窥陛下也。'上默然惭，良久曰：'河东吾股肱郡，故特召君耳。'布辞之官。"

［六］衔环：汉时杨宝曾救治遭鸱枭袭击的黄雀，后黄雀伤愈飞走，某夜化作黄衣童子，赠杨宝白环四枚。见晋干宝《搜神记》、南朝梁吴均《续齐谐记》等。后以衔环比喻报恩。

［七］"肯因"四句：出自《红蕉吟馆诗存》卷六《送梁茝邻方伯（章钜）之任吴门》之三："六年幻海感浮沉，面目依然岁月侵。骨傲自然招谤易，官卑更觉受知深。肯因小吏羁栖日，费尽怜才宛转心。若使衔环酬夙愿，全家都是报恩禽。"

（四十九）

高密[一]单野甫[二]（可基）《竹石居稿》中如“月明潍水[三]人千里，霜落空林雁一行”；“疏雨忽来四五点，老梅犹著两三花”；“窗纸横斜如补衲[四]，檐禽剥啄似敲门”，俱有剑南[五]风味。《塞上曲》云：“雪天高会醉双鬟，忽发军书夜袭关。一曲琵琶听未毕，前锋已过贺兰山[六]。”

注：

［一］高密：即山东莱州府高密县（今山东潍坊市高密市）。

［二］单野甫：即单可基（1744—?），又作可堪，字野甫，号肃中、小昆仑山人，山东高密人。乾隆四十六年（1781）进士，历官商城、洛阳、始兴、揭阳等县知县，裕州知州等。著有《竹石居稿》。

［三］潍水：即潍河，位于山东东部。

［四］补衲：缝补，补缀。

［五］剑南：指陆游。陆游诗集名《剑南诗稿》，后人因以“剑南”称之。

［六］贺兰山：位于宁夏与内蒙古交界处。

（五十）

含山[一]蒋世治[二]《题〈红楼梦〉诗》，鲜丽无比，惜全诗不能记忆。诗云：“八座巍峨绮席开，软红深翠日追陪。老多姑息生淫孽，妇有机谋是祸胎。相敬如宾真大雅，但求不妒亦庸才。纷纷李艳桃夭处，犹见清操一树梅。”“茕茕多难背慈严，千里思家百病添。孤介自宜情性傲，辛酸不觉语言尖。盖棺始割今生爱，同椁终存未死嫌。凄绝葬花诗一首，年年鹦鹉诵珠帘。”“连珠宝帐合欢床，乳字呼来口亦香。未必姻缘成恍惚，岂真云雨尽荒唐？纲常总被轻浮堕，家政都因长厚荒。堪笑神仙犹悟道，黄冠羽服[三]老丹房。”他如“一剑酬君真侠烈，九原[四]殉主自从容”；“红裙袅袅花间解，翠氅[五]茸茸病里缝”；“空庭寂寞蘅芜绿，香梦沉酣芍药红”；“豁达绝无儿女态，诙谐饶有滑稽风”；“绝世红颜多命薄，败家子弟总风流”之类，均不愧名手。

注：

［一］含山：即安徽和州含山县（今安徽马鞍山市含山县）。

［二］蒋世治：不详。

［三］黄冠羽服：道士的穿戴，借指道士。

［四］九原：九泉，黄泉。

［五］氅（chǎng）：用羽毛做的外衣。

（五十一）

无为州[一]卢小彭[二]（大年）《咏七姊妹花[三]》云：“倘许东风齐遣嫁，竹林都是画眉人[四]。”

注：

［一］无为州：即安徽庐州府无为州（今安徽芜湖市无为市）。

［二］卢小彭：不详。

［三］七姊妹花：又称十姐妹，蔷薇花的一种，常七至十朵簇生在一起。

［四］画眉人：指夫婿。

（五十二）

刘石庵[一]相公[二]，一代名臣，相业炳耀寰区，岂屑以词章小技争长。偶读《清爱堂集》，摘录数联以志景仰。《咏梅》云：“雪满园林无客到，月明庭院有香来。”《雁字》云：“虚空不坏宁愁蠹[三]，寰宇同文未要笺。”二语真相度也。

注：

［一］刘石庵：即刘墉（1719—1804），字崇如，号石庵，山东诸城逄戈庄（今属高密）人。乾隆十六年（1751）进士，官至体仁阁大学士，卒后赠太子太保，谥号文清。著有《石庵诗钞》《清爱堂法帖》等。

［二］相公：宰相的尊称。

［三］蠹（dù）：蛀蚀器物的虫子；蛀蚀。

（五十三）

相公[一]《读吴梅村[二]集》七律云："六朝金粉擅风流，射策[三]东堂[四]片玉[五]收。事去不无江总[六]恨，宦成薄有杜陵[七]愁。凄凉法曲[八]秦淮夜，慷慨悲歌易水秋。宝玦[九]飘零红袖泣，几多哀艳为君留。"

注：

［一］相公：指刘墉。

［二］吴梅村：即吴伟业（1609—1672），字骏公，号梅村，清初著名诗人。

［三］射策：汉代考试取士方法之一，泛指应试。

［四］东堂：东厢的殿堂或厅堂，多指皇宫或官舍。

［五］片玉：比喻群贤之一。

［六］江总（519—594），字总持，南朝陈后主时，任宰相，昏庸腐败，陈亡入隋，死于江都。

［七］杜陵：即杜甫，自号杜陵布衣。

［八］法曲：歌舞大曲中的一部分，也是隋唐宫廷燕乐中的一种重要形式。东晋南北朝称作法乐。因其用于佛教法会而得名。著名的曲子有《霓裳羽衣》等。

［九］宝玦（jué）：珍贵的佩玉。

（五十四）

芜湖[一]宋溶江[二]公子（诰）以秀才流落，临湖以终。佳句如“心同孺子偏离母，迹似流民悔读书”；“未离草莽休言隐，徒博簪缨[三]岂是名”；“当路野僧偏卖酒，近山美妇亦担柴”；“明月随人过小市，白云先我宿前山”；“酒但能赊酸亦醉，裘还未典破何妨”。又“江心浪险鸥偏稳，船里人多客自孤”，相传亦溶江句，《随园诗话》以二语为丁贯如作[四]，未知孰是。

注：

［一］芜湖：即安徽太平府芜湖县（今安徽芜湖市）。

［二］宋溶江：不详。

［三］簪缨：古代达官贵人的冠饰，借指高官显宦。

［四］“《随园诗话》”事：见《随园诗话》卷六第一八则：“随园西有放生庵。余偶至其地，见僦居一寒士，衣敝履穿，几上有诗稿，题是《夏日杂吟》，云：‘香焚宝鸭客吟哦，万轴牙签手遍摩。此事未知何日了，著书翻恨古人多。’余惊问姓名。曰：‘丁珠，字贯如，怀宁人，访亲不值，流落于此。’因小有馈赠，劝其攻诗。作札，荐与安庆太守郑公时庆。郑拔作府案首入学，次年即举乡试。记其《遣怀》云：‘我口所欲言，已言古人口。我手所欲书，已书古人手。不生古人前，偏生古人后。一十二万年，汝我皆无有。等我再来时，还后古人否?’《咏淮阴侯》云：‘淮阴当穷时，乞食一饿殍。及其封王后，被诛尤草草。穷不能自保，达不能自保。万古称人杰，为之一笑倒。’陈古渔尤爱其‘江心浪险鸥偏稳，船里人多客自孤’之句。”

（五十五）

叶琴柯[一]先生（绍楏）母李太夫人（含章[二]），吾乡鹤峰[三]先生（因培）之女，诗笔沉雄阔大，殊无闺阁气。记其《题太白集》云：“灵凤翔千仞，高歌一代中。在天犹被谪，入世岂能容？胆落高骠骑[四]，恩深郭令公[五]。再回唐社稷，诸将莫言功。”通首一气卷舒，笔墨之迹俱化。或谓“容”字出韵[六]，代易为“入世岂求通”，大逊原句矣。因思“东冬”“鱼虞”[七]之类，唐人往往通用，不以为嫌，近日拘儒每有此胶柱鼓瑟之论。

注：

［一］叶琴柯：即叶绍楏（？—1821），字琴柯，一字振湘，浙江归安（今湖州）人。乾隆五十八年（1793）进士，历官至广西巡抚。著有《谨墨斋诗钞》。

［二］含章：即李含章（1744—？），字兰贞，云南晋宁人。李因培之长女，嫁浙江归安叶佩荪为继室。著有《蘩香诗草》。

［三］鹤峰：即李因培（1717—1767），字其材，号鹤峰，云南晋宁人。乾隆十年（1745）进士，由编修特擢侍讲学士，再擢内阁学士，督山东、江苏、浙江学政，历湖北、湖南、福建巡抚，后以亏银案赐自裁。著有《鹤峰诗钞》。

［四］高骠骑（piàoqí）：即高力士，官至骠骑大将军。

［五］郭令公：即郭子仪，唐代中兴名将，官至中书令。相传李白于郭子仪有救命之恩。

［六］出韵：作韵文押韵时，越出规定的韵部，不用本韵之字，而用邻韵或他韵中的字。

［七］“东冬”“鱼虞”：“东”与“冬”、“鱼”与“虞”等，皆为相邻而不相同的两个韵部。

笺：

《随园诗话补遗》卷三第二一则：

吾乡多闺秀，而莫盛于叶方伯（佩荪）家。其前后两夫人、两女公子、一儿妇，皆诗坛飞将也。……继娶李夫人（含章），《刺绣词》云：“朝绣长短桥，暮绣东西岭。生不识西湖，道是西湖景。罗稀不受针，缣密不容线。绣好有人知，绣苦无人见。”《夏昼》云：“午楼风暖试轻纱，语燕声中日未斜。满地绿阴帘不卷，游丝飞上蜀葵花。”《长沙节署感赋》云：“廿年咏絮鸣环地，今日随君幕府开。（时外摄中丞事。）画阁乍迎新使节，春风犹忆旧妆台。殊恩象服惭难称，遗爱棠阴待补栽。闻道江城舆颂美，如冰乐令又重来。”（夫人为吾同年李鹤峰之女。鹤峰曾抚湖北，故有感而作也。）《万固寺》云：“山寺不知路，忽闻流水声。溪随岩石转，塔与白云平。古木上无际，幽禽时一鸣。松根堪小憩，试汲碧泉清。”《题李白诗后》云：“千仞翔孤凤，高歌一代中。在天犹被谪，人世岂能容？胆落高骠骑，恩深郭令公。再回唐社稷，诸将莫言功。”《望槿儿不至》云：“济南秋八月，接汝数行书。报说重阳日，能回上谷车。已惊枫落后，又到雪飞初。何事归期误，临风一倚闾。”二篇皆一气呵成，真唐人高手也。其佳句，如《咏始皇》云：“车载辒辌山有鬼，舟行缥渺海无仙。”《望岱》云：“海外天光明野马，寰中人影动蜉蝣。”《并头蕙兰》云：“风静谢庭群从集，月明湘浦二妃归。”《重至都门》云：“每历旧游疑隔世，暂休征旆当还家。”《常州道中》云：“路已近家翻觉远，人因垂老渐知秋。”又，《两儿下第》云：“得失由来露电如，老人为尔重踟蹰。不辞羽铩三年翮，可有光分十乘车。四海几人云得路，诸生多半壑潜鱼。当年蓬矢桑弧意，岂为科名始读书？”见解高超，可与《三百篇》并传矣。

（五十六）[一]

陈蕃[二]为乐安[三]太守[四]，郡人周璆[五]，高洁之士，蕃设一榻以待，去则悬之。悬榻一事，人但知有徐孺[六]，不知更有周璆。

注：

［一］此则云南丛书本缺。

［二］陈蕃（？—168），字仲举，汝南平舆（今河南平舆）人。东汉名臣，曾任乐安太守、豫章太守，灵帝时，为太傅、录尚书事，与大将军窦武共同谋划剪除宦官，事败而死。

［三］乐安：即东汉乐安郡，治所在临济县（今山东高青县）。

［四］太守：一郡之最高行政长官。

［五］周璆（qiú）：底本作“高璆”，误，下同。《后汉书·陈王列传》：“郡人周璆，高洁之士。前后郡守招命莫肯至，唯蕃能致焉。字而不名，特为置一榻，去则县之。璆字孟玉，临济人，有美名。”

［六］徐孺：即徐稺（97—169），字孺子，豫章南昌隐溪村（今属江西丰城）人，东汉名士。《后汉书·周黄徐姜申屠列传》：“徐稺字孺子，豫章南昌人也。家贫，常自耕稼，非其力不食。恭俭义让，所居服其德。屡辟公府，不起。时陈蕃为太守，以礼请署功曹，稺不免之，既谒而退。蕃在郡不接宾客，唯稺来特设一榻，去则县之。后举有道，家拜太原太守，皆不就。”

（五十七）

姚广孝[一]初名天禧，年十四出家妙智庵[二]，名道衍，亦能诗。有《京口[三]》七律云：“樵橹[四]年来战血干，烟花犹自未凋残。五州山近朝云乱，万岁楼空夜月寒。江水无潮通铁瓮[五]，野田有路到金坛[六]。萧梁事业今何在，北顾青青眼倦看。”

注：

［一］姚广孝（1335—1418），幼名天禧，法名道衍，字斯道，又字独闇，号独庵老人、逃虚子，江苏长洲（今苏州）人。燕王朱棣的主要谋士，策划靖难之役，辅佐朱棣登基称帝，是中国历史上最著名的“黑衣宰相”。著有《逃虚子诗集》等。

［二］妙智庵：位于苏州市相城区阳澄湖镇。

［三］京口：江苏镇江的古称。

［三］橹：底本与云南丛书本皆作“掳”，据原诗改。

［五］铁瓮：指铁瓮城，镇江北固山前的一座古城，三国时孙权所筑。

［六］金坛：指镇江金山。

笺：

黄瑜《双槐岁钞》卷三“姚少师”条：

姚广孝，苏之长洲人。元壬辰，披剃为僧，名道衍。洪武癸丑，请给礼部度牒，于觉林寺入册，刻意为诗文，由是知名。《咏百花洲》云：“水滟接横塘，花多碍舟路。波红晴漾日，沙白寒栖鹭。缘汀渔网集，隔浦菱歌度。不见昔游人，风烟自朝暮。”《京口览古》云：“谯橹年来战血干，烟花犹自半凋残。五州山近朝云乱，万岁楼空夜月寒。江水无潮通铁瓮，野田有路到金坛。萧梁事业今何在？北固青青客倦看。”味其词旨，识者知其非缁流也。

蒋一葵《尧山堂外纪》卷八一“姚广孝”条：

姚广孝，元壬辰披剃。洪武癸丑，请给礼部度牒，于觉林寺入册，刻意为诗文，由是知名。《咏百花洲》云：“水滟接横塘，花多碍舟路。波红晴漾汨，沙白寒栖鹭。缘汀渔纲集，隔浦菱歌度。不见昔游人，风烟自朝暮。”

道士席应真读书学道法，兼通兵机，道衍师之，尽得其术，然深自晦藏，人无知者。已而，至京口，赋《览古》诗曰：“樵橹年来战血干，烟花犹自半凋残。五州山近朝云乱，万岁楼空夜月寒。江水无潮通铁瓮，野田有路到金坛。萧梁事业今何在？北固青青眼倦看。”其党宗泐见其摇膝高吟，笑之曰：“此岂释子语耶？斯道，斯道，汝薄南朝矣。”

（五十八）

诗中取材各有所宜，虽一草一木亦须位置得当。如夭桃垂柳，雅称闺闱；绿竹红蕉，恰宜秋馆。梧高柏古，绘萧寺之风光；梅老松苍，是深山之点缀。白杨只宜坟墓，衰草应切战场。此其大略，可以类推。因物起兴，即景生情，会心人自加选择耳。使颠倒而妄施之，几何不来“迟迟春日[一]，翻同《归藏》[二]；湛湛江水[三]，竟同《大诰》[四]”[五]之诮[六]耶？

注：

［一］迟迟春日：出自《诗经·豳风·七月》“春日迟迟”一句。

［二］《归藏》：古代易书之一，与《连山》《周易》并称为“三易”。

［三］湛湛江水：出自《楚辞·招魂》“湛湛江水兮上有枫”一句。

［四］《大诰》：即《尚书·大诰》，为周公动员周人出兵征讨管叔、蔡叔并殷王武庚叛乱时的诰词。《大诰》，当作“《大传》”，严廷中转引有误，见下注。

［五］“迟迟”四句：出自南朝梁萧纲《与湘东王书》：“比见京师文体，懦钝殊常，竞学浮疏，争为阐缓。玄冬修夜，思所不得，既殊比兴，正背风骚。若夫六典三礼，所施则有地；吉凶嘉宾，用之则有所。未闻吟咏情性，反拟《内则》之篇；操笔写志，更摹《酒诰》之作；‘迟迟春日’，翻学《归藏》，‘湛湛江水’，遂同《大传》。”萧纲认为，诗歌乃抒情写景之作，不能盲目模拟儒家经典。

［六］诮（qiào）：责备，讥讽。

笺：

《随园诗话补遗》卷一第七则：

近日有巨公教人作诗，必须穷经读注疏，然后落笔，诗乃可传。余闻之，笑曰：且勿论建安、大历，开府、参军，其经学何如，只问“关关雎鸠”“采采卷耳”，是穷何经、何注疏，得此不朽之作？陶诗独绝千古，而“读书不求甚解”，何不读此疏以解之？梁昭明太子《与湘东王书》云：“夫六典、三礼，所施有地，所用有宜。未闻吟咏情性，反拟《内则》之篇；操笔写志，更摹《酒诰》之作。‘迟迟春日’，翻学《归藏》；‘湛湛江水’，竟同《大诰》。”此数言振聋发聩。想当时必有迂儒曲士，以经学谈诗者，故为此语以晓之。

（五十九）

以孔子拟人终竟不可，惟师弟或偶用耳。王安石《哭王雱》诗云：“斯文信有寄，天岂偶生才？[一]一日凤鸟去[二]，千秋梁木摧[三]。”竟以孔子拟子矣，怪妄如是！

注：

［一］“斯文”二句：意出《论语·子罕篇》：“子畏于匡，曰：‘文王既没，文不在兹乎？天之将丧斯文也，后死者不得与于斯文也；天之未丧斯文也，匡人其如予何？’”

［二］“一日”句：意出《论语·微子篇》：“楚狂接舆歌而过孔子曰：‘凤兮！凤兮！何德之衰？往者不可谏，来者犹可追。已而！已而！今之从政者殆而！’孔子下，欲与之言。趋而辟之，不得与之言。”

［三］“千秋”句：意出《史记·孔子世家》：“明岁，子路死于卫。孔子病，子贡请见。孔子方负杖逍遥于门，曰：‘赐，汝来何其晚也？’孔子因叹，歌曰：‘太山坏乎！梁柱摧乎！哲人萎乎！’因以涕下。谓子贡曰：‘天下无道久矣，莫能宗予。夏人殡于东阶，周人于西阶，殷人两柱间。昨暮予梦奠两柱之间，予始殷人也。’后七日卒。”

（六十）

丙申[一]十月，在香影廊[二]与叶布帆[三]同集，布帆以甘泉[四]张豳原[五]（廷弼）《红薇馆诗钞》二卷见示。中有送先君官甘藩[六]七律二首，盖先君任武昌臬使，豳原时官参军[七]也。忽忽廿余年矣！弹指沧桑，何堪回首？诗云：“建牙[八]三楚[九]几星霜，帝命开藩赴朔方[十]。秦塞山川持节到，虞廷岳牧[十一]策勋[十二]扬。乘轺[十三]此日安边使，簪笔[十四]当年画省[十五]郎。多少苍生挥泪别，攀辕[十六]江上献壶浆。”“一轮卿月照关西，功业文章互品题。韩范[十七]勋闻华夏重，欧苏[十八]名与斗山齐。江楼吹笛招黄鹤[十九]，乡树穿云望碧鸡[二十]。贻我新编红茗[二十一]咏，朗吟字字尽探骊[二十二]。”其他佳句如“雨窗云深巷，泥冲双屐滑”；“荒厨墙圮一灯昏”；《大梁[二十三]怀古》云：“天余赵宋残疆土，地是金元旧战场。”

注：

［一］丙申：即道光十六年丙申（1836）。

［二］香影廊：扬州著名茶社。

［三］叶布帆：即叶舟（1766—1832），字布帆，又作布飘，江苏江都（今扬州）人。著有《石林草堂诗存》。

［四］甘泉：即江苏扬州府甘泉县（今江苏扬州市甘泉街道）。

［五］张豳原：不详。

［六］甘藩：即甘肃布政使。藩，即“藩司”“藩台”，明清布政使的别称。

［七］参军：明清经历的别称，职掌出纳文书。

［八］建牙：建立警卫部队，引申为武臣出镇。

［九］三楚：秦汉时把战国楚地分成三楚，即南楚、东楚、西楚。后泛指湖南湖北一带。

［十］朔方：北方。

［十一］虞廷岳牧：即朝廷重臣之意。虞廷，虞舜的朝廷，朝廷的美称。岳牧，尧舜时四岳十二牧的省称，泛指封疆大吏。

［十二］策勋：记功勋于策书之上。

［十三］轺（yáo）：轻车；使者所乘之车。

［十四］簪笔：插笔于冠或笏，以备书写。古代帝王近臣、书吏均有此装束。

［十五］画省：即尚书省。汉代尚书省以胡粉涂壁，紫素界之，画古烈士像，故别称“画省”。

［十六］攀辕：即攀辕卧辙，意为拉住车辕，躺在车道上，不让车走。常用为挽留去职官吏的典故。

［十七］韩范：宋代名臣韩琦和范仲淹的并称。

［十八］欧苏：即欧阳修和苏轼。

［十九］黄鹤：湖北武昌有黄鹤楼。

［二十］碧鸡：云南昆明有碧鸡山，即西山，市内有金马碧鸡坊。

［二十一］红茗：严烺著有诗集《红茗山房诗存》。

［二十二］探骊（lí）：即探骊得珠，意为在骊龙的领下取得宝珠。后比喻诗文写作能得其要领，抓住关键。

［二十三］大梁：战国时魏国都邑，位于河南开封市西北。后为开封的代称。

（六十一）

江都[一]曹匀村[二]（原）著有《栖心庵稿》。《曲栏》云："珠箔[三]乍开红一角，画廊新约地三弓。"《绿阴》云："暝色带烟残絮尽，碧天如画乱莺啼。"《梅影》云："春情已淡难论色，花事全非只辨香。"

注：

［一］江都：即江苏扬州府江都县（今江苏扬州市江都区）。

［二］曹匀村：即曹原，生卒年不详，字匀村，江苏江都（今扬州）人。少工诗古文，以家中落，弃铅椠，从事簿书。为人性沉挚和易，不慕名利。楷法宗《黄庭经》，五七言似中晚唐名家。著有《栖心庵遗稿》。

［三］珠箔（bó）：珠帘。箔，竹帘。

（六十二）

江都朱二亭[一]（篔）著有《二亭诗钞》，论者谓五律胜，而七律亦自不凡也。五言如《河上酒楼》云："落日未西下，长河水自流。"《秋山》云："高树下寒叶，乱峰归白云。"《怀人》云："江汉三年客，饥寒八口家。"《寒食》云："佳节又寒食，故人谁少年?"《春日》云："多情又芳草，不尽是春山。"七言如《康山[二]》云："苦心谁复知陈实[三]，清论终当恕子云[四]。"《秋日》云："绝代文章官阀少，古来忧患布衣多。"《九日》云："景物又看黄菊放，弟兄渐觉白头多。"《晚眺》云："红叶多情游子老，青山无恙酒人稀。"《话旧》云："四海漫怜知己少，九原渐觉故人多。"

注：

［一］朱二亭：即朱筼（1718—1797），字二亭，号市人，江苏江都（今扬州）人。诸生。家贫，弃举业，经商自给，工诗古文。与杭世骏、郑燮、厉鹗、姚鼐友善。著有《二亭诗钞》。筼，音 yún。

［二］康山：位于扬州市东南隅，明代文学家康海因名列刘瑾党而免官，后曾寓居于此，故名。

［三］陈实：又作陈寔（104—187），字仲弓，颍川许（今河南许昌）人，东汉名士。党锢祸起，株连甚众，余人多逃避求免，寔曰："吾不就狱，众无所恃。"乃自请囚焉，后遇赦得出。

［四］子云：即扬雄（前53—18），字子云，蜀郡郫县（今四川成都市郫都区）人。西汉著名辞赋家、思想家。因结交王莽，颇受后人诟病。

（六十三）

泰州[一]邹耳山[二]（熊）下笔有情，《声玉山斋集》中，五言似香山，七言似放翁也。《元旦》云："开樽集少长，拜母学儿童。"《示弟》云："当思规戒日，即是爱怜时。"《待雪》云："若是肯来宜酒后，似曾有约在梅先。"《新蝶》云："已消扇底三秋恨，来结花间再世缘。"《吴门》云："春从欸乃[三]声中去，愁在湖山画里消。"

注：

［一］泰州：即江苏扬州府泰州（今江苏泰州市）。

［二］邹耳山：即邹熊（1762—1821），字耳山，江苏泰州人。监生。嘉庆

元年（1796），入泰州芸香诗社，与叶兆兰共主坛坫。嘉庆十三年（1808），与叶兆兰选编社友诗作，辑成《芸香诗钞》12卷。著有《声玉山斋诗集》。

［三］欸（ǎi）乃：摇橹声；划船时歌唱之声。欸，底本与云南丛书本皆作“款”，误。

笺：

邹熊《芸香诗钞序》：

板桥之西，卤河之东，有僧舍焉，曰芸香社。地偏屋古，尘迹罕到。自壬子春，宫霜桥前辈暨吴椒堂、夏春舟、叶古轩诸吟人憩游其地，芸香社遂为城北吟坛。余窃慕之而未与也。丙辰重九，古轩集客作茱萸会，始招余赴之，故余之入社为最迟。于是月必数课，课必数诗，邑中同课者不下数十人。此外则停桡远客，侨寓风人，或聚或散，往来不绝，并有云树神交，篇章邮寄赠答于千百里外者，亦云胜矣。不意转瞬间老死夭折者几人，牛马四方者几人，远归故里去而不返者又几人。云散风流，骤及于此，可胜慨与。前年古轩病，谓余曰：“故友凋残，诗稿散轶，吾与子俱老大，恐不足久恃，当辑而存之。”余志其语而心感焉。去年余亦病，每忆古轩语，辄惴惴有衰陨忧。今春差健，归自娄江，古轩亦从焦山返里。爰搜罗芸香诸稿，共得古今体诗若干首，亟较定付梓。以过客亡友分《停云》《先露》两集，朝夕把晤而唱和者概编入《今雨集》中，古轩与余又各以诗附集末，共得十有二卷，统名《芸香诗钞》，正不忘初地之意耳。二十年鸥侣鹭俦于斯一聚，蓄旧雨之精华，备来者之搜择。倘吉光可采，鸿爪常留，俾其人其诗不致与草木同腐，是则余两人之厚望，亦芸香社之大幸也夫。

嘉庆己巳秋吴陵耳山邹熊识于群玉山馆并书

（六十四）

钱唐[一]屠琴坞[二]太守[三]（倬）著有《是程堂集》，五七古不矜才不使气，和平大雅，一洗近世靡靡之音，近体自写性情，无所依傍。五言如“野店逢人少，炊烟近水无”；“乱钟萧寺晚，残照一峰沉”；“水云能送客，鱼鸟不知贫”；“鹤唳不知处，秋山第几重”；“炊烟不出屋，春树欲浮山”。七言如“狂原无奈悲歌里，贫最难堪饯岁时”；“金尽不妨仍结客，时清未可说归田”；“委巷冲泥双屐响，小楼呼酒一灯寒”；“天教小雨留三日，人共斜阳载一船”。七绝如“红日半檐山一角，晚潮如雨送江声。暮色到门看不见，万家烟树一篝灯”。此皆未通籍[四]以前句也。入翰林后，诗笔专务沉著，似别开生面矣。

注：

［一］钱唐：又作钱塘，即浙江杭州府钱塘县（今浙江杭州市）。

［二］屠琴坞：即屠倬（1781—1828），字孟昭，号琴鄔，晚号潜园老人，浙江诸暨人，寄居钱塘，一作钱塘（今杭州）人。嘉庆十三年（1808）进士，改庶吉士，授江苏仪征知县，道光初擢江西袁州、九江知府，后以疾辞归。工诗古文，与郭麐齐名。著有《是程堂集》。

［三］太守：明清知府的别称。

［四］通籍：记名于门籍，可以进出宫门，后指做官，又可指进士初及第。

（六十五）

江都王柳村[一]（豫），予求其稿不得，仅记其《秦淮杂诗》绝句云：“似水凉宵眠不稳，虫声多在豆花村”；“劳劳亭[二]是销魂地，凉月半篷人渡江”；“才入旧梦乌啼散，谁遣蘼芜[三]绿到秋”；“名士美人俱寂寞，荷花开冷半湖秋”；“玉笛银筝听不惯，一鞭吟遍六朝山”。五音之商声，七绝之正格也。

注：

［一］王柳村：即王豫（1768—1826），字应和，号柳村，又号翠洲农、小辋川主人，江苏镇江人，后移籍江都（今扬州）。附监生。著有《种竹轩诗钞》。尝居焦山佛阁，本沈德潜《别裁》之例，穷十二年心力，辑录清初至嘉庆二十一年（1816）5467家江苏诗人诗作，成《江苏诗征》183卷。《江苏诗征》是清代规模最大的一部地方类诗歌总集。

［二］劳劳亭：位于今南京市西南，古新亭南，三国吴筑，为古时送别之所。

［三］蘼芜：川芎（xiōng）的苗。“蘼芜”在古代诗歌中多与夫妻分离或闺怨有关。汉乐府《上山采蘼芜》：“上山采蘼芜，下山逢故夫。长跪问故夫，新人复何如？新人虽言好，未若故人姝。颜色类相似，手爪不相如。新人从门入，故人从阁去。新人工织缣，故人工织素。织缣日一匹，织素五丈余。将缣来比素，新人不如故。”

（六十六）

诗以气骨为主。有句无章者气弱，有格无调者骨弱，兼之者，其惟阮芸台[一]相国（元）乎？《揅经堂诗》美不胜收，摘录一二以见一斑。《月夜拜滕文公[二]庙》云：“停车滕国庙，落月四更天。老屋灯昏壁，寒林霜化烟。平原五十里，残碣一千年。愿与迂儒说，闲来试井田。”《甬江[三]夜泊》云：“风雨夜潇潇，荒江正起潮。远帆连海气，短烛接寒宵。人静愁闻角，衣轻欲试貂。遥怜荷戈者，孤岛夜萧寥。”

注：

［一］阮芸台：即阮元（1764—1849），字伯元，号芸台、雷塘庵主，晚号怡性老人，江苏仪征人。乾隆五十四年（1789）进士，官至湖广总督、两广总

督、云贵总督、体仁阁大学士、太傅，谥号文达。被尊为三朝阁老、九省疆臣、一代文宗。著有《揅经室集》。

［二］滕文公：战国时滕国（今山东滕州市）的贤君。

［三］甬江：位于浙江宁波，因宁波简称为甬，故名甬江。

（六十七）

安化[一]陶云汀[二]先生（澍）以宫保[三]总督两江，勋业赫奕，在人耳目。《题阮梅叔[四]明经[五]珠湖渔隐图》云："此中便合渔人隐，何处桃花别问津。我本湘西旧渔父，回头三十六湾秋。"大有"功高百辟[六]，心在一丘"[七]之意。

注：

［一］安化：即湖南长沙府安化县（今湖南益阳市安化县）。

［二］陶云汀：即陶澍（1779—1839），字子霖，一字子云，号云汀、髯樵、桃花渔者，湖南安化人。嘉庆七年（1802）进士，官至两江总督、太子少保，卒后追赠太子太保，谥号文毅。著有《印心石屋诗钞》《陶文毅公全集》。

［三］宫保：太子太保、太子少保的通称。

［四］阮梅叔：即阮亨（1783—1859），字梅叔，号仲嘉，江苏仪征人。阮元从弟。嘉庆二十三年（1818）副贡。幼随宦京师，作《蕉花曲》，传诵辇下，人称"阮蕉花"。尝随阮元幕于浙江，浙人能诗者争相唱和，因著《瀛舟笔谈》，以品诗表人为己任。咸丰元年（1851）举孝廉方正，不就。太平军起，家业毁于兵火，晚景坎坷，但吟兴不衰。著有《珠湖草堂诗钞》《琴言集》等，辑有《淮海英灵续集》等。

［五］明经：明清对贡生的别称。

［六］百辟：百官。

［七］"功高百辟，心在一丘"：见《随园诗话》卷四第五则："昔人称谢太傅'功高百辟，心在一丘'。"

（六十八）

云汀宫保《吴淞登炮台》[一]诗四首，一时和者数百人。江夏[二]陈芝楣[三]中丞（銮）和“难”字韵云：“帝泽如春知最溥，臣心如水敢辞难？”二语是大臣心事，亦是大臣气度。

注：

［一］《吴淞登炮台》：即《丙戌二月一日海运初发，偕同事诸君赴吴淞口致告海神，登炮台作》：“昔闻观水必观澜，吉祷今来得大观。万舳宝沙通转运（台外有复宝沙，回环二十余里，各船从此出洋），九重玉食念艰难。烟开岛豁黄龙远，潮满神停白马看。指点扶桑云五色，日边有路近长安。

经营焉敢避迂疏，天府由来重积储。碣石旧程修禹贡（《禹贡》：夹右碣石，为海运始），海滨新卤辟河渠（元初，张瑄、朱清海运，由浏河口转海门之廖角沙，沿岙北上，计程一万三千里。其后，殷明略开新道较近，由浏河至崇明之三沙放洋。明代王宗沐等由灌河口至鹰游门转般胶、莱，沈廷扬由黄河口出洋，趋成山，今俱沙壅难行。本年出吴淞口至十滧、佘山放洋，为从来运粮未经之道）。梯航远道归中极，溟渤多年奠左闾（自康熙二十八年开海禁，重洋平靖已久）。香火乍收旗欲转，不惊铃语送吹嘘（是日并祀风神）。

两载茨防谕旨宣，疏盈未许滞红鲜（各省议折漕停运，奉旨不允）。般仓刘晏原中策（上年六月在皖，奉命调苏，议请海河并运，并请嗣后仿照唐代转运般仓法，于清江浦建仓以备缓急），作楫商岩有大贤（海运之议，发于协揆英煦斋师、歙县相国曹公、文秋潭太宰、大司马玉研农师、尚书王省斋前辈，枢直宣谕，诸多赞画，襄平相国师尤屡次札商）。路认登瀛多伴侣（潘吾亭、陈芝楣、王希伯皆词馆旧雨，宋观察为小坡前辈之弟，许大令为青士、滇生两太史之兄），地非横海试楼船。同舟倍切同寅谊，郭李人曾望若仙（本年办理海运，琦静庵通侯总揽全纲，穆鹤舫同年、陈心畬前辈先后督漕，多所筹酌，贺藕耕方伯及同事诸君力肩重任，俞陶泉、李葛峰两司马司局务，大小印委，并切同心，得以集事。弹压则提督王竹亭、总戎曹济川、副将裘古愚之力为多）。

申浦连番策骑从（去秋晓谕商船至沪），望洋复此话从容。脂膏每惜东南竭，杼柚仍劳大小供。帝轸闾阎纾穗秸（顷以民力拮据，请将带征道光三年灾缓钱漕递缓一年，并去秋苏松等属被风，米质多青腰白脐，又句容山田较多，请嗣后红秈并纳，均得旨报可），海浮天地识朝宗。吾侪忝窃多民力，敬告群寮矢协恭。"

［二］江夏：即湖北武昌府江夏县（今湖北武汉市武昌区）。

［三］陈芝楣：即陈銮（1786—1839），字仲和，一字芝楣，号玉生，湖北江夏（今武昌）人。嘉庆二十五年（1820）一甲三名进士，历官至江苏巡抚、两江总督。著有《耕心书屋诗文集》。

（六十九）

江宁[一]杨乐山[二]（辅仁），人呼"杨疯子"，著有《白云轩诗草》。五言如"远帆冲雾去，寒雁破霜来"；"夕阳愁堕水，倦鸟欲巢花"。七言如《怀顾秋碧[三]》云："灯下悲歌儿女泪，雨中分饭弟兄心。悔从明月思前世，笑对梅花问再生。"《春柳》云："乱遮水驿疑无路，转过旗亭别有村。"

注：

［一］江宁：即江苏江宁府江宁县（今江苏南京市）。

［二］杨乐山：即杨辅仁，生卒年不详，字乐山。江苏江宁（今南京）人。诸生。幼年多病废学。一日借得唐诗，朝夕吟诵，遂能为诗，得晚唐风致。中年嗜酒得狂疾，自号"杨疯子"。著有《白云轩诗钞》。

［三］顾秋碧：即顾槐三（1785—1853），又作顾櫰三，字秋碧，江苏江宁（今南京）人。弱冠补诸生，课徒里中。道光十一年（1831）与杨辅仁、车持谦、王章等结苔岑诗社。咸丰三年（1853）死于战乱。著有《燃松阁诗钞》。顾槐三与严廷中为挚友，《红蕉吟馆诗余》卷首有顾序一篇，见附录。

（七十）[一]

钱唐袁简斋[二]太史[三]《咏镜》云："照去虚堂疑有路，看来如我更无人。"白门[四]韩奕山[五]云："前身知尔为明月，来世逢予或美人。"

注：

［一］云南丛书本中此则紧接上则末尾，合为一则，误。

［二］袁简斋：即袁枚。

［三］太史：明清翰林的别称。

［四］白门：南京旧称。六朝建康（今南京）宫城之正南门宣阳门，世称白门，故名。

［五］韩奕山：不详。

（七十一）

予在山东，以诗文受知于长乐梁茝林[一]先生。《藤花吟馆集》中，五七古萃韩苏[二]李杜之精华为一家，真大手笔也。近体沈雄高古，不矜才藻，曾宾谷[三]先生所谓“质实不佻[四]”者。五言如《喜晴》云：“人家落寒翠，夕照破昏黄。”《江天寺[五]》云：“日华含海气，梵响杂潮声。”《虎丘》云：“青山开士迹，黄土美人魂。”《溪岸待月》云：“酒从良友醉，月自故乡生。”七言如《舟中赠齐北瀛[六]》云：“樽酒论文多李白，囊琴逐队几槐黄。”《扬子江清明》云：“十年踪迹东流水，几度清明北固山。”《吴山》云：“苍茫天水余陈迹，消受名山几老僧。”《八月十五夜》一律云：“西风客子寒不眠，夜色欲午花含烟。今月古月同一照，举头低头都可怜。六千余里故山远，二十一回明镜圆。此景此情悄谁遣，空庭衣露森吟肩[七]。”先生今年[八]开府桂林，而予解组归田[九]矣。重瞻山斗，不知更在何时何地。高山仰止，景行行止；中心藏之，何日忘之！

注：

［一］梁茝林：见甲集第四十七则。

［二］韩苏：即韩愈和苏轼。二人皆才气纵横，以文为诗，故并称韩苏。

［三］曾宾谷：即曾燠（1759—1830），字庶蕃，一字宾谷，晚号西溪渔

隐，江西南城人。乾隆四十六年（1781）进士，曾任两淮盐运使，后历官至贵州巡抚。工骈文，被誉为清代骈文八大家之一。著有《赏雨茅屋诗集》，辑有《国朝骈体正宗》《江西诗征》等。燠，音 yù。

［四］佻：轻佻，轻浮。

［五］江天寺：即金山寺，康熙南巡时赐名“江天禅寺”。

［六］齐北瀛：即齐鲲（1776—1820），字澄瀛，号北瀛，福建侯官（今福州）人。嘉庆六年（1801）进士。曾出使琉球，充任册封琉球正使，后官至河南府知府。

［七］吟肩：诗人的肩膀，因吟诗时耸动肩膀，故云。

［八］今年：即道光十六年丙申（1836）。是年，梁章钜升任广西巡抚。

［九］解组归田：辞掉官职，归老田园。组，古代绑印的绶；解组，解下印绶辞官。

（七十二）

陶云汀[一]宫保所著《印心石屋诗钞》，沉著严整中仍复风流自赏，似甘兴霸鼓吹[二]助战也。吾师顾南雅[三]先生以为“才大心细，识力并到”，可谓定评。五言如“关河绵客路，天地入扁舟”；“古亭收野气，老树立斜阳”；“江山容醉客，风雨此登楼”。七言如《咏雪》云：“平将世上三叉路，隔断人间万里尘。”《江夏》云：“雨气欲沉云梦泽，江声直上武昌城。”《途中》云：“野色融春苏草脚，人烟分翠上松尖。”《上元》云：“午夜春灯随处好，一天明月此宵圆。”《黄鹤楼》云：“乾坤不老风云色，今古长流江汉声。”

注：

［一］陶云汀：见甲集第六十七则。

［二］甘兴霸鼓吹：即甘宁鼓乐，为民间器乐演奏形式，起源于三国时期蜀国水田坝（今重庆万州区甘宁镇），该地为东吴名将甘宁（字兴霸）故乡，

因此得名。

［三］顾南雅：即顾莼（1765—1832），字希翰，一字吴羹，号南雅，晚号息庐，江苏吴县（今苏州）人。嘉庆七年（1802）进士，历官云南学政、通政司副使。与陶澍、卓秉恬、朱士彦、梁章钜、吴庭琛、朱珔等人结为“吴中七友”。著有《思无邪室集》《滇南采风录》等。《红蕉吟馆诗存》卷首有顾莼致严廷中书札一通，见附录。

（七十三）

大兴[一]朱厚斋[二]太守（浩），工词能诗，与弟浣岳[三]齐名，人比之双丁二陆[四]焉。《叠山琴[五]》一律云：“摩霄惊鹄自梳翎[六]，网到南天堕杳冥[七]。松石之间枯夏草，菊山而后壮冬青。于今百衲[八]闲情赋，此阕千秋不忍听。承旨[九]亦工雷氏艺[十]（赵松雪工制琴），终南先已撰佳铭。”

注：

［一］大兴：即直隶顺天府大兴县（今北京市）。

［二］朱厚斋：即朱浩（1773—1838），字浩然，又字毅夫，号檀园，一号东轩，晚号厚斋，顺天大兴（今北京）籍，浙江绍兴人。曾署九江知府，以万年县水案所累，被劾降级，遂不仕，依弟朱沆分司署，以诗酒为乐。著有《杏花楼诗稿》。

［三］浣岳：即朱沆，生卒年不详，字达夫，号浣岳。道光二十一年（1841）任两淮泰州分司通判。书画并擅，兼工诗。

［四］双丁二陆：出自《梁书·到溉传》：“时以溉洽兄弟比之二陆，故世祖赠诗曰：‘魏世重双丁，晋朝称二陆。何如今两到，复似凌寒竹。’”双丁，即三国魏丁仪丁廙（yì）兄弟，深受曹操赏识，与曹植亲善，尝劝曹操立植为太子，后为曹丕所杀。二陆，即西晋陆机、陆云兄弟，东吴丞相陆逊之孙，吴亡后出仕西晋，被誉为“太康之英”，后死于“八王之乱”。

［五］叠山琴：即谢叠山遗琴，琴名“号钟”，为传世名琴，清人多有吟咏。谢叠山，即谢枋得（1226—1289），字君直，号叠山，江西弋阳人。南宋

末，率义军在江东抗元，宋亡，拒不出仕，以卖卜教书度日，后被征北行，至大都，绝食而死。与文天祥（号文山），并称为“二山”。

［六］“摩霄”句：清代李兆洛《宋谢叠山先生遗琴武林吴氏得之绘图传示为之作歌》有句云：“先生身似摩霄鹄。”

［七］杳冥：指天空，高远之处。

［八］百衲：僧衣。

［九］承旨：即赵孟頫（1254—1322），字子昂，号松雪道人，宋末元初著名书画家。曾任翰林学士承旨，世称赵承旨。

［十］雷氏艺：指制琴。唐代蜀地雷氏世代斫琴，名满天下。

（七十四）

泰州分司[一]朱浣岳[二]别驾[三]（沆），工画，山水人物无不入妙，尤善狂草，兴酣落笔几欲夺索靖[四]之席。与兄厚斋太守友于之爱甚笃，白头兄弟唱和一堂，人望之如神仙中人。曾见其《题画》一绝云：“静对青山太古容，四围苍翠白云封。招提[五]似有招游意，送出林端一杵钟。”二十八字千锤百炼而出之，非老手不能也。

注：

［一］泰州分司：两淮都转运盐使司下设分司之一。

［二］朱浣岳：见甲集第七十三则。

［三］别驾：明清通判的别称。

［四］索靖（239—303），字幼安，敦煌龙勒（今甘肃敦煌）人。西晋将领，著名书法家，善章草。

［五］招提：梵语，义为“四方”。四方之僧称为招提僧，四方僧之住处称为招提僧坊。北魏太武帝造伽蓝，以招提名之，招提二字，遂为寺院之异名。

（七十五）

江都叶竞亭[一]（觐廷）诗笔高雅，著有《铁鉴堂集》。子酒生秀才（贵曾）辑遗稿藏于家而无力付梓，予为摘录数联以传。《读宋史》云："珠罂[二]作酒天书贵，瓦注[三]工谗鬼语灵"；"压日无光头太重，格天有阁脚偏长"；"春梦蚍蜉恋巢穴，秋风蟋蟀斗湖山"；《诸葛菜[四]》云："竟与大名垂宇宙，居然小草管兴亡"；"不辞北伐锄非种，可惜南中地不毛"，皆警句也。酒生亦工诗，感予采其尊人诗，以五律四首见赠。末一首云："马服[五]遗书在，千篇读未能。讴吟本忠孝，风雨畏侵陵。采摭劳明府，流传抵暗灯。鲰生[六]稽首谢，展卷泪难胜。"宛转真挚，具见孝思也。

注：

［一］叶竟亭：不详。

［二］珠罂（yīng）：用珠宝镶嵌的器皿。罂，盛水、酒的陶器或木器。

［三］瓦注：以瓦器为赌注。比喻贱物。

［四］诸葛菜：即蔓菁（mánjīng）。张岱《夜航船》卷十一："诸葛武侯出军，凡所止之处，必种蔓菁，即萝卜菜，蜀人呼为诸葛菜。其菜有五美：可以生食，一美；可菹，二美；根可充饥，三美；生食消痰止渴，四美；煮食之补人，五美。故又名五美菜。"

［五］马服：战国赵地，在今河北邯郸市西北。赵封其名将赵奢于此，赐号为马服君。后以"马服"指赵奢。其子赵括。此处以赵奢喻父，以赵括自喻。

［六］鲰（zōu）生：谦辞，相当于"小生"。

乙　集

（一）

仪征[一]汪剑潭[二]太守（端光）名重一时，诗稿未付梓，散失甚多。阮梅叔[三]明经搜罗其诗若干首于所著《瀛舟笔谈》《淮海英灵续集》《琴言集》中录存，可谓不负亡友矣。丙申秋，梅叔以太守诗四卷示予，属为录入《药栏诗话》中。穷三日夜而尽读之，无体不备。清新如“朱门寒雨空寻蝶，南浦西风再送人”；“断井一弯城路坏，短篱三尺寺门荒”（《秋草》）。高雅如“粗官自古归名士，好句从来得异乡”（《题王少林[四]集》）。典丽如“身如药树成仙易，性比莲花学佛难。门巷东风无燕到，江关残雪有书还”（《本事》）。超脱如“一年明月登楼少，千古重阳作客多”（《江楼晚眺》）。雅饬如“曲沼东风三月老，小门疏雨一篮轻”（《芹》）；“杨花酒店看成市，春水蚕家卖过村”（《河豚》）。感慨如“迟我声华殊减色，寄人篱落不成行”（《残菊》）；“何地更容官乞食，此间已是客无衣”（《暮春遣怀》）。

注：

［一］仪征：即江苏扬州府仪征县（今江苏扬州市仪征市）。

［二］汪剑潭：即汪端光（1748—1826），字剑潭，江苏仪征人。乾隆三十六年（1771）举人，由国子监助教官广西南宁府同知，庆远、镇安府知府。晚主扬州安定、乐仪书院。著有《剑潭诗钞》。

［三］阮梅叔：见甲集第六十七则。

［四］王少林：即王嵩高（1735—1800），江苏宝应人，字少林，号海山，晚号慕堂。乾隆二十八年（1763）进士。历官至广西平乐知府。著有《小楼诗集》。

笺：

《随园诗话》卷八第八则：

心馀书舍，有扬州汪端光孝廉赠句云：“置酒好招乡父老，解衣平揖汉公卿。”汪字剑潭，少年玉貌，佳句如：“水定渔灯出，风骄戍鼓沉。”“路长行应独，舟小买宜双。”“月明又是无边水，半照行人半照鱼。”皆有别趣。

（二）

古寺诗咏者多矣，如剑潭太守之“青山前代去，黄叶老僧归”，何可多得！

（三）

钱塘陈鲁山[一]孝廉（寓泰），丽京[二]先叔甲子[三]同年也。侨居邗上[四]，倡白桃花诗社，名著一时。著有《香草山房诗集》。《黄海[五]歌》云：“三十六峰[六]芙蓉青，朝暾[七]欲上天冥冥。忽然云气幻成海，松风吹出蛟龙腥。贝阙珠宫[八]插天起，峰峰都作三山[九]拟。未放成连海上船，何缘已到方蓬[十]里。须臾光射海门东，云收雾卷波涛空。老松怪石带余润，佛火[十一]犹疑鱼目红。”其他佳句，五言如《题画》云：“夜色淡如此，美人思若何”；七言如《下第》云：“白纻[十二]仍萦慈母线，黄金空感故人情”；《稚女》云：“不碍撒娇寻懊恼，也知对客学端庄。姊因有婿时相谑，弟恰能行手自将[十三]”，皆性情诗也。

注：

［一］陈鲁山：不详。

［二］丽京：即严烺，生卒年不详，字丽京，严烺弟，嘉庆十年（1805）进士，翰林院庶吉士，任武英殿行走。

［三］甲子：即嘉庆九年甲子（1804）。此处恐作者记忆有误，据《宜良严氏族谱》，严烺中进士为嘉庆十年乙丑（1805）。

［四］邗（hán）上：即扬州。邗，春秋古城名，旧址在今扬州市。

［五］黄海：黄山以云海著名，故黄山又可称为“黄海”。

［六］三十六峰：即黄山三十六峰。

［七］朝暾（tūn）：初升的太阳。

［八］贝阙珠宫：用珍珠宝贝做的宫殿。

［九］三山：传说中的海上三座仙山，即方丈、蓬莱、瀛洲。

［十］方蓬：方丈和蓬莱的并称。

［十一］佛火：供佛的油灯香烛之火。

［十二］纻（zhù）：苎麻，又指用苎麻织的布。

［十三］将：扶，持。

笺：

《红蕉吟馆诗存》卷十二《题陈鲁山年丈〈香草山房诗卷〉》：

拔剑高歌烛影红，上书归后旅囊空。事关福命文无据，我亦穷愁句未工。诗卷闲吟邗水月，乡心远寄大江东。桃花开后生芳草，一样春愁两寓公（谓白桃花、春草两诗社）。

（四）

仪征阮梅叔[一]明经（亭），少以《蕉花》诗得名，所谓“小栏定有吟花客，浅碧罗衫一样长”[二]是也。著有《珠湖草堂诗钞》。如《新柳》云：“谁家白舫多罗绮，何处红楼不管弦”；《香车》云：“油碧帷中人似玉，小红桥畔路生香”；《吴山》云：“万树红连斜照外，一峰青插白云中”；《渡扬子》云：“烟际白帆瓜步[三]驿，雨中绿树润州[四]城”；《郯城[五]道中》云：“稻收凉露千畦白，柿压新霜万树红”；《夜坐寄小云侄》云：“乐岁尚忧生计拙，故乡较比宦途安。青山有约辞官易，黄叶无声入梦难”；《春草》云：“杨柳春风调马地，桃花细雨卖饧[六]天”，均不愧雅人吐属。

注：

［一］阮梅叔：见甲集第六十七则。

［二］“小栏”二句：出自阮亨《蕉花曲》：“鹦鹉千声唤曲廊，绮琴弹罢雪生香。小栏定有吟花客，浅碧蕉衫一样长。”

［三］瓜步：位于今南京市六合区东南，南临大江。步，一作埠。

［四］润州：镇江的古称。

［五］郯（tán）城：即山东沂州府郯城县（今山东临沂市郯城县）。

［六］饧（xíng）：用麦芽或谷芽熬成的糖稀。

笺：

钱泳《履园丛话》卷八《谈诗》：

扬州阮梅叔明经为芸台宫保之弟，年未弱冠，即能诗歌，为艺林传诵。所刻有《珠湖草堂诗》四卷。余最爱其“万树红连斜照外，一峰青插白云中”之句，此吴澹川《南野堂笔记》、杨芸士《述郑斋诗话》所未采也。

（五）

甘泉许春卿[一]（之翰），诗以情胜，不作人云亦云语，与予唱酬《虞山》诗六叠韵[二]而笔不懈，真健者也。中有“飞来一将降非诈，扫去千军退始甘”之句，亦可见其胸次。著有《说文堂诗稿》。《题宣城[三]太守卞竹辰[四]汉江晓渡图》云：“洲横玉露江烟白，山挂铜钲[五]海日红。”《赠竹辰太守》云：“巡遍九阍[六]都御史，化行千里古诸侯。客除李白无前辈，仙有麻姑[七]对北堂[八]。”《题海上移情图》云：“四龄未满曾观海，一曲无成也抱琴。”《感某女子事》云：“美满姻缘贫女少，公平媒妁小家稀。”《偶成》云：“须发迟苍天讳老，车鱼[九]懒唱自瞒贫。”《病归》云：“归来惹得小妻哗，九夏三秋望眼赊。岁已将阑忘返里，身如无病不思家。”《题魏红豆白桃花册子》云：“生怜豆子相思苦，便化桃花不肯红。”

注：

［一］许春卿：即许之翰（1778—?），字春卿。江苏甘泉（今扬州）人。

岁贡生。与周镛、汪端光等交厚。著有《说文堂诗集》。

［二］叠韵：亦作“迭韵”，指赋诗重用前韵。

［三］宣城：即安徽宁国府（今安徽宣城市），旧称宣城府。

［四］卞竹辰：即卞士云（1788—1843），原名荣贤，字光河，号季青、竹辰，江苏仪征人。道光三年（1823）进士。历官至浙江布政使、署理浙江巡抚。

［五］铜钲（zhēng）：即铜锣，比喻太阳。

［六］九阍（hūn）：九天之门。亦指九天，比喻朝廷。

［七］麻姑：道教神话中的仙人，曾见东海三次变为桑田，故后世多以之象征长寿。

［八］北堂：古代主妇居室，后代称母亲。

［九］车鱼：战国时孟尝君门客冯谖受到礼遇，食有鱼，出有车，见《战国策·齐策四》。后因以“车鱼”谓受人礼遇、器重。

笺：

《红蕉吟馆诗存》卷十二《题许春卿〈说文堂诗集〉》：

丁卯诗无敌，骚坛旧有名。君才真十倍，此慧定前生。唱和年来意，江湖日后情。琼花今冷落，谁与结新盟。

（六）

仪征潘小江［一］（宗艺），诗笔清婉。如《城东暮归》云：“西风古城下，秋色正阴阴。落叶谁家树，残阳满地砧。”《寒林》云：“霜重忽惊樵径白，烟疏遥见寺墙红。”《寒鸦》云：“一枝借暖曾无地，万树惊风忽有声。略带残云栖废垒，乱翻寒日下空城。”《秋夜》云：“壮岁也同秋易到，卑官翻比梦难成。”

注：

［一］潘小江：即潘宗艺，生卒年不详，字小江，江苏仪征人。诸生。著有《两间草堂诗钞》。

笺：

《红蕉吟馆诗存》卷十二《题潘小江（宗艺）〈两间草堂诗卷〉》：

读罢销魂绝妙辞，海棠花外雨如丝。十年重过扬州路，又见春风豆蔻诗。

（七）

江都布衣叶布帆[一]（舟），性幽僻而工诗。五言如《早春》云："天地自生意，溪山欲醒时。"《分韵[二]》云："明月自寒色，黄花犹晚丛。"《白莲》云："一鹭入无迹，满湖惟妙香。"七言如《夕阳》云："千古关情怜暮景，百年多感恋余晖。"《挽友》云："风雨不情蓬户掩，米薪无计爨烟[三]销。"布帆家藏古砚甚多，旧时好结客，极文酒倡酬之乐，晚年诗益工而家日贫矣。

注：

［一］叶布帆：见甲集第六十则。

［二］分韵：即数人相约赋诗，选择若干字为韵，各人分拈，依拈得之韵作诗。

［三］爨（cuàn）烟：炊烟。爨，烧火煮饭。

（八）

吴江[一]郭频伽[二]（麐）《荡湖船·摸鱼儿》词云："一篷儿，花天酒地，销磨风月如许。吴娃生长吴船上，只共鸳鸯为侣。船六柱，从不识、愁风愁雨天涯路。轻桡[三]容与[四]，问雨寺东西，半塘[五]前后，商略泊何处。　江南好，不在中流箫鼓，牵人好梦无数。十年水驿风灯夜，负了画船听雨。临别语，怕纸醉、金迷忘却秋娘渡[六]。重来记取：有澹澹窗纱，疏疏帘影，隐隐数声橹。"可谓此题绝唱。

注：

［一］吴江：即江苏苏州府吴江县（今江苏苏州市吴江区）。

［二］郭频伽：即郭麐（1767—1831），字祥伯，号频伽，因右眉全白，又号白眉生，江苏吴江（今苏州）人。嘉庆贡生，负才不遇，客游江淮间。著有《灵芬馆诗》《灵芬馆词》等。麐，音 lín。

［三］桡（ráo）：船桨，借指船。

［四］容与：徘徊不进的样子。

［五］半塘：苏州山塘河上有半塘桥，桥南有寿圣寺，又称半塘寺。

［六］秋娘渡：泛指男女相爱之地。秋娘，歌妓名。宋代蒋捷《一剪梅·舟过吴江》："一片春愁待酒浇。江上舟摇，楼上帘招。秋娘渡与泰娘桥，风又飘飘，雨又萧萧。 何日归家洗客袍？银字笙调，心字香烧。流光容易把人抛，红了樱桃，绿了芭蕉。"

（九）

天长[一]王用轩[二]（雨春）诗云："郎船头，妾船尾；郎看风，妾看水。上下吴江一千里，吴江夜泊多巨航。东邻谁家红粉妆，西邻何处千金商。各对孤灯凄断肠，不如船中妾守郎。不如船中郎伴妾，双宿双飞双蝴蝶。"

注：

［一］天长：即安徽泗州天长县（今安徽滁州市天长市）。

［二］王用轩：不详。

（十）

天长程禹山[一]（虞卿）以《春草》得名，如"北郭清明早，南朝废寺多"，诚佳句也。著有《水西闲馆诗钞》，情文相生，百读不厌，犹见先辈典型也。

注：

［一］程禹山：即程虞卿（1762—1820），字赵人，号禹山。安徽天长人。程煐从弟。嘉庆十二年（1807）举人，主讲淮安文津书舍十六年。著有《水西闲馆诗》。

（十一）

作七绝当如雪藕冰梨，鲜脆利齿。商宝意[一]先生（盘）《送王谷原[二]游建康》云："此去南朝士女非，君家旧巷剩乌衣。寒花一簇斜阳冷，不见红襟燕子飞。""残宵还忆景阳钟[三]，碧瓦鳞鳞失故踪。留与才人作凭吊，秣陵老柳孝陵[四]松。"风格尚在渔洋[五]之上。

注：

［一］商宝意：即商盘（1701—1767），字宝意，号苍雨，浙江会稽（今绍兴）人。雍正八年（1730）进士，历官至云南元江知州。工诗，才名与厉鹗并称。著有《质园诗集》。

［二］王谷原：即王又曾（1706—1762），字受铭，号谷原，浙江秀水（今嘉兴）人。乾隆十九年（1754）进士，官刑部主事。著有《丁辛老屋集》。

［三］景阳钟：南朝齐武帝以宫深不闻端门鼓漏声，置钟于景阳楼上，宫人闻钟声，早起装饰，后人称之为"景阳钟"。每日景阳钟响，文武百官早朝议政。

［四］孝陵：指明孝陵，位于南京市玄武区紫金山南麓独龙阜玩珠峰下，东毗中山陵，南临梅花山，是明太祖朱元璋与马皇后的合葬陵寝。

［五］渔洋：即王士禛（1634—1711），字子真，一字贻上，号阮亭，又号渔洋山人，世称王渔洋。

笺：

《随园诗话》卷七第三二则：

选诗如用人才，门户须宽，采取须严。能知派别之所由，则自然宽矣；能知精采之所在，则自然严矣。余论诗似宽实严，尝口号云：“声凭宫徵都须脆，味尽酸咸只要鲜。”

（十二）

曾宾谷[一]都转[二]（燠）龙王庙联云：“其泽巨区，其川曰三江，其浸曰五湖。[三]以祈甘雨，以介我稷黍，以谷我士女。[四]”

注：

［一］曾宾谷：见甲集第七十一则。

［二］都转：盐运使的别称。

［三］“其泽巨区”三句：出自《周礼·夏官·职方氏》：“东南曰扬州，其山镇曰会稽，其泽薮曰具区，其川三江，其浸五湖，其利金锡竹箭，其民二男五女，其畜宜鸟兽，其谷宜稻。”巨区，又作具区，太湖的别称。

［四］“以祈甘雨”三句：出自《诗经·小雅·甫田》：“以我齐明，与我牺羊，以社以方。我田既臧，农夫之庆。琴瑟击鼓，以御田祖。以祈甘雨，以介我稷黍，以谷我士女。”介，助。谷，养活。

（十三）

天长秦栏镇王静容[一]女史[二]，家贫母死，依老父为活。《感怀》云：“晨炊烟锁茅檐白，夜纺灯摇土壁红。”

注：

［一］王静容：不详。

［二］女史：古代女官名，后为知识女性的美称。

（十四）

“十日不来堤上望，菜花黄过土神祠。”[一]“土神祠”三字从

何处得来？眼前语人自道不出耳。[二]

注：

［一］“十日”二句：出处不详。

［二］“眼前”句：此句原在下则起首，细考文意，当在本则结尾。

（十五）

孙子潇（原湘）[一]挽陈小云[二]姬人[三]王紫湘云：“第一人间难得事，若兰[四]亲哭赵阳台。朝云[五]嫁得才人婿，诔笔何曾到老泉[六]。”盖小云尊人云伯[七]暨汪允庄[八]夫人（端）均有诔词也。程禹山[九]孝廉《题红袖添香夜读书图》云：“我亦读书兼好色，不曾修到此生来。”均可谓扫空一切，自具机杼。

注：

［一］孙子潇：即孙原湘（1760—1829），字子潇，一字长真，晚号心青，自署姑射仙人侍者，江苏昭文（今常熟）人。嘉庆十年（1805）进士，翰林院庶吉士，充武英殿协修。与王昙、舒位并称“后三家”或“江左三君”。著有《天真阁集》。原湘：底本与云南丛书本皆作“湘”，脱“原”字，误。

［二］陈小云：即陈裴之（1794—1826），字孟楷，号小云，别号朗玉山人。浙江钱塘（今杭州）人。诸生，选任云南府通判，因道远不赴，在淮扬湘鄂经营盐业。著有《澄怀堂集》。

［三］姬人：妾。

［四］若兰：即苏蕙（357—?），字若兰，东扶风（今陕西武功县）人，嫁秦州刺史窦滔。窦滔纳歌妓赵阳台为妾，夫妻失和。窦滔出镇襄阳，苏蕙未与同往，独守长安。后作回文诗，织于锦缎上，名为“璇玑图”，送交窦滔。窦滔读后，深为感动，派人接苏蕙至襄阳，夫妻恩爱如初。

［五］朝云：即王朝云（1063—1096），字子霞，吴郡钱塘（今浙江杭州）人。西湖名妓，苏轼纳为妾。后随苏轼谪居惠州。绍圣三年（1096），卒于惠

州，时年三十四岁。

［六］老泉：即苏洵（1009—1066），字明允，号老泉。

［七］云伯：即陈文述（1771—1843），初名文杰，字云伯，一字隽甫，号退庵，又号碧城外史、颐道居士等，浙江钱塘（今杭州）人。嘉庆五年（1800）举人，授安徽全椒知县，改江苏江都知县。著有《颐道堂集》。

［八］汪允庄：汪端（1793—1839），字允庄，一字小韫。浙江钱塘（今杭州）人。陈裴之妻。著有《自然好学斋诗钞》。

［九］程禹山：见乙集第十则。

（十六）

王慈雨[一]吏部（钦霖）为人豪迈不羁，诗笔雄迈。如“醉乡日月无今古，色界[二]神仙有别离”，又如“黄叶满山携帚去，夕阳影里扫秋声”。读此可以见其为人。

注：

［一］王慈雨：即王钦霖（1800—1847），字慈雨，初名汝霖，字雨亭，江苏沭阳人。道光六年（1826）进士，官吏部考功司主事。著有《海鸥山房诗钞》。

［二］色界：佛教三界之一，在欲界之上，无色界之下，有精美的物质而无男女贪欲。

（十七）

端木珊堂[一]（国瑚）著有《太鹤山房诗草》。予最爱其“少妇养蚕如养女，老人怜犊胜怜孙”。

注：

［一］端木珊堂：即端木国瑚（1773—1837），字鹤田，一字子彝，又字井伯，晚号太鹤山人，浙江青田人。道光十三年（1833）进士，授内阁中书。著有《太鹤山人诗集》。

（十八）

顾秋碧[一]（槐三）《登金山》云："海日倒悬金乌下，江潮横卷白龙来。"《送人入都》云："初日滹沱[二]千里雪，秋风王屋[三]万重山。"又"多累自知难摆脱，他生何苦再聪明"。

注：

［一］顾秋碧：见甲集第六十九则。

［二］滹（hū）沱：即滹沱河，位于河北省西部。

［三］王屋：即王屋山，位于河南济源市、山西晋城市阳城县、运城市垣曲县等市县间，山有三重，其状如屋，故名。为《列子》记载愚公移山处，道教圣地。

（十九）

钱唐金竹簃[一]（楷）风雅好客，一时知名士多与之游。尤心折于予与许春卿[二]，每予过访，必为置酒，约春卿同集，诚有心人也。著有《懒云草堂诗存》。五言如《过建隆寺》云："高树才黄叶，秋花自晚丛。"《九日》云："菊催霜气早，秋入酒杯先。"《怀杨次云》云："梦中家十载，江上屋三间。"七言如《竹夫人》云："应将新笋留为媵[三]，合共寒梅唤作妻。"《老吏》云："老态渐招同辈笑，一官偏滞异乡人。"《题画》云："暮山千叠乱当户，新月一弓闲到门。"《秋寺》云："四壁寒蛩[四]宵礼佛，满龛黄叶昼悬灯。"《坟》云："酸风冷雨悲陈迹，衰草残烟忆故人。"《元日》云："积雪暖融茅屋角，寒梅春透纸窗边。"

注：

［一］金竹簃（yí）：不详。

［二］许春卿：见乙集五则。

［三］媵（yìng）：妾。

［四］蛩（qióng）：蟋蟀。

笺：

《红蕉吟馆诗存》卷十二《题金竹篴〈懒云草堂诗集〉》：

谁是风流杜牧之，纷纷凡响叹今时。乌丝轻界云蓝纸，细写金侯七字诗。

秋馆宵深酒共呼，一帆人又涉江湖。明年草长莺飞日，小雨高楼梦有无。

（二十）

天长陶南滨[一]主事[二]（汶）与予订交于扬州，为人正而不腐，直而多情。诗如其人，《古棠[三]道中》云："晓雾冲开千里雁，晨钟敲破万家烟"；《咏梅》云："小驿疏钟游子梦，断桥残雪去年人。"

注：

［一］陶南滨：不详。

［二］主事：明清中央设六部，部下设司，司的主管官为郎中，其副职为员外郎，再下一级即为主事。

［三］古棠：南京市六合区的旧称。

（二十一）[一]

白门韩奕山[二]（岩），《阿房宫火》诗可谓奇横："一月两月咸阳红，三月未罄咸阳空。咸阳万灶不起火，都来看烧阿房宫。阿房宫，三百里，知道火从何处起。六国人心燃死灰，一炬齐付重瞳子[三]。五步楼明，十步阁倾，[四]长桥虹断，复道霞蒸。[五]曾一夕余烬之不留，恍昔年元夜之张灯。无风火不动，有风火头偏。焰焰炎炎，突过骊山巅。长城照耀同赤壁，二川[六]流出皆温泉。三十六年[七]流电光，一百八十昼夜长。欲销不销十二金人[八]铁，中有一人疑始皇。始皇始皇尔何说，焚书之火先此烈。燠岁[九]今才快一逢，立脚不能焦土热。噫嗟乎，长乐未央[十]究谁宅，毕竟火功逊火德。"

注：

［一］此则云南丛书本缺。

［二］韩奕山：见甲集第七十则。

［三］重瞳子：即目有双瞳。代指项羽。《史记·项羽本纪》："吾闻之周生曰：'舜目盖重瞳子。'又闻项羽亦重瞳子。"

［四］"五步"二句：意出《阿房宫赋》："五步一楼，十步一阁。"

［五］"长桥"二句：意出《阿房宫赋》："长桥卧波，未云何龙？复道行空，不霁何虹？"复道，楼阁之间架木筑成的通道。

［六］二川：指渭水和樊川。《阿房宫赋》："二川溶溶，流入宫墙。"

［七］三十六年：嬴政在位共三十六年。《阿房宫赋》："有不得见者三十六年。"

［八］十二金人：秦始皇统一六国后，为防止人民反抗，销毁天下兵器而铸成的十二个铜人。

［九］燠（yù）岁：暖热的年份。

［十］长乐未央：即汉代的长乐宫与未央宫。

（二十二）

常熟[一]蒋伯生[二]明府（因培），诗不存稿，随得随弃。予仅记其塞外寄予诗云："杯酒南园对夕曛，军符忽下急如焚。一州斗大难容我，四海交空剩有君。送别拟偕孤戍去，卜居[三]不愿两家分。别来近作添多少，骂鬼书[四]兼叹逝文[五]。"

注：

［一］常熟：即江苏苏州府常熟县（今江苏苏州市常熟市）。

［二］蒋伯生：见甲集第十七则。

［三］卜居：选择地方居住。

［四］骂鬼书：出自汉代王延寿《梦赋》："臣弱冠尝夜寝，见鬼物与臣战，遂得东方朔与臣作骂鬼之书，臣遂作赋一篇。"

［五］叹逝文：意出《论语·子罕》："子在川上曰：'逝者如斯夫，不舍昼夜。'"

（二十三）

伯生[一]侍姬[二]董申林（姝）亦能诗。《塞外口占》云："小言原不要人闻，罢绣无聊遣夜分[三]。多谢东坡老居士，莫添诗案[四]到朝云。当窗草草贴花钿[五]，一阵惊沙破粉妍。却比向时妆阁好，乱山青到镜台前。"盖伯生以刊刻诗句谪戍，故首章及之。善戏谑兮，婉而多风[六]矣。

注：

［一］伯生：即蒋伯生。

［二］侍姬：妾。

［三］夜分：夜半。

［四］诗案：因作诗而获罪的案件。宋元丰二年（1079），苏轼因诗获罪，先由监察御史告发，后在御史台狱受审，因御史台俗名"乌台"，史称"乌台诗案"。

［五］花钿（diàn）：古代妇女脸上的一种花饰，以金、银等制成花形，贴于脸上。

［六］婉而多风：委婉而多有讽劝之意。风，通"讽"。

（二十四）

丹徒[一]严问樵[二]（保庸）以翰林改官山东栖霞[三]令。道光乙未[四]正月，予权[五]福山[六]尹[七]，问樵以勾当[八]公事来福山。盘桓旬日，极文酒之乐，由是联谱[九]，兄视予。侍儿[十]镜波，亦从问樵问字焉。为人倜傥不羁，不屑屑于礼法小节，视龌龊辈蔑如[十一]也。诗主气韵，近时罕见者，如《秋阴》云："睡鹤续残梦，秋天低压门。风霜助萧瑟，池馆易黄昏。远水三分影，寒烟一缕魂。谁将好弦管，催出月无痕"；《题人出关诗》云："金戈铁甲肃宵分，吟苦声高万帐闻。手笔直追唐《出塞》，头衔私署古参军。明驼晓刷千山雪，健鹘[十二]秋拏[十三]大漠云。十六城中多壮士，谁人把酒一酬君?"他如《芦花》云："秋水不胜澹，斜阳如此红"；《石城》云："一抹斜阳空旧院，数声流水已南朝"；《夜行》云："霜鸡叫曙三更月，老马驮霜一背秋"，均自写性灵，不愧名士风流。尝谓："官山东二年，于古学得一翟文泉[十四]，于诗学得一严秋槎。"予乌足当此，而其目空一切，亦可概见。

注：

［一］丹徒：即江苏镇江府丹徒县（今江苏镇江市）。

［二］严问樵：即严保庸（1796—1854），字伯常，号问樵，江苏丹徒（今镇江）人。嘉庆二十四年（1819）江南乡试第一，道光九年（1829）进士，入翰林院为庶吉士，道光十三年（1833），改官山东栖霞知县。能诗善画，尤工戏曲。著有传奇《红楼新曲》等。

［三］栖霞：即山东登州府栖霞县（今山东烟台市栖霞市）。

［四］道光乙未：即道光十五年乙未（1835）。

［五］权：临时代理官职。

［六］福山：即山东登州府福山县（今山东烟台市福山区）。

［七］尹：古代行政区域长官。

［八］勾当：料理。

［九］联谱：联合家谱，确立亲属关系。

［十］侍儿：妾。

［十一］蔑如：没有什么了不起。

［十二］鹘（hú）：一种鹰类的猛禽。

［十三］拏（ná）：牵引。

［十四］翟文泉：即翟云升（1776—1858），字舜堂，号文泉，山东掖县（今莱州）人。道光二年（1822）进士，辞官不受，以布衣终世。古文字学家、书法家。著有《古文杂著》等。

（二十五）

天长戴湘圃[一]状元（兰芬）有《戒淫诗》三十首。《夺孀妇》一联云："绿酒红楼人醉后，白杨青冢鬼啼时。"轻薄儿闻此固应猛省，未亡人[二]闻此亦当泪下。殆比之香山《燕子楼》[三]诗，尤伤心独绝也。

注：

［一］戴湘圃：即戴兰芬（1781—1833），字畹香，号湘圃，安徽天长人。道光二年（1822）状元，由翰林院修撰累迁至侍读学士。著有《望湖轩诗赋》。

［二］未亡人：旧时寡妇的自称，也通指寡妇。

［三］《燕子楼》：即白居易《燕子楼三首并序》："徐州故张尚书有爱妓曰盼盼，善歌舞，雅多风态。予为校书郎时，游徐、泗间。张尚书宴予，酒酣，出盼盼以佐欢，欢甚。予因赠诗云：'醉娇胜不得，风袅牡丹花。'一欢而去，迩后绝不相闻，迨兹仅一纪矣。昨日，司勋员外郎张仲素缋之访予，因吟新诗，有《燕子楼》三首，词甚婉丽，诘其由，为盼盼作也。缋之从事武宁军累年，颇知盼盼始末，云：'尚书既殁，归葬东洛，而彭城有张氏旧第，第中有小楼，名燕子。盼盼念旧爱而不嫁，居是楼十余年，幽独块然，于今尚在。'予爱缋之新咏，感彭城旧游，因同其题，作三绝句。

满窗明月满帘霜，被冷灯残拂卧床。燕子楼中霜月夜，秋来只为一人长。

钿晕罗衫色似烟，几回欲著即潸然。自从不舞霓裳曲，叠在空箱十一年。

今春有客洛阳回，曾到尚书墓上来。见说白杨堪作柱，争教红粉不成灰。"

（二十六）

江都符南樵[一]（灿），诗笔清婉，《寄鸥馆集》中佳句甚多。五言如《枫桥[二]》云："寒山孤客梦，落叶一船霜。"《塞上曲》云："河流沉暮色，归梦认辽阳[三]。"七言如《夜泊》云："山围木叶孤城闭，舟泊芦花夜月高。"《江上》云："渡寻春水方生处，山在斜阳欲尽边。"七绝如《秦淮》云："云气烟光覆大堤，花枝草色总凄迷。江南多少闲楼阁，留与春风燕子栖。""春波渺渺木兰舟，旧曲新翻动客愁。一片笛声吹不断，斜阳和梦下西楼。"又，"万蝶争春各抱花"一语亦奇。

注：

［一］符南樵：即符葆森（约1805—约1863），原名灿，字南樵，江苏江都（今扬州）人。咸丰元年（1851）举人。著有《寄鸥馆诗集》《寄心盦诗话》，辑有《国朝正雅集》。

［二］枫桥：苏州西郊的一座古桥，位于姑苏区，跨上塘河，因唐代诗人张继的《枫桥夜泊》而闻名天下。

［三］辽阳：即奉天府辽阳州（今辽宁辽阳市）。

（二十七）

长洲[一]王二波[二]（嘉福），诗有家法。《寒浦》云："荒烟白过无人渡，画板红欹[三]旧日桥。"《寒柝[四]》云："清霜城郭初传角，微雪人家各掩门。"《寒潮》云："广陵月落人千里，瓜步江空雪一天。"《寒檠[五]》云："青围兰语三重幙，红射梅梢一角楼。"《邗江》云："九十春如将去客，二分月在最高楼。"《郭外》云："晚花红上村娃髻，秋蝶黄于野衲衣[六]。"二波为惕甫[七]先生之子。先生与先君丙午[八]同年，嘉庆初年同居京师，与王侪峤先生、张船山先生、汪浣云[九]先生时相唱酬。忽忽四十余年，老成凋谢矣！二波官仪征守备，文人能武，亦仅见者。

注：

［一］长洲：即江苏苏州府长洲县（今江苏苏州市）。

［二］王二波：王嘉福（1790—?），字谷之，号二波，江苏长洲（今苏州）人。诸生，曾任仪征靖江营守备、江西文英营守备等。著有《二波轩诗选》《二波轩词选》。

［三］攲（qī）：倾斜。

［四］寒柝（tuò）：寒夜打更的木梆声。柝，巡夜打更用的梆子。

［五］寒檠（qíng）：寒灯。檠，灯架，也指灯。

［六］衲衣：僧衣。

［七］惕甫：即王芑孙（1755—1817），字念丰，一字沤波，号惕甫，一号铁夫，又号楞伽山人。江苏长洲（今苏州）人。乾隆五十三年（1788）举人，官华亭县教谕，后辞官归里。著有《渊雅堂全集》。

［八］丙午：即乾隆五十一年丙午（1786）。此处恐作者记忆有误，严烺为乾隆五十一年丙午（1786）解元，但王芑孙中举为乾隆五十三年戊申（1788），二人并非同年。

［九］汪浣云：即汪梅鼎（1755—1815），字映雪，一作映琴，号浣云，别号瀞云，安徽休宁人。乾隆五十八年（1793）进士，官浙江道监察御史。著有《瀞云诗钞》。

（二十八）

五七律有通首不对者，“牛渚西江夜”[一]是也。有通首对者，“风急天高猿啸哀”[二]是也。有首二句对三四不对者，“清晨入古寺”[三]是也。有隔位对者，“裙拖六幅湘江水，鬓绕巫山一段云”[四]是也。

注：

［一］“牛渚”句：出自唐代李白《夜泊牛渚怀古》：“牛渚西江夜，青天无片云。登舟望秋月，空忆谢将军。余亦能高咏，斯人不可闻。明朝挂帆席，枫叶落纷纷。”

［二］“风急”句：出自唐代杜甫《登高》：“风急天高猿啸哀，渚清沙白鸟飞回。无边落木萧萧下，不尽长江滚滚来。万里悲秋常作客，百年多病独登台。艰难苦恨繁霜鬓，潦倒新停浊酒杯。”

［三］“清晨”句：出自唐代常建《题破山寺后禅院》：“清晨入古寺，初日照高林。曲径通幽处，禅房花木深。山光悦鸟性，潭影空人心。万籁此都寂，但余钟磬音。”

［四］“裙拖”二句：出自唐代李群玉《同郑相并歌姬小饮戏赠》（一作《杜丞相悰筵中赠美人》）：“裙拖六幅湘江水，鬓耸巫山一段云。风格只应天上有，歌声岂合世间闻。胸前瑞雪灯斜照，眼底桃花酒半醺。不是相如怜赋客，争教容易见文君。”这两句诗中，“六幅”对“一段”，“湘江”对“巫山”，但位置不是依次相对，而是交错相对。这种对仗方式，一般称之为“错综对”“交错对”“交互对”“交股对”“犄角对”“磋对”，是古诗对仗宽对中的一种现象。

（二十九）

安东[一]程与九[二]（得龄），丙申重九日袖《枣花楼诗》一卷访予于赠玉楼。诗格雅近剑南，五言如“携篮拾花种，缚草护桐身”；“野鸥闲似客，髡柳[三]秃于僧”；七言如“柳边唤渡应人语，沙上修船落斧声”；“无可再穷翻快活，有时连俗总能医”；“菱叶浮池还受月，瓜棚倚树不惊风”，均有风致。

注：

［一］安东：即江苏淮安府安东县（今江苏淮安市涟水县）。

［二］程与九：即程得龄（1783—?），字与九，又字湘舟，江苏安东（今

涟水）人。诸生。著有《枣花楼诗略》。

［三］髡（kūn）柳：秃柳。髡，剪去头发。

笺：

《红蕉吟馆诗存》卷十二《重九日程与九（得龄）携〈枣花楼诗集〉过访，辄题其卷》：

独倚高楼独醉歌，满城风雨喜君过。人栽晚菊思招隐，秋与斜阳共渡河。淮海风流诗卷在，扬州名士寓公多。长江东野堪千古，不遇昌黎可奈何。

（三十）

游仙诗以寄托为佳，其次则能出新意耳。秣陵[一]陈苹芗[二]女史（传淑）二绝云："宴罢瑶池[三]阿母家，酒潮初泛脸边霞。披云小立罡风[四]里，闲看仙人扫落花。""云来云去自闲闲，诗梦诗魂缥缈间。清瑟误弹湘水曲[五]，劫灰[六]飞上绿云鬟。"

注：

［一］秣陵：即江苏江宁府江宁县秣陵镇（今江苏南京市江宁区秣陵街道）。

［二］陈苹芗：即陈传淑，生卒年不详，字苹芗，一作苹香，江苏仪征人。举人郑兆槐继室。著有《浮生记梦集》。

［三］瑶池：神话传说中西王母所居之地，位于昆仑山上。

［四］罡风：道家谓高空之风，后亦泛指劲风，也作"刚风"。

［五］"清瑟"句：意出《楚辞·远游》："使湘灵鼓瑟兮，令海若舞冯夷。"传说舜南巡死于苍梧，其妃子娥皇、女英因哀伤投湘水而死，化作湘水女神，常在江边鼓瑟，表达悲思。

［六］劫灰：劫火的余灰。

（三十一）

阮梅叔[一]明经以甘泉谢佩禾[二]（堃）诗钞一卷见示。《秋柳》云："凉月拂残红蓼岸，西风摇碎白苹洲。"《九日》云："节当九日黄花瘦，人到中年白发多。"

注：

［一］阮梅叔：见甲集六十七则。

［二］谢佩禾：即谢堃（1784—1844），字峑和，一字佩禾，江苏甘泉（今扬州）人。诸生，游幕为生。工书画，长于戏曲。著有《春草堂集》。

（三十二）

娄县[一]杨秋堂[二]（元题）《红叶》云："山市烟寒人倚酒，江城日落雁横天。"

注：

［一］娄县：即江苏松江府娄县（今上海市松江区）。

［二］杨秋堂：不详。

（三十三）

灵石[一]王青溪[二]（鉴）《邗上游桃花庵》词云："新笋过人长，新荷出水香。看青青、荞麦齐黄。从古竹西歌吹地，[三]也一样，有农桑。"（《糖多令》上半阕）末二语别有感慨。

注：

［一］灵石：疑即山西霍州灵石县（今山西晋中市灵石县）。

［二］王青溪：不详。

［三］"从古"句：意出唐代杜牧《题扬州禅智寺》："雨过一蝉噪，飘萧松桂秋。青苔满阶砌，白鸟故迟留。暮霭生深树，斜阳下小楼。谁知竹西路，歌吹是扬州。"

（三十四）

歙县[一]何吟香[二]女史（佩芬）《秋雁》云："高楼怨笛惊秋早，古戍寒笳入夜多"；"关河摇落悲千里，湖海飘零恨一生"。《饯秋》云："江湖风雨三更梦，烟水芦花一段愁。"《秋怀》云："病起瘦宽银约指，梦回凉透玉搔头。"[三]又"藻疏鱼露脊，荷静鹭舒拳"，十字亦妙。

注：

［一］歙（shè）县：即安徽徽州府歙县（今安徽黄山市歙县）。

［二］何吟香：即何佩芬，生卒年不详，字吟香，安徽歙县人。两淮盐知事何秉棠次女，范志全妻。著有《绿筠阁诗钞》。

［三］"病起"二句：或意出黄景仁《绮怀》："解意尚呈银约指，含羞频整玉搔头。"银约指，银戒指；玉搔头，玉簪。

（三十五）

浣碧[一]女史（佩玉），吟香妹也。《春暮》云："风暖樱垂红子重，雨余苔绣绿花肥。"《即景》云："嫩凉先向水边生，红蓼青蘋景最清。一个草虫飞簌簌[二]，茨菰[三]花里作秋声。"《荷花生日[四]后四日初度》云："头衔自署荷花妹，恰好生辰第四朝。"又《秋夜》云："夜凉云蕴藉，花睡月温存。"女史有《渔父》词，气味逼近六朝。如"绿阴四面，红雨一蓑；画桥柳短，春坞花多"。又如"菰烟渺渺，枫叶飞飞；春水鱼小，秋江蟹肥"。古艳如此，一洗脂粉习气。

注：

［一］浣碧：即何佩玉，生卒年不详，字琬碧，一作浣碧，安徽歙县人。

何秉堂三女，祝麒妻。著有《藕香馆诗钞》。

［二］簌簌（sù）：象声词，形容轻微之声。

［三］茨菰：多年生草本植物，生在水田中，地下有球茎，可食用，也作“慈姑”。

［四］荷花生日：即采莲节，为每年农历六月二十四日。

笺：

《红蕉吟馆诗存》卷十一《题何吟香（佩芬）浣碧（佩玉）两女史合稿》：

鸾凤声中紫玉箫，双双福慧总能消。湘帘半卷红灯影，又见观书大小乔。

天上人间事渺然，拈花一笑悟前缘。云英小妹云翘姊，都是瑶台谪后仙。

（三十六）

予倡《春草》[一]诗于邗江[二]，和者如云。女史中如何芷香[三]（佩珠）、金仙裳[四]（云封）、张饮香[五]（醴兰），皆有和章，已刊入《春草唱和集》矣。惜诸女士诗集未见，无从采入。

注：

［一］《春草》：即《红蕉吟馆诗存》卷十一《春草》四首：“东皇送暖到三春，便觉离离绿意匀。雨过郊原初试马，月明庭院更无人。故宫花落莺声熟，小阁灯残客梦新。莫道池塘诗句好，天涯词调倍酸辛。

高高下下点晴光，便不销魂也断肠。古道尘沙消雨雪，暮村烟火返牛羊。六朝山色围残照，金谷香痕见艳妆。绝爱江南好风景，杂花生树日初长。

轻寒轻暖散晴烟，点缀韶华又一年。卖酒帘招临水渡，踏春人语夕阳天。荒城雨后飞蝴蝶，青冢魂归感杜鹃。门外桃花墙外柳，谁家院落有秋千。

指点裙腰一道斜，寻芳旧记路三叉。春城恨别传乡信，闺梦关心到杏花。

绿上河堤桥有絮，轻摇帘影燕还家。丽人修禊须珍重，莫遣香轮损嫩芽。”

［二］邗江：指扬州。邗江，又名邗沟，春秋时吴王夫差开凿的古运河。公元前486年，吴王夫差凿邗沟，筑邗城。公元前319年，楚怀王在邗城基础上筑广陵城，秦置广陵县。隋开皇十八年（598），改广陵县为邗江县，治所即今扬州市。故扬州又可称为邗江、广陵等。

［三］何芷香：即何佩珠，生卒年不详，字芷香，安徽歙县人。何秉棠四女，张子元妻。与姐佩芬、佩玉俱有诗名。著有诗集《津云小草》《红香窠小草》《竹烟兰雪斋诗钞》《环花阁诗钞》、杂剧《梨花梦》。

［四］金仙裳：不详。

［五］张饮香：不详。

（三十七）

予《春草》诗一出，大江南北诸名士酬和者二百余人，至有绘春草于扇头索书原作者，亦一时佳话也。曹梅农[一]赠予诗云：“曾见碧纱笼[二]处处，更宜团扇画家家。”

注：

［一］曹梅农：不详。

［二］碧纱笼：绿纱灯罩。五代王定保《唐摭言》卷七《起自寒苦》：“王播少孤贫，尝客扬州惠昭寺木兰院，随僧斋餐。诸僧厌怠，播至，已饭矣。后二纪，播自重位出镇是邦，因访旧游，向之题已皆碧纱幕其上。播继以二绝句曰：‘二十年前此院游，木兰花发院新修。而今再到经行处，树老无花僧白头。’‘上堂已了各西东，惭愧阇黎饭后钟。二十年来尘扑面，如今始得碧纱笼。’”后以“碧纱笼”为诗以人重的典故。

（三十八）

“谁知姹紫娇红外，衣被苍生别有花”[一]，此前人咏棉花诗也。戴湘圃[二]学士《桑林》诗云：“黄鸟一声暮，绿云三径宽。

江南数千里，未有一人寒。”与此同一寄托，乃有目为粗浅者，非知诗者也。

注：

［一］“谁知”二句：见《随园诗话》卷七第七九则：“方制府问亭栽棉花，招幕府吟诗，多至数十韵。桐城马苏臣曰：‘我止两韵。’提笔云：‘五月棉花秀，八月棉花干。花开天下暖，花落天下寒。’方公击节不已。常州杨公子揩一联云：‘谁知姹紫嫣红外，衣被苍生别有花？’”

［二］戴湘圃：见乙集第二十五则。

（三十九）

泰山诗最难著笔。杜工部“岱宗夫如何”一首[一]，亦只“齐鲁青未了”五字耳。惟黄莘田[二]云：“七十二君销歇尽，夕阳驴背话东封”[三]，“不著一字，尽得风流”[四]矣。

注：

［一］“岱宗夫如何”一首：即杜甫《望岳》：“岱宗夫如何，齐鲁青未了。造化钟神秀，阴阳割昏晓。荡胸生层云，决眦入归鸟。会当凌绝顶，一览众山小。”

［二］黄莘田：即黄任（1683—1768），字于莘，又字莘田，因喜藏砚，自号十砚老人、十砚翁，福建永福（今永泰）人。康熙四十一年（1702）举人，官广东四会知县。著有《香草斋集》。

［三］“七十”句：出自黄任《泰安道中》：“岩岩典则鲁千峰，玉检金泥拜秩宗。七十二君销歇尽，夕阳驴背话东封。”传说上古时代曾有七十二位君王封禅泰山。

［四］“不著”二句：出自《二十四诗品・含蓄》：“不著一字，尽得风流。语不涉难，已不堪忧。是有真宰，与之沉浮。如渌满酒，花时反秋。悠悠空尘，忽忽海沤。浅深聚散，万取一收。”

（四十）

嘉兴[一]冯勺园[二]令尹[三]（登府），词笔直追玉田[四]，著有《种芸仙馆词钞》。《秋草·调寄〈台城路〉[五]》云："池塘梦绿西风里，诗情者番[六]多少？翠影偎蛩，红心怨蝶，昨夜江南秋到，踏春路杳。记旧雨清明，酒浇苏小[七]。陇笛[八]声中，吹成牛背夕阳照。 凄迷烟冷一片。认六朝金粉，旧恨都扫。野火空山，残萤身世，无限荒堆寒峭，天涯人老。恨头白王孙，几时归了？莫唱蘼芜，明年仍远道。"

注：

［一］嘉兴：即浙江嘉兴府嘉兴县（今浙江嘉兴市）。

［二］冯勺园：即冯登府（1783—1841），字云伯，号勺园，又号柳东，浙江嘉兴人。嘉庆二十五年（1820）进士，授福建将乐知县，改宁波府学教授。著有《石经阁文集》《种芸仙馆词》。

［三］令尹：春秋战国时楚国执政官名，相当于宰相，后泛称县府等地方行政长官。

［四］玉田：即张炎（1248—约1320），字叔夏，号玉田，浙江临安（今杭州）人，南宋著名词人。

［五］调寄《台城路》：曲调寄附于《台城路》，即按照《台城路》的曲调歌唱。《台城路》，词牌名，即《齐天乐》。

［六］者番：这番。

［七］苏小：即苏小小（479—约502），钱塘（今浙江杭州）人，南朝齐时期著名歌伎，死后葬于西湖西泠桥畔，墓前立一石碑，上题"钱塘苏小小之墓"。此处指苏小小墓。

［八］陇笛：即羌笛。

（四十一）

常熟胡松樵[一]（长龄）《秋夜》云："梧叶烟含深院雨，豆棚人话故园秋。”又《春雨》云：“空山和土葬梅花”，亦佳。

注：

［一］胡松樵：不详。

笺：

《红蕉吟馆诗存》卷十二《题虞山胡松樵诗卷》：

一支红豆最相思，珍重虞山返棹诗（予甫自常熟回）。千里秋风半窗月，客楼低唱惜花词。

弹指无端岁月新，邗江烟雨寄闲身。十年来往蓬山路，多少匆匆堕劫人。

（四十二）

白门徐湘秋[一]（兰生）《同人泛舟湖上》云：“一片芦花最深处，有红楼处有斜阳。”

注：

［一］徐湘秋：即徐兰生，生卒年不详，字湘秋，江苏上元（今南京）人。屡试不售，遂绝意举业。著有《裁花吟馆集词诗钞》。

笺：

《红蕉吟馆诗存》卷十一《徐湘秋（兰生）以〈裁花馆集词诗〉索题》：

翦雪裁香兴太奢，东皇狡狯作春华。绣球开后丁香放，恰是零星一串花。

无复人间织补痕，七襄云锦报天阍。先生亲见支机石，来问君平后世孙。

（四十三）

予《香影廊夜集》一联云："蟹肥菊瘦秋如此，人去廊空月奈何？"[一]颇为邗上传诵。庄仿周[二]（臣）和云："垂老持螯[三]奈齿何"，予为之拍案叫绝。

注：

［一］"蟹肥"二句：出自《红蕉吟馆诗存》卷十二《鲁山孝廉招同人集香影廊即席成此》："携樽策杖共经过，聚得名流小苎萝。远客心情归雁外，乍寒天气酒怀多。蟹肥菊瘦秋如此，人去廊空月奈何？犹有湖船来缓缓，红灯分影照临河。"

［二］庄仿周：即庄臣，生卒年不详，江苏江都（今扬州）人。善画，专画蝴蝶，其画马齿苋细于毛发。道光间歿，年七十余。

［三］螯（áo）：螃蟹等节肢动物长在前面的第一对脚，形状像钳子，能开合，用来取食或自卫。

（四十四）

保山[一]范廉泉[二]（仕义）以仪征令调如皋，廉而爱民。丙申秋，予打桨真州[三]，犹闻父老念旧尹不去口。所著《廉泉吟稿》中，如《晓起》云："枝头百舌弄声娇，无限心情慰寂寥。惊觉春眠人早起，恰逢今日是花朝[四]。"《除夕》云："频年作吏向沧洲，薄宦真成万里游。今夜长风吹梦去，思家人在海东头。"

注：

［一］保山：即云南永昌府保山县（今云南保山市）。

［二］范廉泉：即范仕义（1785—1865），字质为，号廉泉，云南保山人。嘉庆十九年（1814）进士，历官江苏仪征、如皋等县知县。著有《廉泉诗钞》。

［三］真州：仪征古称。

［四］花朝：即花朝节，为百花生日，各地时间略有差异，一般于农历二月初二、二月十二、二月十五、二月二十五举行。

（四十五）

甘泉陈小云[一]（寿康）工七绝。《赠平山[二]莲舟上人[三]》云：“打桨人归山下路，夕阳楼阁倚秋风。”《秋闺》云：“朝来怪得罗衫冷，昨夜芭蕉叶有霜。”

注：

［一］陈小云：不详。

［二］平山：即平山堂，位于扬州市西北郊蜀冈中峰大明寺内，宋仁宗庆历八年（1048）欧阳修任扬州知州时所建。登堂远眺，江南诸山，似与堂平，故名。宋代叶梦得《避暑录话》卷上称：“欧阳文忠公在扬州作平山堂，壮丽为淮南第一。”平山堂为文人士子吟诗作赋的著名场所。

［三］莲舟上人：不详。上人，对和尚的尊称。

（四十六）

仪征王西御[一]（僧保）工无题诗。如“竟夜雨声蕉叶碎，一春风信[二]楝花[三]终”、“忆来眉影犹蛾绿，别后衣痕尚酒香”，《疑雨集》中佳句也。予赠诗云：“传情锦瑟难求解，写怨离骚恐被谗。”[四]

注：

［一］王西御：即王僧保（？—1853），字西御，号秋莲子，江苏仪征人。诸生。工词，亦工诗古文辞。著有《暂园集》。

［二］风信：随着季节变化应时吹来的风。

［三］楝（liàn）花：即楝树的花。清代陈淏子《花镜》卷三：“江南自春至夏，有二十四番花信风，梅花为首，楝花为终。”楝花谢尽，春天也就结束。

［四］“传情”二句：出自《红蕉吟馆诗存》卷十二《题王西御（僧保）诗卷》：“合将七宝诩庄严，香染牙签玉作函。门巷乌衣来紫燕，琵琶白傅感青衫。传情锦瑟难求解，写怨离骚恐被谗。触我风怀在归路，湘江兰芷待征帆。”

（四十七）

江都钱竹坡[一]（增），慕风雅，喜交结，得人佳句，记诵不忘。闻予辑诗话，手录诗稿一纸送阅。好句如《豆花》云：“梦回秋色里，人话晚凉时”；《白苹》云：“人归苦竹黄芦[二]外，秋在荒滩断港中。”又，“白菜肥时霜有味”一语亦新。

注：

［一］钱竹坡：不详。

［二］苦竹黄芦：即笋味苦的竹子和枯黄的芦苇。形容景物的荒凉。

（四十八）

江都王云浦[一]（栋）《萤苑[二]》一联云：“大业[三]江山成腐草，芜城[四]宫殿锁烟霞”，为时传诵。弟羽鸿[五]（嘉宾）倜傥好客，所交皆知名士。尝赋消夏词十余章，如“日长庭院无人过，一枕羲皇[六]一曲琴”，雅有宋人风致。

注：

［一］王云浦：不详。

［二］萤苑：隋炀帝大业十二年（616），曾于东都洛阳景华宫下令征集萤火虫数斛，夜出游山放之，光照岩谷，以供其欣赏逸乐。其后附会为炀帝幸江都（今扬州）时事，以为其址在扬州西北隋苑南三里。后因用“萤苑”为咏扬州的事典。

［三］大业：隋炀帝杨广的年号。杨广在位期间，开凿大运河，营建并迁都东京洛阳，再通丝绸之路，开创万国来朝，隋朝国力达到鼎盛，史称“大业盛世”。

［四］芜城：古城名，即广陵城，故址在今扬州市江都区。南朝宋竟陵王刘诞据广陵反，兵败被杀，城遂荒芜，鲍照作《芜城赋》以讽之，因得名。

［五］羽鸿：不详。

［六］一枕羲皇：意即消闲午睡，悠然自适，仿佛回到羲皇之时。晋陶潜《与子俨等疏》："常言五六月中，北窗下卧，遇凉风暂至，自谓是羲皇上人。"羲皇，即伏羲氏，三皇之一。

（四十九）

甘泉王余堂[一]以孝友闻，大江南北无不知有王孝子也。子曙峰（嘉铭）、晓峰（楹）[二]皆能诗。曙峰诗未见其稿，晓峰诗以峭拔胜。《平山堂怀古》云："十三楼[三]隔蘼芜外，廿四桥[四]横烟雨中。"《呈陶云汀宫保》云："分陕东西周太保[五]，大江南北汉诸侯。"

注：

［一］王余堂：不详。

［二］曙峰、晓峰：不详。

［三］十三楼：亦称"十三间楼"，杭州名胜。苏轼《南歌子·游赏》："山与歌眉敛，波同醉眼流。游人都上十三楼，不羡竹西歌吹古扬州。"

［四］廿四桥：即二十四桥，扬州名胜。

［五］周太保：即召公。周成王时，召公任太保，与周公分陕而治。陕地以西召公主管，陕地以东周公主管。

笺：

《红蕉吟馆诗存》卷十二《孝子诗为王余堂作》：

曾表幽光牒宪司，敢云风化竟维持（去春，予摄福山尹，与邑之绅士采访节孝一千余人，详请旌表）。二千里外归田客，来补邗江孝友诗。

风木声中泪满襟，蓼莪两度废哦吟（君事生父母、继父母，均以孝闻）。白华遗后南陔阙，应恐重伤孝子心。

（五十）

浙江周莲蕖[一]（赓）《咏秋海棠》云："不曾红豆春抛子，何苦西风又发枝？寄语有情天上月，人间无处种相思。"钱唐陈小云[二]（裴之）《白秋海棠》云："暝烟红断曲阑干，独剪银灯背月看。休向水晶帘外立，风吹罗袂十分寒。"二诗风韵相似。

注：

［一］周莲蕖：不详。

［二］陈小云：见乙集第十五则。

（五十一）

钱唐汪允庄[一]女史，闺阁中之仙才也。《题徐比玉[二]女史花卉遗册》云："明月三生仙证果，优昙[三]一现梦因缘。"《同小云宴坐》云："叶落钟鸣悲梦短，花飞钏[四]动奈愁何。"《挽姬人紫湘》云："云中紫凤长离鸟，天上夭桃薄命花。夜月空林呼妙子[五]，晓钟残梦见瑶华[六]。画眉菱镜花双笑，记曲珠帘月二分。锦瑟惊弦怀梦草[七]，玉箫旧约返生香[八]。"哀感顽艳，温李[九]集中上乘也。女史名端，小云[十]司马[十一]室人[十二]。

注：

［一］汪允庄：见乙集第十五则。

［二］徐比玉，生卒年不详，字芝生，江苏吴县（今苏州市）人，浙江仁和（今杭州市）许玉年妻。

［三］优昙：即优昙婆罗花，佛教传说中的灵异之花，三千年一现。

［四］钏（chuàn）：臂镯。

［五］妙子：传说中一位可以寻找亡灵的女子，见《太平广记》卷一百六十《李行修》。

［六］瑶华：美玉或玉白色的花，借指仙女。

［七］怀梦草：传说中的一种异草，怀之即可梦见想梦之人。

［八］返生香：传说中的一种奇香，能令死人复活。

［九］温李：即温庭筠和李商隐。二人诗风相近，皆绮丽柔婉，故并称温李。

［十］小云：即陈裴之，见乙集第十五则。

［十一］司马：明清同知的别称。此处恐作者记忆有误，陈裴之曾选任云南府通判，并非同知。

［十二］室人：妻妾。

（五十二）

菜花诗以“半亩粗供寒士馔，一生不上美人头”[一]为最。近见钱唐屠修伯[二]（秉）《野花》云：“溪畔美人初识面，座中佳士未知名。”二诗格调，可称伯仲之间。

注：

［一］“半亩”二句：见《随园诗话》卷七第八六则：“商宝意先生《咏菜花》云：‘小朵最宜村妇鬓，细香时簇牧童衣。’其同乡刘鸣玉翻其意云：‘半亩只邀名士赏，一生不上美人头。’鸣玉与童二树、陈芝图，号‘越中三子’。”

［二］屠修伯：即屠秉，生卒年不详，字修伯，浙江钱塘（今杭州）人，屠倬子。诸生，官两淮盐大使。著有《盟山堂诗初集》。

笺：

《红蕉吟馆诗存》卷十二《题屠修伯〈盟山堂稿〉》：

裘马文章客，鸾凰枳棘身。此才嗟落寞，与我共风尘。榕屋传高论（君有榕屋谈诗图），眉山有后人。相逢便相别，未免怅关津。

（五十三）

甘泉严芷衫[一]（柱）《游木兰院[二]》诗云："一径入深竹，到门闻磬声。心随云共静，僧与鹤同清"，高浑似中唐。芷衫工书，隶书专法汉人，淮扬[三]之间，当推独步。予在山东赠翟文泉[四]（云升）诗有"品超汉晋之间士，奴命隋唐以后书"[五]之句，拟书联赠芷衫也。

注：

［一］严芷衫：不详。

［二］木兰院：旧址位于扬州市广陵区文昌中路。

［三］淮扬：淮安和扬州。

［四］翟文泉：见乙集第二十四则。

［五］"品超"二句：出自《红蕉吟馆诗存》卷九《怀翟文泉（云升）即寄之莱州》其一："海内论交廿载余，此君安雅几人如。品超汉晋之间士，奴命隋唐以后书。倘列词臣真冠世，竟归林下赋闲居（文泉成进士，以知县用，即乞假旋里）。秋窗夜雨挑灯际，忽忆胶东识面初。"

（五十四）

扬州某氏园戏台对联云："座客为谁，听二分明月箫声，依稀杜牧[一]；主人休问，有一管春风词笔，点缀扬州[二]。"

注：

［一］"座客"一联：意出杜牧《寄扬州韩绰判官》："青山隐隐水迢迢，秋尽江南草未凋。二十四桥明月夜，玉人何处教吹箫。"

［二］"主人"一联：意出杜牧《赠别》其一："娉娉袅袅十三余，豆蔻梢头二月初。春风十里扬州路，卷上珠帘总不如。"

（五十五）

江都张筱泉[一]（文增）《秋篱》一绝云："疏疏密密更横斜，半倚桑阴半豆花。细雨斜风村路近，寒烟围住野人家"，诗有画意。

注：

［一］张筱泉：不详。

（五十六）

诸暨[一]女史傅珊佩（蕙），工诗能书，年廿六岁卒。《霜钟》云："破楼僧独上，黄叶寺初晴"；《寒鸦》云："阵围村树黑，声噪夕阳斜"，皆佳。

注：

［一］诸暨：即浙江绍兴府诸暨县（今浙江绍兴市诸暨市）。

［二］傅珊佩：即傅蕙，生卒年不详，字珊佩，一作珮珊，又字湘苹，浙江诸暨人。学士傅棠次女，诸生陈宽妻。著有《碧霞轩诗稿》。

笺：

《红蕉吟馆诗存》卷十二《陈二亭（宽）属题傅珊佩女史蕉林学书遗照》：

一笑尘寰认后身，彩鸾仙去几经春。芭蕉自结秋风子，不见当时写韵人。

也曾种纸荫回廊，吟馆秋深放叶长。一事频年差不恶，红蕉花里看鸳鸯（予馆名红蕉）。

（五十七）

维扬[一]盐荚[二]之利富天下，二分明月[三]，旧为诗人聚会之场，二十年来，都成《广陵散》[四]矣。诸君零章断句，尚有脍炙人口者，录存一二。记旧日之风流，即感此时之冷落。五言如东台[五]袁啸竹[六]（承福）《登楼》云："院竹青如雨，山花红到秋。"泰州邹耳山[七]（熊）《晓行》云："斜月堕征鞍，严关拆已残。马蹄惊地滑，人面逼霜寒。"甘泉江郑堂[八]（藩）《登齐云山[九]》云："人与鸟争路，僧邀云住楼。"山阳[十]周曙峰[十一]（煦）《登海陵[十二]城楼》云："淮海十年迹，高楼万里心。"钱塘许季青[十三]（乃椿）《渡扬子江》云："涛声吹地转，云气挟山飞。"江都文赟谷[十四]（治）《寒月》云："似共霜俱堕，褰帷冷不禁。空林惊鹊乱，远寺带钟沉。"七言如甘泉魏匏生[十五]（之晙）《残雪》云："已添三尺作新水，犹剩一峰明斜阳。"江都张老姜[十六]（镠）《闲居》云："臣本布衣甘市隐，身无仙骨亦楼居。人前说梦真成妄，画里看山便当游。"甘泉张有堂[十七]（木）《落叶》云："过去秋如人老大，生来命比士单寒。"甘泉马巽圃[十八]（起安）《邗沟》云："春风一片鱼盐地，明月千家歌舞场。"甘泉程半人[十九]（元聪）《生辰病起》云："乞食晨分僧钵净，温书宵映佛灯红。"永康[二十]熊介兹[二十一]（方受）《曾宾谷中丞席上》云："地原东阁[二十二]延宾处，公是南丰[二十三]再世人。"《过凌芝泉[二十四]墓》云："寒水半篙斜照外，新坟三尺画桥东。"钱唐陈小云[二十五]（裴之）《怀杜樊川》云："节度怜才名士少，国风好色好诗多。"《送仲文》云："客里看花偏送别，病中听雨倍思家。"沧州[二十六]张桂岩[二十七]（赐宁）《湖上七绝》云："十里桃花十里溪，一层杨柳一层堤。可怜多少闲池馆，每到春来鸟乱啼。"

注：

［一］维扬：扬州的别称。《尚书·禹贡》："淮海惟扬州。""惟"，通

“维”。后因截取二字以为名。

［二］盐荚：多作“盐筴”。筴，同“策”。盐筴，即征收盐税的政策法令，又可泛指盐务。

［三］二分明月：出自唐代徐凝《忆扬州》：“萧娘脸下难胜泪，桃叶眉头易得愁。天下三分明月夜，二分无赖是扬州。”原指扬州繁华景象，后泛指扬州。

［四］《广陵散》：古代著名古琴曲。《世说新语·雅量》：“嵇中散临刑东市，神气不变，索琴弹之，奏《广陵散》。曲终，曰：‘袁孝尼尝请学此散，吾靳固不与，《广陵散》于今绝矣！’”后以《广陵散》比喻已经断绝的美好事物。

［五］东台：即江苏扬州府东台县（今江苏盐城市东台市）。

［六］袁啸竹：即袁承福（1759—1818），字成之，号啸竹，江苏东台人。诸生。工书善画，尤以画竹著称，与祖袁嘉裔（老竹）、父袁在朝（小竹）、子袁先忠（义竹）被誉为“东淘四竹”。著有《啸竹诗钞》。

［七］邹耳山：见甲集第六十三则。

［八］江郑堂：即江藩（1761—1831），字子屏，号郑堂，晚号节甫，江苏甘泉（今扬州）人。著名经学家。著有《汉学师承记》《宋学渊源记》《伴月楼诗钞》等。

［九］齐云山：位于安徽黄山市休宁县齐云山镇。

［十］山阳：即江苏淮安府山阳县（今江苏淮安市淮安区）。

［十一］周曙峰：即周煦，生卒年不详，字仲和，号曙峰，江苏山阳（今淮安）人，流寓泰州。监生。善画。

［十二］海陵：泰州的古称。

［十三］许季青：即许乃椿，生卒年不详，字子庄，号季青，浙江钱塘（今杭州）人。诸生。著有《无尽意斋诗钞》。

［十四］文賓谷：不详。

［十五］魏匏生：不详。

［十六］张老姜：即张镠（1769—1821），字子贞，号老姜，又号井南居士。江苏江都（今扬州）人。善画，尤善画山水，兼工铁笔，长于诗。著有《求当集》。镠，音 liú。

［十七］张有堂：不详。

［十八］马巽圃：即马起安，生卒年不详，字恭寿，号巽圃，江苏甘泉

（今扬州）人。

［十九］程半人：不详。

［二十］永康：即广西太平府永康州（今广西崇左市扶绥县）。

［二十一］熊介兹：即熊方受（1762—1825），字介兹，广西永康（今扶绥）人。乾隆五十五年（1790）进士，官至山东东昌知府，因事见劾，主讲扬州。工书法。著有《偶园草》。

［二十二］东阁：古代称宰相招致、款待宾客的地方。

［二十三］南丰：即曾巩（1019—1083），字子固，世称“南丰先生”，建昌南丰（今江西南丰）人，北宋文学家，“唐宋八大家”之一。

［二十四］凌芝泉：即凌霄（1772—1828），一名延煜，一作延炯，字芝泉，号一飞，自号快园居士，江苏江宁（今南京）人。诸生。乾隆五十七年（1792）以袁枚荐，入湖广总督毕沅幕，后客死于扬州。工书画，善篆刻，喜吟咏，常与诸文士于所居快园作文酒之会，与孙星衍、洪亮吉交最善。著有《芝泉集概》《快园诗话》。

［二十五］陈小云：见乙集第十五则。

［二十六］沧州：即直隶天津府沧州（今河北沧州市）。

［二十七］张桂岩：即张赐宁（1743—1818），字坤一，号桂岩、十三峰老人，直隶沧州（今河北沧州市）人。曾官通州管河通判，晚年寓居扬州。著名画家。著有《黄花吟馆诗集》。

笺：

阮元《扬州画舫录跋》：

扬州全盛，在乾隆四五十年间，余幼年目睹。弱冠虽闭门读书，而平山之游，岁必屡焉。方翠华南幸，楼台画舫，十里不断。五十一年余入京，六十年赴浙学政任，扬州尚殷阗如故。嘉庆八年过扬，与旧友为平山之会。此后渐衰，楼台倾毁，花木凋零。嘉庆廿四年过扬州，与张芰塘孝廉过渡春桥，有诗感旧。近十余年闻荒芜更甚。且扬州以盐为业，而造园旧商家多歇业贫散，书馆寒士亦多清苦，吏仆佣贩皆不能糊其口。兼以江淮水患，下河饥民由楚黔至滇城，结队乞食诉乡谊，予亦周恤资送之。李艾塘斗撰《画舫录》在乾隆六十年，备载当年景物之盛。按图而索，园馆之成黄土者七八矣；披卷而读，旧人仅有存者矣。五十年尘梦，十八卷故书，今昔之感，后之人所不尽知也。书此识之。

道光十四年，节性斋老人书于滇池宜园，时年七十有一

（几年不到平山下，今日重来太寂寥。回忆翠华清泪落，永怀诗社故人雕。楼台荒废难留客，花木飘零不禁樵。别有倚虹园一角，与君同过渡春桥。）

自《画舫录》成，又四十余年。书中楼台园馆，仅有存者。大约有僧守者，如小金山、桃花庵、法海寺、平山堂尚在；凡商家园丁管者多废，今止存尺五楼一家矣。盖各园虽修，费尚半存，而至道光间则官全裁之。园丁因偶坏欹者，鸣之于商；商之旧家或易姓，或贫，无以应之。木瓦继而折坠者，丁即卖其木瓦，官商不能禁；丁知不禁也，虽不折坠亦曳拆之。所谓倚虹园者，共见尽矣。余告归田里，楼台虽废，林泉尚多。十九年夏，每乘小舟出虹桥，一望绿树满野，绿草满堤，新荷有花，蝉声不断，直至平山。舟子乞与舟名，余题“绿野”二字扁。又舆登尺五楼、延山亭避暑。望平山之松泉，闻钟声，僧六舟曰：“此间颇似杭之南屏。”余曰：“是，宜曰‘北屏晚钟’矣。”此地苟不拆，尚可支数十年。偶记于此。

道光十九年冬至日书

（五十八）

江宁凌芝泉[一]（霄）《咏燕》云：“门径依稀虽有路，香泥零落已无家。”《花魂》云：“幡虽剪纸招来少，家易埋香断送多。”芝泉后客死扬州，竟成诗谶[二]。

注：

［一］凌芝泉：见乙集第五十七则。

［二］诗谶（chèn）：以诗歌形式表现出来的预言和预兆。谶，预言吉凶的隐语、图记。

笺：

郭麐《灵芬馆诗话续》卷四：

凌芝泉（霄），少喜任侠，有好事之目。尝偕方子云来西湖，因得识之。时家已日落，而豪宕自喜如故也。有诗云："一斗男儿泪，千金国士恩。重过大梁道，不见信陵门。古木饥乌集，岐涂落照昏。茫茫尘海外，谁识旧王孙。"七律多佳句，但微落纤巧。《舟中夜雨》云："乱山回首梦无数，寒雨到船钟几声。"《美人镫》云"芳年月姊刚三五，仙籍夫人本上元"。《病起》云："新病起人如鹤瘦，旧游过地有花红。"《送春》云："紫陌曾闻来有脚，青年最苦别无家。""奢念妄思三月闰，痴情空替百花愁。"

（五十九）

予每得人好句，恒记诵不去口，恐久而遂忘也。录存于此，以志一脔[一]之好。全椒[二]吴山尊[三]（鼒）《唐花[四]》云："真汞难成偏作猃，高才早达或无年。"甘泉吴待轩[五]（涣）《偶怀》云："柴门犬吠客初至，瓜渚[六]月明潮未来。"江都赵观予[七]（汝明）《和白桃花》云："春归瑶岛无多日，寻到仙源半是云。"甘泉王恒舒[八]（云锦）《杨家山》云："梧桐夜月新诗卷，杨柳春风旧草堂。"甘泉张墨奴[九]（景龄）《无题》云："天生一种如花貌，成就聪明本性情。"《初夏》云："满地落红春不管，黄梅天气雨霏霏。"甘泉石砚香[十]（金泉）《春阴》云："肥添草色侵晨露，轻扬茶烟过午风。"东台袁义竹[十一]（先忠）《过六闸》

云："四十里声淮水下，两三灯影客船来。"江都张梦湘[十二]（长庆）《寒柝》云："雪夜惊回千里梦，霜华敲落五更风。"

注：

［一］脔（luán）：切成小块的肉。

［二］全椒：即安徽滁州全椒县（今安徽滁州市全椒县）。

［三］吴山尊：即吴鼒（1755—1821），字山尊，号及之，又号抑庵，安徽全椒人。嘉庆四年（1799）进士，由翰林院编修，官至侍读学士，晚年主讲扬州书院。著有《吴学士集》。鼒，音 zī。

［四］唐花：亦作"堂花"，指在室内用加温法培养的花卉。

［五］吴待轩：即吴涣，生卒年不详，字待轩，江苏甘泉（今扬州）人，后居泰州。著有《枕流阁诗钞》。

［六］瓜渚：即瓜渚湖，位于浙江绍兴市区。

［七］赵观予：不详。

［八］王恒舒：不详。

［九］张墨奴：不详。

［十］石砚香：不详。

［十一］袁义竹：即袁先忠，生卒年不详，字兰生，号义竹，江苏东台人。袁承福之子，所画兰竹卓绝一时。著有《义竹诗钞》。

［十二］张梦湘：不详。

（六十）

甘泉汤吉人[一]（兆福）著有《妙香亭诗存》，清新之句极多。《寄孤山[二]友人》云："客于绿萼丛中住，鹤向孤山深处飞。"《燐火》云："空山月黑残星乱，老屋灯昏夜雨深。"《柳花》云："人来汉苑春初老，雪满河梁客未归。"《秦淮》云："两岸楼台悬落日，万家灯火拥秋潮。"

注：

［一］汤吉人：不详。

［二］孤山：位于杭州西湖，是西湖中最大的岛屿。

笺：

《红蕉吟馆诗存》卷十二《题汤吉人〈妙香亭诗〉用卷中韵》：

一片天涯月，西风生远愁。闲吟妙香集，如听广陵秋。何日来相访，携樽共上楼。怡园三代句，传诵未应休。

（六十一）

白门汤雨生[一]参戎[二]（贻汾），工书画，善词曲，诗主性灵。《雁门署斋[三]元日》云："时平但食无功禄，身健宜安有福贫。"《拟归白门》云："一船秋冷琴书鹤，万里身归老病贫。"《客子崖》云："马后斜阳马前雨，出山泉水入山人。"闻雨生慷慨豪侠，客常满座上，近世之孔北海[四]也。著有《画梅楼诗稿》。

注：

［一］汤雨生：即汤贻汾（1778—1853），字若仪，号雨生、琴隐道人，晚号粥翁，江苏武进（今常州）人。以祖、父荫袭云骑尉，历任苏、粤、赣、浙等省守备、都同、参将，后升温州镇副总兵，因病未赴任而寓居南京，太平天国攻破金陵时，投池而死。工诗文书画。著有《琴隐园集》。

［二］参戎：明清武官参将，俗称参戎。

［三］署斋：官署书斋。

［四］孔北海：即孔融（153—208），曾任北海相，故称孔北海。性好宾客，常曰："坐上客恒满，尊中酒不空，吾无忧矣。"

笺：

《红蕉吟馆未刻诗》卷七《哭汤雨生都督》：

都督名贻汾，武进人，官浙江乐清协副将，引疾归，居白门，主持风雅，所交皆一时知名士，咸丰癸丑二月金陵陷，从容赋绝命诗，投双池塘死。诗云："死生轻一瞬，忠义著千秋。骨肉非吾弃，儿孙好自谋。故乡魂可到，绝笔泪难收。藁葬无予恸，平生积罪尤。"

一天残雪夜纷纷，凶耗传来那忍闻。史笔大书前副将，鬼雄争拜故将军。断钗心血同归土，宝剑腾空定化云（太夫人有《断钗图》）。江北凄风吹不断，梅花香到史公坟。

两世忠贞系此身，能酬先烈即完人（乾隆时，林爽文之变，令祖纬堂公，官凤山县知县，与令尊楚儒公，父子同日殉难）。笑携屈子呼邻友（居近屈子祠），死有曹娥侍老亲（有归宁王氏女相随赴水死）。琴谱悲凉新节奏（藏有十二古琴），梅花高洁古精神（前年以画梅诗扇寄余及姬人境波）。江东从此风流歇，手把遗诗泪满巾。

（六十二）

仪征张讯槎[一]（积善）和予《香影廊》[二]诗云："王孙春草伤如此，人面桃花唤奈何"，多情语也。

注：

［一］张讯槎：不详。

［二］《香影廊》：见乙集第四十三则。

（六十三）

庄仿周[一]年老而兴豪，相对使人忘倦。丙申春，同人集龙兴寺[二]，仿周即席和韵云："禅关[三]在望行偏远，野路重寻记颇难。"一座为之搁笔。

注：

［一］庄仿周：见乙集第四十三则。

［二］龙兴寺：当指江苏淮安龙兴寺，旧址位于淮安古城西北隅，运河东岸。

［三］禅关：禅门，佛门。又可指悟彻佛教教义必须越过的关口。

（六十四）

予在邗江，多方外[一]交。如问樵[二]之琴，讷庵[三]之画，智光之释典，柳桥、小支、莲舟、纯一之诗，西竺之好客，[四]皆不可多得。柳桥赠予诗云："鼓暮声中日未斜，吟笺[五]颁到野僧家。从今托钵沿门去，只募笼诗一片纱。"小支《赏牡丹》云："只知天上神仙好，不信人间富贵难。"莲舟《题送别图》云："堤边折柳送行舟，春尽江南水乱流。一曲歌残人已远，斜风细雨满西楼。"纯一《白桃花》云："云迷洞口人初去，月满仙源鹤不知。"皆可诵也。

注：

［一］方外：即尘世之外，指和尚、道士等出家人。

［二］问樵：即明辰，生卒年不详，字问樵，扬州建隆寺方丈，以琴名大江南北，工草书，善画梅。

［三］讷庵：即了然，生卒年不详，字讷庵，扬州大明寺方丈，吴筱庄的画弟子，工花卉，善八分书，精篆刻。

［四］此数句中诸人，皆不可考。

［五］吟笺：写诗用的纸，又可指诗稿。

（六十五）

和予《春草》诗，佳句如"大地描来存本色，疏篱界破属邻家"（程禹山[一]〔虞卿〕）；"浅绿莓苔深巷雨，落红庭院隔帘人"（刘雪盘[二]〔瀚〕）；"长能随地徒盈野，生本无名懒著花"（沈心畬[三]〔庆〕）；"纸钱腾起将为蝶，顽石安眠待叱羊[四]。想见出头山一角，望穿老眼路三叉”（孟玉生[五]〔金辉〕）；“二月新愁寒食雨，六朝旧恨落花天”（程鲁生[六]〔学泗〕）；“画本已留金粉地，诗怀都寄夕阳天”（程小郯[七]〔学泌〕）；“东风有主恩原重，野烧无情劫转新”（程子馨[八]〔祖绶〕）；“小桥流水刚三月，细雨微风又几家”（程仲威[九]〔祖武〕）；“诗酒闲寻明月地，楼台斜倚夕阳天”（程紫澜[十]〔学海〕）；“幽径宵沉吴苑雨，长门春老汉宫花”（何浣碧[十一]女史）；“愿随玉树陪君子，敢学名花并美人”（谢素娟[十二]校书[十三]）；“红雨乱飘林外寺，白云深护洞中天”（讷庵[十四]上人）。

注：

［一］程禹山：见乙集第十则。

［二］刘雪盘：不详。

［三］沈心畲：不详。

［四］“顽石”句：传说皇初平入金华山学道，能叱石成羊，见东晋葛洪《神仙传》卷二《皇初平》。

［五］孟玉生：不详。

［六］程鲁生：不详。

［七］程小郯：不详。

［八］程子馨：不详。

［九］程仲威：不详。

［十］程紫澜：不详。

［十一］何浣碧：见乙集第三十五则。

［十二］谢素娟：不详。

［十三］校书：古代掌校理典籍的官员，后以“女校书”为歌女的雅称，亦省称“校书”。

［十四］讷庵：见乙集第六十四则。

（六十六）[一]

道光丙申作客邗江，名流往还无虚日，投赠之作，藏之箧笥[二]几满。摘录佳句数联，以志友朋之雅谊；行将刊刻诸公赠诗，传为艺林佳话也。“荒庵支帐真无鹤，清吏归装但有琴”（史寿庄[三]〔椿龄〕）；“春草池边传丽句，桃花门外破闲愁。径多松菊归陶令[四]，马踏蓬莱送细侯[五]”（李啸北[六]〔堃〕）；“蓬莱仙吏驻扬州，门外湖波绕郭流。村舍荒时谋茗饮，园林废处替花愁”（许鉴泉[七]〔达生〕）；“久轻余子慵拈笔，一见奇才顿赏心。才虽夺命狂难改，酒果浇愁病也甘”（刘雪盌[八]〔瀚〕）；“二分烟月添诗稿，六代江山当酒筹[九]”（陶汉封[十]〔沛〕）；“秋灯客馆增诗话，明月扬州惜岁华”（胡松樵[十一]〔长龄〕）；“十里春风迎杜牧，二分明月伴诗人”（胡逸夫[十二]〔绎〕）；“偶耽泉石原非隐，作到神仙便不愁”（释灵根[十三]）；“鹃啼碧血悲贞女，草长红心吊美人”（何浣碧[十四]女史）。

注：

［一］云南丛书本中此则紧接上则末尾，合为一则，误。

［二］箧笥（qiè sì）：藏物的竹器，多指箱和笼，主要用于收藏文书或衣物。

［三］史寿庄：即史椿龄，生卒年不详，字寿庄，江苏江都（今扬州）人。嘉庆九年（1804）举人，官常熟教谕。遗稿散佚不存。

［四］陶令：即陶渊明，曾任彭泽令，故称。

［五］细侯：即郭伋，字细侯，东汉初任并州牧，到任时，有童儿数百，各骑竹马，道次迎拜。后以“细侯”称颂受人欢迎的到任官吏。

［六］李啸北：即李堃（1806—1855），字啸北，又作敩白，江苏仪征人。道光十七年（1837）江苏学政龚季思赏其诗，遂入学。工刻印，师法秦、汉，金、石、竹、木，每奏刀各极其妙。

［七］许鉴泉：即许达生，生卒年不详，字鉴泉，江苏江都（今扬州）人。

著有《晚香轩诗录》《宛陵游草》。

［八］刘雪盘：见乙集第六十五则。

［九］酒筹：饮酒时用以记数或行令的筹子。

［十］陶汉封：不详。

［十一］胡松樵：见乙集第四十一则。

［十二］胡逸夫：即胡绎，江苏高邮人。善山水。其他不详。

［十三］释灵根：不详。

［十四］何浣碧：见乙集第三十五则。

（六十七）

江都周筱云[一]（鑚）题予诗集云："玉册扶云下，殷勤盥手开。尽驱凡响去，高揖古人来。"又云："三春花竞秀，五色绣团丝。但有纵横气，都归节制师[二]。"以推许而论，予何敢当？以诗律而论，则可谓精严矣。

注：

［一］周筱云：即周鑚，生卒年不详，字在东，号筱云。江苏江都（今扬州）人。诸生。绩学工诗，游其门者，成就甚众。著有《搜吉斋咏物诗》《四时杂咏》《章江游草》。

［二］节制师：军纪严整的军队。

（六十八）

诗以真胜。有时随口说出亦足动人者，真故也。劳小山[一]（长龄）《客中示妾》云："白傅青衫今湿尽[二]，累他蛮素[三]对焉衣[四]。"予每吟此，不觉增感。

注：

［一］劳小山：即劳长龄，生卒年不详，别号小山居士，山东阳信人，嘉

庆间迁籍浙江桐乡，寓居苏州。富收藏，精鉴赏。

［二］“白傅”句：意出白居易《琵琶行》：“座中泣下谁最多，江州司马青衫湿。”白傅，即白居易，晚年曾官太子少傅，故称。

［三］蛮素：白居易的侍妾小蛮与樊素。唐代孟棨《本事诗·事感》：“白尚书姬人樊素善歌，妓人小蛮善舞。尝为诗曰：‘樱桃樊素口，杨柳小蛮腰。’”

［四］霑衣：沾湿衣服。

（六十九）

丙申十月，与顾秋碧[一]遇于扬州。次日以《燃松阁诗稿》十卷属予点定。名篇佳句，美不胜收。五七古出入于苏韩李杜而复参以香山义山，能写人不能写之景，能道人不敢道之语，真奇才也。秋碧有《悼蝶》诗三十首传诵江南，盖伤其姬人佩芗而作也。如“新丝镇日缫[二]蚕茧，香气私教避麝脐[三]”；“游仙已判成园客[四]，得婿真应唤粉侯[五]”，抑何[六]工丽。“梅花帐冷空辜我，杏子衫轻合赠君”；“青苔路滑鹃啼树，红豆风多客掩窗”，抑何新倩。“辜他写翠传红意，费尽回风舞雪才”；“十丈软红花跌宕，一庭飞白絮温存”，抑何雅饬。至如“香土再抟终隔世，仙风可御欲张帆”；“天上果然归舞队[七]，人间何处觅飞卿[八]”，又何豪纵也。

注：

［一］顾秋碧：见甲集第六十九则。

［二］缫（sāo）：把蚕茧浸在热水里抽丝。

［三］麝脐：雄麝的脐，麝香腺所在。借指麝香。

［四］园客：传说中的一位仙人。见《搜神记》卷一：“园客者，济阴人也。貌美，邑人多欲妻之，客终不娶。尝种五色香草，积数十年，服食其实。忽有五色神蛾，止香草之上，客收而荐之以布，生桑蚕焉。至蚕时，有神女夜至，助客养蚕，亦以香草食蚕。得茧百二十头，大如瓮，每一茧缫六七日乃尽。

缫讫，女与客俱仙去，莫知所如。”

［五］粉侯：三国魏何晏面如傅粉，娶魏公主，赐爵为列侯，后因称驸马为“粉侯”。

［六］抑何：多作“一何”，何其，多么。

［七］舞队：民间节日的游行表演队伍。

［八］飞卿：即温庭筠（约 812—约 866），本名岐，字飞卿，才华横溢，风流多情。

（七十）

杨乐山[一]亦有悼蝶句云：“不堪梦里逢三月，也算花间过一生。”殆与商宝意[二]先生“略享春风死未甘”[三]，同一哀婉矣。

注：

［一］杨乐山：见甲集第六十九则。

［二］商宝意：见乙集第十一则。

［三］“略享”句：出自商盘《哭环娘》，见《随园诗话》卷十五第六〇则：“近人佳句，常摘录之，以教子弟，过时一观，亦有吹竹弹丝之乐。明知收拾不尽，然捃摭一二，亦圣人‘举尔所知’意也。……宝意《哭环娘》云：‘乍分烟岛情犹恋，略享春风死未甘。’”

（七十一）

白门顾韵雪女史（蕴玉），秋碧[一]女也，年未三十而亡，诗有父风。《春燕》云：“都无骏马驮公子，可有娇儿字阿侯[二]”、“幸栖南土休巢幕[三]，但咒东风便可人”，真绝世聪明语。予笑谓秋碧曰：“此等风韵，似尚在阿翁之上。”

注：

［一］秋碧：即顾秋碧，见甲集第六十九则。

［二］阿侯：相传为古代美女莫愁的女儿，见南朝乐府《河中之水歌》："河中之水向东流，洛阳女儿名莫愁。莫愁十三能织绮，十四采桑南陌头。十五嫁为卢家妇，十六生儿字阿侯。"

［三］巢幕：燕筑巢于帷幕之上。比喻处境危险。

（七十二）

富谿[一]汪巢林[二]（士慎）善画梅，暮年双目失明，犹能以意运腕作狂草。金冬心[三]谓其"盲于目而不盲于心"，信哉。著有《巢林集》七卷，金竹簝[四]代刊行世。好句五言如"朝昏来冷客，风雨落闲门"；"绿暗云连树，春阴酒病人"。七言如"满径草肥春梦里，隔帘花尽雨声中"。《种竹》云："沾泥犹带山中雪，冲冷先锄屋角冰。"和平蕴藉，在香山放翁之间。

注：

［一］富谿：又作富溪，即安徽徽州府休宁县富溪村（今安徽黄山市休宁县富溪村）。

［二］汪巢林：即汪士慎（1686—1759），字近人，号巢林、溪东外史，安徽休宁人，寓居扬州。著名书画家，扬州八怪之一。著有《巢林诗集》。

［三］金冬心：见甲集第四十六则。

［四］金竹簝：见乙集第十九则。

（七十三）

予客扬州半年，求罗两峰[一]（聘）《鬼趣图》[二]而不得。近日叶布帆[三]以两峰《香叶草堂诗》一卷相赠。其《西湖杂诗》云："梨花开后草离离，几处荒凉卧断碑。谁复来寻苏小墓，西泠桥[四]下立多时"；"倦靸[五]弓鞋[六]宝髻松，藕花衫子细初缝。第三桥[七]畔临波立，侬看芙蓉人看侬"。可与杨次也[八]《竹枝词》并传矣。

注：

［一］罗两峰：即罗聘（1733—1799），字遁夫，号两峰、花之寺僧，祖籍安徽歙县，其先辈迁居扬州。金农入室弟子，扬州八怪之一，以画鬼著名。著有《香叶草堂诗存》。

［二］《鬼趣图》：罗聘存世名作，共八幅，以鬼怪世界讽喻社会现实。

［三］叶布帆：见甲集六十则。

［四］西泠桥：位于杭州西湖，桥畔有苏小小墓。

［五］靸（sǎ）：把鞋后帮踩在脚后跟下；穿拖鞋。

［六］弓鞋：古代缠足妇女所穿的鞋子，妇女因缠足脚呈弓形，故名。

［七］第三桥：古人多有吟咏，如元代方回《三月三日西湖第三桥四首》，今已不能确指。

［八］杨次也：即杨守知（1669—1730），字次也，号致轩、晚研，浙江海宁人。康熙三十九年（1700）进士，历官至甘肃平凉知府，以事谪迁，终中河通判。著有《致轩诗钞》。

笺：

《随园诗话》卷五第四七则：

李啸村《虎丘竹枝词》，已极新艳。而杨次也先生《西湖竹枝》，乃更过之。

（七十四）

仪征丁云巢[一]（元瑞，初名兆鹤），江都诗人王柳村[二]弟子，著有《寒梅花馆诗选》。《落叶》云：“雁飞江上霜偏早，山露淮南木已疏。”《秦淮》云：“春老朱楼残梦短，雨晴凉苑野花开。”《怀范雨村[三]》云：“春风小苑仍芳草，夜雨空山已落梅。”

注：

［一］丁云巢：即丁元瑞，生卒年不详，初名兆鹤，字云巢，江苏仪征人。

诸生。与符葆森同时，咸丰间在世。著有《寒梅花馆诗集》。

[二] 王柳村：见甲集第六十五则。

[三] 范雨村（1791—1875），字膏庵，江苏江都（今扬州）人。主讲扬州广陵书院。著有《湖东集》。

（七十五）

江都许鉴泉[一]（达生），著有《梧轩诗草》。《望雨》云："暖云蒸遍连村稻，流水车干见底塘"；《扬州怀古》云："六宫钗钏埋荒冢，一朵琼花赚炀皇[二]"；"剩有流萤辉月观[三]，更无燐火见雷塘[四]"，皆得雅人深致。

注：

[一] 许鉴泉：见乙集六十六则。

[二] "一朵"句：传说扬州琼花，天下独绝，隋炀帝为看琼花，而修凿大运河，以致身死国灭。赚，诳骗。

[三] 月观：即月榭，观月的台榭。扬州瘦西湖有月观，坐西朝东，临水而建，是待月佳处，郑板桥题联"月来满地水，云起一天山"。

[四] 雷塘：地名，在扬州城北，隋唐时为风景胜地，隋炀帝葬此。

（七十六）

甘泉沈心畬[一]（庆），著有《玉笥山房诗存》。《秋日即事》云："月明老圃荒三径，人语幽窗聚一灯"；《秋苹》云："明月照残南涧水，西风吹冷楚江秋"；《秋苔》云："霜沾屐印浑无迹，露点墙阴尚有痕"，均有风致。

注：

[一] 沈心畬：见乙集第六十五则。

（七十七）

白门张子涵[一]，诗格高古。顾秋碧[二]以其遗稿一卷相示曰："此亡友遗墨也，君其摘入诗话，以存其人。"集中如《谢皋羽[三]竹如意[四]歌》云："湘蛾[五]醉月啼断痕，血色入节不可扪。千年古愁凝欲活，不比[六]颓云[七]浴痴铁。一声响坠西山头，六陵[八]冬青乱摧折。招不得冰天魂，救不得崖山[九]覆，替不得丞相[十]死，雪不得参军[十一]哭。吁嗟断竹愁续竹，安得用作渐离[十二]筑？"子涵诗格大半类此，殆于温李、韩孟[十三]外独树旗帜自成一家者。子涵又有《移家》七截[十四]云："赏雨曾无屋盖茅，卖珠犹有婢垂髫。夫妻略似将雏[十五]燕，借得雕梁便垒巢。"

注：

［一］张子涵：不详。

［二］顾秋碧：见甲集第六十九则。

［三］谢皋羽：即谢翱（1249—1295），字皋羽，一字皋父，号宋累，又号晞发子，福建长溪（今宁德市霞浦县）人。南宋恭帝德祐中元兵南下，文天祥开府延平，率乡兵数百人投之，任咨议参军。及天祥兵败，避地浙东。

［四］竹如意：谢皋羽尝过严陵，登钓台，祭奠文天祥，作《登西台恸哭记》云："乃以竹如意击石，作楚歌招之曰：'魂朝往兮何极？莫归来兮关塞黑。'歌阕，竹石俱碎，于是相向感喑。"

［五］湘蛾：即湘妃。传说舜帝死后，二湘妃泣泪落于翠竹之上，留下斑迹，人谓之斑竹，又称湘妃竹。

［六］不比：不同于。

［七］颓云：即颓云駃雨，犹言崩云快雨，谓云层崩坠，大雨倾盆而下。

［八］六陵：即南宋六陵，因攒殡南宋六帝而得名，位于浙江绍兴市越城区富盛镇宝山南麓。

［九］崖山：在今广东新会市南端。南宋祥兴二年二月，宋元两军在崖山

海战，南宋全军覆没，此次战役标志着南宋的灭亡。

［十］丞相：指文天祥。

［十一］参军：指谢皋羽。

［十二］渐离：即战国燕人高渐离，善击筑，曾为荆轲送行，后以筑击秦始皇，被杀，见《史记·刺客列传》。

［十三］韩孟：即韩愈和孟郊。二人诗风相近，皆奇崛险怪，故并称韩孟。

［十四］七截：即七绝。

［十五］将（jiāng）雏：携带幼禽，借指携带幼小的子女。

（七十八）

闲当辑名人佳句数联教子弟，皆取其启发聪明者，至作者姓名，则不能全记矣。“身闲才觉卑官好，老健方知妒妇贤。”“已无青眼谁怜我，倘有黄金再赠人。”“过江乌喙新尝胆[一]，别院蛾眉正捧心[二]。”“深院酿花鸠妇[三]雨，画栏垂柳鼠姑[四]风。”“世事岂惟仙尽妄，此身何止佛难图。”“落日河山千古在，秋风天地一人无。”“南阳高卧真名士[五]，东汉余生旧党人[六]。”“旧家王谢[七]空怀土，多事巢由[八]更买山。”“日夜乡心皆北向，古今汀水独南流。”“黄金与土真同价，沧海为田只暂时。”“樽前腊酒[九]翻花熟，案上春联带草书。”“布金地暖回春易，列戟门高再拜难。”凡此之类，皆如食春韭秋菘[十]，鲜脆可口。

注：

［一］“过江”句：指越王勾践。史载勾践乌喙，后世遂以乌喙指代勾践。乌喙，形容人之嘴尖。

［二］“别院”句：指西施。相传西施有心痛病，经常捧心而颦。

［三］鸠妇：即雌鸠。

［四］鼠姑：即牡丹。

［五］“南阳”句：指诸葛亮。

［六］“东汉”句：指东汉桓帝、灵帝时期，以陈蕃为代表的一批反对宦官乱政的正直士人。

［七］王谢：六朝望族琅琊王氏与陈郡谢氏的合称。

［八］巢由：尧时著名隐士巢父和许由的并称。

［九］腊酒：腊月酿制的酒。

［十］春韭秋菘：春之韭，秋之菘，泛指时新蔬菜。《南齐书·周颙传》：“文惠太子问颙：‘菜食何味最胜?’颙曰：‘春初早韭，秋末晚菘。’”菘，俗名白菜。

（七十九）

陈南窗[一]《本事诗》云：“十里秦淮漾晚烟，倚栏人话夕阳天。感卿一种缠绵意，恨不迟生二十年。”

注：

［一］陈南窗：不详。

（八十）

王侪峤[一]先生《过祭风台[二]》云：“世间那有分风术，帐下休轻顾曲人[三]”，史笔也。

注：

［一］王侪峤：见甲集第三则。

［二］祭风台：相传赤壁之战时诸葛亮所筑，位于今湖北武汉市江夏区。

［三］顾曲人：指周瑜。《三国志·吴志·周瑜传》：“瑜少精意于音乐，虽三爵之后，其有阙误，瑜必知之，知之必顾。故时人谣曰：‘曲有误，周郎顾。’”

（八十一）

天长陈梦云[一]（凤飞）《过潼关[二]》云：“莲擎华岳峰头

碧[三]，河抱潼关水色黄。”

注：

［一］陈梦云：不详。

［二］潼关：位于陕西省渭南市潼关县北，北临黄河，西近华岳，是关中的东大门，历来为兵家必争之地。

［三］“莲擎”句：华山西峰有巨石状如莲花，故又名莲花峰。

（八十二）

落花诗，咏者多矣，要不过伤红悼紫，以新巧见长耳。惟袁子才太史之“清华曾荷东皇[一]宠，飘泊原非上帝心”[二]、顾秋碧[三]之“为有聪明才堕劫[四]，已偿恩怨合生天”二联，别有寄托。

注：

［一］东皇：司春之神。

［二］“清华”二句：出自袁枚《落花》其三：“风雨潇潇春满林，翠波帘幕影沉沉。清华曾荷东皇宠，漂泊原非上帝心。旧日黄鹂浑欲别，天涯绿叶半成阴。荣衰花是寻常事，转为韶光恨不禁。”

［三］顾秋碧：见甲集第六十九则。

［四］堕劫：堕入尘世的劫难。

（八十三）

甲午年在莱阳，以论诗一书与家问樵[一]太史订交。近于书簏[二]中见旧稿，爰抄录而存之，即以此为《药栏诗话》自序亦无不可。“仆束发受书，潜心词翰。偶得古今人名篇什，辄手录而口诵之，虽当时亦未能尽解，而自觉心悦口适，莫知所以然也。惟时文[三]一道，与性不近，故未深究。以父兄之期望，师友之督责，不敢不违心从事。如是者年余，觉此道似亦未难，一题入手，道着处颇有独得之旨，而终非所甚愿也。入邑庠[四]后，旋[五]丁父忧[六]。客都门，遂取一切制艺文字[七]拉杂而摧烧之，专致力于诗词。廿年来，此中颇有甘苦。尝自蓄偏私之论，未敢举以告人，今为执事[八]陈之。诗余[九]一事，偶尔遣兴，勿论矣。每见今人论诗，动谓尊汉魏学六朝。吁！此真人云亦云，耳食之论也。汉魏六朝诗骨自高，以去三百篇未远耳。然诗中往往取字之晦者句之涩者入之，读之令人口齿不利。间有一二性情之作可以动人，而终觉古人之言情太直，未若后人之曲也；古人之言情太浅，未若后人之深也。岂古人之情薄于后人耶？抑古人之言拙于后人耶？'明月照高楼'[十]、'池塘生春草'[十一]等句，皆平平耳，何以遂传诵今古也？此中急切索解人不得。仆之不解者，此其一。又有祖工部抱韩苏以自夸格调者。吁！伪矣！工部一代大家，名重今古，仆何人，斯敢置一喙？然窃有鄙见，以为工部之诗坏于宋人之诗话，因之以误后人。盖宋人尊之过甚，往往附会穿凿，引某字曰'此渊源于某书也'，引某句曰'此一代之史笔也'。工部诗诚高矣，而何至字字皆书，句句皆史？且工部当日下笔时，又何必字字皆书，句句皆史！如此其不惮烦，遂至后人不体此意，不学其沉雄阔大而学其字字皆书，不学其忠厚缠绵而学其句句皆史，几至堆砌直率而不自知。此非工部之误后人，宋人之诗话误之也；亦非尽宋人之诗话误之，后人以耳为目自误之也。至诗以温柔和平、缠绵雅丽为主，韩苏集中无此也。韩以排奡[十二]为主，苏亦以排奡为主；韩不善言情，苏亦不善言情；韩以文为诗，苏亦以文为诗，其失一也。且二公集中，五七古犹可，五七律绝则不可，短于言情，刚而不柔故也。盘空硬语，诘曲聱牙，岂诗之正格哉！而宋人祖述之尊崇之，此弊遂延流于今而不已。仆之不解者，此又其一。又有所谓'馆阁体'[十三]者，一诗偶出，本不足以惊人，乃饰其词曰：‘此名贵也，此端庄也。’嗟乎！此如锦堂命妇，画阁夫人，金翠满头自夸富贵，绮罗遍体自喜矜持，而不知旁有澹妆侍儿，且哑然偷笑也。又有矜淹博而不知死气满纸者，讲对仗而不知语意隔绝者，凡此皆近世之所尚而皆仆之所不解也。执事江左名流，骚坛飞将，生平所学与仆略同，用[十四]敢为执事倾吐之，得不笑其狂妄否？附去拙稿一部，望裁正之。仆面目在左思[十五]、罗隐[十六]之间，文章亦与面目相似，然却是自己面目，非如兰陵王[十七]狄武襄[十八]辈带假面具吓人也。未审执事阅之，以为何如？”

注：

［一］家问樵：即严保庸，见乙集第二十四则。家，本家，同姓人。

［二］书簏（lù）：书箱。簏，竹箱。

［三］时文：科举时代的应试文章，特指八股文。

［四］邑庠：明清时称县学为邑庠。

［五］旋：不久；很快。

［六］丁父忧：遭父之丧。

［七］制艺：又作制义。科举时代的应试文章，特指八股文。

［八］执事：对对方的敬称。

［九］诗余：词的别称。

［十］“明月照高楼”句：出自曹植《七哀诗》：“明月照高楼，流光正徘徊。上有愁思妇，悲叹有余哀。借问叹者谁，言是宕子妻。君行逾十年，孤妾常独栖。君若清路尘，妾若浊水泥。浮沉各异势，会合何时谐？愿为西南风，长逝入君怀。君怀良不开，贱妾当何依。”

［十一］“池塘生春草”句：出自谢灵运《登池上楼》：“潜虬媚幽姿，飞鸿响远音。薄霄愧云浮，栖川怍渊沉。进德智所拙，退耕力不任。徇禄反穷海，卧痾对空林。衾枕昧节候，褰开暂窥临。倾耳聆波澜，举目眺岖嵚。初景革绪风，新阳改故阴。池塘生春草，园柳变鸣禽。祁祁伤豳歌，萋萋感楚吟。索居

易永久，离群难处心。持操岂独古，无闷征在今。”

［十二］排奡（ào）：矫健有力。

［十三］馆阁体：流行于馆阁的典重文体。

［十四］用：因此。

［十五］左思（约250—305），字太冲，齐国临淄（今山东淄博）人，西晋著名诗人，貌寝口讷。

［十六］罗隐（833—910），字昭谏，杭州新城（今浙江富阳）人，晚唐著名诗人，貌古而陋。

［十七］兰陵王：即高长恭（541—573），本名高肃，族名高孝瓘，字长恭，渤海蓚县（今河北景县）人。北齐宗室名将，封兰陵王。尝着假面以对敌，数立奇功。

［十八］狄武襄：即狄青（1008—1057），字汉臣，汾州西河（今山西汾阳）人。北宋名将，谥号武襄。尝戴铜面具，披头散发，冲锋陷阵，立下卓越战功。

笺：

严廷中《红蕉吟馆诗存》“秋查先生四十二岁小像”后自赞：

诗笔在三唐两宋以外，面目在左思罗隐之间。

不必称之为隐也，而亦不必目之为官。

无凭据者，当年之裘马；有把握者，先世之渔竿。

吾将卖卜于成都之市耶，抑将结庐于富春之山。

秋查自赞玉箫生书

（八十四）［一］

吴趋［二］高东川［三］（瀛），文定公［四］后人，少孤力学。予尝见其《东川诗钞》。《夏日水涨》云：“水气沉高阁，江声卷暮云。”《书怀》云：“江湖来往孤儿泪，机杼［五］悲凉慈母心。”《扫墓》云：“碑欹青草埋秋雨，门掩孤松黯暮云。”

注：

［一］云南丛书本中此则紧接上则末尾，合为一则，误。

［二］吴趋：即吴门，门外曰趋。

［三］高东川：不详。

［四］文定公：即高斌（1683—1755），字右文，号东轩，奉天辽阳（今辽宁辽阳）人。乾隆慧贤皇贵妃之父。雍正四年（1726）出任苏州织造，后历官至直隶总督、吏部尚书、文渊阁大学士。谥号文定，入祀京师贤良祠。

［五］机杼（zhù）：织布机。杼，梭子。

（八十五）

仪征汪午桥[一]（本）不常作诗，而多可诵之句。和予《春草》云："青连茅店人沽酒，绿上湘帘鸟劝妆。"赠予云："百钱挂杖沽春酒，一棹[二]寻僧入晚烟。"

注：

［一］汪午桥：严廷中受业弟子，其他不详。

［二］棹（zhào）：船桨，又指船。

笺：

汪本《红蕉吟馆诗存》题辞：

如水官声远近知，见公我恨十年迟。花前遍拣才人句（先生有《药栏诗话》），邗上新收女史诗（先生《春草》诗，扬州和者云集，江南诸名媛亦有和章）。文字无权憎命达，风骚有主得师资。翩翩一代佳公子，欲绣平原试买丝。

独占骚坛翰墨缘，扬州风月小游仙。百钱挂杖沽春酒，一棹寻僧入晓烟。山左鸣琴怀旧尹，富春垂钓感当年。奚囊只字皆成锦，敢望轻将衣钵传。

（八十六）

炭墼[一]诗，咏者甚少。刘雪畹[二]云：“活火有心夸再造，死灰今日竟重燃。”

注：

［一］炭墼（jī）：用炭末捣制成的圆柱状燃料。墼，粉末加水做成的块状物。

［二］刘雪畹：疑即刘雪盌，见乙集第六十五则。

（八十七）

顾秋碧[一]《哭佩湘[二]》诗云：“再世可能成眷属，今生相见有泉台[三]。”又云：“奠来杯酒谙[四]卿量，绘出容颜教女看。更取锦衾[五]亲覆裹，墓门风雨最清寒。”悱恻缠绵，不忍卒读，可与商宝意《哭环娘》[六]诗并传也。

注：

［一］顾秋碧：见甲集第六十九则。

［二］佩湘：疑即佩芗，见乙集第六十九则。

［三］泉台：墓穴，亦指阴间。

［四］谙（ān）：熟悉。

［五］锦衾（qīn）：锦缎的被子。

［六］《哭环娘》：见乙集第七十则。

（八十八）

歙县曹子刚[一]（坚）好读书，家藏书籍甚富，性慷爽不羁，诗笔乃婉转宜人。《采莲曲》云：“江南五月长新荷，女伴招邀泛渌波。郎若归来没寻处，临风但听采莲歌。”

注：

［一］曹子刚：不详。

（八十九）

顾秋碧继室王月香女士（淑英），工针黹[一]，喜吟咏。《秋海棠》云：“旧梦曾经春剪烛，新妆又见月回廊”；《中元》云：“谁怜风雨蓬门女，半夜机声一盏灯”，皆清婉有致。月香雅好予词曲，以为能道人意中语，得予《红蕉吟馆诗余》一卷，日夕吟诵不去口。不意文字知己，乃得之于闺阁，可叹也。

注：

［一］针黹（zhǐ）：缝纫、刺绣一类的针线活。

（九十）

王珮湘[一]女士（韵莲），秋碧侍姬也，年廿七岁卒，著有《红鹅馆诗》一卷。《即事》云：“三分风雨二分烟，花事连朝已可怜。帘外轻寒人病起，最难将息暮春天。”《秋感》云：“晚风吹送几分秋，何处箫声起暮愁？四壁寒虫残梦醒，月华如水下西楼。”如闻怨竹哀丝，使人肠断，红颜夭折，于此征之。

注：

［一］王珮湘：即王佩芗，见乙集第八十七则。

（九十一）

甘泉吴冠南[一]（彦）绘《竹屋听秋图》，一时题咏几遍。冠南自题一绝云："纸窗木榻梦难成，竹影萧疏月倍明。夜半西风吹不定，自烧红烛赋秋声。"

注：

［一］吴冠南：不详。

（九十二）

仪征李啸北[一]（堃）工书画，精篆刻，著有《小冰壶室诗存》。《秋霜》云："傲骨能撑花崛强，严威渐逼草凋零"；《秋日》云："萧疏瘦尽千章木[二]，黄紫烘成一角山"；《题金竹簃花源觅句图》云："香雪春风才子意，西泠夜月酒人歌"，皆佳句也。

注：

［一］李啸北：见乙集第六十六则。

［二］千章木：千株大树。

附　录

严廷中诸传

词人严秋槎小传

单为鏓

严秋槎，名廷中，滇之宜良人，匡山方伯仲子。高才博览，工诗，有“蟹肥菊瘦秋如此，人去廊空月奈何”之句，天下传诵。其《新柳》十四首，余谓可媲美张船山。尤工词。尝手散万金，结“春草社”于江南北，皆知名士。

以诸生补山东莱阳丞，屡摄县令，擢两淮盐官，不得志，益放浪于诗酒，词益工。得后主清照神髓，通首用叠字，开词家一门径，为二百年来词人。余久耳其名，咸丰初，再补栖霞校官，栖、莱同郡，秋槎来兼尉事，始识面，遂定为诗友。丙辰，余之济南，谒大府，道莱，留二日。计平生只数面耳，而知与不知，皆知吾二人为友。十年来无十日不通书，逾月往来，书必积寸许。秋槎尝牢骚抑郁，余曰：“无以为也，君无可以致富贵之道，以词名世，足自豪矣！”因属余为词序，而余不为词，乃请作传。

余曰："诺，待诸异日。"呜呼，无可待矣！

同治甲子九月二十七日，秋槎卒于莱阳旅寓，年七十。柩不能归，余哭之哀。十月，余亦病，恐奄忽先后死，致负诺责，使秋槎之词不能焜耀古今，为二李后劲，秋槎目不瞑，余之目岂能瞑乎？枕上成此，寄其子仕道，即以此列词集前可也。其权县令，虽异俗吏之为，不足为重轻，尽削去。秋槎配盛氏，侧室镜波、蔻衫，皆工词。（《红蕉吟馆诗余》）

（方树梅《滇南碑传集》卷二十五《清文苑二》）

严廷中传

缪尔纾

严廷中，号秋槎，宜良人，父烺（别有传）。廷中以诸生为山东莱阳姜山丞，甫下车，见其文教不兴，即建立官学，捐廉为诸生膏火，按课校文，所拔识类多佳士，文风遂大振。道光乙未，莱阳大饥。是冬，廷中乞归，以囊中千数百金分给姜山贫民，并设局育婴，全活甚众。以是乏归里资，全家流滞扬州、江宁，阅二年，不得行。又两署福山，一署文登。初至福山，修文庙，兴学校，劝农桑，清狱讼，簿书稍暇，即与诸生讲诗文，多所成就。去任时，绅民祖道二十里，诸耆老攀辕卧辙者几千人，留靴以志感戴。再至，一切如前，邑人悬"再见青天"额。仕文登，仅十六日，清理积案数十起，民情大悦，为悬"甘棠留荫"额。濒行，居民罢市，走送数十里，并供给途中车马饮食。其署莱阳、诸城、蓬莱等县，皆勤政爱民，而尤以讲学训士为亟，及门多知名士。顾廷中以才高位下，恒郁郁不得志，喜怡情诗酒。同治甲子，卒于莱阳旅寓，年七十。

性嗜诗，尤工词，其友单为鏓谓其词得后主清照神髓，称为“二百年来词人”。曾手散万金，结“春草社”于邗江，为《春草》诗，大江南北诸名士酬和者二百余人，至有绘春草于扇头，索书原作者。盖自其束发受书，即潜心词翰，偶得古今名人篇什，辄手录而口诵之。自云虽当时未能尽解，而自觉心悦口适，莫知其所以然也。不喜为制艺，入庠后，辄弃去，专致力于诗词。其为诗，以温柔和平、缠绵雅丽为主。时论尊汉魏、学六朝，廷中终以古人之言情太直太浅，未若后人之曲之深。又谓韩苏皆以文为诗，短于言情，刚而不柔，非诗之正格。生平以词得名，顾自以为偶尔遣兴，得意仍在诗。自嘉庆戊辰至道光丙申诗，已刊于扬州，名《红蕉吟馆诗存》。自道光丁酉至同治癸亥，二十七年中得诗若干卷，无资不能付印，经四次删选，仅存十之一二，然自谓“存者未必可爱，删之则皆割爱”，又曰“世无赏音，则皆不必存；世有赏音，则皆不必删”。是足以见其志矣！曾主讲里中雉山书院，以《红叶》诗四首订交于学使叶觐仪。觐仪称为“严红叶”，赠联云：“人是青莲抱仙骨，诗题红叶艳秋心。”除所著《红蕉吟馆诗存》以外，还有《岩泉山人诗四选存稿》《拈花一笑录》《怀人小草》《瘦红集》《渔鼓词》《药栏诗话》《秋声馆传奇》《两间草堂文》。

赞曰：廷中振奇磊落，多情人也。生为名宦子，身虽未显，亦未穷，顾以豪吟故。初则散万金结吟社而不惜，终乃无资以自刊其稿，经屡删而爱莫能割。诗人之心情，诚异乎寻常哉！其为官，亦卓卓非俗吏，然固文苑中人，不必以吏治传，俯仰吟啸，足千古矣。(《吐云山人文稿》)

(方树梅《滇南碑传集》卷二十五《清文苑二》)

宜良严先生墓志铭

何家琪

人生契合之故，岂有常哉？旷百世相感以心，况同时乎？然世之不相知名者，多矣。从尝与游之久闻行概绪论，居或辽远，无由见之也，思得闲一至居之地实其所闻者，逾时弗克往，往而原上之柏已拱矣。于是酹其墓，吊以诗歌，伤老辈之去人何遽，独立踯躅已耳。第流风被邦之士，残纸断句得之风尘，反覆吟哦以想像其时，不觉神志夺而声气联，立遇诸几席之间，此其相感之心有不期然而然者。如予与宜良严先生，庶几于此也已。

先生讳廷中，字秋槎，明恭肃公裔，甘肃布政使烺次子也。曾祖端，县学生，祖民钦，候选知县，皆以布政公贵。吴县顾通政莼，以侍读督学云南，奇先生，首拔之。游京师，知于歙县鲍侍郎桂星先生。少负才气，随宦江山名胜地，无一日不以文酒声妓招游客馈寒素，不少惜。布政公殁，乃落拓无聊，以资丞山东莱阳，分防姜山，居数年，引疾渡江淮而南，年甫四十也。武进汤贞愍公，以武臣能诗画，筑园江宁，访焉，复与主承恩寺僧定志交。旋至扬州，倡风雅，拈春草诗，和者百余家。方春秋佳日，草笠白夹衣出游平山堂、天宁寺、玉钩斜旧址，士女拥观塞路，相语曰“春草主人来也”，辄携榼具酒茗饷之，薄暮乃去。亡何，再丞莱阳，秩满以例推升两淮盐经历。是时，江宁陷于寇，贞愍殉节，定志殁，先生衰老，喟然曰：“吾不复南矣！”同治三年九月乙丑卒，春秋七十。始娶盛，次李，皆封孺人。子三，仕道，县学生，为兄廷正后；仕远，知县；仕达，国学生。孙四人。仕道以十三年二月戊戌权葬于莱阳西郊。

诗清顽婉丽，擅长词曲。虽为末吏，能得民，七摄知县不卒迁。初去莱阳，适岁饥，检笥得白金千斤，曰“幸俸余此，吾不可以一钱行也”，悉出赈之。尤爱士，特重吾师芷廷王编修。家琪尝客都，师为诵先生句。先生又以《新柳》诗达济南。虽然，亦乌知夫十余年后，酹其墓而追吊者心之相感至于此哉？著有《红蕉吟馆诗》《麝尘词》《药栏诗话》《红豆箱》《秋声谱》《哀江南》诸曲，共若干卷，外《启事》一卷。其友高密单为鏓、无锡朱荫培皆有传，泰州宫本昂碑其墓。予以闻于师者志之，并系铭曰：

何名之远而仕之微也，奚恋于此而不归也，其将留海上之余徽也。

（何家琪《天根文钞》卷三）

严廷中诗文诸序

红蕉吟馆诗词序

鲍桂星

宜良严公子秋槎，匡山前辈哲嗣也。前辈《红茗山房集》脍炙在人口，秋槎幼慧，操管辄有家法。不幸蚤孤，无以给朝夕，乃弃举子业，从人假贷，援例为邑丞，需次山东，久之得莱阳。至则辟讲堂招俊彦，与校文谈艺，盖其结习然也。一日邮所为《红蕉吟馆诗词》，属余点定，且乞为之序。余谓蕉之与茗，其为诵先芬，不具论。论其诗，则皎然孤秀，戛然清迥，如琼林珠树之挺出尘表，又如琼箫铁笛吹夜月而叫秋霜也。秋槎诚才子，能兴其家矣。抑余更有说焉。程子不云乎，“一命之士，苟存心于爱物，于人必有所济”？古之为丞簿者，或数年而列方岳，或敏学显庸为国名臣，岂直如江叔文丞丹阳袁尹叹其风流不坠，崔斯立丞蓝田以哦松为韩子所称哉？秋槎勉之，修乃职以泽斯民，而置词翰咏歌为余事焉，其可也。

道光癸未夏五歙鲍桂星

（《红蕉吟馆诗存》）

序

刘大绅

“欢愉之辞难工，穷苦之言易好”，此昌黎韩子序《荆潭唱和诗》之言也。余尝持此以相天下诗久矣，乃今于宜良严子秋槎而窃有疑焉。秋槎以少年才子，嗜学能文，继名父后，卓然不坠家声，交游半父执辈，所至望影附响者争先恐后求当意。每有吟咏，信手即成，著作家至匿不出稿，一时传钞殆遍。此岂尝有坎坷困阨愤恨抑郁之境遇入其心目间哉？何其工若是也。韩子之言毋亦有不必然者耶？秋槎以诗三卷、词一卷，遗余且属序。秋槎词当如柳屯田“晓风残月”“有井水吃处皆歌之”。王侪峤顾南雅两先生已为之评，秦许诸君已为之序。余故序其诗。每怪李王孙唐才子之最者，然其锦囊中物皆呕尽心肝为之，固宜与东野长江玉川诸人并重韩门，以视秋槎不侔矣。太白有诗云“秋水出芙蓉，天然去雕饰”，说者以为此太白自言其所得。余以为尚不如“咳唾落九天，随风生珠玉”更无第二人克当也。请并移之以赠秋槎。虽然，秋槎今年二十有四，余年七十有二矣，譬诸白发宫人向青春婕好妆镜台边偷窥粉黛，深浅浓淡茫然莫知，毁之固无自誉之，遂足为重轻乎？秋槎其一笑而置之也。

嘉庆戊寅秋七月宁州刘大绅序

（《红蕉吟馆诗存》）

红蕉吟馆诗存序

叶觐仪

余自己丑游燕台，执经南雅夫子之门凡三载耳。秋槎之名最熟，未暇询其为人也。后归扬州，同人以和秋槎《春草》诗教读，并出原唱，始知秋槎为今世之诗人也，而于秋槎之生平梗概亦未暇询。迨读吾乡顾秋碧稿，有赠秋槎律句八章，且代述其里居，详陈其巅末，始知秋槎固不仅今世之诗人也。其于出处之节，经济之学，裕之深矣。故见诸吟啸，渊然皆风人之遗。使用尽其才以歌丰功扬伟烈，其鸿篇巨制当与昌黎诸什并耀简编，岂仅以吊古登临怀人咏物聊写其胸中之磈磊耶？心窃愁焉，爰识之未尝忘。庚子岁，余有督学滇南之命，以《红叶》题试士，倏有以诗代刺者，展读之，清新俊逸，合庾鲍为一手，惊喜若狂，如获奇宝，急倒屣出迎，晤言之下始知其为秋槎也。十年积愫抒于一朝，此乐何极？秋槎并出是编，问叙于余。余不获辞，聊记神交之始末，以志响往。惜南雅师已归道山，不克陈今日之奇遇，将作书以寄秋碧。

道光庚子十一月

赐进士出身翰林院编修

上书房行走云南督学使者白下叶觐仪序

（《红蕉吟馆诗存》）

序

蒋因培

乾隆嘉庆间，滇南多诗人。自钱南园通政师荔扉大令而外，尤推严匡山方伯，所著《红茗山房诗集》海内传诵焉。方伯殁不数年，而公子秋槎复以诗著称。先是，余与秋槎未相识，王侪峤太守游武昌归，时时为余言，亟夸其才。余因是知有秋槎。顾南雅通政方以侍读视滇学，首拔之，贻书于余，其夸之也一如侪峤。既方伯卒官，秋槎南旋营葬，去故乡久，无以为家，乃挈眷侨都门，往返跋涉二万里，用财复不节。构偶园于崇文门外，饰亭榭，召宾客，穷日夕以为娱。居无何，遂罄其资。坐是大困，不得已入赀为丞，需次山左。余两人者，踪迹始合并，始得尽读其所为诗。秋槎性豪放，不屑屑循蹈礼法，声色饮博靡不嗜，一似无暇致力于诗者。乃其为诗，抒写性灵，刊落凡近，世之专门名家者莫能过。固其资禀异于人人，抑亦濡染于庭训者深矣。

辛巳春，余罢齐河令，寓历下，秋槎至，相得甚欢，尊酒论文无虚日。其年秋，余谪戍出关，送余数百里外，依依不忍别，一往情深，若于余有独挚者。秋槎居未定，余以济南别墅假之。两家眷属往来情好若姻娅。洎余赐还归，浪游四方，复至山左，秋槎已补官莱阳丞，驻姜山集，去会城千里而近余。客游无常所，不相见者十余年，惟闻其勤于民事。姜山故僻壤，士不知学，秋槎捐养廉设官学，立程课，校文艺，远近从游几百余人。姜山人之补博士弟子者，自此始。历权文登、福山七县事，所至有实政，民至今怀之，留靴悬额循声传数千里。年四十二遽引疾归。将归之前一月，适莱阳大荒，以一千五百金分贷姜山诸贫民。去之日，绅士父老送者牵长官衣泣下，其得民也如此。此非温柔敦厚深于诗教者而能然耶？

盖秋槎之克承家学，诗特一端耳。尝论秋槎敏慧似杨遵彦，华侈似王武子，名位似崔立之，政迹似鲁仲康，至其诗，于古人无所不似，亦不专一家。先后赏其诗者，若鲍觉生侍郎、梁茝邻中丞，皆可为秋槎知己。兹独访余虞山，以弁言相属。余乌足以知诗，虽然，知秋槎之人之诗之详莫余若也，又何可无言。爰撮叙其生平梗概及聚散离合之故，著于简端，俾世之读其诗者如见其人焉。顷者，秋槎留邗上，复倡春草诗社，和者如云，邗上目为春草主人。度其诗卷，日益富，不减红茗山房，岂仅比斜川之于东坡耶？而滇南之诗亦将于是叹观止矣。

秋槎，名廷中，字幼卿，云南宜良人。

道光丙申七月常熟伯生蒋因培撰于燕园

（《红蕉吟馆诗存》）

书

顾莼

秋槎年兄足下：去今两年收到手札两函，知起居安善，深慰鄙怀。承寄近作，清丽缠绵，情文相生，置之辽金元诸诗家集中可以无愧。若进以阔大沉雄，则杜韩一进境矣。然文章一道，关乎性情学问，循其委而不溯其源，虽可以争名一时，终不能造乎其极。吾辈立志尚当以三不朽自励，雕虫小技徒以耗废时日，所谓有似黄金掷虚牝也。足下年力正强，当以读书明理为要，一切经济政事俱宜趁此时刻刻留意。现在官虽小，亦有当尽之职。仆尝论，庞士元能处大而不屑于小，究竟其志量不广。孟子论孔子，不但言登泰山而小天下，且言登东山而小鲁。吾辈遇事总要见得无小不大、无大不小，乃有实际。故足下之诗，固已杰出于侪辈，而仆实不欲以诗人望足下也。即如老杜之许身稷契，韩子以卫道自任，若使其得志，岂欲以诗名。惟其不欲以诗名，此诗所以绝顶耳。前之陶靖节后之苏文忠皆是如此。以足下喜言诗，故偶论及之，世人必皆笑为迂也。仆辛巳癸未皆大病几死，今虽精神尚可支持，惟贫窘日甚，不能自存，徒怀有道贫贱之耻，故至今未决去志。嗣子已于去秋回南就亲，仍以行止不定，尚未接来。闻贵乡疫气如故，读书人甚少，其矫矫特出者尚是往年识拔者居多，可叹也。不尽。友生顾莼拜手

（《红蕉吟馆诗存》）

红蕉吟馆诗余序

顾檏三

秋槎裒前后所为乐府散曲付雕人，刊既成，属为叙。秋槎词脍人口垂二十年，更何待余言，言秋槎之所以为词者。犹忆己卯冬，余游京师，寓居偶园，时秋槎服初阕，裘马甚，都日招酒人饮市上旗亭，赌唱殆无虚日。岁终，尝挥斥数万金，不少郄。会余倦游归，秋槎家亦中落，不获已入赀授姜山丞，而豪宕如故。上官知其才，亦优容之。尝七摄邑篆，囊空无一钱。然平反大狱，兴起学校，延礼名士，所莅之地，父老辄遮道乞留，走送数百里外。盖其天性笃挚，嗜才如渴，故其协诸声律者能道人意中事，缠绵往复，使人之意也消。其词也其人也，第以词人目秋槎，浅

之乎测秋槎也。今春乞归省墓留扬州，当事及鹾商慕君才求一见不可得。顾独开春草诗社，日与穷蹙之士游，暇则与梦琴夫人、侍儿镜波棹扁舟往来湖上。浅斟低唱，俯仰凭吊，意若有甚不屑者。嗟乎，秋槎之狂，秋槎之词之人也。往尝与家涧蕡言，谓性情不淳至者不足与言诗，并不足与言词，诗词之工，人而天焉。余于秋槎见之矣。秋槎别余十六年，词之成，余适至邗，则握手大笑，出妻子相见，且曰："余留此八阅月，与游皆当世贤俊，然知我无如君者，君其为之叙，庶千载下知吾两人交谊也。"岂其间亦有阴相之者耶？

道光丙申仲冬月既望江宁顾檩三秋碧书于邗江寓斋之月玲珑馆

（《红蕉吟馆诗余》）

红蕉吟馆诗存续刻序

许乃普

自来言诗者，多言派。余谓诗三百篇，风雅颂皆诗也。风之不能为雅，雅之不能颂，各有其体耳，派云乎哉？余素不识严君秋槎，其犹子湘生，余门下士也。一日以秋槎所著《红蕉吟馆诗存》示余，复录其续存若干卷，请为之序。秋槎为匡山先生子，少承家学，见许于鲍觉生梁茝邻两先生，谂知其官山左莱阳丞时，簿书之暇，吟咏不辍，有唐崔斯立之风。亟取其诗读之，风流蕴藉，大都多言情之作。夫秋槎负异才屈于下吏，宜其中有不释然者，乃其为诗有潇洒之致，而无激楚之音，则其人可知，而其诗可谓得风人之遗矣。使其得志登庙堂之上，雍容揄扬以奏雅颂之声，其所存当不止是也。岂不惜哉？余闻滇南多诗人，而秋槎诗不名一派，自合乎诗之体，是可存也。前刻既有觉生先生序之矣，兹将续付剞劂，爰弁数语而归之。

同治甲子九秋仁和许乃普序

（《红蕉吟馆诗选》）

红蕉吟馆启事序

李岱霖

秋查先生，莱阳贰尹，右迁两淮盐参军，以疾引退。丙辰冬，来游平度，馆于州署，樽酒论文，殆无虚夕。一日，余过书斋，见案头尺牍一册，读而爱之，为付手民，镌版以存。余与秋查，儿女姻娅，不应作称誉语，使人有阿私之诮。惟其下笔，必主性情，措词先刊凡近，虽泛泛应酬书启，不著近世笺启一字，则质诸海内文人，当无异解者。秋查丙申岁，客扬州，以《春草》诗四首著名，时有春草主人之目，江左名流和者数百家，人比之渔洋秋柳。所著红蕉吟馆全集，大江南北传钞几遍。忽忽二十二年，十里芜城，鞠为茂草，遂使春风杜牧客寄天涯，不知廿四桥昔年旧雨，尚有人问记室平安否？

咸丰丁巳仲夏姻愚弟李岱霖序于平度州署之槐西旧馆

（《红蕉吟馆启事》）

严廷中年谱简编

张一粟

一　引言

严廷中（1795—1864），字幼卿，号秋槎①，一号岩泉山人，云南宜良人。严廷中祖籍江苏如皋，后迁往江阴，最后迁往云南宜良。② 严氏家族在宜良颇有文名。据《宜良县志》记载，严廷中高祖名应昌，号时庵，乾隆丙辰年（1736）贡生，事母至孝，“蓄诗文甚富，文以有明大家为宗。一时学者多出其门，惜遭咸丰兵燹，诗文散失”③。父严烺，字存吾，号匡山。“生有异禀，年七岁能文，十一入泮，十三食饩，十六中副车，二十二领解首，二十九成进士，三十二入词林……著有《红茗山房诗文集》《馆课诗》刊行于世。”④ 严廷中妻名盛梦琴，先后有姬妾王氏、陈瘦

① 关于严廷中的字号，究竟是字秋槎还是号秋槎，史志材料记载不一。笔者查阅《红蕉吟馆诗存》，发现蒋因培的序中写道：“秋槎名廷中，字幼卿，云南宜良人。”蒋因培为严廷中好友，其记载应当可信。

② 严廷中在诗作《镜寰将赴曹县来姜山话别》中自注：“予祖籍如皋由如皋迁江阴再迁云南。”见《红蕉吟馆诗存·红蕉吟馆诗余（全四册）》第一册，道光年间刻本，云南省图书馆藏。

③ 《中国方志丛书·云南省·宜良县志》，（台北）成文出版社1967年版，第171页。

④ 《中国方志丛书·云南省·宜良县志》，（台北）成文出版社1967年版，第171页。

香、田慧香、李菱娥、蔻衫。有子仕道、仕远、仕达、阿宜、阿还，女琴生、庚珠。阿宜、阿还均早夭。①

严廷中才华雅赡，在多种文学体裁上均有所建树，其诗集《红蕉吟馆诗存》《岩泉山人诗稿》，词集《红蕉吟馆诗余》，戏曲集《秋声谱传奇》，以及文艺理论著作《药栏诗话》均流传至今。其文学作品尤其是诗词在当时即颇有声誉。好友单为鏓在《词人严秋槎小传》中论道："（秋槎）高才博览，工诗，有'蟹肥菊瘦秋如此，人去廊空月奈何'之句，天下传诵。其《新柳》十四首，余谓可媲美张船山。尤工词，尝手散万金，结'春草社'于江南北，皆知名士。"② 晚清赵藩在《仿元遗山论诗绝句论滇诗六十首》中论严烺、严廷中父子曰："何妨翡翠戏兰茗，格调三唐艳六朝。终是一门风雅盛，开残红茗发红蕉。"③ 赵藩认为，严氏父子诗作如翡翠小鸟嬉戏兰草般小巧可观，但二人诗风尚有差别，严烺诗风近唐，严廷中诗风艳丽似六朝，但终究是一门风雅。

关于严廷中的生平，学界还未有完整的年谱呈现，对其行迹研究，多关注于云南本土方志，对记载其仕宦经历的外地方志较少涉及。同时在严廷中的诗歌作品中也有不少纪年之作，其在《岩泉山人诗稿》中自叙："自嘉庆戊辰至道光丙申诗已刊于扬州，名《红蕉吟馆诗存》。道光丁酉至同治癸亥，二十七年中又得诗若干卷。"④ 因此，本谱将通过对有关方志材料及其作品的梳

---

① 严廷中在诗作《怀盛梦琴孺人》中自注："长女琴生王姬出……幼子阿还李姬出。"见《岩泉山人诗稿》，《云南丛书》第四十八册，中华书局 2009 年版，第 25363 页。

② 方树梅：《滇南碑传集》，云南民族出版社 2003 年版，第 730 页。

③ 蓝华增：《云南诗歌史略——赵藩仿元遗山论诗绝句论滇诗六十首笺释》，云南人民出版社 1988 年版，第 153 页。

④ 严廷中：《岩泉山人诗稿》，《云南丛书》第四十八册，中华书局 2009 年版，第 25378 页。

理，较清晰地展现严廷中的生平风貌。

二 年谱

乾隆六十年乙卯（1795），一岁

是年，严廷中在北京出生，为家中次子，有一兄名严伯宽，一姊名严金蕊。其父严烺已于两年前即乾隆五十八年癸丑（1793）中进士，《宜良县志·卷九上·人物志·宦迹二十》记载："严烺，乾隆丙午解元，癸丑进士，钦点翰林院庶吉士。"① 其母不详，严廷中在诗作《安陆舟次哭金蕊姊四首》中有"母死吾犹幼"② 之句，盖严廷中之母在其幼年去世，具体年龄不详。

嘉庆元年丙辰（1796），二岁

父严烺为翰林院庶吉士。

《宜良县志·卷九上·人物志·文苑五》记载："二十九成进士，三十二入词林"③，又《宜良县志·卷九上·人物志·宦迹二十》记载："癸丑进士。"④ 严烺乾隆癸丑年二十九岁，故其三十二岁授翰林院庶吉士当为嘉庆元年丙辰。

嘉庆十年乙丑（1805），十一岁

叔父严烳中进士。

《宜良县志·卷六·选举志·进士三》记载："钦点翰林院庶吉士，武英殿行走。"⑤

---

① 《中国方志丛书·云南省·宜良县志》，（台北）成文出版社 1967 年版，第 179 页。
② 严廷中：《红蕉吟馆诗存·红蕉吟馆诗余（全四册）》第一册。
③ 《中国方志丛书·云南省·宜良县志》，（台北）成文出版社 1967 年版，第 171 页。
④ 《中国方志丛书·云南省·宜良县志》，（台北）成文出版社 1967 年版，第 179 页。
⑤ 《中国方志丛书·云南省·宜良县志》，（台北）成文出版社 1967 年版，第 102 页。

嘉庆十二年丁卯（1807），十三岁

严廷中在京师，此时已小有诗名。

《宜良县志·卷九上·人物志·文苑五》："专精于吟咏，十三岁诗词便传诵于京华。"①

父严烺受命巡视山东漕运，后调往甘肃兰州，升任甘肃布政使。《新纂云南通志·卷一百九十八·列传十·严烺传》："嘉庆丁卯，巡视山东漕运，除甘肃兰州道，洊升甘肃布政使。"②

嘉庆十三年戊辰（1808），十四岁

是年，随父亲赴兰州上任。

严廷中在《红蕉吟馆诗存》卷一《侍宦集》卷首自叙："嘉庆戊辰随家大人赴兰州，癸酉偕伯宽兄旋里，乙亥赴武昌，自武昌再赴兰州。"

嘉庆十八年癸酉（1813），十九岁

是年，随兄长严伯宽从兰州返回家乡宜良。

九月初九，行至宁羌道，作诗《宁羌道中重九和伯宽兄韵》。

嘉庆十九年甲戌（1814），二十岁

是年，严廷中父亲严烺任职甘肃布政使期间，发现陕甘总督贪污，严烺上奏，后入京对质。总督被革职，严烺后任职湖北。

《新纂云南通志·卷一百九十八·列传十·严烺传》："（严烺）检视库帑空虚，知为陕甘总督某移挪侵蚀，并有诸不法事，即抗章越职陈奏，奉旨拿问，寻复调烺入京，质对属实，某督发。

① 《中国方志丛书·云南省·宜良县志》，（台北）成文出版社1967年版，第171页。

② 《新纂云南通志》第八册，云南人民出版社2007年版，第307页。

□烺住京候旨，忽一夜召见，密谕以‘闻有仇者，将不利于卿。现无藩司缺，衹有湖北臬司缺出，其速赴任’云。烺惶恐受命，夤夜即束装行。”①

是年，严廷中娶妻盛氏名梦琴。《红蕉吟馆未刻诗》卷三道光壬寅年（1842）所作《哭盛梦琴孺人》有诗句：“如此夫妻廿八春，寻思一度一伤神。”故严廷中娶妻当在道光甲戌年（1814）。②

按：盛梦琴，武进人。其兄盛熙瑞，字香谷，曾署宜良县。

严廷中嘉庆十八年、嘉庆十九年均在家乡宜良。在宜良期间，他与顾莼、涂子文、万本龄交好。

按：顾莼（1765—1832），字希翰，一字吴羹，号南雅，江苏吴县（今苏州）人。

涂炳，字子文，云南景东人，经年客居吴地。涂炳工诗善画，其在云南寓居盘山尽忠寺时，严廷中常与其在寺中梅树下吟咏。《新纂云南通志·卷二百三十七·艺术传二·景东直隶州》：“涂炳，字石渠，景东诸生，客于吴，工诗，善画墨竹，笔情劲逸，潇洒出尘。”③

万本龄，字香海，昆明人。其父为福建按察使万钟杰。万本龄应试不第后入赀为中书科中书，后任县丞。其博学多才有诗名，但境遇窘迫，有《香海诗集》传世。其生平见《昆明县志》。④

嘉庆二十年乙亥（1815），二十一岁

春，从家乡宜良山行至黔阳再经水路过沅州、常德、湘江最后至武昌，有诗《沅州》《湘江月夜》《呈常德太守郑松谷年丈》。

---

① 《新纂云南通志》第八册，云南人民出版社 2007 年版，第 307 页。

② 严廷中：《红蕉吟馆未刻诗（全五册）》，清抄本，云南省图书馆藏。

③ 《新纂云南通志》第九册，云南人民出版社 2007 年版，第 368 页。

④ 《中国方志丛书·云南省·昆明县志》，（台北）成文出版社 1967 年版，第 118 页。

在武昌期间，严烺与武昌盐道章兰台投契，严廷中与章兰台之子章琯香交好。严廷中在《药栏诗话》中有“先生（章兰台）官武昌盐道时，先君秉臬楚北，同寅中深相契合”的记载，又云：“予与琯香在武昌，一时名流硕士，共相往还兰台先生署中，如顾剑锋（日新）、余铁香（鼎）、吴雪峰（国宝），皆为入幕之宾。”①

按：《庐江县志》记载：“章廷梁，原名道杞，字南有，号兰台。”② 又《庐江县志》记载：“章炜，字元城，号琯香。道光辛巳举人，刑部陕西司郎中，己丑成进士。”③

严廷中在武昌与友人倡秋声诗社，并和王苏相交，有《芳草堂雨夜陪王侪峤苏年丈闲话》诗，且在“春到毫端尽是花”句下自注“蒙题《铅山梦传奇》”④，故此时严廷中当著有《铅山梦传奇》，今已不传。

按：严廷中在《药栏诗话》中记载：“先君署中，则江阴王侪峤先生（苏）主持风雅。予尝约同人作秋声诗社，黄谷原（均）、周筑东（山）、史荔洲（福臻）朝夕过从，吟咏唱酬，殆无虚日。”⑤

《江阴县志》：“王苏，字侪峤。幼通敏……乾隆戊申天津赐举人，乾隆庚戌成进士……著有《试畯堂集》。”⑥

严廷中还游览了黄鹤楼、伯牙台、月湖堤等风景名胜，有诗《黄鹤楼》《伯牙台》《月湖堤》。

---

① 张国庆选编：《云南古代诗文论著辑要》，中华书局 2001 年版，第 113 页。

② 《中国地方志集成·安徽府县志辑·光绪庐江县志》，江苏古籍出版社 1998 年版，第 260 页。

③ 《中国地方志集成·安徽府县志辑·光绪庐江县志》，江苏古籍出版社 1998 年版，第 279 页。

④ 严廷中：《红蕉吟馆诗存·红蕉吟馆诗余（全四册）》第一册卷一《侍宦集》。

⑤ 张国庆选编：《云南古代诗文论著辑要》，中华书局 2001 年版，第 113—114 页。

⑥ 《中国地方志集成·江苏府县志辑·光绪江阴县志》，江苏古籍出版社 1991 年版，第 497 页。

夏，乘船离开武昌，在客舟中怀念家乡好友涂子文，作诗《舟中晚眺怀涂子文炳》。

舟行安陆途中得姊金蕊之死讯，作诗《安陆舟次哭金蕊姊四首》，此前兄严伯宽已去世。①

秋，前往陕西。游览道教圣地玉泉院，作诗《玉泉院》。时谢勉斋、诸松岩回里，严廷中相送并作诗《送谢勉斋令尹时和回里》《送松岩回里》。

冬，前往兰州。在兰州蔬香馆与金数峰、沈青叔等集会，作诗《冬日约金数峰岱沈青叔蔬香馆闲话》。

按：严廷中在《红蕉吟馆诗存》卷一《侍宦集》卷首自叙："乙亥赴武昌，自武昌再赴兰州。"②

嘉庆二十一年丙子（1816），二十二岁

春，在兰州蔬香馆倡蝴蝶会。

随父亲严烺入京，与金数峰、沈青叔等友人作别，有诗《随家大人入都别金数峰沈青叔张怡庭承烈》。

九月初九，在平凉。作诗《平凉道中重九》。

嘉庆二十二年丁丑（1817），二十三岁

秋，随父亲严烺再次前往武昌，严烺任湖北臬司。③ 有诗《随家大人再赴武昌留别许补松信即用其送别韵》。

八月十五中秋，过叶县，有诗《中秋叶县道中晚行遇雨怀沈青叔》。

是年，经水路过安陆、汉川到武昌。途中想念好友，怀念已逝

---

① 《安陆舟次哭金蕊姊四首》中有"母死吾犹幼，兄亡姊最亲"句。

② 严廷中：《红蕉吟馆诗存·红蕉吟馆诗余（全四册）》第一册卷一《侍宧集》。

③ 严廷中在《岩泉山人诗稿》中《过武昌有感》自注："先君两官楚臬，予皆随侍。"

兄姊作诗《安陆舟次雨霁怀万香海本龄》《舟次汉川夜梦兄姊感赋》。

嘉庆二十三年戊寅（1818），二十四岁

是年，父严烺积劳成疾，卒于湖北臬司任上，严廷中扶柩归里，其间得力于父亲好友章兰台、章琯香父子。① 归里途中严廷中怀念友人涂子文以及在京师的好友，并通过诗作提醒好友同游吴地之约。② 心情的低落与行程的辛劳使严廷中为胃疾所困。③ 其时作诗《黔中杂感柬涂子文》《途中怀都门诸子》《途中学子文画梅仍用前韵柬子文》。

八月十五日中秋，与友人在听月山房雅集，作诗《戊寅中秋感赋柬任稚松秀才焕》《中秋夜同人小集听月山房大醉赋此》。

九月，离开家乡行至黔中，作诗柬涂子文，诗名《黔中再用前韵柬涂子文》。

冬，行至杨老道，严廷中有诗《杨老道中寒甚马上成二十字怀子文》。

是年，严廷中将部分诗词作品寄给刘大绅，并请刘大绅为之作序。《红蕉吟馆诗存》第一册有刘大绅所作之序，序云："秋槎以诗三卷、词一卷遗余，且属序"，落款为："嘉庆戊寅秋七月宁州刘大绅序。"④

按：刘大绅，字寄庵，宁州（今玉溪华宁县）人。有《寄庵诗钞》传世。《新纂云南通志》有其传。⑤

---

① 严廷中在《三十初度述怀》中自注："嘉庆戊寅年方伯公卒于楚北臬任，全家得扶榇旋里者，皆武昌盐道庐江章兰台先生力也。"

② 严廷中在《黔中杂感柬涂子文》中"明岁南游须记取，吴门烟柳十分春"句下自注："有同游吴门之约。"

③ 严廷中在《黔中杂感柬涂子文》中"病到相如诗是药，医称秦缓技空神"句下自注："时病胃服子文药未愈。"

④ 严廷中：《红蕉吟馆诗存·红蕉吟馆诗余（全四册）》第一册。

⑤ 《新纂云南通志》第八册，云南人民出版社 2007 年版，第 301—302 页。

嘉庆二十四年己卯（1819），二十五岁

春，偕夫人盛梦琴、妾陈瘦香及儿女前往吴地游玩，此时严廷中胃疾仍未痊愈，在沅州调养了一段时间，并与蒋宾嵎交好，有诗《沅州养疾赠蒋宾嵎少府寅》。舟行至无锡，严廷中夫妇与韵香女道人同游无锡惠山，严廷中作诗《舟至无锡韵香女道人偕余与荆人梦琴游惠山即事赋赠兼以留别》。后又前往苏州虎丘、南京秦淮河。在南京期间，严廷中借寓袁枚之故居随园。分别有诗云《虎丘》《秦淮》《借寓随园柳谷》。

四月，从吴地回到北京，在北京构筑宅邸名偶园。好友章琯香、吴春帆常来偶园拜访，有诗《己卯四月至都门卜居偶园章琯香公子炜吴春帆孝廉泰初过访琯香以诗见贻赋此答之》。

嘉庆二十五年庚辰（1820），二十六岁

严廷中在京师偶园常与好友雅集，开销甚大，家计日渐衰颓。遂在好友章琯香等人的帮助下，援例为丞，需次山东。

是年，纳妾田慧香。

按：严廷中在壬午年诗作《哭慧香》中自注："姬名意兰，本江南人，少流寓京师，年十七归余。"①

道光元年辛巳（1821），二十七岁

八月十五中秋，好友蒋因培因事被遣戍军台，严廷中相送至德平，作诗《辛巳中秋德平旅夜怀蒋伯生明府因培时伯生缘事戍军台余送至平原而别》。

按：蒋因培，字伯生，常熟人，监生。其父蒋瞻岵曾任山东滕县知县。伯生曾援例任滕县、高密、齐河等地知县，后因事被

---

① 严廷中：《红蕉吟馆诗存·红蕉吟馆诗余（全四册）》第一册。

遣戍军台，未逾一年得返。有诗集名《乌目山人诗集》。《光绪常昭合志稿》卷二七蒋瞻岵传附蒋因培传。①

九月十一日，邀请友人徐苏亭、徐石生赏兰，有诗《重九后二日徐苏亭刺史绍薪招同徐石生主簿鉁小饮赏兰即席有怀》。

十月，任莱阳县县丞，治姜山。②

是年，妾陈瘦香因病去世。

按：严廷中在壬午年诗作《哭慧香》中自注："陈姬瘦香去年殁。"③

是年，严廷中离开北京赴任山东，友人鲍桂星相送，并为廷中书扇面以留存。

按：严廷中在《药栏诗话》中有"鲍觉生先生（桂星），一代文人，于予尤有知己之感。在都门曾以诗集赐观，惜未录存……乃辛巳年出都为予书扇者，录之以志吉光片羽"④ 之句。

鲍桂星，字双五，号觉生，歙县严镇人，嘉庆四年己未（1799）进士。《民国歙县志》有其生平记载。⑤

道光二年壬午（1822），二十八岁

夏，廷中游吴地，妻梦琴随同前往，妾田慧香生病咳血未能成行，有诗《将之吴门田姬慧香咳血甚剧不能随行临别成此》。行至新泰、蒙阴时，廷中感怀慧香和友人，有诗《新泰晚行怀慧香》《蒙阴道中怀张铭一恕蒋竹坪维畤》。在吴地期间，严廷中和夫人游玩了苏州虎丘、吴宫、阊门，同游者有涂子文。廷中有诗《虎丘》《吴宫》《出阊门》。十日之后，严廷中从吴门乘水路返

---

① 《中国地方志集成·光绪常昭合志稿》，江苏古籍出版社 1991 年版，第 435 页。
② 《中国方志丛书·山东省·莱阳县志》，（台北）成文出版社 1968 年版，第 743 页。
③ 严廷中：《红蕉吟馆诗存·红蕉吟馆诗余（全四册）》第一册。
④ 张国庆选编：《云南古代诗文论著辑要》，中华书局 2001 年版，第 113—114 页。
⑤ 《中国地方志集成·民国歙县志》，江苏古籍出版社 1998 年版，第 249 页。

回山东，在苏州枫桥道与涂子文别，时梦琴暂留苏州。有诗《自吴门回东山留别涂子文》《晚泊怀梦琴》。回程途中经过丹阳、京口、金山、高明寺、扬州、平山堂、宝应、泰安等地。

七月，借寓济南蒋伯生城南别墅，妾田慧香因失血症去世，有诗《哭慧香》。

八月十五中秋，在济南，有诗《中秋杂感》。

是年，好友徐石生迁掖县县丞。

道光三年癸未（1823），二十九岁

春，姜山干旱，严廷中率民步祷，即日大雨。有诗《姜山苦旱率居民步祷即日大雨口占志喜兼示父老》。

七月初三，喜逢甘霖，作《七月初三日喜雨》。

是年，严廷中向友人鲍桂星邮寄红蕉吟馆部分诗词，鲍桂星为之品评作序。《红蕉吟馆诗存》卷首有鲍序，落款为："道光癸未夏五歙鲍桂星。"[1]

道光四年甲申（1824），三十岁

春，赴登州、莱州，并至莱州徐石生家中拜访，有诗《莱州喜晤石生》。登蓬莱阁游玩，作诗《大风雨登蓬莱阁谒东坡像即用海市韵》。

七月初七，略微染疾，作诗《病起》。

十一月十三日，接好友章琯香于庐江所寄书信，作诗《秋分后四日接章琯香庐江书》。

十二月，好友翟文泉知廷中深慕白居易诗作及为人，特镌"拜白山房"小印赠廷中。

---

① 严廷中：《红蕉吟馆诗存·红蕉吟馆诗余（全四册）》第一册。

是年，严廷中在姜山任上，捐廉设学，使当地文风大振。

按：严廷中在《红蕉吟馆诗存》卷四《姜山吏隐集》卷首自叙："簿书多暇，集远近生徒讲制艺之学，予则厚颜拥皋比评其优劣焉。乐哉！此地大可养慵。"

道光五年乙酉（1825），三十一岁

初秋，徐石生邀请严廷中赴莱州家中一聚，廷中因路远无马而行程未果。

九月初九，至蓬莱，与友人雅集，有诗《抵蓬莱张心梅留寓县斋重九日约同人集双槐轩观剧即席用香山韵吟赠兼戏凌少尹》。

十月，徐石生至蓬莱，严廷中偕家眷探访，喜作《挈眷访石生》。

是年，访登州，作《登州杂诗》。好友张心梅在济南迎娶，作《花烛词四章送张心梅济南迎娶》。

道光六年丙戌（1826），三十二岁

二月，过海阳、荣成，至石岛与徐石生小聚，后赴福山，有诗《石岛遇石生小聚五日即别之福山》。

秋，徐石生任文登令，严廷中抵文登拜访徐石生。有诗《夜抵文登》《即事柬石生》《途中口占》。

是年，好友朱季真从历下来访，请严廷中为其《怡云山馆印存》题册名。朱季真为廷中道光壬午年借寓蒋伯生城南别墅时所交好友。

道光七年丁亥（1827），三十三岁

三月，严廷中偕家眷重游济南。对于历城重游，廷中感触颇深，作诗《重至历城》。时梁章钜将赴吴门上任，廷中作诗《送梁茝邻方伯章钜之任吴门》。梁章钜对严廷中有知遇之恩，严廷中奉檄赴省城，本应有所委任，中丞程月川却因人言而止。在严廷中进退彷徨之际，梁章钜对其鼎力支持，多次向人夸赞其才华。严廷中深受感动，他在《药栏诗话》中曾说："噫！知己之感，何日忘之？故予呈先生诗有'肯因小吏羁栖日，费尽怜才宛转心。若使衔环酬夙愿，全家都是报恩禽'之句。结句人每谓太过，缘不知当日情事耳。"①

按：梁章钜，字闳中，一字茝林，号茝邻，晚年自号退庵，嘉庆壬戌科进士。梁章钜师从翁方纲、阮元等知名学者，有《论语集注旁证》《孟子集注旁证》《藤花吟馆诗钞》《楹联丛话》等著作传世。《长乐县志》有其生平记载。②

是月，严廷中游览趵突泉，遇友人何岱麓，作诗《趵突泉遇何岱麓邻泉》。

九月十六日，偕家眷返回姜山，廷中怀念好友张六琴、徐石生，柬诗《挈家眷返姜山怀六琴石生即寄之济南》寄之。

是年，严廷中在历城染疫几死，好友蒋竹坪、白丽萱为其奔走求药。他在《药栏诗话》中说："道光丁亥，予重游历下，染瘟疫几殆。竹坪奔走酷暑中，为予寻医问药；丽萱数夕不寐，与家人称药量水。此种情谊，较骨肉更切也。"③

道光八年戊子（1828），三十四岁

三月，贺耦耕调任金陵，廷中以三律寄呈。

四月十五日，房屋修成，廷中喜作《葺室新成雨中饮酒》。

八月，招弟子雅集，有诗《秋日约及门诸子小集亦园成二十

① 张国庆选编：《云南古代诗文论著辑要》，中华书局2001年版，第120页。
② 《福建地方志丛刊·长乐县志》（下册），福建人民出版社1994年版，第959—960页。
③ 张国庆选编：《云南古代诗文论著辑要》，中华书局2001年版，第119页。

二韵》。

九月初九重阳，偕弟子登城楼，作诗《重九日入城偕同人登城楼远眺》。

是年，由莱阳（姜山）县丞任福山县知县。

按:《福山县志稿·卷三之一·职官三十》载:“严廷中，云南宜良附监。由莱阳、姜山县丞署任。府志不载，今据八年重修南堤告示碑补。”①

是年，好友蒋竹坪殁于历城，其灵柩随粮船南返，廷中哭作《闻蒋竹坪柩附粮艘南返哭送以诗》。

道光九年己丑（1829），三十五岁

二月十二日，廷中在福山亦园。沉浮于仕途的廷中对名利有了淡然的心境，有诗《亦园春事》。

四月二十九日，严廷中将友人所赠树苗、花苗都亲自种于院中，有诗《春分后五日》。

是春，因妻未随同前往福山，廷中作诗《福山寄内》。

冬，妻盛梦琴来福山，廷中喜作《喜梦琴至福山》。

是年，严廷中友人章琯香中进士。

按:《庐江县志·卷之七·选举·科目八》记载:“章炜，号琯香，中道光元年辛巳恩科举人，后登己丑进士。”②

道光十年庚寅（1830），三十六岁

是年，严廷中离任福山县知县。

按：严廷中在庚寅年有诗作《留别福山》，诗中有“三月瓜

---

① 《中国方志丛书·山东省·福山县志稿》，（台北）成文出版社1968年版，第649页。

②《中国地方志集成·安徽府县志辑·光绪庐江县志》，江苏古籍出版社1998年版，第189页。

期得代行，一囊书卷压车轻”之句。[①]

是年，友蔡季瞻迁员外郎，廷中与其在姜山话别，作《蔡季瞻明府绍洛以栖霞令援例为员外郎将北上来姜山话别》。徐石生自吴地返山东，廷中喜作《闻徐石生自南返却寄兼怀令弟玉友》。

道光十一年辛卯（1831），三十七岁

元日，与家人喜迎新年，有诗《辛卯元日》。

二月初七，严廷中俸满将去省城济南述职。

是年初春，严廷中在莱州与好友翟文泉小聚三日，廷中喜作《莱州晤翟文泉》。

秋，前往招远游览。

道光十二年壬辰（1832），三十八岁

是年，任文登县知县。廷中在文登颇有政声，其在诗作《文登纪游》中自注：“邑人为予悬‘甘棠留荫’匾，时无旅费返姜山，居民以车马相送且计数顿之费。有欲赴省郡公呈乞留者以格于例而止。”[②]

按：《文登县志·卷五·职官表二》载：“严廷中宜良附监，由莱阳县丞十二年署任。”[③] 但《福山县志稿·卷三之一·职官三十》载：“严廷中，云南宜良附监。由莱阳、姜山县丞署任。府志不载，今据八年重修南堤告示碑补。”[④] 且莱阳县丞于

---

① 严廷中：《红蕉吟馆诗存·红蕉吟馆诗余（全四册）》第三册卷九《远山集》。

② 严廷中：《红蕉吟馆诗存·红蕉吟馆诗余（全四册）》第三册卷九《远山集》。

③ 《中国方志丛书·山东省·文登县志稿》，（台北）成文出版社1976年版，第453页。

④ 《中国方志丛书·山东省·福山县志稿》，（台北）成文出版社1968年版，第649页。

道光七年末由沈琳继任。[1] 因此《文登县志》称由莱阳县丞署任不准确。

是年，友宋典传辞招远幕来姜山，廷中与其小聚，作诗《宋典传辞招远幕来姜山用其罗峰留别韵赠之》。

道光十三年癸巳（1833），三十九岁

正月十七日，严廷中偕妻盛梦琴、妾李镜波登蓬莱阁游玩，有诗《正月十七偕闺人盛梦琴姬人镜波登蓬莱阁》。

按：严廷中将《红蕉吟馆诗存》卷十命名为《菱波集》，其在卷首对李镜波作了介绍："姬人李菱娥字镜波，雅好翰墨。洗砚、焚香、掌笺、司茗皆能会主人意。是集之成，侍书时为多取其名与字名集。"[2]

二月，任蓬莱县知县。

按：《蓬莱县续志·卷六·官职·四》记载："严廷中，云南宜良附生，由莱阳县丞十三年二月署任。"[3] 但严廷中道光十二年任文登县知县。因此，《蓬莱县续志》称由莱阳县丞署任不准确。

道光十四年甲午（1834），四十岁

元旦，严廷中与家人共享团圞之乐，邑人约请廷中共尝腊酒，廷中试笔作《甲午元旦试笔》。

二月，离任蓬莱县知县。

按：《蓬莱县续志·卷六官职·四》有："王文泰，十四年二

---

① 《中国方志丛书·山东省·莱阳县志》，（台北）成文出版社1968年版，第743页。

② 严廷中：《红蕉吟馆诗存·红蕉吟馆诗余（全四册）》第三册卷十《菱波集》。

③ 《中国地方志集成·道光蓬莱县志·光绪蓬莱续志》，凤凰出版社2004年版，第364页。

月任”① 的记载，因此严廷中当在十四年二月之前离任。

八月十五中秋，偕妻子盛梦琴登招远超然台拜谒苏轼像。

是年，严廷中作《论诗》一书，并因此与严问樵订交。严廷中在《药栏诗话》中自述：“甲午年在莱阳，以《论诗》一书与家问樵太史订交。”②

按：严保庸，字伯常，号问樵，丹徒人，官栖霞知县。严保庸工词曲，有《红楼新曲》等传世。

道光十五年乙未（1835），四十一岁

严廷中辞官乞归。

缪尔纾《严廷中传》记载：“道光乙未莱阳大饥。是冬，廷中乞归，以囊中千数百金分给姜山贫民，并设局育婴，全活甚众。以是乏归里资，全家流滞扬州、江宁，阅两年不得行。”③

道光十六年丙申（1836），四十二岁

正月十九日，从姜山出发经水路去吴地游玩。途中经过李家庄、清江浦、淮安、宝应，最后到达扬州。在扬州期间，廷中倡春草诗社，写《春草》诗，和者众多，与友人多在香雪居、香影廊雅集。

四月，时蒋伯生在江苏虞山，廷中与其相聚，有诗《携侍儿镜波次儿莲因访蒋伯生先生于虞山留居燕园苔岑阁今欢旧绪不能无诗》《为伯生题生圹种梅图》《童初仙馆与伯生饮酒》。

五月初八日，苏州虎丘举行龙舟竞渡，廷中混入其中，有诗

---

① 《中国地方志集成·道光蓬莱县志·光绪蓬莱续志》，凤凰出版社 2004 年版，第 364 页。

② 张国庆选编：《云南古代诗文论著辑要》，中华书局 2001 年版，第 141 页。

③ 方树梅：《滇南碑传集》，云南民族出版社 2003 年版，第 731 页。

《五月初八日泊虎丘是日龙舟竞渡粉黛如云而余以三尺小舟混入其中颇堪一笑》。

五月十五日，金竹簃招廷中等友人在延月山房小集，廷中有诗《金竹簃招同人小集延月山房分韵得阅字》。

七月初八日，妻梦琴赴曹县，廷中在邗江与之别，有诗《七月初八日梦琴赴曹县临别成此》。

是年七月，友人蒋因培为严廷中《红蕉吟馆》诗作序，其在序中落款云："道光丙申七月常熟伯生蒋因培撰于燕园。"①

九月初九重阳，友程与九携诗作拜访廷中请其题卷，有诗《重九日程与九得龄携枣花楼诗集过访辄题其卷》。

十月，在扬州遇二十年未见之好友顾秋碧，廷中作诗《与顾秋碧别二十年矣丙申十月遇于扬州执手话旧忽忽如梦次日秋碧以七律八首见赠依韵奉答》。顾秋碧请严廷中为其诗作《然松阁诗稿》作序。《药栏诗话》载："丙申十月，与顾秋碧遇于扬州。次日，以《然松阁诗稿》十卷属予点定。"②

十一月十六日，顾秋碧为严廷中词作书序，落款为："道光丙申仲冬月既望，江宁顾櫰三秋碧书于邗江寓斋之月玲珑馆。"③

是年，《红蕉吟馆诗存》在扬州付梓，《红蕉吟馆诗余》附其后。

按：严廷中在《岩泉山人诗稿》卷首自叙："自嘉庆戊辰至道光丙申诗已刊于扬州，名《红蕉吟馆诗存》。"④

严廷中在邗江期间，与方外人士也有所交往互相题赠，作诗《小支上人属题萸湾修禊图》《题问樵上人海上移情图》《秋夜检

---

① 严廷中：《红蕉吟馆诗存·红蕉吟馆诗余（全四册）》第一册。

② 张国庆选编：《云南古代诗文论著辑要》，中华书局 2001 年版，第 138 页。

③ 严廷中：《红蕉吟馆诗存·红蕉吟馆诗余（全四册）》第五册。

④ 严廷中：《岩泉山人诗稿》，《云南丛书》第四十八册，中华书局 2009 年版，第 25378 页。

书图为讷庵上人题》《小支上人独立图》。

道光十七年丁酉（1837），四十三岁

四月，严廷中在南京。因仰慕袁枚，常至随园瞻仰凭吊，有诗《随园看牡丹怀子才太史》《四月朔偕雪舫鹰巢上人携子仕远女琴生放舟青溪寻不二庵遂至随园追念旧欢都成陈迹抚今思昔怅然成咏》。

是年，严廷中返回家乡宜良。临行，好友携酒至舟边相送，有诗《解缆前一日汤雨生俞生香汪郧楼孙雨村鹰巢长老高兰洲薛竹虚唐默庵各携酒肴来舟中话别次日移舟江口野泊步月有怀》。舟行至湖北、湖南，因父严烺曾任湖北臬司，廷中途中有所感，有诗《过武昌有感》《黄鹤楼怀王侪峤年丈苏》《洞庭舟夜大风》。

道光十八年戊戌（1838），四十四岁

十二月初，子阿宜生。

《红蕉吟馆未刻诗》卷三有诗《哭阿宜》："道光戊戌年，丑月初生尔。"《哭阿宜》诗后附有盛梦琴、李镜波悼诗。李诗有"一盏乳浆和泪血，拟浇新土奠儿坟"句，故阿宜当李氏出。

道光十九年己亥（1839），四十五岁

春，严廷中回到故里宜良。

在家乡宜良期间，严廷中时常与友人在宜良岩泉寺雅集，有诗《苏晴圃广文以台招同许耕南明府士杰樊晓村广文谢朴庵少尹德纯集岩泉寺感事书怀即呈同座》。时廷中内兄盛香谷在宜良任职，时常招饮，有诗《重九日招盛香谷别驾熙瑞小饮》。

是年，蒋伯生逝世。

是年，严廷中完成戏曲作品《秋声谱》。

据庄一拂在《古典戏曲存目汇稿》中考证："道光十九年（1839）归故里今是园，作《秋声谱》，（周）乐清为之付梓。"①

道光二十年庚子（1840），四十六岁

四月，幼子阿宜因腹疾夭折。

《红蕉吟馆未刻诗》卷三有诗《哭阿宜》："庚子四月初，腹疾忽不止……悲哉只两日，不料尔竟死。"

是年，云南督学叶覲仪以《红叶》诗试才，严廷中所写颇合其意，遂与之相交。叶覲仪为《红蕉吟馆诗存》作序云："庚子岁，余有督学滇南之命，以红叶题试士。倏有以诗代刺者，展读之清新俊逸合庾鲍为一手。惊喜若狂，如获奇宝，急倒屣出迎，唔言之下始知其为秋槎也。"且落款为："道光庚子十一月赐进士出身翰林院编修上书房行走云南督学使者白下叶覲仪序。"②

道光二十二年壬寅（1842），四十八岁

五月，幼子阿还夭折，五日后妻子盛梦琴去世。

九月，凉秋渐寒，廷中怀已逝妻子盛梦琴，作《怀盛梦琴孺人》。③

道光二十七年丁未（1847），五十三岁

是年，严廷中从故乡宜良至黔阳，后经水路至吴地最后至山东，一路有诗《杨林至易隆道中》《郎岱道中诸峰》《响琴峡》

---

① 庄一拂：《古典戏曲存目汇考》，上海古籍出版社1982年版，第776页。

② 严廷中：《红蕉吟馆诗存·红蕉吟馆诗余（全四册）》第一册。

③ 《红蕉吟馆未刻诗》卷三有组诗六首名《哭盛梦琴孺人》，《岩泉山人诗稿》中《怀盛梦琴孺人》当为《哭盛梦琴孺人》组诗六首选三。

《镇远河楼与镜波小饮二首》《泊舟黔阳登芙蓉楼》《泸西野泊》《桃源》《衡山》《南宋故宫》《西湖》《虎丘》《潍县旅夜》。

除夕，在山东，因思乡作《除夕》。

是年，幼女庚珠出生。

道光二十八年戊申（1848），五十四岁

是年，复任莱阳县县丞。

按：《莱阳县志·卷三之一上·人物·职官》载："元年十月任，二十八年复任[①]。"

道光二十九年己酉（1849），五十五岁

元旦，在莱阳。冬寒清冷，廷中有感作《己酉元旦》。

咸丰二年壬子（1852），五十八岁

是年，严廷中将戏曲作品《秋声谱》寄给周乐清。

咸丰三年癸丑（1853），五十九岁

是年，太平天国攻占扬州、江宁。严廷中心忧国事与好友，有诗《江宁扬州失守十阅月矣二三良友皆在围城近有传闻忧疑莫释》《吊金陵》。

咸丰四年甲寅（1854），六十岁

是年六十，廷中有诗《六十初度镜波蔻衫置酒为寿各酬一诗》。

是年，严廷中的戏曲作品《秋声谱》由友人周乐清帮忙刊刻成书。

---

① 《中国方志丛书·山东省莱阳县志》，（台北）成文出版社 1968 年版，第 743 页。

学者吴晓铃根据严廷中在《秋声谱》中的自序考证道："写成《秋声谱》之后，一直过了十五年，他又回到莱阳去，才寄给周乐清看，时在咸丰二年（1852）。周氏为之序，又替他刊刻成书，印成之日已是咸丰四年了。廷中自序记载这事说：'壬子冬在莱阳，寄正于周文泉刺史。甲寅秋以事赴莱州，则文翁以付之手民矣。'综计《秋声谱》从起稿到刊成，一共经过了十六年。"①

咸丰六年丙辰（1856），六十二岁

冬，时廷中儿女亲家李岱霖权平度，廷中来平度游。

按：李岱霖，字伯敭。《续平度县志》："李岱霖，清苑人，举人。"②

咸丰七年丁巳（1857），六十三岁

是年初，或去岁末，严廷中擢官两淮盐经历，以疾乞休。

《红蕉吟馆未刻诗》卷十有诗《擢官两淮盐经历以疾乞休》，李岱霖在《红蕉吟馆启事序》中写道："秋槎先生莱阳二尹右迁两淮盐参军，以疾引退。"③《同治续纂扬州府志·秩官卷》④未见严廷中之名，盖其未上任即辞官。蒋寅《清诗话考》记载严廷中"官两淮盐运使经历"⑤，不确。

是年，《红蕉吟馆启事》付梓。李岱霖为《红蕉吟馆启事》作序，落款为"咸丰丁巳仲夏姻愚弟李岱霖序于平度州署之槐西

---

① 吴晓铃：《吴晓铃集》（第五卷），河北教育出版社2006年版，第138页。

② 《中国方志丛书·山东省·续平度县志》，（台北）成文出版社1968年版，第235页。

③ 严廷中：《红蕉吟馆启事》，咸丰年间刻本，云南省图书馆藏。

④ 《中国地方志集成·嘉庆重修扬州府志（二）·同治续纂扬州府志》，江苏古籍出版社1991年版，第709页。

⑤ 蒋寅：《清诗话考》，中华书局2007年版，第528页。

旧馆”。①

咸丰十一年辛酉（1861），六十七岁

二月，自平度赴莱阳，定居于此。严廷中在诗作《平莱道中》自叙：“咸丰辛酉二月在平度，闻寇警，携家之莱阳。”②

八月十五日中秋，贼寇亦犯莱阳，廷中有诗《辛酉中秋与李念仔翼清管敬伯晏管方叔乐同作》。

同治元年壬戌（1862），六十八岁

元日，新帝即位，廷中颂作《同治元年壬戌元日作》。

春，僧格林沁督理山东、河南军务，廷中喜作《同治元年春奉旨以两江总督曾公国藩督理江浙军务秋以僧邸督理山东河南军务欣忭之余赋诗以志》。

同治二年癸亥（1863），六十九岁

元夕，好友单伯平引疾辞官，以诗留别，廷中答诗《同治二年元夕接单伯平人日书曰将引疾回高密以诗留别依韵寄答用志依依》。

同治三年甲子（1864），七十岁

九月二十七日，卒于莱阳，葬于马山埠东。

按：单为鏓所撰《词人严秋槎小传》记载：“同治甲子九月二十七日，秋槎卒于莱阳旅寓，年七十。”③

---

① 严廷中：《红蕉吟馆启事》，咸丰年间刻本，云南省图书馆藏。

② 严廷中：《岩泉山人诗稿》，《云南丛书》第四十八册，中华书局 2009 年版，第 25375 页。

③ 方树梅：《滇南碑传集》，云南民族出版社 2003 年版，第 730 页。

《莱阳县志·卷三之一上·人物职官三十》记载："卒后葬马山埠东，孙礼裕附生居穴房庄。"[1]

（原载《昆明学院学报》2018 年第 4 期，收入本书时有增订）

① 《中国方志丛书·山东省·莱阳县志》，（台北）成文出版社 1968 年版，第 743 页。

严廷中生平及其《药栏诗话》的价值

李　超

严廷中（1795—1864），字秋槎，昆明宜良人。其父严烺，字存吾，号匡山，乾隆癸丑进士，官至甘肃布政使，著有《红茗山房诗存》。严廷中是清代嘉庆、道光间云南文人较杰出者。他的诗，一时唱和者二百余人，他的词曾被选为《明湖四客词》第一家，他的曲，被著名古典文学研究家吴晓铃认为“清代的云南曲家，大约只有一个严廷中”①。除诗、词、曲外，严廷中还编写了《药栏诗话》（以下简称《诗话》）。然而严廷中至今还未引起学界的关注，本文就其生平和他的《诗话》展开探讨。

一　关于严廷中生平

现今能看到的严廷中生平记载有清人单为鏓《词人严秋槎小传》、何家琪《宜良严先生墓志铭》、民国缪尔纾《严廷中传》。

单为鏓，字伯平，号芙秋，官栖霞教谕，山东高密诗派传人，著有《奉萱草堂钞》。该传称廷中“高才博览，工诗，有‘蟹肥

① 吴晓铃：《吴晓铃集》（第五卷），河北教育出版社2006年版，第135页。

菊瘦秋如此，人去廊空月奈何'之句，天下传诵。其《新柳》十四首，余谓可媲美张船山。尤工词，尝手散万金，结'春草社'于江南北，皆知名士”。① 该传为严廷中《红蕉吟馆诗余》作，故更多从其词人角度着眼。

何家琪，字吟秋，别号天根，河南封丘县人，著有《天根文钞》。他是严廷中门人王兰升的弟子。何传交代严廷中的生平，其中云“吴县顾通政莼，以侍读督学云南，奇先生，首拔之。游京师，知于歙县鲍侍郎桂星先生。少负才气，随宦江山名胜地，无一日不以文酒声妓招游客”，这是他青少年时期的事。又云“惜布政公殁，乃落拓无聊，以资丞山东莱阳，分防姜山，居数年，引疾渡江淮而南，年甫四十也”，这是他四十岁之前的生活。又云“旋至扬州，倡风雅，拈《春草诗》，和者百余家。方春秋佳日，草笠白夹衣出游平山堂、天宁寺、玉钩斜旧址，士女拥观塞路，相语曰'春草主人来也'”。这是他寓居扬州、名扬诗坛之时。何传还记载：“虽为末吏，能得民，七摄知县不卒迁。初去莱阳，适岁饥，检笥得白金千斤，曰：'幸俸余此，吾不可以一钱行也'，悉出赈之”。可见他慷慨济民的一面。何传还叙录了严廷中著作情况，“有《红蕉吟馆诗》《麝尘词》《药栏诗话》《红豆箱》《秋声谱》《哀江南》诸曲，共若干卷，外《启事》一卷”等。②

缪尔纾（1883—1964），原名缪季安，号寄庵，又号吐云山人，宣威人，与方树梅友善，参与《新纂云南通志》的编写，为民国云南耆宿。③ 较之单传、何传，缪传还交代了严廷中在云南

① 方树梅：《滇南碑传集》，云南民族出版社 2003 年版，第 730 页。

② 何家琪：《天根文钞·卷二》，《丛书集成续编》第 161 册，（台北）新文丰出版公司 1989 年版。

③ 缪德良：《缪氏源流志》，广东省五华县文联出版社 1992 年版，第 149 页。

的情况，谓“曾主讲里中雉山书院。以《红叶》诗四首订交于学使叶觐仪，觐仪称为‘严红叶’，赠联云：‘人是青莲抱仙骨，诗题红叶艳秋心。’”①

另外吴晓铃（1914—1995），依据《宜良县志》和他在云南读到的严廷中《拈花一笑录》《怀人小草》等著作，对严廷中生平事迹及戏曲著作做了小考，这是最早的关于严廷中的考证文字。

二 《药栏诗话》内容

这部诗话分甲、乙两集，除少数几则谈论词外，其余大多数都是在摘录别人诗句，有时还简单评点一下诗风。严廷中摘录的诗作绝大部分是同时代人所写。因此这部诗话很重要的一个目的就是存人存诗。大约在他的圈子里，朋友们都知道他要编一部诗话，因此不少人赠给他诗集或诗作。如乙集汪剑潭太守一则“丙申秋，梅叔以太守诗四卷示予，属为录入《药栏诗话》中”。② 我们可以从所录诗人大致了解《诗话》内容。

第一类，父辈师长及其诗作。

《诗话》乙集长洲王二波一则：“……先生与先君丙午同年，嘉庆初年同居京师，与王侪峤先生、张船山先生、汪浣云先生，时相酬唱。”其中的先生是王二波之父王芑孙，号惕甫，著名学者，有《渊雅堂集》。王苏，字侪峤，江阴人，乾隆庚戌进士，官卫辉知府，有《试畯堂诗集》。张问陶，字仲冶，号船山，遂宁人，乾隆庚戌进士，官莱州知府，有《船山诗草》。汪梅鼎，字浣云，号映琴，又号蓼塘，安徽休宁人，进士，官至御史，有

① 张国庆选编：《云南古代诗文论著辑要》，中华书局2001年版，第146页。
② 张国庆选编：《云南古代诗文论著辑要》，中华书局2001年版，第126页。

《浣云诗钞》。

《诗话》还收录了对严廷中有知遇之恩的鲍桂星和梁章钜的诗作。鲍桂星，字双五，一字觉生，安徽歙县人，嘉庆四年进士，官翰林学士，有《觉生诗钞》。梁章钜，字茝林，晚年自号退庵，福州人，著《楹联丛话》《藤花吟馆集》。《诗话》云："予在山东，以诗文受知于长乐梁茝林先生。"

第二类，武昌诗友及其诗作。

《诗话》甲集云："予与琯香在武昌，一时名流硕士，共相往还兰台先生署中。如顾剑锋日新、余铁香鼎、吴雪峰国宝，皆为入幕之宾。先君署中，则江阴王侪峤先生苏主持风雅。予尝约同人作秋声诗社，黄谷原均、周筑东山、史荔洲福臻朝夕过从，吟咏唱酬，殆无虚日。"其中章炜，字元城，号琯香，庐江人，兰台先生章廷梁之子，著有《涵翠诗房杂咏》。顾日新，号剑锋，吴江人，客游公卿间，阮元、曾燠视为上宾，著有《寸心楼诗文集》。[①] 余铁香，生卒年不详，与恽敬友善，包世臣称："嘉庆辛未夏在都下，吾友阳湖恽君子居为言，新建有余君鼎者，字铁香，年少负奇才，为诗文下笔辄数十言，娓娓可观采。"[②] 黄均，字香畴，号谷原，元和人，官湖北潜江主簿，有《墨华庵吟稿》。[③] 史福臻，字会五，一字荔洲，阳湖人，官安徽太和教谕，尤长于诗，以抒写性灵、超淡自得为宗。[④]

第三类，山东任上的诗友及其诗作。

《诗话》乙集云："甲午年在莱阳，以论诗一书与家问樵太史订交。"家问樵即严保庸，字伯常，号问樵，江苏丹徒人，道光

① 钱仲联：《中国文学家大辞典·清代卷》，中华书局 1996 年版，第 631 页。

② 包世臣：《艺舟双辑》，万有文库本，商务印书馆 1937 年版，第 57 页。

③ 《叶德辉诗文集二》，岳麓书社 2010 年版，第 811 页。

④ 张维骧：《清代毗陵名人小传稿》第七卷，《近代中国史料丛刊续辑》第 13 辑，（台北）文海出版社 1975 年版。

九年进士，入翰林、改官山东栖霞知县。工书画、诗词。[①] 乙集还选了蒋因培、单可基。蒋因培字伯生，常熟人，历知山东诸县，道光元年遣戍新疆，遇赦释还，著有《乌目山房诗存》。严廷中《岩泉山人诗稿》有《哭蒋伯生因培》："日日南园酒共巡，辛年历下订交亲"，[②] 可见他们是在济南订交的。单可基，字野甫，山东高密人，乾隆辛丑进士，历任商城、洛阳县令，后调任揭阳知府，著有《竹石居稿》四卷。此外，给严廷中作传的单为鏓也是在山东时结识的好友。

第四类，寓居扬州、江宁等地的诗友及其诗作。

有阮梅叔、叶舟、顾槐三、汤贻汾、程禹山、王豫、王嘉福、王僧保等人。

阮梅叔，阮元之从弟，名亨，字仲嘉，尝随其兄云台中丞（指阮元）浙幕，杭人能诗者争相唱和，所著《珠湖草堂》诗，佳句甚多。[③] 叶舟，字布帆，江都人，善诗文，为同里朱赟之弟子，以布衣终老，有《石林草堂诗存》。顾槐三，字秋碧，江苏上元人，道光十一年与车持谦、王章等结苔岑诗社，有《燃松阁诗钞》。[④] 汤贻汾，字雨生，江苏武进人，祖、父皆殉节台湾，袭云骑尉，官至乐青副将，工诗画，居金陵，葺精舍，焚香鼓琴，翛然出尘外，海内名宿皆从其游，著有《画梅楼诗集》。[⑤] 程禹山，字虞卿，天长人，嘉庆丁卯举人，在淮廿余年，提倡风雅，诗以杜陵为宗，各体皆造雄浑，诗余亦工，有《水西闲馆诗》。[⑥]

---

① 梁叔安：《中国文学家大辞典·近代卷》，中华书局1997年版，第131页。

② 严廷中：《岩泉山人诗稿》，《丛书集成续编》第178册，（台北）新文丰出版公司1989年版，第359页。

③ 法式善：《梧门诗话》，新疆大学出版社2006年版，第128页。

④ 柯愈春：《清人诗文集总目提要》（中），北京古籍出版社2001年版，第1196页。

⑤ 《叶德辉诗文集二》，岳麓书社2010年版，第815页。

⑥ 周钧：《续纂山阳县志》卷十《人物》，（台北）成文出版社1983年版，第77页。

王豫，字应和，号柳村，江都人，居焦山北岸之翠屏洲，嘉庆间诸生，性酷嗜诗，著《种竹轩诗文集》等。王嘉福，字谷之，号二波，长洲人，王芑孙次子，与其兄长王嘉祥、王嘉禄奉为三凤，其集由王僧保等编为《二波轩词选》。[①] 王僧保，字西御，江苏仪征人，包世臣弟子，著有《秋莲子词》。此外还有和严廷中《春草诗》者，如何浣碧女史、谢素娟校书、讷庵上人、李啸北堃、释灵根等，都入选。简言之，《诗话》就是严廷中交友的反映以及他师友诗作的收录。

三 《药栏诗话》的诗学主张

首先，论诗以柔为主。《诗话》甲集云："予论诗以柔为主。盘空硬语，皆矫揉造作为之，非正格也，故于唐诗之昌黎，宋之东坡、山谷，皆不甚好。"类似的观点其实在他与严问樵订交时的论诗书中早就流露了，这封书信保存在《诗话》乙集中。书信云："韩以排奡为主，苏亦以排奡为主，韩不善言情，苏亦不善言情；韩以文为诗，苏亦以文为诗，其失一也。且二公集中，五七古犹可，五七律绝则不可，短于言情，刚而不柔故也。"因此，他所谓的柔，主要是指诗歌要言情，而且要善于言情。他之所以否定昌黎、东坡、山谷，主要是对他们那些盘空硬语、以文为诗，刚硬有余、柔情不足诗作的否定。

在论诗以柔为主的诗歌理念指导下，严廷中又认为好诗都发自真。他说："诗以真胜。有时随口说出亦足动人者，真故也"（见乙集），又说："至性至情语，似易而实难。或以浅目之，非知诗者也"（见甲集）。因此，他所选诗作，大多是他欣赏的真情之作。如摘录纪晓岚先高祖纪坤《花王阁剩稿》中的几首诗，他

① 马兴荣：《中国词学大辞典》，浙江教育出版社1996年版，第239页。

说“予爱其诗抑郁顿挫，一往情深，故录存之”。他评点别人诗集，爱用“情”字：评仪征张讯槎诗谓“多情语也”；评甘泉许春卿之翰，“诗以情胜，不作人云亦云”。有时径直用“性情”二字，如录钱塘陈鲁山孝廉诗，“七言如《下第》云‘白纻仍萦慈母线，黄金空感故人情’；《稚女》云‘不碍撒娇寻懊恼，也只对客学端庄。姊因有婿时相谑，弟恰能行手自将’。皆性情诗也”。有时还用性灵，如评白门汤雨生参戎贻汾，“工书画，善词曲，诗主性灵”。

严廷中于古人不满意韩、苏、黄，却十分欣赏白居易、陆游，于今人则最推崇袁枚，这在《诗话》中也时有体现，如：“袁子才先生《病中赠内》云：‘千金尽买群花笑，一病才征结发情’；《送女还吴》云：‘好如郎在安眠食，莫带啼痕对舅姑。’此中真挚语，在唐惟香山，在宋惟放翁耳。近代诸公，集中多不见此。”

他何以如此推崇袁枚？因为袁枚的性灵说很合他的口味，他的《诗话》也应该受到了《随园诗话》的影响。《诗话》中有两处提到《随园诗话》，其中一则是直接摘引《随园诗话》中的郑中翰诗，可见《随园诗话》是严廷中熟悉甚至备置案头的。袁枚在严廷中出生的时候就已经去世，严廷中无缘袁子才，但是严廷中诗集中饱含了对这位前辈诗人的无限景仰之情。如严廷中《随园看牡丹怀子才太史》云：“樽前羯鼓漫相催，昨夜东风破蕊才。一代文章存艳丽，六朝金粉有楼台。春从罗绮忙中去，花在园林图处开。群玉山头人不见，画帘低控燕归来。”这首诗表现了对一代诗才的无限怀恋之情。还有一首《四月朔，偕雪舫、鹰巢上人，携子仕远，女琴生，放舟青溪，寻不二庵，遂至随园，追念旧欢都成陈迹，抚今思昔，怅然成咏》，诗有：“又过当时子云宅，冷雨斜侵玳瑁梁。荒坟低挂藤萝月，伤心此际几人知。”表达了无缘亲承其会的感伤之情。

与论诗以柔为主、以真为胜一致的，还有他对“温柔和平、缠绵雅丽”诗风的欣赏。如评“钱塘屠琴坞太守著有《是程堂集》，五七古不矜才不使气，和平大雅，一洗近世靡靡之音，近体自写性情，无所依傍”。其实这种诗风在他那里是可以多样呈现的，如他评仪征汪剑潭太守时说：“无体不备”，下举例有“清新”、“高雅”、“典丽”、“超脱”、“雅饬”和“感慨”，这些词语正可以解释严廷中温柔和平、缠绵雅丽的意思。类似的表述还有所谓的“雅人深致”，是他评许鉴泉诗时说的。换言之，雅人才能深致，这包含了对创作主体品味的要求。所以，从这一诗风出发，他评点诗很多处用“清新”，评江都王云浦诗“雅有宋人风致”，评顾秋碧继室王月香之诗“清婉有致”，还有所谓“雅人吐属”，等等，皆是。

严廷中这样一种诗歌审美的形成是和他的个性气质有关的。何家琪传称他“无一日不以文酒声妓招游客”，可谓风流俊赏。他又善做小词。所以缪尔纾称他“振奇磊落，多情人也”。

四　《药栏诗话》的价值

除去认识严廷中生平交往和诗学主张的价值，还应注意《诗话》更深远的意义。

其一，《诗话》反映了乾嘉时期扬州的人文景观。《诗话》云：“维扬盐荚之利富天下，二分明月旧为诗人聚会之场，二十年来，都成广陵散矣。”于是严廷中有心记录当时一些名流脍炙人口的诗句。著名文士如曾燠、阮元、陶澍，还有当时的诗人如袁啸竹、邹耳山、江藩、周煦、许乃椿等，都出现在他的诗话中。严廷中还有心收录他和扬州文人名士之间的交往和活动，他笔下的扬州诗坛，涵盖了诗人、词人、画家、篆刻家、僧人、道士、名媛，他们经常同游唱和。如《诗话》记载“予在邗江，多方外交。如问樵之琴，讷庵之画，智光之释典，柳桥、小支、莲舟、纯一之诗，西竺之好客，皆不可多得”。另一方面，借助《诗话》，还可以了解当时扬州诗坛的诗社情况，如：“钱塘陈鲁山孝廉寓泰，丽京先叔甲子同年也。侨居邗上，倡白桃花诗社，名著一时”。《诗话》还记载了名士的一些掌故，如：“钱塘金竹篠楷风雅好客，一时名士多与之游，尤心折与予与许春卿”；“富溪汪巢林士慎善画梅，暮年双目失明，尤能以意运腕作狂草”。这些对于了解当时的士林是有价值的。

其二，认识江南女性诗人群的意义。《诗话》收录了何浣碧、何吟香、何芷香、汪允庄、傅珊佩、顾韵雪、王月香、王佩湘等女诗人的名字和诗作。“何佩芬，字吟香，盐知事秉堂次女，范志全室，有《绿筠阁诗钞》；“何佩玉，字浣碧，秉堂三女，祝麒室，有《藕香馆诗钞》”；“何佩珠，字芷香，秉堂四女，有《环花阁诗钞》”。[①] 关于何浣碧，《清代闺秀诗话》“何浣碧”下谓“诗才清艳，仙貌聘婷，风雅一门，有孝绰三妹之目”。[②] 清人郑兰孙有《赠何浣碧夫人三首》，其一谓：“文坛旧日久驰名，遥企芳仪未识荆。犹忆邗江闲觅句，芜词曾向玉台呈。”[③] 可见何浣碧在当时诗坛的影响。而女诗人汪允庄即汪端，《诗话》评其“闺阁中之仙才也”，又评价其诗“哀感顽艳，温李集中上乘也”。还有诸暨女诗人傅珊佩，学士傅棠之女，年二十六而卒，著有《碧霞轩诗稿》及《小绿天诗草》，她的诗句借《诗话》得以流传。另外顾韵雪、王月香、王佩湘，前者是顾秋碧的女儿，后两位是顾秋碧的继室和侍姬，她们都有诗作。这些对于认识清代江南女性诗人群乃至家族诗人群是有积极意义的。

---

① 徐世昌：《晚晴簃诗汇》，中华书局1990年版，第8483—8487页。

② 王英志：《清代闺秀诗话丛刊》，凤凰出版社2010年版，第1233页。

③ 胡晓明、彭国忠：《江南女性别集二编》（下），黄山书社2010年版，第1065页。

其三，《诗话》对于清代云南文学的意义。从《诗话》出发，可以发现，严廷中和高密诗派诗人有交往，又受当时性灵诗派的影响。因此，《诗话》可以一窥清代云南诗人参与全国诗坛的情况，还可以反映清代云南诗学受到中原诗学的影响。其实，自清代乾、嘉以来，云南涌现了一大批诗人，他们在京师、江浙或宦游地广交诗友，如：昆明诗人钱沣与京师诗坛；大理诗人师范在安徽任望江县令，新建小停云馆，一时文人雅集；保山诗人袁文揆出游吴越，也结交了当地很多著名诗人。他们这些人可以作为清代中期云南文学的代表。他们积极交友，编诗话，编地域诗文集，反映了云南诗人渴望走向全国，并积极展示云南文学实力的一种努力。师范的《荫椿书屋诗话》、袁文揆的《滇南诗略》《滇南文略》无不如此。而严廷中《药栏诗话》直接反映了他和内地诗坛的互动，从而间接反映了嘉、道间云南文人的实绩。另外，相比较于清代云南地区的其他几部诗话，如道光年间王寿昌的《小清华园诗谈》、陈伟勋《酌雅诗话》和同治年间朱庭珍《筱园诗话》，所涉及的多是古代诗人和古代诗学著作。唯有师范的《荫椿书屋诗话》和严廷中的《药栏诗话》，是云南诗人第一次着眼于他同时代的诗人，并且有意存其人、存其诗，他们的编选诗话是受当时内地诗坛的启发和影响，是融入全国诗学思潮一体的。可以说，《药栏诗话》是继师范《荫椿书屋诗话》之后，标志清代云南诗学崛起的又一力作。

（原载《昆明学院学报》2014 年第 2 期，收入本书时有修订）

主要参考文献

丁福保辑：《历代诗话续编》（全三册），中华书局 1983 年版。

方树梅纂辑，李春龙、刘景毛、江燕点校：《滇南碑传集》，云南民族出版社 2003 年版。

胡文楷编著，张宏生等增订：《历代妇女著作考（增订本）》，上海古籍出版社 2008 年版。

江庆柏主编：《江苏艺文志（增订本）》（全 28 册），凤凰出版社 2019 年版。

蒋寅：《清代诗学史》（第一、二卷），中国社会科学出版社 2019 年版。

蒋寅：《清诗话考》，中华书局 2005 年版。

柯愈春：《清人诗文集总目提要》，北京古籍出版社 2001 年版。

李斗著，陈文和点校：《扬州画舫录》，广陵书社 2010 年版。

沈起炜、徐光烈编著：《简明中国历代职官辞典（增订版）》，上海辞书出版社 2014 年版。

谭其骧主编：《中国历史地图集》（全八册），中国地图出版社 1982 年版。

汪鋆：《扬州画苑录》，《续修四库全书》第 1087 册，上海古籍出版社 2002 年版。
王英志：《袁枚评传》，南京大学出版社 2011 年版。
王英志编纂校点：《袁枚全集新编》（全十册），浙江古籍出版社 2018 年版。
严迪昌：《清诗史》，人民文学出版社 2011 年版。
严廷中：《红蕉吟馆启事》一卷，清咸丰七年刻本，云南省图书馆藏。
严廷中：《红蕉吟馆诗存》十二卷，清道光刻本，云南省图书馆藏。
严廷中：《红蕉吟馆诗选》二卷，清稿本，云南省图书馆藏。
严廷中：《红蕉吟馆诗余》一卷，清道光刻本，云南省图书馆藏。
严廷中：《红蕉吟馆未刻诗》十二卷，清抄本，云南省图书馆藏。
严廷中：《药栏诗话》二卷，清道光刻本，云南省图书馆藏。
严廷中：《药栏诗话》二卷，云南丛书集部之九十三，民国刻本，云南省图书馆藏。
袁枚著，顾学颉校点：《随园诗话》，人民文学出版社 1982 年版。
张国庆选编：《云南古代诗文论著辑要》，中华书局 2001 年版。
张寅彭选辑，吴忱、杨焄点校：《清诗话三编》（全十册），上海古籍出版社 2014 年版。

国家“双一流”拟建设学科“南京大学中国语言文学艺术”项目资助
江苏省高校优势学科建设工程“南京大学中国语言文学”项目资助
江苏省2011协同创新中心“中国文学与东亚文明”项目资助

CSSCI来源集刊

张玉来◎主编

漢語史與漢藏語研究

第九辑

南京大学汉语史研究所主办

中国社会科学出版社

图书在版编目(CIP)数据

汉语史与汉藏语研究．第9辑／张玉来主编．—北京：中国社会科学出版社，2021.5

ISBN 978－7－5203－9413－0

Ⅰ.①汉…　Ⅱ.①张…　Ⅲ.①汉语史—语言学史—研究②汉藏语系—研究
Ⅳ.①H1-09②H4

中国版本图书馆 CIP 数据核字(2021)第261922号

出 版 人　赵剑英
责任编辑　宫京蕾
责任校对　冯英爽
责任印制　郝美娜

出　　版　中国社会科学出版社
社　　址　北京鼓楼西大街甲158号
邮　　编　100720
网　　址　http://www.csspw.cn
发 行 部　010－84083685
门 市 部　010－84029450
经　　销　新华书店及其他书店

印刷装订　北京君升印刷有限公司
版　　次　2021年5月第1版
印　　次　2021年5月第1次印刷

开　　本　710×1000　1/16
印　　张　20
插　　页　2
字　　数　345千字
定　　价　118.00元

《汉语史与汉藏语研究》学术组织

南京大学汉语史研究所学术组织

目　　录

后藤朝太郎复辅音与入声地理分布说及音韵目录*

李无未

（厦门大学中文系）

摘　要：日本后藤朝太郎百余种著作构成“中国学”框架，其支撑点就是汉字学、汉学批判等。其《文字研究》（1910）核心内容为古文字与音韵关系。其中，复辅音与入声方言地理分布说站在当时的学术前沿领域，至今仍具有重要意义；其汉语音韵文献书目，视野极其广阔，重新认识其价值，可以弥补学术史研究的一个重要缺环。

关键词：后藤朝太郎；《文字研究》（1910）；复辅音与入声方言地理分布说；音韵书目

一　后藤朝太郎“中国学”构架及其支撑点

后藤朝太郎（ごとうあさたろう，1881—1945），是日本明治时代后期至昭和时代前期的著名汉学家、语言学家，被称为“中国通”第一人，号称“石农”，是中国著名历史学家黄现璠留学日本东京帝国大学研究院时的学友。①

* 国家哲学社会科学基金冷门绝学研究专项学术团队项目“东亚汉语音韵学史文献发掘与研究”（编号：21VJXT014）、国家哲学社会科学基金重点项目“东亚〈韵镜〉学史文献发掘与研究”（编号：20AYY017）、厦门大学人文社会科学重大项目（培育）“东亚汉语音韵学史（多卷本）”成果之一。

① 刘家鑫：《后藤朝太郎、长野朗子孙访问记および著作目录》，《环日本海论丛》第14号，第28—47页，1998年；三石善吉：《近代日本と中国》第27辑《后藤朝太郎と井上红海》，《朝日ジャーナル》第14号总32期40—47页，1972年8月至11月；石川泰成：《后藤朝太郎の支那学の构想》，《九州产业大学国际文化学部纪要》第19号，第1—8页，2001年。

后藤朝太郎出生在日本爱媛县，1904 年 9 月考入东京帝国大学文科大学言语学科学习，跟从日本现代语言学之父上田万年教授专攻中国语学。在 1907 年毕业后，进入东京大学大学院学习，1910 年毕业。此后，历任日本文部省、中国台湾总督府、朝鲜总督府嘱托（特别研究员），兼任日本大学教授和东京帝国大学讲师。1945 年 8 月 9 日，被日本右翼制造交通事故暗杀。1908 年至 1945 年期间，他多次到中国大陆访问。他取材于当时的中国风俗和文化，执笔编写了许多著作。在日本人中，他是对中国大陆各方面情况最为关心的人之一。其著书、编书超过 110 册，真正著作等身。

主要著作有：《汉字音の系统》，六合馆 1902 年版；《现代中国语学》，博文馆 1908 年版；《文字研究》，成美堂书店 1910 年版（又 1935 年增订版）；《邻邦中国》，大坂屋号书店 1929 年版；《中国民俗展望》，富山房 1937 年版（2002 年大空社再刊）；《文房至宝》，雄山阁 1937 年版；《最新中国旅行入门》，黄河书院 1938 年版；《长江千里》，高阳书院 1942 年版；《南洋华侨》，高山书院 1942 年版；《佛印泰中国语言交流》，大东出版社 1942 年版；《中国书道》，黄河书院 1943 年版；《文字史》，高山书院 1943 年版等。①

后藤朝太郎涉猎中国学的学术范围是非常广阔的，不仅有中国语言学、中国文学、中国历史，还有中国民俗学、中国艺术学、中国地理学、中国社会学、中国民族学等学术领域，学术涵养的宽度和厚度十分惊人，他的著述成为世界各国了解 1908 年至 1945 年间中国文化的一个重要窗口。他以日本人的现代眼光观察中国，视角独特，往往能够发前人所未发，十分引人注目。

石川泰成《后藤朝太郎中国学构想》（《九州产业大学国际文化学部》第 19 号 1—8，2001）的看法与我们接近，石川泰成认为，后藤朝太郎的学术贡献主要是：他的一系列著作建构了中国学的框架，在这个框架下，其支撑点分别是：汉字学、汉学批判、相互理解、文化主义中的中国趣味。我们比较关心其与汉语言文字学相关的研究内容，由此，其汉字学成为我们关注的重要对象之一。

---

① 后藤朝太郎：《现代中国语学》，博文馆 1908 年版；《佛印泰中国语言交流》，大东出版社 1942 年版。

石川泰成以“汉字学研究”为题目概括了后藤朝太郎的汉语言文字学研究成果，主要有：翻译牛津大学教授马克斯·穆勒《言语学》（博文馆 1907）、《现代中国语言学》（博文馆 1908）、《汉字音的系统》（六合馆 1910）、《文字研究》（成美堂 1910；关书院 1935）等。以文字为核心的汉语言文字学研究，其特征为重视实地调查，强调甲骨文研究的重要价值，倡导各类学术领域综合性研究。但令人惊诧的是，石川泰成没有提到后藤朝太郎《文字研究》（关书院 1935 年的修订版），也没有提到其《文字史》（高山书院 1943），这是令人遗憾的。此外，对后藤朝太郎文字研究名义下的汉语音韵学研究成就估计不足，也是让人不能满意的。

我们曾对《现代中国语言学》（1908）进行过研究（2014）。《现代中国语言学》曾被列入日本帝国百科全书之中，一直被作为经典性的著作而受到许多日本语言学者的推崇。本书包括自序、目次、正文。正文有 286 页，分“序论”“本论”“结论”三大部分。“本论”是本书的核心部分，有十章，所涉问题十分广泛，比如中国的标准语、北京官话音韵、北京官话的文法、中国语方言地理分布 、中国语和同族语比较等内容。“结论”是本书的最后部分。他把握现代中国语的发展趋势，把它放到乌拉尔阿尔泰语族、印度支那语族、印度欧罗巴语族视野范围考虑；批判施莱歇尔人为地设定了语言类型的三大发展阶段理论；全力倡导汉语语言历史层次研究等。

后藤朝太郎《现代中国语学》（1908）是当时世界范围内东亚学者最早从现代语言学角度全面而系统建构现代中国语学理论体系的著作。他对现代中国语的内涵、特质、学术进展、汉语和文字、汉语与方言、汉语与民族语言接触、汉语与同族语言、北京官话语音、语法等重要问题进行了全面论述，开启了一个东亚学者运用现代语言学理论重新建构汉语现代语言学的新时代。以此为契机，在新的 20 世纪，形成比较成熟的现代中国语学理论体系，代表了当时日本现代中国语言学理论研究的高峰。

石川泰成没有提到《佛印泰中国语言交流》（大东出版社 1942），可见，其对后藤朝太郎“汉语言文字学”研究的视野是认识不足的。《佛印泰中国语言交流》对越南语、泰语与中国方言比较及东南亚语言接触等课题进行了研究，将东南亚语言文化纳入与中国语相关研究的视野中来。其体例为：序、凡例、正文。正文 330 页。正文目录：第一部分，东南亚细亚语言文化。一、文化建设和语言尊重；二、佛印泰中国语言的纽带；三、大八洲及其文化交流；四、佛印语和中国方言。安南语的 k 音；安南音的语尾入声 k；安南语的 t 音；安南音的语尾入声 t；安南语的 p 音；安南音的语尾入声 p；安南音和日本字音；安南及其东南亚的语言；泰暹缅甸藏语瞥见；由泰语和尼泊尔语所见盐和河流；附记重视马来南洋语。五、泰语和中国语的交流。关于单语。第二部分，中国语。**序说**。一、中国语概念。中国语常识和研究；中国语和时代推移；中国语称呼；中国方言音比较。二、中国民族和中国语关系。中国主权者和中国语；语言标准说。三、中国语的特质。文章上特质；单语上特质。四、中国文字和中国语关系。文字和语言；中国文字表音价值；中国语研究和中国文字。五、古代中国语和现代中国语。发达的中国语；中国语现状。**本论**。一、中国标准语。北京官话名称；北京官话语言区域。二、北京官话音韵。语调；每个字字音及其正字法；单缀音构成；同音语。三、北京官话文法。语序；区分品词是否合适；数词；代名词；动词；副词。四、口语和书面语的比较；五、中国语方言一般情况。方言发生；方言分布。六、浙江方言。上海方言；宁波方言；温州方言。七、福建方言。八、广东方言。广东方言；客家方言。九、北中国中中国南中国方言比较。音韵比较；人称代词；基本数词比较。十、中国语和同族语比较。**结语**。中国语方言和南洋的华侨；中国语族研究重点；古音在南方；语言旅行要领。

由《现代中国语学》（1908）与《佛印泰中国语言交流》（1942）可见，后藤朝太郎文字学研究名义下的汉语言文字学内涵十分丰厚，构成了一个完整的汉语言文字学理论体系，是一个需要后人全面认识的学术领域，进行全面认识的第一步就是发掘与其相关的原始文献，然后，再做系统研究，由此才可以揭示出后藤朝太郎“中国学”构架支撑的基本存在形态，这是今后需要有学者进一步努力的。

二　后藤朝太郎之《文字研究》内容概述

后藤朝太郎《文字研究》，由东京成美堂 1910 年出版，篇幅长达 1519 页。后来，后藤朝太郎对《文字研究》又有所修订，由关书院 1935 年再版。《文字研究》是日本明治末期最为重要的中国文字学与中国音韵学研究著作之一，汇集了他在 20 世纪初，相当于中国清末时期的重要性研究文字的论著，其中有一些内容后来发表了。《文字研究》是其众多研究成果的大汇集。

关书院 1935 年再版的《文字研究》，除了在第一编“文字之部”增加“文字研究的态度、中国文字研究的两个方面、辰巳寅字源考”内容外，基本保留了 1910 年原书的基本面貌。所以，1935 年版《文字研究》就等于是 1910 年版《文字研究》的“翻版”。

该书目录为：第一编，文字之部。各章主要为：文字研究的态度、中国文字研究的两个方面、辰巳寅字源考、戎狄蛮夷、表现在中国文字上的类推作用、汉字新研究之一端、文字上的传说、从中国文字发展史看汉字问题、今日如何观察汉字、汉字问题前途、文字标记、汉字谈丛、文字学建设、由《说文》而入但应该超脱《说文》、古代文字和人物画、汉文教育改良案、文部省标准字典、义务教育之文字选定等。

第二编，音韵之部。各章主要为：中国文字和音韵之关系、音韵参考资料、汉字音研究法、表现于中国文字上的音韵现象、中国古韵-k-t-p 沿革及由来、十一则字音转换法则、由字音一侧观察而发现的汉字谬误、坪井文学博士之六封音韵文书、坪井博士“忽”音考、《说文》反映之音韵现象、“帝”字古音 tak、中国地名表现的音韵、入声音フ之同化及规则、教授汉字之参考、字音之长短、汉字假名遣类推法、汉字音系统。

第三编，言语之部。各章主要为：对中国古代进行根本的研究、人种与语言、亚细亚语言分布、亚细亚游牧民族语言、覆盖在中国主权者语言上之命运、对中国语之僻见、中国语学术研究、中国语研究方法、由语言而观察中国全部区域、现代中国语趋势、表现于中国年号思想、中国语族之“狗”、中国音译外国地名考、“府”之语源、中国上古时代热带动物、暹罗中国两国国语单词比较、乡土语言和文字。文字研究结论，研究上的指针、文字研究幽玄之味、文字教育指针、教育之汉字问题。附录：中国文字音韵语言参考资料。

1910 年版《文字研究》“自序”及“序言”提到，《文字研究》内容除“中国古韵-k-t-p 沿革及由来”是其在东京大学文科大学 1907 年所写的毕业论文外，其余基本上是他在东京大学大学院读研究生时所写的论文及学术札记。对其学业有所帮助与指导的学者是：导师上田万年以及藤冈胜二、重野安绎、星野恒、坪井九马三、白鸟库吉、市村瓒次郎、高田忠周、滨村藏六、河井仙郎等。这些学者既有语言学家、古文字学家，也有东亚史及世界史专家，大多有留学欧美的经历，又都是日本近现代许多学术领域的奠基人。

比如上田万年，1890 年在德国柏林大学、莱比锡大学师从甲柏连孜等欧洲语言学大家。1894 年回国后，在东京大学开创“东洋语言学”，成为日本现代语言学及现代国语学的开拓者，影响了整个东亚现代语言学发展的历史进程。

坪井九马三曾赴欧洲留学，写下了《西洋史概说》等著作，构建了地理历史学理论。值得注意的是，后藤朝太郎还提到了在北京大学（当时称之为京师大学堂）任农科监督的罗振玉，并与罗振玉有过书信来往，讨论当时人们最为关切的甲骨文等新出土古文字问题。

后藤朝太郎说：“以金石文字为基础调查，今日取得了重要功绩，比如阮元、孙诒让、刘铁云、刘心源、罗振玉，以及日本的高田忠周、河井仙郎等。”（1910：409）实际上，其除专研传统的金石文字之外，还有新发现的甲骨文字，比如他研究过刘铁云《铁云藏龟》，可见他的创新意识十分明显。这说明，后藤朝太郎《文字研究》受到了当时中日两国人文学术领域最为顶尖学者的指导，紧紧追踪学术界前沿问题，这对其《文字研究》学术思想的形成与发展产生了十分深远的影响。但遗憾的是，在 1935 年版的《文字研究》中，后藤朝太郎删去了 1910 年版的“自序”及“序言”，使读者失去了一次了解其《文字研究》写作过程的机会。

中国学者介绍后藤朝太郎《文字研究》等相关成果的是闻宥（1901—1985）。闻宥翻译了后藤朝太郎《中国入声之地理的研究》（《岭南学报》，2（1），19—34，1931）一文。闻宥肯定了他利用方言地理学的理论与方法研究中国汉语入声的地理分布及性质，解释其入声的时间层次特点，其理论与方法在当时的中国学者看来，具有明显的方言地理学理论意识，突破了历史比较语言学的局限，十分新颖。闻宥在其“后记”中称，其翻译的原文文献来源是“中国古韵 KTP 沿革及由来”一节，与《文字研究》相关章节内容基本一致。这也是中国学者研究其《文字研究》之始，由此可以看出，闻宥是较早发现后藤朝太郎《文字研究》所具有的汉语音韵学价值的，对研究中日汉语音韵关系史具有重要意义。

三 《文字研究》语音史考订：复辅音与入声方言地理分布说

《文字研究》涉及的汉语音韵学及汉语语音学考订内容很多，我们在这里只重点介绍其两项考订成果。

（一）后藤朝太郎汉语复辅音声母说

《文字研究》涉及汉语语音史的内容主要在第二编音韵之部中。比如第六章“十一则字音转换法则”，后藤朝太郎所举例证也很有意义。他观察心母“森”和来母“林”的谐声之 sl 关系（1910：901）、见母“各”“阁”与来母“落”的 kl 谐声关系（907）。他用“字音转换法则”理论来解释，很显然，已经孕育着对古音“复辅音”声母内部结构形式的新认识，与后代学者所讨论的汉语上古音见母与来母、心母与来母谐声关系，以及是否构成“复辅音”结构形式关系很大，这可以看作是东亚最早认识到汉语上古音声母存在“复辅音”构成形式的论著之一。

还有“《说文》所反映的音韵现象”一章，原文发表于 1908 年（《史学杂志》19－6－12），后来有所修订。他选取了《说文》中的六个字作为研究对象，这六个字独立成篇，主要目的在于探讨其古音形式：“之”字古音；“害”字古音；“笔”字古音假定说；“隹”字古音；“塔”字古音；“易”字古音（1910：955—1174）。比如：“之”字与“寺”字关系密切，从石鼓文与金文来看，“寺”字的“土”就是“之”，如此，“寺”字以“之”为声符。按《说文》，“之，出也”。“之”“寺”“特”“出”，上古声母关系十分密切。

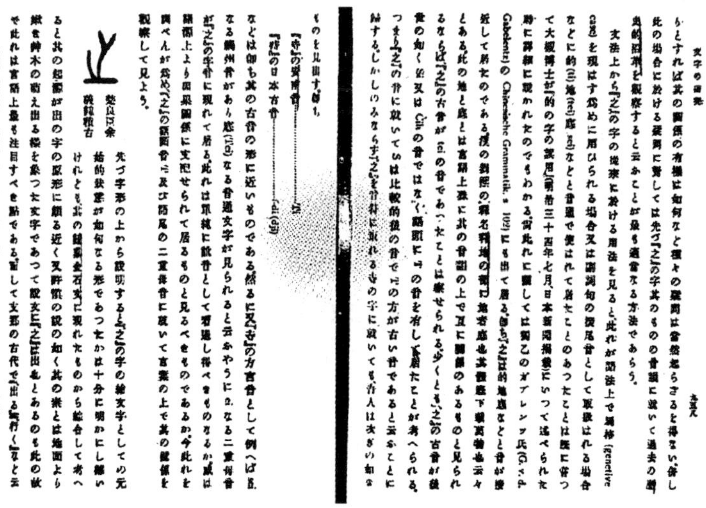
文字の研究　九五八

らとすれば其の關係の有樣は如何など種々の疑問は當然起らざるを得ない併し此の場合に於ける疑問に對しては先づ「之」の字其のものの音韻に就いて過去の歷史的沿革を觀察すると云ふことが最も適當なる方法であらう。

文法上から「之」の字の從來に於ける用法を見ると此れが語法上で屬格（genetive case）を現はす爲めに用ひられる場合又は副詞句の接尾音として取扱はれる場合などに的（ti）地（tei）底（tei）などと音通で使はれて居たことのあつたことは既に曾つて大槻博士が「的の字の誤用」（明治三十四年七月日本新聞掲載）について述べられた時に詳細に說かれたのでもわかる。尚此れに關しては獨乙のガブレンツ氏（G. v. d. Gabelentz）の Chinesische Grammatik. s. 102）にも出て居る。即ち「之」は的地底などと音が接近して居たのである。彼の劉熙の「釋名釋地の部」に地者底也其體底下載萬物也云々とある此の地と底とは言語上共に其の音韻の上で互に關聯のあるものと見られるならば「之」の古音が tei の音であつたことは察せられる少くとも「之」の古音が後世の如く tsi 又は Chi の音ではなく語頭に t の音を有して居たことが考へられる。つまり「之」の音に就いて S は比較的後の音で T の方が古い音であると云ふことに歸するしかしのみならず「之」を音符に取れる寺の字に就いても古人は次ぎの如きものを見出す即ち

「寺」の安南音…………tu
「寺」の日本古音…………di（dji）

などは即も其の古音の形に近いものである然るに又「寺」の方言音として例へば福州音があり ts なる音通文字が見られると云ふやうに ts なる二重母音が「之」の字音に現れて居る。此れは單に訛音として看過し得べきものなるか或は語源上より因果關係に支配せられて居るものと見るべきものであるか今此れを調べんが爲め「之」の語頭音 ts 及び語尾の二重母音に就いて言葉の上で其の關係を觀察して見よう。

楚良臣余
義楚觶古

先づ字形の上から說明すると「之」の字の繪文字としての元始的狀態が如何なる形であつたかは十分に明かにし難いけれども其の鐘鼎金石文に現れたものから綜合して考へると其の起源が出の字の原形に頗る近く又許愼の說の如く其の業とは地面より艸木の萌え出る樣を象つた文字であつて說文に「之」は出也とあるのも此の故で此れは言語上最も注目すべき點である。蓋して支那の古代で「出る」「行く」など云

第二編　音韻の部　第十六　說文に現はれた音韻の現象　九五九

再比如他在研究“笔”字古音时说道：《说文》，从聿一声，如此，笔，鄙密切；聿，允律切。它们之间存在怎样的关系？段玉裁认为是会意字，不是谐声文字，后藤朝太郎认为是会意兼谐声文字。朝鲜语“聿”yul；安南语 jwet；闽南语 lut；广州音 lut；客家音 lut。律，聿声，闽南语 lut；广州音 lut；客家音 lut；安南语 lwet。聿，最初声母是 l，后来发生语音变迁。

但是，笔、聿，即 p、l 之间的音韵关系如何？后藤朝太郎举了藏语、缅甸语、汉语等“八”等数词说明存在复辅音现象；“剥”之苗族华苗语、沛南黎人语、交趾中国语、暹罗语、西蕃语，存在复杂的语头音（辅音）标记形式。《说文》还说，聿，楚（南方）谓之聿；吴（东南）谓之不律，燕（北方）谓之弗。由此怀疑，上古聿，存在 plut 音。“笔”字也是如此，存在读 plut 音与 plit 音的可能性。秦汉之前金石文字，比如《古籀补》《薛氏》《集古斋》《甲父鼎》《颂鼎》等都表明，音符受指示符 k 音的制约，存在 kit、ket、kat 等古音，由此，“笔”的原义与同类语音读出现了 k-、p-、l-三种类型。这就要思考其原始语音形态是互为关联的，不是孤立存在的。如此，后藤朝太郎就假定了中国“笔”字“太古”“复子音”（复辅音）的形式为 kpl。这是典型的承认汉语上古音中存在复辅音声母的代表性观点。此外，涉及“之”的古音与“的地底”的相近，引用甲柏连孜的观点，甲柏连孜根据的是《释名》的语音材料。后藤朝太郎也吸收大规文彦 1901 年的成果，以此说明复辅音构成形式的特点。

由这些汉字的古音研究，后藤朝太郎意在说明，《说文》在中国古音研究上的独特价值：即使字形不发生变化，字音也存在历史变迁现象。与此同时，后藤朝太郎还论述了中国学者研究《说文》语音情况，以及与《说文》音韵研究相关的新的学术范式。他认为，中国徐铉、徐锴、段玉裁、桂馥、王筠、纽树玉、王绍兰等不能算是严格的《说文》语音研究的学者，但他们考证《说文》所反映的音韵现象成果却很多，清朝有名的《说文》音韵著作是：张成孙的《说文谐声谱》、苗夔的《说文声读表及声订》、严可均的《说文声类即出入表》、姚文田的《说文声系》、朱骏声的《说文通训定声》、江沅的《说文解字音均表》、陈立的《说文谐声孳生述》。后藤朝太郎批评说，中国学者执着于《说文》材料的汇集及分类，但对音韵本身研究做得不够深入，比如《说文》语尾音（韵尾）、语头音（声母）。由此，他提出研究《说文》音韵新规范，即新原则。其新原则就是用新的方法研究《说文》音韵，比如以音声学（语音学）、语言学、金石文字、历史学综合研究为理论基础（1910：1047—1058）。值得注意的是，金石文字，即金文、碑刻等出土文献，成为汉语上古音研究的重要依据。

后藤朝太郎还提到，日本高楠顺次郎与德国康拉迪（Conrady，1910：892）承认汉语上古音中存在复辅音声母。比如高楠顺次郎发表了《中国语的西藏语起源论》（《史学杂志》第9篇第11号，1896）一文，认为历史上的汉族与藏族属于同一个人种，存在“复子音”（复辅音）的声母形式。他引证说，Grosserie在谈到语言分类法时，也说汉语的来源与西藏语相关，Genealogical的观点与此类似，在“复子音”（复辅音）的声母形式上尤其如此。尽管如此，后藤朝太郎同意他们的理论的同时，与他们的具体观点还是有所不同。后藤朝太郎认为，聿，最初应该读klat与plat两种形式。无论如何，后藤朝太郎承认，原始汉语中是存在复辅音形式的。后藤朝太郎1910年发表的这个观点不论是否合乎中国古音声母研究的实际，其问题的提出本身在东亚各国复辅音研究史上都具有重要意义。因为在后藤朝太郎之前，东亚还很少有人对汉语上古音中是否存在复辅音问题如此之重视，更没有人利用出土文献，尤其是甲骨文、金文等材料作为证据来说明这个问题。此外，后藤朝太郎对有关复辅音研究的起始学者的认定也与众不同，引发了人们对这个问题研究的兴趣，日本高楠顺次郎与德国康拉迪是最初提出汉语存在复辅音声母的学者吗？

高楠顺次郎师从于牛津大学马克斯·穆勒教授（1823—1900），马克斯·穆勒教授是当时欧洲最负盛名的语言学家、印度学家，精通汉藏语。高楠顺次郎能够提出这个观点，一点也不让人感到意外。

按照传统的看法是，中国学者中最先研究复辅音的，一般都认定是林语堂。林语堂在1924年发表了《古有复辅音说》（《晨报六周纪念增刊》）一文，认为汉语古音存在复辅音声母，与后藤朝太郎的观点不谋而合。但经过我们的发掘，可以认定的是，胡以鲁在《国语学草创》（1913）中已经提到了康拉迪以多音节解释汉语单音节辅音声母理论问题，由此，胡以鲁是第一个介绍康拉迪复辅音声母学说的中国人。但也要注意，胡以鲁是反对汉语古音存在复辅音声母观点的（1913：71—72）。

林语堂在《古有复辅音说》一文中认为，最早提出这个问题的学者是英国的艾约瑟（Eskins 1874 年、1876 年提出）。照理来说，康拉迪提出了汉语古音存在复辅音声母的学说，林语堂应该是比较了解的，但为何没有说是康拉迪最先提出的，而说是艾约瑟最先提出的？这也是一个谜团。

当然，也有学者不认为艾约瑟是最早提出这个问题的学者，比如龚煌城。龚煌城在《上古汉语与原始汉藏语带 r 与 l 复声母的构拟》（《龚煌城汉藏语比较研究论文集》187—216 ，2011）一文中认为，艾约瑟是不相信汉语古音存在复辅音声母的，即“很难相信 l 不是由 k 经过某种途径变来的”。结论刚好与林语堂相反。如果汉语古音存在复辅音声母的观点不是艾约瑟最先提出的，那么会是谁呢？龚煌城认为是德国汉学家甲柏连孜（Gabelentz 1881《汉文经纬》，姚小平翻译 119—112，2015）。甲柏连孜在谈到汉语谐声字的时候，举例说：以“监”为声符的字，有读 k 的，也有读 h 的，还有读 l 的，这种现象大部分都难以解释，而进一步观察，属于音韵研究史的任务。因此，它们可能来源于 kl。龚煌城曾论证康拉迪 1896 年发表的汉藏语思想来源于甲柏连孜（《从汉藏语的比较看上古汉语若干声母的拟测》，《龚煌城汉藏语比较研究论文集》33—49），梅祖麟发表文章赞同这个观点（《康拉迪（1864—1925）与汉藏语系的建立》，2010），并说明，康拉迪引征艾约瑟（Joseph Edkins 1874）的文章来说明汉语谐声字中来母和舌根音声母的互谐是来自上古音的复声母 *gr-（康拉迪《汉藏语系中使动名谓式之构词法及其与声调别义之关系：印度支那语系特别是藏语、缅语、泰语和汉语的比较语法研究》）。康拉迪提出了印度支那语系的观点。如果龚煌城这个观点成立的话，康拉迪汉语古音存在复辅音声母的理论也应该与甲柏连孜有关。如此，后藤朝太郎 1910 年提出的观点，100 年后就有了一个新的回应，龚煌城就等于把康拉迪的这个观点来源上溯到了甲柏连孜（1881），从客观上接续了后藤朝太郎的复辅音声母研究路线，所以，就具有了比较重要的复辅音声母学术史意义。

尽管如此，我们还是没有弄明白一个问题，就是林语堂的《古有复辅音说》为何只提艾约瑟汉语古音存在复辅音声母的研究，却不提自己的老师康拉迪汉语古音存在复辅音声母的研究？是不是如有的传说所述的那样，有什么隐情在里面？这是不得而知的。林语堂在德国莱比锡大学的指导老师是康拉迪，即孔好古（August Conrady），其博士学位论文是《论古汉语之语音学》，但据李雪涛等学者说，林语堂并没有获得博士学位。所以，在德国的莱比锡大学、波恩大学、科隆大学都没有收藏，其具体内容就不得而知了。

但就研究这个问题本身来说，不管林语堂是否提及自己的思想受老师康拉迪的启发，在这个问题的研究上，实际上已经指向了德国的康拉迪，无可回避。后藤朝太郎虽然早于林语堂14年就进行了汉语复辅音声母研究，但就这一点来说，后藤朝太郎与林语堂的学术思想来源是基本一致的，与康拉迪，进一步说，与甲柏连孜的学术继承关系一目了然。后藤朝太郎论说“各”“监”等字语音关系（1910：450—452），进而读kl与甲柏连孜论证方式一模一样，这就不是偶然的“相像”了，实际上，后藤朝太郎已经把甲柏连孜作为最早汉语复辅音声母研究的学者了。

关于后藤朝太郎复辅音的研究，还可见他与坪井九马三的通信，即“与坪井博士有关音韵的六封文书”一章，时间为1908年。主要内容是关于“忽”音是否为km、kl等问题。其不但利用中国方音资料，还利用日本汉字音、朝鲜汉字音等资料加以说明。

（二）后藤朝太郎汉语方言入声地理分布说

《中国古韵-k、-t、-p沿革及由来》，是后藤朝太郎在东京大学文科大学本科学习时的毕业论文，完成于1907年。它呈现了后藤朝太郎汉语入声历时发展的地理分布的理论观念，其研究理论与方法值得关注，这应该是现存的东亚最早的汉语方言地理学研究论文之一。其实，在《现代中国语学》（1907）中后藤朝太郎已经设置了“中国方言地理分布”一节，而此不过是其贯彻中国方言地理学理论而进一步就某一个具体问题研究的细化的成果而已。

后藤朝太郎先介绍了-k、-t、-p入声韵尾字在北京官话中消失的情况，然后，引出-k-t-p入声韵尾字在其他方言中的存在形态。他认为，从地理分布的观察入手是比较可行的研究方法。

关于入声存在形态的情况，他说：在浙江以南各地区，入声是存在的，比如厦门，“整然留存”。厦门之外，广东安南也存在标准的入声。广东安南“法”字特殊，读为fat，而不是fap，朝鲜音fop。如何解释这种现象？他举了G. V. D. Cabelentz（甲柏连孜）的解释：在中国语里，若是语尾音有p、m，而它的语头音也是唇音的时候，那么，这个p、m，往往归于t或者n。后藤朝太郎沿着这个思路认为，语头语尾都是双唇音的音，在中国方言中很少见到。如果见到，往往看到的是发生异化（dissimiltion）的音变。所以，“法”，在汕头读 hwap，在厦门读 hwat，在中国台湾闽南话读 hoat。还有梵音，应该读 fam，在汕头读 hwam，在广东读 fan，在中国台湾闽南话读 hoan。凡、乏也是一样。福州虽然也有入声，但都归于-k，为何如此？他认为，-t、-p 两者，都被-k 的类推作用吸收去了。在地理上同属于浙江而临近福州的温州却找不出入声形态，是由于有山脉交通隔断使然，存在消失的倾向。上海的入声是福州式的，有-k 入声，是喉头的闭锁音，是由于海陆交通使然。朝鲜的入声也有讹乱的，比如 t 用 l 来替代；日本有一些汉字音入声是讹乱的，入声后面要加一个音表示，已经看不见入声的形态了，比如乐（ra）、格（kak-u）、急（kip-u）等字。当然，也有一些是可以找到的，比如六（rok）、纳（nap）、合（kap）等字。他称之为“逆同化”现象。对此，猪狩幸之助在《汉文典》中有解释。

后藤朝太郎这个语言地图十分重要，可以与小川尚义《日台大辞典》（1907）中的《（中国）台湾言语分布图》相提并论，被认为是东亚汉语方言研究中的最早的方言地理分布图之一。

后藤朝太郎把越南、日本、朝鲜汉字音，以及中国广东、福州、温州、北京入声字音进行比较，又举出中国西藏、云南、贵州的少数民族，以及缅甸等国家语言入声字音的例证加以说明，覆盖面是很广的，就当时东亚来看也是很少见到的研究方式。

在这里，后藤朝太郎已经提出了“一次”“二次”入声动态变化的概念，由此，建立了他自己的入声多次动态变化分析理论模式，在东亚汉语入声动态变化研究史上意义重大，是最早的入声分析理论模式创新性研究成果，许多结论是很有意义的。但同时我们也应该看到，后藤朝太郎的研究还存在明显的缺憾，即他没有从中外语言历史文献研究中去发掘相关线索，并对这种动态变化加以解释。我们看得十分清楚，他对汉语入声变化的“历时”研究十分薄弱，所以，对汉语入声“沿革与由来”的解释十分乏力。这也正是他多次强调的，东亚学者对汉语语音史研究还处于未起步阶段，也是他研究中的一个软肋。

后藤朝太郎汉语语音史理论意识，集中体现在“中国文字和音韵之关系”“汉字音研究法”两节中。

在“中国文字和音韵之关系”中，后藤朝太郎称，当时，中国文字与音韵关系的研究十分幼稚，西人对此问题虽然有所涉足，但并不理想，要做出真正的可信成果，还要靠“东洋人”（1910：332）。进行中国文字与音韵关系研究的前提是，应该对中国文字的构造有所认识，中国文字三要素：音、形、意。对其研究，音，依赖于语言之音；形，依赖于金石文字及龟甲文字；意，依赖于语言之意。其中，语言之音，从中国文字本身是很难直接看出来的，这就需要采取新的方法及手段，而谐声文字则是突破点之一。利用中国谐声文字研究音韵，就是以中国文字结构形式中表音符号研究为目标，进而达到获取语言之音的目的。由此，认定中国文字之音符具有双重职能，既是文字之音，又是语言之音，并残留造字之初的中国语言之音（1910：340）。

把中国文字之音看作是语言之音，但要注意到，语言之音负载了文字创制的时代、国别、区域、社会以及个人等信息，由此，就表现出了语言之音变化的实际状态。比如以“石”做音符的字，拓（禅母昔韵开口三等梗入，-k）、硕（禅母昔韵开口三等梗入，-k）、磔（知母陌韵开口二等梗入，-k）、跖（章母昔韵开口三等梗入，-k）等表现了不同的语音，就是语音变化的结果。进一步来说，谐声文字的音符，在其后运用时，与不同的意符组合，具有语音上的时间层次性，后藤朝太郎将谐声文字“字群”的字音区别为首次音、二次音、三次音等。“石”是首次音，而拓、跖、磔则属于二次音、三次音。但要注意，后来“避繁简化字”，字形发生变化，类推的字音也随之改变，这就需要重新确认。比如有的日本人就把横濱之濱，写作浜，就是如此。

后藤朝太郎在“汉字音研究法”中发表了一个与众不同的观点，即日本学者所建立的汉音、吴音、唐音范畴是传统的汉语音韵学的区别方法，并不科学，应该以语言学为研究基础而进行区分，建立科学的汉字音观念。由此，可以展开研究的项目是：北京官话之现代字音研究；以各个时代记录为基础的字音研究，包括语音历史比较研究、有关佛典字音的比较研究；中国方言字音比较研究，以及安南音、朝鲜音、日本音研究（363—365）。后藤朝太郎这个思想十分重要，开辟了东亚范围内汉语语言学研究的新的路径，加速了汉语音韵学迈向新时代的步伐。事实上，后来的日本学者，也正是沿着这样的一条坦途行进着，比如以沼本克明为代表的日本学者汲取有坂秀世等各家观点，认为日本汉字音存在古音、吴音、汉音、新汉音、宋音、唐音六类，并提出了具体的确认证据和方法。中国六朝之前的祖系音“吴音”属于“古音”阶段；镰仓时代的“吴音”与平安时代的“吴音”有承续关系；天台汉音有别于汉音，是一种“新汉音”；临济宗、曹洞宗文献训点“唐音”与中国宋代中原音系具有相当的一致性，可以称为“宋音”等。江户时代“唐音”很有代表性，它和“宋音”属于不同时间层次①。

此外，后藤朝太郎非常重视“类推”理论在汉字史、汉语语音史研究中的作用，比如第二章，就是“表现在中国文字研究上的类推作用”（1910：23—45）。他认为，汉字字音之间相互转用，是可以“类推”出来的。释字与积字，尺的字音是可以类推的。

由此展开且进一步思考音韵理论相关问题。就今天来看，后藤朝太郎关于这些项目的研究，其视角颇为独特，仍然很有意义。

四　《文字研究》汉语音韵文献书目

我们由后藤朝太郎《文字研究》所列的音韵书目而了解了其在1910年所具有的学术视野情况，这也是确认《文字研究》汉语音韵学价值的一个十分重要的方面。

《文字研究》第二编“音韵之部”，列有“关于音韵参考资料”的内容。其“附录：中国文字音韵语言参考资料”之“音韵参考书目”部分，是值得推崇的。在那样的一个时代，后藤朝太郎在汇集汉语音韵文献时付出了艰苦的努力。由一份书单可见，他东西兼顾，视野所及，如此之宽广，令人惊叹。他所提及的许多音韵文献，就是在今天，也有很多是不为人所知的。

后藤朝太郎在《文字研究》第二编“音韵之部”（1910：331—1138）之第二章“音韵研究参考资料”（1910：351—362）中说，旧的音韵学，是悉昙之学，中国古典学术以韵书及韵字排列、以《韵镜》等文献研究为能事。而此后，泰西语言学、音声学兴盛，造就了今日的音韵学，但又成为“昔流”，不能令人满足。在研究材料中，一定要参照旧的资料，与此同时，也要注意活的语言音声、音调，以及各地方音发生变化的情况调查，成为此等研究方法最需要关注之点。后藤朝太郎对音韵研究

① 李无未：《日本汉字音的时间层次及其确认的证据和方法》，《当代语言学》2005年第3期。

参考资料介绍的一些依据有说明，与音韵学有直接关系的参考书不论其是否还存世，尽量录出。谢启昆在《小学考》第二十九卷至第四十四卷中列出《隋书·经籍志》中所见魏李登的《声类》，还有对清朝江永的《音学辨微》、潘遂先的《声音发原图解》和戴震的《转语》解题，不过，有一些所说的“存目”，后藤朝太郎觉得很难找到。他又提到了桂湖村氏在《汉籍解题》中介绍的《西儒耳目资》等珍本情况。由此，后藤朝太郎列了一个音韵之书的参考书目，书目是：紫庭的《古今中外音韵通例》、顾炎武的《音学五书》、江昱的《韵岐》、佚名的《韵镜》、张畊的《古韵发明》、清允禄等的《音韵阐微》、清虞德升等的《谐声品字笺附》、安古的《古韵溯源》、梁顾野王的《玉篇》（零本）、隋陆法言的《切韵》、朝鲜本的《奎章全韵》（御定）、宝田敬的《四书反切一览》、大岛正健的《支那古韵考》（前编）、宋丁度的《集韵》、伊泽修二的《日清字音鉴》、小川尚义的《日台大辞典》、清江永的《古音标准》、朝鲜本《译语类解》、朝鲜本《正音通释》、韩朴性源的《华东正音通释韵考》、清裕恩的《音韵逢源》、江（按，应为洪）亮吉的《汉魏音》、龙启瑞的《古韵通说》、夏燮的《述韵》、段玉裁的《说文解字注》、张成孙的《说文谐声谱》、苗夔的《说文声读表》、苗夔的《说文声订》、江沅的《说文音均表》、严可均的《说文声类》、朱骏声的《说文通训定声》、胡秉虔的《说文管见》、王筠的《说文韵谱考》、王筠的《说文释例》、姚文田的《说文声系》等。

按，后藤朝太郎所述书名与实际作者有一些不大妥当的提法，比如：《古今中外音韵通例》作者是胡垣；《音韵阐微》作者是李光地、王兰生；《广韵》，修订者应为陈彭年等。《汉魏音》作者应该为洪亮吉而不是江亮吉。这是其研究的直接基础参考书。此外列有间接基础参考书，比如《金史语解》《辽史拾遗》《岭外代答》《经籍纂诂》《五车韵瑞》《华夷译语》《荷华文语类参》《大南国音字汇解大法国音》《英粤字典》《汉文经纬》等。有的即使在现在，也是十分罕见的音韵文献。

在《文字研究》“附录”中专门列有“音韵参考书目”（1910：1350—1363），列有 280 部左右文献目录，这是东亚汉语音韵学史上十分重要的文献目录。眼界开阔，覆盖东亚，迄今仍有非常重要的学术价值。许多文献非常值得注意，比如《韵镜》文献 16 种，冈本保孝的《韵镜考》就是其中之一。其他，近藤子业的《韵学楷梯》、田川周芳的《韵学口诀》、荻生茂卿的《韵概》、斋宫必简的《音例》、屋代弘贤的《汉音考》、冈本保孝的《汉吴音图补正》、冈本保孝的《古音表》、冈本保孝的《四十四音论辨误》、冈本保孝的《磨光韵镜考》、文雄的《九弄辨》、盛典的《九弄反纽相传和解》、韩版的《三韵通考》、师铢的《三重韵》、师铢的《聚分韵略》、伊藤善韶的《四声汇辨》、崔世珍的《四声通解》、毛利香之亟的《字韵早鉴大成》、文雄的《字汇庄岳音》、星野多重的《发音辨义》、安南本的《三千字解释》（附序）等文献，大多迄今也是很少有人关注的，需要进一步挖掘其学术价值。

在《文字研究》"附录"中专门列有"语言参考书目"（1364—1382），其中列出了一些音韵学文献，比如阴时夫的《韵府群玉》、颜懋功的《鼋头韵府》、中井幹斋的《韵府一隅》、玄应的《一切经音义》、董佳明铎的《音汉清文鉴》、吴元满的《谐声指南》、佚名的《海篇直音》、吕坤的《交泰韵》、猪狩幸之助的《汉文典》、火源洁的《华夷译语》、高井伴宽的《三音四声字贯》、汤文潞的《诗韵合璧》、余照春的《诗韵集成》、袁子让的《字学元元》、冈本保孝的《字音假字用格存疑》、梅膺祚的《字汇》、佚名的《尔雅音图》、中野焕的《四声玉篇和训大成》、菉菲轩的《词林韵释》、佚名的《翌轩词韵》、胡文焕的《文会堂词韵》、陶承学的《并音连声字学集要》、司马光的《类篇》等。

其《文字研究》"附录"之"与文字音韵相关的西人著述"（1935：1383—1407），列135种，其中还提到了不少与汉语音韵研究相关的著作。比如：1. Grainger，A.《西南官话》，1900；2. Kuehnert，F.《汉语古音的价值》，1890；3. Leaman，Ch.《汉语普通话音系》，1897；4. Rosny，Leon de《中国汉字符号词典及其发音在日本的使用》，1867；5. Rosny，Leon de.《中文语音规则表》，1858；6. Silsby，J. A.《上海音节的音系排列—参考韦尔斯·威廉姆斯中文词典》，1879；7. Volpicelly，Z.《汉语音韵学》，1896；8. Wade，Thomas. Francis《北京音节》，1859；9. Morrison，R.《汉语词典五车韵府》，1865；10. Ramsay，H.《法汉字典—长海方言》，1890；11. Maclay，R. S. and Baldwin，C. C.《福州方言汉语字母词典》，1870；12. Mc Gowan，J. A.《厦门方言手册》，1892；等等。这些文献，就是在今天，也很少有学者研究，足见其学术目光之高远。

后藤朝太郎《文字研究》（1910）可以发掘的汉语音韵资料还有很多，本文通过以上论述，意在说明，研究《文字研究》（1910）十分重要。今天，应该把后藤朝太郎《文字研究》（1910）从尘封的历史中拉回到现实汉语音韵学研究中来，还原其历史真相，以弥补学术史研究的缺环，重新认识其价值，这个工作仍然很有意义。

参考文献

1. 后藤朝太郎：《文字研究》，东京成美堂 1910 年版。

2. 后藤朝太郎：《文字研究》，东京关书院 1935 年再版。

3. 后藤朝太郎：《中国入声之地理的研究》，闻宥译，《岭南学报》1931 年第 2 卷第 1 期。

4. 龚煌城：《龚煌城汉藏语比较研究论文集》，“中研院”语言学研究所 2011 年版。

5. 李无未：《汉语现代语言学理论体系的最初构建——日本〈现代中国语学〉（1908）的意义》，《厦门大学学报》（社会科学版）2014 年第 1 期。

6. 李无未：《任尔西东：〈国语学草创〉原理》，厦门大学出版社 2021 年版。

7. 林语堂：《语言学论丛》，上海开明出版社 1933 年版。

8. 梅祖麟：《康拉迪（1864—1925）与汉藏语系的建立》，《汉藏语学报》2010 年第 4 期。

（李无未，男，1960 年生，厦门大学特聘教授、中文系教授、博士生导师。通信地址：福建省厦门市思明南路 422 号厦门大学中文系。邮箱：liwuweil@163. com。）

南宋《历代名医蒙求》音韵材料研究*

高龙奎

（济南大学文学院）

摘　要：《历代名医蒙求》，南宋周守忠著，含《历代名医蒙求》两卷、《释音》一卷。《历代名医蒙求》含25个韵段，100个字入韵，呈现出以下特点：一是平声、入声独自入韵，而上去通押；二是《广韵》同一摄中的独用韵与同用韵出现混押；三是不同韵摄之间出现混押，止蟹摄通押、山咸摄通押、曾臻深梗四摄出现混押。《释音》181条音注材料，与《广韵》注音有差异的21条音注。差异原因主要有：《广韵》未收、字形书写问题、《广韵》漏掉又音、反切用字变化、语音变化等。

关键词：南宋；音注；语音特点

《历代名医蒙求》，南宋周守忠著。周守忠，一名守中，字榕庵（一作松庵），南宋钱塘（今浙江杭州）人。《历代名医蒙求》含《历代名医蒙求》两卷、《释音》一卷。

一　《历代名医蒙求》韵段用韵研究

《历代名医蒙求》卷前有“总目”，为全书总纲，四字一句，四句一韵段，上卷12个韵段，下卷13个韵段，共含25个韵段，100个韵字。用韵情况如下：

针心金深；鹊脚疟药；年全千传；女蛊树古；张肓浆堂；

---

* 本文摘要曾在南开大学举办的中国音韵学第二届学术研讨会上宣读，特向提出修改意见的专家致谢。

顶命性病；皮蜞尸遗；要草妙效；盘丸丹山；傔练辩厌；
书图都疽；疾疬石蛭；龙葱翁虫；弟水胃味；娠神尘津；
血诀胁鳖；羹情明京；手酒后妇；虚枯舒胡；福木录毒；
医危疑辞；审证敏静；仙玄愆篇；讳鬼昧髓；眸羞钩头。

（一）平声韵段

平声韵独押，共有 13 个韵段：针心金深；年全千传；张肓浆堂；皮蜞尸遗；盘丸丹山；书图都疽；龙葱翁虫；娠神尘津；羹情明京；虚枯舒胡；医危疑辞；仙玄愆篇；眸羞钩头。以下按照 16 韵摄来讨论押韵情况。

1.《广韵》通摄入韵字情况

共有 4 字入韵，来自《广韵》东、钟两韵：龙（通钟合三）、葱（通东合一）、翁（通东合一）、虫（通东合三）。《广韵》东韵独用，冬钟两韵同用，此处东、钟两韵通押。

2.《广韵》止摄入韵字情况

共有 8 字入韵，来自《广韵》支、之、脂三韵：皮（止支开三）、蜞（止之开三）、尸（止之开三）、遗（止脂合三）；医（止之开三）、危（止支合三）、疑（止之开三）、辞（止之开三）。《广韵》支、之、脂三韵同用。

3.《广韵》遇摄入韵字情况

共有 8 字入韵，来自《广韵》鱼、模两韵：书（遇鱼开三）、图（遇模合一）、都（遇模合一）、疽（遇鱼开三）；虚（遇鱼开三）、枯（遇模合一）、舒（遇鱼开三）、胡（遇模合一）。《广韵》鱼韵独用，虞模两韵同用，此处鱼、模两韵通押。

4.《广韵》臻摄入韵字情况

共有 4 字入韵，都来自《广韵》真韵：娠（臻真开三）、神（臻真开三）、尘（臻真开三）、津（臻真开三）。

5.《广韵》山摄入韵字情况

共有 12 字入韵，来自《广韵》桓、寒、山、先、仙五韵，可分为两组：

一组是盘（山桓合一）、丸（山桓合一）、丹（山寒开一）、山（山山开二）。

一组是年（山先开四）、全（山仙合三）、千（山先开四）、传（山仙合三）；仙（山仙开三）、玄（山先合四）、愆（山仙开三）、篇（山仙开三）。

《广韵》寒桓同用、删山同用、先仙同用，此处第一组用韵显示寒、桓、山三韵通押，第二组仍为先仙同用。

6.《广韵》宕摄入韵字情况

共有4字入韵，来自《广韵》唐、阳两韵：张（宕阳开三）、盲（宕唐合一）、浆（宕阳开三）、堂（宕唐开一）。《广韵》阳、唐两韵同用。

7.《广韵》梗摄入韵字情况

共有4字入韵，来自《广韵》庚、清两韵：羹（梗庚开二）、情（梗清开三）、明（梗庚开三）、京（梗庚开三）。《广韵》庚、耕、清三韵同用。

8.《广韵》流摄入韵字情况

共有4字入韵，来自《广韵》尤、侯两韵：眸（流尤开三）、羞（流尤开三）、钩（流侯开一）、头（流侯开一）。《广韵》尤、侯、幽三韵同用。

9.《广韵》深摄入韵字情况

共有4字入韵，都来自《广韵》侵韵：针（深侵开三）、心（深侵开三）、金（深侵开三）、深（深侵开三）。

（二）上去通押韵段

《历代名医蒙求》中上声与去声通押，共出现8个韵段：弟水胃味；讳鬼昧髓；女蛊树古；审证敏静；傔练辩厌；要草妙效；顶命性病；手酒后妇。

1.《广韵》止、蟹摄入韵字情况

共有8字入韵，来自《广韵》止、蟹两摄：弟（蟹霁开四去）、水（止旨合三上）、胃（止未合三去）、味（止未合三去）；讳（止未合三去）、鬼（止尾合三上）、昧（蟹队合一去）、髓（止纸合三上）。

此处用韵显示止、蟹两摄通押。《广韵》上声纸、旨、止三韵同用，尾韵独用，去声未韵独用，霁、祭两韵同用，队、代两韵同用，此处用韵表明上声纸、旨、尾韵，去声未、霁、队韵通押。

2.《广韵》遇摄入韵字情况

共有4字入韵，来自《广韵》语、姥、遇三韵：古（遇姥合一上）、蛊（遇姥合一上）、女（遇语开三上）、树（遇遇合三去）。《广韵》上声语韵独用，麌姥两韵同用，去声遇暮两韵同用，此处语、姥、遇三韵通押。

3.《广韵》曾、臻、深、梗摄入韵字情况

共有4字入韵，来自《广韵》四个摄四个韵：审（深寝开三上）、证（曾证开三去）、敏（臻轸开三上）、静（梗静开三上）。四摄韵尾出现合并现象。

4.《广韵》山、咸摄入韵字情况

共有4字入韵，来自《广韵》山、咸两摄：傔（咸㮇开四去入）、练（山霰开四去）、辩（山狝开三上）、厌（咸艳开三去）。此处两摄通押显示-n尾韵与-m尾韵呈现合并趋向。

5.《广韵》效摄入韵字情况

共有4字入韵，来自《广韵》效摄：要（效笑开三去）、草（效晧开一上）、妙（效笑开三去）、效（效效开二去）。《广韵》去声啸、笑两韵同用，效韵独用，此处用韵显示笑、效两韵混押。

6.《广韵》梗摄入韵字情况

共有4字入韵，来自《广韵》梗摄：顶（梗迥开四上）、命（梗映开三去）、性（梗劲开三去）、病（梗映开三去）。《广韵》去声映、诤、劲三韵同用。

7.《广韵》流摄入韵字情况

共有4字入韵，来自《广韵》流摄：手（流有开三上）、酒（流有开三上）、后（流候开一去）、妇（流有开三上）。

（三）入声韵段

《历代名医蒙求》入声独押，共出现4个韵段：福木录毒；疾疠石蛭；血诀胁鳖；鹊脚疟药。

1.《广韵》通摄入韵字情况

共有4字入韵，来自《广韵》东、钟两韵：福（通屋合三）、木（通屋合一）、录（通烛合三）、毒（通沃合一）。《广韵》屋韵独用，沃烛两韵同用，此处沃、烛两韵通押。

2.《广韵》臻、梗摄入韵字情况

共有4字入韵，来自《广韵》臻、梗两摄：疾（臻质开三）、疠（梗锡开四）、石（梗昔开三）、蛭（臻质开三）。

此处用韵显示臻、梗两摄入声通押，-t 尾韵与-k 尾韵相混。《广韵》梗摄锡韵独用，陌、麦、昔三韵同用，此处通押。

3.《广韵》山、咸摄入韵字情况

共有 4 字入韵，来自《广韵》山、咸两摄：血（山屑合四）、诀（山屑合四）、胁（咸业开三）、鳖（山薛开三）。

此处用韵显示山、咸两摄入声通押，-p 尾韵与-t 尾韵相混。《广韵》屑、薛两韵同用。

4.《广韵》宕摄入韵字情况

共有 4 字入韵，来自《广韵》宕摄药韵：鹊（宕药开三）、脚（宕药开三）、疟（宕药开三）、药（宕药开三）。

（四）《历代名医蒙求》韵段用韵特点

我们将《历代名医蒙求》韵段用韵情况按照韵摄汇总为下列表格。

表 1　　《历代名医蒙求》韵段用韵情况一览

<table>
<tr><th>韵摄</th><th>平声</th><th colspan="2">上去声</th><th>入声</th></tr>
<tr><td>通摄</td><td>1，独押（内部混押）</td><td colspan="2"></td><td>1，独押（内部混押）</td></tr>
<tr><td>遇摄</td><td>2，独押（内部混押）</td><td colspan="2">1，独押（内部混押）</td><td></td></tr>
<tr><td>效摄</td><td></td><td colspan="2">1，独押（内部混押）</td><td></td></tr>
<tr><td>宕摄</td><td>1，独押（同用）</td><td colspan="2"></td><td>1，独押（药韵）</td></tr>
<tr><td>流摄</td><td>1，独押（同用）</td><td colspan="2">1，独押（有韵、候韵）</td><td></td></tr>
<tr><td>止摄</td><td>2，独押（同用）</td><td colspan="2" rowspan="2">2，两摄混押</td><td></td></tr>
<tr><td>蟹摄</td><td></td><td></td></tr>
<tr><td>山摄</td><td>3，独押（1 内部混押，2 同用）</td><td colspan="2" rowspan="2">1，两摄混押</td><td rowspan="2">1，两摄混押</td></tr>
<tr><td>咸摄</td><td></td></tr>
<tr><td>臻摄</td><td>1，独押（真韵）</td><td></td><td rowspan="4">1，四摄混押</td><td rowspan="2">1，两摄混押</td></tr>
<tr><td>梗摄</td><td>1，独押（同用）</td><td>1，独押（同用）</td></tr>
<tr><td>曾摄</td><td></td><td></td><td></td></tr>
<tr><td>深摄</td><td>1，独押（侵韵）</td><td></td><td></td></tr>
</table>

说明：表中数字为该韵摄出现的次数；同用为《广韵》同用韵；独押指同一摄内部押；内部混押指《广韵》同一摄中独用韵与同用韵混押。

《历代名医蒙求》韵段主要呈现出以下几个特点。

一是平声、入声独自入韵，上去通押。

25个韵段很明显表现出平声和入声独立入韵，不与其他声调混押，上声、去声两个声调混押。

二是《广韵》同一摄中的独用韵与同用韵出现混押。

1. 通摄平声《广韵》东韵独用，冬钟两韵同用，而《历代名医蒙求》用韵显示东、钟两韵通押，同样通摄入声屋韵独用，沃烛两韵同用，《历代名医蒙求》用韵显示沃、烛两韵通押。据此可以推断，通摄内部东、冬、钟三组韵主要元音已经合一。

2. 止摄《广韵》上声纸、旨、止三韵同用，尾韵独用，去声未韵独用，蟹摄霁、祭两韵同用，队、代两韵同用，《历代名医蒙求》用韵表明上声纸、旨、尾韵，去声未、霁、队韵通押。不但止摄内部主要元音呈现统一趋向，而且与蟹摄部分韵的主要元音开始一致。

3. 遇摄平声《广韵》鱼韵独用，虞模两韵同用，《历代名医蒙求》用韵显示鱼、模两韵通押。上声语韵独用，麌姥两韵同用，去声遇暮两韵同用，《历代名医蒙求》用韵也表明语、姥、遇三韵通押。据此可以推断，遇摄内部鱼、虞、模三组韵主要元音相同。

4. 山摄平声《广韵》寒桓同用、删山同用，《历代名医蒙求》一些用韵显示寒、桓、山三韵通押。据此可以推断，山摄内部寒、桓、山三组韵主要元音已经合一。

5. 效摄《广韵》去声啸、笑两韵同用，效韵独用，《历代名医蒙求》用韵显示笑、效两韵混押。

三是不同韵摄之间出现混押，如止蟹摄通押、山咸摄通押、曾臻深梗四摄混押。

1. 止摄平声独立入韵，未出现与蟹摄混押现象，而上去声入韵则表明止蟹摄可以通押。

2. 山摄平声独押，上去声、入声与咸摄出现混押现象。据此可以推断，山咸两摄韵尾已经合一，阳声-m尾与-n尾合，入声-p尾与-t尾合。

3. 臻摄、梗摄、深摄平声以及梗摄上去声独押，未出现混押现象，入声臻摄、梗摄混押，上去声一处押韵显示臻摄、梗摄、深摄、曾摄四摄混押。上去声四摄混押应是方言音所为，钱毅《宋代江浙诗韵研究》考察宋代杭州诗人用韵，有9位诗人臻摄、梗摄、曾摄通押，① 深摄字也与-n尾合并。② 据赵元任先生《现代吴语的研究》第43和第50页的表格、王启龙（1999）杭州方言同音字表以及《杭州方言词典》第13页“杭州方言单字音表之五”显示，现代杭州方言里面《广韵》曾、臻、深、梗四摄的读音混并，“不分en和eng，in和ing”，③ 四摄韵尾都变为-n尾。入声臻摄、梗摄混押，表明-t尾与-k尾合。④

二　《释音》音注语音研究

《释音》共收录181条音注材料，主要采用了以下注音方式。一是如字，只有1条，“尉，如字”。二是标注声调，共有2条，“中，音去声”“华，上音去声”。三是直音，共有109条注音，分两种，一种是直接用同音字注音，共有102条，如“虙，音伏”“牺，音羲”；另一种是用同声同韵再加声调的方式注音，共有7条，如“差，音钗去声”“铉，玄上声”。四是反切，共有69条，如“扁，薄泫切”“综，子宋切”。

这181条音注材料，如字和标注声调的3条音注，仅仅显示多音字的实际读音情况，价值不大。其余178条音注材料，直音音注材料里面，与《广韵》完全同音的有102条，与《广韵》注音有差异的7条。反切注音材料里面，与《广韵》完全相同的有55条，有差异的14条。

与《广韵》有差异的21条音注里面，又可以分为以下几种情况。

一是《广韵》收字不全所致。

直音材料里面“塳音蓬”，“塳”《广韵》未收，《集韵》注音为“蒲蒙切”，“蓬”《广韵》“薄红切”，《集韵》注平声“蒲蒙切”、去声“菩贡切”两音，两字平声音注相同。平声音注反切上字“蒲”“薄”都属並母，反切下字“蒙”“红”都属东韵，读音相同。

反切注音材料里面“蒭，测隅切”，“蒭”，《音释》注为“测隅切”，并注“与刍同”，《广韵》此切只收“刍犓”，《集韵》“蒭”读音为“窻

① 钱毅：《宋代江浙诗韵研究》，博士学位论文，扬州大学，2008年，第129—132页。

② 钱毅：《宋代江浙诗韵研究》，博士学位论文，扬州大学，2008年，第133—137页。

③ 鲍士杰：《杭州方言略说》，《杭州师范学院学报》（社会科学版）1980年第2期。

④ 参见赵元任《现代吴语的研究》（1956：65—68）韵尾变化的讨论。

俞切”，两个反切相比，反切上字都属初母，反切下字都属虞韵，读音一致。

二是汉字形体书写问题。

直音材料里面“疞音绞”，《广韵》“疞”，许久切，意为“病也”，属流摄有韵晓母，而“绞”，《广韵》古巧切，属效摄巧韵见母，两者不搭边。《广韵》“绞”小韵收有“疝”字，字下注“腹中急痛，俗作疞”，而且《音释》也注释为“腹中急痛也”。此处，“疞”当为“疝”的俗体。

反切注音材料里面“挨，乙谐切”，意为“推也”。《广韵》“挨”两收，均为上声，一是蟹摄海韵“于改切”，意“击也”，二是蟹摄骇韵“于骇切”，意“打也”，两者均无“推也”的含义。《广韵》“揩”平声，蟹摄皆韵，音为“乙谐切”，意“推也”。据此推断，“挨”当为“揩”之误。

三是《广韵》又音漏标问题。

反切注音材料里面“强”，注音为“其两切”。“强”，《广韵》阳韵“巨良切”，此切收字有“强彊鳢勥”，其中“彊”字下注“与强通用”，两字均未标加又音。《广韵》养韵“其两切”收字“勥彊弜誩滰”，其中“彊”注“或作强”“又其良切”。据此推断，“强”有两切，《音释》的注音，可以补足“强”的上声注音。

四是反切注音用字变化问题。

部分反切仅仅是换掉反切上字或反切下字，甚至反切上下字全换，但与《广韵》注音实际无差异，这样的反切注音如下表。

表 2　　反切注音用字变化情况一览

	音释	广韵	说明
那	乃贺切	奴个切	两者反切上字不同，但都属于泥母；两者反切下字也都属于果摄个韵。故读音未变
丧	息浪切	苏浪切	两者反切上字不同，但都属于心母，读音未变
诘	溪吉切	去吉切	两者反切上字不同，但都属于溪母，读音未变
疵	才移切	疾移切	两者反切上字不同，但都属于从母，读音未变
鄠	胡古切	侯古切	两者反切上字不同，但都属于匣母，读音未变
镵	仕忏切	士忏切	两者反切上字不同，但都属于崇母，读音未变
	仕衫切	锄衔切	两者反切上字不同，但都属于崇母；两者反切下字也都属于咸摄衔韵。故读音未变

五是语音变化带来的问题。

第一，声母方面的变化。

直音材料“仅音谨”，“仅”，《广韵》渠遴切，臻摄震韵群母去声，而“谨”，《广韵》居隐切，臻摄隐韵见母上声，疑似全浊声母发生变换，但例证孤单，不能直接下结论。

反切方面“瘵，则界切”，《广韵》为“侧界切”，“则”精母，“侧”庄母，两者相混。

第二，韵母方面的变化。

1. 韵摄内部诸韵发生合并，反切材料“湩，都勇切”，《广韵》都鵝切，两者反切下字不同，《广韵》“湩、鵝”应为冬韵上声，两者互为反切下字，附在肿韵。《音释》反切下字改为“勇”，“勇”《广韵》属于肿韵，说明东钟韵合并。

“塞，苏侧切”，《广韵》苏则切，曾摄德韵，《音释》反切下字改为“侧”，《广韵》曾摄职韵，同摄内部韵合并。

直音材料“亟”，“又音气”，前者《广韵》去吏切，止摄志韵，后者《广韵》去既切，止摄未韵，同摄内部合并。

2. 重纽合并，“缢，于智切”，《广韵》于赐切，止摄寘韵；直音材料“谧音密”，“谧”，《广韵》弥毕切，“密”，《广韵》美毕切，臻摄质韵；直音材料“仅音谨”，“仅”，《广韵》渠遴切，“谨”，《广韵》居隐切。以上三组音注材料，显示中古重纽已经发生变化，尤其是“谧音密”，重纽已经同音。

3. 不同摄合并现象，直音材料“踣”，“又音赴”，“踣”，《广韵》匹候切，流摄候韵开口一等，而“赴”，《广韵》芳遇切，遇摄遇韵合口三等。据钱毅（2013）宋代江浙诗人用韵研究，“显现出江浙尤侯唇音字的演变情况一部分正在向鱼模部转化”，[①] 与此条直音材料吻合。

《历代名医蒙求》是为学习医术启蒙而作，其韵段及音注反映了当时共同语的部分语音特征，像阴声止蟹摄合并，阳声-m 尾与-n 尾合，入声-p 尾与-t 尾合、-t 尾与-k 尾合等，部分呈现出杭州方言的语音特征，如臻摄、梗摄、深摄、曾摄四摄混押。

---

① 钱毅：《宋代江浙诗人用韵的通语音变》，《汉语学报》2013 年第 4 期。

参考文献

1. （宋）周守忠：《历代名医蒙求》，《续修四库全书》子部 1030 册，上海古籍出版社 2002 年版。

2. 鲍士杰：《杭州方言略说》，《杭州师范学院学报》（社会科学版）1980 年第 2 期。

3. 鲍士杰：《杭州方言词典》，江苏教育出版社 1998 年第 1 版。

4. 高龙奎：《李籍音义音注研究》，《汉语史与汉藏语研究》（第二辑），中国社会科学出版社 2017 年版。

5. 李新魁：《宋代汉语韵母系统研究》，《语言研究》1988 年第 1 期。

6. 钱毅：《宋代江浙诗韵研究》，博士学位论文，扬州大学，2008 年。

7. 钱毅：《宋代江浙诗人用韵的通语音变》，《汉语学报》2013 年第 4 期。

8. 王启龙：《杭州方言音系》，《清华大学学报》（哲学社会科学版）1999 年第 1 期。

9. 赵元任：《现代吴语的研究》，科学出版社 1956 年版。

（高龙奎，济南大学文学院副教授，博士，主要从事历史语言学研究。）

叙事的转变：明清韵书的民间化与地方化*

孙志波

（河南师范大学文学院）

摘　要：明清是继隋唐之后汉语韵书编纂的又一个高峰期，该时期的韵书可以分成“时音韵书”和“非时音韵书”两大类，其中“时音韵书”包含“雅音韵书”和“方言俗音韵书”。明清韵书编纂有“雅音韵书民间化”和“韵书的地方化”两种重要表现。由于编纂理念、方音背景等问题使得“雅音韵书”与现实语音并不完全吻合，存在一定的龃龉。“韵书的地方化”与“雅音韵书民间化”一脉相承，“雅音韵书民间化”促进了“韵书的地方化”，但“韵书的地方化”并不代表韵书完全“方言化”，在利用“方言俗音韵书”进行语音史研究时，应当注意分析其语音性质和语音层次。明清韵书的“等韵化”实际上是韵书“地方化”和“民间化”的表现形式。

关键词：明清韵书；雅音韵书；方言韵书；等韵

一　引言

汉语韵书的编纂，从三国魏李登的《声类》算起，其历史也有了1700余年。在这段漫长的时间里，韵书编纂经历了两次高峰期：第一次是隋唐宋。隋代陆法言的《切韵》终结了六朝韵书“各有乖互”的局面，

* 基金项目：国家社科基金青年项目“基于稀世音韵文献的清代苏皖江淮官话语音研究”（项目批准号：18CYY033）和国家社科基金重大项目“明清民国珍稀时音韵书韵图整理集成与研究”（项目批准号：19ZDA308）。本文承蒙好友焦磊博士和匿名审稿专家的指正，谨致谢忱。文中不足概由笔者自负。

因审音精细、架构合理等因素，而为士林所重，并在入唐后被奉为官韵，唐宋两朝官方民间屡次增补修订，构成了包含十几种韵书在内的“《切韵》系韵书”。第二次是明清时期。唐宋两朝韵书兢兢恪守《切韵》规矩，极少越轨，直至金元时期，韵书才开始挣脱《切韵》“雅正”传统的束缚，呈现新气象。明清踵继金元的革新精神而大开新局，各种韵书“百花齐放”，其盛况用“音韵蜂出”来形容，绝不为过。若说隋唐宋是韵书编纂的“定型期”，那么明清就是“繁荣期”。

“繁荣”二字首先体现在数量上。据宁继福（2009：13）统计，仅明代就有韵书116种。这个统计数据肯定不完备，因为许多书目收录都不完备。可以肯定的是，明清两朝的韵书数量远超此前历朝韵书总和。其次，创作队伍庞大。明清时期，韵书编纂不再是少数人从事的职业，上至官绅士宦，下至布衣黎庶，甚至外国人都参与到韵书创作之列，涌现出一大批优秀的音韵学家。再次，韵书的体式多样化。从《切韵》“四声分统诸韵式”，到《中原音韵》“韵部各统四声式”，乃至金元韵书“等韵化”的做法，明清时期的韵书在编纂中均有体现，并且还开创和使用了韵图与韵书相配的体式。最后，明清韵书涵盖了韵书作为工具书所能涉及的任何领域：既有为创作韵文而设的诗词曲律韵书，也有为通经释义而作的“小学”韵书；既有为规范语音而作的雅音韵书，也有旨在助益识字发蒙的通俗韵书。至于《西儒耳目资》《黄钟通韵》等把罗马字、满文等文字用于韵书，则显示出明清韵书在标音方面的进步与发展。总而言之，明清韵书的“繁荣”是多维度的，各个方面均有发展。

耿振生（1992）、宁继福（2009）等学者，均从韵书史的角度对明清韵书进行过研究。本文尝试从较为宏观的角度阐述明清韵书，把明清韵书放在汉语韵书史的大格局里，观察其与前代韵书的不同之处，即标题所述的“叙事的转变”。文内相关阐述参考了诸多前辈学者的论述，受学识所限，难免挂一漏万，存在许多不足。

二 明清韵书的分类

根据研究的需要，可以从编纂体式、编纂目的、语音系统等多个角度对明清韵书进行分类。宁继福（2009）将明代韵书分作“‘诗韵’韵书”

“时音韵书”“古今韵韵书”“曲韵韵书”“律韵韵书”五类。这个分类可以涵盖所有的明清韵书，但仔细分析可以发现其分类角度是多维的，如“‘诗韵’韵书”“时音韵书”“古今韵韵书”主要是依据语音系统，“曲韵韵书”和“律韵韵书”则是从其功用的角度划分出来。此外，宁继福（2009：448—452）还依据编纂体式制作了宋元明韵书的传承谱系，分作七支，仅就体式而言，宁氏所分七支也可以涵盖所有汉语韵书。但这种划分跟韵书音系是没有关系的，正如宁继福（1997：40）所说：“有传承关系的韵书，其语音结构往往不同，甚至迥异。”

就历史音韵研究的目的而言，语音系统最能体现一部韵书的真正价值。耿振生（1992：140）根据语音系统的性质，把明清的等韵音系分作三类：时音类、古音类和混合型音系类。时音类主要依据一个方言的共时音系归纳而来，能够基本反映当时方言的语音面貌；古音类则以中古音或上古音为分析对象；混合型音系类则是折中南北或者古今而成。根据耿振生的解释，更准确地说，他的划分立足点是“音系的单纯性”——时音类和古音类为单纯音系，混合类为混合音系。

就明清韵书的整体而言，从韵书的音系描写角度出发来分类，根据韵书的语音系统是否跟实际语音有牵连，可以将其划分为“非时音韵书”和“时音韵书”两种类型。“非时音韵书”指的是音系描写跟明清实际语音全无关涉，其描写对象主要是中古或上古汉语的语音系统。“时音韵书”即在语音系统上有实际语音依据的韵书，这类韵书可以根据张玉来（1999a：7—9）的观点来划分。张玉来（1999a：7—9）讨论明代共同语标准音问题时，提出明代官话语音史料可以分成三个类型：以“存雅求正”为目的审定的读书音系（正音音系）；以某一方言为标准审定的标准音系；以某一权威方言为主并参酌其他方言音系而审定的音系。这一划分虽然是针对官话史料而言，但是施及明清“时音韵书”的分类也是合适的。简而言之，明清“时音韵书”既包括纯然记录某一种方言的韵书，也涵盖糅合方言或者折中古今的韵书。值得一提的是曲韵韵书，该类韵书常常透露出时音的痕迹，根据我们的分类标准，也应该属于时音韵书，但其架构大致遵循《中原音韵》且有独特的功用和传承谱系，暂列为时音韵书的一个分支。综上所述，可将明清韵书的分类归纳如表 1 所示。

表 1　　明清韵书的分类

<table>
<tr><td>非时音韵书</td><td colspan="5">时音韵书</td></tr>
<tr><td rowspan="2">古音（上古）韵书
今音（中古）韵书
古今（上古/中古）韵韵书</td><td rowspan="2">雅音韵书</td><td colspan="3">方言俗音韵书</td><td rowspan="2">曲韵韵书</td></tr>
<tr><td>方言+古音</td><td>A 方言+B 方言</td><td>单方言</td></tr>
</table>

表 1 在雅音韵书和“方言+古音”类韵书中间是用虚线隔开的，这表示两类韵书的界限并不明确，具体分析详见下文。根据上面的划分，有必要澄清“明清韵书”这一概念的广义和狭义：广义的包含“非时音韵书”和“时音韵书”，狭义的仅包含后者。下文阐述“明清韵书”采用狭义的概念，且不包含曲韵韵书。

三　雅音韵书

在阐述有关雅音韵书的内容之前，我们需要先给它做一个明确的概念描述。张世禄（2000：173）指出：“韵书的编制虽然依照音读来排列文字，而原来的目的，并非单纯地为着审音而设，除了训释文字之外，还包含着撰作诗赋的作用”①，也就是陆法言在《切韵 · 序》中所说：“欲广文路自可清浊皆通，若赏知音即须轻重有异”。不过，需要注意的是，“广文路”和“赏知音”两者是有共性的——它们均是在书面体系中发挥作用。以早期韵书的集大成者陆法言的《切韵》为例，周祖谟（2001：222—251）认为它代表了 6 世纪文学语言的语音系统，具有正音意义。该书的正音作用自然不是规范人们日常生活的口语语音，而是纠正书面体系中“各有土风，递相非笑”的现象。我们把这种规范书面语音，具有“正音”作用的韵书，称为雅音韵书。耿振生（2001：14）在叙述传统音韵学的“正音”作用时，提到古代推行书面标准音系，而“这类书面音系是超乎所有方言之上、跟任何一个口语音系都不吻合的，但正是这一特点却使得它们能够被各地区的人都接受，从而为维护文化的统一起了重要

① 张世禄：《中国音韵学史》（上册），（台北）商务印书馆 2000 年版，第 173 页。

作用①”。这里的“书面标准音系”跟我们所说的雅音韵书内涵基本一致。

（一）雅音韵书的民间化

从韵书的“萌芽期”魏晋六朝算起，汉语韵书的编纂一开始只是民间的自发行为，故而也就出现了“江东取韵与河北复殊”的情形。《切韵》原本也是民间自发行为的产物，但因编纂精良、审音精细，借着科举考试东风，这种书面规范韵书在唐代得到了官方认可被定为官韵。唐封演《封氏见闻记》云：“陆法言与萧、颜诸公定南北音，撰为《切韵》……以为文楷式。”王仁煦《刊谬补缺切韵序》云：“时俗共重，以为典规。”《切韵》完成从民间韵书到官方韵书的蜕变，成为最具权威的雅音韵书。此后数百年的时间里，雅音韵书均是《切韵》系的韵书，以至清人还把隋唐韵书之学称为“今韵”。赵诚（2003：66）把《切韵》《广韵》《集韵》《礼部韵略》等“《切韵》系韵书”称为正统韵书，正与我们所述的观点相差仿佛。平田昌司在《文化制度和汉语史》“前言”中说，《切韵》的正统性虽然不断遭受质疑，“可是，在野的批评声音再大，官韵的权威性到近代都没有动摇过”②，从隋唐至元明清的1300多年里，“《切韵》系韵书支撑科举制度，有始有终”③。诚然如此，从金元时期开始，《切韵》系雅音韵书已经面临挑战，如韩道昭的《改并五音集韵》、黄公绍和熊忠的《古今韵会举要》已经在《切韵》系韵书的基础上，融入实际语音现象。赵诚（2003：66）称之为“正统韵书的改革”。金元享祚不永，雅音韵书的革新没有完成，并且相关革新也多是在前代韵书的基础上修修补补④，但它的革新精神却被明代继承了下来。

明王朝建立之初，“上以旧韵起于江左，多失正音，乃命翰林侍讲学士乐韶凤与诸廷臣以中原雅音校正之”⑤，他们校正的对象则是宋代官韵《礼部韵略》的增修本，即毛晃、毛居正的《增修互注礼部韵略》。从规

---

① 耿振生：《音韵通讲》，河北教育出版社2001年版，第14页。

② 平田昌司：《文化制度和汉语史》，北京大学出版社2016年版，“前言”第7页。

③ 平田昌司：《文化制度和汉语史》，北京大学出版社2016年版，“前言”第7页。

④ 周德清的《中原音韵》固然开辟了韵书编纂面向实际语音的道路，但其创作初衷只是为创制北曲而设（或可看作“俗音”韵书），与“雅音”各有领属，互不干涉，并且长期以来《中原音韵》在语言学领域的作用并不突出。

⑤ 《明实录·太祖实录》，“中研院”历史语言研究所，1962年，第1678页。

范的对象和规范的标准（“中原雅音”）这两个角度来看，朱元璋及其臣子所要编纂的是一部具有语音规范价值的雅音韵书，明代官韵《洪武正韵》应运而生。按照此前韵书发展的一般经验，官韵当有绝对的号召力，但《洪武正韵》却失败了，该书“分合舛误，窒碍难通，虽以天子之尊，传国十余世，悬是书为令甲，而终不能使行于天下”[①]（《四库全书·洪武正韵笺》）。如果把《洪武正韵》放入雅音韵书的大脉络里去审视，可以看到，该书未能得到推广的原因也能从“赏知音”和“广文路”两个角度来分析。金元以来韵书的革新精神实际上就是韵书语音系统向实际语音的回归，《改并五音集韵》《古今韵会举要》《洪武正韵》皆是如此，只是回归的程度不同。宁忌浮（2003：9—11）分析了导致《洪武正韵》失败的五项因素，除去社会未定、编纂者音韵素养不高、仓促成书等因素外，最重要的是由不熟悉“中原雅音”的人，在旧有韵书的基础上改并重编。[②] 这样编出的韵书自然不能代表“中原雅音”的语音系统，自然也就没法做到“赏知音”。同时，自金人王文郁《新刊韵略》始，明清时期形成了“诗韵”系韵书，“坊间韵书充栋，大抵沈约类谱”[③]，加上科举以八股取士，不考诗赋[④]，使得《洪武正韵》根本发挥不了“广文路”的作用。简而言之，“中原雅音”的语音系统不明，作诗押韵的参考作用被“诗韵系”韵书取代，致使《洪武正韵》不具备应用价值，注定了失败的命运。

《洪武正韵》的失败在汉语韵书史上反倒产生了积极作用，那就是自《洪武正韵》以降，韵书如雨后春笋般涌现，宁继福注意到这与《洪武正韵》的失败有关。他说：“倘若朱元璋编完《洪武正韵》，命令宋濂再编一部《洪武韵略》，用于科举，那么，明代韵书史将是另一番景象：满目萧疏。”[⑤] 前举张玉来（1999a：7—9）将明代官话史料分出一类，称作“以‘存雅求正’为目的审定的读书音系（正音音系）”，他指出：“这一类语音史料最为突出的特点是‘存雅求正’。所谓‘存雅’就是依据传

① （清）永瑢等：《四库全书总目》，中华书局2018年版，第383页。

② 宁忌浮：《洪武正韵研究》，上海辞书出版社2003年版，第9—11页。

③ 吕维祺崇祯七年本《音韵日月灯》识语，转引自宁继福《汉语韵书史·明代卷》，上海教育出版社2009年版，第104页。

④ 清代科举“试帖诗”所用《佩文诗韵》《佩文韵府》同属“诗韵系”韵书。

⑤ 宁忌浮：《洪武正韵研究》，上海辞书出版社2003年版，第9页。

统韵书所演化下来的语音系统归纳音类，所谓‘求正’就是依据‘规则’的音变来审定音系。这一类史料很少有不规则音变的现象，它的功能只供人们查正字音。《洪武正韵》就是其中一个有代表性的例证。”除《洪武正韵》外，兰茂的《韵略易通》、毕拱辰的《韵略汇通》、乔中和的《元韵谱》等一大批韵书也都是此类。这类“只供人们查正字音”的韵书，从功用上看就只是“赏知音”，承担了原本雅音韵书的作用。这种情形，我们称为“雅音韵书的民间化”。雅音韵书民间化的表现可以归纳为两点：第一，编纂主体多来自民间，韵书的编纂又再次成为民间的自发行为；第二，许多韵书的音系内容带有时音，特别是作者的方言语音的色彩（有关音系的内容见下文），而又不与任何音系完全一致。那么为何雅音韵书会民间化呢？道理很简单，当韵书“广文路”的功用被“诗韵系”韵书占据，“赏知音”就成为音韵学家唯一可以施展才华的领域。《洪武正韵》的失败使得韵书编纂不再局限于官韵的条条框框，同时它提出的“壹以中原雅音为定”的口号，使得“雅音”标准彻底与《切韵》系韵书决裂，回复到对时音的关注，引领了韵书编纂新风。但当“中原雅音”的标准不明确时，作者对于该问题的理解就成为唯一的标准。因而也就导致雅音韵书音系内容呈现出复杂性特征。

自《切韵》开始，雅音韵书就不是严谨与某一个特定音系契合。周祖谟（2001）指出：《切韵》“它的音系不是单纯以某一地行用的方言为准，而是根据南方士大夫如颜、萧等人所承用的雅言、书音，折衷南北的异同而定的”。耿振生（1993）道：“研究近代汉语书面音系，对它们的复合性特点需要予以足够的重视……在众多近代音韵著作中，真正的单纯音系很少，而复合性音系占大多数。”孙志波（2017）采用张玉来（1995、1999a）等论著提出的“存雅求正”观点，分析了书面音系“存雅求正”的特征，包括：共时参差性，即同一时期的书面音系描写的语音特征是不同的；历时持续性，即某一种语音特征曾经存在并且被文献记录下来，随着时间的推移，实际语言中已经消失，但书面音系中往往将其保留。自20世纪90年代开始，近代汉语书面音系的复杂性问题成为讨论的热点，唐作藩和杨耐思（1991）、杨亦鸣（1992）、耿振生（1992、1993）、张玉来（1999b）等对此均有讨论，而以耿振生和张玉来的讨论最为细致。两位学者指出，影响近代汉语书面音系复杂性的因素包括：传统文化的“雅”“俗”观念体现在音韵学上就是追求“雅音”“正音”

（耿振生 1992），强烈的“正音”意识促使韵书编纂者不切实按照实际语音归纳音系，而较多保留古音音类（张玉来 1999b）；纷繁复杂的方言使得韵书纂修者希望编纂超越一切方言的“正音”“通语”韵书（耿振生 1992），而共同语缺少明晰的标准音，故而方言背景会影响到作者对于共同语音系的理解（张玉来 1999b）。在诸多因素作用下，我们可以看到明清雅音韵书的状态是：既有大方向的相似性（如-m>-n；开合四等变四呼等），但同时又各有自身的特点。从某种角度上说，明清时期雅音韵书的“锋出”，不过是在缺少公认“雅音”的情形下，民众对“雅音”的向往，从而做出的积极尝试。在社会文化环境已不具备“定则定矣”的客观条件时，无论是官修还是私纂，没有哪本韵书可以做到定“南北是非”、通“古今通塞”。

（二）雅音韵书与明清语音

本节所要阐述的问题是：雅音韵书跟明清语音的具体关系是怎样的？

纵观汉语的发展史，可以发现汉语长期以来处于“多轨”并行的状态。储泰松（2005：25—27）在讨论唐五代关中语音的层次时，指出关中语音具有三个层次：雅言，即读书音；通语，即不同方言区域的人相互交流、沟通的工具；方音，具关中地区语音区别特征的方音。[①] 曾晓渝（2019）在分析传统“正音”观念与标准时，指出古代汉语就语音而言，存在读书音与口语音、通用音与方音、雅音与俗音的差别。相关概念如表 2 所列[②]。

表 2　　曾晓渝（2019）的语音层次划分

		保守存古	跨地域交际	上层交际	跨阶层交际	备注
读书音		+	−	−	−	随时代逐渐改进
口语音	通用雅音	−	+	+	+	多少夹带读书音
	通用俗音	−	+	−	+	
	方言雅音	−	−	+	+	受通用雅音影响
	方言俗音	−	−	−	+	

① 储泰松：《唐五代关中方音研究》，安徽大学出版社 2005 年版，第 25—27 页。

② 表 2 据曾晓渝（2021：23）调整。

曾晓渝（2019）的划分更为细致一些，这是因为关注了不同语音层次之间的交互影响。实际上，储泰松（2005：28）也简单提到过这种影响。[①] 如果不以层次间的影响为分类标准，那么曾晓渝（2019）也可划分为读书音、通语（雅、俗）、方言（雅、俗）三个层次。我们同意这两位学者的观点，认为明清时期（或各个时期？）汉语语音都有雅音（雅音韵书的记录）、通语、方言三个层次[②]。同时，也需要认识到，明清时期向实际语音回归的雅音韵书必然要和口语层面发生联系，罗常培（2008：233）比较直白地把韵书的记录等同于明清通语（即官话）的语音系统："我们可以断定金、利二氏所据的声音，乃是一半折衷各地方言，一半迁就韵书的混合产物。用明代韵书的术语说，我们可以叫它做'中原雅音'；用近代习用的术语说，也可以叫它做明末的'官话'。"[③] 后来学者也有与此类似的观点，例如曾晓渝（2019）认为："近代反映时音的韵书一般反映通语口语雅音。"不过，耿振生（1992：122）和张玉来（1999：8）等均认为韵书跟官话是有距离的，"由于对'雅''正'的认识态度和把握尺度有差异，所以近代官话韵书自然存在较大出入，通常有保守的倾向，与口语有较大距离"[④]。

讨论雅音韵书和明清官话的关系，关键问题是理顺明清官话的性质。作为汉语历史通语的组成部分，明清官话跟先秦雅言、秦汉通语、宋元中原雅音是一脉相承的。从历史记录来看，明清官话一定是可以施诸口语的，作为交际工具的"活语言"，如利玛窦《中国札记》说："除了不同省份的各种方言，也就是乡音之外，还有一种整个帝国通用的口语，被称

① 储泰松指出唐代音义反切中的混切现象常与《广韵》同用规定相合，既表明雅言的存古特征，与实际语言差距较大；也表明通语系统对雅言的影响与制约。详见储泰松《唐五代关中方音研究》，安徽大学出版社 2005 年版，第 28 页。

② 但在具体的概念内涵上，我们对于"雅音韵书"的定义跟储泰松（2005）差相仿佛，而与曾晓渝的略有参差。以近代汉语韵书而论，我们的"雅音韵书"大致相当于曾晓渝的"读书音+通用雅音"，因为她认为《洪武正韵》是读书音，又说"近代反映时音的韵书一般反映通语口语雅音"，通语则相当于她的"通用俗音"。

③ 罗常培：《耶稣会士在音韵学上的贡献》，原载《"中研院"历史语言研究所集刊》第 1 本第 3 分，1930 年。本文引用的是《罗常培文集》第八卷，山东教育出版社 2008 年版，第 187—280 页。

④ 张玉来：《韵略易通研究》，天津古籍出版社 1999 年版，第 8 页。

为官话，是民用和法庭用的官方语言。”① 学界对明清官话性质的分析，涉及三个层面。首先是基础方言问题。明清官话（或近代汉语共同语）的基础方言问题，学界有多种观点，如“洛阳话说”（李新魁 1980）、“北京话说”（王力，2015：37）、“南京话说”（鲁国尧 1985）、“北方话（或华北方言）说”（杨耐思 1981：69；耿振生 1992：122；张玉来 2007：37）等。“洛阳话说”“北京话说”“南京话说”没有什么本质的区别，都是强调具体的“点”，只是地方换了一下而已，并且该说法往往和下文提及的标准音问题存在交错。“北方话说”则认为官话的基础方言是一个范围较广的区域，并非具体的方言点，该区域内的方言在音系上具有相当的一致性。显然“北方话说”较于“北京话说”“南京话说”具有一定的合理性，艾约瑟（Joseph Edkins 2015：9—11）的叙述是对这一观点的最好印证：“中国人在宫廷里以及政府机关中使用的发音叫做官话，或者称 Mandarin。这种发音实质上是长江以北各省、四川、云南、贵州以及湖南和广西部分地区所使用的共同语言……人们所使用的语言发音相似度很高，足以保证它们可以被称为同一种语言。”② 由此也就产生了明清官话性质的第二个问题：是否具有标准音？除前述“洛阳音说”“北京音说”“南京音说”外，还有“南京音和北京音更迭说”（张卫东 1998a、b；陈晓 2018）以及“无标准音说”（耿振生 1992：120；张玉来 2007：29—30；张鸿魁 2007：7—15）等。实际上，明清时人已然对此问题阐释清楚，张位《问奇集》云：“大约江以北入声多作平声，常有音无字，不能具载；江南多患齿音不清，然此亦官话中乡音耳。若其各处土语更未易通也。”高静亭《正音撮要》也说：“除各处乡谈、土语、习俗、侏离不计外，其能通行者，是谓官话。既为官话，何以有南北之称？盖话虽通晓，其中音、声、韵仍有互异，同者十之五六，不同者十之三四。”艾约瑟（2015：10）同样提出了类似的叙述：“把前述各省的方言看作真正的官话依然是正确的，各省官话中允许掺杂一些乡谈，或者土腔（provincialism）”③。由此可见，明

① ［意］利玛窦、［比］金尼阁：《利玛窦中国札记》（上册），何高济、王遵仲、李申译，广西师范大学出版社 2001 年版，第 66 页。

② ［英］约瑟夫·艾约瑟：《汉语官话口语语法》，董方峰、杨洋译，外语教学与研究出版社 2015 年版，第 9 页。

③ 笔者注：“前述各省”指的是前引长江以北各省、四川、云南等地。［英］约瑟夫·艾约瑟：《汉语官话口语语法》，董方峰、杨洋译，外语教学与研究出版社 2015 年版，第 9 页。

清官话显然是不存在现代语言学意义上的“标准音”的，它最终强调的是内部的“互相通话性”（mutually intelligible），唯一的标准是“听得懂”，正如《洪武正韵·凡例》云：“欲知何者为正声，五方之人皆能通解者斯为正音也”。如此，也就很容易理解学界所说的“南系官话”“北系官话”以及艾约瑟、威妥玛（Thomas Francis Wade）、顾赛芬（Séraphin Couvreur）等人认为官话存在北京官话、南京官话、成都官话三种体系了，“这三者却都是同一种大方言的变体”①。明清官话性质的第三个问题就是通行限度问题。艾约瑟、何美龄（K. Hemeling）等人都曾说过“南京官话”通行地区更广，“北京官话”更时髦，张卫东（1998a、b）以此为基础论断明清官话标准音前后的转变。不过，史料记载官话的普及度在南方地区尤其是闽粤等地并不高，《学政全书》卷六五记载：“闽省士民不谙官话。雍正七年间，于省城四门设立正音书馆，教导官音。但通省士民甚多，一馆之内仅容十余人，正音固难遍及。况教习多年，乡音仍旧，更觉有名无实。”张玉来（2007：38—39）据利玛窦、曾德照等人的记载指出，官话传播的主力军是走卒商贩，而“南京官话”通行范围广，大概说的不是语言习得问题，而是理解性问题，何美龄就说：“尽管如此，南京官话保留了超越于其他官话的一定优势……它和较其他官话方言更忠实地保留古音的中国中部沿海一带及南方的口语方言有着更密切的关系……从而具备了较之其他语言更广泛地被理解应用的必要条件。”②

经过上文的梳理，现在我们可以把民间化的明清雅音韵书和明清官话的相关要素作成表3。

表3　雅音韵书和明清官话的要素比较

	基础方言	跨方言	标准音	日常使用
雅音韵书	+	+	−	−
明清官话	+	+	−	+

① ［英］约瑟夫·艾约瑟：《汉语官话口语语法》，董方峰、杨洋译，外语教学与研究出版社2015年版，第10页。

② 转引自张屏生《清末民初南、北官话的语音比较》，《声韵论丛》2002年第12辑，第129—146页。

表3显示，雅音韵书跟明清官话最大的区别就是是否能够日常使用。其他几个方面两者看似一致，但其中仍有值得细致剖析的区别。同样是有基础方言，官话的基础方言一定是有实实在在的语音框架的，其具体语音可能会因人而异，进行调整，但这种调整肯定是能够宣诸口吻的。雅音韵书也有其基础方言，不过韵书对于语音的调整，可能出现书面有别，而口中无别的情形，例如入声是许多近代汉语韵书中念念不忘的成分，《韵略易通》严谨区分-p/-t/-k，但这种区分在现实语言中是没有什么价值的，仅能在书面上告诉人们其古音类属。同时，需要注意的是，官话的基础方言是北方方言，明清雅音韵书可能反映北方方言的普遍特征，但也可以根据编纂者的“正音”观念而发生改变，例如《洪武正韵》的基本框架是《增修互注礼部韵略》，但带有吴音色彩。跨方言问题更容易理解，上文说过官话强调的是“互相通话性”，雅音韵书讲求的则是书面语音的规范性。明清雅音韵书跟官话之间的种种纠葛，重要的原因之一就是雅音韵书的民间化，但经过分析，可以看到，不能简单地把雅音韵书跟明清官话等同起来，由于两者都具有一定的语言基础，所以更应该看作是对方言的投射。最后需要说明的是，雅音韵书对官话肯定存在影响，“官话是口头语言，但汉语的口语受书面语干扰很大，官话尤其如此。这个基础方言的音系经过改造才能被承认为官话……改造的依据是书面音和其他方音，说话者凭借‘正音’观念把别处方音的部分内容和基础方音结合在一起，去掉一些‘土’的成分，增加一些‘文’的成分，就是他们心目中的官话。[①]”

四　方言韵书

“方言韵书”（或“方音韵书”）这一概念据笔者所知，大概是罗常培先生最早提及，其在《汉语方音研究小史》中说：“还有一种从前人认为‘不登大雅之堂’而我们现在必须另眼看待的东西——就是流行于民间的方音韵书。”[②] 罗先生最初只是把方言韵书看作调查方言的辅助，“它

① 耿振生：《明清等韵学通论》，语文出版社1992年版，第120—121页。

② 罗常培：《汉语方音研究小史》，《东方杂志》1934年第31卷第7号。本文引用的是《罗常培文集》第九卷，山东教育出版社2008年版，第135—159页。

们辨别声韵固然不见得精确，可是大体总以当地乡音为准，这实在是我们调查方言最好的简介材料。”[①] 因此，“方言韵书”这个概念罗先生是立足现代方言去界定韵书的语音性质，后来的学者也基本因循这种界定方式。从方言的历史演变来看，这种界定具有一定的合理性，据张玉来（2009）利用明代的笔记文献材料研究明代方音的结果，现代方言分区在明代已经形成，相关方言的主要特点在明代也已完备。不过，就如上文我们所指出的，雅音韵书虽然不能完美契合某个方言，但也是包含实际方言的成分在内的，特别是有些方言韵书，是在某个方言的基础上参酌古音分类编纂而成——这也是表1中为何我们没把雅音韵书和“方言+古音”类韵书截然分开的原因。阅读前贤已有成果，也可经常发现诸如“带有某种方言特点的官话韵书（或共同语韵书）”的论述。这种论断看起来颇有些无可奈何。究其原因，最根本的就是雅音韵书的民间化，向实际语言的靠拢，逐渐泯灭了“雅”与“俗”的界限。那么如何区分雅音韵书和方言韵书？下文的叙述我们采取以下几个原则：第一，音系较为单纯，其整体格局都与某种方言契合的，是方言韵书[②]；第二，音系呈现复合性特点，但从中能够离析出完整的音系，并与某种方言契合的，是方言韵书；第三，音系呈现复合性特点，音系格局整体找不到方言依据，但内部具有某方言典型特征的，可视为“非典型方言韵书”，该类韵书多以“方言+古音”的模式编纂，从编纂理念上看更接近雅音韵书。

（一）韵书的地方化

上文已经提到汉语韵书的编纂一开始只是民间的自发行为，陆法言在《切韵序》中提到了吕静的《韵集》、夏侯该的《韵略》、李季节的《音谱》等韵书，说它们“各有乖互”“江东取韵与河北复殊”，罗常培（2008：153）认为这些韵书可能就是方言韵书。王国维（2014：206—209）提到唐代在《切韵》系“吴音”韵书之外，另有天宝的《韵英》、元廷坚的《韵英》、张戬的《考声切韵》、武玄之的《韵诠》等“秦音韵

① 罗常培：《汉语方音研究小史》，《东方杂志》1934年第31卷第7号。本文引用的是《罗常培文集》第九卷，山东教育出版社2008年版，第153页。

② 我们所说的“契合”并不是百分百完全一致，而是允许存在差别，但其间差别需要得到历史演变和语音学普遍理论的支撑，从音理上能够得到解释。

书”，并说“秦音”就是“关中之音”。但这些方言韵书均未流传下来，其重要原因大概是雅音韵书的强势，压制了方言韵书的发展。跟前代相比，明清韵书的一个显著特征就是韵书的地方化，方言韵书“蜂出”，并且最富有趣味的是方言韵书和雅音韵书彼此紧密关联，和谐相处。

从广义的角度来讲，韵书的地方化应该涵盖雅音韵书的民间化，因为编纂主体均是“地方化”“民间化”的，都以民间自发行为为主。不过尽管民间化，但雅音韵书始终无法做到完全的“土俗”，与现实的语言还存在一定的距离。所以，我们所说的“地方化”，不仅仅是韵书编纂者的“地方化”，还特指韵书音系描写的“地方化”，表现为韵书的音系由跨方言转向为贴近具体的方言语音系统。清黄谦的《汇音妙悟·序》最能直接体现这一点：“乃有客曰：‘是编以字而正音，何如因音以识字，使农工商贾按卷而稽，无事载酒问字之劳乎？’予喜其见解之辟，辑成一编，以五十字母为经，十五音为维，以四声为梳栉。俗字土音，皆载其中，以便村塾事物什器之便。悉用泉音，不能达之于外郡，固不免贻大方之诮也。”作者很清楚地说明他所编纂的韵书是一部反映“泉音”（泉州方言）的方言韵书。清周仁的《荆音韵汇·凡例》也有类似的说法：“方言各邑互殊，是编专为谐俗而作，而仍注《佩文》诸韵于各字下。俗音与雅音迥不相侔者，则注雅音读作某以别之，不以俗音误雅音也。”① 值得注意的是，有些韵书名为“雅音”实为“方言”，“这类史料的特点是，作者依据自己的方音，并参酌自己所了解的音韵知识而审定出一个音系。这种音系，作者往往就认为是天下正音，可以通行四方，但实际上仅仅是一个方言音系而已。”② 这类韵书多见于官话方言区，《中原雅音》是其代表③，清代裕恩的《音韵逢源》也属此类。《音韵逢源》裕恩序云：“……天地之元声于是乎备矣。惜其不列入声，未免缺然。问之则曰：五方之音清浊高下各有不同，当以京师为正。其入声之字或有作平声读者，或有作上去二声读者，皆分隶于三声之内。”

---

① 《荆音韵汇》系清代宜兴方言韵书。详细内容可参看黄河的《荆音韵汇：两百年前的宜兴话》，中西书局 2016 年版。

② 张玉来：《韵略易通研究》，天津古籍出版社 1999 年版，第 8 页。

③ 邵荣芬（1981）认为《中原雅音》的基础方言跟河北井陉一代接近，刘淑学（1996）充分论证了这一观点。

明清时期雅音韵书和方言韵书二元共存，为什么没有出现之前历代雅音韵书全面压制方言韵书的情形？其中一个原因当然是雅音韵书式微，缺少像《切韵》那样世所公认的韵书。但若深究，可以发现韵书地方化，方言韵书的诞生在理念上实际是和雅音韵书的民间化一脉相承。如之前所说，韵书自诞生之日起承担着“广文路”和“赏知音”的作用，但这两个作用都是为上层阶级服务的，平田昌司（2016：5）说《集韵》开启了韵书编纂的古典化风气，更能体现这一点。入明以后，韵书的功用似乎更多了。耿振生（2001：14）指出：在“正音”“通经”之外，音韵学还兼具“发蒙”的作用，《韵略易通》《五方元音》一类韵书在文化普及上有很大贡献。张鸿魁（2005：93）也指明训诂（供读经书者据字形寻音解）和识字教学（“童蒙入门”）是明清韵书的两大功用。作为童蒙识字读物是此前韵书从未有过的作用，这种情况的产生，跟作者创作理念的改变有关。张玉来（1999：1—5）认为明代以来的学术研究具有实用主义倾向，文化建设接近现实。这种倾向影响到音韵学的研究，例如《韵略易通》兰茂自序：

> 至于寻常方俗之语，日用事物之名，挥笔临书，罔知所措者，不可一二数。童蒙求我得无窘乎？虽备载《篇》《韵》等书，然简帙浩繁，形声同异，观者迭为可否？几何而不贻羊芋之笑哉？草堂吟啸之余，会群书，叶声律，去繁就简，集以成编，题曰《韵略易通》。极知鄙浅无益于人，姑置书林颇以省检阅之劳云尔。

雅音韵书民间化对于音韵学研究的重要影响，就是创作上“便俗”理念的诞生，而这种“便俗”的理念无疑深刻地影响到了韵书的地方化，促进了方言韵书的编纂。因而我们可以看到多数方言韵书都以帮助人们识字或者日常查询便利为任，例如《字海直音》序云：

> 《字汇》一书，查有字无音者也。五经四书、诸子百家，字无不该，固属读书文人所不可少之书矣。至于日用之间，书世事写俗情，举笔忘字，仓卒无措，虽老师宿儒，搁笔袖手。不但不便于己，亦且遗笑于人，所系其浅鲜哉。兹有《字海直音》一书分拾叁韵，共数六千九百八十五字，凡日用眼前切近应用之字皆载其中。欲查有音无

字者，举音依韵，展卷即得，不惟有便于俗，亦且有济于文，尤属读书文人所不可少书也。[①]

再如《增补同音字类标韵》[②] 序云：

余辑《同音字类标韵》一书，海内争购者莫不先睹为快。谬承诸君子称赏，允为善本。不特为童蒙初学之津梁，亦足为士林之一助。原本定声编韵，细详音义，特恐墨二漏一，尚有未补。爰复重加纂辑，增补十之一二。

因此，与其说方言韵书“难登大雅之堂”，不如说作者从一开始就没想过“登堂入室”。我们可以猜想这样一种情形：雅音韵书的民间化使得韵书具备了“发蒙”作用，但由于“雅正”理念的影响，其音系格局使得日常使用存在不便，因此进一步更加贴近方言的韵书就应运而生。更有趣的是，雅音韵书和方言韵书之间似乎存在嬗变关系。宁继福（2009）开列了明代时音韵书十九种，据我们的考察，其中雅音韵书约占七成，方言韵书约占三成。到了清代，除去《五方元音》《音韵阐微》以及几部正音韵书，很难再举出成规模有影响的雅音韵书，倒是方言韵书不胜枚举，从数量上说绝对可算得上是清代韵书的“主流”。这一点还体现在方言韵书往往跟雅音韵书渊源深厚，例如《韵略易通》《韵略汇通》系雅音韵书，而在它们基础上修订而成的周云炽的《韵略新抄便览》（清·莱州方言）、崔鸿达的《音韵六书指南》（清·温县方言）、无名氏的《韵略字典》（清·天长方言）则带有方言韵书的性质了[③]。简单来说，雅音韵书民间化促进了韵书的地方化。这样也很容易理解明代雅音韵书占上风，清代方言韵书占主流的情形了。

（二）方言韵书与方音史研究

相比于上古音、中古音、等韵学等音韵学分支领域，汉语近代音研究

---

① 《字海直音》系《徐州十三韵》祖本，现存民国誊抄本。

② 据王佳亮（2019）的研究，该书反映的是清中后期绍兴县西郊的读书音。

③ 《韵略新抄便览》和《音韵六书指南》还未能尽善尽美地描写方言系统，还具有一定的“存古”现象，但描写了相关方言的核心特点，即“非典型方言韵书”。

是一个年轻的学科分支，大致兴起于20世纪初。开始，近代音的研究领域仅限于“北音”，如钱玄同《文字学音篇》分字音演变为六期，其中14世纪至19世纪（元明清）为第五期，“此类之音，泛称可曰‘北音’”“由此而发生一种普通语言，即俗称‘官话’者是”[①]；罗常培《中国音韵学导论》“古今音韵演变大势”称元明时期为“北音时期”：“及元朝御宇，奠都燕京。政枢即移朔方，文学复重北曲，于是《中原音韵》乘时而兴。降至明初，更据此以修《洪武正韵》。六百年来，遂为官音所宗。[②]”陆志韦《古官话音史》的系列论文是这一时期的代表作[③]。20世纪70年代末以来，伴随着文化事业的全面复兴，汉语近代音研究取得了长足的进展，突出表现为对于近代音内涵的认识，超出了“北音”范围，拓展到其他方言音韵的研究，以方言韵书为主体兼顾其他文献材料，构成了明清方言历史音韵研究的主流。

方言韵书和雅音韵书的研究，有一项内容不同，由于方言韵书有具体的方言依据，所以要落实其音系基础。如何确定一本方言韵书的音系基础呢？最初对于方言韵书的利用，似乎不存在音系基础的落实、确认问题，因为它们是服务于方言调查。例如罗常培的《厦门音系》是以《厦门音白话字典》为基础，参酌《厦门音新字典》《十五音》进行调查，而比较厦门方言音系和《十五音》，只是为了考察漳州音和厦门音的区别[④]。这种“先入为主”往往是基于韵书性质的世俗流传、作者籍贯或是韵书序、跋所载录的信息。魏建功（2001：61）开列了七种通俗韵书，其音系性质大致均依其通行地区、作者籍贯等信息确定，例如对《字音会集》的描述是：不具卷数。清光绪乙巳年武省江学海。书中例言有“武省普安堂善书局董事江学海谨识”语，未必江氏之作……武省当是湖北武昌省城之俗称，则此书是湖北一带通俗韵书可知。后来周赛华（2015）分析该书音系，认为它记录了湖北黄冈、新洲一带的方音系统。不过这样的信息只能作为判断方言韵书音系基础的辅助性材料，一来这类方言韵书常常

① 见钱玄同《文字音韵学论集》，上海古籍出版社2011年版，第205页。

② 罗常培：《中国音韵学导论》，山西人民出版社2015年版，第10—11页。

③ 《古官话音史》系陆志韦关于近代汉语音韵的九篇论文的原定总名，只是未能成集，相关论文收录于《陆志韦近代汉语音韵论集》（商务印书馆1988年版）。

④ 罗常培：《厦门音系》，载《罗常培文集》第1卷，山东教育出版社2008年版，第1—376页。

不著作者，如徽州地区的多种《乡音字义》《乡音字汇》，作者均无所考；二来韵书的音系基础不一定就跟作者的籍贯相对应，甚至囊括其他方言的成分，例如《李氏音鉴》就包括了北京话和板浦话的音系。判断方言韵书的音系基础，最根本的还是依据其音韵系统，更进一步说，判断方言韵书的音系基础，跟判定语言的同源关系相同，依据的是音韵创新。上文把“方言+古音”类型的韵书也划入方言韵书一类，就是因为某些音韵创新，是韵书和方言共享的。例如《音韵六书指南》全书是在《韵略汇通》的架子里调整，尤其是入声的布局深受《韵略汇通》影响，但是该书中“儿而二”等字归入来母，跟作者家乡温县话的这些字读 ɭ̩，具有相同的音韵创新，可以认定该书是具有方言性质的。共同的音韵创新越多，越能证明其基础。

接下来的一个问题是，方言韵书记录了“什么样的方言”？我们不能把方言韵书等同于现代语言学角度下的语言调查记录，方言韵书的编纂初衷往往并非为了忠实地记录某一个方言的语音系统，而是给当地人提供一个读书识字的便利框架。例如《荆音韵汇》虽以“偕俗”为目的，但黄河（2016：18）指出该书实际上是一本利用荆溪方音音系为索引的《康熙字典》简编，是通过本地的读书音来检字。方言韵书的受众主要是读书人或者希望借此读书识字的人。因此，方言韵书的编纂就不可能是纯“白话”的，往往是偏重于“文读”的。这在诸多韵书中均有体现。例如，清代饶应召《辨字摘要》的声韵调特点与现代赣语临江话十分一致，但是现代临江话梗摄文读舒声为-n 尾，入声为-t 尾，白读舒声为-ŋ 尾，入声为-ʔ 尾，《辨字摘要》只记录了文读情形，该书虽是为童蒙识字而设，但却是依照方言文读音编纂而成（李军，2015：97）。耿振生（1992：202）指出，王应电的《同文备考》“在表现吴方言特点上做得更彻底，完全按照实际读音来区别音类，不受古韵、官韵的约束”，但郑伟（2017）的研究表明，《同文备考》中包含着许多“官音”的现象，例如，“中古谈韵字按照声母条件的不同，读音分作两类，其牙喉音声母字与覃韵字的读音为一类（即《备考》‘含’韵），而谈韵字的舌齿音与二等咸衔韵的舌齿音字为一类（即《备考》‘谈’韵）。中古咸、衔韵在吴语白读层本来没有内部因声母条件不同的分韵，但《备考》却将咸、衔韵的见系字另列为‘咸’韵，表面上似乎是条件音变，实际上是文白对比的结果，即《备考》的‘咸’韵记录的是官话型文读，‘谈’韵记录的是吴语型白读。”不唯韵书如此，方言韵图也有此类情形，黄典诚（1979）指出：《拍掌知音》是记录闽南方言泉州话的韵图，全书以文读系统为主，仅有极少数白读系统字音，泉州方言韵书《汇音妙悟》部分韵部里原注“土解、俗解”即（白读）的韵目，《拍掌知音》则均付诸阙如。

耿振生（1992：127）讨论明清韵书时说道：“我们常常看到学者们在讨论一部韵图或韵书的音系的时候，说它以某地方言为基础，或者说它基本代表某地的方音，这同时就是说它不是完全如实地描写那个方言，而夹杂了另外的成分。”耿振生先生所述的“夹杂的成分”一般指的是无法纳入方言音系内部的很明显的异质成分，但上文所说的“文读”或者“官音”是被折合进方言内部的成分，已经成为方言的有机组成部分。在利用方言韵书的记录，探讨方言语音史的时候，要十分的谨慎。王洪君（2013：620—621）从演变分化和接触趋同两个角度描述了汉语方言的音韵史，其中在接触趋同方面，北人南迁把通语推广到南方，或者覆盖推平，完全替代南方方音，或者层次叠加，以“文读”的音韵层次进入地方方言。明清方言韵书的记录实际上主要是音韵层次叠加而形成的“文读”，这也就意味着研究方言韵书，不但要有“方言”的思维，还应该有“通语”的视野。

五　韵书的“等韵化”——代结语

上文以“叙事的转变”为核心，讨论明清韵书的相关问题，但明清韵书的“转变”是多方面的，如果把“叙事”分作内容和方式两部分，那么上文所述的雅音韵书民间化、韵书编纂地方化着重于讨论叙事内容上的转变。实际上，在叙事方式上明清韵书也有重大转变，那就是韵书编纂的“等韵化”。

早期韵书和等韵学著述之间是很容易区分的，从体例上说韵书以《切韵》的“四声分卷式”为常例，等韵学则以《韵镜》这样区分四等、开合的图表为代表，两者之间的牵连是韵图往往依托某本韵书纂修而成。但“金元时期，语音学（等韵学，或曰切韵学）有长足的进步，字母、七音、清浊、开合、等第诸概念引入韵书，韵书的编纂变得条理清晰，严整精密，科学性大为增强。”（宁忌浮，2016：1）

传统等韵学的内容包含字母、四等、开合、清浊等内容，韵书“等韵化”初期，基本还是在传统等韵学的范畴里，例如韩道昭的《五音集韵》字序云：“尝谓以文学为事者，必以声韵为心，以声韵为心者，必以五音为本，则字母次第其可忽乎”，所以书中各韵收字以牙、舌、唇、齿、喉、半舌、半齿的三十六字母为序，字母之下分列再四等。金元时期其他等韵化的韵书如《蒙古字韵》《古今韵会举要》都多少带有传统等韵学的影子。到了明清时期，等韵化的韵书既有采用传统等韵学理念的，如《韵学集成》。但更多的是别出心裁，另辟蹊径实现韵书的等韵化的，这从明清韵书的各种编纂体例中就能看出来。

宁继福（2009：452—453）列出了多种韵书“等韵化”的体例：声调—韵部—四呼—声母，如《合并字学集韵》《元韵谱》；韵部—声母—四呼—声调，如《韵略易通》《韵略汇通》；韵部—四呼—声母—声调，如《文韵考衷》；韵部—阴阳—声类—声调，如《交泰韵》。除此之外，笔者还见到另外两种模式：四呼—声母—韵母—声调，如《音韵六书指南》；声调—（四呼）韵母—声母，如《字学备要》。可以看出，明清韵书“等韵化”的进程，就是韵书编纂由开合四等转向开齐合撮四呼的进程。耿振生（1992：30）开列了明清等韵学家十几种不同“四呼”称谓，且有音韵学家对“四呼”的发音进行描述，如朴隐子在《反切定谱》中云：“开口呼，舒颊引喉，音疏以达；合口呼，聚唇开吻，音深以宏；齐齿呼，交牙戛齿，音窒以敛；撮口呼，敛颐蹙唇，音奄而藏。”这种语音理论的进步，促进了韵书的“等韵化”，也是因为汉语音节结构的分析方式不同，使“等韵化”的形式不同。

而明清韵书“等韵化”的本质就是突破中古开合四等的框架，“多数等韵学家在分析字音、编制韵图时放弃了四等的老框框，而采用了适应近代汉语语音特征的新的韵类分析方式，如开齐合撮四呼之类”。[①] 所以，明清韵书的“等韵化”实则是能够将语音理论运用于韵书编纂，使韵书能够直接体现汉语语音结构，而《中原音韵》这样的韵书虽然记录了实际语音，但“对于音理，未免疏略”[②]，不能称为“等韵化”韵书。

韵书编纂的等韵化是近代汉语韵书的重要表现，此种演变始于金元，

① 耿振生：《明清等韵学通论》，语文出版社 1992 年版，第 3 页。

② 赵荫棠：《等韵源流》，商务印书馆 2011 年版，第 226 页。

而盛于明清。除去语音理论的进步之外，韵书内容的“民间化”和“地方化”，使得韵书面向实际，以“便俗”为目的，无形中就促使音韵学家吸取等韵图的做法，按照一定的声韵调次序、四呼规则来排列字音，完成了韵书的“等韵化”。“等韵化”应看作是韵书“民间化”和“地方化”的形式表现。

参考文献

1. 储泰松：《唐五代关中方音研究》，安徽大学出版社 2005 年版。

2. 陈晓：《清中后期至民国初期北京话的声调变化》，《中国语文》2018 年第 4 期。

3. 耿振生：《明清等韵学通论》，语文出版社 1992 年版。

4. 耿振生：《论近代书面音系研究方法》，《古汉语研究》1993 年第 4 期。

5. 耿振生：《音韵通讲》，河北教育出版社 2001 年版。

6. 黄典诚：《〈拍掌知音〉说明》，《方言》1979 年第 1 期。

7. 黄河：《荆音韵汇：两百年前的宜兴话》，中西书局 2016 年版。

8. 黎新第：《明清时期南方系官话方言及其语音特点》，《重庆师院学报》1995 年第 4 期。

9. 李军：《江西赣方言历史文献与历史方音研究》，商务印书馆 2015 年版。

10. 李新魁：《论近代汉语共同语的标准音》，《语文研究》1980 年第 1 期。

11. 刘淑学：《井陉方音是〈中原雅音〉音系的基础》，《语言研究增刊》，1996 年。

12. 鲁国尧：《明代官话及其基础方言问题》，《南京大学学报》1985 年第 4 期。

13. 陆志韦：《陆志韦近代汉语音韵论集》，商务印书馆 1988 年版。

14. 罗常培：《厦门音系》，载《罗常培文集》第一卷，山东教育出版社 2008 年版。

15. 罗常培：《耶稣会士在音韵学上的贡献》，载《罗常培文集》第八卷，山东教育出版社 2008 年版。

16. 罗常培：《汉语方音研究小史》，载《罗常培文集》第九卷，山东教育出版社 2008 年版。

17. 罗常培：《中国音韵学导论》，山西人民出版社 2015 年版。

18. 宁继福：《古今韵会举要及相关韵书》，中华书局 1997 年版。

19. 宁继福：《洪武正韵研究》，上海辞书出版社 2003 年版。

20. 宁继福：《汉语韵书史·明代卷》，上海教育出版社 2009 年版。

21. 宁继福：《汉语韵书史·金元卷》，上海教育出版社 2016 年版。

22. 平田昌司：《文化制度和汉语史》，北京大学出版社 2016 年版。

23. 钱玄同：《文字音韵学论集》，上海古籍出版社 2011 年版。

24. 邵荣芬：《中原雅音研究》，齐鲁书社 1981 年版。

25. 孙志波：《谈书面音系的"存雅求正"》，《汉语史和汉藏语研究》第一辑，2017 年。

26. 唐作藩、杨耐思：《展望九十年代的汉语音韵学》，《语文研究》1991 年第 4 期。

27. 王洪君：《历史语言学方法论与汉语方言音韵史个案研究》，商务印书馆 2013 年版。

28. 王力：《汉语史稿》，中华书局 2015 年版。

29. 王国维：《天宝〈韵英〉元廷坚〈韵英〉张戬〈考声切韵〉武玄之〈韵诠〉分部考》，载黄爱梅点校《王国维手定观堂集林》卷八，浙江教育出版社 2014 年版。

30. 王佳亮：《〈同音字类标韵〉的音韵特点与音系性质》，《语言研究集刊》2019 年第 24 辑。

31. 魏建功：《古音系研究》，载《魏建功文集》第一卷，江苏教育出版社 2001 年版。

32. 杨耐思：《中原音韵音系》，中国社会科学出版社 1981 年版。

33. 杨亦鸣：《〈李氏音鉴〉音系》，陕西人民教育出版社 1992 年版。

34. 曾晓渝：《中国传统"正音"观念与正音标准问题》，《古汉语研究》2019 年第 1 期。

35. 曾晓渝：《明代南京官话军屯移民语言接触演变研究》，商务印书馆 2021 年版。

36. 张鸿魁：《明清山东韵书研究》，齐鲁书社 2005 年版。

37. 张鸿魁：《语音规范化的历史经验和"官话音"研究》，载耿振生主编《近代官话语音研究》，语文出版社 2007 年版。

38. 张屏生：《清末民初南、北官话的语音比较》，《声韵论丛》2002 年第 12 辑。

39. 张世禄：《中国音韵学史》（上册），（台北）商务印书馆 2000 年版。

40. 张卫东：《试论近代汉语南方官话的形成及其地位》，《深圳大学学报》1998a 年第 3 期。

41. 张卫东：《北京音何时成为官话标准音》，《深圳大学学报》1998b 年第 3 期。

42. 张玉来：《〈韵略汇通〉音系研究》，山东教育出版社 1995 年版。

43. 张玉来：《韵略易通研究》，天津古籍出版社 1999a 年版。

44. 张玉来：《近代汉语官话韵书音系复杂性成因分析》，《山东师大学报》（社会科学版）1999b 年第 1 期。

45. 张玉来：《近代汉语官话语音研究焦点问题》，载耿振生主编《近代官话语音研究》，语文出版社 2007 年版。

46. 张玉来：《明代汉语方音的分布及其语音特点》，《中国语文研究》（香港）2009 年第 1 期。

47. 赵诚：《中国古代韵书》，中华书局 2003 年版。

48. 赵荫棠：《等韵源流》，商务印书馆 2011 年版。

49. 郑伟：《试论〈同文备考〉所见的若干声韵特点》，《历史语言学研究》，第 11 辑 2017 年。

50. 周赛华：《〈字音会集〉音系述略》，《湖北大学学报》（哲学社会科学版）2015 年第 1 期。

51. 周祖谟：《〈切韵〉的性质和它的音系基础》，载《周祖谟语言学论文集》，商务印书馆 2001 年版。

52. （清）永瑢等：《四库全书总目》，中华书局 2018 年版。

53. ［意］利玛窦、［比］金尼阁：《利玛窦中国札记》（上册），何高济、王遵仲、李申译，广西师范大学出版社 2001 年版。

54. ［英］约瑟夫·艾约瑟：《汉语官话口语语法》，董方峰、杨洋译，外语教学与研究出版社 2015 年版。

《元声韵学大成》声母系统的几个问题*

吴建伟[1]　路建彩[2]

（1. 东华大学国际文化交流学院；2. 河北科技工程职业技术大学教务处）

摘　要：《元声韵学大成》是明朝万历年间问世的一部反映吴语特征的重要音韵学著作。通过分析该书的时代背景、作者生平、成书过程和声韵调系统，联系《广韵》《中原音韵》及现代语音的发展，可归纳整理出《元声韵学大成》的三十声母。结合三十声母表，运用横向和纵向两种比较法着重研究该书的声母系统，并由此窥探该书所反映出的明代吴语特征的一些端倪：从母与邪母显现出了合流的迹象，而船母与禅母则已基本合流。

关键词：元声韵学大成；声母；吴语

一　作者生平及成书年代

《元声韵学大成》的作者濮阳涞，安徽广德人。现在的广德市是安徽省辖县级市，由宣城市代管，位于安徽省东南部，苏浙皖三省交界处。广德市东南部连接浙江省长兴县、安吉县，南邻宁国市，西接宣州区、郎溪县，北接江苏省溧阳市、宜兴市，这片区域自古便是吴语区。

濮阳涞生卒年月不详，由他是嘉靖丁酉举人（1537）以及《元声韵学大成》成书年代可推算出他大致生活于明朝嘉靖、万历年间，正是明代等韵学从兴起走向辉煌的时期。关于《元声韵学大成》的成书年代及版本，邹德文（2005：85—86）指出该书在国内共有 2 个版本：一是万

---

* 本文为国家社科重大招标项目“明清民国珍稀时音韵书韵图整理集成与研究”（批准号：19ZDA308）之子课题“明清民国珍稀吴湘徽时音韵书韵图集成与研究”的阶段性成果。

历八年（1580）庚辰本，二是万历二十六年（1598）戊戌本①。本文所用底本为戊戌本，藏于浙江图书馆，因其上有“书林郑云竹重梓”字样，故又称“书林郑云竹刻本”。

二 《元声韵学大成》声母系统概貌

《元声韵学大成》共有三十字母，用助纽字标明。从助纽字上观察可以发现，知庄章组声母发生合流，在书中共用“真展、嗔阐、申闪、神善、陈尘”十个助纽字表示。疑母多数与喻母合为“寅演”，少数与泥母合为“宁碾”，非敷二母合为“分反”。《元声韵学大成》保留了中古成套的全浊声母，这是其声母系统最显著的吴语特征。表1是我们归纳总结出的《元声韵学大成》三十声母表。

表1 《元声韵学大成》三十声母

宾扁 p	丁典 t	津剪 ts	真展 ʈʂ（tʃ）	经蹇 k	兴显 x	因偃 ∅
俜谝 p‘	汀淟 t‘	亲浅 ts‘	嗔阐 ʈʂ‘（tʃ‘）	轻遣 k‘	行贤 ɦ	寅演 ?
贫弁 b	廷殄 d	秦前 dz	陈尘 dʐ（dʒ）	勤乾 g		
民免 m	宁碾 n	新鲜 s	申闪 ʂ（ʃ）			
分反 f	邻连 l	饧涎 z	神善 ʒ			
坟范 v			仁然 ʐ			
文晚 ɱ						

三 关于《元声韵学大成》声母需要讨论的几个问题

从声母系统来看，《元声韵学大成》表现出了一些较为明显的吴语特征，如禅日合一、奉微合一、从邪合一、“儿”系字不读日母等。下面对几个声母问题展开重点讨论。

① 详见邹德文《〈元声韵学大成〉版本及研究状况考》。经过邹德文先生认真比对，庚辰本与戊戌本虽然刊出的时间不同，但二者确为同一底本，内容上并无不同。不过，庚辰本缺卷二第四十六页，估计是在流传过程中缺失的。所以，要全面研究《元声韵学大成》这部韵书，当以戊戌本为更佳。

（一）知庄章的分合及庄精的关系

近代汉语，无论是北方官话还是南方吴语，知庄章三组声母均发生了相似的合流现象。《元声韵学大成》所记录的明代吴语也反映了这一普遍现象，然细观之，就会发现吴语知庄章的合流与北方官话知庄章的合流情况“大同”中还有“小异”，值得我们讨论一番。

《元声韵学大成》反映出的吴语知庄章的音类分合与《中原音韵》等北方官话系韵书所反映的规律大致相同，即按韵母的洪细分化成两组：

知二庄：拼洪音；

知三章：拼细音。

而从《元声韵学大成》来看，庄二拼洪音无疑，但皆来、江黄、先天、东钟韵除外，皆来韵中“斋”等与“皆”系联为一类，与“该”对立，可见庄二也拼细音；江黄韵知二庄二庄三合流，皆拼细音。庄三在庚生韵与知二庄二合流，也拼洪音；在尤侯韵知三章（啁、周）与庄三（邹）对立，由是推断此庄三也是拼洪音的。但在支思韵庄三读如精，如淄辎等；初三读如清，如差厕等；崇三与船禅合，如士事（崇三）市（船）示（禅）同音；生三与书母合，如师（生三）尸（书）同音。在先天韵生二生三平声字与书母入声字平入相承，即闩（生二）栓（生三）与说（书）相承。真君韵嗔（昌）屈（初三）平入相承。所以，除读同精清的字外，庄三又拼细音，不过，这些字特别少，几乎可以忽略不计，无碍于上面所说的规律。

以上是《元声韵学大成》与北方官话的“大同”之处，另有“小异”，主要体现在以下三点（见表2）。

1. 在萧豪韵部，知二庄拼细音，知三章拼洪音。

表2　萧豪韵知庄章声母的分布

	知二庄		知三章
嘲	(入)借庄入，庄：之霜切	昭	(入)借渣入，渣：之沙切
抄	(入)借窗入，窗：初庄切	超	(入)借叉入，叉：初加切
巢	(入)借床入，床：锄霜切	朝	(入)借茶入，茶：迟查切
稍	(入)借双入，双：呻庄切	烧	(入)借沙入，沙：师查切

“江”中古为二等韵，没有介音，《元声韵学大成》江黄韵部中“岗、江、光”对立，“岗”为一等开口，“光”为一等合口，则“江”只能是带介音的开口字，“庄”等知二庄二庄三母字与“江”系联为一类，自然也是拼细音的了，故借“庄”入声的“嘲”也拼细音。同韵部中“嘲”“昭”对立，“昭”便为洪音。

知章组药韵开口三等及阳韵开口三等书禅日三母的字发生了一点变化。《元声韵学大成》家麻部“加、他、渣”系联为一类，“渣”（庄二）读洪音“渣、叉、茶、沙”除“沙”的入声为黠韵字以外，其余的都是知章药开三韵字。

阳韵开口三等书禅日三母的字“商、常、穰”等在《元声韵学大成》中列于江黄韵，与“桑、藏”等开口一等字系联为一类，且没有入声。“章、昌”等字则与知组的“张、伥、长”等合流列于姜阳韵部，也没有入声，它们的入声都改配家麻部承知二庄二舒声字读如洪音了。

2. 从邪澄崇船禅六母的分合。

从邪相混的例子在《元声韵学大成》中很少，只有三个，如表3所示。

表3　　《元声韵学大成》从邪相混例

例字	《广韵》地位	《元声韵学大成》音切
丛	东合一平从	词松切　平
诵	用合三去邪	词松切　去
俗	烛合三入邪	词松切　入

从母平声与邪母去入相承，说明它们的声母已然混同。虽然例子很少，但它们至少也能反映出明代吴语中从母与邪母显现出了合流的迹象。

《元声韵学大成》所反映的澄崇船禅四母的分合如下：澄母是稳定的浊塞擦音，崇船禅则纠葛不清。北方官话里澄母清化后平声送气、仄声不送气，崇船禅的清化就比较繁杂，《中原音韵》《韵略易通》《韵略汇通》等韵书对这三母字的编排也不规则。《元声韵学大成》中澄二与崇二全部合流，崇三多与澄二崇二合；在尤侯韵崇三与澄三对立，但这是由韵母的洪细导致的声母发音部位的不同，而不是发音方法的不同。它们都是浊塞擦音，崇三：dʐ，澄三：dʒ。澄三仅在京青、真君开三、尤侯三韵中与禅母部分字（多为平声）合流，其他对立。澄三船二母在真君合口和先天合口韵合流，其他对立。船禅两母多合，但真君、京青、先天都有对立，在京青韵，船禅母字仄声合，平声对立；先天韵开口船母入声承禅母舒声，合口船与澄三合，与禅对立。其分合杂乱如此，亦因船禅两母变化特殊，它们都有分化为浊擦音和浊塞擦音的情况，但不一致，即不同时为浊擦音或浊塞擦音，所以两者时分时合，与澄母的分合也缘于此。与澄母合时，船禅为浊塞擦色音 dʒ，不与其合时为浊擦音 ʒ。概括地讲，《元声韵学大成》反映出明代吴语中船母、禅母总体上已经合流，虽然还没有达到完全相混的程度。

下面我们再来看看现代吴语的情况。孙宜志（2018）全面分析了遂昌、嵊县、杭州、苏州四地从邪崇澄船禅母今读的一般情况之后指出，以上四地船和禅今读无法区分，这意味着在吴语的某个时期，船母和禅母合流了；从和邪今读无法区分，这也意味着在吴语的某个时期，从母、邪母合流了。《元声韵学大成》证明孙宜志先生的观点非常正确，在濮阳涞生活的明朝嘉靖至万历年间船母与禅母、从母与邪母在吴语中已经接近合流或出现合流的迹象了。

关于现代吴语从邪澄崇船禅母塞擦音/擦音音变的深层原因，音韵学界目前争议颇大。钱乃荣（2016）认为："北部吴语各地从邪澄崇船禅语音所形成的现状，不是杭州方言文读音在各处影响消退的程度不一所造成的，而是起始于中古音在各方言内部发生的简化和变异，同时又受到语言接触中各种因素交叉互竞合力作用，因而造成了综合的音变结果，各处呈现出典型的词汇扩散现象。"

孙宜志（2018）赞同钱乃荣（2016）的词汇扩散理论，但坚持认为读浊擦音的从邪崇母字是受到权威方言（即杭州方言）影响产生浊塞擦音的读法。

陈忠敏（2020）则指出："根据南部吴语船禅母塞擦音/擦音文白异读叠架套合现象，可以离析出三个读音层次，其中最早的一个塞擦音读音层与闽语对应，所以南部吴语船禅母塞擦音/擦音异读并不是扩散式音变，而是语音层次替换。"

《元声韵学大成》所展现出来的明代吴语的语言事实：船禅两母都有分化为浊擦音和浊塞擦音的情况，但不一致，即不同时为浊擦音或浊塞擦音，两者是时分时合的。

3. 庄三多读如精。

在《元声韵学大成》里，庄三组与精组也表现出了密切关系，主要是庄三组字读同精组字。如表 4：

表 4　　《元声韵学大成》庄三组与精组混读

例字	《广韵》音切	音韵地位	《元声韵学大成》音切	音韵地位
榛	侧诜切	庄臻开三平	兹根切	精榛文平
侁	所臻切	生臻开三平	思榛切	心榛文平
衬	初觐切	初臻开三去	雌艮切	清榛文去
恻	初力切	初职开三入	雌僧切	清庚生入
簪	侧吟切	庄侵开三平	兹参切	精岑簪平
森	所今切	生侵开三平	思簪切	心岑簪平
涩	色立切	生缉开三入	思簪切	心岑簪入
参	楚簪切	初侵开三平	妻森切	清岑簪平
岑	锄针切	崇侵开三平	慈森切	从岑簪平
蘸	庄陷切	庄陷开二去	兹鉴切	精监咸去
辎	侧持切	庄之开三平	曾思切	精支思平
淄	侧持切	庄之开三平	曾思切	精支思平
厕	初吏切	初志开三去	仓思切	清支思去
俟	锄里切	崇止开三上	详兹切	邪支思去

知庄章及庄精的分合情况如上所述，它们的音值又是怎样的呢？我们已知明代吴语知庄章分合状况与近代北方官话大体相同，目前对近代北方官话知庄章拟音基本上已无疑问，即知二庄：tʂ，知三章：tʃ。我们认为这个拟音同样适用于《元声韵学大成》，我们可以将《元声韵学大成》知庄章精组声母拟值为：知二庄组［tʂ /tʂʻ /dʐ /ʂ］，知三章组［tʃ /tʃʻ /dʒ /ʃ /ʒ］，精组［ts /tsʻ/s /z］。

黎新第先生研究发现近代以来北方方言知庄章三组声母的演变呈前化和简化的运动趋势，前化是指 tʃ→tʂ→ts 的运动态势，简化即三组声母最后合流为 ts①。吴语由明代至今的演变也印证了这一说法，庄三一部分字率先由 tʂ 前化为 ts，《元声韵学大成》已经记录了这一语音现象。知三章由 tʃ 前化为 tʂ，知二庄由 tʂ 前化为 ts，知三章再进而前化为 ts，这样三组声母逐步前化最后简化为 ts 一组声母。绝大多数吴语区方言点都已完成这一运动状态，但由于语言发展的不平衡性，在一些地区还有少数人把

① 详见黎新第《近代以来的北方方言中古庄章知组声母的历时变化》，《语言研究》1991 年增刊。

知$_{三}$章仍读作 tʃ 或 tɕ，也有的发展一步读作 tʂ。

从现代广德方言里面我们也可以找到精组与知庄章三组合并的蛛丝马迹。黄国慧（2016）根据自己所做的方言调查在《广德汤村话语音研究》一文中归纳出汤村话精组（例字：左租做灾最增粽）、庄组（例字：渣诈找扎争盏债）与章组字（例字：遮主纸照掌症终）的声母都为 ts①，这应当就是明代吴语精组与知庄章三组合并之后一直延续至今的结果。

（二）疑喻泥三母的关系

赵元任（2011）在《现代吴语的研究》中将现代吴语疑母开口白读拟为 ŋ，文读多拟为 ɦ，与匣喻 ɦ 相同。齐撮没有文白的关系，用 ȵ 还是 y-声母的音，各处也不一致。②《元声韵学大成》是部“存雅求正”的韵书，故审音分类当据文读，疑母开口文读为 ɦ，与喻母相同，自然就归到了一起。另外，疑母齐撮归喻归泥不定，《元声韵学大成》审音时没有机械地遵从其“存雅求正”的宗旨，而是依据了实际音值，安排声母为 ȵ 的疑母字与泥同音，如“娘仰（疑）、年彦（疑）、念验（疑）”同声母。因为《元声韵学大成》没有明确表现出匣喻合一的语音特征，所以疑母只与喻泥二母表现出不同程度的亲密关系，而与匣母分而不混。

疑喻泥三母在《元声韵学大成》中具体分合情况是：在东钟、京青、真君、崔危、须鱼、山关、萧豪、家麻、尤侯诸韵中，疑母都与喻$_{三}$喻$_{四}$合流。在姜阳韵，疑泥合流，如“娘仰”平上相承；皆来韵中古咍韵一等的疑母字音切改用泥母，如“皑”《广韵》“五来切”，《元声韵学大成》“尼该切”，并与原二等“熊”（奴来切）对立。在寻侵、齐微、廉纤、先天四韵中，疑母和喻$_{三}$喻$_{四}$、泥母皆有分合关系，分布如表 5 所示。

表 5　疑喻泥母字分合例

例字	《广韵》音韵地位	《元声韵学大成》音切
倪	齐开四平疑	宁离切　平

① 详见黄国慧《广德汤村话语音研究》第二章第一节第 26 页，硕士学位论文，福建师范大学，2016 年。该文所调查的汤村话虽然只是很小的一个方言点，但由于其地理位置重要，它却可以看作老广德话（太湖片吴语）的代表，以汤村话来做明代吴语的旁证是有说服力的。

② 详见赵元任《现代吴语的研究》，第 64 页。

续表

例字	《广韵》音韵地位	《元声韵学大成》音切	
沂	微开三平疑	宁离切	平
艺	祭开三去疑	宁离切	去
宜	支开三平疑	盈离切	平
拟	止开三上疑	盈离切	上
吟	侵开三平疑	移金切	平
殑	缉开三入疑	尼林切	入
言	元开三平疑	移坚切	平
砚	霰开四去疑	移坚切	去
研	先开四平疑	尼坚切	平
彦	线开三去疑	尼坚切	去
验	艳开三去疑	尼黔切	去
酽	酽开三去疑	移黔切	去

令人遗憾的是，从这些例字中我们无法总结出严整的规律来，只能推想这样一些例子应该是依据了它们的实际音读。

（三）关于禅日合一、奉微合一

由《声韵会通》和《字学集要》可以看出吴语禅日合一、奉微合一的特征，现代吴语也有这两个典型的特征。可是《元声韵学大成》为了达到“存雅求正”的目的，对吴语这两个典型特征未予表现，书中神善与仁然、坟范与文晚、秦前与饧涎分别森然。但即使这样，《元声韵学大成》还是在个别字的音切上隐隐约约地表现出了这两个特征的痕迹，我们可以通过这些个别例证并参照上述两种吴语系韵书及现代吴语窥探语音的实际面貌。

《元声韵学大成》中有两个禅母字音切改用日母字的例子，体现了禅日合一的现象。两个例子如下：

纯、莼、醇，《广韵》常伦切，《元声韵学大成》如云切；

社，《广韵》常者切，《元声韵学大成》如者切。

《声韵会通》《字学集要》日母字皆归入禅母，《声韵会通》船禅母分别为浊塞擦音和浊擦音。现代吴语多数地区澄崇船禅日从邪七母全部合流，有的在发音方法上有浊塞擦音和浊擦音之别，有的则全读作 z。

赵元任认为："日母在古音是鼻音加摩擦音，吴语文言取它的摩擦成份，拿它当床禅看待，白话取它的鼻音成分，拿它当泥娘看待，但床禅母在吴语本有破裂摩擦跟纯摩擦的两种发音方法，所以日母也是的。"① 参照吴语文献我们可知明代吴语中禅日已经是这副面貌，《元声韵学大成》中禅日合一也可以作为一个旁证。

另外，还有"儿"系字的音值问题。"儿"系字《广韵》"如之切"，日母之韵。《元声韵学大成》仍归支思韵，然音切却不合拍，"儿，借如而切"这一反切说明，"儿"系字声韵去古已远，声母已非日母但音色与日母相近而又不能用别的声母切上字，"而"与"儿"同音，本不该作反切下字，可见"儿"的韵母变得很特殊，无以作反切下字，只好用同音字。"借如而切"实际上是濮阳涞的无奈之举。参照现代吴语，我们为《元声韵学大成》中的"儿"系字拟音为［əl］，自成音节（见表 6）。

表 6　　《元声韵学大成》中奉微相混例

例字	《广韵》地位	《韵学大成》音切
凡	凡合三平奉	忘班切　平
晚	元合三上微	忘班切　上
万	元合三去微	忘班切　去
袜	元合三入微	忘班切　入

奉母平声"凡"与微母上去入"晚、万、袜"四声相承，说明声母已经相同。

显然，濮阳涞所处的乡音环境与他在《元声韵学大成》中所条分缕析的语音系统不全一致。虽欲泾渭分明地表现"存雅求正"的音系，但他在实际编著过程中终不免受乡音牵制而流露出了"时音"的特征。假如从濮阳涞"存雅求正"的意图来审视，上述两种例外可以算是他编排上的"纰漏"之处。但今天我们从语音史的角度来研究《元声韵学大成》的音系便会觉得这种不经意的流露反是最为可贵的。因为有与其同时代的文献及现代活口语作参考，我们仍能看清《元声韵学大成》声母系统的

① 赵元任：《现代吴语的研究》，商务印书馆 2011 年版，第 62—63 页。

历史真面目。

参考文献

1. 陈忠敏：《再论吴语从邪澄崇船禅母今读塞擦音/擦音现象》，《中国语文》2020 年第 2 期。

2. 黄国慧：《广德汤村话语音研究》，硕士学位论文，福建师范大学，2016 年，未刊。

3. 耿振生：《明清等韵学通论》，语文出版社 1992 年版。

4. 黎新第：《近代以来的北方方言中古庄章知组声母的历时变化》，《语言研究》1991 年增刊。

5. 路建彩：《〈元声韵学大成〉与明代吴语》，硕士学位论文，山东师范大学，2000 年，未刊。

6. 吕维祺：《音韵日月灯》（续修四库全书本），上海古籍出版社 1995 年版。

7. 麦耘、朱晓农：《南京方言不是明代官话的基础》，《语言科学》2012 年第 4 期。

8. （明）濮阳涞：《元声韵学大成》，浙江图书馆藏明万历二十六年书林郑云竹刻本影印版。

9. 钱乃荣：《论北部吴语从邪澄崇船禅母音变中的词汇扩散——答陈忠敏先生》，《方言》2016 年第 3 期。

10. 孙宜志：《试析吴语从邪崇澄船禅母今读塞擦音和擦音现象》，《中国语文》2018 年第 6 期。

11. 赵元任：《现代吴语的研究》，商务印书馆 2011 年版。

12. 邹德文：《〈元声韵学大成〉版本及研究状况考》，《古籍整理研究学刊》2005 年第 6 期。

朝鲜语亲属称谓的构词分析*

——以平安北道方言为中心

李锦花

（南京大学外国语学院）

摘　要：朝鲜语亲属称谓复杂多样，每个方言的亲属称谓差异也很大，本文以朝鲜语平安北道方言中男性使用的亲属称谓语为研究对象，分别对宗亲与外亲的面称与背称进行了研究，指出该方言的亲属称谓系统可分为七级：曾祖、祖、父、己、子、孙、曾孙，其中辈分方面的差别用不同的中心词和语素加以区别，性别方面的差别用不同的区别语素加以表示。在构词方面，该方言的亲属称谓有较多的复合式合成词，一般修饰语素位于中心语素之前。长辈的面称与背称相同，但同辈（比话者年龄小）和下辈中只有弟弟的配偶有面称“tesu”，而且还要加上表示尊敬的后缀语素“nim”。其他的亲属都用“名字+a/ja”的形式称呼，婚后则用“儿名+爸爸或儿名+妈妈”来称呼，由此可见该方言对待最为疏远的姻亲亲属更为尊敬。另外，宗亲亲属称谓语中固有词占绝对优势，外亲称谓语中则汉字词占优势，不分男女一律在前面加上表示外亲的前缀语素“wɛ-（外）”。

关键词：朝鲜语；宗亲；外亲；面称；背称

一　绪论

在朝鲜语中，亲属称谓语的使用不仅受到一定的限制，而且还具有多

---

* 本文为国家社科基金一般项目“中国朝鲜语方言自然口语有声影像数据库建设”（项目编号：19BYY175）的阶段性成果。

样性和复杂性，对待同一对象会根据情况使用不同的面称或背称。因此，对亲属称谓语的研究应该探讨两个方面，即以谁为基准（话者是谁）以及研究对象具体到哪一辈分。本文以崔明玉（1982：5）中的范围和基准，对平安北道方言（下面简称为“该方言”）男性①使用的亲属称谓语为研究对象，分别对宗亲、外亲的面称与背称进行研究。具体研究范围为宗亲直系上下三代、旁系兄弟姐妹到堂兄弟辈；外亲直系上数两代到话者平辈、旁系兄弟姐妹到堂兄弟辈。

笔者于 2009 年 3 月到 2017 年 2 月先后四次对居住在辽宁省沈阳市浑河站朝鲜族乡前鲜村的元某某进行了平安北道方言调查。之所以选择此地为调查地点，是因为此地居住着七八十年前从朝鲜平安北道集体移民的第一代及其后裔，他们广泛使用并完好保存了原有的方言。

表 1　　发音合作人信息

调查时间	发音合作人						调查地点
	姓名	性别	出生年份	籍贯	学历	职业	
2009. 3 —2017. 2 先后调查四次	元某某	男	1925 年 （96 岁）	平安北道 楚山郡	小学 二年级	农民	沈阳市浑河站 前鲜村

二　宗亲的面称和背称

对于宗亲亲属称谓的研究，本文以崔明玉（1982）所示的人类学界使用的家谱为参照，这种家谱的优点是家谱上的任何成员都不会受到话者的影响。

（一）话者上数三代

话者的上数三代即图 1 中的 1—2。关于这一辈的面称与背称如表 2 所示。

① 在朝鲜语中，亲属称谓存在性别差异，如“哥哥”男性称谓“hjʌŋnim”，女性称谓“op'a”，本文只研究男性使用的亲属称谓。

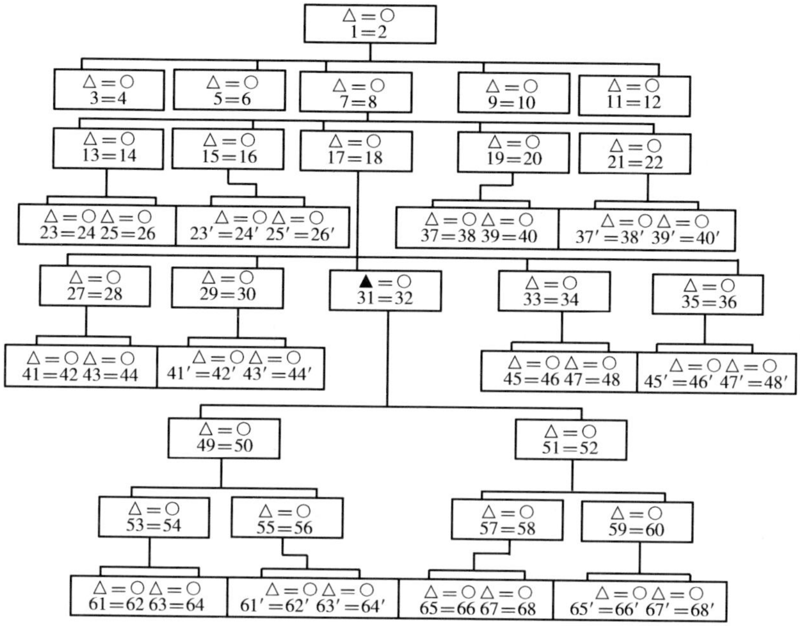

图 1 宗亲家谱①

表 2 话者上数三代的面称与背称

家谱编号	标准朝鲜语（对象）	该方言面称	该方言背称	备注
1	/tɕɯŋdʑobu/（曾祖父）	nokʰɯlabadʑi	nokʰɯlabadʑi	称为“tɕingdʑokʰɯlabadʑi”
2	/tɕɯŋdʑomo/（曾祖母）	nokʰɯlmani	nokʰɯlmani	称为“tɕingdʑkʰɯlmaui”

由表 2 可知，对于话者的上数三代，面称与背称是相同的。这些名称都采用固有词“kʰɯlabadʑi（祖父）”和“kʰɯlmani（祖母）”与汉字词前缀“no（老）”或“kʰɯlabadʑi（曾祖）”结合的方式构成②。郭忠求（1993：213）分析指出，“kʰɯn/kʰɯl/han/halabʌdʑi”是由前缀语素“kʰɯn/kʰɯl/han/hal-”、词根“ab-”和后缀语素“-adʑi”构成的，其中前缀语素表示辈分，后缀语素表示尊敬。该方言中三代以上的宗亲面称与背

① 图 1 图例：△：男性，○：女性，=：夫妻关系，｜：父母—子女关系，—：兄弟姐妹关系，▲：话者。

② 对于话者的上数四代，面称与背称也相同，是“kodʑokʰɯlabadʑi（高祖父）”和“kodʑokʰɯlmani（高祖母）”，因不是本文的研究对象，不做具体分析。

称构词方式是“前缀语素+词根”。如上数第三代是“no/ʨingʥo + kʰɯlabaʥi”，上数第四代是“koʥo+kʰɯlabaʥi”。同样，对同村的长辈，他们也都使用这样的面称与背称。

（二）话者上数二代

话者的上数二代即图 1 中的 3—12。关于这一辈的面称与背称如表 3 所示。

表 3　　话者上数二代的面称与背称

家谱编号	标准朝鲜语（对象）	该方言面称	该方言背称	备注
3	/kʰɯnʥobu/（大祖父）	kʰɯlabaʥi	kʰɯnkʰɯlabaʥi	凡涉排行时：+kʰɯn
4	/kʰɯnʥomo/（大祖母）	kʰɯlmani	kʰɯnkʰɯlmani	
5	/kʰɯnʥogomobu/(大祖姑母父)	（komu）kʰɯlabaʥi	kʰɯngomukʰɯlabaʥi	
6	/kʰɯnʥogomo/（大祖姑母）	（komu）kʰɯlmani	kʰɯngomukʰɯlmani	
7	/ʨobu/（祖父）	kʰɯlabaʥi	kʰɯlabaʥi	
8	/ʨomo/（祖母）	kʰɯlmani	kʰɯlmani	凡涉排行时：+ʨagɯn
9	/ʨagɯnʥobu/（小祖父）	kʰɯlabaʥi	ʨagɯnkʰɯlabaʥi	
10	/ʨagɯnʥomo/（小祖母）	kʰɯlmani	ʨagɯnkʰɯlmani	
11	/ʨagɯnʥogomobu/(小祖姑母父)	（komu）kʰɯlabaʥi	ʨagɯngomukʰɯlabaʥi	
12	/ʨagɯnʥogomo/（小祖姑母）	（komu）kʰɯlmani	ʨagɯngomukʰɯlmani	

如表 3 所示，话者的上数第二代亲属的面称与背称是以“kʰɯlabaʥi（祖父）”和“kʰɯlmani（祖母）”为中心形成的，即称呼男性使用“kʰɯlabaʥi”，称呼女性使用“kʰɯlmani”。如果这两个词前面不加其他任何修饰的话则表示话者的上数二代直系亲属。

此外，称呼祖父的兄弟时会在“kʰɯlabaʥi”的前面加上“kʰɯn-，ʨagɯn-”等前缀语素按照年龄进行排序。而叔祖父的配偶叔祖母，也是用“kʰɯn-，ʨagɯn-”等表示顺序的前缀语素加上叔祖父所处的位置来表示的。

对于祖父的姊妹，面称时与叔祖母（即祖父兄弟的配偶）一致，背称时一般会再加上“kʰɯnkomu-，ʨagɯnkomu-”等前缀语素加以识别。称呼祖父的姊妹夫时则根据这些姑祖母所处的位置加上“kʰɯn-，ʨagɯn-”等表示顺序的前缀语素按照年龄进行排序，而不论是话者祖父的姐姐还是妹妹。同样，话者上数二代宗亲的面称与背称也都是按照“前缀语素＋词根”的形式构成的，前缀语素为“k^{h}ɯl-”，词根为“abadʑi”，组合起来就是“k^{h}ɯlabadʑi”。

（三）话者上一代

话者的上数一代即图 1 中的 13—22。关于这一辈的面称与背称如表 4 所示。

表 4　　话者上一代的面称与背称

家谱编号	标准朝鲜语（对象）	该方言面称	该方言背称	备注
13	/pɛkbu/（伯父）	mat/k^{h}ɯnabadʑi	mat/k^{h}ɯnabadʑi	唯独在话者的上一代可兼用 mat 与 khɯn 凡涉排行时：+mat/k^{h}ɯn 凡涉排行时：+tɕagɯn
14	/pɛkmo/（伯母）	mat/k^{h}ɯnmani	mat/k^{h}ɯnmani	
15	/komobu/（姑母父）	tɕaksuk	mat/k^{h}ɯntɕaksuk	
16	/komo/（姑母）	komu	mat/k^{h}ɯnkomu	
17	/abΛdʑi/（父）	abadʑi	abadʑi	
18	/ΛmΛni/（母）	omani	omani	
19	/sukbu/（叔父）	samtɕ^{h}un	samtɕ^{h}un	
20	/sukmo/（叔母）	samtɕ^{h}onomani	samtɕ^{h}onomani	
21	/komobu/（姑母父）	tɕaksuk	tɕagɯntɕaksuk	
22	/komo/（姑母）	komu	tɕagɯnkomu	

（四）话者的平辈

话者的平辈即图 1 中的 23—40。关于这一辈的面称与背称如表 5 所示。

表 5　　话者平辈的面称与背称

家谱编号	标准朝鲜语（对象）	该方言面称	该方言背称	备注
23	/satɕ^{h}onhjʌŋ/（表兄）	hʌŋ/hʌŋnim	satɕ^{h}ohʌŋ	有子女时称为儿名＋爸爸、儿名+妈妈
24	/satɕ^{h}onhjʌŋsu/（表嫂）	adʑumani	satɕ^{h}onadʑumani	
25	/satɕ^{h}ondʑahjʌŋ/（表姐夫）	mɛbu	satɕ^{h}onmɛbu	
26	/satɕ^{h}onnui/（表姐）	nui	satɕ^{h}onnui	上年纪时称为 nunim

续表

家谱编号	标准朝鲜语（对象）	该方言面称	该方言背称	备注
37	/satɕ^{h}ondoŋsɛŋ/（表弟）	名字+a/ja	satɕ^{h}ondoŋsɛŋ	有子女时称为儿名+爸爸、儿名+妈妈
38	/satɕ^{h}onʥemɛ/（表弟妹）	tesunim	satɕ^{h}ondesu	
39	/satɕ^{h}onmɛbu/（表妹夫）	mɛbu	satɕ^{h}onmɛbu	
40	/satɕ^{h}onmɛ/（表妹）	名字+a/ja	satɕ^{h}onjʌdoŋsɛŋ	
27	/hjʌŋ/（兄）	hʌŋ	hʌŋ	上年纪时称为hʌŋnim
28	/hjʌŋsu/（兄嫂）	aʥumani	aʥumani	偶尔称为aʥɯmani
29	/tɕahjʌŋ/（姊兄）	mɛbu	mɛbu	有子女时称为儿名+爸爸、儿名+妈妈
30	/tɕa/（姊）	nui	nui	
33	/tɕe/（弟）	名字+a/ja	toŋsɛŋ	
34	/tɕemɛ/（弟妹）	tesunim	tesu	
35	/mɛbu/（妹夫）	mɛbu	mɛbu	
36	/mɛ/（妹）	名字+a/ja	njʌdoŋsɛŋ	

从理论上来说，男性话者平辈的宗亲成员数目较多，但是面称却比较简单，只需以话者为中心考虑年龄长幼、性别即可，如表5所示可以整理为四种。不过，虽然面称不区分亲兄弟和堂兄弟，但是在背称堂兄弟时常在前面添加“satɕ^{h}on”一词。需要注意的是，比话者年长的男性一般被称为“hʌŋ”，有时也会用“hjʌŋ”来称呼。这是受到其他方言影响的结果。哥哥的配偶一般被称为“hjʌŋsu”而非“hʌŋsu”。这是因为“hjʌŋ”的辅音/h/后二重元音/j/会脱落，但在双音节如“hjʌngsu”“ʃihjʌng”等词汇中则不会发生这种/j/的脱落现象。另外，两名以上的兄弟一般会在前面加上“mat/k^{h}ɯn-, tɕagɯn-”等前缀语素加以识别，或者与名字放在一起称呼。

比话者年小的男性一般被称为“toŋsɛŋ（弟弟）”。一般来说，在未婚或结婚初期，以“名字+a/ja”的形式称呼；婚后称呼为“儿名+爸爸”，但也并非全部如此。有好几个孩子的话一般使用老大的名字。弟弟的配偶背称为“tesu”，但为了表示对外来家庭成员的尊敬，面称时一定要加上“nim”称为“tesunim”。

话者的姐姐一般被称为“nui”，妹妹被称为“njʌdoŋsɛŋ”。对于姐姐，婚前一般面称为“nui”，婚后则为表尊敬，面称为“nunim”。该方言的另一个特别之处是不管是姐姐还是妹妹的配偶都被统称为“mɛbu”。和前面所讲的一样，当有两名以上姐妹时一般会加上“mat/k^{h}ɯn-，tɕagɯn-”等前缀语素加以区分。

（五）话者的下一代

话者的下一代即图 1 中的 41—52。关于这一辈的面称与背称如表 6 所示。

表 6　　话者的下一代的面称与背称

家谱编号	标准朝鲜语（对象）	该方言面称	该方言背称	备注
41	/k^{h}ɯndʑok^{h}a/（大侄子）		k^{h}ɯndʑok^{h}a	
42	/k^{h}ɯndʑilbu/（大侄媳）		k^{h}ɯndʑok^{h}amenuri	
43	/k^{h}ɯndʑilsʌ/（大侄婿）		k^{h}ɯndʑilnjʌsau	
44	/k^{h}ɯndʑilnjʌ/（大侄女）		k^{h}ɯndʑilnjʌ	
45	/tɕagɯndʑok^{h}a/（小侄子）		tɕagɯndʑok^{h}a	
46	/tɕagɯndʑilbu/（小侄媳）	名字+a/ja	tɕagɯndʑok^{h}amenura	有子女时称为儿名+爸爸、儿名+妈妈
47	/tɕagɯndʑilsʌ/（小侄婿）		tɕagɯndʑilnjʌsau	
48	/tɕagɯndʑilnjʌ/（小侄女）		tɕagɯndʑilnjʌ	
49	/adɯl/（儿子）		adɯl	
50	/mjʌnɯri/（儿媳）		menuri	
51	/sawi/（女婿）		sau	
52	/t’al/（女儿）		t’al	

如表 6 所示，41、42、45、46 号亲属均为兄弟的儿子及其配偶，43、44、47、48 号亲属均为姐妹的女儿及其配偶。49—52 号亲属为话者的直系亲属，49、50 是儿子儿媳，51、52 是女儿女婿。此处的面称较为简单，直系子女结婚之前以“名字+a/ja”的形式称呼；结婚有了孩子后则一般称呼为“儿名+爸爸”或“儿名+妈妈”。与此不同，姻亲亲属的称呼则较为固定，面称时称为“儿名+爸爸”或“儿名+妈妈”，背称时称为“menuri（儿媳）”“sau（女婿）”。虽然对于儿媳，没有专用的面称，但是“sau”作为“sawi”的面称被广泛使用，这是因为与异性相比，同性之间更为亲近，更不拘于形式。

（六）话者下数第二代

话者的下数第二代即图 1 中的 53—60。关于这一代的面称与背称如表 7 所示。

表 7　　话者下数第二代的面称与背称

家谱编号	标准朝鲜语（对象）	该方言面称	该方言背称	备注
53	/sondʑa/（孙子）	名字+a/ja	sondʑu	有子女时称为儿名＋爸爸、儿名+妈妈
54	/sonbu/（孙媳）	sondʑumenuri	sondʑumenuri	
55	/sonsʌ/（孙女婿）	sonnesau	sonnesau	
56	/sonnjʌ/（孙女）	名字+a/ja	sonne	
57	/Ösondʑa/（外孙子）	名字+a/ja	wesondʑu	
58	/Ösonbu/（外孙媳）	wɛsondʑumenuri	wɛsondʑumenuri	
59	/Ösonsʌ/（外孙女婿）	wɛsondʑunesau	wɛsondʑunesau	
60	/Ösonnjʌ/（外孙女）	名字+a/ja	wɛsonne	

如表 7 所示，话者下数第二代的亲属称谓面称体系十分简单。无论是话者的亲孙子、亲孙女，还是话者兄弟的孙子、孙女，都以“名字+a/ja”的形式称呼。但是姻亲亲属的面称则有一些特别之处，孙子的配偶在未生育前被称为“sondʑumenuri”，生育后则被称为“儿名+妈妈”。孙女的配偶在未生育前被称为“sonnesau”，生育后被称为“儿名+爸爸”。亲孙子、亲孙女也是如此，生育后就改称为“儿名+爸爸、儿名+妈妈”。

（七）话者下数第三代

话者的下数第三代即图 1 中的 61—68。关于这一代的面称与背称如表 8 所示。

表 8　　话者下数第三代的面称与背称

家谱编号	标准朝鲜语（对象）	该方言面称	该方言背称	备注
61	/tɕɯngsondʑa/（曾孙子）	名字+a/ja	tɕɯngsondʑu	
62	/tɕɯngsonbu/（曾孙媳）	sondʑumenuri	tɕɯngsondʑmenuri	
63	/tɕɯngsonsʌ/（曾孙女婿）	sonnesau	tɕɯngsonnesau	
64	/tɕɯngsonnjʌ/（曾孙女）	名字+a/ja	tɕɯngsonne	

续表

家谱编号	标准朝鲜语（对象）	该方言面称	该方言背称	备注
65	/tɕɯngÖsondʑa/（曾外孙子）	名字+a/ja	tɕɯngwɛsondʑu	有子女时称为儿名+爸爸、儿名+妈妈
66	/tɕɯngÖsonbu/（曾外孙媳）	sondʑumenuri	tɕɯngwɛsondʑumenuri	
67	/tɕɯngÖsonsʌ/（曾外孙女婿）	sonnesau	tɕɯngwɛsonnesau	
68	/tɕɯngÖsonnjʌ/（曾外孙女）	名字+a/ja	tɕɯngwɛsonne	

如表 8 所示，话者下数第三代的亲属称谓面称体系也十分简单。不管是话者的亲曾孙子、亲曾孙女，还是兄弟的曾孙子、曾孙女，都以“名字+a/ja”的形式称呼。与话者下数第二代的情况相同，姻亲亲属的面称也有一些特别之处，一般称为“sondʑumenuri”或“sonnesau”。曾孙媳和曾外孙媳都被称为“sondʑumenuri”，曾孙女婿和曾外孙女婿都被称为“sonnesau”，有了子女后则被称为“儿名+妈妈”或“儿名+爸爸”。本文中的发音合作人是一位 90 多岁的老人，有四名曾孙和四名曾孙女。

三　外亲的面称和背称

外亲的家谱如图 2 所示，话者为 17。

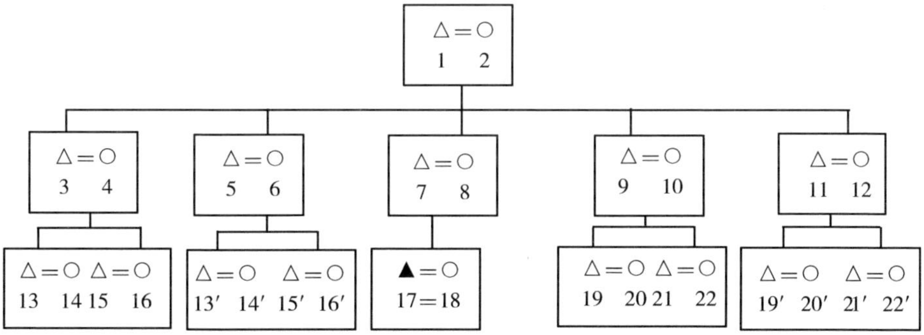

图 2　外亲家谱①

① 图 2 图例：△：男性，○：女性，=：夫妻关系，｜：父母—子女关系，—：兄弟姐妹关系，▲：话者。

（一）话者的上数第一、二代

话者的上数第一、二代即图 2 中的 1—12。关于这一代的面称与背称如表 9 所示。

表 9　话者上数第一、二代的面称与背称

家谱编号	标准朝鲜语（对象）	该方言面称	该方言背称	备注
1	/Öhalabʌʥi/（外祖父）	wɛk^{h}ɯlabaʥi	wɛk^{h}ɯlabaʥi	—
2	/Öhalmʌni/（外祖母）	wɛk^{h}ɯlmani	wɛk^{h}ɯlmani	—
3	/k^{h}ɯnÖsamʨ^{h}on/（大外叔父）	wɛsamʨ^{h}un	k^{h}ɯnwɛsamʨ^{h}un	+ k^{h}ɯn
4	/k^{h}ɯnÖsukmo/（大外叔母）	wɛsamʨ^{h}unomani	k^{h}ɯnwɛsamʨ^{h}unomani	+ k^{h}ɯn
5	/k^{h}ɯnimobu/（大姨母父）	（imo）ʨaksuk	k^{h}ɯn（imo）ʨaksuk	+ k^{h}ɯn
6	/k^{h}ɯnimo/（大姨母）	imo	k^{h}ɯnimo	+ k^{h}ɯn
7	/abʌʥi/（父）	abʌʥi	abʌʥi	—
8	/ʌmʌni/（母）	omani	omani	—
9	/ʨagɯnÖsamʨ^{h}on/（小外叔父）	wɛsamʨ^{h}un	ʨagɯnwɛsamʨ^{h}un	+ ʨagɯn
10	/ʨagɯnÖsukmo/（小外叔母）	wɛsamʨ^{h}unomani	ʨagɯnwɛsamʨ^{h}unomani	+ ʨagɯn
11	/ʨagɯnimobu/（小姨母父）	（imo）ʨaksuk	ʨagɯn（imo）ʨaksuk	+ ʨagɯn
12	/ʨagɯnimo/（小姨母）	imo	ʨagɯnimo	+ ʨagɯn

如表 9 所示，除需在前面加上表示外亲的“wɛ-”之外，外亲的面称与宗亲的面称基本一致。需要注意的是，5、6、11、12 等词前没有添加“wɛ-”这一词缀。宗亲中父亲的姊妹（姑母）（图 1 中的 26、40）以及同姑母存在婚姻关系的男性（图 1 中的 25、39）分别被面称为“komu”和“ʨaksuk”，这里也是一样的道理。也就是说，母亲的姊妹在结婚之后就脱离了自己的家谱进入丈夫的家谱之中，因此在称呼她们时不在前面添加表示外亲的“wɛ-”词缀。同理，表 9 中的 5、6、11、12 也不是纯粹的外亲，可见亲属之间的亲疏关系通过称谓也可以体现出来。

特别的是姑母的配偶（图 1 中的 25、39）被面称为“ʨaksuk”，而母亲姊妹的配偶（图 2 中的 6、12）则被面称为“ʨaksuk”或“imosʥaksuk”。

宗亲中父亲的兄长和幼弟的面称被严格地区分为“mat/k^{h}ɯnabʌʥi”

和“samtɕ^{h}un/tɕagɯnabʌdʑi”。但是外亲中母亲的兄弟不分长幼一律称为“wɛsamtɕ^{h}un”。母亲的姊妹被称为“imo”，和父亲的姊妹一样没有长幼区别。

这一方言中亲属称谓语面称与咸境道方言不同①，对宗亲和外亲的面称并不相同。即对姑母和姨母的面称不同，对姑父和姨夫的面称也不同。对“matabadʑi（伯父）”和“matwɛsamtɕ^{h}un（大舅）”的面称不同，对“k^{h}ɯndʑiomani（伯母）”和“wɛsamtɕ^{h}unomani（大舅母）”的面称也不同。

（二）话者平辈

话者的平辈即图 2 中的 13—22。关于这一辈的面称与背称如表 10 所示。

表 10　　话者平辈的面称与背称

家谱编号	标准朝鲜语（对象）	该方言面称	该方言背称	备注
13	/hjʌŋ/（兄）	hʌŋ/hʌŋnim	hʌŋ	
14	/hjʌŋsu/（兄嫂）	adʑumani	adʑumani	
15	/tɕa/（姊兄）	mɛbu	mɛbu	
16	/tɕahjʌŋ/（姊）	nui/nunim	nui	有子女时称为儿名＋爸爸、儿名+妈妈
19	/toŋsɛŋ/（弟）	名字+a/ja	toŋsɛŋ	
20	/tɕemɛ/（弟妹）	tesunim	tesu	
21	/mɛbu/（妹夫）	mɛbu	mɛbu	
22	/mɛ/（妹）	名字+a/ja	njʌdoŋsɛŋ	

如表 10 所示，外亲兄弟为 13、13′，19、19′，其配偶按照顺序为 14、14′，20、20′。外亲姐妹为 16、16′，22、22′，其配偶为 15、15′，21、21′。其面称与宗亲中的面称一致，因此不再赘述，只是在背称时前面会添加“wɛsatɕ^{h}on-”这一前缀语素表示区别。整体来看，外亲的面称与背称也是采用“前缀语素+词根”的方式构成，即话者的上数第二代是由前缀语素“wɛ-”加上词根“k^{h}ɯlabadʑi”构成“wɛ+k^{h}ɯlabadʑi”，话者的

① 咸境道方言对姑母与姨母的面称无论是父母姐姐还是妹妹均称呼为“matame”或“atɕe”，姑父与姨父的面称也均为“matabai”或“atɕɯbai”，完全相同。

上一代则是由前缀语素“wε-”加上词根“samtɕʰun”构成“wε+samtɕʰun”。但是话者的平辈则不使用前缀语素“wε-”，这一点和宗亲的面称与背称并无区别。

四 结论

本文以平安北道方言中男性使用的亲属称谓语为研究对象，分别对宗亲和外亲的面称、背称进行了研究，发现该方言亲属称谓语有以下三个特点。首先，亲属称谓语中的面称多用于比话者年龄、辈分高的亲属，平辈（比话者年龄小）和下辈中只有弟弟的配偶有面称，其他的亲属婚前都用“名字+a/ja”的形式称呼，婚后则用“儿名+爸爸”或“儿名+妈妈”来称呼，由此可见，对待最为疏远的姻亲亲属更为尊敬。其次，该方言亲属称谓语既用了固有词，又用了汉字词。其中，宗亲亲属称谓中固有词占绝对优势，特别是话者的上数一、二、三代和下数一、二、三代比平辈使用的固有词明显多。与此不同，外亲称谓语中汉字词占优势，不分男女一律在前面加上表示外亲的前缀语素“wε-（外）”。最后，话者上一代中自由使用“mat-”和“kʰɯn-”这两个前缀语素，例如“mat/kʰɯnabadʑi（伯父）”或“mat/kʰɯnomani（伯母）”。

本文只对男性发音合作人进行了研究，未能反映该方言亲属称谓语全貌，日后将进一步增加调查对象、扩大调查范畴，完善该方言乃至整个朝鲜语亲属称谓语研究。

参考文献

1. ［韩］崔明玉：《月城方言的语音研究》，《国语国文学》1982年第88期。

2. ［韩］崔明玉：《国语方言学的体系》，《方言学》2005年第1期。

3. 戴庆厦：《中国少数民族语言文字应用研究》，云南民族出版社1999年版。

4. 戴庆厦：《中国少数民族语言文字研究（一）》，民族出版社2012年版。

5. ［韩］郭忠求：《咸镜道方言亲属称谓与其地理分化》，《震檀学报》1993 年第 76 期。

6. ［韩］韩成愚：《平安北道义州方言的音韵论》，月印出版社 2006 年版。

7. ［韩］韩英顺：《朝鲜语方言学》，金日成综合大学出版社 1967 年版。

8. 胡士云：《汉语亲属称谓研究》，商务印书馆 2007 年版。

9. ［韩］金炳济：《朝鲜语言地理学试考》，科学百科辞典综合出版社 1988 年版。

10. ［韩］金春子：《咸镜南道三水地域语言的音韵论》，亦乐出版社 2008 年版。

11. ［韩］李基甲：《全罗南道的语言地理》，塔出版社 1986 年版。

12. 李锦花：《平北义州方言研究》，亦乐出版社 2014 年版。

13. 李锦花：《平北楚山方言研究》，亦乐出版社 2015 年版。

14. ［韩］李正福：《韩国语亲属称谓体系问题点及提案》，《语文学》2018 年第 141 期。

15. ［日］小仓进平：《朝鲜语方言研究（上・资料篇，下・研究篇）》，岩波书店 1944 年版。

16. 张宁：《克木语亲属称谓词研究》，《民族语文》2007 年第 5 期。

17. 周庆生：《西双版纳傣语亲属称谓语义成分分析》，《民族语文》1990 年第 2 期。

桂黔滇交界地带北部台语词汇计量比较*

齐　旺

（西北大学文学院）

摘　要：对于台语支内部各方言土语间的亲疏程度问题，学界关注不多。本文聚焦语言资源丰富但研究相对滞后的桂黔滇三省交界地带，以北部台语的桂边、丘北、黔南三个土语为研究对象，使用计量方法比较其词汇的异同，用具体数据说明三者的亲疏远近关系，所得结论与传统的以语音为标准的方言土语定性分区一致。

关键词：桂黔滇交界地带；北部台语；词汇计量；比较

一　解题和说明

“桂”“黔”“滇”是一个地理概念，分别表示广西壮族自治区、贵州省、云南省。三省交界地带，即贵州西部、云南东南部、广西西南部则是“中越语言走廊”或“黔滇桂越语言走廊”的核心区域。该地带语言资源丰富，但研究相对滞后（李锦芳 2015）。

台语或台语支的“台（Tai）”这个名称是李方桂先生首先使用的，代表一系列有明显亲缘关系语言的称谓。“台”有广狭两义：广义的用来表示整个侗台语族的语言，狭义的仅代表台语支诸语言。国内语言学家多用其狭义（张均如等 1999：3）。李方桂先生（2011：47）根据词汇和特殊语音特征的地域分布将台语分为西南、中部、北部三大分支。其中，北部台语包括中国境内壮语北部方言、布依语，境外的 Saek（石家语）和 Yay（热依语）。由于桂黔滇交界地带的北部台语包括方言土语众多，限

* 本文为国家社科基金青年项目“桂黔滇三省交界地带台语北部方言词汇比较研究（项目编号：14CYY044）”的阶段性成果。

于篇幅，本文分析讨论的重点限于桂边、丘北、黔南三个土语。为便于后文词汇计量的比较，我们选取桂边土语的田林和剥隘，丘北土语的丘北和罗平，黔南土语的望谟和兴义6个语言代表点进行论述（见图1）。

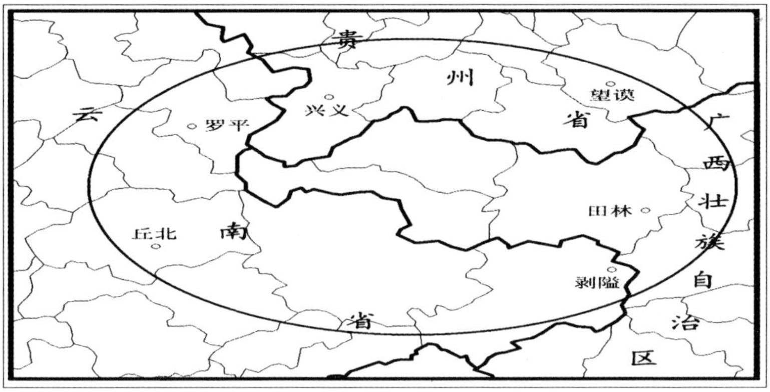

图1 本文涉及的区域范围及语言代表点的分布

本文主要以《布依语调查报告》《壮语方言研究》《剥隘土语》三本重要著作，以及相关词典为语料来源，同时辅以田野调查资料为补充，共收集有效常用词1595个，范围涉及名词、动词、形容词、数词、量词、代词、副词、连词八类，包含动物、植物、身体部位、亲属称谓等。[①] 这1595条词语是本文进行计量分析比较的主要对象。

二 语言计量研究概况

传统语言学研究多以定性研究为主。学者们对语言或方言的比较通常按照人们对某些语言特征方面的理解罗列出不同语言或方言的同异现象，通过若干举例分析归纳出有关语言或方言的一些规律。应该说，这种定性的研究可以比较方便地帮助人们获得对于某一语言或方言的总体认识。然而，定性的分析往往不能说明语言或方言之间亲疏同异的程度，在哪些语言或方言之间更为接近或更为疏远的问题上无法获得一种直观的理解（符其武2008：369）。采用计量的方法对语言进行研究可以弥补定性研究的不足。

① 限于篇幅，本文无法列出具体词表及其词类、义类词表，详情见国家社科基金结项报告。

计量研究又叫定量研究，以真实语言活动中产生的言语材料为研究对象，力求通过定量方法来探索语言的结构模式与演化规律，是一个用精确的方法来研究人类语言的语言学分支学科。“精确”“真实”“动态”是计量语言学研究的三大特点（刘海涛 2017）。19 世纪中后期，概率统计等数学思想和方法开始进入语言学研究领域，大大加快了语言计量的发展进程。20 世纪下半叶，随着计算机技术的发展和普及，汉语方言学界开始将计量统计的方法引入语言研究领域，使语言的研究在定性分析的基础上增添了定量分析。郑锦全（1988）最早提出使用“皮尔逊相关”和“非加权平均系联法”来计算不同方言的字音和词汇的亲疏程度。随后马希文（1989）使用重心法和分类学上的最小生成树分析法来计算方言间的相关系数。王士元和沈钟伟（1992）提出分词目计算的方法和计算方言间相关系数的 Jaccard 计算法公式，为方言词汇计量研究提供一个实际有效的可操作平台。此后，陈海伦（1998）对汉语方言的计量研究方法提出新的看法，并对相关问题做出新的探讨。这些理论和方法的探讨为后续进一步研究奠定了坚实的基础。如杨蓓（2003）对于吴语词汇相关度的计量研究，秦绿叶（2007）、邵慧君和秦绿叶（2008）对于广东西部粤语和客家话词汇相似度的计量分析；等等。

相比于汉语方言而言，运用计量方法研究台语词汇，以及国内其他少数民族语言词汇的成果并不多。就台语而言，一些研究虽有涉及（张均如 1999：310，韦星朗 2015），但基本上是零星、局部的，缺乏整体性，尤其在说明方言土语间的亲疏程度上还很不够，所使用的方法也只是简单的算术统计法，离真正意义上的语言计量研究还有差距。陈保亚（1996）、邓晓华和王士元（2007）、韦远诚和张梦翰（2014）等的研究则更进一步，通过词汇的数理分类、计量统计，讨论侗台语族、台语支与同语族、同语支语言之间，以及语族、语支内部各语言之间的分化时间、远近关系，画出谱系树图，将语言之间的亲疏关系清晰展示出来。这些成果在运用计量方法研究台语词汇上无疑具有开创性，对今后相关方面的研究具有重要的借鉴意义。然而，对于台语支某一语言内部各方言土语间的亲疏程度问题，上述研究关注不够。无论是壮语还是布依语，我们对其内部划分的方言土语间的亲疏关系的认识是清楚的，但对于亲疏程度的认识则是模糊的。具体而言，这种“亲”与“疏”体现在词汇的哪些方面？所包含的数量有多少？所反映方言土语之间关系的程度深浅如何？这些问题都需要进一步地分析和讨论。由此可见，通过词汇计量的比较来研究台语支语言内部各方言土语间的“亲疏程度”是很有价值和意义的。

三 词汇计量比较

语言计量研究主要有三种模式：相关度、相似度、沟通度。相关度比较的是语言体系中某些特征构成要素的“有”或“无”；相似度是以语言中具体的对应要素进行数值比较，从而决定语言间的相像或接近程度；沟通度以相关度和相似度为基础，以语言间相关成分对当类型为依据，来看语言间的交际理解程度（陈海伦 1998）。本研究主要立足于相似度模式，以 1595 个常用词为计量比较范围，选取其中一些有特色的词类和义类进行部分量化、分别计量、局部统计、综合比较，以此观察北部台语 6 个语言代表点间的亲疏程度。

在进行语言间词汇整体的相似度比较时，我们可以简单地理解为两种或各种语言之间究竟有多少词语是相同的。把相同的词语统计累加，除以一定的总词数，所得数率便是相应语言间词语的相似度或相同率。[①] 本文在词汇计量的对比时采用两两相比较的方式进行，不区分主、客位语言。具体而言，在对 6 个语言代表点田林、剥隘、丘北、罗平、望谟、兴义进行词汇相似率统计时，就存在 15 种关系：田林—剥隘、田林—丘北、田林—罗平、田林—望谟、田林—兴义、剥隘—丘北、剥隘—罗平、剥隘—望谟、剥隘—兴义、丘北—罗平、丘北—望谟、丘北—兴义、罗平—望谟、罗平—兴义、望谟—兴义。为称说方便，下文以地名的首字代替各语言点。

（一）词类计量比较

下文的比较包括名词、动词、形容词、其他（名、动、形之外）、总

① 这里的“相同”有两层含义：一是指声、韵、调（调类）、词义都相同的词，可称之为“全同词”；另一是指声、韵、调三者中有两项相同，或三者存在对应关系，词义有关联的词，即“同源词”，也叫“半同词”。从词语的来源看，无论是全同词还是半同词，其中都可能夹杂一些汉语借词。考虑到汉语借词复杂的层次问题，本文在进行词汇计量比较时并未将 1595 个词中的民族固有词和汉语借词分开，而是都放在一起统计。在具体统计词汇相似度的数量时，我们将全同词和半同词都视为相同的词。计算所得百分比数值保留小数点后两位。

词类。比较的具体程序为：先计算出各类词在两两方言中的相似度，具体方法用某个词类中两两方言相同的词的数量（斜线前的数字）除以该词类所包括的词语总数（斜线后的数字）。然后按方言间关系的亲疏远近排列显示在柱状图中。相似度数值越大表明两个方言间的关系越近，越小则关系越远。

1. 名词

表 1　名词相似度比较　（单位：个）

相似度（%） 相同词数/词总数	田林	剥隘	丘北	罗平	望谟	兴义
田林		83.57	80.03	80.15	84.70	83.94
剥隘	661/791		76.74	75.98	77.37	79.77
丘北	633/791	607/791		76.36	76.11	80.91
罗平	634/791	601/791	604/791		79.14	83.06
望谟	670/791	612/791	602/791	626/791		87.74
兴义	664/791	631/791	640/791	657/791	694/791	

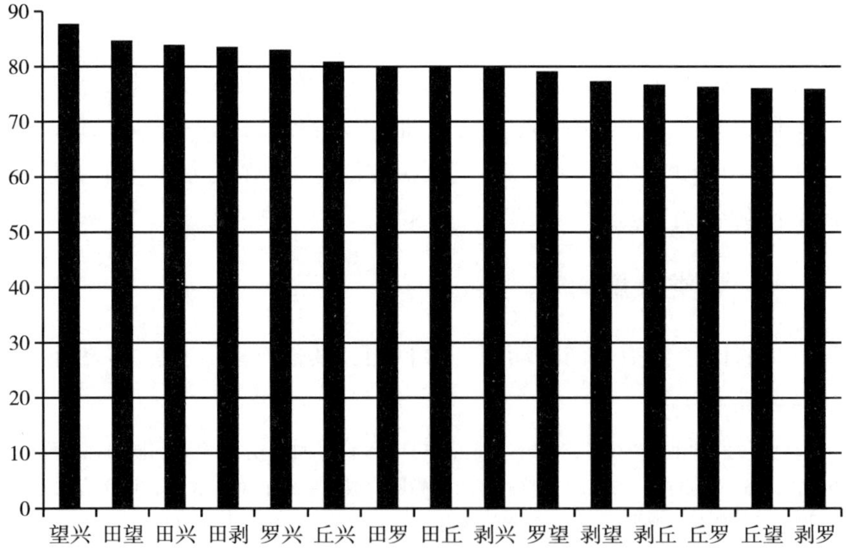

图 2　名词相似度分布

在名词的相似度分布上，望谟兴义最高，剥隘罗平最低。对田林而言，望谟与其相似度最高，接下来依次为兴义、剥隘、罗平、丘北。对丘北而言，兴义与其相似度最高，望谟最低。

2. 动词

表 2 **动词相似度比较** （单位：个）

相似度（%） 相同词数/词总数	田林	剥隘	丘北	罗平	望谟	兴义
田林		80.00	75.00	70.21	80.42	76.67
剥隘	384/480		71.25	67.71	73.96	73.13
丘北	360/480	342/480		71.04	73.54	74.17
罗平	337/480	325/480	341/480		76.67	78.33
望谟	386/480	355/480	353/480	368/480		90.21
兴义	368/480	351/480	356/480	376/480	433/480	

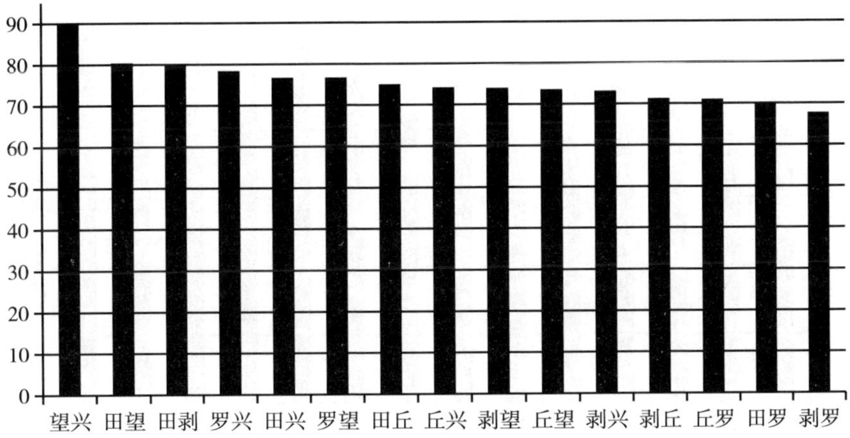

图 3　动词相似度分布

在动词的相似度分布上，望谟兴义最高，剥隘罗平最低。这与名词的相同。对田林而言，望谟与其相似度最高，接下来依次为剥隘、兴义、丘北、罗平。对丘北而言，兴义与其相似度最高，罗平最低。

3. 形容词

表 3　　形容词相似度比较　　（单位：个）

相似度（%） 相同词数/词总数	田林	剥隘	丘北	罗平	望谟	兴义
田林		81. 33	78. 00	74. 00	82. 00	76. 00
剥隘	122/150		72. 00	68. 00	74. 00	71. 33
丘北	117/150	108/150		70. 00	75. 33	73. 33
罗平	111/150	102/150	105/150		75. 33	73. 33
望谟	123/150	111/150	113/150	113/150		85. 33
兴义	114/150	107/150	110/150	110/150	128/150	

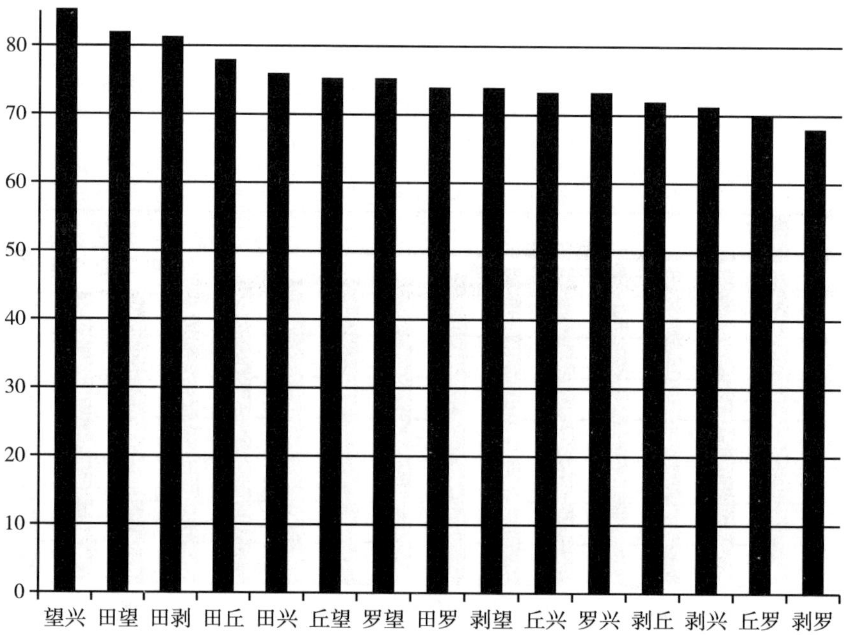

图 4　形容词相似度分布

在形容词的相似度分布上，黔南土语的望谟兴义最高，剥隘罗平最低。对田林而言，望谟与其相似度最高，接下来依次为剥隘、丘北、兴义、罗平。对丘北而言，望谟与其相似度最高，罗平最低。

4. 其他

由于数词、量词、代词、副词、连词词数较少，所占比重不大，这里不再单独统计各自的相似度，而是将五者放在一起论述。

表 4　　其他词类相似度比较　　（单位：个）

相同词数/词总数 \ 相似度（%）	田林	剥隘	丘北	罗平	望谟	兴义
田林		77.59	81.03	71.26	78.16	79.31
剥隘	135/174		75.29	66.67	67.24	70.69
丘北	141/174	131/174		73.56	73.56	77.59
罗平	124/174	116/174	128/174		69.54	71.84
望谟	136/174	117/174	128/174	121/174		86.21
兴义	138/174	123/174	135/174	125/174	150/174	

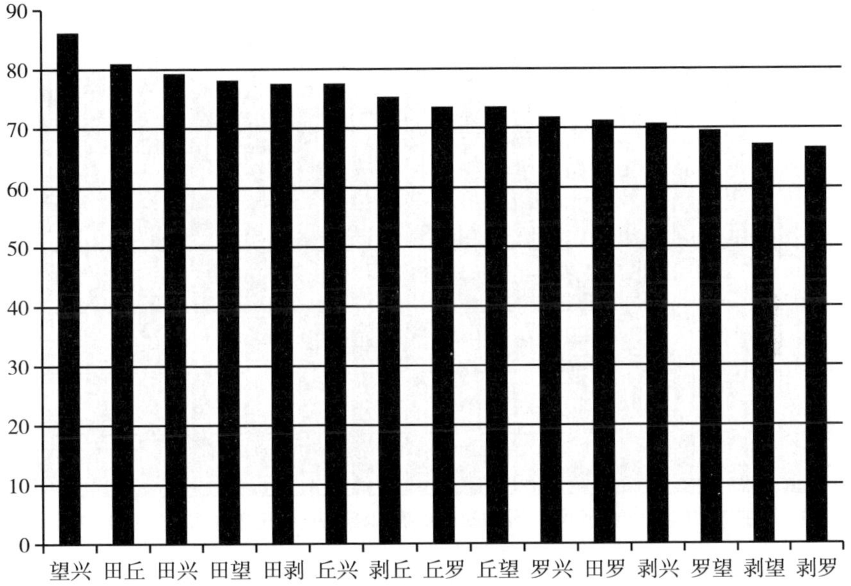

图 5　其他词类相似度分布

在其他五个词类的相似度分布上，望谟兴义最高，剥隘罗平最低。这与名词、动词、形容词相同。对田林而言，丘北与其相似度最高，接下来依次为兴义、望谟、剥隘、罗平。对丘北而言，兴义与其相似度最高，望谟最低。

5. 总词类

表 5 **总词类相似度比较** （单位：个）

相似度（%） 相同词数/词总数	田林	剥隘	丘北	罗平	望谟	兴义
田林		81.63	78.43	75.61	82.45	80.50
剥隘	1302/1595		74.48	71.72	74.92	75.99
丘北	1251/1595	1188/1595		73.86	74.98	77.81
罗平	1206/1595	1144/1595	1178/1595		76.99	79.50
望谟	1315/1595	1195/1595	1196/1595	1228/1595		88.09
兴义	1284/1595	1212/1595	1241/1595	1268/1595	1405/1595	

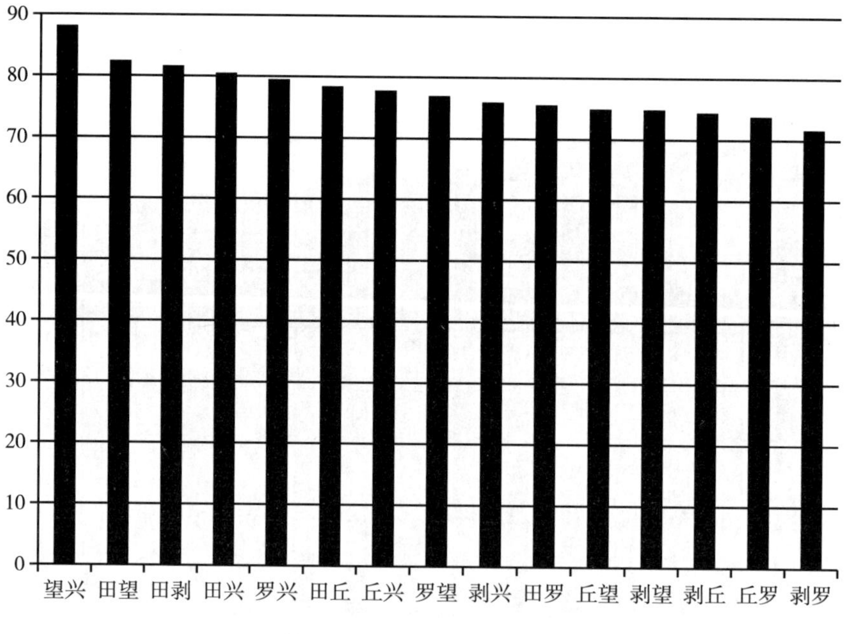

图 6 总词类相似度分布

在总词类的相似度分布上，望谟兴义最高，剥隘罗平最低。对田林而言，望谟与其相似度最高，接下来依次为剥隘、兴义、丘北、罗平。对丘北而言，兴义与其相似度最高，罗平最低。

（二）义类词计量比较

考虑到封闭性、易于把控性、常用性、数量适中等要求，这里主要选取身体部位词和亲属称谓词两类词进行讨论。

1. 身体部位词

表 6 **身体部位词相似度比较** （单位：个）

相似度（%） 相同词数/词总数	田林	剥隘	丘北	罗平	望谟	兴义
田林		89.55	76.12	80.60	91.04	91.04
剥隘	60/67		82.09	85.07	88.06	92.54
丘北	51/67	55/67		83.58	79.01	83.58
罗平	54/67	57/67	56/67		85.07	89.55
望谟	61/67	59/67	53/67	57/67		95.52
兴义	61/67	62/67	56/67	60/67	64/67	

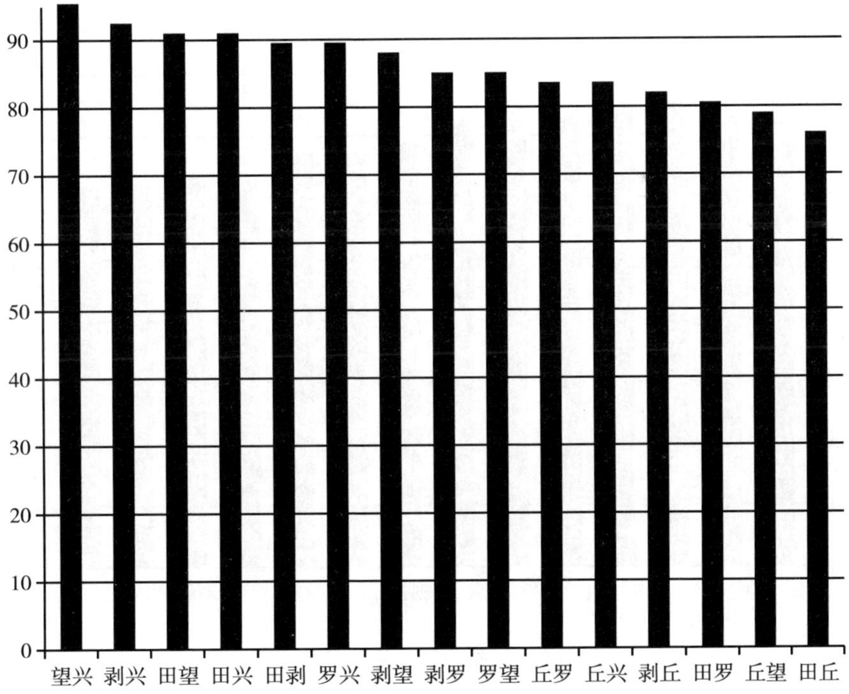

图 7　身体部位词相似度分布

在身体部位词的相似度分布上，望谟兴义最高，田林丘北最低。对田林而言，望谟与其相似度最高，接下来依次为兴义、剥隘、罗平、丘北。对丘北而言，罗平与其相似度最高，望谟最低。

2. 亲属称谓词

表 7　　亲属称谓词相似度比较　　（单位：个）

相似度（%） 相同词数/词总数	田林	剥隘	丘北	罗平	望谟	兴义
田林		74. 55	76. 36	62. 27	62. 27	72. 73
剥隘	41/55		69. 09	63. 64	63. 64	67. 27
丘北	42/55	38/55		67. 27	58. 18	78. 18
罗平	37/55	35/55	37/55		72. 73	72. 73
望谟	37/55	35/55	32/55	40/55		80. 00
兴义	40/55	37/55	43/55	40/55	44/55	

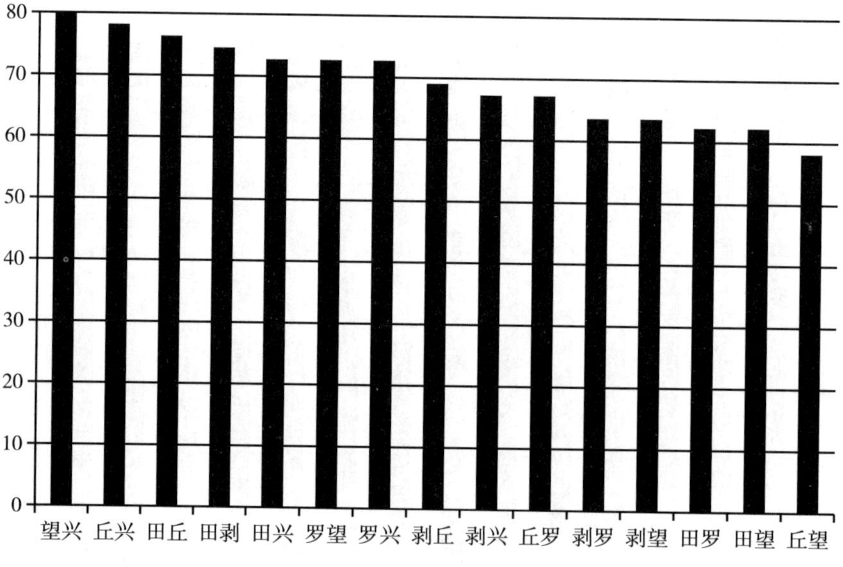

图 8　亲属称谓词相似度分布

在亲属称谓词的相似度分布上，望谟兴义最高，丘北望谟最低。对田林而言，丘北与其相似度最高，接下来依次为剥隘、兴义、罗平、望谟。对丘北而言，兴义与其相似度最高，望谟最低。

（三）相关讨论

综上所述，词汇的相似度在北部台语的六个代表点中都比较高。相似度有的高达 90% 以上，较低的也过了半，足见桂、黔、滇三省交界地带北部台语词汇上的相似性大于差异性。“大同小异”可以说是这一区域词汇的主要特点。为清晰起见，我们将上文计量数据用折线图展示。

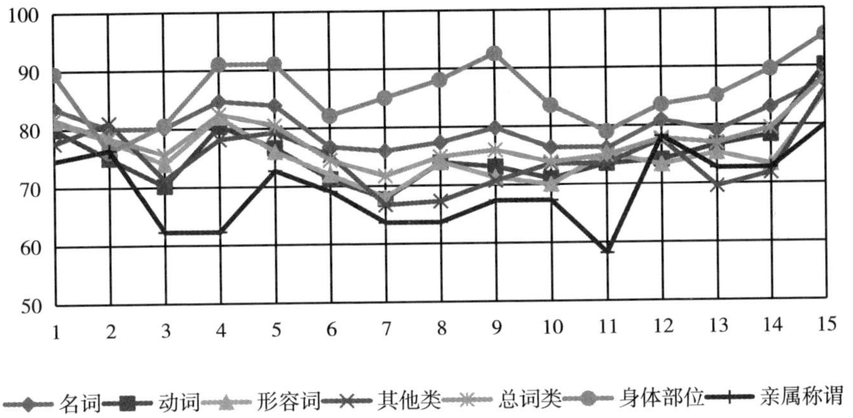

图 9　词类、义类综合分布折线

总的来看，在所比较的 1595 个词语中，义类词的相似度占比处于头尾两端，各词类的则居于两者之间。从义类词的分布看，身体部位词相似度占比较高，甚至高于各词类，亲属称谓词的相似度较低。由于身体部位词基本都是核心词，有很强的稳固性，所以在交界地带北部台语各方言土语中的差别并不大。反观亲属称谓词，其相异度则值得关注。其中可能存在汉借词替换固有词的原因，但究竟情况如何还需进一步调查研究。从词类的分布看，实词中的三大类名、动、形在方言土语间相似度占比都在七成以上。名词的相似度高于动词和形容词，后两者则不分伯仲。

接下来我们从主客位的视角来看六个语言代表点之间相似度高低的具体情况，讨论桂边土语、丘北土语、黔南土语之间的亲疏关系及其分区问题。

表 8　　词类及义类词在六个代表点中相似度高低分布比较

类别		主客位方言的相似度高低表现[1]	总计
词类	名词	田林—望谟 / 田林—丘北	相似度最高方言组 望谟—兴义 12 田林—剥隘 5 田林—丘北 5 田林—望谟 4 罗平—兴义 4 丘北—罗平 3 丘北—兴义 3 剥隘—丘北 2 剥隘—兴义 1 望谟—罗平 1 望谟—丘北 1 相似度最低方言组 剥隘—罗平 8 丘北—望谟 7 剥隘—兴义 5 田林—罗平 3 剥隘—望谟 3 田林—剥隘 2 田林—丘北 2 丘北—罗平 2 丘北—兴义 2 望谟—兴义 2 田林—望谟 1 剥隘—丘北 1 罗平—兴义 1
		剥隘—田林 / 剥隘—罗平	
		丘北—兴义 / 丘北—望谟	
		罗平—兴义 / 罗平—剥隘	
		望谟—兴义 / 望谟—丘北	
		兴义—望谟 / 兴义—剥隘	
	动词	田林—望谟 / 田林—罗平	
		剥隘—田林 / 剥隘—罗平	
		丘北—田林 / 丘北—罗平	
		罗平—兴义 / 罗平—剥隘	
		望谟—兴义 / 望谟—丘北	
		兴义—望谟 / 兴义—剥隘	
	形容词	田林—丘北 / 田林—剥隘	
		剥隘—丘北 / 剥隘—田林	
		丘北—剥隘 / 丘北—兴义	
		罗平—丘北 / 罗平—兴义	
		望谟—丘北 / 望谟—兴义	
		兴义—丘北 / 兴义—望谟	
	其他	田林—丘北 / 田林—罗平	
		剥隘—田林 / 剥隘—罗平	
		丘北—田林 / 丘北—望谟	
		罗平—丘北 / 罗平—剥隘	
		望谟—兴义 / 望谟—剥隘	
		兴义—望谟 / 兴义—剥隘	
	总词类	田林—望谟 / 田林—罗平	
		剥隘—田林 / 剥隘—罗平	
		丘北—田林 / 丘北—罗平	
		罗平—兴义 / 罗平—剥隘	
		望谟—兴义 / 望谟—剥隘	
		兴义—望谟 / 兴义—剥隘	
义类	身体部位	田林—望谟 / 田林—丘北	
		剥隘—兴义 / 剥隘—丘北	
		丘北—罗平 / 丘北—田林	
		罗平—兴义 / 罗平—田林	
		望谟—兴义 / 望谟—丘北	
		兴义—望谟 / 兴义—丘北	
	亲属称谓	田林—丘北 / 田林—望谟	
		剥隘—田林 / 剥隘—望谟	
		丘北—兴义 / 丘北—望谟	
		罗平—望谟 / 罗平—田林	
		望谟—兴义 / 望谟—丘北	
		兴义—望谟 / 兴义—剥隘	

注：表格中横线前为主位方言，后为客位方言。在总计一栏中则不分主客位。斜线前表示相似度最高的方言组，斜线后为相似度最低的方言组。每个方言组后的数字为出现在词类、义类中相似度的总次数。

根据表 8 计量的结果，可以看出田林、剥隘、丘北、罗平、望谟、兴义六点之间的词汇相似度的远近。其中，相似度越高的方言组，两者间的距离越近，应将其归为同一个方言或土语；相似度越低的方言组，两者间的距离越远，应该归为不同的方言或土语。望谟和兴义地理位置较近又同属布依语，两者的词汇相似度最高不足为奇。因此，在布依语的土语分区中将两者归为黔南土语中的第一土语，这种划分应该是符合实际的。望谟与其他方言土语具有较高的词汇相似度也间接表明它在布依语黔南土语中的权威方言地位，将其视为布依语的代表音点的确有其合理性。布依文就是以第一土语为基础，以规范的望谟县的读音为标准音制定的。上文词汇计量的结果正好为布依语的标准音点提供了语言学上的支持。此外，田林、丘北的相似度较高，在所属土语中的权威方言作用毋庸置疑，都属壮语北部方言。田林和剥隘的相似度也很高，缘于地理位置临近，两者同属桂边土语（张均如等 1999：29）。罗平虽然位于云南丘北，与壮语北部方言分布区域距离不远，不过从词汇计量对比可以看到罗平和贵州布依语的兴义关系更近，而与北部壮语的田林、剥隘、丘北的关系相对都比较远。罗平划归为布依语的黔南土语应该更合适，更符合实际情况。根据词汇相似度的高低对比，我们推测现在云南罗平的布依族当是历史上通过“黔滇桂越语言走廊”从贵州布依族大本营迁徙出来的。总体来看，桂边土语和丘北土语的关系最近，桂边土语与黔南土语次之，丘北土语与黔南土语最远。这表明广西西北部壮语与云南东南部壮语最接近，与贵州西南部布依语次之，而后两者关系比较远。

四　余论

对于语言的分区，学界一般都是以语音标准进行的。能否以词汇标准，采用定量的方法进行分区，是值得思考的问题。近年来，李如龙先生通过研究汉语方言中的特征词，发现特征词的不同等级和类型以此对汉语方言进行分区。从相关研究成果来看，这种方法是可行的。以特征词为标准所做的分区基本上与传统的以语音为标准的方言土语分区重合，这也表明以特征词进行汉语方言分区的可行性。本研究借鉴了这一理论，不过并非只关注“特征词”，而是计量对比了 1595 条词语。通过比较，我们发现：北部台语的桂边、丘北、黔南三个土语词汇相似度的差异所反映的三者间的亲疏关系，与传统的以语音为标准的方言土语定性分区是一致的。

众所周知，语言词汇的数量是非常巨大的，因此，语言间词汇的比较研究工作量是繁重的，如果仅靠人工统计是不可能准确完成的，借助计算机进行计量研究就显得非常必要。本文在统计数据时主要使用Excel中的计算统计功能，并未使用统计学的Spss软件，这样显得不太专业。此外，如构建方言土语的邻接树模型的Splitstree软件、测算各方言土语间词汇距离的Gabmap软件，以及PHYLIP软件包中的PENNY、Neighbor-joining等程序，对于语言的词汇计量研究都是非常有用的。限于能力水平，本文都未使用，非常遗憾。这些不足只能留待后期研究来弥补。

无论是汉语方言还是少数民族语言，词汇计量的探讨非常欠缺。相比于语音和语法，词汇的系统性差，封闭性不够，词的义项与语言的具体词语之间大多不是一对一的关系，语言词汇之间的可比特征也不甚清晰，这些情况决定了词汇的计量分析目前还缺乏一套可资借鉴的理论方法和行之有效的操作程序。因此，本研究只是运用计量方法研究北部台语词汇的初步尝试，希望能够使更多人了解少数民族语言的词汇计量研究，促进相关研究逐步成熟和完善。

参考文献

1. 陈保亚：《论语言接触与语言联盟》，语文出版社1996年版。

2. 陈海伦：《论方言相关度、相似度、沟通度指标问题》，《中国语文》1998年第5期。

3. 陈鹏飞：《计量方法在汉语方言关系研究中的运用》，《天津师范大学学报》（社会科学版）2006年第2期。

4. 邓晓华、王士元：《壮侗语族语言的数理分类及其时间深度》，《中国语文》2007年第6期。

5. 符其武：《琼北闽语词汇研究》，四川大学出版社2008年版。

6. 李方桂：《剥隘土语》，清华大学出版社2005年版。

7. 李方桂：《台语方言分类初探》，载《侗台语论文集》，清华大学出版社2011年版。

8. 李锦芳：《中越语言走廊述补》，《百色学院学报》2015年第4期。

9. 李如龙：《汉语方言特征词研究》，厦门大学出版社 2002 年版。

10. 刘海涛：《计量语言学导论》，商务印书馆 2017 年版。

11. 马希文：《比较方言学中的亲疏计量方法》，《中国语文》1989 年第 2 期。

12. 秦绿叶：《粤西三地粤语客话方言词汇分析计量研究》，硕士学位论文，华南师范大学，2007 年。

13. 邵慧君、秦绿叶：《廉江市粤客词汇相似度的计量分析》，《中国语文》2008 年第 2 期。

14. 王士元、沈钟伟：《方言关系的计量表述》，《中国语文》1992 年第 2 期。

15. 韦星朗：《壮语南北方言比较及与布依语的比较研究》，中央民族大学出版社 2015 年版。

16. 韦远诚、张梦翰：《台语支语言的计算分类及其传播方向》，《民族语文》2014 年第 5 期。

17. 吴启禄、王伟、曹广衢、吴定川：《布依汉词典》，民族出版社 2002 年版。

18. 鲜红林：《云南罗平布依语词汇研究》，博士学位论文，中央民族大学，2011 年。

19. 谢菊花：《〈剥隘土语〉词汇研究》，硕士学位论文，广西大学，2012 年。

20. 杨蓓：《吴语五地词汇相关度的计量研究》，《语言文字应用》2003 年第 1 期。

21. 张均如、梁敏、欧阳觉亚、郑贻青、李旭练、谢建猷：《壮语方言研究》，四川民族出版社 1999 年版。

22. 郑锦全：《汉语方言亲疏关系的计量研究》，《中国语文》1998 年第 2 期。

23. 中国科学院少数民族语言研究所主编：《布依语调查报告》，科学出版社 1959 年版。

24. 周国炎：《布依-汉词典》，贵州民族出版社 2011 年版。

25. Fang Kuei Li, *A Hand of Comparative Tai*, The University Press of Hawaii, 1977.

把字句的谚解对朝鲜语特殊助词“다가”语法化的影响研究

张会见

（南京大学外国语学院）

摘　要：汉朝语言接触中留下了大量的、连续的、双语对照的语料——谚解，是研究汉朝语言接触性演变的宝贵语料。以往研究或单取其汉语文本，作为研究近代汉语的辅助性语料；或从词汇和语音层面发掘其双语对照语料的价值。本文试从句法层面观察谚解语料中汉语对朝鲜语产生的影响，发现在朝鲜语特殊助词“다가”语法化的过程中，把字句的谚解起到了重要的“触媒”作用。具体而言，特殊助词“다가”一共经历了两个阶段的语法化：第一阶段为15世纪末之前，从表示“挪动、搬迁、靠近”的动词“다그다”语法化为特殊助词“에다가”，表“挪动、搬迁、靠近的地点”。第二阶段为16世纪到19世纪，从单一形态“에다가”衍生出与宾格和工具格共现的两个新形态“을/를다가”和“으로/로다가”，同时新增了“强调”语义。第二阶段的语法化与把字句的谚解呈现明显的关联性，把字句的谚解促进了“다가”形态上的多样化和语义上的叠加，最终导致现代朝鲜语中“다가”可与多种格助词共现构成特殊助词，同时又兼有“挪动、搬迁、靠近的地点”和“强调”两种语义。

关键词：汉朝语言接触；接触性演变；朝鲜语特殊助词“다가”；把字句

一　汉朝语言接触的等级和借用层次

Thomason（2001：70—71）指出，语言借用的内容与层次和语言接

触的强度密切相关——接触强度越高，借用成分的内容越多、借用层次也越高。借用的内容与层次按照由浅入深的顺序依次分为：词汇成分→句法成分/音系成分→形态成分；语言接触的强度根据双语者的数量和语言使用者的态度等社会因素依次分为：偶然接触→强度不高的接触→强度高的接触→高强度的接触（吴福祥 2007）。汉语和朝鲜语的接触时间跨度久、双语者数量众多且历史上朝鲜半岛对汉文化的认同和崇拜也为借用提供了积极的社会背景。因此，汉朝语言接触属于“高强度的接触”，理应发生多种类和高层次的借用。然而关于朝鲜语借用汉语的研究数量虽多，类型却不丰富，主要集中在词汇借用层面（沈在箕 1971、李德春 1986、卢明姬 1998、荣慧艳和赵杰 2019、王芳 2020 等），语音和句法层面的研究很少。近年来有学者开始关注句法层面的借用，但主要是以我国朝鲜族使用的语言为研究对象（朴锦海 2010、黄玉花和王莹 2020 等），从句法层面讨论汉语对朝鲜半岛通用语影响的研究很少。本文试举一例，通过对汉朝语言接触中留下的大量双语对照语料——谚解的观察，探析汉语把字句结构对朝鲜语特殊助词“다가”语法化产生的影响。

二 朝鲜语特殊助词“다가”

（一）现代朝鲜语的特殊助词“다가”

作为典型的黏着语，朝鲜语主要通过位于体词之后的助词和位于谓词之后的语尾来实现语法意义。朝鲜语的助词有格助词和特殊助词（又称补助词）两种。格助词位于名词之后，主要功能是表示其前名词在句中属何种成分；特殊助词位置较自由，可以用于名词、格助词、副词、谓词活用形甚至谓词词根之后，其主要功能是添加某种特殊的语义（李翊燮、蔡婉 1999）。“다가”是现代朝鲜语中非常活跃的一个特殊助词，主要有以下 4 种形态：[①]

（1） 여자- 가 컴-에-다가 술-을 채웠-다.

① 为便于标注朝鲜语例句的句子成分，笔者在必要的地方添加了短横-以区分名词和助词、谓词词干和语尾。

女人-主格　杯子-处所格-다가　酒-宾格 倒满（过去）-陈述

女人在杯子里倒满酒。

（2）당신-은　늘　잘못-을　상대방-에게-다가　뒤집어씌운-다.

你-话题　总是　错误-宾格　对方-与格-다가　扣-陈述

你的错误总是扣在别人身上。

（3）송정연-이　의사-한테-다가　이야기-를　했-다고?

宋正妍-主格 医生-与格-다가　事情-宾格 讲-间接引语

听说宋正妍告诉了医生那件事?

（4）이런　기세-로-다가　현장-에　들어가-자.

这样的　气势-工具格-다가　现场-处所格　进去-共动

以这样的气势去现场吧。

以上例句均出自《延世韩国语词典》。该词典中对“다가”的解释为：主要与表示处所、对象和工具的格助词“에”，“에게/한테”，“으로/로”相结合，表示“挪动、搬迁、靠近的地点”或“强调”的语义。其中例（1）中的“에다가”位于表示倒酒的目的地“杯子”之后，例（2）和例（3）中的“에게/한테다가”位于“错误被强加的人（对方）”和“听那件事的人（医生）”之后，此时特殊助词“다가”表示“挪动、搬迁、靠近的地点”；而例（4）中的“로다가”位于表示方式的名词“气势”之后，表示“强调”。

同一语法形态的不同义项之间一般有符合家族类似性（family resemblance）的多义衍生过程，而“다가”兼有的两种语义“挪动、搬迁、靠近的地点”和“强调”则存在较大的差异。与工具格助词“으로/로”结合的“다가”缘何与其他格助词结合的“다가”语义不同，需要从通时角度把握“다가”的演变轨迹方能获得充分的解释。

（二）中世和近代朝鲜语的特殊助词“다가”

根据语音、语法和标记法等语言特征的变化，朝鲜语史研究中一般将15世纪（朝鲜文字创制）至16世纪末（壬辰倭乱）的朝鲜语称为“（后期）中世语”，17世纪初至19世纪末的朝鲜语称为“近代语”，20世纪中叶（朝鲜半岛解放）以后的朝鲜语为“现代语”（李基文1998）。世宗大王创制朝鲜文字（称“谚文”）以后，开始出现了用朝鲜文字记录朝鲜语的资料，这些资料多是将儒家经典和佛经翻译成朝鲜语，称为“谚解”。谚解大部分由官方组织编纂，采用汉语和朝鲜语对照的形式，从15世纪开始一直持续到19世纪，贯穿了中世和近代朝鲜语的整个发展过程。

中世和近代朝鲜语的谚解资料中“다가”共有5种形态，除现代朝鲜语仍在沿用的“에다가”，“에게/한테다가”，“로다가”4种形态外，[①] 还有与宾格助词“을/를”共现的情况。“을/를다가”的例文如下：

（5）사ᄅᆞᆷ 한 큰 자-새 나-ᄅᆞᆯ-다가 두-고라.
人 多 多 地点名词-处所格 我-宾格-다가 放置-命令
汉语原文：送我着多人民处。（《月印释谱》卷22：53b）

（6）다ᄅᆞᆫ 사ᄅᆞᆷ-이 우리-ᄅᆞᆯ-다가 므슴 사ᄅᆞᆷ-을 사마 보-리오.
别的 人-主格 我们-宾格-다가 什么 人-宾格 当作-感叹
汉语原文：别人将咱们做什么人看。（《老乞大谚解》上5a）

朝鲜语中宾格助词之后出现的语法形态有两种属性，一为动词（活用形），另一为特殊助词。大部分的特殊助词是由动词（活用形）语法化而来，“다가”也不例外。据金英熙（1975）和李南淳（1996）的研究，作为特殊助词的“다가”来源于动词“다그다”，表示“挪动、搬迁、靠近”的意思。现代朝鲜语中引入了区分语法单位的空格标记，因此宾格助词与动词之间通常有空格隔开，而特殊助词则与宾格助词连书。[②] 因此，在现代朝鲜语中，如果宾格助词和“다가”共现为“을/를 다가（两者间有空格）”，则可以判断此处的“다가”是动词；如果共现为“을/를다가（两者间无空格）”则可以判断此处的“다가”是特殊助词。然而例

① 工具格助词“으로/로”是同一个助词的异形态，与格的“에게/한테”则是两个不同的助词，因此“에다가”“에게/한테다가”和“으로/로다가”一共是4种形态。

② 为便于分析和理解，本文在引用中世和近代朝鲜语例句时已按照现代朝鲜语空格的使用规则对例句进行了空格断句。

(5）和例（6）所引的中世和近代朝鲜语时期尚未引入空格标记，采用的是连书形式，因此难以判断这里的“다가”是动词（活用形）还是同例（1）—例（4）一样，是已经语法化的特殊助词。因此，不同版本的朝鲜语古语字典对“을/를”和“다가”连用结构的处理也不同：《中朝大词典》将两者连在了一起，“다가”处理为特殊助词；韩文学会编纂的《国语大辞典 4（古语和吏读）》则将两者用空格隔开，“다가”处理为动词（活用形）。

不过中世和近代朝鲜语资料中出现过宾格助词“을/를”与“다가”共现的情况，而现代朝鲜语中这种用法消失，只留下了和处所格、与格、工具格助词一起使用的“다가”，这就足以说明“다가”经历了从动词到特殊助词语法化的过程。因为朝鲜语中绝大部分动词的语法化都经历了先与宾格助词共现，然后扩展到其他格助词的过程（李泰英 1988）。宾格助词之后的形态有可能是动词活用形，但宾格以外的格助词之后出现的形态只可能是特殊助词。表 1 是朝鲜语史语料库中检索到的各时期“格助词+다가”的使用情况。

表 1　朝鲜语史语料库中 15—20 世纪“格助词+다가”结构的出现情况

（单位：个）

与“다가”共现的格助词	15 世纪	16 世纪	17 世纪	18 世纪	19 世纪	20 世纪	现代
宾格（을/를다가）	1	13	53	119	—	—	—
处所格（에다가）	9	6	6	3	53	20	有
工具格（으로/로다가）	—	1	6	33	4	3	有
与格（에게/한테다가）	—	—	—	—	—	—	有

由表 1 的统计可知，15—16 世纪“다가”主要出现在宾格和处所格助词之后，处所格后的“다가”从 15 世纪有朝鲜文字记录起，一直沿用到现代；宾格助词之后的“다가”则经过 15—17 世纪发展，在 18 世纪达到顶峰后消失；16 世纪末“다가”开始出现在工具格助词之后，并经过 17 世纪的发展在 18 世纪达到顶峰，随后出现了回落，但沿用到了现代朝鲜语中；与格助词之后的“다가”直到 20 世纪以后才开始使用。由此可知，“다가”在 18 世纪末前后完成了语法化，根据有二：一是“助词+다가”的结构在 18 世纪无论是形态还是数量都大幅增加，表现出较

高的活性，说明此时语法化程度较高；二是19世纪开始宾格助词与“다가”的连用骤减为零，这是因为伴随着语法化的加强，“다가”的动词属性减弱，支配宾语的能力也随之减弱，宾格助词与“다가”的连用也随之退出了历史舞台。①

但是定位了“다가”完成语法化的时期依然不能解决上一节的遗留问题：现代朝鲜语中工具格助词之后的“다가”为何与处所格、与格助词之后的“다가”表达了截然不同的语义？前人研究指出特殊助词“다가”的来源是表示“挪动、搬迁、靠近”的动词“다그다”，这在一定程度上说明了现代朝鲜语处所格和与格之后的“다가”表“挪动、搬迁、靠近的地点”这一语义的来源。那么工具格之后的“다가”表示的“强调”语义又是从何而来呢？前文已经交代过，由于中世和近代朝鲜语采用的是连书，没有使用区别语法单位的空格，所以“다가”语法化的具体过程无法通过现有的朝鲜语资料进一步推演，现代朝鲜语中遗留的“强调”语义从何而来也就更加无从追溯。那是否可以通过中世和近代谚解语料中与“다가”对应的汉语原文来找到一些线索呢？

15—19世纪的朝鲜语语料大多以朝汉对照的方式呈现，这是研究朝鲜语史和汉语史极为宝贵的语料。然而国外朝鲜语史研究者对谚解的汉语文本关注度并不高，不少朝鲜语词汇史和语法史的研究脱离汉语原文，因而产生了不少误读和误判（志部昭平1990）；国内学者倒是很关注这些域外的汉语材料，特别是17—19世纪的汉语教科书资料，已经成为国内研究近代汉语语音和词汇的重要辅助语料。但二者都是在单一语言体系内使用这些谚解语料，未能充分挖掘谚解语料的双语对译价值。下面我们将尝试从“双语对译”的角度找到“다가”语法化的踪迹，以此为例进一步明确“谚解”在汉朝语言接触研究中的重要学术价值。

三 谚解与“다가”句式的演变

15—19世纪出现的“格助词+다가”结构对应的汉语原文主要有两

① 类似的情况在朝鲜语特殊助词的语法化中可以找到很多，例如表示起点的特殊助词“부터”，表示最低限度的“조차”等，都是从动词的活用形出发，实现语法化以后不再与宾格助词连用的。

类：一是处所补语句（15—16世纪），另一是把字句（16—19世纪）。

（一）处所补语句的谚解与“다가”

15世纪的“다가”主要出现在处所格和宾格助词之后。前者居多，出现在宾格助词之后的仅有1处。①

（7）사ᄅᆞᆷ　한　큰　자-새　나-ᄅᆞᆯ-다가　두-고라.
人　多　多　地点名词-处所格　我-宾格-다가　放置-命令
汉语原文：送我着多人民处。（《月印释谱》卷22：53b）

（8）頂骨-와　佛牙-와　佛鉢-ᄋᆞᆯ　東方-애-다가　두-라.
顶骨-和　佛牙-和　佛钵-宾格　东方-处所格-다가　放置-命令
汉语原文：顶骨佛牙佛钵安置东方。（《月印释谱》卷23：51a）

（9）八萬里　밧-긔-다가　더뎌　ᄇᆞᇫ　아디-게　호-리라.
八万里　外-处所格-다가　丢弃　碎-副词型词尾　做-命令
汉语原文：着八百里外磨碎成屑。（《释谱详节》卷23：57b）

（10）金을　뫼-해-다가　더디-고.
金-宾格　野地-处所格-다가　丢弃-连接语尾
汉语原文：乃捐金于野。（《三纲行实图》烈女8）

---

① 由于中世、近代、现代朝鲜语语音和标记法的不同，现代朝鲜语中处所格助词后接“다가”时只有“에다가”一种形态，但是中世和近代资料中处所格后接“다가”时有“에다가”，“의다가”，“애다가”等多种异形态。这些异形态的分布规则可参见上保敏（2007）。同时由于采用连书形式，前一音节的收音有时也会出现在后一音节的辅音位置，出现类似例（9）的“긔다가”，例（10）的“해다가”，例（11）的“헤다가”这样的形态。

（11）담사 늬 지-여 뫼-헤-다가 더디라 ᄒᆞ야ᄂᆞᆯ.
竹席抬-连接语尾 野地-处所格-다가 丢弃 说-转述
汉语原文：（乃命觉）舆簀而弃于山中。（《三纲行实图》孝子 13）

首先看这一时期“다가”的形态，共两种：一种是与宾格助词连用的“을/를다가”，仅有例（7）这 1 例；另一种是与处所格助词连用的“에다가”。在第二节中我们讨论过“다가”从表示“挪动、搬迁、靠近”的动词“다그다”语法化为特殊助词的过程，可知朝鲜语动词（活用形）语法化为特殊助词的一般过程为：首先，作为动词与宾格助词连用，表示动宾关系；其次，开始与宾格助词以外的其他格助词连用，语法化开始；最后，动词性消失，支配宾语的能力减弱，与宾格助词连用的情况随之消失，只剩下与其他助词语连用的形态，语法化完成。这一过程不仅在“다가”的语法化中可以见到，在其他特殊助词语法化中也是一种常见的规律（李泰英 1988）。按照这一规律，15 世纪资料中已经出现“다가”与宾格助词和处所格助词连用的两种形态“을/를다가”与“에다가”共存，说明动词“다그다”已经开始语法化。同时，与宾格助词连用的例子极少，而与处所格连用的例子较多，说明了此时语法化不是刚刚开始，而是已经进行到了“动词支配宾语能力较弱”的程度。

其次看“다가”句对应的汉语原文，也有两种：一如例（7）—例（9），对应的是处所名词前的动词“置”“着”；一如例（10）—例（11），对应的是处所名词前的介词“于”。动词“置”和“着”与“다가”的源动词“다그다”语义相同，都表示“挪动、搬迁、靠近”，在对译文本中所处的位置又一致，据此可推测谚解者用“다그다”翻译了“置”和“着”这类动词。最初以例（7）的形式，用于宾格助词之后，随后逐渐发生了语法化，开始用于处所格之后。语法化最先波及处所格的原因也容易理解，“置”“着”“다그다”这类动词除宾语之外，都要求一个处所补语一起出现才能表达完整的语义。例（10）—例（11）的汉语原文中已经不再出现“置”和“着”这类动词，谚解文依然使用了“处所格+다가”的形式，证明这一时期与处所格连用的“다가”动词性语义较弱，语法化已经完成，表示“挪动、搬迁、靠近的地

点”，对应原句中的虚词“于”。例（7）—例（9）所引《月印释谱》和《释谱详节》的成书时间分别为1459年和1446年，例（10）—例（11）的《三纲行实图》则成书于1481年，这些文献的时间顺序也符合我们对“处所格+다가”语法化过程的推断。

简而言之，15世纪的“다가”从表示“挪动、搬迁、靠近”的动词“다그다”的活用形语法化为表示“挪动、搬迁、靠近的地点”的特殊助词“에다가”，对应的汉语原文是处所补语句，从“다가”本身的形态变化（宾格+다가→处所格+다가）和对应原文的变化（置，着→于）都能判断出其语法化的完成。但动词语法化是一种普遍存在的语言现象，在这一过程中并不能轻易判断汉语原文是否对朝鲜语动词“다그다”的语法化起到了促进作用。

（二）把字句的谚解与“다가”

16世纪的“다가”延续了15世纪末的情况，主要以“处所格+다가”的形式出现，对应的汉语原文多为处所名词前的“于”；同时也产生了新的用法：与白话文把字句相对应的“宾格+다가”和“工具格+다가”。参见表1的统计可知，这类例子在16世纪还不太多，但是一直延续到17世纪，并在18世纪达到了顶峰。

（12）그　사ᄅᆞᄆᆡ　머　리 위-희-다가　ᄒᆞᆫ　번　텨.
那　人-所有格　头　上面-에-다가　一　次　击打
汉语原文：把那人头上打了。（《翻译老乞大》上28a）

（13）고기-ᄅᆞᆯ　넛-코　져기 소곰 두-고
져-로-다가　뒤지-어.
肉-宾格　放进-连接语尾 一点　盐　放-连接
筷子-로-다가 搅拌-连接
汉语原文：下上肉着些盐把筷子搅动。（《老乞大重刊》上19b）

（14）老李-를-다가　衙門-에　잡아가.
老李-를-다가　衙门-处所格　抓走
汉语原文：把老李带到衙门。（《朴通事新释谚解》卷2：35b）

例（12）—例（14）分别展示了16—18世纪“다가”与处所格、工具格、宾格助词连用的情况，这些例子对应的汉语原文均为把字句。通过前面对15世纪语料的分析，我们得出伴随着“宾格+다가”的式微，“处所格+다가”在15世纪后半期完成了语法化，表示“挪动、搬迁、靠近的地点”，对应的汉语原文为处所补语句的结论。那么用来谚解把字句的“다가”与谚解处所补语句的“다가”是否为同一语法形态呢？

首先，通过以下例句可以判断把字句对应的“다가”确实是特殊助词而不是动词（活用形）。

（15）ᄯᅡᆼ 임자-와 겨틧 평ᄉᆡᆫ-을-다가 의심ᄒᆞ야 텨 져주니.

地 主人-和 身边的 平民-宾格-다가 怀疑 拷打 审问-连接语尾

汉语原文：把地主并左近平人涉疑打拷。（《翻译老乞大》上27b）

（16）地主-와 겻ᄒᆡ 사ᄅᆞᆷ-을 쳐 져주-더니.

地主-和 身边 人-宾格 拷打 审问-连接语尾

汉语原文：把地主并左近人打拷。（《老乞大新释谚解》卷1：35b）

引文例（15）和例（16）来自《老乞大》不同时期的谚解本。在白话文原文基本保持一致的前提下，《翻译老乞大》将强调宾语的把字句翻译为“을다가”；《老乞大新释谚解》则将其译为独立的宾格助词“을”。由两者对比可知，在谚解者眼中，例（15）中的“다가”是可以省略掉的，类似的例子在《老乞大》《朴通事》不同时期的谚解本中还可以找到不少。省略后句子语法结构仍然成立是朝鲜语特殊助词的一个重要特征，因为特殊助词只添加语义而不承担语法功能（任洪斌、张素媛1995）。但动词是不能任意省略的。换句话说，同样的把字句在不同时期的谚解中，有时被翻译为“格助词+다가”，有时仅被翻译为“助词”，这种现象的大量存在说明译者是将“다가”作为一个特殊助词而不是动

词来使用的。①

其次，从语义层面来看，16 世纪白话文传入朝鲜半岛以后，谚解文本中开始出现类似例（12）“把那人头上打了”这样“强调地点”的把字句，这与语法化后“에다가”的语义“挪动、搬迁、靠近的地点”非常近似。从对应的汉语原文来看，强调范围和处所的把字句还原为非处置式，就是处所补语句。“把那人头上打了”还原后变为“打了那人头上”，正是语法化后“에다가”的使用语境。因此，谚解者很有可能借“에다가”来翻译这类新出现的强调地点的把字句。谚解把字句的“에다가”与谚解处所补语句的“에다가”为同一语法形态，都是表示“挪动、搬迁、靠近的地点”的特殊助词。

但把字句不光用来强调地点。马贝加（2002：1—3）就指出，把字句可以强调对象（接受者、施事者、处置者）、方向、工具和范围等多种句子成分。“에다가”被用来翻译把字句之后，根据把字句强调内容的不同，谚解中又出现了与工具格搭配的“으로/로다가”，以及与宾格搭配的“을/를다가”。例（12）“把那人头上打了”是强调范围和处所的把字句，被译为“处所格+다가”；例（13）“把筷子搅动”强调工具，被译为“工具格+다가”；例（14）“把老李带到衙门”和例（15）、例（16）的“把地主并左近（平）人打拷”强调对象，被译为“宾格+다가”。通过这些例子可以看出，“다가”前格助词的选择与把字句强调的句子成分是一致的。当然，把字句可强调的成分虽多，但还是以强调被处置者（宾语）的用法居多，这也就解释了伴随着“에다가”语法化的完成，15 世纪几乎已经消失的“宾格+다가”形态，为何在 16—18 世纪又大量出现，并且数量远远超越了其他几种格助词与“다가”连用的情况。事实上，15 世纪仅有 1 例的“을/를 다가”与 16—18 世纪大量出现的“을/를다가”并不是同一个语法形态。正如前文所述，前者是动词活用形，按照现代朝鲜语的空格原则，应标记为“을/를 다가（宾格助词后有空格）”，表示“挪动、搬迁和靠近”某一地点；而后者是已经语法化

① 张福通、赵成杰：《域外汉语教科书研究的再审视》通过对“时”字在不同时期域外汉语教科书中的用法的观察，梳理了近代汉语“时”从时间词到话题标记的演变过程，指出同类语料不同时段的对比研究对把握近代汉语发展史有重要的意义。同样，同一汉语句子在不同时期谚解文献中翻译的变化，对于把握朝鲜语的演变历史和汉朝语言接触演变史也有重要的意义。

的“에다가”受到把字句的影响衍生出来的新的特殊助词，表示对动作对象的“强调”，应标记为“을/를다가（宾格助词后无空格）”。

特殊助词“格助词+다가”的形态与把字句原文强调类型保持一致的现象在下例中体现得更加淋漓尽致。

（17）太醫 ᄡᅮᆨ-으로다가① 엇디 ᄡᅳ-더뇨 뎨 ᄆᆞ른 ᄡᅮᆨ-을다가②

太医 艾-으로다가 哪里 使用-疑问 他 干的 艾-을다가

부븨여 발 앖-귀 머리 ᄲᅩ죡ᄒᆞᆫ ᄲᅧ 위-희 노코

揉 脚 放置-连接语尾 头 尖的 骨头 上-处所格 放-连接语尾

불-로③ ᄡᅮᆨ-에다가④ 부쳐.

火-工具格 艾-에다가 点火

汉语原文：那太医①把艾怎么灸法呢 他②把干艾揉碎了 放在脚踝尖骨上③把火④将艾点着了。（《朴通事新释谚解》卷1：37b）

例（17）一段文字中共出现了4处把字句。①“把艾怎么灸”强调工具，②“把干艾揉碎”强调对象，③“把火将艾点着”的“把火”强调工具，④“把火将艾点着”的“将艾点着”强调的“艾”可看作对象也可看作范围处所。在谚解中，①“把艾怎么灸”，②“把干艾揉碎”，④“将艾点着”分别被译为“工具格+다가”“宾格+다가”“处所格+다가”。在同一段话中出现的把字句被译为三种不同的助词形态，说明谚解者对这三种形态有明确的区分标准，而三种形态的选择又与原文把字句所强调的句子成分呈现高度的一致性；再加上白话文把字句传入朝鲜半岛之前，朝鲜语中只有“处所格+다가”一种助词形态，在把字句的谚解中首先出现了“工具格+다가”和“宾格+다가”这些新的形态，说明在“다가”助词形态多样化的过程中，把字句及其句法特征起到了重要的“触媒”作用。另外，③“把火将艾点着”的“把火”被直接译为工具格助词，没有使用“다가”，这与例（16）属于同一种情况，说明与把字句对译的

“다가”确实是一个可以省略的特殊助词。这里没有使用“다가”的原因可能是与下一个“다가”距离太近，朝鲜语中同一个助词在距离很近的地方连续出现时，为避免重复，省略掉其中一个的现象十分普遍。①

四 结语与反思

通过梳理朝鲜语特殊助词“다가”从15—19世纪的演变历史，我们发现，特殊助词“다가”一共经历了两次语法化的过程：一是15世纪末之前，从表示“挪动、搬迁、靠近”的动词“다그다”的活用形语法化为特殊助词，其形态为“에다가”，其语义为表示“挪动、搬迁、靠近的地点”，我们称之为“다가”语法化的第一阶段；二是16世纪以后，“에다가”从单一形态扩展到与工具格和宾格一起使用的形态“을/를다가”和“으로/로다가”，我们称为“다가”语法化的第二阶段。②

我们认为第二阶段中的两个新增形态是在把字句的“触媒”作用下产生的。原因有两方面：一是白话文把字句传入朝鲜半岛之前，特殊助词“다가”只有与处所格连用的“에다가”一种形态，在把字句的谚解中“으로/로다가”“을/를다가”等其他形态首次出现，并且这些形态与把字句的对应呈现出规律性。二是“다가”的源动词“다그다”只表示“挪动、搬迁、靠近”，并没有表强调的语义，与把字句对译而产生的“으로/로다가”不表示“挪动、搬迁、靠近的地点”，而是跟把字句一样，仅表示“强调”。现代朝鲜语中“다가”的4种形态并不是同一个

---

① 例如，“哲洙的朋友的书包”这句话中有两个所有格助词，但一般会省略掉其中一个，表述为：철수(의)친구의가방（哲洙朋友的书包）。

② 由表1的统计可知，16—18世纪谚解语料中没有发现与格和“다가”的连用形态“에게/한테다가”，这与强调与格的把字句比较少见有关。因此难以判断现代朝鲜语中使用的“에게/한테다가”起源于哪个时期。有两种可能，一种是在“다가”语法化的第二个阶段，“에게/한테다가”与“을/를다가”和“으로/로다가”一起，通过把字句的“触媒”作用产生；另一种是到了现代朝鲜语时期，模仿“에다가”的形态和语义，产生了强调与格的“에게/한테다가”。然而究竟是哪一种已经无从考证，因为目前已经发现的由中世和近代文献组成的朝鲜语史语料库中没有发现“에게/한테다가”的例子，只留下了现代朝鲜语中“에게/한테다가”可以使用的痕迹。

语法化过程的产物，因此具有“挪动、搬迁、靠近的地点”和“强调”两种不同的语义。概括为一句话，就是把字句的谚解促进了特殊助词“다가”形态的多样化和“强调”语义的增加。我们把“다가”的语法化过程整理如下：

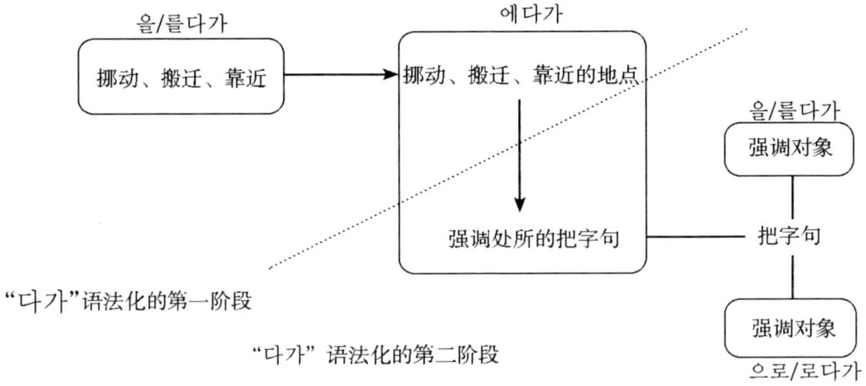

图 1　“다가”语法化的两个阶段

翻译是语言接触的一种重要形式，翻译中源语对目标语的词汇和句法会产生重要的影响。作为词汇借用的重要途径，翻译的作用在已有研究中已经得到多次强调；然而翻译中源语对目标语句法体系产生的影响尚未得到充分的关注。与其他语言接触相比，汉朝语言接触留下了大量的、连续的、双语对照的语料——谚解，这不仅仅是朝鲜语史或者汉语史单方面研究的可用语料，更是研究汉朝语言接触性演变的宝贵语料。在以往研究中，国外学者在使用谚解语料时存在脱离汉语原文讨论谚解语义的问题；国内学者对这些语料的挖掘则主要集中在词汇和语音的对照上，罕见从句法层面的研究。在当前“中华文化走出去”的时代背景下，作为已经成功“走出去”的中华文化，汉语和汉字对周边语言文化产生的影响值得深入挖掘，这一研究对强化汉字文化圈的凝聚力和影响力具有重要的意义。

参考文献

1. 黄玉花、王莹：《汉语朝鲜语接触类型与演变机制》，《社会科学战线》2020 年第 8 期。

2. ［韩］金英熙：《从“닥아서”到“다가”》，《延世语文学》1975 年第 6 期。

3. 李德春：《关于朝鲜语里的汉语借词》，《延边大学学报》1986 年第 2 期。

4. ［韩］李基文：《国语史概说》，塔出版社 1998 年版。

5. ［韩］李南淳：《“다가”考》，《李基文教授停年退任纪念论丛》，1996 年。

6. ［韩］李泰英：《国语动词语法化研究》，韩信文化社 1988 年版。

7. ［韩］李翊燮、蔡婉：《国语文法论讲义》，学研社 1999 年版。

8. ［韩］李翊燮：《国语学概说》，学研社 2011 年版。

9. ［韩］卢明姬：《汉字词研究》，博士学位论文，首尔大学，1998 年。

10. 马贝加：《近代汉语介词》，中华书局 2002 年版。

11. 朴锦海：《从语言接触看汉语对朝鲜语的影响》，《语文学刊》2010 年第 4 期。

12. ［韩］朴镇浩：《国语词汇和语法要素的语义地图记述法》，《国语学》2014 年第 63 期。

13. ［韩］任洪斌、张素媛：《国语语法论》，放送通信大学出版社 1995 年版。

14. 荣慧艳、赵杰：《朝鲜语中汉字词和固有词的接触与融合研究》，《北方民族大学学报》2019 年第 2 期。

15. ［日］上保敏：《15 世纪朝鲜语处所格体系》，《口诀研究》2007 年第 18 期。

16. ［韩］沈在箕：《汉字词的来源与系谱研究》，《金亨奎博士颂寿纪念论丛》，一潮阁 1971 年版。

17. 王芳：《韩国语汉字词与汉语词对比研究》，商务印书馆 2020 年版。

18. 吴福祥：《关于语言接触引发的演变》，《民族语文》2007 年第 2 期。

19. 张福通、赵成杰：《域外韩语教科书研究的再审视》，《汉语史与汉藏语研究》2020 年第 7 辑。

20. ［日］志部昭平：《谚解三纲行实图研究》，汲古书院 1990 年版。

21. Thomason，Sarah, *Language Contact：An Introduction*，Edinburgh

University Press，2001.

（张会见，女，南京大学外国语学院朝鲜语系助理研究员，主要从事朝鲜语史和朝汉语言接触史研究。通信地址：江苏省南京市栖霞区仙林大道 163 号南京大学外国语学院侨裕楼 351 号。邮编：210023。电子邮箱：zhanghuijian@nju. edu. cn。）

中国台湾南岛语“存在”义动词的类型及语法化路径*

张　立

（南开大学文学院）

摘　要：“存在”义动词属于动词下的小类，指的是表示客观事物存在的一类动词。中国台湾地区南岛语中的“存在”义动词在发展演变过程中既存在不同程度的共性，也存在个性。本文在梳理台湾地区南岛语“存在”义动词多功能语义模式的前提下，从共时与历时两个层面研究其类型及其语义演变的语法化路径。

关键词：中国台湾地区南岛语；“存在”义动词；类型；语法化

一　引言

南岛语系（Austronesian）又称马来—波利尼西亚语系（Malayo-Polynesian），主要分布在太平洋岛屿及东南亚地区，包含一千多种语言，使用人口大约两亿五千万人，是语种最多和分布最广的语系。我国台湾岛（以下简称“台湾地区”）是南岛语分布的最北端，使用南岛语的居民原本住在山区的称为高山族，住在平原地区的称为平埔族。台湾地区南岛语内部具有高度的歧异性，现存各种语言在台湾地区的大致分化年代多数在千年以上，保留了菲律宾、马来西亚、印度尼西亚等地区没有的古语特征，今日多数南岛语学者都相信台湾地区至少是古南岛民族最早的居留地之一。

---

* 本文是2015年国家社科重大项目“中国境内语言语法化词库建设”（项目编号：15ZDB100）子课题“中国境内南岛语语法化词库”的经费资助，为项目阶段性成果。感谢评审专家给予的宝贵修改意见。文中错漏，概由笔者负责。

台湾地区南岛语目前还在使用的语言有阿美语（Amis）、泰雅语（Atayal）、布农语（Bunun）、卡那卡那富语（Kanakanavu）、噶玛兰语（Kavalan）、鲁凯语（Rukai）、排湾语（Paiwan）、卑南语（Pyuma）、沙阿鲁阿语（Saaroa）、赛夏语（Saisiyat）、撒奇莱雅语（Sakizaya）、赛德克语（Seediq）、达悟语（昔称雅美语 Yami）（Tao）、邵语（Thao）、太鲁阁语（Truku）、邹语（Tsou），其中噶玛兰语、邵语、赛夏语、卡那卡那富语、沙阿鲁阿语、太鲁阁语、达悟语已经严重濒危；已经不再使用的语言有凯达格兰语（Ketagalan）、道卡斯语（Taokas）、巴布拉语（Papora）、巴布萨语（Babuza）、洪雅语（Hoanya）、巴则海语（Pazeh）、西拉雅语（Siraya）、马卡道语（Makato）等。

台湾地区南岛语是多音节、无声调但有重音的黏着语，主要采用词缀与重叠的构词方式，在句法中最独特的现象是保留了较为完整的焦点系统。[①] 台湾地区南岛语的焦点系统一般可以分为四种：主事焦点、受事焦点、处所焦点以及周边焦点，其中周边焦点包括工具焦点、受惠焦点与参考焦点等。台湾地区南岛语的基本语序，除赛夏语的语序为 S（主语）V（动词）O（宾语）外，其他的语言语序基本上为 VSO 或 VOS。谓语（动词）通常位于句首，主语、宾语放在谓语的后面，并且由于主语和宾语的前面各有语法标记，所有调换位置不影响意义的表达，例如阿美语、泰雅语、赛德克语、鲁凯语、噶玛兰语、卑南语等；而有的语言主语、宾语没有句法标记，位置排列要遵循 VSO 的语序，例如邹语、排湾语等。

“存在”义动词[②]属于动词下的小类，指的是表示客观事物存在的一类动词。台湾地区南岛语中的“存在”义动词在发展演变过程中既存在不同程度的共性，也存在个性。“存在”义动词的多功能性[③]也是东南亚语言最为普遍的区域特征之一。本文在梳理台湾地区南岛语“存在”义动词多功能语义模式的前提下，从共时与历时两个层面研究其类型及其语义演变的语法化路径。

---

① 焦点系统指的是动词上特定的词缀凸显一个相关的名词组，使它成为句子最显著的成分。

② 本文的“存在”义动词主要指的是存在类动词“存在，有”，不包括“处所”义动词“在”。

③ 本文多功能语义划分的主要依据为句法功能、语义，同时也参考形态特征。

二　台湾地区南岛语"存在"义动词的多功能语义模式

台湾地区南岛语中的"存在"义动词，不仅可以表示多个词汇意义，例如"存在""领有""在"等，而且也具有多种句法功能，例如"进行体""延续体""起始体""将来时"等。具体详情如下文所示。

（一）阿美语（吴静兰 2018）

阿美语 ira"存在，有"多功能语义。

（1）ira ʦiira a tomirəŋ.①（在那里）

ira	ʦiira	a	t〈om〉irəŋ
在那里	他．主格	连词	〈主事焦点〉站

他在那里站着。

（2）ira ko ʦəka i tarołoʔ no kamaj ako.（"存在"义动词）

ira	ko	ʦəka	i	tarołoʔ	no	kamaj=ako
有	主格	刺	处所格	手指	属格	手=我．属格

我的手指上有刺。

（3）ira ko sapaijo ni faki.（"领有"义动词）

ira	ko	sapaijo	ni	faki
有	主格	药	属格	叔叔

叔叔有药。

（二）泰雅语（黄美金、吴新生 2018）

泰雅语中的存在类动词主要有 3 个，分别为 ʦjux/njux②、aki、kja。具体如下所示。

1．ʦjux/njux

（4）ʦjux mamiʔ te βaβaw hanraj.（"存在"义动词）

ʦjux	mamiʔ	te	βaβaw	hanraj
有	饭	处所格	上	桌子

① 本文引用的例子部分经过作者的重新标注和中文翻译。

② 当说话者离被谈论的对象较远时，使用 ʦjux；当说话者离被谈论的对象较近时，使用 njux，由于两个动词使用的环境基本一致，因此本文与其他南岛语著作一致，将其放在一起。

桌上有饭。

（5） tsjux pilaʔ na βnkis qasa. （“领有”义动词）

tsjux pilaʔ na βnkis qasa

有 钱 属格 老人 那

那位老人有钱。

（6） tsjux te rɣjax qu ŋasal njaʔ. （“处所”义动词）

tsjux te rɣjax qu ŋasal=njaʔ

在 处所格 山 主格 房子=他．属格

他的房子在山上。

（7） tsjux rmhaw sokiʔ njaʔ qu mamaʔ Temuʔ. （进行体）

tsjux r〈m〉haw sokiʔ=njaʔ qu mamaʔ Temuʔ

进行体〈主事焦点〉磨 柴刀=他．属格 主格 叔叔 人名

叔叔正在磨他的柴刀。

（8） tsjux mhtuw qu ktuʔ njaʔ la. （延续体）

tsjux m-htuw qu ktuʔ=njaʔ la

延续体 主事焦点-出现 主格 肚子=他．属格 助词

他的肚子露出来了。

2. aki

（9） makiʔ te huɣal qu ssweʔ mu kneril. （“居住”义动词）

m-akiʔ te huɣal qu ssweʔ=mu kneril

主事焦点-住 处所格 都市 主格 年幼=我．属格 女人

我的妹妹住在都市里。

（10） matas qani ɣa，maki nanak qu ɣaɣaʔ njaʔ. （“存在”义动词）

matas qani ɣa， m-aki nanak qu

纹面 这 主题标记 主事焦点-存在 自己 主格

ɣaɣaʔ=njaʔ

规范=它．属格

纹面有它的规范。

（11） makiʔ pilaʔ mu. （“领有”义动词）

m-akiʔ pilaʔ=mu

主事焦点-有 钱=我．属格

我有钱。

（12） makiʔ te rɣjax qu ŋasal njaʔ.（“处所”义动词）

m-akiʔ te rɣjax qu ŋasal=njaʔ

主事焦点-在 处所格 山 主格 房子=他.属格

他的房子在山上。

3. kja

（13） tsjux njaʔ lqiŋun kja qu pilaʔ.（那里）

tsjux=njaʔ lqiŋ-un kja qu pilaʔ

进行体=他.属格 藏-受事焦点 那里 主格 钱

他正把（那）钱藏在那里。

（14） kja qu sojan suʔ ɣa，βazij nanak. βali uŋat pilaʔ suʔ.（“存在”义动词）

kja qu soj-an=suʔ ɣa

主事焦点.存在 主格 喜欢-处所焦点=你.属格 主题标记

βazij nanak βali uŋat pilaʔ=suʔ

主事焦点.买 自己 又不是 否定词 钱=你.属格

有你喜欢的（东西），就自己买。你又不是没钱。

（15） kja pilaʔ mu.（“领有”义动词）

kja pilaʔ=mu

主事焦点.有 钱=我.属格

我有钱。

（三）赛夏语（叶美利 2018）

赛夏语 hajðaʔ“存在，有”的多功能语义。

（16） hajðaʔ ʔæhæʔ kæhoj raj tæwʔan laŋi：.（“存在”义动词）

hajðaʔ ʔæhæʔ kæhoj raj tæwʔan laŋi：

有 一 树 处所格 房子 旁

有一棵树在房子旁边。

（17） θija hajðaʔ ka rajhil.（“领有”义动词）

θija hajðaʔ ka rajhil

他.主格 有 受格 钱

他有钱。

（四）邵语（简史朗2018）

邵语中的“存在”义动词有两个，即ianan与itia。具体如下所示。

1. ianan

（18）naak a taun ʃimulin suma，minʔitan uka taun aʔianan.（“居住”义动词）

naak a taun ʃimulin suma
我的．属格 连词 房子 租给 别人．主事者
m〈in〉ʔitan
主事焦点〈完成体〉我们．受格
uka taun a-ʔianan
没有 房子 未来-居住
我的房子租给别人，变成我们没有房子住。

（19）taun a ʃirʃir ianan latata wa ribuʃ.（“存在”义动词）

taun a ʃirʃir ianan latata wa ribuʃ
房屋 连词 旁边 有 一棵 连词 树
房子旁边有一棵树。

（20）jaku ja ianan sa tuali aɸariw jaku sa taun.（“领有”义动词）

jaku ja ianan sa tuali， a-ø-ɸariw
我．主格 如果 有 限定词 钱 未来-主事焦点-买
jaku sa taun
我．主格 限定符 房子
如果我有钱，我会买房子。

2. itia

（21）ja miŋquɬmuð maluʃkin apaituna aʃinrurunuan s tata，amaqa aʔitia s maraʔin，aʔitia s puriri.（“存在”义动词）

ja miŋ-quɬmuð ma-luʃkin a-pai-tuna
当 状态-所有全部 状态-声音 未来-使动-剪切
a-ʃ〈in〉ruru-n-uan s tata
未来〈完成〉去除-受事焦点-仍还要 限定词 一枝
a-maqa a-ʔitia
未来-才 未来-有

s ma-raʔin a-ʔitia s ø-puriri
限定词 状态-大声 未来-有 限定词 主事焦点-呼应
全部的声音要逐一剪切修裁，这样才会有大小相呼应的声音。

（22）itia s naak a tuali.（“领有”义动词）
itia s naak a tuali
有 限定词 我.所有格 连词 钱
我有钱。

（23）maɸaðaq jaku mðai θiθu aʔitia munai.（能愿动词“会”）
ma-ɸaðaq jaku mðai θiθu a-ʔitia
主事焦点-知道 我.主格 补语连词 他.主格 未来-会
mu-nai
主事焦点-来
我知道（相信）说他会来。

（24）minðai θiθu a itia θiθu ɬai ja simaq munai.（将来时）
m〈in〉ðai θiθu a itia θiθu
主事焦点〈完成体〉说 他.所有格 连词 将会 他.所有格
ɬai ja simaq m-unai
连词 若 明天 主事焦点-来
他曾说他明天将会来这里。

（五）赛德克语（宋丽梅 2018）

赛德克语 eniq“存在，有”的多功能语义模式，具体如下所示。

（25）eɣu ɬaɬal su ɣa meniq Brtiŋan hija.（“居住”义动词）
eɣu ɬaɬal=su ɣa m-eniq Brtiŋan hija
多 亲戚=你.属格 进行体 主事焦点-住在 地名 那里
你有很多亲戚住在丰林口那里。

（26）eniqan kiŋal qhuni ka sijo sapah.（“存在”义动词）
eniq-an kiŋal qhuni ka sijo sapah
存在-处所焦点 一 树 主格 旁边 房子
房子旁边有一棵树。

（27）nasi so seeɬiq eniqan pila ka tama mu we，mpbaruj ku eɣu sapah.（“领有”义动词）

nasi so seeɬiq eniq-an pila ka tama=mu
如果 如此 人 有-处所焦点 钱 主格 爸爸=我．属格
we m-p-baruj=ku eɣu sapah
助词 主事焦点-未来-买=我．主格 多 房子
如果我爸爸是有钱人，我会买好几栋房子。

（28）ini eniq ŋaŋuʦ hii ka bubu mu.（“处所”义动词）
ini eniq ŋaŋuʦ hii ka bubu=mu
否定词 在 院子 那里 主格 妈妈=我．属格
我母亲不在外面。

（六）布农语（黄惠娟、施朝凯 2018）

布农语 aiða“存在，有”的多功能语义。

（29）ʔaiða tu tatau tu bunun.（“存在”义动词）
ʔaiða tu ta-tau tu bunun
主事焦点．存在 旁格 重叠-三 连词 人
有三个人。

（30）ʔaiða a inaak a axil a na issaiv kus Subali ʨia.（“领有”义动词）
ʔaiða a ʔinaak a ʔaxil a
主事焦点．存在 主格 我．所有格 连词 书 连词
na=ʔis-saiv=ku=s Subali=tia
未实现=参考焦点-给=我．属格=旁格 人名=限定符．非主格
我有（一些）书要给 Subali。

（七）邹语（张永利、潘家荣 2018）

邹语的“存在”义动词有两个，即 pan 与 jaa。具体如下所示。

1. pan

（31）panto mo eŋhova ʦi tposɨ.（“存在”义动词）
pan to mo eŋhova ʦi tposɨ
有 旁格 实现．主焦 蓝色 的 书
有一本蓝色的书。

（32）ʔa panto pojave noʔu kosu.（“领有”义动词）

ʔa pan to pojave no-ʔu kosɨ

确实 有 旁格 刀 属格-我的 勾

我有镰刀。(确实我的镰刀存在)

2. jaa

（33） ita jaa ʔo mo jonta paŋka tsi tposʉ.（“拿”义动词）

i-ta jaa ʔo mo jon-ta

实现．非主焦-他．属格 拿 主格 实现．主焦 在-旁格

paŋka tsi tposʉ

桌子 连词 书

他拿了在桌上的书。

（34） hotsi jaa pvoŋɨ ʔo ne Jaiku，te asansano mɨtshɨ.（“存在”义动词）

hotsi jaa pvoŋɨ ʔo ne Jaiku te asansano m-ɨtshɨ

如果 有 雾气 主格 旁格 地名 未实现 一定 主焦-下雨

如果 Jaiku 地方有了雾气，就一定会下雨。

（35） mita mitsi tuhtuotsosɨ sia na monʔa jaa skiikia.（“领有”义动词）

mi-ta m-itsi tuhtuotsosɨ sia na mo=nʔa

实现．主焦-他 主焦-想 问一问 谁 连词 实现．主焦=还

jaa skiikia

有 爱玉

他想问一问谁还有爱玉。

(八) 鲁凯语（齐丽莎 2018）

鲁凯语 omiki“存在，有”的多功能语义。

（36） akiʔatsakəlaənali omikiɭao taipakə.（“居住”义动词）

a-ki-ʔatsakəlaə-na=li om-iki=ɭao

子句名物化-否定-结婚-还=我．属格 动态-居住=我．主格

taipakə

台北

我还没结婚前，我住在台北。

（37） omiki taʔoɭo ðaʔanə ʔaðiŋi.（“存在”义动词）

om-iki taʔoɭo ðaʔanə ʔaðiŋi
动态-有 狗 房子 里面
房子里有狗。

（38） omiki ðona tamatama paisoða.（“领有”义动词）
om-iki ðona tamatama paiso=ða
动态-有 那 中年男人 钱=他.属格
那位中年男人有钱。（那位中年男人的钱存在）

（39） omiki lataðə ðonaʔi titina.（“处所”义动词）
om-iki lataðə ðonaʔi titina
动态-在 外面 那 妇女
那位妇女在外面。

（九）排湾语（张秀娟 2018）

排湾语 iðua“存在，有”的多功能语义。

（40） sa pualaʔaŋa tsiðua ta ða ʔinaiðuanan，a namaɾap tsaimaɟu a səmaðaðaðav ta vaqu，laua sa naŋuaqaŋa saʔamaja aja.（“居住”义动词）

sa pualaʔ-aŋa ts-iðua ta ða ʔinaiðuanan
然后 生小孩.主事焦点-完成体 一直-住 旁格 那 周遭
a na-maɾap tsaimaɟu a ð〈əm〉
连词 完成体-拿.主事焦点 他.旁格 连词 重叠〈主事焦点〉
aða-ðaðav ta vaqu，laua sa naŋuaq-aŋa
看守 旁格 小米 可是 然后 好-完成体
saʔamaja aja
就 说

（tsuku）就一直住在当初（他）去那里看守小米（赶小鸟）而领她回家的地方，生了小孩，就过着美满的生活。

（41） manu iðua a ðua alaʔ ðinaŋ na qatsuvi.（在那里）
manu iðua a ðua alaʔ ð〈in〉aŋ na qatsuvi
结果 在那里 主格 那个 孩子 看守〈受事焦点〉 属格 蛇
结果那个孩子在那里被蛇看守着。

（42） iðua a ʔasiv ilaqəɬiqəɬi ta umaq.（“存在”义动词）

iðua a ʔasiv i-laqəɬiqəɬi ta umaq
有 主格 树 在–旁边 旁格 房子
房子旁边有一棵树。

（43）iðua a ʔupajsu.（“领有”义动词）
iðua a ʔu=pajsu
有 主格 我的=钱
我有钱。（=我的钱存在）

（十）太鲁阁语（李佩容、许韦晟 2018）

太鲁阁语 əniq“存在，有”的多功能语义。

（44）məniq ku tɕitɕih sapah mu ɬɣijaq han.（“居住”义动词）
m-əniq=ku tɕitɕih sapah=mu ɬɣijaq han
主事焦点–居住=我．主格 一点 房子=我．属格 山 助词
我想在山里的房子住一下。

（45）niqan qhuni ka kiiw sapah ɣaɣa.（“存在”义动词）
niqan qhuni ka kiiw sapah ɣaɣa
有 树 主格 旁边 房子 那
那栋房子旁边有棵树。

（46）nasi niqan piʒa mu，naa misu briɣun kiŋaʒ sapah.（“领有”义动词）
nasi niqan piʒa=mu naa=misu bariɣ-un
如果 有 钱=我．属格 应该=你．主格 买–受事焦点
kiŋaʒ sapah
一 房子
我如果有钱，我会买一栋房子给你。

（47）məniq ɬaja ka aʒaŋ mu.（“处所”义动词）
m-əniq ɬaja ka aʒaŋ=mu
主事焦点–位在 山上 主格 部落=我．属格
我的部落在山上。

（十一）噶玛兰语（谢富慧 2018）

噶玛兰语 jau“存在，有”的多功能语义。

（48）taβuan na tina ku ja βaut a jau satamunan na βaqi.（那）

taβu-an　na　tina=ku　ja　βaut　a　jau
包-受事焦点　属格　妈妈=我.属格　主格　鱼　连词　那
satamunan　na　βaqi
要当做菜的　属格　爷爷
我妈妈包那条爷爷要吃的鱼。

（49）jau βaŋʁəs ta takanan.（“存在”义动词）
jau　βaŋʁəs　ta　takan-an
存在　大苍蝇　处所格　桌子-处所格
桌子上有苍蝇。（=苍蝇存在在桌子上）

（50）aðu jau kəlisiw ku，ʁasa pa iku tu ləppaw.（“领有”义动词）
aðu　jau　kəlisiw=ku　ʁasa=pa=iku　tu　ləppaw
如果　存在　钱=我.属格　买=未来=我.主格　旁格　房子
如果我有钱，我会买房子。

（51）jau ta βaβaw na takan suʒaʒ ku.（“处所”义动词）
jau　ta　βaβaw　na　takan　suʒaʒ=ku
存在　处所格　上面　属格　桌子　书=我.属格
我的书在桌子上面。

（52）jau pəmukun ti Aβas tu sunis na ni?（进行体）
jaup　〈əm〉ukun　ti-aβas　tu　sunis=na
进行体　〈主事焦点〉打　类别词-人名　旁格　小孩=他.
ni
属格　疑问助词
Aβas 在打他的孩子吗？

（53）jau ti sikuβu aj.（起始体）
jau=ti　si-kuβu=aj
持续=起始体　戴-帽子=关系词
警察来了。（戴帽子的人来了）

（十二）撒奇莱雅语（沈文琦 2018）

撒奇莱雅语 izaw“存在，有”的多功能语义。

（54）tsabal atu paluʔ anu makasits mizikəts palumaʔ，bakah han iti-za kapahtu.（在那里）

tsabal atu paluʔ anu ma-kasits mi-zikəts
火锅 和 饭包 如果 主事焦点-懒惰 主事焦点-拿
pa-ta-lumaʔ, bakah han i-t-iza kapah=tu
使动-去-家 丢 HAN 在-地点-那 主事焦点．好=完成体
火锅和饭包，如果懒得带回家，丢在那里也可以。

（55）izaw ku tałəmaw i putah.（“存在”义动词）
izaw ku tałəmaw i putah
有 主格 人 在 广场
有人在广场上。

（56）izaw ku pajsu aku.（“领有”义动词）
izaw ku pajsu aku
存在词 主格 钱 我．属格
我有钱。

（十三）卑南语（邓芳青 2018）

卑南语“存在”义动词有两个，即 uʐa 与 kazu。具体如下所示。

1. uʐa

（57）uʐa a kawi i ŋiziran kana rumaʔ.（“存在”义动词）
uʐa a kawi i ŋiziran kana rumaʔ
有 主格 树 处所格 旁边 旁格 房子
房子旁边有一棵树。

（58）uʐa ku paisu.（“领有”义动词）
uʐa ku=paisu
有 我的．主格=钱
我有钱。（=我的钱存在）

（59）uʐa i paʈaran i nani.（“处所”义动词）
uʐa i paʈaran i nani
在 处所格 外面 主格 我的母亲
（我）母亲在外面。

2. kaʐu

（60）kəmaj kaʐu i Kavuluŋan pijaʔami mukuwa.（那里）
kəmaj kaʐu i Kavuluŋan pija-ʔami m-ukuwa

从　　那里　　处所格　大武山　　往-北　　　主事焦点-走

从大武山那里往北走。

（61）i kaẓiw i ʔarawajan mu，kaẓu a ẓuwaja a ẓəkaɮan.（“存在”义动词）

i　　　kaẓiw　i　　　ʔarawajan　mu　　kaẓu　a

处所格　那里　　处所格　地名　　　主题　　有　　主格

ẓuwaja　　ẓəkaɮan

两个　　　村落

在 ʔarawajan 那里有两个村落。

（62）nu kaẓu ẓija malalup ta ẓata taʔanaj na ʔarəsəm mu，ʔarəsəm ta kuʈa.（“领有”义动词）

nu　　kaẓu=ẓija　　ma-lalup=ta　　　　　　　　ẓa

如果　有=未完成　主事焦点-忘记=我们．主格　补语连词

ta=taʔ-anaj　　　　　　　na　　　ʔarəsəm mu

我们．属格=放-参考焦点　主格　　　酸　　主题标记

ʔarəsəm ta=kuʈa

酸我们的．主格=酒

如果我们有忘了我们放了酸的东西（在家里），我们的酒就会酸掉。

（63）kazu i ijan nu rumaʔ（“处所”义动词）

kazu　i　　　ijan　nu=rumaʔ

在　　处所格　哪里　你的．主格=家

你家在哪里？

（十四）达悟语（何德华、董玛女 2018）

达悟语 jan“存在，有”的多功能语义。

（64）ɖo ʤino o nio pivaajan?（“居住”义动词）

ɖo　　　ʤino　o　　ni　　　　　opi-vaa-jan

处所格　何处　主格　你们．属格　动缀-房子-住

你们住在哪里？

（65）ja mjan ʂo kajo ɖo ʂiri no vaaj.（“存在”义动词）

ja　　m-jan　　ʂo　kajo　ɖo　ʂiri　no　vaaj

助动词　主事焦点-有　旁格　树　处所格 旁边 属格　房子

房子旁边有一棵树。

（66）ja mjan o nizpi ko.（“领有”义动词）

ja　m-ian　o　nizpi　ko

助动词　主事焦点-有　主格　钱　我．属格

我有钱。（直译：我的钱存在，我的钱在我身上）

（67）ya mjan do pantaw si ina.（“处所”义动词）

ya　m-jan　do　pantaw　si　ina

助动词　主事焦点-在　处所格　外面　主格 母亲

我母亲在外面。

（十五）沙阿鲁阿语（潘家荣 2018）

沙阿鲁阿语 maːru“存在，居住”的多功能语义。

（68）ałaːma　ła ʔalua ia，maːru tsu n kaniʔi saːsaruana.[①]（“居住”义动词）

ałaːma　ła ʔalua　ia　m-aːru=tsu　n　kaniʔi

祖先　人名　话题标记　主事焦点-居住=起始体 旁格 这

saːsaruana

土地

łaʔalua 的祖先居住在这个地方。

（69）maːru a salia，ła ukaʔa tsutsuʔu maː salia.（“存在”义动词）

m-aːru　a　salia　ła ukaʔa　tsutsuʔu　m-aː

主事焦点-存在　核心格 房子　但 否定　人　主事焦点-有

salia

房子

有一间房子，但没有人在房子里。

（70）maːru a mamainiku.（“领有”义动词）

maːru　a　ma-m-aini=ku

有　核心格　重叠-主焦-小=我．属格

我有小孩。（我的小孩存在）

---

① 该例句为潘家荣副教授提供。

（71） maːruaku ʔaɬiŋu taratʉaɬʉ iɬaku takatsitsiɬi. （“处所”义动词）

maːru=aku ʔaɬiŋu taratʉaɬʉ iɬaku takatsitsiɬi

主事焦点．在=我．主格 镜子 看到 我．中性格 自己

我在镜子里看到（我）自己。

（十六）卡那卡那富语（宋丽梅 2018）

卡那卡那富语中的“存在”义动词，年长者一般会使用 ʔuna，而现在大多数年轻人使用 on（na）。

（72） miaranau tsau m-oon na Natsʉŋa. （“居住”义动词）

miaranau tsau m-oon na Natsʉŋa

久 人 主事焦点–居住 处所格 地名

人们在 Natsʉŋa 住了很久。

（73） ʔuna tassa sasarunai na pipiniŋi. （“存在”义动词）

ʔuna tassa sa-sarunai na pi-piniŋi

存在 两位 重叠–男人 处所格 重叠–外面

外面有两个男人。

（74） ʔuna vʊ́ntuku maku. （“领有”义动词）

ʔuna vʊ́ntuku=maku

存在 钱=我．属格

我有钱。（=我的钱存在）

综上所述，台湾地区南岛语“存在”义动词的多功能语义模式的具体详情请见表 1。

表 1 **台湾地区南岛语“存在”义动词的多功能语义模式**

序号	语言	语素形式	（在）那里/那	“居住”义动词	“拿”义动词	“处所”义动词	“领有”义动词	“存在”义动词	能愿动词	时体：进行体	延续体	起始体	将来时
1	阿美语	ira	+				+	+					
2	泰雅语	tsjux/njux				+	+	+		+	+		
		aki		+		+	+	+					
		kja	+				+	+					
3	赛夏语	hajðaʔ					+	+					

续表

序号	语言	语素形式	（在）那里/那	“居住”义动词	“拿”义动词	“处所”义动词	“领有”义动词	“存在”义动词	能愿动词	时体			
										进行体	延续体	起始体	将来时
4	邵语	ianan		+		+	+	+					
		itia					+	+	+				+
5	赛德克语	eniq		+		+	+	+					
6	布农语	aiða					+	+					
7	邹语	pan					+	+					
		jaa			+	+	+	+					
8	鲁凯语	omiki		+		+	+	+					
9	排湾语	iðua	+	+			+	+					
10	太鲁阁语	əniq		+		+	+	+					
11	噶玛兰语	jau	+			+	+	+		+		+	
12	撒奇莱雅语	izaw	+				+	+					
13	卑南语	uɮa				+	+	+					
		kaʐu	+			+	+	+					
14	达悟语	jan		+		+	+	+					
15	沙阿鲁阿语	maːru		+		+	+	+					
16	卡那卡那富语	ʔuna		+			+	+					

三　台湾地区南岛语“存在”义动词发展的不平行性

从共时层面来看，台湾地区南岛语“存在”义动词的发展呈现不平行性，主要体现在以下四个方面，即数量上、来源上、地图分布上以及适用范围上。

（一）数量上

台湾地区南岛语各语言中“存在”义动词的数量不一。虽然其中大多数台湾地区南岛语只有一个“存在”义动词，例如阿美语、赛夏语、赛德克语、布农语、鲁凯语、排湾语、太鲁阁语、噶玛兰语、撒奇莱雅语、达悟语、拉阿鲁哇语以及卡那卡那富语；但有的语言有三个“存在”义动词，例如泰雅语 tsjux/njux、aki、kja；有的语言有两个“存在”义动词，例如邵语 ianan、itia，邹语 pan、jaa，卑南语 uʐa、kaz̧u。

（二）来源上

台湾地区南岛语各语言中“存在”义动词的来源具有多样性。从表 1 中，我们可以看到台湾地区南岛语的来源主要有以下几类。

1. 来源于指示代词。来源于指示代词的“存在”义动词又可以根据其构成部分，分为以下两类。

（1）由处所动词“在”加指示代词构成，例如阿美语的 ira，由 i“在”加 ra“那里”构成，类似的还有排湾语的“存在”义动词 iðua，由处所动词 i“在”加 ðua“那（远距离）”构成，以及撒奇莱雅语的“存在”义动词 izaw，由 i“在”加 zaw“那里”构成。

（2）由指示代词单独构成。例如泰雅语 kja“那里”、噶玛兰语 jau“那”、卑南语 kaz̧u“那里”等。

2. 来源于“居住”义动词。

台湾地区南岛语中的不少“存在”义动词也来源于“居住”义动词。例如泰雅语 aki、邵语 ianan、赛德克语 eniq、鲁凯语 omiki、太鲁阁语 əniq、达悟语 jan、拉阿鲁哇语 maːru 以及卡那卡那富语 ʔuna。它们在现存 16 种台湾地区南岛语中占到了一半。

3. 来源于“拿”义动词。

“存在”义动词来源于“拿”义动词的台湾地区南岛语只有一个，即邹语 jaa。

4. 来源尚不明确。

台湾地区南岛语中的部分“存在”义动词的来源也尚不明确，需要进一步考察研究，例如泰雅语中的 tsjux/njux、赛夏语中的 hajðaʔ、邵语中的 itia、布农语 aiða、卑南语 uʐa。

（三）地图分布上

台湾地区南岛语各语言中，不只有一个“存在”义动词的泰雅语、邵语、邹语、卑南语，其分布集中于台湾地区的中央山脉与海岸山脉中。“存在”义动词是来源于指示代词的南岛语，如阿美语、撒奇莱雅语、噶玛兰语、卑南语均分布于台湾地区的西海岸。

(四) 使用范围上

台湾地区南岛语中的“存在”义动词在使用范围上也体现了其发展的不平衡性，尤其是出现在不只有一个“存在”义动词的语言中。例如泰雅语中的三个“存在”义动词 tsjux/njux、aki、kja，其中 tsjux/njux 使用范围最广，也最常见，而 aki、kja 往往只出现在肯定的领有句中；邹语的“存在”义动词 pan、jaa，pan 的使用范围较广，jaa 出现在肯定的领有句中，并且句子结构要求更为完整。

四 台湾地区南岛语“存在”义动词的演变

(一) 台湾地区南岛语“存在”义动词演变的语法化路径与跨语言比较

1. 台湾地区南岛语“存在”义动词演变的语法化路径

所谓语法化指的是语素使用范围的扩大，即从实义词到语法词的演变，或从较少语法功能到更多语法功能的演变（Kurylowicz 1965：55—71）。台湾地区南岛语“存在”义动词的演变发展也伴随着语法化现象的出现，根据表 1 我们可以总结以下几条语法化路径。

（1）源于指示代词的“存在”义动词语法化路径

根据上文，我们发现指示代词是台湾地区南岛语“存在”义动词的重要来源。从概念来说，一个词语的隐含义相对其固有义往往是后来衍生的意义。“(在) 那里/那”往往隐含着“存在”的意义，即“(在) 那里/那”就意味着那里“存在”某物或者某人；从人的认知来说，语义演变的规律通常是由具体到抽象、由实在到泛化，“存在”相较于“(在) 那里/那”的含义更为抽象。因此，笔者认为“存在”义动词是由“(在) 那里/那”演变而来。“领有”义动词是由“存在”义动词演变而来，从上面例句我们也可以看到，领有句可以理解为存在句。而“存在”义动词进一步演变为“处所”动词以及时体标记也是在世界其他语言中十分普遍的。根据表 1，源于指示代词的“存在”义动词语法化路径可以归纳为：

a. 在那里>“存在”义动词>“领有”义动词

b. 那/那里>“存在”义动词>“领有”义动词>“处所”义动词>时体

从上述两条语法化路径可以看到，由处所动词“在”加指示代词的“存在”义动词，语法化程度较低，大多演变为“领有”义动词，例如阿美语、排湾语、撒奇莱雅语；而由指示代词单独构成的“存在”义动词语法化程度较高，可进一步演变为处所动词“在”，例如卑南语 kaʐu，有的进而语法化为时体标记，例如噶玛兰语 jau。从类型学比较来看，这种语法化路径只出现在台湾地区南岛语中，在其他语言文献中暂时还没有发现。

（2）源于“居住”义动词的“存在”义动词语法化路径

吴福祥先生（2010：9）认为：“概念上‘居住’隐含（imply）‘存在’：某人‘住’在某地也就意味着此人‘存在’于某地，‘居住’指称的是一种活动，‘存在’断言的是一种状态，语义上前者较后者具体而实在。”因此源于“居住”义动词的“存在”义动词语法化路径可以归纳为：

“居住”义动词>“存在”义动词/“领有”义动词>“处所”义动词>时体

需要指出的是，排湾语的“存在”义动词 iðua，是由处所动词 i“在”加 ðua“那（远距离）”构成，但同时也含有“居住”的含义，如例（43），但这种用法使用比较少。

（3）源于“拿”义动词的“存在”义动词语法化路径

源于“拿”义动词的“存在”义动词只有邹语的 jaa。相较于“存在”，“拿”是具体动作，而“存在”指的是一种状态，所以“拿”较“存在”更为具体，且概念上“拿”这个动作也包含着“存在”的含义，因此我们可以归纳其语法化路径为：

“拿”义动词>“存在”义动词/“领有”义动词>“处所”义动词

（4）其他

台湾地区南岛语之邵语中的“存在”义动词 itia 有一种特殊的演化路径，即它可以演变为能愿动词“会”。从概念来说，能愿动词“会”带有更多的主观化的色彩，意义较为虚化；从认知的角度来说，“存在”的意义也相较于“会”更为具体。如例（23）中，“会来”其实也是强调的是“来”这个动作的“存在”。因此，我们可以归纳其语法化路径为：

“存在”义动词/“领有”义动词>能愿动词“会”>将来时

从上述归纳的语法化路径，我们可以看到台湾南岛语中“存在”义动词的语法化程度是不同的。有的“存在”义动词的语法化程度较高，例如泰雅语中的 tsjux/njux 与噶玛兰语的 jau；有的“存在”义动词的语法化程度较低，例如阿美语的 ira、泰雅语的 kja、邹语的 pan、撒奇莱雅语的 izaw 等。

2. 台湾地区南岛语“存在”义动词演变的跨语言个性

关于“存在”义动词演变的研究，国内学者取得了不少成果，例如孙文访的《基于“有、是、在”的语言共性与类型》（2015）、《存在动词的词汇类型学研究》（2015）、《“有（have）”的概念空间及语义图》（2018）等一系列论文对“存在”义动词进行了跨语言比较研究；吴福祥在《东南亚语言“居住”义语素的多功能模式及语法化路径》（2010）中指出：来源于“居住”义的“存在”义动词在东南亚语言中具有高度平行的多功能模式，且其在演化路径上具有相似性；余成林则在《藏缅语存在动词的类型及其演变特点》（2018）中讨论了藏缅语的存在动词的类型以及演变。相较于其他语言，台湾地区南岛语“存在”义动词演变的跨语言个性可以从以下几个方面进行阐述。

（1）“存在”义动词的来源

关于台湾地区南岛语“存在”义动词的来源上文已经做了详细的说明。其中，既有如很多藏缅语一样，“存在”义动词来源于“居住”义动词，也有比较少见的如来源于指示代词，例如阿美语 ira、噶玛兰语 jau 等，还有来源于“拿”义动词，如邹语 jaa。

（2）语法化成项（grammaticalized element/item）①

台湾地区南岛语“存在”义动词的演变在语法化成项上也存在个性。除了泰雅语 tsjux/njux、噶玛兰语 jau 以及邵语 itia 可以语法化为时体标记，其他大部分台湾地区南岛语“存在”义动词只能演变为“领有、处所”义动词。

① 语法化成项（grammaticalized element/item）指的是发生语法化演变后的单位，即语法化过程的输出端（概念翻译来源于彭睿老师的 2020 年 12 月“语法化基础理论系列讲座”）。

（3）演变路径

台湾地区南岛语“存在”义动词的演变路径也具有跨语言的个性：

a. “处所”义动词>时体标记

由于在台湾地区南岛语中，介词不是常见的词类，故“处所”义动词可以不经过介词阶段，直接语法化为时体标记，如泰雅语 tsjux/njux 与噶玛兰语 jau。

b. “存在”义动词>能愿动词>将来时

上文提到，邵语 itia 可以语法化为能愿动词“会”，进而语法化为将来时，这条语法化路径，笔者尚未在其他语言中发现，属于台湾地区南岛语独有。

（二）台湾地区南岛语“存在”义动词语法化演变的动因

语法化动因一般可以分为语言内部因素和语言外部因素。其中，内部因素包括频率、隐喻与转喻、语言类型与语言系统等，而外部因素主要指语言接触。推动台湾地区南岛语“存在”义动词发生语法化演变的动因也可以从这两个方面入手。

1. 内部因素

（1）频率

Bybee（2003）认为频率不仅是语法化的结果，也是引起语法化的主要动因。虽然关于频率对语法化的影响，不同学者仍有不同的看法，但不可否认的是，高频率并非是诱发语言演变的唯一变量，也不是导致语法化演变的唯一动力。不管是“存在”义动词本身，还是其来源指示代词、“居住”义动词、“拿”义动词等，都是日常使用中的高频词汇。

（2）隐喻与转喻

虽然学者们现在仍然在为隐喻与转喻两者到底谁对语法化过程影响更大的问题争论不休，但不可否认的是，隐喻与转喻是推动语义演变的重要动因。就如 Hopper & Traugott（2003）在 *Grammaticalization* 中指出的那样：“转喻性推理和隐喻性推理在语法化过程中是相辅相成的，而非互相排斥。”隐喻与转喻分别对应的语法化机制为类推与重新分析。隐喻被认为是语义演变的重要动因。隐喻主要遵循类推原则，涉及源域与目标域之间的映射（Hopper & Traugott 2003；Traugott & Dasher 2002）。转喻为语义演变奠定了基础。Traugott（1988）、Traugott & Konig（1991）认为，转喻为语义变化提供了丰富的解释。台湾地区南岛语“存在”义动词在语法化演变中受到隐喻与转喻因素的影响。以泰雅语 tsjux/njux 为例，在隐喻的作用下，可以发生结构上的重新分析，语法化为进行体/延续体标记，而在转喻的作用下，可以演变为“领有”义动词。

（3）语言类型与语言系统

戴庆厦、朱艳华（2010）认为语言历时的演变不是任意的且无依据的，而是受到该语言的类型特点、语言系统本身特点的制约。因此，语言类型与语言系统对动词语法化的演变起至关重要的作用。“存在”义动词的历时演变“不是任意的、无依据的，而是受到该语言的类型特点、语言系统本身特点的制约”。这说明语言的类型特点、语言系统本身特点对台湾地区南岛语“存在”义的发展演变起重要作用。由于台湾地区南岛语中的很多语言有格位系统，从而致使词类系统中没有介词，因此，不少“处所”义动词并未像汉语动词“在”一样，语法化为介词，如泰雅语 tsjux/njux、噶玛兰语 jau 等。

2. 外部因素

语言接触的影响

语言演变大多都是由语言接触引起的。台湾地区南岛语“存在”义的演变也不例外。例如吴福祥先生（2010：15）指出：“东南亚语言在‘居住’义语素多功能模式及其演化路径上的相似性，是语言接触导致的区域扩散的产物，其扩散源和模式语很有可能是汉语。换言之，国内南方民族语言（包括台湾地区南岛语）及境外东南亚语言‘居住’义语素的多功能模式，很有可能导源于对汉语‘居住（居处）’义动词语法化模式的复制。”

五 结语

综合以上分析研究，对台湾地区南岛语“存在”义的类型与演变，可以得出以下几点认识。

1. 从共时层面来看，台湾地区南岛语“存在”义的发展呈现不平行性，主要体现在数量上、来源上、地图分布上以及使用范围上等四个方面。

2. 从历时层面来看，可以归纳出以下几条台湾地区南岛语“存在”

义的演变路径：

（1）在那里>“存在”义动词>“领有”义动词

（2）那/那里>“存在”义动词>“领有”义动词>“处所”义动词>时体

（3）“居住”义动词>“存在”义动词/“领有”义动词>“处所”义动词>时体

（4）“拿”义动词>“存在”义动词/“领有”义动词>“处所”义动词

（5）“存在”义动词/“领有”义动词>能愿动词>将来时

3. 台湾地区南岛语“存在”义动词语法化演变的动因可分为内部因素与外部因素。其中内部因素包括频率、隐喻与转喻以及语言类型与语言系统，外部因素主要指语言接触的影响。

参考文献

1. Bernd Heine，Tania Kuteva：《语法化的世界词库》，世界图书出版公司 2012 年版。

2. Bybee，J.，R. P. & W. Pagliuca，*The Evolution of Grammar*，Chicago and London：The University of Chicago Press，1994.

3. Bybee，J.，Mechanisms of Change in Grammaticization：The Role of Frequency，Joseph，B. D. & R. D. Janda（ed.），*The Handbook of Historical Linguistics*，Oxford：Blackwell Publishing，2003，pp. 602 – 623.

4. Comrie，B.，*Language Universals and Linguistic Typology*（*Second Edition*），Chicago：University of Chicago Press，1989.

5. Clark，Eve，Locationals：Existential，Locative and Possessive Constructions，in J. Greenberg（eds.），*Universals of Human Languages*，85 – 126，Stanford：Stanford University Press，1978.

6. Croft，W.，*Typology and Universals*（*Second Edition*），Cambridge：Cambridge University Press，2003.

7. Dryer，M. S.，The Greenbergian Word Order Correlations，*Language* 68（1），1992，pp. 81 – 138.

8. Greenberg，J. H.，Some Universals of Grammar with Particular Refer-

ence to the Order of Meaningful Element, in Greenberg, J. H. (ed.), *Universals of Language*, Cambridge, Mass: MIT Press, 1963, pp. 73 - 113.

9. Haiman, J., *Natural Syntax*, Cambridge: Cambridge University, 1985.

10. Hopper, P. J. & E. C. Traugott, *Grammaticalization*, New York: Cambridge University Press, 2003.

11. Kurylowicz, J., *The Evolution of Grammatical Categories*, Diogenes (51), 1965, pp. 55 - 71.

12. Lindsay J. Whaley:《类型学导论——语言的共性和差异》，世界图书出版公司 2010 年版。

13. Thomas E. Payne, *Describing Morphosyntax: A Guide for Field Linguists*, Cambridge: Cambridge University Press, 1997.

14. Traugott, E. C., Pragmatic Strengthening and Grammaticalization, S. Axmaker, A. Jaisser & H. Singmaster (ed.), *Proceedings of the Fourteenth Annual Meeting of the Berkeley Linguistics Society*, Berkeley: Berkeley Linguistics Society, 1988, pp. 406 - 416.

15. Traugott, E. C., On the Rise of Epistemic Meanings in English: An Example of Subjectification in Semantic Change, *Language* (1), 1989, pp. 33 - 55.

16. Traugott, E. C. & E. Konig, The Semantics-pragmatics of Grammaticalization Revisited, Traugott, E. C. & B. Heine (ed.), *Approaches to Grammaticalization: Theoretical and Methodological Issues*, Amsterdam: John Benjamins Publishing Company, 1991, pp. 189 - 218.

17. Traugott, E. C., Constructions in Grammaticalization, B. D. Joseph & R. D. Janda (ed.), *The Handbook of Historical Linguistics*, Oxford: Blackwell Publishing, 1989, pp. 624 - 647.

18. 邓芳青：《卑南语语法概论》，台湾地区民族委员会 2018 年版。

19. 戴庆厦、朱艳华：《藏缅语选择疑问范畴句法结构的演变链》，《汉语学报》2010 年第 2 期。

20. 何德华、董玛女：《达悟语语法概论》，台湾地区民族委员会 2018 年版。

21. 黄慧娟、施朝凯：《布农语语法概论》，台湾地区民族委员会

2018 年版。

22. 黄美金、吴新生：《泰雅语语法概论》，台湾地区民族委员会 2018 年版。

23. 简史朗：《邵语语法概论》，台湾地区民族委员会 2018 年版。

24. 陆丙甫、金立鑫：《语言类型学教程》，北京大学出版社 1991 年版。

25. 李佩容、许韦晟：《太鲁阁语语法概论》，台湾地区民族委员会 2018 年版。

26. 齐莉莎：《鲁凯语语法概论》，台湾地区民族委员会 2018 年版。

27. 潘家荣：《拉阿鲁哇语语法概论》，台湾地区民族委员会 2018 年版。

28. 孙宏开、胡增益、黄行：《中国的语言》，商务印书馆 2007 年版。

29. 孙文访：《基于“有、是、在”的语言共性与类型》，《中国语文》2015 年第 1 期。

30. 孙文访：《存在动词的词汇类型学研究》，《语言学论丛》2015 年第 1 期。

31. 孙文访：《“有（have）”的概念空间及语义图》，《中国语文》2018 年第 1 期。

32. 宋丽梅：《卡那卡那富语语法概论》，台湾地区民族委员会 2018 年版。

33. 宋丽梅：《赛德克语语法概论》，台湾地区民族委员会 2018 年版。

34. 吴福祥：《语法化的新视野——接触引发的语法化》，《当代语言学》2009 年第 3 期。

35. 吴福祥：《从“得”义动词到补语标记——东南亚语言的一种语法化区域》，《中国语文》2009 年第 3 期。

36. 吴福祥：《东南亚语言“居住”义语素的多功能模式及语法化路径》，《民族语文》2010 年第 6 期。

37. 武俊辉：《语法化研究前沿》，《外语与翻译》2019 年第 4 期。

38. 吴静兰：《阿美语语法概论》，台湾地区民族委员会 2018 年版。

39. 谢富惠：《噶玛兰语语法概论》，台湾地区民族委员会 2018 年版。

40. 余成林：《藏缅语存在动词的类型及其演变特点》，《民族语文》2018 年第 1 期。

41. 叶美利：《赛夏语语法概论》，台湾地区民族委员会 2018 年版。

42. 曾思奇：《阿眉斯语的基本词缀及其复合结构分析》，《民族语文》2002 年第 1 期。

43. 张永利、潘家荣：《邹语语法概论》，台湾地区民族委员会 2018 年版。

（张立，男，南开大学 2018 级博士研究生，主要从事语言类型学与台湾地区南岛语研究。通信地址：天津南开大学文学院。邮编：300071。电子信箱：lqss1999@163. com。）

金坛本地话和江北话的被动句

王　玲　王一朵

（南京大学文学院）

摘　要：常州金坛区的金坛本地话和江北话中同时存在两种形式的被动句，带“把”字和带“被”的被动句，这两类被动句在两种方言中的特点与使用状况存在差异。金坛本地话中通常使用的为“被”字被动句，而且“被”字被动句中的受事通常可以省略而不影响句义，但“把”字被动句使用较少。江北话则与金坛本地话相反，使用率较高的是带“把”字被动句，而且“把”字被动句的结构形式通常为“主语（受事）+把+N（施事）+VP”式。

关键词：被动句；金坛本地话；江北话

常州金坛区辖3个街道6个镇，截至2019年常住人口56.35万人。金坛区毗邻的县市方言状况复杂，比如东面的武进县、南面的宜兴县和溧阳县属吴语区；县西的句容县、县北的丹徒县位于吴方言与北方方言交界区，当地主要方言既有吴方言也有北方方言。

金坛区的方言状况与丹徒县类似，常用方言有金坛本地话（简称“金坛话”）和江北话。金坛话属于吴语-太湖片-毗陵（常州）小片，江北话，由苏北移民带入金坛区，属于江淮官话洪巢片。这两种方言大致以金城镇和开金河为界。使用金坛话的有环城的城东乡、城西乡和河东面的河头、尧塘、岸头、汤庄、水北、沈渎、五叶、儒林等乡镇；使用江北话的有河西的朱林、直溪、西旸、茅麓、薛埠、罗村等乡镇。金坛的其他区域，如沿河的白塔、社头、指前等乡镇，则是金坛话和江北话混用的状态，两种方言的使用人数也大致相等[①]。本文关注的是金坛话和江北话中

---

① 孟济元：《金坛县志》，江苏人民出版社1993年版，第735—736页。

两种形式的被动句，即带“把”字和带“被”字的被动句。例如：

（1）碗把她打掉嘞。

（2）碗被她打掉啊咧。

例（1）和例（2）在金坛话和江北话中表达的都是“碗被她打掉了”之义。方言被动句在学界已有一些研究，比如，左林霞（2004：18—25）比较孝南方言中“把”字句和被动句用法与特点；郭攀、夏凤梅（2016：34—42）对浠水方言中“把”字被动句的研究；祝敏（2018：41—48）分析了崇阳方言的“把得”被动句结构特点；王改改（2003：30—32）讨论了北京口语被字句的特征，等等。当前关于金坛区方言被动句的研究较少。陈立平（2009：37—44）认为，常州方言的被动句应统一归类为“拨”字被动句，但事实上金坛区的这两类被动句与“拨”字被动句是有差异的，吉黎霞（2007：132—163）曾简要介绍过金坛本地话与江北话被动句的特征，但未详细分析差异。

本文拟对金坛话和江北话两类被动句特点、使用状况、来源等进行分析与讨论。使用的语料，是笔者在儒林（金坛本地话集中地区）、直溪（江北话集中地区）与金坛市区（双语集中地区）三个地区进行调查得来。调查人员分为青年组（30岁以下）、中年组（30—50岁）和老年组（50岁以上）各10人，男女各5人。采用转述图片内容、访谈法、例句辨析判断等方法搜集语料。图片复述法，主要是让受访者根据所给的场景说句子，总共有三张图片。图1是“一只猫嘴里叼着一条鱼跑了”；图2由两张照片组成，一张是“一个小女孩在洗碗”，另一张是“其中一只碗掉地上摔碎了”；图3也是两张图，一张是“一个小男孩在吃苹果”，另一张是“这个男孩吃完了苹果”。受访者根据这三个场景，用方言中的“把”“被”字被动句来说出图片表达的意思。使用转述图片内容的方式，搜集受访者描述含有明确施、受关系的内容时，通常会使用什么类型的被动句；访谈法，通过访谈受访者，请你说明不同被动句的使用状况，比如，两类被动句中“把”字、“被”字的发音，“把”“被”用在被动句中是否存在语义混淆，自己通常用得多的是“把”还是“被”字被动句等；例句辨析判断，给出江北话和金坛话中两类被动句的例子，比如“小明考试不及格，他把老师骂了一顿”“小明偷了东西，他把警察抓走了”等，判断省略哪些部分会导致句子不成立。

一 金坛本地话与江北话被动句特点

（一）金坛本地话两类被动句特点

在金坛本地话中，“被”字与“把”字发音相似，“被”字发音为［pə^0］，而“把”字发音为［po^0］（拨），与被［pə^0］相似但略有差异。“把”字在金坛话中的用法多样，可以做动词，有“给予”的含义，例如“那个东西把［po^0］他了没有？”；“把”字还可表示使役用法，“我们说的话把［po^0］他晓得了”等。金坛话中“把”字被动句，语序结构与普通话一致：“施事＋把＋受事＋谓词性词语＋其他”。不过，在具体使用上，“把”字的发音会由［po^0］（拨）音变为近似［pə^0］音。例如：

（3）猫把［pə^0］鱼偷走的咧。（猫把鱼偷走了）

（4）他把［pə^0］余打掉啊咧。（他把碗打掉了）

（5）他把［pə^0］苹果吃唠掉咧。（他把苹果吃掉了）

（6）老师把［pə^0］他末了一顿。（老师把他骂了一顿）

（7）警察把［pə^0］他抓去嘞。（警察把他抓走了）

另外，金坛话“把”字被动句中的“把”［po^0］通常会与［lo^0］（偏江北话的“拿”字）/［la^{35}］（金坛本地话的“拿”字）替换使用，仍然表达被动的语义。例如：

（8）猫拿［lo^0］/［la^{35}］鱼偷走的咧。（猫把鱼偷走了）

（9）他拿［lo^0］/［la^{35}］余打掉啊咧。（他把碗打掉了）

（10）他拿［lo^0］/［la^{35}］苹果吃唠掉咧。（他把苹果吃掉了）

根据访谈，金坛本地话的使用者在用“拿”［lo^0］/［la^{35}］代替“把”的情况较为常见，使用率基本与金坛话中“被”字被动句持平，带“把”字的被动句在金坛话中使用率较低。金坛本地话中的“被”字被动句，语序结构也与普通话一致：受事＋被＋名词施事＋谓词性词语＋其他。主语是 VP 的受事，N 是 VP 的施事，VP 是 N 自我发出的行为动作。例如：

（11）鱼被［pə⁰］猫偷走的咧。（鱼被猫偷走了）
（12）余被［pə⁰］他打掉啊咧。（碗被他打掉了）
（13）苹果被［pə⁰］他吃唠掉咧。（苹果被他吃掉了）
（14）他被［pə⁰］老师末了一顿。（他被老师骂了一顿）
（15）他被［pə⁰］警察抓去嘞。（他被警察抓走了）

不过，金坛话“被”字被动句与普通话“被”字句最大的差异是，金坛话“被”字被动句中的受事通常可以省略，可施事却不能省略。金坛话“被”字读音近似［pə⁰］，但在实际使用中，也有将被［pə⁰］的字音发为近似［po⁰］音。例如：

（16）鱼被［po⁰］猫偷走的咧。（鱼被猫偷走了）
（17）余被［po⁰］他打掉啊咧。（碗被他打掉了）
（18）苹果被［po⁰］他吃唠掉咧。（苹果被他吃掉了）
（19）书被［po⁰］他拿走啊咧。（书被他拿走了）
（20）事情被［po⁰］他晓得咧。（事情被他知道了）

虽然字音由［pə⁰］变为［po⁰］音，但访谈结果显示，说金坛话的当地人均认为对应字为“被”而非“把”字。

（二）江北话两类被动句特点

江北话中的“把”字和“被”字被动句与金坛话存在差异。如前文所述，金坛话中“把”字被动句使用率较低，可江北话中，“被”字被动句使用率低，“把”字被动句使用率高。江北话“把”字被动句通常结构为“主语（受事）＋把＋N（施事）＋VP”式，这个结构与普通话差异显著。江北话“把”字被动句中，出现在主语位置的通常是 VP 受事，N 是 VP 的施事，VP 是 N（施事）发出的行为动作。例如：

（21）鱼把［pa²¹⁴］喵子偷掉啊嘞。（鱼把猫偷走了）

（22）苹咕把［pa^{214}］她切掉啊嘞。（苹果把她吃掉了）

普通话中的“把”字句，例如“我们把苹果吃完了”句中，是谓语动词前用介词“把”引出受事、对受事加以处置的主动句。江北话中谓语动词前用“把”引出的是“施事”，表示的是这个施事对主语位置的“受事”施加了某种动作或者影响。虽然从结构顺序看，江北话“把”字被动句与普通话把字句基本一致，但表达的意义完全不同。例21—例22中，受事均为物，还比较容易分辨出施事和受事。当“把”字被动句中施事与受事均为人时，表达的通常是有消极影响的行为或者出乎意料的行为。例如：

（23）小明考啊不及格，把［pa^{214}］老师骂啊一顿。

（24）小明偷东西，把［pa^{214}］警察抓啊切嘞。

（25）他跟邻居吵架，最后把［pa^{214}］人家弄啊一个耳刮子。

例（23）—例（25）中，因为有前后语境，所以施事、受事较容易区分。另外，在有具体前后语境的情况下，主语可省略。但如果缺少前后语境，例如“小明把老师骂啊一顿”“小明把警察抓啊切嘞”以及“他最后把人家弄啊一个耳刮子”中，如果不联系具体语境，施受关系无法确定，可能会导致句子理解出现歧义。实际使用中，“把”字在方言中发音接近［pa^{214}］。

江北话“被”字被动句中“被”的发音为“被”［pi^{51}］，语序结构为：受事＋被＋施事＋谓词性词语＋其他。其具体使用方式与普通话“被”字被动句一致，例如：

（26）鱼被［pi^{51}］喵子偷掉啊嘞。（鱼被猫偷走了）

在对话中，江北话中的“把”字被动句与“被”字被动句，虽然施事与受事的位置存在差异，但所表达的意义基本一致。例如：

（27）鱼把［pa^{214}］喵子偷掉啊嘞。　　　　鱼被［pi^{51}］喵子偷掉啊嘞。

（28）他滴事把［pa^{214}］我晓得啊嘞。　　他滴事被［pi^{51}］我晓得啊嘞。

（29）他把［pa^{214}］人家弄啊一个耳刮子。　他被［pi^{51}］人家弄啊一个耳刮子。

但两者的差异是："把"字被动句中处在"受事"位置的词语可以省略，但处在"施事"位置的词语不能省略，如果省略，句子则不成立；"被"字句中"被"之后表"施事"的词语省略后，句子仍成立。例如：

（30）*他把打啊一顿。　　他被打啊一顿。

（31）*碗把打啊碎嘞。　　碗被打啊碎嘞。

（32）*事情把晓得嘞。　　事情被晓得嘞。

即使在语境完整、省略内容明确的对话中，"把"字被动句省略"施事"词语的情况仍不成立。同时，这种"把"字被动句使用的前提条件是，对话双方必须非常明确句子中的施事、受事，只有在说话双方都明确知道省略内容的时候，才能明白句子表达的语义。例如：

（33）a. 他组尼嘞？（他怎么了）—他把老师骂啊一顿。（他被老师骂了一顿）

b. *他把老师骂啊一顿。

（34）a. 张三组尼啦？（张三怎么了）—他把王五打啊。（他被王五打了）

b. *张三把王五打啊。

例（33a）和例（34a）两例中，交谈双方非常清楚受事（挨骂的人）、施事（骂人的人）和事情发生的原因，只有在语境完整的情况下，"把"字被动句才能被准确理解。如果没有语境，例（33b）和例（34b）就会出现语义混淆，分不清楚谁是受事、谁是施事。可"被"字被动句即使语境不完整，施事、受事的关系也不会混淆。比如在"他被老师骂啊一顿""他被王五打啊"句中，没有前后语境，并不影响句义的理解。

二　金坛本地话和江北话两类被动句使用现状

（一）金坛本地话被动句使用现状

根据转述图片内容的状况来看，金坛话被动句的使用状况为：第一类，使用“被［pə^{0}］”字被字句。如“鱼被［pə^{0}］猫偷走的咧”（鱼被猫偷走了），这一类使用率最高，约为93.33%。第二类，使用“把［po^{0}］”字被动句。如“猫把［po^{0}］鱼偷走的咧”（猫把鱼偷走了），使用率为36.67%。第三类，使用“拿［lo^{0}］/［la^{35}］”字被动句，代替“把”字被动句。如“猫拿［lo^{0}］/［la^{35}］鱼偷走的咧”（猫把鱼偷走了），但使用较少，仅为26.67%。由于“被”“把”字实际读音接近，调查发现，老年组对两者读音的区分最清晰，没有任何混淆。中年组，部分受访者发生混淆，无法区分是“被［pə^{0}］”，还是“把［po^{0}］”。青年组中66.7%的受访者无法区分，认为“把”“被”读音相同；只不过有些青年人认为是统一发［pə^{0}］音，有些认为是统一发［po^{0}］音。但不管使用何种形式的被动句，三个年龄组均表示可以分辨，不会发生语义混淆。

（二）江北话两类被动句使用现状

从转述图片内容的结果看，江北话“被”字被动句在三个年龄组中均有使用，但使用率较低，江北话中的“被”字发音为“［pi^{51}］”，但中、青年组有部分受访者“被”的发音出现变化，发为［pei^{51}］，基本接近普通话。另外，老年组在使用“被”字被动句时，有时会用“给、挨”等词语代替“被”字，如：“鱼给喵子偷啊去嘞”；还会将“把”字被动句与“被”字被动句混用，偶尔也会省略“把”与“被”字，形成“鱼，喵子拖走了”这样的句子；但这类情况在中年组与青年组中较少出现。受访者表示，江北话中最早是没有“被”字被动句的，随着时间推移，“被”字句逐步进入江北话。

与金坛本地话相比，江北话“把”字被动句使用率较高，在描述带有施事、受事的状况时，三个年龄组的人通常倾向于使用“把”字被动句。从句义辨析来看，如果受事为物、施事为人时，三个年龄组对“把”

字被动句中的受事、施事区分得很清楚。以“花把小明的妈妈扔在垃圾桶里了”为例，受访者中仅有两个青年人对其语法的正确性提出了质疑，其余受访者明确表示能分清楚谁是受事、谁是施事，句义理解起来没有任何歧义。但如果这类句子，比如“小明考试不及格，他把老师骂了一顿”“小明偷了东西，他把警察抓走了”等句子中，施事和受事均为人时，受访者表示由于无法确定施事、受事，因而无法准确捕捉句子的意义。对于这类句子，在真正使用的时候，必须要有前后的具体语境，才能确保交流顺利进行。

三 金坛本地话和江北话被动句来源

（一）近代汉语中“把”字被动句的影响

“把”字被动句在近代汉语中已有使用。郑宏的研究发现“把”字被动含义最早出现在元代，被动意义应由“把”字“给予”义发展而来，然后用于“把+N+VP”结构，这种结构逐步发展为使役句，再由使役句发展为被动句①。作者还将“把”字获得“给予”义的过程分为三阶段：第一阶段出现在宋代，“持”“拿”义的“把”和给予动词“与”共同出现在同一句子中，构成“把+直接宾语+与+间接宾语”结构；第二阶段，在原先“把+直接宾语+与+间接宾语”结构中，“把”的宾语提前，使“把”和“与”靠拢相邻，“把”后失去了宾语，原本意义削减，“与”的语义凸显，从而驱使“把”由动词“持”“拿”义向给予动词发展；第三阶段是第二阶段持续演化的结果。张博基于组合同化理论，认为“把”字意义的演变符合这一衍生规律，“把”在和“与”的连用中逐渐处于辅助地位，在其强大的语义优势与给予义影响下发生词义倾斜，即组合同化现象，从而产生了“把”字的给予义。而后“把”脱离了和“与”字的连用，独立承担了给予义，形成“把+N+VP”的句式结构。在元、明时期向使役动词发展，“把”字被动句产生②。这种“把”字被动句在近代汉语中的使用并不频繁，用例主要集中在《醒世恒言》《金瓶

① 参见郑宏《近代汉语有标记被动句研究》，语文出版社 2017 年版，第 216 页。

② 参见张博《组合同化：词义衍生的一种途径》，《中国语文》1999 年第 2 期。

梅》等这类带有方言色彩的著作中；后来“把”字被动句在江淮官话、西南官话、吴方言、湘方言中得以保留①。金坛区江北话接近于江淮官话，如前文所述，江北话中“把”字被动句最大可能是来源于近代汉语中的这个“把”字句。当前，江北话中的“把”仍有表“给予”的意义。例如：

（35）东西就把［pa^{214}］他好嘞。（东西就给他好了）

（36）这个事把［pa^{214}］他晓得嘞。（这个事给他知道了）

此类用法在金坛本地话中也存在，只不过发音与江北话不同，金坛本地话“把”字发音为［po^{0}］。金坛本地话中“把［po^{0}］”与“拿［lo^{0}］/［la^{35}］”发生混淆时，通常也是在“把”表“给予”意义的时候。

（二）普通话使用的影响

从受访者的访谈信息可知，金坛本地话和江北话在20世纪50年代之前，经常使用的只有一类被动句——“把”字被动句。由上文可知，“把”字被动句大概在近代汉语中逐渐出现并被使用，而且主要在江淮官话、西南官话、吴方言、湘方言等方言中使用，至今现代汉语普通话中也没有“把”字表被动意义的被动句。大概在20世纪50年代之后，我国政府开始推行普通话，特别是改革开放以来，我国社会的人口流动越来越频繁，全国各地说普通话的人越来越多，普通话对方言的影响逐渐增加。在社会发展的过程中，金坛本地话和江北话与普通话的接触机会增多。普通话中“被”字被动句开始进入金坛本地话和江北话。对中年组和青年组受访者的调查显示，这两组受访者通常使用较多的是带“被”字的被动句，“被”字的发音也基本接近汉语普通话；此外，这两组在判断“小明偷了东西，他把警察抓走了”这类施事、受事同为人的“把”字被动句时，表示觉得这类句式比较奇怪的受访者也较多；两组均有约35%的人表示自己之前从来没有使用过这种表达，受访者表示，他们是按照普通话“把”字句特点解读，那么在“他把警察抓走了”中，“他”指的是

① 参见郑宏《近代汉语有标记被动句研究》，语文出版社2017年版，第217页。

“小明”，应该是句子的施事，可如果是施事的话，整个句子的意义又不符合常理。但在对老年组的访谈中，几乎所有老年组受访者均能准确判断出施事、受事。问及原因，受访者表示平时就是这样使用，也是按照这种关系理解的。也就是说，老年组非常熟悉“把”字被动句，也依照自己方言中“把”字被动句的特点来进行判定，因此没有错判、误判。中、青年在成长的过程中，日常生活中除了自己的方言，也经常说普通话，普通话“把”字句的特点逐渐影响了这些中、青年，因此这两组受访者对“把”字句式的理解，倾向于普通话，自己方言中独有的“把”字被动句特点反而逐渐被淡忘；在中、青年组，普通话中“被”字被动句逐渐代替了他们方言中特有的“把”字被动句。因此，在辨别“把”字被动句施事、受事时，多数中年组、青年组的受访者易产生歧义与混淆；而且他们中多数人分不清“被”［$pə^{0}$］与“把”［po^{0}］发音的差异。刘辰诞的研究也认为普通话的推广与普及对地区方言造成较大冲击，其重要表现就是某些方言的语法结构受汉语普通话影响被替代或者逐渐向普通话靠拢①。金坛本地话和江北话由于现代汉语“被”字被动句的进入，造成了原有的表被动意义的“把”“被”字被动句的混淆。随着普通话“被”字句使用的增多，原有表被动意义的“把”字被动句逐渐被普通话的句式替代。江北话中的“把”字被动句使用率虽然高于金坛本地话，但调查显示，在中、青年组已经较多地使用“被”字被动句，对特有“把”字被动句的理解已经开始存在偏差，出现用普通话“把”字结构关系来理解江北话“把”字被动句的倾向；另外，在实际使用中，说江北话的中、青年组也逐步倾向使用后来进入的类似普通话的“被”字被动句。比如，“碗被［pi^{51}］她打掉嘞”（碗被她打掉了）这样的表达越来越多。说江北话的青年组、中年组中“被”字句使用率的提高也能看出普通话的影响。访谈中，约有80%的中、青年受访者表示，江北话中的“被”字句在以前老一代人的方言中是没有的，他们使用最多的是“把”字被动句。受访的老年组中，使用“把”字被动句的人数也明显高于中、青年组。

① 参见刘辰诞《结构和边界句法表达式认知机制探索》，外语教育出版社2008年版，第68—70页。

（三）双语区江淮官话与吴方言的相互影响

金坛本地话与江北话中两类被动句同时存在，也是两种方言相互接触、互相影响的结果。这两种方言，隶属吴方言的金坛本地话是金坛区本土的方言，而隶属江淮官话的江北话则是外来移民涌入的结果。第一次大规模移民潮，大概出现在19世纪中叶太平天国（1851—1864）初期。1860年前后，太平天国军攻入金坛，军队进行了大规模屠城，屠城之后，本土的当地居民人数锐减。太平天国战争结束后，大量苏北移民迁入金坛区，并开始在这一地区长期居住，繁衍生息，跟随他们一起来的还有他们的方言。江北话就是在这些苏北移民方言的基础上逐渐发展而来①。由此，当地居民使用的金坛本地话与外来移民方言基础上发展来的江北话开始共同在金坛区盛行，共同构成了金坛区的方言体系。徐大明（2006：120—132）等人的研究指出，虽然这两种方言的使用区域存在差异，但随着社会的发展，说两种方言的居民的接触不可避免，两种方言从语音、词汇和语法等层面都会产生相互影响，进而使得两种方言开始出现一些变化。两种方言的“把”“被”字被动句就是两种方言相互接触、相互影响的内容之一。由于双语区独特的语言环境与人口的流动，江北话的使用者与金坛本地话的使用者在实际交流、对话中大致能听懂彼此的方言，因此金坛区也出现不少能够同时使用两种方言的居民。对同时会说两种方言居民的访谈显示，这部分人会根据交际对象的不同，来交替使用金坛本地话和江北话；不过，由于隶属不同的方言区，江北话和金坛话在语音系统上的差异仍很明显。前文提及，江北话中，“被”字发音为［pi^{51}］，“把”字发音为［pa^{214}］，区别清晰；可在金坛本地话中，“被”字发音为［$pə^{0}$］，“把”字发音为［po^{0}］，二者发音的相似度较高，对于某些中、青年受访者，分辨两者发音存在困难。在调查过程中，66.7%的金坛本地话受访者认为“把”［po^{0}］与“被”［$pə^{0}$］同音。在实际对话中，由于读音区分不清，理解出现偏差，“把”“被”字被动句混淆、误解的比率高于江北话受访者。另外，调查发现，金坛本地话的“被”字发音与江北话的“把”字发音相似度极高，这或许从另一方面表明，是两种方言

① 史皓元、石汝杰、顾黔：《江淮官话与吴语边界的方言地理学研究》，上海教育出版社2006年版，第133—135页。

使用者在接触过程中，出现相互影响的结果。而这种字音的相似性使得在对话过程中，江北话中的“把”字被动句对金坛本地话的被动句造成一定影响，原本属于吴方言的“把”字被动句开始向“被”字被动句过渡。金坛本地话中带有特色的“把”字被动句使用减少，逐渐被“被”字被动句代替，金坛本地话被动句与普通话被动句越来越相似。

四　结语

对金坛区金坛本地话和江北话中两类被动句的研究发现，江北话与金坛本地话虽然都存在“把”“被”字两类被动句，但其使用状况存在明显差异。金坛本地话中三个年龄组通常使用的表被动意义的是“被”字被动句，而且金坛话“被”字被动句中的受事通常可以省略，可施事却不能省略。“把”字被动句在金坛本地话中使用率较低，而且在使用的过程中，还会出现“把”被“拿”字替代的现象。

江北话中，经常使用的是“把”字被动句，而且与金坛本地话相比，江北话的“把”“被”字的发音差别较大，不易混淆。金坛区“把”字被动句施事、受事的位置与普通话被动句中的顺序差别较大。金坛区“把”字被动句的结构顺序为“主语（受事）+把+N（施事）+VP”式。当受事为物、施事为人时，即使没有具体的语境，也可以准确分辨出两者；但如果受事、施事均指人时，如果没有具体的语境做辅助，则有可能产生歧义与混淆。金坛本地话和江北话两类被动句式共存的现象，与语言系统的发展变化、移民的涌入以及社会发展带来的语言接触有关。

参考文献

1. 徐大明：《语言变异与变化》，上海教育出版社 2006 年版。

2. 左林霞：《孝感方言的标记被动句》，《语言研究》2004 年第 2 期。

3. 郭攀、夏凤梅：《浠水方言研究》，华中师范大学出版社 2016 年版。

4. 祝敏：《崇阳方言的“把得”被动句》，《华中学术》第 21 辑，华中师范大学出版社 2018 年版。

5. 吉黎霞：《金坛方言考》，董丽敏《致远之思》，学林出版社 2007

年版。

6. 陈立平：《双语社团语码转换研究》，上海交通大学出版社 2009 年版。

7. 王改改：《北京话口语中的“被”字句》，《汉语学习》2003 年第 2 期。

谈闽南方言的“昨天、今天、明天”*

曾南逸

（中山大学中文系）

摘　要：本文通过对比各种闽南方言文献材料，指出今天闽南方言的“昨天、今天、明天”等词汇的多数说法都是由明代文献中的“昨暮日（查暮日）、今旦日、明旦日”演变而来的。

关键词：闽南方言；昨日；今仔日；明仔日；语流音变

一　四个现代闽南方言点“昨天、今天、明天”的说法

现代闽南方言“昨天、今天、明天”这三个词汇在厦门、潮州、漳州、泉州四地的说法如表1所示。

表1　　四地闽南方言“昨天、今天、明天”今称①

	厦门	潮州	漳州	泉州
昨天	①乍＊日 tsa˨˩ lit˥ ②查＊日 tsa˧ lit˥	早＊日 tsa˥˧ zik˦	①查＊日 tsa˨ zit˩˨ ②查＊昏 tsa˨ hũĩ˦	乍＊日 tsa˨˩ lit˨˦
今天	今仔日 kin˥˧ a˥˧˥ lit˥、kĩã˥˧ lit˥	①囝＊日 kĩã˥˧ zik˦ ②今日 kim˦˧ zik˦	今仔日 kin˦˧ a˧ zit˩˨	①今仔日 kin˧ a˥˨ lit˨˦ ②今仔 kin˧ a˨˦
明天	①明仔日 bin˨˧ a˥˧˥ lit˥、mĩã˥˧ lit˥ ②□载＊ mĩã˥˧ tsai˧	①□起 mũã˩˧ kʰi˥˨ ②□日 mũã˩˧ zik˦	明仔载＊bin˨˧ a˧ tsai˧	①明仔日 bin˨˧ a˥˨ lit˨˦ ②明仔 bin˨˩ a˨˦

（注：字后加星号表示是用同音字替代）

＊ 本项研究得到国家社科基金冷门绝学研究专项“闽南方言语音史研究”（编号：20VJXG039）的资助。

① 凡字后加注星号表示是同音字而不是本字。

表 1 中厦门、潮州材料取自北大中文系语言学教研室（1995），但笔者根据调查复核有所改动：厦门的“查＊日［ʦa˧ lit˥］”，原书作“昨日［ʦa˨˧ lit˥］”；“乍＊日［ʦa˩ lit˥］”原书所无，据调查补充。潮州的“早＊日［ʦa˥˧ zik˦］”原书作“昨日［ʦa˥˧ zik˦］”。漳州、泉州材料由笔者亲自调查得到。

其中“昨天”的说法在各地是比较一致的，大体都是“ʦa 日”结构，只是声调在各地不太一样——［ʦa］不单念，我们只能根据连调规则推断它在各地可能是阴平（厦门、漳州）、阴上（潮州）、阳去（厦门、泉州）。唯一的例外是漳州话多了一个“查＊昏”的说法。

“今天”的说法各地也比较一致，基本上都是“今仔日”或“今仔”，比照其他各地的说法，潮州的“囝＊日”中的“囝＊［kĩã˥˧］”可以看作“今仔”的合音。唯一的例外是潮州话多了一个“今日”的说法。

北大中文系语言学教研室（1995：20）的材料显示，“载＊”是“早起”的合音，如此则厦门、漳州、泉州的“明天”无非就是“明仔日、明仔早起、明仔”三种说法，大体比较一致。唯有潮州的“□起［mũã˧˩ kʰi˥˧］”“□日［mũã˧˩˧ zik˦］”两种说法前字费解。

北大中文系语言学教研室（2003：36）指出，“昨天”一词的［ʦa］应该是“昨仔”的合音，如此说来，这四个方言点“昨天、今天、明天”基本上都能从“昨仔日、今仔日、明仔日”出发得到解释①，只有潮州“明天”的说法例外。

把闽南方言的“昨天、今天、明天”统一看作“昨仔日、今仔日、明仔日”固然是能解释得通的。但是，笔者通过阅读闽南方言的相关文献发现，关于闽南方言“昨天、今天、明天”的说法的来源似乎还可以有新的解释，这个解释同时可以涵盖潮州方言“明天”的说法，且看下文分析。

二　明刊闽南方言戏文中“昨天、今天、明天”的说法

在明刊闽南方言戏文《荔镜记》、万历本《荔枝记》《满天春》《金

① 林宝卿（1992）、林连通（1993）、周长楫和欧阳忆耘（1998）、曹志耘（2008）也使用汉字“今仔（囝）日”“明仔（囝）日/载”来记录泉漳片闽南方言的“今天”“明天”的相关说法。

花女·苏六娘》中，“昨天”有“昨暮、昨暮日”两种说法；“明天”有“明日、明旦、明旦日”三种说法；“今天”有“今日、今旦、今旦日”三种说法。其中“昨暮”或“昨暮日”的“暮”在潮腔戏文《荔枝记》《金花女·苏六娘》中有时用音近的“茂、戊、厶”假借，“昨”有时被写作“咱”。“明日、明旦、明旦日”的“明”有时用同音“眠”[1] 或音近的“冥”假借。上述八种说法各举一例如下[2]所示。

（1）我**昨暮**甲你去叫陈三来沃花，因乜花都不沃，乞伊谢落障多？（我昨天差你去叫陈三来浇花，为何花也不浇，让它谢了这么多）（《荔镜记·第二十四出》P. 121）

（2）不用叫，**咱戊**日死了。（不用喊，昨天死了）（《荔枝记·第四十出》P. 148）

（3）**今日**亲姆到寒家，称要讨息妇，何不使媒人先来说明？（今天亲家母到寒舍说要讨媳妇，何不差媒人先来说明）（《荔枝记·第三十五出》P. 132）

（4）小姐自来窑中，都袂困得，**今旦**因何障好困。（小姐自从来窑里，都睡不着，今天为什么这么能睡）（《满天春·蒙正冒雪归窑》上卷 P. 32 下）

（5）阿娘，**今旦**日正是三月三，来去踏青得桃一下。（阿娘，今天正是三月三，去踏青游玩一下）（《荔枝记·第二出》P. 4）

（6）你不知，我拙时腰痛，都袂出来，**明日**甲我师仔来磨。（你不知道，我现在腰疼，都没法出去，明天交我徒弟来磨）（《荔镜记·第十八出》P. 89）

（7）秀才，更深了，且歇，**明旦**早卜行路。（秀才，更深了，请歇息，明天早上要赶路）（《满天春·招商店》卷上 P. 8 下）

（8）官人尔安心，我**明旦日**就去。（官人你安心，我明天就

---

[1] 北大中文系语言学教研室（1995、2003）的材料显示，厦门、福州、建瓯等闽语方言点里“明仔、明旦、明朝”等表示“明天”的词汇中“明”的白读都与“眠”字的白读同音。

[2] 《荔镜记》、万历本《荔枝记》《金花女·苏六娘》《满天春》语料分别取自《荔镜记荔枝记四种》《明万历本荔枝记校读》《金花女·苏六娘》（吴守礼重抄并手校），《明刊戏曲弦管选集》，页码据上述文献标写。

去）（《金花女·苏六娘》P. 42）

我们将这些词和福州、建瓯等闽语方言点的相关词汇放在表 2 中做比较：

表 2　明刊闽南方言戏文“昨天、今天、明天”与闽东、闽北对照

	昨天	今天	明天
明刊闽南方言戏文	昨暮、昨暮日	今日、今旦、今旦日	明日、明旦、明旦日
福州	昨暝	今旦	明旦
建瓯	昨暝、隔暝	今朝	明朝

不难发现，闽南方言戏文的“昨暮”和福州、建瓯的“昨暝”一样，都是由一个古汉语中表示“昨天”的语素“昨”，加上一个表示“晚上”的语素“暮”或“暝”构成。戏文中的“今旦、明旦”和福州方言完全一样，这两个词和建瓯的“今朝、明朝”也有一个共同点，那就是都由一个古汉语中表示“今天”的语素“今”，加上一个表示“早晨”的语素“旦”或“朝”组成。根据伍铁平（1993）和何亮（2017）的研究，它们都属于“昨+夜晚义成分（表‘昨天’）”“今+早晨义成分（表‘今天’）”“明+早晨义成分（表‘明天’）”的词语。用演变公式可以总结为：

F1：yesterday（语素）+night（语素）→yesterday（词）
today（语素）+morning（语素）→today（词）
tomorrow（语素）+morning（语素）→tomorrow（词）

除“昨暮、今旦、明旦”之外，明刊闽南方言戏文中的“今日”“明日”基本承自古汉语，而“昨暮日、今旦日、明旦日”则应是在“昨暮、今旦、明旦”的基础上，增加语素“日”形成的。

除此之外，我们同时还发现，戏文里只有“今日、明日”，并没有“昨日”。北大中文系语言学教研室（1995：22）及李如龙（2001：164）的材料显示，福州、厦门、仙游都用“昨日”表示“前天”。笔者推测沿海闽语很早就使用“昨日”表示“前天”，因此它也就不再被用来表示“昨天”。

三　现代闽南方言“昨天”说法的来源

写于万历四十八年（1620）的菲律宾西班牙语文献《漳州话语法》（*Arte de la lengua Chiochiu*）（Melchior de Mançano 1620）① 有“查暮日”一词，并用西班牙语注有意思“ayer（昨天）”，读音为“chá bôu xit［꜀ʦa bou꜄ zit꜆］”，同书中另有“查暮”chá bôu［꜀ʦa bou꜄］”一词，注加泰罗尼亚语“ahir（昨天）”②。我们认为“查暮、查暮日”就是戏文中的“昨暮、昨暮日”，“昨”和“查”只是对同一个语素的不同记录方式。理由有二：1. 如前文所述，“昨暮、昨暮日”的“昨”在万历本《荔枝记》中又被写作“咱”，同书中这个“咱③”还被用在“咱厶子”一词中，“咱厶子”一词在《荔镜记》中被写作“查某仔”。2. 泉腔的《满天春》上卷上栏 P20—21 曲段“篷松三不落拍”有一处“昨暝（昨天晚上）④”被写作“查冥”。这两个证据说明，《荔枝记》《满天春》等戏文中的“昨、咱、查”读音相近，因此，“昨暮日”与“查暮日”是一回事，其读音应该就是［꜀ʦa bou꜄ zit꜆］。

《厦英大辞典》（*Carstairs Douglas*1873）P. 572 记载清末厦门话“昨天”可以说成 ʦā-bō-jit［ʦa꜄ bɔ꜄ zit꜆］或 ʦā-jit［ʦa꜄ zit꜆］。比对《漳州话语法》，我们认为，《厦英大辞典》的［ʦa꜄ bɔ꜄ zit꜆］实际上是《漳州话语法》［꜀ʦa bou꜄ zit꜆］演变的结果，而［ʦa꜄ zit꜆］则是［ʦa꜄ bɔ꜄ zit꜆］减缩中间音节“暮［bɔ꜄］”的结果，即：

---

① 曹茜蕾、贝罗贝（2007）指出，《漳州话语法》是贝罗贝先生在巴塞罗那大学图书馆发现的。

② “查暮”和“查暮日”的“查”字注音 cha 上都标有两点，有时看起来像表示鼻化的 n 写断，但又不太一样。全书没有其他字音有这种上标。为严谨起见，特在此处交代，留待学界考证。

③ 万历本《荔枝记》中“咱”这个字不表示“咱们”的意思，现代闽南话中的“咱［꜂lan］”在此书中被写作“赧”。

④ 明刊闽南方言戏文中的“昨暝”只表示“昨天晚上”，和福州、建瓯的“昨暝”表示“昨天”不一样。

[꜀tsa bou꜅ zit꜇]（《漳州话语法》）>[tsa꜅ bɔ꜅ zit꜇]① （《厦英》）>[tsa꜅ zit꜇]（《厦英》）

也就是说，《厦英大辞典》“查（昨）”[꜀tsa]受后字“暮”同化为阳去调，演变为[tsa꜅]。其后，[tsa꜅ bɔ꜅ zit꜇]进一步减缩“暮[bɔ꜅]”，即变成[tsa꜅ zit꜇]。[tsa꜅ zit꜇]完全对应表1中厦门、泉州“乍＊日”的说法。

与泉州方言不同的是，表1中现代漳州方言“查＊日”前字仍念阴平，这说明漳州方言只发生减缩“暮”的演变：[꜀tsa bou꜅ zit꜇]>[꜀tsa zit꜇]，其“查（昨）”字并没有受到“暮”声调影响。厦门方言“昨天”的另一说法“查＊日”与漳州方言相同。

至于潮州方言的“早＊日[꜂tsa zik꜇]”的来源应该与厦门、泉州、漳州方言相似，都是由早期的“昨暮日[꜀tsa bou꜅ zit꜇]”减缩而来，只是前字“查（昨）”的声调演变为阴上②。

除上述四个方言点之外，泉州郊县惠安、泉港、永春、德化一带，“昨天”说成“助＊日[tsɔ꜅ lit꜇]”（王建设 2012：96—97；林连通 1989：141），王建设（2012）指出有人认为惠安、泉港前字“助＊[tsɔ꜅]”应是“昨暮[꜀tsa bou꜅]”的合音。本文同意王文的判断，认为永春、德化也应是相同演变的结果。

而漳州方言“查＊昏”应是“查暮（昨暮）”中语素“暮”被替换为“昏”的结果。闽南方言“昏”这个语素出现在“暝昏、下昏”等词中，意思是“晚上”，所以“查＊昏”的构词方式应与“查暮（昨暮）”相同。

可见，现代闽南方言“昨天”在各地的读音都可以从文献中的“昨暮日（查暮日）”出发得到解释。

① 明末清初闽南方言韵母的-ou（-ɔu）演变为现代闽南方言的-ɔ，详参吴瑞文（2009）及曾南逸、李小凡（2013）。

② 潮州方言两字组前字变调，阴平连调是23，阴上连调是24，后字“日”的声调是4。因此潮州的“咱（昨）日”前字之所以由阴平变成阴上可能是受后字“日”的影响，即23+4>24+4。

四　现代闽南方言“明天、今天”说法的来源

（一）“明天”说法的来源

“明旦、明旦日”在今泉州梨园戏里分别念作［⊆bin tũã⊃］、［⊆bin tũã⊃ zit⊇］。表1里潮州方言“明天”的说法“□日［mũã ⅃⅂ zik ˥］”若改用调类标调法则为［mũã⊃ zik⊇］，不难发现“□［mũã⊃］”实际上就是“明旦［⊆bin tũã⊃］”的合音，即：

明旦日［⊆bin tũã⊃ zit⊇］（明刊戏文）>□日［mũã⊃ zik⊇］（潮州方言）①

既然潮州方言的“□日［mũã⊃ zik⊇］”实际就是明刊戏文中的“明旦日”，那么厦门、泉州方言的“明仔日［⊆bin ⊂a lit⊇］”会不会也与“明旦日”有关呢？李如龙（2001：91）即使用“明旦日、明旦”来记录晋江方言的［bin ˨˩ a ˦˨ lit ˦］和［bin ˨˩ a ˦］（两说法同泉州），但没有做解释。笔者认为李如龙（2001）的记录大体是合适的，今天厦门、泉州、晋江一带的“明仔日”实际上应该就是戏文中的“明旦日”，“仔［⊂a］”实际上是“［tũã⊃］”在语流中发生弱化的结果。1620年的《漳州话语法》载“冥向日 bı̄n oa xı̀t［⊆bin ua zit⊇］”一词，意思是“mañana（明天）”。值得注意的是，“冥向日”中间的音节“ua”并未标注声调。同一书中另有“冥向早 bı̄n hua tsà［⊆bin hua ⊂tsa］”“冥向载 bı̄̃n hoa tsâi［⊆bin hua tsai⊇］”，意思也都是“明天”，中间的音节“向［hua］”也没有标注声调。可见彼时这三个词中间的音节“向［ua/hua］”由于弱化可能已经失去其固有的声调。我们将明刊戏文的“明旦日［⊆bin tũã⊃ zit⊇］”、《漳州话语法》的“冥向日［⊆bin ua zit⊇］”、现代泉厦方言的“明仔日［⊆bin ⊂a lit⊇］”连在一起看，恰好是一条清

① 徐馥琼（2010）指出，潮州方言和泉漳片方言一样，b-只搭配鼻化韵，m-只搭配非鼻化韵，当潮州方言m-搭配鼻音尾韵或塞音尾韵时，其韵腹也一定鼻化，所以潮州［⊆bin tu ũã⊃］若合音为［bũã⊃］实际就是［mũã⊃］。另外，徐宇航（2015）指出，19世纪中期潮州方言的-t尾在现代潮州方言念-k尾，所以“日”＊zit>zik。

晰的演变路线：

明旦日［꜁bin tũã꜄ zit꜇］（明刊戏文）>冥向日［꜁bin ua zit꜇］（《漳州话语法》）>明仔日［꜁bin ꜂a lit꜇］

不难看出，从明刊戏文的“明旦日”到《漳州话语法》的“冥向日”，中间音节“旦”的读音明显弱化：声母 t-脱落（在“冥向载”“冥向早”等词里则是弱化为 h-），韵母丢掉鼻化成分，且失去固有声调，所以不再写作“旦”，而写作“向”。从《漳州话语法》的“冥向日”再到现代厦门、泉州方言的“明仔日”，介音 u 又进一步丢失，声调则念成了上声。

“明旦日”的“旦”的读音之所以会弱化可能与其处在三音节词的中间位置有关。三音节词中间音节似乎比较容易弱化，例如：北京话的“今日个”中间音节“日”弱化与前一音节“今”融合变成儿化音节（“今儿个”）；北京、河北一带地名“X 家庄”往往弱化为“X 各庄”；泉州方言的“江珧柱［꜀kaŋ ꜁iau ꜃tsu］”今天念［꜀kaŋ ꜁gia ꜃tsu］，中间音节“珧”弱化，并受“江”韵尾的影响增生 g-声母。

此外，表 1 中泉州方言的“明仔［bin ˧˩ a ˨˦］”和“明仔日［bin ˧˩ a ˦˨ lit ˨˦］”两个词“仔”调值完全相同，但若根据连调规则，调类则不一样——“明仔”的“仔”调类是阳平，“明仔日”的“仔”调类是上声。考虑到双音节词“明旦”的“旦”并不处在三字组的中间，弱化可能性不大，所以我们推测泉州的“明仔［bin ˧˩ a ˨˦］”实际上是“明仔日［bin ˧˩ a ˦˨ lit ˨˦］”的减缩，因此两个词“仔”的调值才会完全一致。也就是说，“明仔”和“明仔日”一样都是由三音节词“明旦日”演变而来的，与文献中双音节词“明旦”无直接关系。

第 1 节提到北大中文系语言学教研室（1995：20）认为厦门方言的“□载＊［mĩã ˥˧ tsai ˧］”的“载＊”是“早起（早晨）”的合音。笔者同意这一论断。我们认为，早期漳州方言“明天”除了说“明旦日”之外，同时也说“明旦早”或“明旦早起”，这两个词后来演变为《漳州话语法》中的“冥向早 bīn hua tsà［꜁bin hua ꜂tsa］”和“冥向载 bīn hua tsâi［꜁bin hua tsai꜅］”，更进一步演变为现代漳州方言的“明仔载＊［bin ˨˨ a ˧ tsai ˧］”和厦门方言的“□载＊［mĩã ˥˧ tsai ˧］”。

而潮州方言的“早晨”一词说成“门＊起［muŋ ˥˥˩ kʰi ˥˧］”，所以潮州方言的“□起［mũã ˧˥ k^hi ˥˧］”显然也是“明旦门＊起”合音并减缩的结果。而且，无论是漳州的“查＊昏”、厦门与漳州的“明仔载＊”，还是潮州“□起［mũã ˧˥ k^hi ˥˧］”都重复着“yesterday（语素）+ night（语素）→yesterday（词）”“tomorrow（语素）+ morning（语素）→tomorrow（词）”的造词模式。

（二）“今天”说法的来源

上文我们论证了“明仔日”以及相关说法是由“明旦日”演变而来的，在其演变过程中，“旦”语音弱化成为“仔”。同理，表 1 中厦门、漳州、泉州的“今仔日、今仔”也应是由“今旦日”演变而来的①②，而潮州的“囝＊日［kĩã ˥˧ zik ˦］”、厦门的“今仔日［kĩã ˥˥ lit ˥］”则是“今旦日”一词中“旦”弱化为“仔”后，“今仔”两个音节进一步合音的结果。潮州方言的“今日［kim ˧˧ zik ˦］”直接承自明刊戏文中的“今日”。

此外，泉漳片方言“今”字一般念［꜀kim］，但在“今仔日”“今年”中念［꜀kin］。［꜀kin］这个读音有些特殊，因为“今”属于中古侵韵字，闽南方言侵韵字除唇音字“品、禀”外，今读基本都是以-m结尾的，“今”是唯一有-n尾又读的例外字。考虑到闽南方言“旦［tũã꜄］”和“年［꜁nĩ］”是以 t-、n-等声母开头，t-、n-声母与［꜀kin］的韵尾-n 发音部位一样，我们推断泉漳片“今”的特殊读音［꜀kin］实际上是［꜀kim］在“旦、年”之前语流音变的结果，即“今旦日”［꜀kim tũã꜄ zit꜇］>［꜀kin tũã꜄ zit꜇］；“今年”［꜀kim ꜁nĩ］>［꜀kin ꜁nĩ］。这也可以反过来佐证“今仔日［꜀kin ꜂a zit꜇/lit꜇］”的“仔”原来应该就是个“旦”字，因为“仔”没有使“今”发生-m>-n 演变的语音条件。

① 《漳州话语法》中有“今旦日”和“今旦早”，意思都是“oy”（加泰罗尼亚语“今天”），但“旦”仍然念 $toă^{n}$［tũã꜄］，尚未弱化。可见，“今旦日”中间音节弱化的时间可能晚于“明旦日”。

② 李如龙（2001：91）也使用“今旦日”“今旦”记录晋江方言的［kin ˧ a ˦ lit ˨˦］和［kin ˧ a ˨˦］（两说法同泉州）。

五 结论及余论

本文通过对比各种闽南方言文献材料，指出今天闽南方言的“昨天、今天、明天”等词汇的多数说法都是由明代文献中的“昨暮日（查暮日）、今旦日、明旦日”演变而来的。这种解释有三个好处：1. 能够说清现代闽南方言相关词汇与文献中相关词汇的关联；2. 能够解释潮州方言“□日［mũã ⩘ zik ˧］”的来源；3. 利于说明“今”字又读-n 尾的原因。

不过，文中还有一个问题没有解决：现代泉漳片方言与福州方言一样都将“前天”说成“昨日”，福州方言的“昨日（前天）”和“昨暝（昨天）”两个“昨”同音，都念［sɔʔ꜆］。而泉漳片方言“昨日（前天）”的“昨”念［ʦoʔ꜆］，符合“昨”字的音韵地位“宕开一入铎从”，但“查暮日（昨暮日）”的“查”念［꜀ʦa］，与“昨”韵、调不符。那么这个“查［꜀ʦa］”与“昨”究竟是何关系，是不是“昨”在某种语流音变下的结果，还需要进一步研究。

参考文献

1. 北京大学中国语言文学系语言学教研室编：《汉语方言词汇》，语文出版社 1995 年版。

2. 北京大学中国语言文学系语言学教研室编：《汉语方音字汇》（第二版重排本），语文出版社 2003 年版。

3. 曹茜蕾、贝罗贝：《近代早期闽南话分析型致使结构的历史探讨》，《方言》2007 年第 1 期。

4. 曹志耘：《汉语方言地图集（词汇卷）》，商务印书馆 2008 年版。

5. 何亮：《汉语方言［昨天］［今天］［明天］的时间表达系统及其来源》，《中国语文》2017 年第 5 期。

6. 李如龙：《福建县市方言志 12 种》，福建教育出版社 2001 年版。

7. 林宝卿：《漳州方言词汇（一）》，《方言》1992 年第 2 期。

8. 林连通：《永春方言志》，语文出版社 1989 年版。

9. 林连通：《泉州市方言志》，社会科学文献出版社 1993 年版。

10. 龙彼得（辑）泉州地方戏曲研究社编：《明刊戏曲弦管选集》，

中国戏剧出版社 2003 年版。

11. 泉州市文化局泉州地方戏曲研究社编：《荔镜记荔枝记四种》，中国戏剧出版社 2010 年版。

12. 王建设：《明弦之音——明刊闽南方言戏文中的语言研究》，中国社会科学出版社 2012 年版。

13. 吴瑞文：《共同闽语 * y 韵母的构拟及相关问题》，《语言暨语言学》2009 年第 10 卷第 2 期。

14. 吴守礼（重抄并手校）：《金花女·苏六娘》，（台北）东方文化书局 1972 年版。

15. 伍铁平：《表示“明天”和“昨天”的词的类型学研究》，《语言教学与研究》1993 年第 4 期。

16. 徐馥琼：《粤东闽语语音研究》，博士学位论文，中山大学，2010 年。

17. 徐宇航：《潮州方言一百多年来的语音演变与层次变迁》，博士学位论文，香港中文大学，2015 年。

18. 曾南逸、李小凡：《〈拍掌知音〉“劳”“鲁”二韵音值拟测》，《方言》2013 年第 2 期。

19. 郑国权（校订）：《明万历荔枝记校读——试以嘉靖本荔镜记与之比较》，中国戏剧出版社 2011 年版。

20. 周长楫、欧阳忆耘：《厦门方言研究》，福建人民出版社 1998 年版。

21. Carstairs Douglas（杜嘉德）：*Chinese-English dictionary of the vernacular or spoken language of Amoy, with the principal variations of the Chang-Chew and Chin-Chew dialects*（《厦英大辞典》），London：Trüber & Co. 1873 年版，（台北）南天书局有限公司 1990 年重刊。

22. Melchior de Mançano：*Arte de la lengua chio chiu*（《漳州话语法》），巴塞罗那大学图书馆馆藏，1620 年成书。

（曾南逸，男，副教授，博士，主要从事汉语方言学研究。通信地址：广东省广州市海珠区新港西路 135 号中山大学中文堂 717 室。电子信箱：zengnanyi@126. com。）

潮阳方言文白异读演变的历史语音层次*

陈晓爽

（北京大学中文系）

摘　要：近四十年来，潮阳方言文白异读在个别字音中发生了变化，同时出现了“新文读层”，使其文白异读系统更为复杂，因此，潮阳方言文白异读系统的新特征及其所反映的历史语音层次应予系统揭示。

关键词：潮阳方言；文白异读；语音演变；历史层次

一　引言

潮阳区是广东省汕头市的市辖区，位于广东省东南部，濒临南海，东连汕头市区，西接普宁县，南邻惠来县，北接揭东县，总面积约 647 平方公里。根据汕头市第七次人口普查数据，潮阳区常住人口为 1654276 人，是汕头市的人口大区。潮阳在旧时是潮州府下的潮阳县，属于潮汕方言练江小片的潮阳方言是潮汕方言的点方言，由于潮阳话与潮州府城话的差别极大，所以旧时有“潮州九县，县县有语，独独潮阳无语”的说法。

潮汕方言有丰富的文白异读，张盛裕（1979）曾全面调查过潮阳方言的文白异读情况，与《广韵》音系对比，讨论潮阳方言文白异读反映的历史层次。张琨（1985、1991）选取厦门、潮阳、戚林、建州为代表方言点，比较粤东闽语和福建闽南话文白异读的异同。林伦伦（1991）从声韵特征分析潮汕方言的文白异读类型。林春雨（2007）以《广韵》音系为参照系，

* 北京市社会科学一般项目：“基于‘散点多线’汉语语音史观的汉语音韵史研究”（项目编号：15WYB041）。本文由笔者的北京外国语大学 2019 年硕士学位论文《潮阳方言近四十年语音演变研究》改订而成。曾获北京大学中文系李小凡方言学奖。由丁启阵、张渭毅两位老师具体指导，匿名审稿专家也提出了宝贵的修改意见，谨在此一并致以由衷的谢意。

分析了云澳方言的文白异读层次。吴芳（2008）留意到粤东闽语在文白异读层面上存在的明显变异的特点，选取潮州话和泉州话进行文白异读的比较，并探讨造成差异的原因。徐馥琼（2010）对粤东闽语各点的文白异读进行详尽的描写和分类。徐宇航（2018）考察19世纪罗马字语料对潮州方言异读现象的描写，与现今的方言现象比较，分析100多年来潮州方言音韵层次的演变。由上述研究可见，潮汕方言文白异读的研究，各方言点的共时比较研究多，历时变化研究少，对某一方言点不同历史时期的异读差异和演变的研究并不充分。本文将研究对象集中为潮阳（棉城）方言，通过对母语为潮阳话的中、青年发音合作人进行语音调查、语音描写和分析，与张盛裕（1979）所整理的潮阳方言文白异读系统进行比较，描写、分析不同阶段的潮阳方言文白异读的特点，整理归纳近四十年的文白异读演变情况所反映的历史层次，试探其演变的原因，希望可以丰富、更新潮汕方言调查研究的方言事实。

本文记录了以棉城镇音为代表的潮阳方言的文白异读，调查时间为2019年1月。发音合作人为：陈祥武，男，1962年生，高中学历，潮阳人；林妙芳，女，1966年生，初中学历，潮阳人；陈晓冰，女，1992年生，大学本科学历，潮阳人。

本文根据词汇色彩和本地人对于白话和读书音的区别，用比较法得出同类字文白读的音韵差别。依照张盛裕（1979）的次序，与2019年调查结果对比，列出四十年来潮阳方言文白异读声母和韵母的对照表。

二　声母异读的变化

（一）唇音

表1　帮组和非组

《广韵》声母	1979年		2019年	
	白读	文读	白读	文读
滂	p^h		p^h	p
並	p	p^h	p	p^h
明	m	b	m	b

续表

<table>
<tr><th rowspan="2">《广韵》声母</th><th colspan="2">1979 年</th><th colspan="2">2019 年</th></tr>
<tr><th>白读</th><th>文读</th><th>白读</th><th>文读</th></tr>
<tr><td rowspan="2">非</td><td>p</td><td rowspan="6">h</td><td>p</td><td rowspan="2">h</td></tr>
<tr><td>p^h</td><td>p^h</td></tr>
<tr><td rowspan="2">敷</td><td>p</td><td colspan="2">h</td></tr>
<tr><td>p^h</td><td>p^h</td><td rowspan="3">h</td></tr>
<tr><td rowspan="2">奉</td><td>p</td><td>p</td></tr>
<tr><td>p^h</td><td>p^h</td></tr>
<tr><td>微</td><td>m</td><td>b</td><td>m</td><td>b</td></tr>
</table>

按张盛裕（1979）的调查结果，唇音声母的异读中，非、敷、奉母字白读为［p］或［p^h］，文读为［h］，如“反、甫、费、蜂、妇、缝”，这些异读字的普通话声母都为［f］。这其实是潮汕方言的共同特点，即由［p］、［p^h］发展为［h］，但是这种演变是在共同语的干扰下形成的，并非由［p］、［p^h］直接演变为［h］。潮汕方言无［f］声母，这类字的文读声母选择与［f］发音方法相近的［h］声母代替。这类字反映了潮阳方言“古无轻唇音”的历史层次，这也是闽方言的共性，我们从近代文献中也可看到相关记载。清代唐英《问奇典注·各地乡音》曰：“闽越府为虎，州为啾，方为荒，胜为性，常为详，成为情，法为滑。”其中，“府为虎”“方为荒”“法为滑”正是中古轻唇音字读为［h］声母的典型例子：府，帮母麌韵合口三等字；虎，晓母姥韵开口一等字；方，並母阳韵合口三等字；荒，晓母唐韵合口一等；法，帮母乏韵合口三等；滑，见母没韵合口一等。根据北京大学中文系编写的《汉语方音字汇（第二版重排本）》可知，厦门、潮州、福州、建瓯都有这个特点。

按本次调查结果（2019），滂母“漂”字、非母“甫”字、敷母“费”字的异读情况已经发生变化。按张盛裕（1979）的调查结果，潮阳话滂母“漂”字读如［p^h］声母，无文白异读；非母“甫”字白读声母为［p^h］$_{台甫}$，文读声母为［h］；敷母“费”字白读声母为［p］$_{费嘴费舌}$，文读声母为［h］。按本次调查结果（2019），滂母“漂”字有两读，分别为［p^h］和［p］（pio$^5_{漂白}$/p^hiau^5），《集韵》“漂”字也有卑遥切（帮母）和匹招切（滂母）两读。非母“甫”字白读声母为［p］，与四十年前相比，白读音由送气变为不送气，文读声母为［h］。《诗经·小雅·车攻》："东有甫草。"毛传曰："甫，如字，郑音补。"甫，《广韵》为方矩切（非母），《集韵》为彼五切（帮母）。敷母"费"字读为［hui^5］，无异读。张文"费"字白读为［p］，这是姓氏异读，当"费"作姓氏时读为［pi^5］。文献中也有"费"字读如帮母的记载。《史记·樗里子甘茂列传》："昔曾参之处费。"集解曰："费，音秘。"《左传·隐公元年》："费伯帅师城郎。"正义曰："费音秘。"《尚书·周书·费誓》："作费誓。"孔颖达疏："费音秘。"《广韵》"费"字也有帮母的异读："费，兵媚切。"秘为並母，兵为帮母，皆为唇塞音，"费"作姓氏时读为［pi^5］保留的是上古音层次。

（二）舌音、齿音和半齿音

表 2　　**端组和泥组**

《广韵》声类	1979 年		2019 年	
	白读	文读	白读	文读
透	t^h	ts^h	t^h	
定	t	t^h	t	t^h
泥	l	n	l	n
	h		h	
来	n	l	n	l
	t		t	
	t^h		n、l	
	h		h	

值得注意的是，按张文，潮阳话透母"推"字有两读，分别为［ts^h］$_{\text{推广}}$①和［t^h］$_{\text{推歉}}$。"推"字读［ts^h］推广的来源可以追溯到贾昌期《群经音辨》（卷五）辨字同音异条："推，引也，尺隹切。推，排也，土雷切。"《慧琳一切经音义·卷六》："推究，注出隹反。"《毛诗音》：

① 按张文，"推广"的"推"读［ts^h］声母，并不是透母的例外字，而是另有来历。这是穿$_{\text{初}}$母字，用《广韵》脂韵叉隹切的音。不过，"推歉"的"推"［t^ho^1］仍用《广韵》他回切的音，读［t^h］声母。

"推，春隹（反）。"《礼记·檀弓上》："推柩而反之。"集解曰："推，昌隹反，又吐回反。"《玄应一切经音义·卷六》："推排，注，出唯、吐回二反。"《慧琳一切经音义·洞玄灵无量度人经决音义》："推前，推，音吹。"可见"推"字透母和穿母两读自古已有。如今"推$_{推歉}$"仍读为［t^ho^1］，但"推广"的"推"也读为［t^h］声母，［t^hui^1］。这种改变可能是受到普通话和周边方言的影响。普通话、汕头话的"推"字都读为［t^h］声母①，透母字异读音为［ts^h］声母在潮阳话中也不典型，没有系统性，并不牢固。

从表2可以看出，潮阳话泥母和来母字的文白异读呈现互读的规律。泥母字文读为［n］声母，部分白读为［l］声母，而来母字文读为［l］声母，部分白读为［n］声母。还有两个字较为特别，文读为泥母或来母，白读为晓、匣母，分别是泥母"年"字和来母"连"字。按张盛裕（1979）的调查结果，泥母"年"字白读声母为［h］，文读声母为［n］。"年"白读为［$h\tilde{i}^2$］$_{年假,即春节放的假}$，吴芳（2006）指出这种读法在潮汕地区并不普遍，只在潮阳和汕尾的海丰地区存在②。但在本次调查中"年"字只有［n］声母［$n\tilde{i}^2$］一读，"年假"也读为［n］声母，并且不表示春节的假期，而是指职工享受的一年一次的年休假。福建漳州话也有"年"字声母读如［h］的情况，周长楫、欧阳忆耘（1998）认为在闽语中，古次浊鼻音声母读为［h］的现象是普遍的，闽南方言有些地区古次浊鼻音声母白读音为［h］的，是声母弱化后鼻音声母转变为清擦音声母的条件音变所导致的结果，且这个转变的过程所经历的时间并不短，但尚未能确定具体的年代③。

按张文，来母"赖"字白读为［t^h］声母，文读为［l］声母，"连"字白读为［h］声母（［$hi\tilde{a}^2$］$_{姓连}$），文读为［l］声母。按本次调查结果（2019），"赖"字白读音有两个，分别为［lua^6］$_{依赖过日}$④和［nai^5］$_{臭赖}$⑤，

① 北京话参见北京大学中文系编《汉语方音字汇（第二版重排本）》，语文出版社2003年版，第164页。汕头话参见张晓山编《新潮汕字典》，广东人民出版社2009年版，第208页。

② 参见吴芳《粤东闽语与福建闽南方言文白异读比较研究》，硕士学位论文，暨南大学，2006年，第25页。

③ 参见周长楫、欧阳忆耘《厦门方言研究》，福建人民出版社1998年版，第124页。

④ 即浑浑噩噩生活的意思。

⑤ 即要赖。

文读为［lai^5］$_{姓赖}$，没有［t^h］声母的白读音。“赖”字增加泥母的读音属于类化的结果，上文已经提到，潮阳话泥母和来母互读的现象很普遍，如泥母“闹”字，文读为［n］，白读为［l］，又如来母“两”字，文读为［l］，白读为［n］。泥母和来母的发音部位相近，在其他方言中也有混读的现象，如湘方言和西南官话。“姓连”的“连”也有［liaŋ^2］的读法，少数老派会读为［hiã^2］。

表 3 精组

<table>
<tr><th rowspan="2">《广韵》声类</th><th colspan="2">1979 年</th><th colspan="2">2019 年</th></tr>
<tr><th>白读</th><th>文读</th><th>白读</th><th>文读</th></tr>
<tr><td rowspan="3">从</td><td>ts</td><td rowspan="2">ts^h</td><td>ts</td><td rowspan="2">ts^h</td></tr>
<tr><td>h</td><td>h</td></tr>
<tr><td>t</td><td>ts</td><td>t</td><td>ts</td></tr>
<tr><td rowspan="2">心</td><td>ts^h</td><td rowspan="4">s</td><td>ts^h</td><td rowspan="4">s</td></tr>
<tr><td>h</td><td>h</td></tr>
<tr><td rowspan="2">邪</td><td>ts</td><td>ts</td></tr>
<tr><td>ts^h</td><td>ts^h</td></tr>
</table>

表 4 知组和照$_{庄}$组

<table>
<tr><th rowspan="2">《广韵》声类</th><th colspan="2">1979 年</th><th colspan="2">2019 年</th></tr>
<tr><th>白读</th><th>文读</th><th>白读</th><th>文读</th></tr>
<tr><td>知</td><td>t</td><td>ts</td><td>t</td><td>ts</td></tr>
<tr><td>彻</td><td>t^h</td><td rowspan="2">ts^h</td><td colspan="2">t^h</td></tr>
<tr><td rowspan="5">澄</td><td rowspan="3">t</td><td rowspan="3">t</td><td>ts^h</td></tr>
<tr><td>ts</td><td>ts</td></tr>
<tr><td rowspan="2">z</td><td>z</td></tr>
<tr><td rowspan="2">t^h</td><td colspan="2">t^h</td></tr>
<tr><td rowspan="2">ts</td><td>t^h</td><td rowspan="2">ts</td></tr>
<tr><td>庄</td><td rowspan="3">t</td><td rowspan="3">t</td></tr>
<tr><td rowspan="3">崇</td><td>ts^h</td><td>ts</td></tr>
<tr><td rowspan="3">s</td><td rowspan="3">s</td></tr>
<tr><td>ts</td><td>ts</td></tr>
<tr><td>生</td><td>ts^h</td><td>ts^h</td></tr>
</table>

按张盛裕（1979），舌音声母的异读中，知组字和照$_{庄}$组部分字，白读为舌头音，读如［t］或［t^h］声母，文读则为舌尖前音，读如［ʦ］或［ʦ^h］声母。白读音反映了“无舌上音”的上古层次，这是闽南方言的共性。文读音则向普通话靠近，反映了从［t］、［t^h］向［ʦ］、［ʦ^h］发展的历史层次。

表 5　　照$_{章}$组

《广韵》声类	1979 年		2019 年	
	白读	文读	白读	文读
章	k	ʦ	k	ʦ
昌	k^h	ʦ^h	k^h	ʦ^h
船	ʦ	s	ʦ	s
	ʦ^h		ʦ^h	
书	ʦ		ʦ	
禅	ʦ^h		ʦ^h	

（三）牙喉音和半舌音

表 6　　日母和见组

《广韵》声类	1979 年		2019 年	
	白读	文读	白读	文读
日	n	z	n	z
	l		l	
	h		h	
群	k	k^h	k	k^h
疑	g	ŋ	g	ŋ
	h		h	
	ø		ø	
	n		n	
	h	ø	h	ø

表 7　　晓组和影组

<table>
<tr><td rowspan="2">《广韵》声类</td><td colspan="2">1979 年</td><td colspan="2">2019 年</td></tr>
<tr><td>白读</td><td>文读</td><td>白读</td><td>文读</td></tr>
<tr><td>晓</td><td>k^h</td><td rowspan="5">h</td><td>k^h</td><td rowspan="5">h</td></tr>
<tr><td rowspan="4">匣</td><td>k</td><td>k</td></tr>
<tr><td>k^h</td><td>k^h</td></tr>
<tr><td>Ø</td><td>Ø</td></tr>
<tr><td>Ø、k</td><td>Ø、k</td></tr>
<tr><td>云喻</td><td>h</td><td rowspan="5">Ø</td><td>h</td><td rowspan="6">Ø</td></tr>
<tr><td rowspan="5">以喻</td><td>ʦ</td><td>ʦ</td></tr>
<tr><td>s</td><td>s</td></tr>
<tr><td>h</td><td>h</td></tr>
<tr><td rowspan="2">k</td><td rowspan="2">k</td></tr>
<tr><td>z、Ø</td></tr>
</table>

晓母和匣母字白读有［k］、［k^h］、［Ø］、［Ø、k］几种情况，文读为［h］声母。其中反映出两种历史语音层次。第一种是由［k］、［k^h］发展为［h］，如“许、含、下”，这符合上古晓匣归见溪群。比如“下”字，白读为见母，这在文献中并不少见。如《后汉书·独行列传》：“无所下借。”注曰：“下，音假。”中古韵书“下”也有见母异读。如《集韵》曰：“下，居迓切。”《集韵·祃韵》“假”字下曰：“假，以物贷人也。亦作假。”《五音集韵》：“下，见二，古讶切。”同样在祃韵下有“下”字，曰：“下，借也，至也。”

第二种是由［Ø］到［h］，如“学、下、红”等。喻三（云母）、喻四（以母）在潮阳话中读音比较复杂。大部分云母和以母字都读为零声母，也存在部分云母字白读为［h］声母，文读为零声母，如“远雨王云”等，部分以母字文读为零声母，但白读声母各不同，如“痒（白读声母为［ts］）”“易（白读声母为［g］）”“叶（白读声母为［h］）”。按张盛裕（1979）的调查结果，潮阳话以母的“沿”字，白读为［$k\tilde{i}^2$］海沿，即海边，文读有两种情况：一种读为［Ø］声母，如［$ia\eta^2$］沿海；另一种读为［z］声母，［$zua\eta^2$］沿袭。如今潮阳话“沿”字白读仍为［$k\tilde{\imath}^2$］，文读仅有［Ø］声母一种情况，读为［$ia\eta^2$］$_{沿海,沿袭}$。［z］声母的读法没有保留下来很可能是受到周边方言和共同语的影响。潮阳话以母字也有读为［z］声母的，如“愉瑜裕遗悦”等。从音系的系统性来看，潮阳方言以$_{喻}$母字读［z］声母并不特殊，“沿$_{沿袭}$”没有保留［z］声母的读法可能是受到周边方言和共同语的影响。

从表7可以看出，部分以母字读白读为［s］声母，这可证古音以母和舌齿音的关系。“鳙”，以母字，潮阳话读为［$so\eta^5$］$_{鳙鱼}$。“鳙”读擦音由来已久，《广韵》：“鳙，蜀容切，又余封切。”《宋本玉篇》：“鳙，与恭、市恭二切。”蜀、市，均为禅母。类似的还有“榕”字，文读音为［$io\eta^5$］，白读为［$se\eta^5$］$_{榕树}$，因此明代谢肇彻《五杂俎》曰：“榕木，惟闽、广有之，而晋安城中最多，故谓之榕城……闽人方言亦谓之松。按‘松’字，古作‘容木’，则亦与‘榕’通用矣。”潮阳话“松树”之“松”白读音也是［$se\eta^5$］，正与“榕树”之“榕”同音。从以母字的谐声情况来看，上古跟以母谐声的多是舌齿音①，潮阳方言中部分以母字白读为［s］或［ʦ］，反映的应该是上古音层次，在中古韵书中反映为以母字的舌齿音异读。

值得注意的是，在潮阳方言的文白异读系统中，［h］声母管辖的范围非常广，包括非母、敷母、奉母、晓母、匣母、云母、以母的文读，来母、从母、日母、疑母的白读。文读为［h］声母的，体现的历史语音层次不同。非、敷、奉母字文读为［h］声母是受共同语影响的结果。晓母和匣母读为［h］声母符合中古音的特点，其白读为见溪群母的现象则能体现上古语音层次。云母文读为［h］声母符合“喻三归匣”，这个层次应比读为零声母更早。同样，白读为［h］声母的，反映的历史语音层次也不同。来母“连”字、日母“燃”字白读都是［$hi\tilde{a}^2$］，疑母“瓦”字白读为［hia^2］，均为次浊声母读为［h］声母。张光宇（1980）提出闽南方言中古次浊声母读［h］声母是由鼻音转变为口音的结果②。还有一类是从母字白读为［h］声母的，如“瓷”［hui^2］、“岁”［hue^5］，这与

① 参见赵彤《以母的上古来源及相关问题》，《语言研究》2005年第4期，第12页。

② 参见张光宇《闽南方言古次浊声母的白读h-和s-》，载张光宇《切韵与方言》，（台北）商务印书馆1980年版，第17—31页。

福建闽南语类似①。林宝卿（1998）列举《广韵》的反切异文证明中古存在精组字读为喉擦音声母的，并提出擦音声母［s］的弱化，可能使［s］声母向［h］声母演变，而［ʦ］、［ʦʰ］声母有可能经历从［ʦ］、［ʦʰ］→［s］→［h］的过程，也可能由［ʦ］、［ʦʰ］的弱化而直接变为［h］②，这是有道理的。

三　韵母异读的变化

（一）果摄和假摄

表 8　　**果摄和假摄**

<table>
<tr><th rowspan="2">《广韵》韵母</th><th colspan="2">1979 年</th><th colspan="2">2019 年</th></tr>
<tr><th>白读</th><th>文读</th><th>白读</th><th>文读</th></tr>
<tr><td rowspan="4">歌开一</td><td>a</td><td rowspan="2">o</td><td>a</td><td rowspan="2">o</td></tr>
<tr><td rowspan="2">ua</td><td>ua</td></tr>
<tr><td>õ</td><td colspan="2">ua</td></tr>
<tr><td>ai</td><td rowspan="4">o</td><td>ai</td><td rowspan="4">o</td></tr>
<tr><td rowspan="3">戈合一</td><td>ua</td><td>ua</td></tr>
<tr><td>ue</td><td>ue</td></tr>
<tr><td>uã</td><td>uã</td></tr>
<tr><td rowspan="3">麻开二</td><td rowspan="4">e</td><td>ã</td><td>e</td><td>ã</td></tr>
<tr><td>a</td><td colspan="2">e</td></tr>
<tr><td rowspan="3">ia</td><td rowspan="2">e</td><td rowspan="3">ia</td></tr>
<tr><td rowspan="2">麻开三</td></tr>
<tr><td>ai</td><td>ai</td></tr>
<tr><td rowspan="2">麻合二</td><td>ue</td><td rowspan="2">ua</td><td>ue</td><td rowspan="2">ua</td></tr>
<tr><td>ia</td><td>ia</td></tr>
</table>

① 闽南方言“瓷”文读为［tsu^{24}］，白读为［hui^{24}］，“岁”文读为［sue^{21}］，白读为［he^{21}］。

② 参见林宝卿《闽南方言声母白读音的历史语音层次初探》，《古汉语研究》1998 年第 1 期，第 61 页。

潮阳话果摄歌韵的白读韵母有［a］、［ua］、［ai］，戈韵白读韵母有［ua］、［ue］、［uã］，但歌韵和戈韵都有［o］韵母的文读音，开合不分。按张盛裕（1979），歌韵“我”字白读韵母为［ua］，文读韵母为［õ］，根据本次调查结果（2019），“我”字只有［ua³］一读。歌韵字读为［o］在现代汉语方言中很常见，广州话、梅县话、长沙话、成都话、武汉话都是如此。歌、戈两韵字白读主元音为［a］与上古歌部契合。上古歌部字包括果摄的歌韵和戈韵字以及部分支韵和麻韵字。因上古歌部主元音开口度大，王力先生将歌部主元音拟为［ɑ］，从潮阳方言的白读音来看，果摄歌韵和戈韵主元音是［a］，韵母有［a］、［ua］、［ai］、［uã］，可见，歌韵和戈韵的文读和白读反映的是不同的历史语音层次，白读保留了上古歌部字读音。止摄部分支韵字白读音的主元音也为［a］，下文再论。

（二）蟹摄和止摄

表 9　　　　　　　　　　　　　　　　　蟹摄

<table>
<tr><th rowspan="2">《广韵》韵母</th><th colspan="2">1979 年</th><th colspan="2">2019 年</th></tr>
<tr><th>白读</th><th>文读</th><th>白读</th><th>文读</th></tr>
<tr><td rowspan="4">哈开一</td><td>oi</td><td rowspan="5">ai</td><td>oi</td><td rowspan="5">ai</td></tr>
<tr><td>o</td><td>o</td></tr>
<tr><td>i</td><td>i</td></tr>
<tr><td>ui</td><td>ui</td></tr>
<tr><td>泰开一</td><td>ua</td><td>ua</td></tr>
<tr><td rowspan="4">皆开二</td><td>iã</td><td rowspan="2">ãi</td><td>iã</td><td rowspan="2">ãi</td></tr>
<tr><td rowspan="2">ua</td><td rowspan="2">ua</td></tr>
<tr><td rowspan="2">ai</td><td rowspan="2">ai</td></tr>
<tr><td rowspan="2">oi</td><td rowspan="2">oi</td></tr>
<tr><td rowspan="2">佳开二</td><td rowspan="2">ãi</td><td rowspan="2">ãi</td></tr>
<tr><td>ẽ</td><td>ẽ</td></tr>
</table>

续表

<table>
<tr><th rowspan="2">《广韵》韵母</th><th colspan="2">1979 年</th><th colspan="2">2019 年</th></tr>
<tr><th>白读</th><th>文读</th><th>白读</th><th>文读</th></tr>
<tr><td>祭开三</td><td rowspan="4">oi</td><td>ĩ</td><td colspan="2">oi</td></tr>
<tr><td rowspan="2">齐开四</td><td>i</td><td rowspan="2">oi</td><td>i</td></tr>
<tr><td>ĩ</td><td>ĩ</td></tr>
<tr><td rowspan="4">灰合一</td><td rowspan="5">ue</td><td colspan="2">oi</td></tr>
<tr><td>o</td><td>o</td><td rowspan="4">ue</td></tr>
<tr><td>i</td><td>i</td></tr>
<tr><td>ui</td><td>ui</td></tr>
<tr><td>泰合一</td><td>oi</td><td>oi</td></tr>
<tr><td rowspan="2">皆合二</td><td>o</td><td rowspan="2">uai</td><td>o</td><td rowspan="2">uai</td></tr>
<tr><td>ui</td><td>ui</td></tr>
</table>

蟹摄开口字文读音有［ai］、［ãi］、［i］、［ĩ］，主要元音为［a］和［i］，没有介音。蟹摄合口字文读音有［ue］和［uai］，产生介音［u］。按张盛裕（1979）的调查结果，潮阳话哈韵“载”字文读为［ai］韵母，白读为［oi］韵母；祭韵“艺”字和齐韵开口四等“倪”字文读都为［ĩ］韵母，白读为［oi］韵母。按本次调查结果，哈韵“载”字丢失原来的［oi］韵母白读音，只读［ai］韵母，读为［tsai^5］，“艺”“倪”只读［oi］韵母，都读为［goi^6］。蟹摄齐韵开口字文读为［i］韵母，白读为［oi］韵母，如“齐”字白读为［tsoi^2］，文读为［ts^{h}i^2］，“礼”字白读为［loi^3］，文读为［li^3］，体现了蟹摄四等字［oi］>［i］的发展过程，可能是［oi］韵母韵尾［i］元音高化的结果。有可能是从白读音发展而来的，也有可能受到了共同语的影响。值得一提的是，蟹摄哈韵字在今普通话中一般都读［ai］韵母，潮阳方言哈韵字白读音没有读［ai］韵母的，多为［oi］和［o］韵母，读［o］可能是在语言演变过程中韵尾脱落，丢失［-i］尾。哈韵字白读主元音为［o］，如“胎”“代”，符合上古音哈韵字读［o］韵母的规律，由此看来，哈韵白读音应早于文读音。

表 10　　　　止摄

<table>
<tr><th rowspan="2">《广韵》韵母</th><th colspan="2">1979 年</th><th colspan="2">2019 年</th></tr>
<tr><th>白读</th><th>文读</th><th>白读</th><th>文读</th></tr>
<tr><td rowspan="8">支开三</td><td>uẽ</td><td>ĩ</td><td>uẽ</td><td>ĩ</td></tr>
<tr><td>ue
oi、u、ŋ</td><td rowspan="12">i</td><td>ue
oi、u、ŋ</td><td rowspan="12">i</td></tr>
<tr><td>ua</td><td>ua</td></tr>
<tr><td>ai</td><td>ai</td></tr>
<tr><td>ãi</td><td>ãi</td></tr>
<tr><td>oi</td><td>oi</td></tr>
<tr><td>u</td><td>u</td></tr>
<tr><td>ŋ</td><td>ŋ</td></tr>
<tr><td rowspan="6">脂开三</td><td>ai</td><td>ai</td></tr>
<tr><td>u</td><td>u</td></tr>
<tr><td>ãi</td><td>ãi</td></tr>
<tr><td>o</td><td>o</td></tr>
<tr><td rowspan="2">ui</td><td rowspan="2">ui</td></tr>
<tr><td>ĩ</td><td>ĩ</td></tr>
<tr><td rowspan="3">之开三</td><td rowspan="2">u</td><td>i</td><td rowspan="2">u</td><td>i</td></tr>
<tr><td>ĩ</td><td>ĩ</td></tr>
<tr><td>ãi</td><td rowspan="6">i</td><td>ãi</td><td rowspan="5">i</td></tr>
<tr><td rowspan="2">微开三</td><td>ui</td><td>ui</td></tr>
<tr><td>ua</td><td>ua</td></tr>
<tr><td>支合三</td><td>ui</td><td>ui</td></tr>
<tr><td>脂合三</td><td>ue</td><td>ue</td></tr>
<tr><td>微合三</td><td>ui</td><td colspan="2">ui</td></tr>
</table>

止摄文白异读集中在三等字，且文读韵母皆合流为［i］（部分字受鼻音声母的影响，文读韵母为［ĩ］，如“美、糜、耳”）。白读方面，止摄支、脂、之韵都有不少白读韵母为［ai］或［ãi］的，如“知”白读为［tsai¹］，“荔”白读为［nai⁴］，“私”白读为［sai¹］，“指”白读为［tsãi³］，“趾”白读为［tsãi³］。李新魁（1994）认为《广韵》脂韵字潮音有不少白读为［ai］是保留魏晋六朝时的读音，没有文白异读区别的多念为［ai］，“这证明了本韵字在中古前并不读为［i］，也不带［-i-］介

音，其原因是接近于［a］一类的［e］或［ɛ］等[1]”。

值得注意的是，蟹摄开口泰韵和皆韵部分字文白读的主元音都是［a］，但白读韵母为［ua］，没有［i］韵尾；文读韵母为［ai］，没有［-u-］介音，如“带、盖、芥”字白读韵母为［ua］，文读为［ai］。

止摄支韵字白读主元音有［a］、［e］、［o］，部分支韵字白读音的主元音也为［a］，如“倚倚赖”“奇奇数”。“倚”是支韵开口三等字，文读韵母为［i］，白读为［ua］。“奇”也是支韵开口三等字，文读韵母为［i］，白读韵母为［ia］。中古部分支韵字来自上古歌部，歌部主元音为［a］，支韵字白读主元音为［a］反映的正是上古音层次。有一些没有文白异读的支韵字，如“纸”“蚁”“寄”等，主元音都是［a］，反映的是同一层次。除了支韵，部分麻韵字如“者”“瓦”文读韵母也为［a］，这正是因为部分支韵字和麻韵字上古都属于歌部，因此上古主元音都是［a］，到了后代由于介音等条件产生不同分化。罗杰瑞（1981）指出闽语有些支韵字（如“纸倚蚁”）演变和麻韵“蛇”字一样，［ua］韵母和［ia］韵母的共同原始闽语是［iai］。

（三）效摄和流摄

表 11　　效摄

<table>
<tr><th rowspan="2">《广韵》韵母</th><th colspan="2">1979 年</th><th colspan="2">2019 年</th></tr>
<tr><th>白读</th><th>文读</th><th>白读</th><th>文读</th></tr>
<tr><td rowspan="2">豪开一</td><td rowspan="2">o</td><td>ãu</td><td colspan="2">o</td></tr>
<tr><td rowspan="2">au</td><td>o</td><td rowspan="2">au</td></tr>
<tr><td>肴开二</td><td>a</td><td>a</td></tr>
<tr><td rowspan="2">宵开三</td><td rowspan="3">io</td><td>iau</td><td rowspan="3">io</td><td>iau</td></tr>
<tr><td>iãu</td><td>iãu</td></tr>
<tr><td>萧开四</td><td>iau</td><td>iau</td></tr>
</table>

① 参见李新魁《潮音证古（韵母部分）》，载《李新魁音韵学论集》，汕头大学出版社1997年版，第388页。

表 12 **流摄**

<table>
<tr><th rowspan="2">《广韵》韵母</th><th colspan="2">1979 年</th><th colspan="2">2019 年</th></tr>
<tr><th>白读</th><th>文读</th><th>白读</th><th>文读</th></tr>
<tr><td rowspan="2">侯开一</td><td>o</td><td rowspan="2">ou</td><td>o</td><td rowspan="2">ou</td></tr>
<tr><td>au</td><td>au</td></tr>
<tr><td rowspan="3">尤开三</td><td>au</td><td rowspan="2">iu</td><td>au</td><td>iu</td></tr>
<tr><td rowspan="2">u</td><td>u</td><td>iu</td></tr>
<tr><td>ĩu</td><td colspan="2">u</td></tr>
</table>

效摄一等豪韵、二等肴韵文读韵母为［au］（豪韵主元音带鼻化），但白读泾渭分明，豪韵白读为［o］，肴韵白读为［a］。三、四等宵、萧韵文读韵母带［-i-］介音（部分宵韵字主元音带鼻化），白读为［io］，如宵韵字“霄”白读为［sio^{1}］，文读为［siau^{1}］，萧韵字“挑”白读为［t^{h}io^{1}］，文读为［t^{h}iau^{1}］。按张盛裕（1979）的调查结果，潮阳话豪韵“袄”字白读为［o］韵母，文读为［ãu］韵母（鼻化韵是受鼻音声母影响的结果）；肴韵“尻”字白读为［a］韵母，文读为［au］韵母。按本次调查结果（2019），“袄”字只有［o^{3}］一读，“尻”字只有［k^{h}a^{1}］一读，皆丢失文读音。

流摄的文白异读比较简单。一等侯韵文读为［ou］，三等尤韵文读为［iu］，但白读均为［au］。如侯韵字“斗”文读为［tou^{4}］，白读为［tau^{4}］。又如尤韵字“有”文读为［iu^{3}］，白读为［u^{4}］。

（四）咸摄和深摄

表 13 **咸摄**

<table>
<tr><th rowspan="2">《广韵》韵母</th><th colspan="2">1979 年</th><th colspan="2">2019 年</th></tr>
<tr><th>白读</th><th>文读</th><th>白读</th><th>文读</th></tr>
<tr><td>覃开一</td><td rowspan="3">ã</td><td rowspan="3">am</td><td rowspan="3">ã</td><td rowspan="3">am</td></tr>
<tr><td>谈开一</td></tr>
<tr><td>衔开二</td></tr>
<tr><td>盐开三</td><td rowspan="2">ĩ</td><td rowspan="2">iam</td><td rowspan="2">ĩ</td><td rowspan="2">iam</td></tr>
<tr><td>添开四</td></tr>
</table>

续表

<table>
<tr><td rowspan="2">《广韵》韵母</td><td colspan="2">1979 年</td><td colspan="2">2019 年</td></tr>
<tr><td>白读</td><td>文读</td><td>白读</td><td>文读</td></tr>
<tr><td>合开一</td><td rowspan="3">aʔ</td><td rowspan="3">ap</td><td rowspan="3">aʔ</td><td rowspan="3">ap</td></tr>
<tr><td>洽开二</td></tr>
<tr><td>狎开二</td></tr>
<tr><td rowspan="3">叶开三</td><td>iaʔ</td><td rowspan="5">iap</td><td>iaʔ</td><td rowspan="5">iap</td></tr>
<tr><td>ioʔ</td><td>ioʔ</td></tr>
<tr><td>iʔ</td><td>iʔ</td></tr>
<tr><td rowspan="2">帖开四</td><td>aʔ</td><td>aʔ</td></tr>
<tr><td>oiʔ</td><td>oiʔ</td></tr>
</table>

表 14 **深摄**

<table>
<tr><td rowspan="2">《广韵》韵母</td><td colspan="2">1979 年</td><td colspan="2">2019 年</td></tr>
<tr><td>白读</td><td>文读</td><td>白读</td><td>文读</td></tr>
<tr><td rowspan="2">侵开三</td><td>ã</td><td rowspan="2">im</td><td>ã</td><td rowspan="2">im</td></tr>
<tr><td>iã</td><td>iã</td></tr>
<tr><td>缉开三</td><td>iʔ</td><td>ip</td><td>iʔ</td><td>ip</td></tr>
</table>

咸摄一等谈韵和二等衔韵的开口字，白读不分，都读为［ã］，文读也不分，都读为［am］，如“三、篮、衔”。几乎所有覃韵字文白读都是［am］韵母，只有“南”字例外。“南”的白读为［nã^{2}］$_{\text{南门,地名}}$，文读为［nam^{2}］。同样的情况也出现在了深摄。深摄侵韵“林”字白读为［nã^{2}］$_{\text{松柏林,地名}}$，文读为［lim^{2}］。奇怪的是，“南”和“林”只有在“南门”和“松柏林”两个地名才读［nã^{2}］，其他包含这两个字的地名都读如文读音。我们暂且把这两种情况都视为地名的文白异读。地名的文白异读在普通话中很常见，如浙江台州的“台”声调为阴平，不是阳平；安徽六安的“六”读为［lu^{51}］，而不是［liu^{51}］。“松柏林”和“南门”这两个地名可能保留了更古老的语音层次。笔者在调查时，注意到发音人会说“松柏林”这个词，但不知道［nã^{2}］应写作“林”字，以为是同音的“篮”字。“南$_{\text{南门}}$”读为［nã^{2}］的来历未明，有一种可能是来源于佛教用语“南无”。

“南无”是 namas 的音译，亦可译作“那摩”“纳莫”“曩莫”等①。“南”字对译的是［na］音节，由于“无”音节的声母是双唇音［m-］，受其同化作用，潮阳方言“南无”之“南”音节的韵母会产生鼻化，若念经时音节拖长可唱为［nã］。潮汕地区的佛教文化向来浓厚，佛教自南朝传入潮汕，对潮汕文化的塑造产生了巨大的影响，反映在语言方面，有一批来源于佛教文化的潮汕方言词，比如供品、拜老爷、做功德，等等。从这个角度看，潮阳话中“南门”的“南”读为［nã］可能与佛教用语“南无”的汉音对译有关，但还需要更多的材料论证。

（五）山摄和臻摄

表 15　　山摄开口韵

<table>
<tr><th rowspan="2">《广韵》韵母</th><th colspan="2">1979 年</th><th colspan="2">2019 年</th></tr>
<tr><th>白读</th><th>文读</th><th>白读</th><th>文读</th></tr>
<tr><td>寒开一</td><td rowspan="2">uã</td><td rowspan="3">aŋ</td><td rowspan="2">uã</td><td rowspan="3">aŋ</td></tr>
<tr><td>山开二</td></tr>
<tr><td rowspan="2">删开二</td><td>ãi</td><td>ãi</td></tr>
<tr><td rowspan="2">iã</td><td>uaŋ</td><td rowspan="2">iã</td><td>uaŋ</td></tr>
<tr><td rowspan="4">仙开三</td><td rowspan="9">iaŋ</td><td rowspan="9">iaŋ</td></tr>
<tr><td>uã</td><td>uã</td></tr>
<tr><td>ĩ</td><td>ĩ</td></tr>
<tr><td>iŋ</td><td>iŋ</td></tr>
<tr><td>元开三</td><td>iã</td><td>iã</td></tr>
<tr><td rowspan="4">先开四</td><td>ĩ</td><td>ĩ</td></tr>
<tr><td>ãi</td><td>ãi</td></tr>
<tr><td>iŋ</td><td>iŋ</td></tr>
<tr><td>i</td><td>i</td></tr>
<tr><td>曷开一</td><td>uaʔ</td><td>ak</td><td>uaʔ</td><td>ak</td></tr>
<tr><td rowspan="2">黠开二</td><td>uaʔ</td><td rowspan="2">uak</td><td>uaʔ</td><td rowspan="2">uak</td></tr>
<tr><td>oiʔ</td><td>oiʔ</td></tr>
<tr><td rowspan="2">薛开三</td><td>iʔ</td><td rowspan="2">iak</td><td>iʔ</td><td rowspan="2">iak</td></tr>
<tr><td>uaʔ</td><td>uaʔ</td></tr>
</table>

① 参见任继愈《佛教大辞典》，江苏古籍出版社 2002 年版，第 892 页。

续表

<table>
<tr><th rowspan="2">《广韵》韵母</th><th colspan="2">1979 年</th><th colspan="2">2019 年</th></tr>
<tr><th>白读</th><th>文读</th><th>白读</th><th>文读</th></tr>
<tr><td rowspan="5">屑开四</td><td rowspan="2">oiʔ</td><td>ak</td><td rowspan="2">oiʔ</td><td>ak</td></tr>
<tr><td rowspan="4">iak</td><td rowspan="4">iak</td></tr>
<tr><td>iaʔ</td><td>iaʔ</td></tr>
<tr><td>uaʔ</td><td>uaʔ</td></tr>
<tr><td>ioʔ</td><td>ioʔ</td></tr>
</table>

表 16　山摄合口韵

<table>
<tr><th rowspan="2">《广韵》韵母</th><th colspan="2">1979 年</th><th colspan="2">2019 年</th></tr>
<tr><th>白读</th><th>文读</th><th>白读</th><th>文读</th></tr>
<tr><td rowspan="4">桓合一</td><td>ĩ</td><td>iaŋ</td><td>ĩ</td><td>iaŋ</td></tr>
<tr><td rowspan="2">ŋ</td><td>aŋ</td><td rowspan="2">ŋ</td><td>aŋ</td></tr>
<tr><td rowspan="3">uaŋ</td><td rowspan="5">uaŋ</td></tr>
<tr><td>uã、o</td><td>uã、o</td></tr>
<tr><td>删合二</td><td>ãi、uẽ、uãi</td><td>ãi、uẽ、uãi</td></tr>
<tr><td rowspan="3">仙合三</td><td>uãi、ŋ、uŋ</td><td rowspan="3">iaŋ</td><td>uãi、ŋ、uŋ</td></tr>
<tr><td rowspan="2">ĩ</td><td rowspan="2">ĩ</td></tr>
<tr><td>iaŋ</td></tr>
<tr><td rowspan="3">元合三</td><td>ãi</td><td rowspan="2">uaŋ</td><td>ãi</td><td rowspan="2">uaŋ</td></tr>
<tr><td rowspan="2">ŋ</td><td rowspan="2">ŋ</td></tr>
<tr><td rowspan="3">iaŋ</td><td rowspan="3">iaŋ</td></tr>
<tr><td rowspan="2">先合四</td><td>uãĩ</td><td>uãĩ</td></tr>
<tr><td>iŋ</td><td>iŋ</td></tr>
<tr><td>末合一</td><td>oʔ、uaʔ</td><td rowspan="5">uak</td><td>oʔ、uaʔ</td><td rowspan="5">uak</td></tr>
<tr><td>黠合二</td><td rowspan="2">ueʔ</td><td rowspan="2">ueʔ</td></tr>
<tr><td>鎋合二</td></tr>
<tr><td>薛合三</td><td>uaʔ</td><td>uaʔ</td></tr>
<tr><td>月合三</td><td>iuʔ</td><td>iuʔ</td></tr>
</table>

山摄开口韵非入声字文读开合不分，有［aŋ］韵母、［iaŋ］韵母和

［uaŋ］韵母三种情况，主元音都是［a］。入声字文读开合有别。一、二等开口入声字，文读没有［-i-］介音，分为［ak］韵母和［uak］韵母两种情况；三、四等开口入声字，受到声母影响，文读有［-i-］介音，读为［iak］。而合口入声字文读皆合流为［uak］韵母。

山摄合口韵非入声字文读开合不分，有［aŋ］韵母、［iaŋ］韵母和［uaŋ］韵母三种情况，主元音都是［a］。入声字文读开合有别。一、二等开口入声字，文读没有［-i-］介音，分为［ak］韵母和［uak］韵母两种情况；三、四等开口入声字，受到声母影响，文读有［-i-］介音，读为［iak］。而合口入声字文读皆合流为［uak］韵母。

寒韵有白读为［uã］韵母的字，如“寒散炭单”等；桓韵也有白读为［uã］韵母的字，如“盘官半换”等，对应的都是文读韵母［aŋ］。

表 17　　　　臻摄

《广韵》韵母	1979 年		2019 年	
	白读	文读	白读	文读
真（臻）开三	aŋ	iŋ	aŋ	iŋ
	iaŋ		iaŋ	
魂合一	ŋ	uŋ	ŋ	uŋ
文合三	iaŋ		iaŋ	
	uaŋ		uaŋ	
质（栉）开三	ak	ik	ak	ik
没合一	ak	uk	ak	uk

按张盛裕（1979）的调查结果，臻摄开口三等真（臻）韵字白读只有［aŋ］韵母和［iaŋ］韵母两种情况，文读皆合流为［iŋ］韵母。按本次调查结果（2019），“尘”字白读音为尘［teŋ^{2}］，文读音为尘［tiŋ^{2}］沙尘暴。尘字出现两读的原因可能是受到潮澄片方言的影响，潮州话、澄海话的尘字文读为［tiŋ^{2}］，由于社会团体的接触日益增多，不同方言片区之间的影响增大，一开始出现混读的现象，［teŋ^{2}］、［tiŋ^{2}］并存。但随着词汇进一步扩散，尘字读为［tiŋ^{2}］仅出现在“沙尘暴”一词中，成为新借入的文读层，因此在如今潮阳话中，“尘”字也有了文白异读。

“尘”字文白异读的层次如下所示。

	第一层（白读）	新借入层（文读）	澄海话文读音
尘	teŋ	tiŋ	tiŋ

同其他潮汕方言点一样，潮阳方言的真、文、元、寒、先诸韵均无［-n］韵尾，都是［-ŋ］韵尾。这与福建闽语大不相同。福建闽语保留以上若干韵的［-n］韵尾，以及与之相配的入声韵［-t］韵尾。学者们普遍认为潮汕话存在［-n］>［-ŋ］韵尾的演变过程。李新魁（1985）发现在1913年出版的张世珍的《潮声十五音》和1915年出版的揭阳江夏懋亭氏的《汇集雅俗通十五音全本》中，山、臻两摄字的韵尾已经混同于曾梗宕摄字①。李新魁（1993）以200多年前清代学者郑昌时的《韩江见闻录》为研究资料，发现真、文、元、寒、先诸韵与当时的"正音"差别不大，可能收［-n］尾，尚未变为［-ŋ］尾②。也就是说，潮汕话［-n］>［-ŋ］韵尾是比较晚近才出现的现象。

（六）宕摄和江摄

表18　　**宕摄**

<table>
<tr><th rowspan="2">《广韵》韵母</th><th colspan="2">1979年</th><th colspan="2">2019年</th></tr>
<tr><th>白读</th><th>文读</th><th>白读</th><th>文读</th></tr>
<tr><td rowspan="2">唐开一</td><td rowspan="3">ŋ</td><td>aŋ</td><td>ŋ</td><td>aŋ</td></tr>
<tr><td>aŋ、iaŋ</td><td colspan="2">aŋ、iaŋ</td></tr>
<tr><td rowspan="7">阳开三</td><td rowspan="5">iaŋ</td><td colspan="2">iaŋ</td></tr>
<tr><td>iõ</td><td>iõ</td><td rowspan="4">iaŋ</td></tr>
<tr><td>õ</td><td>õ</td></tr>
<tr><td>io</td><td>io</td></tr>
<tr><td>ŋ</td><td>ŋ</td></tr>
<tr><td>o、ŋ</td><td rowspan="6">uaŋ</td><td>õ、ŋ</td><td rowspan="5">uaŋ</td></tr>
<tr><td>ŋ</td><td>ŋ</td></tr>
<tr><td rowspan="2">唐合一</td><td>uã</td><td>uã</td></tr>
<tr><td>õ</td><td>õ</td></tr>
<tr><td rowspan="3">阳合三</td><td>eŋ</td><td>eŋ</td></tr>
<tr><td rowspan="2">ŋ</td><td colspan="2">uaŋ</td></tr>
<tr><td>uaŋ、aŋ</td><td>ŋ</td><td>uaŋ、aŋ</td></tr>
</table>

① 参见李新魁《潮州"十五音"源流考略》，载《韩山师范学院》1985年第1期，第8—11页。

② 参见李新魁《二百年前的潮州音》，载《广东社会科学》1993年第1期，第76页。

续表

《广韵》韵母	1979年		2019年	
	白读	文读	白读	文读
铎开一	õ	ak	õ	ak
	aʔ		aʔ	
	oʔ		oʔ	
	oʔ	ok	oʔ	ok
	uaʔ		uaʔ	
药开三	ioʔ	iok	ioʔ	iok
	ioʔ	iak	ioʔ	iak
	iauʔ		iauʔ	
	iaʔ		iaʔ	
铎合一	ueʔ	uak	ueʔ	uak

表 19 **江摄**

《广韵》韵母	1979年		2019年	
	白读	文读	白读	文读
江开二	ŋ	uaŋ	uaŋ	
觉开二	oʔ	ak	oʔ	ak
	auʔ	ak、ok	auʔ	ak、ok

按张盛裕（1979）的调查结果，宕摄一等唐韵和三等阳韵都有白读为［ŋ］韵母的，但如今部分字丢失［ŋ］韵母的白读音。如“行”字白读为［kiã^{2}］$_{行路}$，文读为［haŋ^{2}］$_{一目十行}$、［heŋ^{2}］$_{行李}$。“央”字只有［iaŋ^{1}］一读，“将”字只有［tsiaŋ^{1}］一读，“狂”字只有［k^{h}uaŋ^{2}］一读。

宕摄开口三等阳韵字白读音呈现鼻化趋势。按张盛裕（1979）的调查结果，宕摄开口三等阳韵的“唱”字白读韵母为［io］，“状”字白读韵母为［o］。但根据此次调查（2019），“唱”字白读音为［ts^{h}iõ^{5}］$_{唱歌,指演唱民间小调}$，“状”字白读音为［tsõ^{4}］$_{状元}$，主要元音［o］都变为鼻化韵［õ］。按张盛裕（1979）的调查结果，宕摄开口三等药韵入声字“略”的白读为［lioʔ^{8}］，文读为［liak^{8}］。如今“略”字读音在新老派中出现分化。老派白读为［lioʔ^{8}］$_{策略}$，文读为［liak^{8}］$_{省略}$。新派则一律读为［liak^{8}］。

在普通话中，宕摄三等阳韵的主元音为［a］，潮阳话的文读系统与普通话一致，韵母为［iaŋ］、［aŋ］、［uaŋ］。但潮阳话的白读主要元音是［o］，韵母为［io］、［o］或［iõ］、［õ］，反映了中古以前的语音层次。

按张盛裕（1979），江摄开口二等江韵字有文白异读的情况，如“撞”字，白读为［tsŋ[31]］，文读为［tsuaŋ[31]］。如今没有文白异读，合流为［uaŋ］韵母一读。

（七）梗摄

表 20　　梗摄

<table>
<tr><th rowspan="2">《广韵》韵母</th><th colspan="2">1979 年</th><th colspan="2">2019 年</th></tr>
<tr><th>白读</th><th>文读</th><th>白读</th><th>文读</th></tr>
<tr><td rowspan="2">庚开二</td><td>iã</td><td rowspan="3">eŋ</td><td>iã</td><td rowspan="3">eŋ</td></tr>
<tr><td rowspan="2">ẽ</td><td rowspan="2">ẽ</td></tr>
<tr><td rowspan="2">耕开二</td></tr>
<tr><td>eʔ</td><td>ek</td><td colspan="2">eʔ</td></tr>
<tr><td rowspan="4">庚开三</td><td>ẽ</td><td rowspan="2">eŋ</td><td>ẽ</td><td rowspan="2">eŋ</td></tr>
<tr><td rowspan="3">iã</td><td rowspan="3">iã</td></tr>
<tr><td>iŋ</td><td>iŋ</td></tr>
<tr><td rowspan="2">eŋ</td><td rowspan="2">eŋ</td></tr>
<tr><td rowspan="2">清开三</td><td>ẽ</td><td>ẽ</td></tr>
<tr><td>iã、iõ</td><td>ueŋ</td><td colspan="2">iã、iõ</td></tr>
<tr><td rowspan="5">青开四</td><td>ẽ</td><td rowspan="4">eŋ</td><td>ẽ</td><td rowspan="4">eŋ</td></tr>
<tr><td>ẽ、iã</td><td>ẽ、iã</td></tr>
<tr><td>iã</td><td>iã</td></tr>
<tr><td>oŋ</td><td>oŋ</td></tr>
<tr><td>aŋ</td><td>iŋ</td><td>aŋ</td><td>iŋ</td></tr>
<tr><td>清合三</td><td>iã</td><td>ueŋ</td><td colspan="2">iã</td></tr>
<tr><td rowspan="3">陌开二</td><td>oʔ</td><td rowspan="4">ek</td><td colspan="2">oʔ</td></tr>
<tr><td>aʔ</td><td>aʔ</td><td>ek</td></tr>
<tr><td rowspan="2">eʔ</td><td colspan="2">eʔ</td></tr>
<tr><td rowspan="2">昔开三</td><td>eʔ</td><td>ek</td></tr>
<tr><td>iãʔ</td><td>ik</td><td>iãʔ</td><td>ik</td></tr>
</table>

续表

《广韵》韵母	1979 年		2019 年	
	白读	文读	白读	文读
锡开四	oʔ ak	ek	oʔ ak	ek
昔合三	iãʔ	uek	iãʔ	uek

按张盛裕（1979）的调查结果，梗摄开口二等耕韵入声字“隔”白读韵母为［eʔ］，文读韵母为［ek］。如今“隔”字仅保留白读音［keʔ^{7}］。这种演变符合潮阳话入声韵尾喉塞化的趋势。潮阳话有三个入声韵尾，分别是［-k］、［-p］、［-ʔ］。由于没有鼻韵尾［-n］，自然没有相对应的［-t］入声韵尾。其中，［-ʔ］韵尾介于塞音韵尾和入声韵尾的过渡阶段。潮阳话入声韵尾喉塞化是入声字向阴声韵字变读的过渡阶段。按张盛裕（1981）的调查结果，潮阳方言共有入声韵母 40 个，其中收［-k］韵尾的有 9 个，收［-p］韵尾的有 5 个，收［-ʔ］韵尾的有 26 个。按本次调查结果（2019），入声韵母减少到 30 个，其中收［-k］韵尾的有 12 个，收［-p］韵尾的有 2 个，收［-ʔ］韵尾的有 16 个。潮阳方言中的入声闭口韵尾逐渐由［-p］向开口入声韵尾［-k］靠拢，因此收［-k］韵尾的入声韵母增多；同时，收［-ʔ］韵尾的入声韵母减少，向鼻音韵母靠拢。因此，从整体上看，近四十年来的潮阳方言部分入声字出现韵尾脱落现象，入声韵母数量减少。

按张文所示，梗摄开口三等清韵“赢”字白读韵母有［iã］、［iõ］两种情况，文读韵母为［ueŋ］；合口三等清韵“营”字白读为［iã^{2}］$_{营业}$，文读为［ueŋ^{2}］$_{营养}$。“赢”字如今丢失了文读音［ueŋ^{2}］，白读依旧是［iã^{2}］、［iõ^{2}］并存，老派潮阳话惯用［iõ^{2}］音，而新派潮阳话则读为［iã^{2}］；“营”字只读［iã^{2}］。潮汕诸方言中，不少梗摄字白读为鼻化韵是共性，如“惊、行、命、定”等。梗摄文读的情况则不一致。如汕头市话的梗摄字文读音有［eŋ］和［iŋ］，没有［-u-］介音。“赢”和“营”在汕头话中都只有［iã］一读。在本次调查中，发音人不否认“营”有［ueŋ^{2}］的读音，但认为读为［ueŋ^{2}］听感较土，选择读为［iã^{2}］的原因是与汕头市话发音一致，便于沟通。汕头市话被看作潮汕方言的代表方言，“赢”和“营”文读音的变化反映了潮阳本地人对母语和汕头市话的态度，以及这种态度对语音的影响。

据张盛裕（1979）的调查结果，梗摄开口四等青韵“经”字白读韵母为［ẽ］和［iã］，文读韵母为［eŋ］。根据笔者（2019）的调查结果，“经”字白读至今保留韵母为［ẽ］的读音，读如［kẽ^{1}］。

（八）曾摄

表 21　　曾摄

《广韵》韵母	1979 年		2019 年	
	白读	文读	白读	文读
登开一	aŋ	eŋ	aŋ	eŋ
蒸开三	iŋ		iŋ	
	uŋ	ueŋ	uŋ	
德开一	ak	ek	ak	ek
		ok		ok
职开三	ak	ek	ak	ek
	ik		ik	

按张盛裕（1979）的调查结果，曾摄开口三等蒸韵的“孕”字，白读音为［huŋ^{6}］$_{\text{有身孕}}$，文读音为［hueŋ^{6}］$_{\text{怀孕}}$。如今“孕”字丢失了白读音，在保留文读音的基础上丢失文读的介音［-u-］，读如［heŋ^{6}］。这种演变可能是受到汕头市话的影响，汕头话“孕”字读为［heŋ］。从本次调查情况来看，青年潮阳人基本都认为“孕”字只有［heŋ］一读，且是与汕头市话完全一致的读音。这可能是受汕头市话的影响，在产生新借入层的同时，丢失了原本的异读层。

“孕”字读音层次如下：

	第一层（白读）	第二层（文读）	新借入层	汕头市话
孕	huŋ	hueŋ	heŋ	heŋ

［huŋ］读音的丢失与同义词“有身份”的替代有关。按张文所示，“有身孕”的“孕”读为［huŋ^{6}］，恰好潮阳话中“份”与“孕$_{\text{有身孕}}$”同音，都读为［huŋ^{51}］。按本次调查结果（2019），发音人认为［u^{4}siŋ^{1} huŋ^{6}］$_{\text{有身孕}}$应写作“有身份”，意思为怀孕，而“身孕”的“孕”读为［hueŋ^{51}］，“怀孕”的“孕”读为［heŋ^{6}］。翁辉东《潮汕方言》认为“有

身份”就是怀孕的意思：“俗以怀孕为有身份。……案，章太炎《岭外三州语》云：大妊有身。《大雅》诗笺云：重者谓怀孕也。《传》曰：身重也。三州谓怀妊为有身。①”把“有身［huŋ^{51}］”写作“有身份”，其实应是训读。但“有身份”如今除指怀孕之外，还指出身好和社会地位高的人，使用范围更广、频率更高，直接加速了“孕”字［huŋ^{51}］读音的丢失。

（九）通摄

表 22 **通摄**

<table>
<tr><th rowspan="2">《广韵》韵母</th><th colspan="2">1979 年</th><th colspan="2">2019 年</th></tr>
<tr><th>白读</th><th>文读</th><th>白读</th><th>文读</th></tr>
<tr><td rowspan="2">东合一</td><td>eŋ</td><td rowspan="3">oŋ</td><td>eŋ</td><td rowspan="4">oŋ</td></tr>
<tr><td rowspan="3">aŋ</td><td rowspan="3">aŋ</td></tr>
<tr><td>冬合一</td></tr>
<tr><td rowspan="5">东合三</td><td rowspan="2">ioŋ、oŋ</td></tr>
<tr><td rowspan="2">eŋ</td><td colspan="2">eŋ、oŋ</td></tr>
<tr><td>ioŋ</td><td>eŋ</td><td>ioŋ</td></tr>
<tr><td>uaŋ</td><td rowspan="3">oŋ</td><td>uaŋ</td><td>oŋ</td></tr>
<tr><td>aŋ、ŋ</td><td>aŋ</td><td>oŋ</td></tr>
<tr><td rowspan="6">钟合三</td><td rowspan="3">eŋ</td><td>eŋ</td><td>oŋ</td></tr>
<tr><td rowspan="2">ioŋ</td><td>eŋ</td><td>ioŋ</td></tr>
<tr><td colspan="2">eŋ</td></tr>
<tr><td>uaŋ</td><td rowspan="2">oŋ</td><td>uaŋ</td><td rowspan="2">oŋ</td></tr>
<tr><td>aŋ</td><td>aŋ</td></tr>
<tr><td>iõ</td><td>ioŋ</td><td>iõ</td><td>ioŋ</td></tr>
<tr><td rowspan="2">屋合一</td><td>ek</td><td rowspan="4">ok</td><td>ek</td><td rowspan="3">ok</td></tr>
<tr><td rowspan="3">ak</td><td rowspan="2">ak</td></tr>
<tr><td>沃合一</td></tr>
<tr><td rowspan="4">屋合三</td><td colspan="2">ak</td></tr>
<tr><td>ak、ek</td><td rowspan="3">iok</td><td>ak、ek</td><td>ok</td></tr>
<tr><td>ek</td><td>ek</td><td rowspan="3">iok</td></tr>
<tr><td>uaʔ</td><td>uaʔ</td></tr>
<tr><td rowspan="2">烛合三</td><td>ek</td><td rowspan="2">ok</td><td>ek</td></tr>
<tr><td>ioʔ</td><td>ioʔ</td><td>ok</td></tr>
</table>

① 参见翁辉东《潮汕方言》卷六《释身》，涵晖楼丛书，1943 年，第 183 页。

按张盛裕（1979）的调查结果，通摄合口三等东韵“中”字白读韵母有两个，分别是［aŋ］$_{\text{中间}}$和［eŋ］$_{\text{中状元}}$，文读韵母有两个，分别是［ioŋ］$_{\text{镇中}}$和［oŋ］$_{\text{中间}}$。根据本次调查结果（2019），“中”字白读为［taŋ^{1}］，文读为［toŋ^{1}］，“中状元”的“中”和“镇中”的“中”皆读如文读音。但东韵“忠”字则保留文读音［ioŋ］，一般名字中的“忠”字读为［tioŋ^{1}］。按张盛裕（1979）的调查结果，通摄合口三等东韵“穷”字白读为［eŋ］韵母，文读为［ioŋ］韵母。如今“穷”字白读为［k^{h}iau^{1}］，韵母为［eŋ］的读法已经消失。事实上，“穷”读如［k^{h}iau^{1}］是训读，□［k^{h}iau^{1}］① 是潮汕方言词，由于有音无字，常常被误用“穷”字代指其字。

另外，合口三等东韵“枫”字白读韵母曾有［aŋ］、［ŋ］两种情况，文读韵母为［oŋ］。东韵合口三等入声屋韵“宿”字曾有文白两读：白读韵母为［uaʔ］，文读韵母为［iok］。如今“枫”字白读没有［ŋ］韵母，仅有［aŋ］，文读韵母为［oŋ］不变。但“枫”字不仅韵母异读，声母也有异读，白读声母为［p］，文读声母为［h］。显然白读的层次比文读更久远。“枫”字异读在《集韵》中也可见。《集韵》：“枫，方冯反，又符风反。”“枫”从“风”得声，潮阳话“风”的文读也是［oŋ］韵母，白读为［aŋ］韵母。“枫”字白读音合并为［aŋ］韵母有可能是受“风”字读音的影响。

如今通摄入声“宿”字的文读为［ok］，丢失了［-i-］介音。事实上，整个通摄合口三等韵在今普通话中变为细音（有［-i-］介音）较少，主要是喉音字（如“熊”字）和牙音字（如“穷”字），其他大部分都保留洪音读法。潮阳话通摄字文读的主元音是［o］，白读按张盛裕（1979）的调查结果，潮阳话“中、忠、宿、曲”文读音和“融、俗”白读音都有［-i-］介音，合口三等东韵、钟韵、屋韵、烛韵部分字的白读音主元音为［e］，开口度较小，如“中、穷、龙、涌、重$_{\text{重印}}$、陆、畜、曲”等，而一等东韵开口度大，洪音居多。可以看出潮阳话保留了中古的语音层次，一、三等洪细分明。同时，上文提到的部分东韵合口三等字细音读法的丢失，则反映了向共同语靠拢的变化。

① 即贫穷的意思。

四 余论

潮阳方言的文白异读在四十年间发生了一定演变，一方面有音系内部发展的机制，另一方面也揭示了外部语言环境变化对文白异读的冲击。四十年的时间不长，没有出现大规模、系统性的变化，主要是个别字音的改变，体现了一种音变趋势。王士元先生的词汇扩散理论认为语音是突变的，而词汇是渐变的，“我们虽然不容易看到语言在变，但很容易看到语言在任何时候都存在共时变异的现象。比如总是有些词具有两个或更多不同的念法。这种共时变异正是词汇扩散常常经过的途径。①”潮阳话个别字文白异读的变化也可看作共时变异的现象，如“赖”字丢失［t^h］声母的白读音，如今白读音有两个，分别为［lua］$_{依赖过日}$和［nai］$_{臭赖}$；原本滂母字读如［p^h］声母，无文白异读，如今滂母“漂”字有两读，分别为［p^h］和［p］（pio^5 漂白/p^hiau^5 漂亮）。语音的改变是从个别人、个别词开始，逐渐扩散的，累积到一定程度时就能反映出整个音系的变化趋势。如前文提到的部分宕摄一等唐韵和三等阳韵字集体丢失［ŋ］韵母的白读音，可以预测［ŋ］韵母在此音系的位置会继续松动。

福建闽语的文白异读系统则保留得相对完整，我们不可否认潮汕方言的形成很大程度上受到福建闽语的影响，且作为闽语的一支，潮汕方言的许多特点是闽语共有的，潮阳方言中一些文白异读在福建闽语中也可见。但在之后漫长的历史进程和语言发展中，福建闽语对潮汕方言产生的影响远不如语言形成初期那么大。这其中有地理因素，以及社会环境变化带来的周边语言环境的影响。潮阳方言文白异读的变化，大部分是受到共同语和强势方言的影响，在福建闽语中不见同类型的演变。从潮阳方言文白异读的变化中可见福建闽语对粤东闽东的影响式微。

上文提到共同语和强势方言的影响，这里尤其要提对潮剧和潮州歌册的冲击。潮阳方言出现“新文读音”与推广普通话密不可分，其产生大多受普通话影响，发音上融合了普通话特征和强势方言的特征，与“旧”文读音是完全不同的层次。现代社会年轻人大多青睐流行文化，“新文读

① 参见王士元《实验语音学讲座》，载《语言学论丛》（第十一辑），商务印书馆 1983 年版，第 199 页。

音”是在这种社会文化环境中滋生的。而所谓“旧”的文读音，一方面来源于老一辈人接受文化教育时读书“正音”的需要，另一方面大量保留在潮剧和潮州歌册中。然而，潮剧和潮州歌册正在走向没落。张盛裕先生文章发表于1979年，距今已经四十余年，人们的生活发生了翻天覆地的变化。20世纪七八十年代的年轻人生于五六十年代，电子产品并不普及，普通话教育也不像今日这般成熟。当时潮剧在潮汕地区非常盛行，年轻人随口能哼唱潮州歌谣和潮剧。潮剧中的唱白有很多是当时的读书音，潮州歌册也有文白读之分，未受过教育的人也能从中习得文读音。因此，所谓“旧”文读音通过这样的文化形式传播到大众当中。而今四十余年过去，潮剧、潮州歌谣已经近乎成为文化遗产，保存在这些形式中的文读音难免消亡。徐通锵（2019）认为文白竞争过程最后一个阶段是文强白弱[①]。就本次调查而言，潮阳方言文读音式微的现象非常显著，从侧面反映了文读音与潮剧、潮州歌谣紧紧捆绑、互相依存的关系。白读音也有零星的缺失，但保持得相对完整。潮阳话目前零星异读字的变读难以说明音系系统的问题，但折射出言语社团内语言变异和语言选择的情况。一些文白合流的现象有强势方言和共同语作用的痕迹，体现了方言在发展变化过程中的调节机制。

附录　　**潮阳（棉城）方言声调（单字调）**

调类	调值
1 阴平	33
2 阳平	55
3 阴上	53
4 阳上	313
5 阴去	31
6 阳去	11
7 阴入	$\underline{11}$
8 阳入	$\underline{55}$

本文以潮阳棉城镇音为代表，用国际音标标音，调类用数字表示。阳平和阳入的调值都为55调，阳去和阴入的调值都为11调，但阳平和阳去

① 参见徐通锵《历史语言学》，商务印书馆2019年版，第389—391页。

是长调，阳入和阴入是短调（加“_”表示）。

参考文献

1. 北京大学中国语言文学系语言学教研室：《汉语方音字汇（第二版重排本）》，语文出版社 2003 年版。

2. 陈章太、李如龙：《闽语研究》，语文出版社 1991 年版。

3. 林宝卿：《闽南方言声母白读音的历史语音层次初探》，《古汉语研究》1998 年第 1 期。

4. 林春雨：《广东南澳岛云澳话文白异读及其历史层次》，《广东技术师范学院学报》2007 年第 5 期。

5. 林伦伦、陈小枫：《广东闽方言语音研究》，汕头大学出版社 1996 年版。

6. 林伦伦：《潮汕方言历时研究》，暨南大学出版社 2015 年版。

7. 林伦伦：《从文白异读看潮汕话的历史音变》，《韩山师专学报》1991 年第 2 期。

8. 任继愈：《佛教大辞典》，江苏古籍出版社 2002 年版。

9. 王士元：《实验语音学讲座》，《语言学论丛》（第十一辑），商务印书馆 1983 年版。

10. 吴芳：《潮州方言与泉州方言文读层比较研究》，《华侨大学学报》（哲学社会科学版）2008 年第 4 期。

11. 吴芳：《粤东闽语与福建闽南方言文白异读比较研究》，硕士学位论文，暨南大学，2006 年。

12. 徐馥琼：《粤东闽语语音研究》，博士学位论文，中山大学，2010 年。

13. 徐通锵：《历史语言学》，商务印书馆 2019 年版。

14. 徐宇航：《潮州方言一百多年来的音韵演变》，商务印书馆 2018 年版。

15. 余迺永：《新校互注宋本广韵》，上海辞书出版社 2000 年版。

16. 张琨：《论比较闽方言》，《语言研究》1985 年第 1 期。

17. 张琨：《再论比较闽方言》，《语言研究》1991 年第 1 期。

18. 张盛裕：《潮阳方言的文白异读》，《方言》1979 年第 4 期。

19. 张盛裕：《潮阳方言的语音系统》，《方言》1981 年第 1 期。

20. 张晓山：《新潮汕字典》，广东人民出版社 2009 年版。

21. 赵彤：《以母的上古来源及相关问题》，《语言研究》2005 年第 4 期。

22. 赵振铎：《集韵校本》，上海辞书出版社 2012 年版。

23. 宗福邦、陈世铙、于亭：《古音汇纂》，商务印书馆 2019 年版。

汉语人称代词复数标记“们”的历时流变与共时分布*

龙国富　满　丹

（中国人民大学文学院）

摘　要：汉语人称代词复数标记“们”的历史流变表现为：唐宋复数标记“们”产生之后，元代蒙汉接触对其产生过影响，明代“们”在各类人称代词中的发展趋于成熟，清代单数“我”“你”“他”与复数“我们”“你们”“他们”彻底分立。“们”经历时流变，此一格局分布于现代汉语普通话和各地官话方言之中。现代汉语普通话中人称代词复数标记“们”分工明确，单、复数形式对立清晰；各方言中此一格局用于所有官话方言，也发展到部分非官话方言之中，如晋语、吴语、湘语、赣语的一些方言等。汉语人称代词复数标记“们”的历时流变与其共时分布关系密切，脉络清晰。

关键词：复数标记“们”；历时流变；共时分布；汉语语法

一　引言

汉语人称代词复数标记“们”是汉语历时语法发展中最重要的语法特征之一，也是现代汉语普通话和方言语法的重要内容。将人称代词复数标记“们”在汉语历时语法和现代汉语普通话及其方言中的用法，以及它们形成格局之间的关系弄清楚，对深入研究汉语语法特点和理论具有重

* ［基金项目］国家社科基金重大项目“近代汉语后期语法演变与现代汉语通语及方言格局形成之关系研究”（项目编号：19ZDA310）。本文参加 2020 年南京大学文学院汉语史与汉藏语研究中心举办的“第二届汉语史研究的材料、方法与学术史观”国际学术研讨会，得到与会学者的意见和建议，特致谢忱。

要意义。20世纪末，吕叔湘（1985）最早对近代汉语“们”做了细致描写，让我们了解了汉语“们”的早期使用情况。当今学者对现代汉语普通话及各方言复数“们”的有关用法做了一些初步研究，为本文研究奠定了基础。在此基础上，本文从发展的角度对人称代词复数标记“们”的历时流变和现代汉语普通话使用及其方言格局的形成之间的关系进行考察，以便进一步认识“们”的语法特点和规律。①

与人称代词复数标记“们”直接相关的语法意义和语法功能源于中古“辈”（吕叔湘1985；朱庆之2014），其语音和文字源自唐代的“弭/伟”。宋代人称代词后开始出现“懑/瞒/门/们”。元代出现“每”，明清集中于“们”（吕叔湘1985）。复数标记“们”的历时流变和共时分布表现如下：

第一，明代中后期以前第一人称代词复数形式“我们”主要用于南方官话，明代中后期以后开始在北方官话中发展。到今天“我们”成为现代汉语普通话和官话方言中的主流，也进一步扩展至非官话方言中。

第二，元明时期北方官话中第一人称代词复数形式包括式和排除式进一步发展，包括式用“咱们”，排除式用“俺们”。“咱们”多用于北方地区，至今仍停留在现代汉语北方官话方言中，其使用具有一定的地域性。“俺们”排除式一直活跃于山东地区等北方官话方言中的一些地方，也具有较强的地域性。

第三，元代和明初第二人称代词复数用“您/恁”，明中叶开始“你们”替代“您/恁”。北京话中表敬称的“您”与元明时期的“您”无关，这是清晚期从“你老人家”到“你纳”省缩而来的。今天“你们”广泛使用于现代汉语普通话和官话方言之中，并且不断扩散到非官话方言中。

第四，第三人称代词“他们”最早始于宋代，元明时期发展成熟，清代与其单数严格对立。今天“他们”用于现代汉语普通话和官话方言之中，且扩散到非官话方言中。

① 张谊生（2001：210）提出，希望学术界从发展的角度对汉语“们”的动态变化过程进行考察。本文的写作受此启发，特此致谢。

二　人称代词复数标记"们"的历时流变

（一）人称代词复数标记"们"的产生

唐五代时期人称代词复数标记"们"正式产生，字形用音韵一致的"弥"（吕叔湘 1985）。因为"弥"，武移切，中古支韵止摄开口四等明母，王力拟 mǐe，李荣拟 mie。"们"，莫困切，中古慁韵臻摄合口一等明母，王力、李荣均拟 muən。（郑强尚芳、林连通 2012）"们"与"弥"声同韵近。用例如："尚书不知皮是遐叔姓，谓是宗人，低头久之曰：'我弭当家，没处得卢皮遐来。'"（唐赵璘撰《因话录》）（引自吕叔湘 1985：54—55）此例中的"我弭"相当于"我们"，"弭"同"弥"作复数标记。

宋代，北方系官话，开始出现第一人称代词复数形式"我满"和第三人称代词复数形式"他懑"，没有第二人称代词复数形式。吴潜江《酹江月·瓜洲会赵南仲端明》中有"重唱江南断肠句，为我满倾云液"，辛弃疾《千年调·卮酒向人时》中有"看他们，得人怜，秦吉了"句。《挥麈录》载《王俊首岳侯状》中①"他"10 次，"他懑"1 次。如"我又不是都统制，朝廷又不曾有文字交我管。他懑有事，都不能管得。"可以看出，宋代北方系官话白话文献中"们"这一字形还没有进入人称代词如"我们""你们""他们"组合之中，同时，人称代词单、复数形式对立还不明显。

南方系官话，三身人称代词复数形式比北方系官话要丰富一些，第一人称代词复数形式有"我满/我每/咱们"，第二人称代词复数形式有"你们"，第三人称代词复数形式有"他们/他懑"。《朱子语类》中，②"吾"有单复数的区分，单数用"吾"，复数用"吾侪""吾辈"，这是中古汉语的遗留。"我"和"你"既表单数又表复数，无复数形式。"他"作第三人称代词既表单数又表复数，但其复数形式还可以写作"他们"（29

① 以涵芬楼印汲古阁影宋钞本王明清《挥尘录》余话卷二所录王俊首状为底本。参见刘坚、蒋绍愚主编《近代汉语语法资料汇编》（宋代卷）。

② 据宋咸淳元年（1265）刻本《晦菴先生朱文公文集》，与明钞本校对。

次）。《张协状元》中，[①]“我”共486次，既作单数又作复数，其复数形式有“我门”（14次）、“我们”（2次）、“咱们”（1次）“我每”（9次），共26次，其复数形式不到第一人称复数总数的十分之一。“你”共430次，既作单数又作复数，其复数形式有“你们”（1次）、“你每”（2次）。从复数形式看，《张协状元》可能被元人修改过。学界共识是“每”最早见于元代，“咱们”最早见于北方系通语。用南方通语撰写的《文山集》中，[②]第二人称代词单数用“你”共11次，复数用“你们”共2次。用南方通语撰写的《清波杂志》中[③]“他”92次，既作单数又作复数，复数形式有“他懑”（1次），这一复数形式不到第三人称复数总数的二十分之一。可以看出，宋代南方系通语文献中“们”字已经进入人称代词“咱们”“你们”“他们”组合之中，但“咱们”可能被后人改过。人称代词单、复数形式对立尚不明显。

（二）人称代词复数标记“们”的发展

金元时期，因标准语音变化，北方系通语文献，人称代词复数标记多用“每”。如金代《西厢记诸宫调》中人称代词复数标记用“每”，仅一处用“懑”。《新校元刊杂剧三十种》中虽然第一人称代词“我”（1321次）仍然单、复数两用，还没有“我每”等复数形式，但第二人称代词“你”（1038次，作单、复数）已经发展出复数形式“你每”，共3次，第三人称代词“他”（作单、复数）也发展出复数形式“他每”，共21次。《古本老乞大》中第一人称代词复数形式不用“我们”，而用“咱每/咱们”（81次/2次），共83次，还用“俺”作第一人称单数和复数，共181次，又有1次用复数形式“俺每”。第二人称代词复数形式不用“你们”，而用“恁”（作单数和复数）共121次；第三人称代词“他”虽然仍作单数和复数（35次）使用，不用“他们”，但已经出现复数形式“他每”，共8次。以上文献中人称代词单、复数形式对立同样不明显。

---

① 目前对于《张协状元》的成书年代，主要有宋代说和元代说两种观点，前者有程千帆、吴新雷等人，后者有青木正儿、周贻白、杨栋等人。本文认为《张协状元》产生于宋末元初时期，代表南方戏剧早期作品。此以钱南扬《永乐大典戏文三种校注》为底本，中华书局1979年版。

② 《文山集》是南宋文天祥著作。文天祥系今江西吉安人，当使用南系通语。

③ 《清波杂志》为南宋周辉著作。周辉从小在今浙江区域生活，当使用南系通语。

受蒙语影响的《元代白话碑文集录》中情况有所不同，人称代词复数标记“每”强势发展，单、复数形式对立明显。第一人称代词中，“我”使用7次，只作单数，复数形式用“我每”，3次。“俺”，作单数和复数，单数3次，复数52次，且又有复数形式“俺每”，23次。复数形式“咱每”19次。第二人称代词“你”共15次，只作单数，复数形式用“你每”，10次。“您”，“你们”的合音，作复数4次，“恁”即“您”，作复数4次，又有复数形式“恁每”1次。第三人称代词“他”共48次，单、复数两用，前者18次，后者30次，又复数形式用“他每”83次（参见祖生利2002）。三身代词单数和复数形式中，除第三人称“他”以外，第一、二人称代词单、复数形式明显分立。

上面金元时期北方系官话文献中“每”开始全面进入人称代词组合之中，“们”还少有进入人称代词的情况，人称代词单、复数形式对立不明显。其中白话碑文中人称代词复数形式因受蒙语影响对立比较明显，它们之间有较大差异。

南方系官话和以汴洛为中心的中原官话文献中，多用“懑”“门”等，少数用“每”。如元刊本《快嘴李翠莲记》中“我”共82次，单、复数不分。“我们”2次作复数。“咱”2次，单、复数同形。“你”8次，单、复数同形，“你们”7次，均为复数。“他”（23次）仍单、复数两用，但复数开始用“他们”2次。元代南戏《宦门子弟错立身》中第一人称代词“我”（59次）虽然仍单、复数两用，但已经出现复数形式“我每”，2次。第二人称代词“你”（67次）虽然仍既作单数又作复数，但已经出现复数形式“你每”，1次。第三人称代词“他”仅1次，作单数。南戏《小孙屠》中“我”共104次，仍既作单数又作复数，没有“我每”等复数形式。“咱”（3次）和“俺”（2次）也是作单数和复数，没有复数形式“咱每”和“俺每”。“你”共83次，仍既作单数又作复数，没有复数形式“你每”。“他”仅1次，作单数，也无复数形式“他每”。以上南方系官话作品中“们/每”也开始进入人称代词的复数组合之中，人称代词单、复数形式对立不明显。

（三）人称代词复数标记“们”的成熟

明代，人称代词复数标记部分沿用元代“每”之外，“们”全面称代各类人称复数，并发展为成熟的复数标记。其成熟表现在以下五个方面：

第一，“们”全面进入三身人称代词，表达三身人称代词复数。

明代“们”全面进入三身人称，表达三身人称代词复数。《水浒传》中，[①] 人称代词复数标记除少量中古遗留下来的“辈”“等”以外，进入第一人称复数形式的有“我们”（359 次）、“我每”（17 次）、“咱们”（2 次）、“咱每”（1 次）、“俺每”（5 次）、“俺们”（43 次）；第二人称代词复数形式有“你们”（217 次）、“你每”（9 次）、“俺每”（5 次）、“俺们”（43 次）；第三人称用“他们”（79 次）。《金瓶梅词话》中，[②]“们”在三身人称代词中复数形式进一步发展，用例更加广泛。第一人称复数形式有“我们”（35 次）、“我每”（20 次）、“俺每”（356 次）、“俺们”（55 次）、“咱们”（5 次）、“咱每”（55 次），第二人称用“你们”（69 次）、“你每”（159 次），第三人称用“他们”（26 次）、“他每”（54 次）。

第二，各类人称复数形式所占比例有更大提高。

虽然此期单音节“我”“你”“他”仍然可以表示复数，如《水浒传》中，“我”共使用 4157 次，其中作单数 3839 次，作复数 318 次；“你”共使用 3768 次，其中作单数 3420 次，作复数 348 次；“他”共使用 3269 次，其中作单数 3018 次，作复数 251 次；“俺”共使用 384 次，其中作单数 119 次，作复数 265 次，但与宋元时期比较，各类人称复数形式所占比例进一步提高。根据李思明（1985）研究，《水浒传》中，“我”作复数 298 次，“我们”作复数 372 次，二者表复数比例，“我”占 44.5%，“我们”占 55.5%。“你”作复数 327 次，“你们”作复数 217 次，二者表复数比例，“你”占 60.1%，“你们”占 39.9%。“他”作复数 221 次，“他们”作复数 79 次，二者表复数比例，“他”占 73.7%，“他们”占 26.3%。到《金瓶梅词话》中，各类人称复数形式所占比例又有更大提高。第一人称“我”共使用 6837 次，只作单数。第一人称复数全用标记“们/每”，有“我们”（35 次）、“我每”（20 次）、“俺们”（55

① 以明万历三十八年（1610）容与堂刊刻的《李卓吾先生批评忠义水浒传》一百回为底本，参考明末杨定见序袁无涯刊刻的一百二十回本。

② 以明万历四十五年（1617）《金瓶梅词话》为底本，用日本大安株式会社 1963 年同版别部影印本配补。校勘本用北京大学图书馆藏明崇祯年间刊本《新刻绣像批评金瓶梅》，清康熙年间刊刻张竹坡批评的《第一奇书》本，1999 年梅节梦梅馆定本《金瓶梅词话》。

次)、“俺每”(356 次)、“咱们”(5 次)、“咱每”(65 次),共 536 次。另外,有“咱”作复数 308 次。第二人称用“们/每”的有“你们”(69 次)、“你每”(159 次),第三人称用“们/每”的有“他们”(26 次)、“他每”(54 次)。《金瓶梅词话》中第一人称“我”不作复数,“我们/我每”作复数 55 次,复数全由“我们/我每”充当。第一人称“咱”作复数 308 次,“咱们/咱每”作复数 70 次,二者表复数比例,“咱”占 81%,“咱们/咱每”占 19%。第二人称“你”作复数 12 次,用于“你两个”“你二人”等环境中,“你们/你每”作复数 228 次,二者表复数比例,“你”占 5%,“你们/你每”占 95%。第三人称“他”作复数 19 次,用于“他两个”“他二人”等环境中,“他们/他每”作复数 80 次,二者表复数比例,“他”占 19%,“他们/他每”占 81%。

第三,第一人称代词复数形式“我们/我每”向北方系官话发展。

金元时期,除少数受阿尔泰语影响的文献,如《元代白话碑文集录》之处,“我们/我每”主要在南方系官话中使用,如金元时期南戏《张协状元》中“我们/我每”共 11 次,《宦门子弟错立身》中“我每”共 2 次,《小孙屠》中“我每”共 1 次。而北方系官话中“我们/我每”则少有使用。如金元时期北曲《刘知远诸宫调》《西厢记诸宫调》《拜月亭》中均没有出现“我们/我每”。同样,《新校元刊杂剧三十种》《原本朴通事》《原本老乞大》中均没有使用“我们/我每”。[①] 17 世纪初开始,“我们”进入北方地区官话,与“咱们”“俺们”竞争,明末清初“我们”在北方广泛使用开来。如 17 世纪初用中原官话写的《水浒传》中,[②]“我们/我每”使用很广泛,有 376 次,而“咱们/咱每”仅 3 次,“俺们/俺每”仅 48 次。清初用山东方言写的《醒世姻缘传》中,“我们/我每”使用很广泛,有 337 次,“咱们”“俺们”分别为 7 次、52 次。而“咱每”“俺每”则没有使用。

《老乞大》和《朴通事》不同时期版本中“我们”的使用也能反映这一发展。元代古本《老乞大》中还没有出现“我们”的用法,到明代

---

① 到清初《聊斋俚曲集》中,“我们”还只有 4 次。

② 有人认为《水浒传》属于南方系吴语,还有人认为属于北方系中原官话,从该书所用代词来看,它既有含南京话特征的江淮官话色彩,又有含山东方言特征的中原官话色彩。“我们”用得广泛,“咱”用得少,有江淮官话特色。

《老乞大谚解》中“我们”出现了4次，到清初《老乞大新释》中“我们”发展为48次，再到《重刊老乞大》，因语言有仿古色彩，“我们”有所回落，为39次。再如明代《翻译朴通事》中“我们”出现了3次，到清代《朴通事新释谚解》中“我们”发展为10次。“我们”向北方官话方言发展。

第四，“咱（咱们/咱每）”和“俺（俺们/俺每）”多在北方系官话中广泛使用。

金元时期，“咱（咱们/咱每）”和“俺（俺们/俺每）”在南、北两系官话中均开始使用。如金元时期南戏《张协状元》中“咱们/俺”共3次，《宦门子弟错立身》中“咱”共4次，《小孙屠》中“咱”和“俺”均为3次。金元时期北方系官话中也同时开始使用。如金元时期北曲《刘知远诸宫调》中“咱”和“俺”分别为19次和33次，《西厢记诸宫调》中“咱”和“俺”分别为41次和74次，《拜月亭》中“咱”和“俺”分别为15次和10次。北方白话文献《新校元刊杂剧三十种》中“咱”和“俺”分别为183次和426次，《元代白话碑文集录》中“咱每”和“俺每”分别为19次和78次。到明代，“咱（咱们/咱每）”和“俺（俺们/俺每）”在北方系官话中全面使用，在山东境内的冀鲁官话、中原官话和胶辽官话中尤为普遍。如《水浒传》中“咱（咱们/咱每）”比较少见，只有6次。“俺（俺们/俺每）”用作主流，共344次。《金瓶梅词话》中“咱（咱们/咱每）”和“俺（俺们/俺每）”同时发展，分别为482次和872次。而南方系官话中却越来越少。如反映吴语的《桂枝儿》中“咱（咱们/咱每）”和“俺（俺们/俺每）”分别仅为5次和4次。黄河以南地区，“咱们/咱每”“俺们/俺每”使用减少，带江淮官话特征的《西游记》中“咱（咱们/咱每）”和“俺（俺们/俺每）”分别仅为1次和3次。带江淮官话特征的《二刻拍案惊奇》中“咱（咱们/咱每）”和“俺（俺们/俺每）”分别仅为13次和1次。

第五，第一人称代词复数形式分工趋向专业化。

第一人称代词复数形式中，“我们”“咱们”“俺们”三组词虽然都用于第一人称复数，但分工趋向专业化。“我们”用于泛称，根据语境不同可以包括听话者，如例（1），也可以不包括听话者，如例（2）；“咱们”用于指说话者和听话者双方，如例（3）；“俺们”用于指说话者一方，如例（4）。

（1）我想那厮奸臣，渐渐的待要拆散我们弟兄，各调开去。（《水浒传》九十回）

（2）宋江看时，这伙人都是彪形大汉，跪在堂前告道："小人等几个，直从凤翔府来，今上泰安州烧香。目今三月二十八日，天齐圣帝降诞之辰，我们都去台上使棒……"宋江听了，便叫小校："快送这伙人下山去，分毫不得侵犯……"（《水浒传》七十三回）

（3）应伯爵道："他今日不知怎的白不肯吃酒，吃了没多酒就醉了。既是东家费心，难为两个姐儿在此，拿大锺来，咱们再周四五十轮，散了罢。"（《金瓶梅词话》十三回）

（4）应伯爵道："你家孤老今日请俺们赏菊饮酒，吃的不割不截的，又邀了俺们进来你这里。有酒拿出俺们吃！"（《金瓶梅词话》十三回）

（四）人称代词复数标记"们"的蓬勃发展

一些学者认为，以乾隆十五年（1750）为界，之前主要以南京官话为主流官话，之后开始以北京官话为主流官话。清代，人称代词复数标记"们"蓬勃发展，主要表现为以下几个方面。

第一，单音词"我""你""他"专表单数，其复数悉由"我们""俺们""咱们""你们""他们"等充当。

《红楼梦》前80回（1750）中，人称代词复数形式有"我们""俺们""咱们""你们""汝们""他们"。根据李思明（1985）研究，《红楼梦》中，"我""你""他"作复数的比例很低，"我"与"我们"作复数的比例，"我"占0.4%，"我们"占99.6%。"你"与"你们"作复数的比例，"你"只占3.8%，"你们"占96.2%。"他"与"他们"作复数的比例，"他"只占17%，"他们"占83%。第一人称只用"我""我们""咱""咱们"，第二人称只用"你""你们""您"，第三人称只用"他""他们""它""它们"。从"我"（7359次）、"你"（5259次）、"他"（9249次）、"它"（154次）的使用次数看，基本上只作单数。"您"（471次），以前是作复数，相当于"你们"，现在转为作单数了。只作复数的有"我们"（1117次）、"咱们"（81次）、"你们"（455次）、"他们"（1441次）、"它们"（59次）。兼作单数和复数的词，"咱"共使用9次，其中作单数2次，作复数7次；人称代词的单、复数形式区分整齐。“它”用于称代指人以外的动物和事物，只作单数，复数均用“它们”。

将《红楼梦》与容与堂一百回本《水浒传》比较，可以看出人称代词复数标记“们”的蓬勃发展情况。《水浒传》中，人称代词单音节形式作复数的个数占复数形式总数的58.7%，到《红楼梦》中，它下降到5.6%，降幅达53.1%；而人称代词双音节形式作复数在《水浒传》中占复数形式总数的41.3%，到《红楼梦》中，它上升到94.4%，升幅达53.1%。其中，“我”类，单音节形式作复数在《水浒传》中占复数形式总数的48.5%，到《红楼梦》中，下降到0.4%，降幅达48.1%；双音节形式作复数在《水浒传》中占复数形式总数的51.5%，到《红楼梦》中，它上升到99.6%，升幅达48.1%。“你”类，单音节形式作复数在《水浒传》中占复数形式总数的60.9%，到《红楼梦》中，下降到3.8%，降幅达57.1%；双音节形式作复数在《水浒传》中占复数形式总数的39.1%，到《红楼梦》中，它上升到96.2%，升幅达57.1%。“他”类，单音节形式作复数在《水浒传》中占复数形式总数的72.9%，到《红楼梦》中，下降到17%，降幅达55.9%；双音节形式作复数在《水浒传》中占复数形式总数的27.1%，到《红楼梦》中，它上升到83%，升幅达55.9%［以上数据根据李思明（1985）研究推算］。从数据统计看，人称代词复数标记“们”基本上全部承担《红楼梦》的复数用法。第一人称代词复数用“我们”“咱们”“俺们”，第二人称代词复数用“你们”，第三人称代词复数用“他们”。

到《儿女英雄传》（1840）中，人称代词复数标记“们”的发展基本定型。第一人称专用“我”“我们”“咱”“咱们”，第二人称专用“你”“你们”，第三人称专用“他”“他们”“它”“它们”。只作单数的有“我”（7359次）、“你”（5259次）、“您”（471次）、“他”（9249次）、“它”（154次）。只作复数的有“我们”（1117次）、“咱们”（81次）、“你们”（455次）、“他们”（1441次）、“它们”（59次）。人称代词单、复数形式区分整齐。“它”用于称代指人以外的动物和事物，只作单数，复数均用“它们”。“我”作复数只占总数的0.03%，“我们”作复数占99.97%。“我”作复数时仅用于有双数的“两人”“二人”的语境。“你”作复数只占总数的0.83%，“你们”作复数占99.17%。“你”

作复数时用于“你二位”“你诸位”“你四位夫妻”等复数语境。“他”作复数占17%，“他们”作复数占83%。

第二，“俺”类词在北方系官话中减少。

用北方官话写的《老乞大》不同时期版本中的情况能反映“俺（俺们）”在北方系官话中减少这一现象。元代《古本老乞大》中“咱”和“俺”两类词分别为92次和182次。明代《老乞大谚解》中“咱们”（包括“咱”）为90次，“俺”和“俺们”没有使用，被“我”和“我们”取代。清初《老乞大新释》中“咱们”（包括“咱”）为84次，“俺”和“俺们”亦没有使用，被“我”和“我们”取代。再到《重刊老乞大》中“咱们”（包括“咱”）为74次，“俺”和“俺们”仍然没有使用，被“我”和“我们”取代。《红楼梦》中“俺”和“俺们”共7次，且大多自元明时期的曲词沿袭而来。到《儿女英雄传》中“俺”“俺们”也仅出现7次。虽然19世纪后期的《官话类编》中标示南方官话用“我们”和北方官话用“俺”的对立，但反映北京官话的《语言自迩集》和《小额》中已经不用“俺”了，反映北京官话的日本汉语会话书《燕京妇语》中也不用“俺”了。

明代以降，“俺（俺们）”多用于山东地区有方言特色的语言中。中原官话《水浒传》中“俺”和“俺们/俺每”共有344次。《金瓶梅词话》中“俺（俺们/俺每）”共有872次。《醒世姻缘传》中“俺”和“俺们”共有767次。到《聊斋俚曲集》中“俺”和“俺们”共用1035次。这表明，虽然19世纪后期的《官话类编》中标示南方官话用“我们”和北方官话用“俺”的对立，但“俺”和“俺们”主要用于带山东方言特征的文献中。

第三，复数“您”衰落，由“你们”充当。晚清北京官话中由“你老人家”省缩而产生表敬称的“您”。

“您”多用于北方官话和中原官话，也写作“恁”，在金元白话作品中表复数也表单数，相当于“你们”和“你”。如：

(1) 三翁曰：“若您弟兄送他，我却官中共您理会。”（《刘知远诸宫调》）

(2) 往日与他有仇隙，只冤他知远无礼，您两个也不是平善底。（《刘知远诸宫调》）

(3) 风雷若顺，此人发迹，定和您也做官僚。(《刘知远诸宫调》)

(4) 您孩儿无挨靠，没倚仗，深得他本人将傍。(《拜月亭》第二折)

“您”在明代和清初传奇文学中仍然兼具单数和复数用法。表复数的如：

(5) 您两人今夜亲折证。谢芳卿，感红娘错爱，成就了这姻亲。(《金瓶梅词话》引词曲《玉娇莺》)

(6) 昨日要是第二个人，看见您家这们大门户，饶使你家一大些银子，还耽阁了“忠则尽”哩！(《醒世姻缘传》第二回)

例（6）中“您家”，即你们家。您，在山东方言中即“你”，表示你们。

表单数，“您”，有的仍作“恁”。如：

(7) 刘海斋来到，他婆子说：“快把恁答拿到吊远子去！可恶多着哩！”(《醒世姻缘传》第七回)

例（7）中“恁答”，即你达，你爹。恁，山东方言也称“你”。“答”在山东方言中称为“爹”。

《聊斋俚曲集》反映山东方言口语特色用“您”（364 次），不用“你们”。其他文献均不用或少用“您”，而用“你们”。如《醒世姻缘传》中出现 213 次“你们”，没有一次出现“您”。《红楼梦》中“您”出现 4 次，“你们”有 1000 余次。“您”见于曲名为《赏花时》的词里，该曲词为明汤显祖的《邯郸记·度世》中的唱词，系何仙姑在蓬莱仙境扫花见吕洞宾时所唱。庚辰本均作“您”，而在汤氏的《邯郸记·度世》中则均作“你”，有的版本作“恁”① （李炜、和丹丹 2010）。可见《红楼梦》

① 版本参见吴秀华《汤显祖〈邯郸梦记〉校注》，河北教育出版社 2004 年版。清代叶堂《纳书楹玉茗堂四梦曲谱》，叶氏纳书楹刻本，1792—1794 年。

中“您”为保留明代曲词而仿古。《儿女英雄传》中400余次均为“你们”，没有一次出现“您”。这表明非尊称的“您”被“你们”取代。

现代北京话和现代普通话中，表单数和复数非敬称的“您”退化了，今天表敬称的“您”不是从上文表单数和复数的“您”发展出来的，而是清代晚期表敬称的短语“你老人家”音变为“你那/您纳/你纳”再音变为“您”，用来表敬称（李炜、和丹丹 2001；刘云 2009）。如：

(8) 玉凤姑娘道：“你老人家就许了为我吃斋，也使得。”（《儿女英雄传》第二十一回）

(9) 我说话再不会藏性，我平日见老弟你那不爱听戏，等闲连个戏馆子也不肯下。（《儿女英雄传》第三十二回）

(10) 您纳说话声音太小，人好些个听不清楚。（《官话指南》第一卷）

(11) 那么，依您纳主意当时叫我怎么办呢？（《语言自迩集》）

(12) 长者：这有甚么难呢？有话请说。若是我做得来的事情，咱们俩，我还推辞么？少年：我所求的，是你纳疼爱我，就是劳乏些儿。（《语言自迩集》）

(13) 午丑：可把您累着了罢？申：累着我甚么了？您请坐罢。（《燕京妇语》）

三 人称代词复数标记“们”的共时分布

现代汉语普通话中人称代词复数标记“们”，用于第一人称复数的“我们”，第二人称复数的“你们”，第三人称复数的“他们”。另外，表敬称“您”的复数“您们”也偶尔使用。滕吉海（1983）列举普通话作家王蒙、语言工作者谢璞、人民日报评论、北京话作家老舍等使用“您们”的情况。[①] 如：

欣逢新岁，想起当年，觉得劳动滋味的确甜美，而且享受不尽。

① 滕吉海：《也谈“您们”》，《吉林师范大学学报》（人文社会科学版）1983年第1期。

因而也就想到今天有多少干部与多少作家都在上山或下乡，和农民们在一处过年。这真是可喜一事，令我羡慕。我敢断言：您们和农家的父老兄弟们在一处包饺子过年，一定吃得最香甜，胃里和心里一齐都舒服。这点生活经验，我相信，将永远成为您们记忆中的最甜美的部分，而且热爱劳动的习惯一旦养成，即能终身享受不尽。尝到劳动滋味的人有福了，因为社会主义的幸福是您们的，谨向您们祝贺。向一切劳动人民致敬，并祝新年之禧。①

现代汉语方言中复数标记“们”主要用于官话方言。在东北官话、北京官话、冀鲁官话、胶辽官话这四种官话中，均使用“们”作为复数标记。在中原官话、兰银官话、江淮官话、西南官话这四种官话中，部分使用“们”作为复数标记。还有黎平官话也有“们”的使用。除此之外，“们”也用于非官话方言，在晋语、吴语、徽语、赣语、湘语、湘南土话、客家话这七种方言中，也部分使用“们”作为复数标记。下面考察一些主要方言中人称代词复数形式的共时分布。

（一）官话方言中的人称代词复数标记“们”

1. 东北官话中，黑松片黑河话、齐齐哈尔话、佳木斯话，哈阜片哈尔滨话、长春话、锦州话、通化话，吉沈片沈阳话等，第一人称代词复数形式用“我们”和“俺们”，黑松片海拉尔话和哈阜片白城话用“我们”。以上地区第二、三人称代词复数形式均用“你们”“他们”“它们”（参见陈章太、李行健《普通话基础方言基本词汇集》下，第 4347—4351 页）。

2. 北京官话中单数“我”“你”“他”有配对的复数形式“我们”“你们”“他们”，表示三身人称代词复数。北京话的“们”表示人称代词复数，一般弱化读 m。在第一人称代词复数“我们”“咱/咱们”同时指称范围中，前者一般不包括听话人，有时也包括听话人；后者包括听话人，含有缩短双方情感距离之意。第二、三人称代词复数形式用“你们”“他们”。当说粗话时，便把“你们”“他们”说成“你们丫”“他们丫”。

① 选自老舍《贺年》，原载 1959 年 1 月 1 日《人民日报》，胡絜青编，含有缩短双方情感距离之意。《老舍写作生涯》，百花文艺出版社 1981 年版。

“咱”本身表单数和复数，但也用“咱们”表复数。读起来的时候，北京话“您”表敬称，加“们”时，和普通话一样，用于对年龄大、辈分高、职位大、亲近度高或喜欢的两个或两个以上的人的敬称。

第二人称代词尊称复数“您们”，今天在北京话中发展得不是很普遍。老派中多保留用“恁”，以表示第二人称复数及其敬称，用“您”表示第三人称复数及其敬称（参见周一民 1996：154—159）。

北京官话还有怀承片中的承德话和张家口话、朝峰片中的赤峰话等也同上面一样，三身人称代词复数标记用“们”。

3. 冀鲁官话中，属于保唐片的天津话、河北邯郸话的东面、北面、南面方言，山东西齐区济南话、临清话、宁津话，沧惠片沧州话，石济片石家庄话、河北平山话等，人称代词复数标记用“们”（参见陈章太、李行健《普通话基础方言基本词汇集》）。

4. 胶辽官话中东潍方言区的诸城话，其第一人称单数用“我”“俺”，复数用“我们”“俺们”；第二人称单数用“你”，复数用“你们”；第三人称单数用“他”，复数用“他们”。胶辽官话中的寿光话、潍坊话第一人称单、复数同形，均用“我”“俺”“咱”；第二人称单数用“你”“恁”，复数用“你们”“恁们”；第三人称单数用“他”，复数用“他们”。[①] 以上胶辽官话方言中第三人称代词复数标记“们”属于近代发展起来的用法，多数地区发展出用“这些”“一些”“伙子”“几个”等标记。这些方言调查者认为，原本人称代词复数还没有“们”，“们”的出现是新的用法，是少数人的用法，是新派的语言。另外，还有胶辽官话中的丹东话、利津话，也用复数标记“们”（参见钱曾怡 2001）。胶辽官话中盖桓片丹东话，第一人称代词复数形式用“我们”和“俺们”，利津话第一人称代词复数形式用“我们”和“俺”，丹东话和利津话第二、三人称代词复数形式均用“你们”“他们”“它们”（参见陈章太、李行健《普通话基础方言基本词汇集》下，第 4347—4351 页）。

---

① 临清话参见张洪魁《临清方言志》，中国展望出版社 1990 年版。宁津话参见曹延杰《宁津方言志》，中国文史出版社 1992 年版。诸城话参见钱曾怡等《诸城方言志》，吉林人民出版社 2002 年版。寿光话参见张树铮《寿光方言志》，语文出版社 1995 年版。潍坊话参见钱曾怡等《潍坊方言志》，潍坊市新闻出版局 1992 年版。

5. 中原官话中，商阜片商丘话、原阳话、[①] 郑开片郑州话、信蚌片信阳话，秦陇片白河话、[②] 秦陇片的天水话，信蚌片的阜阳话、徐淮片的徐州话和邳县话、鄂北片的襄阳话和保康话等，单数用“我”“你”“他”，其复数分别为“我们”“你们”“他们”（以上均参见《江苏省和上海市方言概况》，第743页）[③]。中原官话商阜片商丘话第一人称代词复数形式用“我们”“俺们”，也用“俺”；郑开片郑州话、安新片原阳话第一人称代词复数形式用“我们”，也用单复数同形的“俺”；信蚌片信阳话、南鲁片白河话、中原官话与西南官话共存的汉中小片汉中话第一人称代词复数形式用“我们”。中原官话与西南官话共存的关中片西安话第一人称代词复数形式用“我们”“俺们”。以上地区除郑州第三人称代词复数用“他家”以外，其他地区第二人称和第三人称代词复数形式用“你们”“他们”“它们”（参见陈章太、李行健《普通话基础方言基本词汇集》下，第4347—4351页）。

6. 兰银官话金城片中的兰州话三身人称代词复数标记用“们”，说“我们”“你们”“他们”。第三人称复数除了说“他们”以外，还说“那们”。“他们”指说话人双方中处于劣势的一方，“那们”则指说话人双方中处于优势的一方（宋晓丹2020）。兰银官话中还有内蒙古银吴片银川话、甘肃河西片敦煌话、青海西宁话、哈密话、北疆片乌鲁木齐话，其三身人称代词复数标记均用“们”。从历史文献看，金元时期以来的北方官话文献中，关北地区语言包括兰银官话地区语言一直记载有人称代词复数标记“们”的用法，兰州话是兰银官话的典型语言，兰州话中人称代词复数“们”的用法是金元时期以来北方官话语言特征保留在兰银官话中的“活化石”。从地理位置看，金元以来甘青地区汉

---

① 关于原阳话的归属存在不同意见，有人归入晋语，也有人归入中原官话。从历史地理看，明清时期原阳地区在黄河以南，近现代时期黄河改道，才变成黄河以北，即与郑州、开封在同属一个地区，且原阳话与郑州话、开封话都是一个音调。故宜归属于中原官话中的河南方言。

② 白河话归属观点不一，《中国语言地图集》认为归属于中原官话区秦陇片，段永华（1997）等认为归属于西南官话，邢向东等（2005）认为归属于中原官话关中片和江淮官话黄孝片杂处的方言。我们采用《中国语言地图集》的观点。

③ 南京市方言和盐城方言中第三人称无复数形式“他们”，句容话除了上面所说的复数形式以外，还有“我家”“你家”“他家”。参见江苏省和上海市方言调查小组编《江苏省和上海市方言概况》，江苏人民出版社1960年版，第743页。

族与契丹人、女真人、蒙古人相互交融，兰州是阿尔泰语、蒙古语、藏语、满语与汉语接触之地。这为各民族语言接触和相互影响创造了条件。复数标记“们”带有很强的少数民族语言特征。虽然兰州话与这些少数民族语言无亲属关系，但是因为兰州话与它们长期密切接触，所以他表现出与少数民族语言类似的一些现象。

7. 江淮官话中，南京话（除高淳和溧水大部）、句容话、芜湖话、涟水话、连云港话、扬州话、高邮话和淮阴话、如皋话、盐城话、安庆话、竹溪话和竹山话、郧西话、郧县话、均县话、光化话、房县话、南漳话、枣阳话和随县话、应山话、安陆话、应城话、云梦话、礼山话、黄陂话、黄冈话、鄂城话、英山话、红安话和浠水话等，均有人称代词复数标记“们”的用法。新归入江淮官话的陕西安康市竹柞片白河话第一人称代词复数形式用“我们”“你们”“他们”“它们”（参见陈章太、李行健《普通话基础方言基本词汇集》下，第 4347—4351 页）。

8. 西南官话中，如充话、重庆话和遵义话、达县话、汉源话、西昌话、自贡话、昭通话、蒙自话、毕节话、贵阳话、柳州话和桂林话、吉首话、宜昌话、襄樊话、武昌话、汉口话、汉阳话、天门话和汉川话、沔阳话、江陵话、宜昌话、宜都话、长阳话、枝江话、兴山话、秭归话和当阳话等。由于湖北地处江汉平原，与南方系官话交流较为频繁，湖北大部分地区属于西南官话次方言区。西南官话方言人称代词复数标记“们”较为普遍，新派比老派用得更多。这类用法的分布区域参见赵元任、丁声树等的《湖北方言调查报告》。西南官话雅安片汉源话三身人称代词复数形式用“我们”“你们”“他们”“它们”（参见陈章太、李行健《普通话基础方言基本词汇集》）。

另外，贵州黎平话是黔东南苗族侗族自治州黎平县城关半径 5 公里范围内的地方语言，它的人称代词复数用“我们”“你们”“他们”，与北京官话相近。黎平话的形成与明代官话方言及当地少数民族语言接触影响有关。①

南方地区西南官话分布范围广，是由于明代开始，民众从北方官话方

① 黎平话是指贵州省黔东南苗族侗族自治州黎平县城关半径 5 公里范围内的地方语言。黎平地处湘黔桂三省交界，是一个以侗族为主的少数民族杂居的山城，但黎平话很像北方官话，黎平话与现代北京官话相近，因此，黎平话被归属于北京官话。参见刘崧《黎平话起源考》，《凯里学院学报》2016 年第 1 期。

言区和中原官话区以及江淮官话区广泛向西南迁移，而逐渐形成西南官话方言。移民也是西南官话形成的主要因素。

（二）非官话方言中的人称代词复数标记“们”

1. 晋语人称代词一些复数形式与现代汉语普通话基本一致，用“我们”“你们”“他们”，只是各地略有不同。太原话第一人称单数为“我”，复数为“我们”“俺们”“咱们”三种形式，第二、三人称复数标记用“们”；和顺话第一人称单数为“我”“俺”，复数为“我们”“俺们”两种形式；平遥话三身人称代词复数为“我们”“你们”“大家们”；天镇话和太谷话三身人称代词复数为“我们”“你们”“他们”；沁县话和祁县话复数为“俺们”“你们”“他们”；临县话复数为“我们”“恁”“他们”。[①] 除以上地区以外，晋语还有邯新片磁漳小片中的邯郸市话（邯郸市区基本融合了晋语和官话）、张家口至呼和浩特片集宁话、张呼片呼和浩特话、张家口话和阳原话、锡林郭勒方言中的二连浩特话、邯新片磁漳小片林县话、五台片绥德话，人称代词复数标记均用“们”。另外晋语五台片五寨话和朔州话等地区也有复数标记“们”的使用。可参见侯精一、温端政的《山西方言调查研究报告》等。山西晋语与以北京话为代表的官话方言有很大的差别，但也有一些与现代官话方言相类似的地方。从地理环境看，它处于黄土高原，地理环境相对封闭，极易造成晋语与北方官话相区别的特征。而晋语又位于北方中部，与北方官话频繁接触，容易受到北方官话的影响。现代晋语太原话和吕梁话已经分为新老两派，老派讲比较传统的晋语，新派在很大程度上讲现代汉语普通话。“们”的使用应该是新派中比较明显的语法特征。另外，具有晋语和冀鲁官话特征的邯郸话也使用“们”作为人称代词复数标记。

2. 吴语太湖片金坛、童家桥、靖江、杭州等地一般用“们”作人称代词复数标记（钱乃荣 1992：973—974）。即第一人称单数为“我”，复数为“我们”；第二人称单数为“你”，复数为“你们”；[②] 第三人称单数为“他”，复数为“他们”。吴语地区的官话因素是历史上由北向南逐渐地渗

---

① 参见侯精一、温端政的《山西方言调查研究报告》，山西高校联合出版社 1993 年版，第 117 页。

② 童家桥话第二人称有所不同，单数用“倷”“能”，复数用“内们”“能兴”。

入该地区的，这些变化不是一下子发生的。这类变化可能始于明清时期。

3. 赣语中，湖北监利话、松滋话、鹤峰话等均在“我”“你”“他”之后加“们”，表示复数形式。参见赵元任、丁声树等的《湖北方言调查报告》。需要提出的是，湖北监利西南部方言，除使用受西南官话影响而产生的复数标记“们”以外，还保留赣语的人称代词复数标记“里”，即“我里”“你里”“他里”“别家里”这样的复数形式。该方言的尊称和别称形式丰富，且存在单数和复数的对立。对称“你郎”“你郎家”“恁家”的尊称分别用“你郎们首”“你郎家们首”“恁家们首”。他称“他郎”“他郎家”的尊称分别用“他郎们首”“你郎家们首”。别称“人家”“别家”的尊称分别用“人家们首”“别家们首”。

4. 湘方言在历史上不使用“们”作为人称代词复数标记，相当一部分地区今天仍然用“我伲”“你伲”“他伲”作复数形式。如娄邵片邵阳话、长益片新邵话等。但明清以来，由于西南官话的影响和渗透，到目前为止，湘方言中也有相当一部分地区在人称代词复数标记的使用中出现新老两种标记，老派用传统方言的复数标记，新派用普通话“们”类复数标记。据杨时逢《湖南方言调查报告》的描写，湘方言中有长沙、湘潭、株洲、岳阳、益阳、娄底、邵阳等方言点，均用“们”表达复数。如长沙方言中，人称代词复数已经与北京话一样，也说“我们”“你们”“他们”。湘潭方言中，人称代词复数说“我人”“你人”“他人”，“人”相当于“们”（曾毓美 2001：54—55）。益阳方言中，老派说“卬依”“你依”“他依”，新派说“我们”“你们”“他们”（徐慧 2001：123）。值得注意的是，娄底方言中，人称代词复数并不用“们”，而是说“我纳”“你纳”“他纳”（颜清徽、刘丽华 1994：13）。

湘语、赣语与西南官话有一定的相似性。正因于此，所以民国初年有学者把湘语、赣语同西南官话并称为华南官话。

另外，徽语歙县话也有人称代词复数标记“们”的用法。

四　共时分布上的历时解释

（一）“弥”“密”与“们”的关系

据李小平（1999）研究，山西临县方言中，“弥”可以与第一人称代词“我”组合为“我弥”，相当于“我们”，作亲属称谓的领属格，“弥”作复数标记。临县话属于晋语吕梁片，晋语区基本上在山西高原和豫北平原上，与北方官话地区毗邻，这是造成晋语受北方官话“们”影响的主要原因。除此之外，临县话“弥”还可以单独作复数第一人称代词，用于领格。

李小平（1999）认为，复数第一人称代词“弥”的领格用法是由领属词“我弥”省略而来。但我们发现“我弥”中的“弥”是复数词缀，语义已经虚化，而作第一人称代词“弥”的语义则比词缀要实。语法化原则要求语义从较实的语义发展到比较虚的语义，或较虚的语义更进一步发展为更虚的语义。作复数第一人称代词的“弥”应从第一人称代词的“们”假借而来。比如，山西汾阳方言中“们”可以作第一人称代词，用于小女孩撒娇的口气中（宋秀令 1992）。我们认为，安福方言中作复数第一人称代词的“弥”也应看作代词“们”的假借。如前文所述，唐五代“弭”用于北方官话中作人称代词复数形式。后来借用“弥”表达“们”的用法。这没有在现代汉语普通话中沿用，而在汉语方言中却多有沿用。

据刘勋宁（1994）研究，陕西清涧等地人称代词复数标记用“弭”，读［mi］。

据邢向东（2002：555—556；2006：30—31）研究，陕北神木的万镇和贺家川、佳县、清涧等地人称代词复数用“我弭”“你弭”“他弭”，“弭”充当人称代词复数标记，读［mi］。

据史秀菊（2010）研究，山西西部吕梁片临县和离石县等地人称代词复数标记用“弭”。

据吕叔湘（1985）、江蓝生（2018）研究，唐五代时期，西北方言中有个读音为“弭”和“伟”的复数词尾。临县话复数标记“弥”可看作唐五代白话在北方方言中的保留。唐五代时期西北地区已经有“我弭”相当于“我们”的用法。如：“我弭当家，没处得卢皮遐来。”（唐赵璘撰《因话录》）“弭”，《唐语林》卷六引作“弥”。“弥”作人称代词复数标记。再如：“今抛向南衙，被公措大伟龁邓邓把将官职去。”（《嘉话录》，《太平广记》卷二六〇引）“措大伟”指爱掉书袋的读书人，“伟”作指人名词复数标记［引自吕叔湘（1985）］。河北用“懣”，关中用“伟”。关中方言包括今甘肃、青海、宁夏等在内的广大西北地区，不限于今所指陕西中部地区。

（二）“物”与“们”的关系

据雷冬平、胡丽珍（2007）研究，江西赣语吉茶片安福话中人称代词复数标记为“物”，读［vu^{31}］,① 有“我物”“你物”“佢物”，分别相当于“我们”“你们”“他们”。除此之外，安福话还可以于第三人称代词“人家”后面加“物”作“人家物”表示复数形式。

从历史上看，“物”到“麽”再到“们”，唐宋以来一直使用在秦晋地区和西北地区等北方系官话中。“物”从表种类到表疑问代词的用法亦使用于北方系官话区中。这个“物”与江西赣语吉茶片安福话中的“物”是否有关系？安福话属于永新小片，“物”使用于县城平都镇及西北周边乡镇的北乡话，北乡话西依萍乡，周边都是典型的赣语，没有官话。而复数标记“物”具有官话特征，它是怎么进入此赣语之中的？我们调查从明末到清中叶以及从解放战争时期至20世纪50年代的移民情况，没有发现移民从全国各地向江西包括安福县城平都镇迁徙的现象。没有说东北官话的东北移民，没有说西南官话的四川移民，没有说兰银官话的甘肃、青海移民，没有说西南官话的昆明移民。有可能是安福地区自己土话中产生了复数标记“物”。

我们进一步调查安福县周边赣语区人称代词复数标记的使用情况，包括北边的分宜县和宜春市，西边的芦溪县和莲花县，南边的吉安县、泰和县和永新县人称代词复数标记的使用情况，发现这些地区人称代词复数标记均有近似的发音。安福县人称代词复数标记读变音［vu^{31}］或轻音［vu］（邱斌2009），吉安县横江话人称代词复数标记读本音［vo^{21}］或变音［vu^{21}］或轻音［vu］（温美姬2012），泰和方言人称代词复数标记读本音［vo^{33}］（戴耀晶1999：170—178），宜春方言人称代词复数标记读［vo^{21}］或［vu^{21}］、［vu］，吉安县横江话人称代词复数标记读［vo^{21}］或［vu^{21}］、［vu］。这些发音应该都与“物”有关。

据江蓝生（1995）研究，唐代“物”由表示畜生毛色的种类引申为

---

① 安福话中人称代词复数标记“物”的注音参见邱斌《〈江西安福方言表复数的“物”〉记音献疑》，《中国语文》2009年第1期。

人事的种类。再由此虚化为复数标记，成为复数标记“们”的语源。[①] 但是汉语史上“物”作为复数标记一直没有看到用例。值得注意的是，部分方言中存在复数标记“物”，可以看作“物”演变为“们”的重要材料。

（三）“每”与“们”的关系

据邢向东（2006：30—31）研究，陕北府谷、神木、吴堡、绥德等沿黄河乡镇话人称代词复数形式用“每”（读［məʔ］或［me］）。据付新军（2012）研究，上党县高平话人称代词复数形式用“每”（读［mɛe］），屯留话人称代词复数形式用“每”（读［mɛi］），陵川话人称代词复数形式用“每”（读［uɛi］）。

历史上，金元文献里人称代词复数标记在大多数情况下作“每”。如“他每孤恩，适来到埋怨人。”（《西厢记诸宫调》）“他也吃了饭也，咱每便行。”（《原本老乞大》）“我每名字里交祝寿念经者。我每的圣旨里不依的，不拣甚么人，断按答奚死罪者！”（《元代白话碑集录·一二三八年凤翔长春观公据碑》）“道士每都修善，他每更不吃膻。”（《新校元刊杂剧三十种》）明初人称代词复数标记“每”仍然使用，到明代中叶过渡到“们”。晋语和西南官话方言中的“每”应该是元明时期北方官话“每”的保留。

陕北府谷、神木、吴堡、绥德等沿黄河乡镇地区方言属于北方官话方言区西北次方言区晋语区，陕北晋语与唐宋以来的西北方言关系密切，这些地区的人称代词复数标记“每”应与历史上北方官话一脉相承。而上党县高平话、屯留话和陵川话在山西省东南部，属于晋方言。山西省东南部晋方言区在北方官话范围之内，此地方言中人称代词复数标记“每”是受北方官话影响的产物。

---

① 王国维《观堂集林·释物》考证，“物”最早在甲骨文中就有作杂色牛的意思。春秋战国发展出畜生毛色的种类。《左传昭公九年》：“事有其物，物有其容。”杜注：“物，类也。”再引申出人事之种类。《周礼·地官·牧人》：“牧人掌牧六牲，而阜蕃其物，以共祭祀之牲牷。”孙诒让正义：“物犹种类也……凡牲畜，区别毛色，各为种类，通谓之物。”参见江蓝生《说“麽”与“们”同源》。

五 结语

研究表明，汉语人称代词复数标记在唐宋复数标记“们”产生之后，元代受到过蒙汉接触的影响，一是三身人称代词的单数和复数对立更加凸显；二是人称代词复数标记使用频率增加。明代“们”在三身人称代词中的发展趋于成熟，表现为：一是“们”全面进入三身人称代词，表达三身人称代词复数；二是各类人称代词复数形式所占复数表达形式的比例有更大提高；三是第一人称代词复数标记“我们/我每”向北方官话发展；四是“咱们/咱每”和“俺们/俺每”在北方系官话中全面使用。清代单数“我”“你”“他”与复数“我们”“你们”“他们”彻底分立。

“们”的历时流变促成现代汉语普通话和各地方言共时格局的形成和发展。在现代汉语普通话中三身代词复数标记“们”分工明确，单、复数形式对立清晰；在各方言中用于所有官话方言，见于北京官话、东北官话、冀鲁官话、胶辽官话、中原官话、兰银官话、江淮官话、西南官话之中；也发展于非官话方言之中，包括晋语、吴语、湘语、赣语等。汉语人称代词复数标记“们”的历史流变与其共时分布关系密切。本研究表明，在语言的历时流变过程中，带来的外部表现是语言内部在形式和内容之间的互相竞争和互相影响。当某方言长期受到周围方言或是普通话的影响时，就会出现形式上的变化。汉语人称代词复数形式历时流变所呈现出的这种特性，促成了汉语方言人称代词的复数表达形式丰富多样的局面（李如龙，张双庆 1999）。今天汉语人称代词复数标记“们”正在向简洁、灵活、自由、实用的方向发展，具有汉语人称代词数表达形式的典型特征。

我们从汉语史、现代汉语普通话和现代汉语方言角度全面系统地加大对汉语历史中的“们”与现代汉语普通话和汉语方言中的“们”的演变格局之间关系的研究，可以增强对“们”的本质特征的认识。这样会更深入地挖掘汉语人称代词复数标记“们”隐藏在背后的规律，为汉语语法学发展提供事实和理论支持，丰富和发展汉语语言学理论宝库。

参考文献

1. 曹志耘主编：《汉语方言地图集》，商务印书馆 2008 年版。

2. 陈昌仪：《赣方言概要》，江西教育出版社 1991 年版。

3. 陈章太、李行健主编：《普通话基础方言基本词汇集》，语文出版社 1996 年版。

4. 戴耀晶：《赣语泰和方言代词》，载李如龙、张双庆主编《代词》（《中国东南部方言比较研究丛书》第四辑），暨南大学出版社 1999 年版。

5. 冯春田：《汉语复数标记“们”来源试说》，《俗语言研究》1997 年第 4 期。

6. 冯春田：《近代汉语语法研究》，山东教育出版社 2000 年版。

7. 付新军：《近代汉语复数词尾的反复变化与共同语之关系》，《古汉语研究》2012 年第 2 期。

8. 侯精一、温端政：《山西方言调查研究报告》，山西高校联合出版社 1993 年版。

9. 江蓝生：《说“么”与“们”同源》，《中国语文》1995 年第 3 期。

10. 江蓝生：《再论“们”的语源是“物”》，《中国语文》2018 年第 3 期。

11. 江苏省和上海市方言调查指导组编：《江苏省和上海市方言概况》，江苏人民出版社 1960 年版。

12. 雷冬平、胡丽珍：《江西安福方言表复数的“物”》，《中国语文》2007 年第 3 期。

13. 林立芳：《梅县方言语法论稿》，中华工商联合出版社 1997 年版。

14. 林立芳：《梅县方言代词》，载李如龙、张双庆主编《代词》（《中国东南部方言比较研究丛书》第四辑），暨南大学出版社 1999 年版。

15. 李蓝：《汉语的人称代词复数表示法》，《方言》2008 年第 3 期。

16. 李蓝：《再论“们”的来源》，Breaking Down the Barriers，2013 年，第 911—932 页。

17. 李如龙、张双庆主编：《代词》，暨南大学出版社 1999 年版。

18. 李炜、和丹丹：《北京话“您”的历史考察及相关问题》，《方言》2011 年第 2 期。

19. 刘伦鑫：《客赣方言比较研究》，中国社会科学出版社 1999 年版。

20. 刘云：《北京话敬称代词“您”考源》，《北京社会科学》2009 年第 3 期。

21. 李蓝：《汉语的人称代词复数表示法》，《方言》2008 年第 3 期。

22. 吕叔湘：《说“们”》，《国文月刊》1949 年第 79、80 期。

23. 吕叔湘：《近代汉语指代词》，江蓝生补，学林出版社 1985 年版。

24. 梅祖麟：《关于近代汉语指代词——读吕著〈近代汉语指代词〉》，《中国语文》1986 年第 6 期。

25. 钱曾怡等：《山东方言研究》，齐鲁书社 2001 年版。

26. 宋晓丹：《兰州方言复数标记“们”》，《甘肃广播电视大学学报》2020 年第 2 期。

27. 宋秀令：《汾阳方言的人称代词》，《语文研究》1992 年第 1 期。

28. 孙锡信：《元代指物名词后加“们（每）”的由来》，《中国语文》1990 年第 4 期。

29. ［日］太田辰夫：《中国语历史文法》（第二版），蒋绍愚、徐昌华译，北京大学出版社 1958/2003 年版。

30. 王力：《汉语史稿》，中华书局 1958/1980 年版。

31. 王力：《汉语语法史》，商务印书馆 1980/2005 年版。

32. 温美姬：《江西吉安横江话表复数的“禾”》，《中国语文》2012 年第 3 期。

33. 邢向东：《神木方言研究》，中华书局 2002 年版。

34. 邢向东：《陕北晋语语法研究》，商务印书馆 2006 年版。

35. 吴福祥：《〈朱子语类辑略〉语法研究》，河南大学出版社 2004 年版。

36. 吴福祥：《南方语言正反问句的来源》，《民族语文》2008 年第 1 期。

37. 徐慧：《益阳方言语法研究》，湖南教育出版社 2001 年版。

38. 颜清徽、刘丽华：《娄底方言词典》，江苏教育出版社 1994 年版。

39. 杨时逢：《湖南方言调查报告》，“中研院”历史语言研究所专刊之六十六，1974。

40. 杨炎华：《复数标记“们”和集合标记“们”》，《语言教学与研究》2015 年第 6 期。

41. 赵元任：《现代吴语的研究》，科学出版社 1928/1956 年版。

42. 赵元任、丁声树等：《湖北方言调查报告》，商务印书馆 1948 年版。

43. 曾毓美：《湘潭方言语法研究》，湖南大学出版社 2001 年版。

44. 周一民：《北京口语语法（词法卷）》，语文出版社 1998 年版。

45. 朱庆之：《汉语名词和人称代词复数标记的产生与佛经翻译之关系》，《中国语言学报》2014 年第 16 期。

46. 祖生利：《元代白话碑文研究》，博士学位论文，中国社会科学院研究生院，2000 年。

47. 祖生利：《元代白话碑文集校注》，载《元代白话碑文研究》，博士学位论文，中国社会科学院研究生院，2000 年。

48. 祖生利：《元代白话碑文中复数词尾“每”的特殊用法》，《语言研究》2002 年第 6 期。

49. 祖生利：《近代汉语“们”缀研究综述》，《古汉语研究》2005 年第 4 期。

50. Bybee, J. , ReverePerkins, and William Pagliuca, 1994, *The Evolution of Grammar: Tense, Aspect and Modality in the Languages of the World*, Chicago: University of Chicago Press.

51. Corbett, Greville G. , 2000, *Number*, Cambridge: Cambridge University Press.

52. Edgerton, Franklin, 1985, *Buddhist Hybrid Sanskrit Grammar and Dictionary*, New Haven, Cann. : Yale University Press.

53. Hopper, Paul J. & Elizabeth Closs Traugott, 2003, *Gramaticalization*, Chicago: The University of Chicago Press.

54. Heine, Bernd and Tania Kuteva, 2003, On Contact-induced Grammaticalization, *Studies in Language* 27, 3, pp. 529 – 572.

55. Heine, Bernd and Tania Kuteva, 2005, *Language Contact and Grammatical Change*, Cambridge: Cambridge University Press.

56. Heine, Bernd and Tania Kuteva, 2006, *The Changing Languages of Europe*, Oxford: Oxford University Press.

近现代汉语的“为（wéi）是”和“为（wèi）是”补说*

姜其文

（浙江师范大学人文学院）

摘　要：“为（wéi）是”有两类：“为是$_1$”是表示“抑或、还是”的选择连词；“为是$_2$”是“对某个情况或意见表示肯定，用以表达说话人的主观判断或建议”的句末语气词。“为（wèi）是”也有两类：“为是$_3$”是表示“因为是”的原因连词；“为是$_4$”是表示“为了、为的是”的目的连词。各家辞书在释义上均有失误和缺漏。除了断句有误，还较少合理地阐述目的连词“为是$_4$”。原因、结果和目的范畴的互相混淆常常导致释义和例证不能合理互证。

关键词：为（wéi）是；为（wèi）是；句末语气词；原因连词；目的连词

一　引言

成词的“为（wéi）是”和“为（wèi）是”在近现代汉语中具有多种性质。在前人研究的基础上，我们发现现有辞书对它们的性质归纳得还不完整，部分辞书的释义和例证也值得商榷。通过对实际语料的全面调查，我们打算对它们的性质和意义重新进行梳理和归纳，并对辞书的疏漏加以补正。

“为（wéi）是”和“为（wèi）是”在读音、性质和意义等方面都

* 本文得到2021年度浙江省哲学社会科学规划课题青年项目“现代汉语情态构式专题研究”的资助。衷心感谢张谊生、真大成、史文磊、殷晓杰、聂志平、王翠、张福通和王文香等老师的宝贵意见和热心帮助！

不相同。为了互相区别，我们把选择连词“为（wéi）是”称为“为是$_1$”；把句末语气词“为（wéi）是”称为“为是$_2$”；把原因连词“为（wèi）是”称为“为是$_3$”；把目的连词“为（wèi）是”称为“为是$_4$”。

二 选择连词“为（wéi）是$_1$”

关于选择连词“为（wéi）是$_1$”，《汉语大词典》（第6卷P. 1110）的解释是表示“抑或，还是”。例如：

（1）白言：“大德。为是大师为是弟子？”［（唐）义净译《根本说一切有部毗奈耶》］

（2）华严座主问：“虚空为定有，为是定无？”［（宋）普济《五灯会元》卷四］

例（1）、例（2）的“为是”都是表示选择义的连词。我们把a、b看作两个不同的选择项，X代表选择连词。结合前人的研究，我们认为汉语的选择连词一般要符合三个标准：1. 存在“（X）aXb”形式；2. “（X）aXb”结构能够出现在选择疑问句或选择陈述句中；3. 在语义上X表示析取关系。标准1与语序相关，标准2与句类相关，标准3与其逻辑语义相关。根据该标准，“为（wéi）是$_1$”是选择连词，它主要出现于选择疑问句中，基本不出现在选择陈述句中。

关于“为（wéi）是$_1$”，雷文治主编的《近代汉语虚词词典》（2002：90）认为它是选择连词；许少峰主编的《近代汉语大词典》（2008：1926）对它的解释是“抑或、还是”；钟兆华主编的《近代汉语虚词词典》（2015：635—636）对它的解释也是“连词。在问句中连接分句，表示选择关系”。可见，各家辞书对“为是$_1$”的性质和意义观点基本一致。“为是$_1$”在中古和近代汉语中都存在。

选择连词“为（wéi）是$_1$”既可以单用，也可以连用。连用时，既可以同类连用，也可以异类连用。例如：

（3）未知风乘我，为是我乘风？［（唐）吴筠《高士咏·冲虚真

人》]（引自蒋礼鸿 1988：484）

（4）一人身上，乃兼数职，为是国无人也？为是人不善也？（《北史·何妥传》）

（5）未审此寄言辨体为是当理，为不当理？[（梁）萧统《令旨解二谛义》]（引自蒋礼鸿 1988：483）

选择连词“为是$_1$”在例（3）中是单用，它处于前分句中；在例（4）中是同类连用；在例（5）中与选择连词“为”一起组成选择连词框架，相当于“是 A 还是 B”。

三　句末语气词“为（wéi）是$_2$”

除选择连词外，“为（wéi）是”还具有句末语气词用法。在近现代汉语语料中，经常发现处于句末位置的“为（wéi）是”，我们称为“为是$_2$”。例如：

（6）他既不来，你去到他那边走走为是。[（清）李百川《绿野仙踪》第八十四回]

（7）依我说，你丢去他为是。[（清）李百川《绿野仙踪》第九十六回]

在例（6）、例（7）中，句末的“为是”在语义上相当于“为好”，它们不表示判断而是表示建议，在句法上都可以删除。一旦删除了“为是”，句子的命题意义基本不改变，但句子的语气没有以前和缓，主观情态意义也不凸显。这里的句末包括单句句末和复句的分句句末。江蓝生（2005）已经注意到这种“为是$_2$”。这些处于句末位置的“为是$_2$”显然不是我们前面说的选择连词，更不是我们后面讨论的原因连词和目的连词。因为选择连词基本处于句中，原因连词位于句子或分句的句首，目的连词一般处于分句的句首，它们都不能位于句末。对于这种“为是$_2$”，周定一主编的《红楼梦语言词典》（1995：890）和白维国主编的《近代汉语词典（第三卷）》（2015：2218）的解释都是“用在句末，对前面的设想或意见表示肯定”。白编《近代汉语词典》的引例如下：

（8）兵部照拟，“比附迤北、腹里额数礼例①，具于肆两包银户内选差，开坐各该人数，从长定夺为是”。[（元）《通制条格》卷一七]

（9）先生差矣！此乃妖孽之事。为大臣的，必须奏闻灭除为是。[（明）汤显祖《牡丹亭》五三出]

（10）俗语又说，“君子防不然”，不如这会子防避的为是。[（清）曹雪芹《红楼梦》三四回]

例（8）—例（10）的“为是”表示“对前面的设想或意见表示肯定”。例（10）的“的”是自指标记（朱德熙 1983，李立成 1999，刘敏芝 2004，江蓝生 2005），用于标记话题，它不参与整个框式结构的构成和意义的表达。例如：

（11）老太太的千秋要紧，放了他们为是。[（清）曹雪芹《红楼梦》第七十一回]

（12）袭人等听说，便知他说的是探春。大家都忙说：“可是这话，竟是我们这里应了起来的为是。”[（清）曹雪芹《红楼梦》第六十一回]

例（11）、例（12）都出自曹雪芹的《红楼梦》。无论“的”出现与否，都不影响“为是$_2$”的意义表达。江蓝生（2005）也指出“VP 的为是”中的“的”是可以删略的。她认为，由于“好”对“是”的替换，“还是 VP 的为是”也逐渐被“还是 VP 的为好”替换，在清代以后句末语气词“为是$_2$”已经基本不出现在口语中了。

就意义而言，当“为是$_2$”用于陈述句末句时，“为是$_2$”侧重表示主观判断和肯定；而当它处于祈使句句末时，“为是$_2$”侧重表达建议，重在凸显说话人对命题的主观情态。我们认为，成词的“为是$_2$”应该是“对某个建议或意见表示肯定，用以表达说话人的主观判断或建议”。随着“为是”的意义由肯定判断演变为祈使建议，成为典型的句末语气词。与其相近的语气词还有“才是”“才好”“为好”等。与充当主要谓语的

① 根据方龄贵《通制条格校注》（2001：511），例（8）的“礼例”应为“体例”。

“为是”相比，它不能与否定词、情态动词和副词等成分共现。

在语义上它主要表达道义情态（彭利贞 2007：44），少数情况下表达祈愿情态（方梅 2013：171—186）。它的道义情态是指表达说话人对听话人的建议或规劝。例如：

（13）魏大哥，我劝你明儿别这么赵老爷、赵老爷的叫，咱们哥俩这样交情，一处当差，从今你我弟兄相称为是。[（清）《续儿女英雄传》第五十一回]

（14）今日各为其主，只恐举手不容情，劝老师早早回去为是。[（清）《说唐全传》第三十六回]

“为是$_2$”在例（13）中是表示建议，在例（14）中是表示规劝。它的祈愿情态是指表达说话人的意愿或希望。例如：

（15）我还是远远的走开为是。倘若给什么熟人看见了，说我初得差使就到上海这般胡闹，那还了得！[（清）蘧园《负曝闲谈》第七回]

（16）我自出京以来，至今始得安稳，赶紧到淮安上任为是。[（清）《施公案》第二三五回]

在通常情况下，“为是$_2$”还可以与道义情态动词或道义情态副词一起组成情态框式结构，表达说话人的建议或意愿。例如：

（17）我们该截留住他，别让他离开为是。（蔡东藩《民国演义》第一三七回）

（18）自今以后，我还是疏远他父女一点为是，不然我一番好意，倒成了别有所图了。（张恨水《啼笑因缘》）

因而我们认为“为是$_2$”是个句末语气词，它的意义是“对某个建议或意见表示肯定，用以表达主观判断或建议”。

四 原因连词“为（wèi）是$_3$”

与“为（wéi）是”一样，“为（wèi）是”也有两类性质：一是原因连词；二是目的连词。关于原因连词“为（wèi）是$_3$”，《汉语大词典》（第6卷P.1110）的解释是表示“因为是；为的是”。例如：

（19）为是无人禁得他，诚恐有失，路上走了，不敢解来。[（明）施耐庵《水浒传》第四十三回]

（20）为是爷爷江湖上有名目，提起好汉大名，神鬼也怕，因此小人盗学爷爷名目，胡乱在此剪径。[（明）施耐庵《水浒传》第四十三回]

“为是”在例（19）、例（20）中是“因为是”的意思，它是原因连词，前分句与后分句是因果关系。在例（20）中，“为是$_3$”还与结果连词“因此”组成因果关联框架。“为（wèi）是”有两种解读：一是表示原因；二是表示目的。“为”在古代汉语中本身就兼有表达原因和目的的功能。结合下文《汉语大词典》（第6卷P.1110）所举的3个例证，其中的“为（wèi）是”都是表示“因为是”义的原因连词，而没有表示“为了、为的是”义的目的连词，因而我们认为《汉语大词典》或者存在释义上的缺漏，或者存在例证上的不确。例（21）—例（23）都是《汉语大词典》关于“为（wèi）是”的例子。其例证如下：

（21）好天凉月尽伤心，为是玉郎长不见。[（前蜀）魏承班《玉楼春》]

（22）（柴进道）为是家间祖上有陈桥让位之功，先朝曾敕赐丹书铁券，但有做下不是的人，停藏在家，无人敢搜。[（明）施耐庵《水浒传》第五十一回]

例（21）—例（22）表达的都是因果关系。在例（21）中，身处“好天凉月”这样美好的环境下也“尽伤心”是结果，后分句“玉郎长不见”是给出的原因“心爱的男人很长时间都见不到”。例（22）与例（21）先果后因不同的是，例（22）是先指明原因“家间祖上有陈桥让位之功，先朝曾敕赐丹书铁券”，然后引出结果“但有做下不是的人，停藏在家，无人敢搜”。原因连词“为是”可以处于原因小句主语之前。

（23）姑娘，这安位可是你自己的事了；但是他二位老人家，自然该双双升座，为是你一人断分不过来……如今也叫玉格替你代劳。[（清）文康《儿女英雄传》第二十四回]

例（23）在断句上有误，在引用上也有缺漏。“为是”应该处于“但是他二位老人家自然该双双升座”的句尾；引用的句子也不完整，缺少“你便捧了你令堂的那一位”。中华书局2013年版《儿女英雄传》第二十四回（285页）原文如下：

（24）安老爷便说道：“姑娘，这安位可是你自己的事了。但是他二位老人家自然该双双升座为是，你一人断分不过来；况且你令尊的神主究竟不好你捧了入龛，这便是我从前合你讲过的女儿家‘父亲尊，母亲亲’的话。如今也叫玉格替你代劳，你便捧了你令堂的那一位。”

这段话的大意是说，安（学海）老爷让何玉凤为自己的父母升座，安放好牌位，因而安老爷说安放牌位是何姑娘自己的事。按照古人的礼制，作为儿女，去世的父母应该同时安放牌位。并且（按礼制）女儿也不便捧自己父亲的牌位入龛，因而叫玉格代劳捧何玉凤父亲的牌位入龛，让何玉凤自己捧母亲的牌位入龛。

这里的“为是”表示“为好”，它就是我们上文提及的句末语气词“为（wéi）是$_2$”；“该”是表示“应该、应当”的意思。“该……为是”是表示“应该……为好”之意。《儿女英雄传》里共有6例成词的“为是”，其中4例是句末语气词“为是$_2$”，另外2例是下文谈到的目的连词“为是$_4$”。也就是说，《儿女英雄传》中并不存在原因连词“为是$_3$”。并且原因连词自宋元以后，基本都位于前分句中。因而我们认为，它正确的断句应该是“但是他二位老人家自然该双双升座为是，你一人断分不过来”。例（23）中的“为（wèi）是”也就不是做原因连词的正确例证。

情态动词“该”与句末语气词“为是$_2$”连用组成情态框式结构的用例还有不少。例如：

（25）海瑞本与我等无仇，大人何故要将他断送？况且又是本部的同僚，还该用些情面为是。［（明）虚舟生、李春芳《海公案》第三十一回］

（26）就是玙姑，道根尚浅，也该留心点为是。［（清）刘鹗《老残游记》第十一回］

例（25）、例（26）中的句末语气词“为是$_2$”都与情态动词“该”组成情态框架。

雷文治主编的《近代汉语虚词词典》（2002：91）认为“为（wèi）是”是因果连词，表示“因此”。举例如下：

（27）为是小二哥不识字，央我替他抄了半个月。［（明）施耐庵《水浒传》第十八回］

例（27）的“为是”固然是表达因果关系，但原因连词和结果连词并不相同。原因连词用来指明原因，而结果连词用于表达引起的后果。“小二哥不识字”指明的是原因，“央我替他抄了半个月”是结果，复句内部是前因后果的关系。因而这里的“为（wèi）是”是原因连词而非结果连词，它的意思应该是“因为”而非“因此”。香坂顺一（1997：147）也认为该例中的“为是”表示的是原因。因而该词典的释义有误。

许少峰主编的《近代汉语大词典》（2008：1931—1932）对“为（wèi）是”的解释也是“因为，为的是”，他在举例时也只有原因连词用例，没有目的连词用例。钟兆华主编的《近代汉语虚词词典》（2015：643）对“为（wèi）是”的解释是“连词。连接分句，表示原因。因为。”其中也举了与例（27）相同的《儿女英雄传》的例子作为原因连词“为是$_3$”的用例。引文如下：

（28）为是你一人断分不过来，况且你令尊的神主究竟不好你捧

了入龛……如今也叫玉格替你代劳，你便捧了你令堂的那一位。［（清）文康《儿女英雄传》第二十四回］

结合例（24）的断句，我们可知例（28）也是由于断句失误而导致对“为是$_3$”进行了错误的分析，因而它也不是原因连词“为是$_3$”的正确用例。

白维国主编的《近代汉语词典（第三卷）》（2015：2225）对“为（wèi）是”的解释也是表示“因为是；为的是”。例证如下：

（29）为是仙才登望处，风光便似武陵春。［（唐）方干《睦州吕郎中郡中环溪亭》］

（30）为是国号不同，难以过河。［（宋）《三朝北盟会编》卷一一〇］

（31）现在这里没有人，我为是好几口棺材都要带回去的，一个人怎么样的照应呢？［（清）《红楼梦》一一六回］

例（29）—例（31）中的“为是”都是表示“因为是”，它们都是原因连词。例（29）的释义是，因为是仙人才子登高望远的地方，所以这里（环溪亭）的风光就像武陵源的春天一样（美丽）。例（30）的释义是，（河阳知府张巨说）由于国号不同（分属宋金），所以宋朝使臣难以渡过黄河，这里的“为是”表达的是原因。在例（31）中，“为是”也是表示“因为是”的意思。原义是说，因为贾政要把贾母等人的灵柩带回金陵安葬，由于贾赦不在家，贾琏不能离开贾府，现在府里没有足够的人手可以随贾政去金陵，所以贾政对贾琏说他一个人照应不过来。贾政指出的是原因而非目的。因而以上3例也都是表示“因为是”义的原因连词的例证，没有表示“为了、为的是”义的目的连词的例证。

综合以上各家辞书的释义，可见他们都把“为的是”义的“为（wèi）是”只看作原因连词而没有看作目的连词。实际上，自清末以来“为是”更倾向于表达目的，在实际语料中也存在目的连词“为（wèi）是$_4$”。

五　目的连词“为（wèi）是$_4$”

原因连词和目的连词二者不同，应该有所区别。上文我们已经初步阐述“为（wèi）是”存在目的连词用法。香坂顺一（1997：49—51，147—150）、袁毓林（2009：102，2010：201）和尹洪波（2011）对这种目的连词“为是$_4$”进行了初步分析。它集中出现于老舍的作品中。例如：

（32）别误会了我，我跟你们天天在一块儿吃饭，为是好随时地集思广益，搜集你们的意见，也可以随时解决问题，并没有别的意思。（老舍《春华秋实》）

（33）（祥子）把帽子戴得极低，为是教人认不出来他，好可以缓着劲儿跑。（老舍《骆驼祥子》）

例（32）、例（33）中的“为是”都是目的连词。“好”表示“便于”，也是表达目的。我们在老舍作品中发现大量“为（wèi）是”表示“为了、为的是”义目的连词的用例。例如：

（34）（瑞全）不敢用力敲门，他轻轻的叩了两下门环，又低声假嗽一两下，为是双管齐下，好惹起院内的注意。（老舍《四世同堂》）

（35）祥子，我知道你不肯放账，为是好早早买上自己的车，也是个主意！（老舍《骆驼祥子》）

在例（34）、例（35）中，“为（wèi）是”后面所接的成分表示的都是目的行为，表达的都是主语的主观意图和预期。“没坐车”是为了达到“活动活动腿脚”的目的；“他轻轻的叩了两下门环，又低声假嗽一两下”是为了达到“双管齐下，惹起院内的注意”的目的；“（祥子）不肯放账”也是为了达到“早早买上自己的车”的目的。“为是”与目的标记“好”既可以共现，如例（34）所示；也可以连用，如例（35）所示。当“为（wèi）是”表示“为了、为的是”义时，它表达的是目的关系，这些目的小句都是非现实的，表达了主语或说话人的主观意图和预期；而结果连词表达的是现实后果，它所在的结果小句往往是现实的，不一定符合说话人的主观意图和预期。目的连词“为是$_4$”一般连接行为事件小句和目的小句，当小句的主语一致时，后分句主语往往省略。丁健（2014）认为目的包括意图和预期结果。“为是”表达的是主观意图，而“好”表达的则是预期结果。

从句法搭配和语义差异来看，原因连词和目的连词的区分标准有：1. 可以与目的连词“好”或“省得”“免得”等连用共现；2. “为是”所在的小句具有现实性；3. “为是”所在的小句具有主观预期性。符合标准1和标准3的是目的连词；符合标准2的是原因连词。

根据北京大学CCL语料库的统计，我们在老舍作品集中发现，表示“为了、为的是”义的目的连词“为是$_4$”共有172例。例如：

（36）李静上前拉住姑母的手，一上一下的摇着，为是讨姑母的喜欢。（老舍《老张的哲学》）

（37）他们一律都卷着袖口，为是好显显小褂的洁白。（老舍《兔》）

在例（36）、例（37）中，“为（wèi）是”后接的都是目的成分。当目的小句主语隐含时，它默认与主句主语一致。因而吕叔湘（2010：405）认为，表达目的时，必须“上下两动词同一主语”，并且“目的小句必须具有积极的行动意义”。在例（36）、例（37）的复句中，前后分句的主语都是一致的。例（36）前后分句的主语都是“李静”；例（37）前后分句的主语都是“他们（指听戏的人）”。目的小句“讨姑母的喜欢”“显显小褂的洁白”对于各自主语来说也都具有积极的意义，因而这些例句中的“为（wèi）是”都是目的连词。

我们在《儿女英雄传》中就可以找到目的连词“为（wèi）是$_4$”。例（38）、例（39）引自宋青（2008：238—239）。例如：

（38）这日舅太太合张太太商量，也都在新房的对面三间住下，为是多个人照料。［（清）文康《儿女英雄传》第二十八回］

（39）那口袋叫作“鞶袠”，里面装针的便是“箴管”，绕线的

便是“线纩”，为是给公婆缝缝联联用的。［（清）文康《儿女英雄传》第二十八回］

例（38）、例（39）中的“为（wèi）是”是目的连词，用以表达说话人的主观意图。在例（38）中，由于即将为安公子和何玉凤姑娘举行新婚典礼，为了方便照料何玉凤，布置好新房，因而舅太太和张太太商量好在新房对面住下。例（39）是安老爷送给何玉凤的日常生活小工具袋，说是“作媳妇的事奉翁姑必需之物”，为的是儿媳妇给公公婆婆缝缝补补等用的。

目的连词“为（wèi）是$_4$”多位于后分句，如例（38）、例（39）所示；少数情况下处于前分句中。例如：

（40）祥子为是小心，由天安门前全走马路。（老舍《骆驼祥子》）

（41）为是有些遮隐，他顶好还顺着山走，从北辛庄，往北，过魏家村。（老舍《骆驼祥子》）

结果连词“为（wèi）是”并不存在。在语料中，那些看似表达结果义的“为（wèi）是”其实大多还是原因介宾短语，并未发展成比较典型的结果连词。它是表示“因为这个原因”。“为”表示“因为”，“是”表示“这”，指代上文的内容。例如：

（42）上为皇天大仇，下为地大咎，为帝王大忧，灾纷纷不解，为民大害，为凡物大疾病，为是独积久矣，非独今下古人过所致也。［（东汉）于吉《太平经》卷四十八］

（43）军士跌死了五六名，重伤者十数名。西南二处攻打，亦被火箭火炮伤损军士。为是一连六七日，攻打不下。［（明）施耐庵《水浒传》第九十二回］

例（42）、例（43）中的“为是”都是表示“因为这个原因”的意思。原因介宾短语“为（wèi）是”还没有演变成为结果连词。

归纳起来，“为（wèi）是$_3$”是表示“因为是”义的原因连词；“为（wèi）是$_4$”是表示“为了、为的是”义的目的连词。综合各家辞书在释义上的失误，我们发现，除部分例句断句错误，主要问题在于没有把原因、结果和目的各范畴区分清楚。原因、结果和目的是三个互相联系但又有所区别的相邻范畴。无论是因果关系还是目的关系，“为（wèi）是”所在的分句都是充当背景信息，而另一分句则是充当前景信息和语义焦点。它们的差异在于：原因意在指明引起某种行为的缘由；结果用于表征由某种行为引起的现实后果；而目的则用以表达说话人的主观意图，意图性是目的范畴的本质特征（丁健 2012）。王凤兰（2011）认为，目的具有主观倾向，含有说话人预期；而因果具有客观倾向，不一定含有预期。由于“为（wèi）是”不存在结果连词，因而主要是原因连词和目的连词的互相混淆。

六 结语

结合前人研究，在实际语料调查的基础上，我们对近现代汉语中“为（wéi）是”和“为（wèi）是”的性质和意义做了进一步的补充和归纳。“为（wéi）是”有两种性质：“为是$_1$”是表示“抑或、还是”义的选择连词；“为是$_2$”是对“某个情况或意见表示肯定，用以表达说话人的主观判断或建议”的句末语气词。“为（wèi）是”也有两类性质：“为是$_3$”是表示“因为是”义的原因连词；“为是$_4$”是表示“为了、为的是”义的目的连词。各家辞书在释义上的失误，除部分例句断句错误以外，主要问题在于没有厘清原因、结果和目的之间的区别。

参考文献

1. （清）曹雪芹：《红楼梦》，人民文学出版社 2012 年版。

2. 白维国主编：《近代汉语词典》，上海教育出版社 2015 年版。

3. 丁健：《汉语目的范畴及其表达手段》，硕士学位论文，上海师范大学，2012 年。

4. 丁健：《汉语目的小句语序模式的认知理据》，《世界汉语教学》2014 年第 1 期。

5. 方龄贵：《通制条格校注》，中华书局 2001 年版。

6. 方梅：《说“还是”——祈愿情态的浮现》，*Breaking Down the Barriers：Inter-disciplinary Studies in Chinese Linguistics and Beyond*（综古述今，钩深取极），台北“中研院”出版社 2013 年版。

7. 江蓝生：《“VP 的好”句式的两个来源——兼谈结构的语法化》，《中国语文》2005 年第 5 期。

8. 蒋礼鸿：《敦煌变文字义通释（第四次增订本）》，上海古籍出版社 1988 年版。

9. 老舍：《骆驼祥子》，选自《老舍全集（修订本）》（第三卷），人民文学出版社 2013 年版。

10. 雷文治主编：《近代汉语虚词词典》，河北教育出版社 2002 年版。

11. 李立成：《自指的“的”字短语》，《语言教学与研究》1999 年第 3 期。

12. 刘敏芝：《近代汉语中表自指的结构助词“的”》，《语言学论丛》（第二十九辑），商务印书馆 2004 年版。

13. 罗竹风主编：《汉语大词典》（第六卷），汉语大词典出版社 1990 年版。

14. 吕叔湘：《中国文法要略》，《吕叔湘文集》（第一卷），商务印书馆 2010 年版。

15. 彭利贞：《现代汉语情态研究》，中国社会科学出版社 2007 年版。

16. 宋青：《北京话连词史（1750—1950）》，博士学位论文，苏州大学，2012 年。

17. 王凤兰：《现代汉语目的范畴的建立及相关问题研究》，《汉语学习》2011 年第 6 期。

18. （清）文康：《儿女英雄传》，中华书局 2013 年版。

19. ［日］香坂顺一：《白话语汇研究》，江蓝生、白维国译，中华书局 1997 年版。

20. 许少峰：《近代汉语大词典》，中华书局 2008 年版。

21. 尹洪波：《汉语目的小句的标记、位置及其解释》，《语言科学》2011 年第 4 期。

22. 袁毓林：《汉语词类划分手册》，北京语言大学出版社 2009 年版。

23. 袁毓林：《汉语词类的认知研究和模糊划分》，上海教育出版社

2010年版。

24. 钟兆华主编：《近代汉语虚词词典》，商务印书馆2015年版。

25. 周定一主编：《红楼梦语言词典》，商务印书馆1995年版。

26. 朱德熙：《自指和转指：汉语名词化标记“的、者、所、之”的语法功能和语义功能》，《方言》1983年第1期。

晚清两种官话文献词汇的南北对立与共融*

——以《伊索寓言》两个汉译本词汇为例

张美兰[1]　李贤中[2]

（1. 香港浸会大学中文系；2. 清华大学中文系）

摘　要：本文从词汇的层面对《伊索寓言》的两个汉译本：《北京官话伊苏普喻言》（1878）、《海国妙喻》（1898）进行对照考察，从比较的角度证明了两者的差异在于南北官话的用词差异，说明了《北京官话伊苏普喻言》的用词面貌实际上是南京官话与北方口语的混合表达，但是在官话通语基础上更加偏向选择使用了北方口语词汇。《海国妙喻》具有南京官话的性质，是研究晚清南京官话的文献资料。

关键词：《北京官话伊苏普喻言》；《海国妙喻》；词汇；南北地域差异；共融

一　引言

清末出现了《伊索寓言》的两个官话文本：一是《北京官话伊苏普喻言》（1878），二是《海国妙喻》（1898）。前者是东京外国语学校的教员中田敬义，把日语的《通俗伊索物语》翻译成《北京官话伊苏普喻言》，作为学校学习北京官话的教科书。该书也成为日本明治时期日本人学习北京官话的汉语教材。后者发表在地方白话报《无锡白话报》上，是无锡人梅侣女史①在张赤山文言文《海国妙喻》（1888）的基础上，为

---

* 本文是中国国家语委后期资助项目“清末民初北京话口语词词典”（HQ135－33，2019）阶段性成果。

① 《海国妙喻》，作者“梅侣女史”是裘毓芳的笔名。该白话文先后发表于《无锡白话报》1898年5月11日至11月16日。

推广国内的白话文运动而进行的白话翻译。虽然两者的目的不同，但是有一点是共同的，学习和推广汉语官话口语，前者更明确标示是北京官话。那么，《海国妙喻》的官话口语色彩如何呢？两者之间官话面貌是否一致？本文拟通过词汇比较来进行讨论。

《北京官话伊苏普喻言》（简称"北"），来自日语文本的转译，共237则，每则都有一个四字语标题，如：《众鼠议守》《狐鹤相请》《鼠搅狮眠》等。《海国妙喻》（简称"海"），来自文言文本的转译，共25则，每则都有一个七字语标题，如：《树上鸦唱曲受欺》《拔鲠剌豺忘鹤恩》《老鼠献计结响铃》《拾遗金顿昧交情》等。两者文本来源不同，汉语主译者生活地域不同，篇幅长短不同。李贤中（2019）、张美兰（2021）先后从地域特征词的角度对两部文献特征词的南北分布进行专题讨论。本文将以词汇的南北"对立与共融"为视角，比较两种文献之间的词汇分布特点。因篇幅限制，本文将简单陈述每组词的来源以及学界与之相关的研究成果，重点探讨每组词的历时发展状况以及词与词之间的用法差异，同时结合清末民初汉语官话口语教材《官话指南》（简称《指南》）、《官话类编》[①]（简称《类编》）、《北京纪闻》（简称《纪闻》）[②] 等文献进行充分地陈述。每一组词以"北"—"海"的使用情况对比展开，力求对两种文献都全面观察，说明当时文献所显示的官话特点。

二 词汇比较

（一）脖子义：脖/脖子—颈

表脖子义，《北》中，只出现"脖"3例和"脖子"8例。《海》中

① 《官话类编》（Mandarin Lessons1892年）是美国传教士狄考文（Calvin Wilson Mateer）编著，用右行/左行并行（脖/颈子）来记录当时南北官话用词差异，且用英文注解了这种兼收异文的南北地域分布。本文的词语解析也将借助《官话类编》的相关信息。

② 《北京纪闻》，日本人冈本正文编译，金国璞校阅，明治三十七年（1904）。该书由200则新闻报道连缀而成，每则以四字短语为题。采用"言文对照"：文言部分系编译者摘录而来，口语部分系编译者所撰北京官话译文，是同一内容的文言文教材与北京官话口语对译，反映了文白新旧书面语与口语两种风格。

只有“颈”2 例。如：

（1）a. 以后拿个铃铛挂在他的脖子上，这么着……（《北·众鼠议守》）

b. 只要在猫颈里结一个响铃，猫一动……（《海》第二回）

（2）a. 是那一位往猫脖子上挂铃铛去呢？（《北·众鼠议守》）

b. 把这响铃结在猫颈里，那一个肯去？（《海》第二回）

《官话类编》中也有这种差异的记录。如：

（3）那是已经受封诰的太太，你看她头戴凤冠，身穿蟒袍，脖/颈子①上挂着朝珠，实在体面到极处。（《类编》第一百三十七课）

“颈”在战国时代已出现，到汉代以后，“颈”普遍用来表示“脖子”义。元代新产生了“脖”②，而后“脖”常带后缀“子”说成“脖子”。元代至清代，“脖子”成为表示脖子的主要词语。今现代汉语乃延续着这一特点。张双庆（2002：409—410）指出：“颈”是个古语词。是粤方言的二级特征词。围巾叫“颈巾”，固执叫“硬颈”，项链为“颈链”，上吊称“吊颈”等，各地基本一致。由此可见，《海》中“颈”是保持了官话通语的南方官话色彩。

（二）店铺义：铺子—店③

在《北》中，只出现“铺子”4 次，未见“店”。如：

（4）一个卖白糖等类的铺子，蜂蜜罐子倒了，洒出蜂蜜。

---

① 《类编》：脖 Poa^3，The neck，the navel；颈 $keng^3$，The neck，the throat。

② 方云云（2010）指出，在《元刊杂剧三十种》中，“脖”出现了 6 次，但字形不统一，分别作“钹”1 次，“孛”3 次，“脖”1 次和“䯋”1 次。

③ “铺”指“店铺”，《汉语大词典》最早引例是唐代。“铺子”，最早引例是宋代。（宋）张齐贤在《洛阳搢绅旧闻记·水中照见王者服冕》中说：“试往水北小清化内路某人铺子内问之，合有此药。”“店”指“商店”，《汉语大词典》最早的用例是唐代。

（《北·苍蝇贪死》）

在《海》中，未见“铺子”，只出现“店”，如：

（5）有一日他父亲请客，叫多虑往酒店买酒，去了半日，还不回来，就叫人去寻他。（《海》第二十四回）

“铺子”与“店”呈现出南北官话的差异，在《类编》中有，如：

（6）他父亲的铺子/店，在大街上。（《类编》第六课）

（7）郭子彬的钟表铺/店，昨天晚上，叫贼偷了一架钟两个/挂表去。（《类编》第一百二十五课）

据《现代汉语方言大词典》（2002：2335）表示“旅店”义时，济南、西安、万荣用“店”，牟平、洛阳、太原、银川、萍乡用“客店、商店”，南京、绩溪、崇明、苏州、杭州、宁波、金华、黎川、于都、福州用“店铺、商店”。

“铺”字亦作“舖”。《现代汉语方言大词典》（2002：5515—5516）在绩溪、崇明也可以用表“铺子，商店”。在广州用来表示“店铺”。在济南、洛阳、西安、太原、忻州、南昌都使用“铺子”表示“开有门面出售商品的处所”的意思。

《北京纪闻》有“店”与“铺”的文白对照。如：

（8）a. 现在祁罗弗洋行以及各洋货店均定造多箱云。（《纪闻·洋皂畅销》文）

b. 现在祁罗弗洋行和各洋货铺，都定造许多的箱。（《纪闻·洋皂畅销》白）

（9）a. 北京各茶叶店因鲜花价涨异常，各茶行公议，所售茶叶概免花熏。（《纪闻·茶商会议》文）

b. 北京各茶叶铺，因为茉莉花价钱长的太利害，各茶叶铺公议，所有卖的茶叶，全都不用茉莉花熏。（《纪闻·茶商会议》白）

《纪闻》的文白差异，也显出《海》中“店”是偏文言的旧词。

（三）喝饮义：喝—吃

表“把液体或流食咽下去”语义，《北》中使用“喝”27 例。但在篇名《犬饮水死》中出现了“饮”1 例。在《海》中只出现“吃”。例如：

（10）打算留他喝酒，偏巧没有甚么下酒的东西。（《北·鸟巧说主》）

（11）狐狸办了酒席请客，白鹤高高兴兴的走来吃酒。(《海》第三回)

《类编》中有“喝”与“吃”对应差异的用例，如：

（12）咱们进去喝/吃杯茶，坐坐歇息歇息。(第一百十四课)

吕传峰（2005）指出：“喝”表“把液体或流食咽下去”始于宋元时期，最初产生于北方方言。但一直到清朝中叶“喝”的用例非常有限，使用范围并不广泛。直到清朝中后叶才发展起来，跟“吃”与“饮”形成有力竞争。张美兰（2017：1166）指出表“饮喝”义，在《官话指南》的官话本中用“喝”，上海话译本《土话指南》中用“吃”，粤语《粤音指南》的译本用“饮”。如：

（13）a. 你先喝酒，回头再批评。我已经喝了。（《官话指南》第二卷）

b. 先吃酒罢，后来再讲张。我酒吃个者。（《土话指南》第二卷）

c. 你饮酒先喇，回手致批断过呀。我已经饮哓咯。（《粤音指南》第二卷）

由此可见，《海》中用“吃”是保持了官话通语的南方官话色彩。

(四) 老鼠义：耗子/鼠—老鼠

在《北》中，“耗子”总共出现了32次，“鼠”出现了25次，其中在四字语篇名中出现了9次，如《山震鼠出》《蛙谋害鼠》《鼠报狮恩》等，以四字为一句，如同成语，比较偏文言词，用“鼠”具有书面语色彩，较为正式。“耗子”属于口语词，体现了文白语体的差异。

在《海》中，未见“耗子”，用“老鼠”26次，仅一次在篇名《村中鼠急流勇退》中用“鼠”出现，也许是七字语韵律限制，在其他篇名中出现“老鼠”的用词，如《老鼠献计结响铃》。在两个汉译本相同的篇目当中，有比较明显的差异。例如：

(14) a. 耗子们被猫欺压的甚利害，打算想一个除这害的好法子。(《伊·众鼠议守》)

b. 老鼠受猫的害已经长久了……(《海》第二回)

(15) a. 一晚，众耗子凑到一块儿，商议商议。(《伊·众鼠议守》)

b. 有一日，一群老鼠聚在一堆，议论道：……(《海》第二回)

“耗子”与“老鼠”的地域差异，在《官话指南》的官话本中用“耗子”，上海话译本《土话指南》、粤语译本《粤音指南》中都用“老鼠”。如：

(16) a. 满地的耗子，他也不拿。(《官话指南》第一卷)

b. 屋里老鼠多来死，终勿肯捉个。(《土话指南》第一卷)

c. 满地嘅老鼠，佢亦唔捉。(《粤音指南》第一卷)

《类编》中也有这组用例，如：

(17) a. 谁欢喜吃那点冷干粮呢，还不许是耗子拉去了吗。(《类编》第一百三十课)

b. 谁喜吃那点冷干粮呢，还不许是老鼠拉去了吗。（《类编》第一百三十课）

上面的例子，表现了北方官话多使用“耗子”，而南方官话使用了“老鼠”。《汉语大词典》（1989：549）：“耗子，方言。老鼠。”《现代汉语方言大词典》（2002：3003）：“耗子：老鼠。哈尔滨、济南。”《北京土语辞典》（1990：171）：“耗子，即老鼠。”从文献中的用例情况，“鼠/老鼠”都出现在两种作品中，但“耗子”只在北方作品中出现。这可以说明“耗子”是北方的特征词，其使用地点主要限于北方地区，只在一些北方的方言里有所保留。

（五）一日义：一天/日——一日

在《北》中“一天”出现91例，“一日”仅见3例。如：

（18）他钓了一天的鱼也没有得什么。（《北・小鱼乞命》）

（19）所以一天比一天的见膔，一日加一日的见好。（《北・老狮卧病》）

《海》中只出现“一日”20例。在相同篇目的两种译本中，表现出两者词汇的使用差异，如：

（20）a. 有一天，狐狸请仙鹤吃饭……（《北・狐鹤相请》）

b. 有一日，狐狸办了酒席请客……（《海》第三回）

（21）a. 有个人养活着一只鸭子，天天儿①下一个金蛋。（《北・骛孵金卵》）

b. 听见说有人养一只雌鸡，一日生一个金蛋。（《海》第八回）

在明清之际，“天”产生了新义，同“一日”，多在北方使用。到了晚清，“一天”的使用频率在北方逐渐增加，而“一日”的使用频率越来

① “天天儿”相当于“一天”。

越少。所以，《北》中“一天”多于“一日”，《海》则通篇使用“一日”。这也说明晚清时期北方官话中的“一天”占据主导地位；在南方官话中，“一日”仍占有重要地位。

（六）喉咙义：嗓子/喉咙—喉咙

表“咽喉”义，《北》中出现“嗓子”3 例，“喉咙”1 例。如：

（22）嗓子渴得冒烟儿了，可怎么好呢？（《北·改恶移善》）
（23）就把长嘴伸进狼的喉咙里去……（《北·狼骗仙鹤》）

在《海》中，只使用了“喉咙”。在两个文本相同的篇目中，出现“嗓子”与“喉咙”的用词差异，如：

（24）a. 有一个狼，嗓子里扎了一根大骨头。（《北·狼骗仙鹤》）

b. 盘古时候有一只豺，吃东西吃得忒要紧些，被骨头鲠住了喉咙。（《海》第六回）

调查清代南北方小说，《红楼梦》中只出现“嗓子”5 例，《儿女英雄传》中，出现“嗓子”2 例，“喉咙”1 例。南方的《孽海花》中只出现“喉咙”1 例。《海上花列传》中也只出现了“喉咙”10 例。如：

（25）老祖宗喝一口润润嗓子再掰谎。（《红楼梦》第五十四回）

（26）他竟自不知，还在那里闭着嘴只管从嗓子里使着劲儿紧抽。（《儿女英雄传》第三十七回）

（27）好让那作书的借此歇歇笔墨，说书的借此润润喉咙。（《儿女英雄传》第九回）

（28）却趁着胸中一团饥火，夹着一股愤气，直冲上喉咙里来。（《孽海花》第五回）

（29）刚哭出这一声，气哽喉咙，几乎仰跌。（《海上花列传》第二十九回）

由此可见，“嗓子”是当时北方使用的特征词，“喉咙”作为通语词，在南方一直使用，成为南方的特征词。王凤阳（2011：134）提出到近代时期才出现“嗓”的，它可能是“吭”的变体。《现代汉语方言大词典》（2002：4855）：“嗓子”是在北方使用的词。在哈尔滨“嗓子”表示“喉咙”。而在济南、牟平、扬州、柳州、洛阳、西宁、银川和乌鲁木齐可以用来表示“喉咙、嗓音”。《现代北京口语词典》《新编北京方言词典》《北京话词语》等都有收录。“喉咙”曾是个通语词，《现代汉语方言大词典》（2002：4350）：在哈尔滨、武汉、成都、贵阳、柳州、西宁、太原、上海、杭州、金华、梅县、南宁、东莞、建瓯、福州都用来表示“咽部和喉部的通称”，在绩溪、丹阳、长沙、娄底、萍乡还可以用来表示“嗓音”，而在扬州还可以用来指唱歌的嗓子。

（七）洞义：窟窿/洞—洞

《北》中，“洞”出现 26 例，含篇名《犎逃羝洞》，“窟窿”仅 4 例，如：

（30）真仿佛那住在泥窟窿里的癞虾蟆一个样。（《北 · 二鼠相请》）

（31）为要看他心地的邪正，胸口上要有一个窟窿。（《北 · 四神聚会》）

（32）偏巧这是狮子的洞。（《北 · 脱虎落狮》）

在《海》中，只出现“洞”，如：

（33）恰见面前有一个大山洞，快活已极，连忙钻进去，那里料到有个狮子在里头。（《海》第二十一回）

《类编》也有“窟窿”与“洞”的南北用词差异，如：

（34）我的袍子被火烧了一个大窟窿/洞。（《类编》第五十三课）

在《官话指南》中用“窟窿”，上海话译本《土话指南》中用“洞”。如：

（35）a. 起他后墙上挖了一个窟窿，进他屋里去。（《指南》第二卷）

b. 拉伊后面墙上挖之一个洞，到伊屋里。（《土话指南》第二卷）

《北京纪闻》有“洞”与“窟窿”的文白对照。如：

（36）a. 户部银库前数日于壁上被人穿凿小洞。（《纪闻·图盗未成》文）

b. 户部银库前几天被贼在墙上挖了一个小窟窿。（《纪闻·图盗未成》白）

“洞”是古今通用词。相对于北方口语词“窟窿”而言，“洞”是南方官话的特征词。在语体上，还带有书面语色彩。《现代汉语方言大词典》（2002：5016）指出：“窟窿”在济南、西安、万荣、太原、金华、扬州、南京、洛阳都用来表示“洞”。

（八）第一人称：咱们/我们—我们

“咱们”与“我们”都是第一人称“我”的复数。现代汉语“咱”与“咱们”只存在北方方言里，南方方言中用“我”和“我们”。在《北》中出现“咱们”（18次）“我们”（40次），但在《海》中，只出现“我们”（10次），如：

（37）请您下来，咱们一块儿念早经罢。（《北·鸡狗杀狐》）

（38）唉，咱们与其叫黄鹰和老鸹吃，不如往后和好。（《北·狮羚相斗》）

（39）老天爷啊，可怜我们罢！救我们罢！（《北·使鹭食蛙》）

（40）都是匠人不好，闹乱了我们心思！（《海》第十九回）

《类编》中“咱们”与“我们”呈现出南北官话的差异，如：

（41）咱们①/我们歇歇罢。（《类编》第八十四课）

太田辰夫（1950）② 指出“咱”出现在北方资料中，如《满汉成语对待》《红楼梦》《儿女英雄传》《官话指南》。太田辰夫（1969）③ 把第一人称代词“咱们”与“我们”的区别归纳为北京话的语法特点之一。相对于北方官话的“咱们”，通语词“我们”成为南方官话的特征词。

（九）处所代词：这儿/这里—这里；那儿/那里—那里

“这里”“那里”在晚唐五代《祖堂集》中已见。“这儿”“那儿”，产生较晚。在《北》中，“这儿”（19 例）、“那儿”（56 例）多见，“这里”（1 例）、“那里”（1 例）偶见。如：

（42）到这儿也拔，到那儿也拔。（《北·一男二妻》）
（43）若在这里头走船，料必快活。（《北·容柔性愎》）
（44）见看山的人在那里锯木头。（《北·狐被人追》）

在《海》中，只出现了“这里”（5 例）和“那里”（17 例），如：

（45）这里常有这吓碎胆的事么？（《海》第九回）
（46）有几个水木匠，正在那里修理。（《海》第十九回）

《类编》中“这儿”与“这里”、“那儿”与“那里”呈现出南北官话的差异，如：

---

① 《类编》第八十四课【注】：“In Peking 偺 and 咱 always have the plural termination，们，joined with them. In Central Mandarin it is generally omitted. Its use seems to add nothing，as the words are essentially plural. Neither 偺 nor 咱 is used to any extent in Southern Mandarin. ”（第 222 页）

② ［日］太田辰夫：《论清代北京话》，陈晓译，《语言学论丛》2013 年第 2 期。

③ ［日］太田辰夫：《近代汉语》，《中国语语学新辞典》，光生馆，1969 年。

（47）他害了怕，这儿[①]/这里藏，那儿/那里躲。（《类编》第九课）

九江书局的《官话指南》，将北京官话的《官话指南》中的“那儿”均改成“那里”了，如：

（48）a. 你上那儿去？我想上张老师那儿拜客去。（北京《指南》第一卷）

b. 你往那里去？我想到张老师那里去拜客。（九江《指南》第一卷）

“这里/那里”原是通语词，在清代，相对于北方官话中特征词“这儿/那儿”，它又成为南方官话的特征词。

（十）断义：折（shé）/断—断

“折”，读为“折（zhé）”表示断开的状态和动作；读为“折（shé）”表示断开的结果。表示“断开”语义，在《北》中，出现“折”（5 次）、“断”（6 次）。而在《海》中，只出现“断”（11 次），如：

（49）绳子折了，罐子掉在井里头了。（《北・狡童骗贼》）

（50）那儿知道绳子断了，从杠子上掉下来，滚到河里去了。（《北・父子卖驴》）

（51）驴子见人多，要想逃走，不肯叫捆，用力一挣扎，绳都挣断。（《海》第十三回）

在相同的篇目中，“折”与“断”异文使用。如：

（52）a. 他们就毫不费力，一撅就撅折了。（《北・伧父训子》）

---

① 按：《类编》第九课【注】：“（这儿）It is much more used in Northern than in Central and Southern Mandarin. It is not heard at all in Nanking.”（第 22 页）

b. 谁知毫不费力，把这捆木条一齐拗断。（《海》第十八回）

《类编》中“折”、“断”呈现出南北官话的差异，如：

（53）听说姜瓦匠的腿，教石头砸折/断了。（《类编》第五十三课）

在《官话指南》的官话本中用“折”，上海话译本《土话指南》、粤语译本《粤音指南》都用“断”。如：

（54）a 我瞧瞧，这个钟是练子折了。（《官话指南》第二卷）
b. 让我看，断之弦咾。（《土话指南》第二卷）
c. 我睇，呢个钟系断咗炼啩。（《粤音指南》第二卷）

《北京纪闻》有“折”与“断”的文白对照。如：

（55）a. 并将新浮桥绳缆撞断，该桥船一并随拥而下。（《纪闻·桥船被撞》文）
b. 并且把新浮桥的绳缆也给撞折了，那浮桥的船，也跟着冰走下去了。（《纪闻·桥船被撞》白）

“断”是一个通语词。在地域层面上，北方官话使用“折”时，南方官话使用通语“断”。根据《纪闻》的文白差异，就显出南方官话的“断”是较偏文言的用词。

（十一）观看义：瞧/看—看

在《北》中，出现“瞧”99处（其中7例“瞧瞧”，2例“瞧了瞧”），“看”153处。但在《海》中，只出现“看”51处（其中3例“看看”）。在相同的篇目中，能比较明显地看出词汇差异，如：

（56）a. 里头有一个姑娘，大声儿说：“哎哟，大家瞧那蠢笨的

人罢！把可骑的驴空拉着，俩人倒都走呢！”（《北·父子卖驴》）

b. 遇几个女人说笑着走来，看见他父子两个牵着驴子走，都笑道：“世界上竟有这种痴人么？驴背空着，自己甘心在地下走！”（《海》第十三回）

（57）a. 就先进牛圈里去，瞧了瞧牛槽。（《北·鹿藏牛圈》）

b. 先数他的牛，后看牛的遍身，没一处不看到。（《海》第十四回）

在《类编》中“瞧”与“看”也呈现出南北官话的差异，如：

（58）反过来你瞧不上/看不中我，复过来你也瞧不上/看不中我，难道我必得上你眼睛里去住不成。（《类编》第一百七十四课）

对清代《儿女英雄传》《海上花列传》《孽海花》分布进行考察，发现在《儿女英雄传》中“瞧”出现了219处，“看”1510处。在《海上花列传》中，“看”出现946处，而“瞧”仅5处。在《孽海花》中，“看”出现740处，而“瞧”仅32处。从“瞧”与“看”的使用情况看，“看”是个通语词。在北京官话的材料中，“瞧”具有浓郁的北京口语气息，但“看”的适用范围更广，使用的频率比“瞧”高。而“瞧”是北方作品的特征词。相对于“瞧”，南方官话用“看”。

（十二）放置义：搁/放—放

表示“放置”义，在《北》中，出现“搁”12次、“放”12次，但在《海》中，只出现“放”2次，如：

（59）一个时候儿，有人把一只小狼儿搁在他的巴掌上。（《北·盲人瞎猜》）

（60）把刚赶来的山羊并不放在心上，撂在一边儿。（《北·牧奴失黼》）

（61）一个看牛的孩子来喂牛，放下粮草，回身就走。（《海》第十四回）

《官话指南》的官话本中用“搁”，上海话译本《土话指南》、粤语译本《粤音指南》用“放”。如：

（62）a. 那桌子、椅子就先暂且散搁着，等我过去再调度安置。（《指南》第三卷）

b. 台子咾椅子，先放拉一边，让我过来再安排味者。（《土话指南》第三卷）

c. 个的台、櫈，随便放处，等我过去再嚟摆设。（《粤音指南》第三卷）

“放”，《广雅·释诂四》：“放，置也。”表“放置”义，“放”大概在明代成为核心词，取代“置”。表“搁置”义之“搁”，早期文献写作“阁”，在《齐民要术》、王梵志诗、唐张鷟的《游仙窟》中能偶尔见到。写作“搁”，比较晚。在宋元时期偶见，明清时期以来才用得较为频繁。到清代在北方口语中更常见，在北京官话教材中“搁”是一个北方特征词。《现代汉语方言大词典》（2002：5859—5860）指出在哈尔滨、济南、银川、乌鲁木齐、太原、万荣、成都、绩溪、南京、南昌等地区“搁”表示“放置”义。金小栋、吴福祥（2017：374）指出：“搁”在东北哈尔滨、河北昌黎、山东东明、山东蓬莱、河南西华、山西万荣、新疆乌鲁木齐、宁夏银川、安徽颍上、江苏沭阳这些不仅用为“放置”义，还用作介词引介处所源点、方向、终点和时间。这些地区大都属于北方官话地区。南方广东中山隆都方言有介词“放”引介处所源点，汕头方言和雷州方言有介词“放”引介处所终点的用法。陈顺成（2017）推测“搁”最早或为南方江浙一带方言词，后来随明朝迁都而流传至北京地区，至今仍可视为北京话和东北方言的特征词。

相对于北方话的“搁”“放”是南方的特征词。

（十三）比拟助词：似的/一样——一样

比拟助词有“似的”“一样”。在《北》中，出现“似的”12例，“一样”3例，但在《海》中，只出现“一样”2例，如：

（63）有香味儿的树脂，看看仿佛石头似的。（《北·鼢夸

聪明》)

(64)于是那打鸟儿的人飞也似的跑来，就把他拿住了。(《北·用计捕鸟》)

(65)就把佩刀衔在嘴里，两手拉着绳，像猴狲一样。(《海》第十九回)

对《类编》进行考察发现，“似的”与“一样”呈现出南北官话的差异，如：

(66)你这话实在不明白，好像小孩子的话似的[①]/一样。(《类编》第九十九课)

(67)郑牧师走道常低着头，仿佛心里想甚么似的/一样。(《类编》第九十九课)

在《纪闻》北京口语译文中，“似的”与“一样”都出现了，如：

(68)并且天天儿夜里，有俄国兵出来巡察，远处一看，那个俄国的兵营，电灯如同星星似的。(《纪闻·旅顺戒严》白)

(69)可是大家如同没听见一样，像这样儿的坏风俗，不知道多咱才能除哪。(《纪闻·坏俗难除》白)

总而言之，《北》《类编》《纪闻》中的用例情况可以说明，北方作品使用“似的”与“一样”；而《海》与《类编》却只出现“一样”的用例，证明“一样”就是个南方词。但《北》和《纪闻》也出现了“一样”的用例。这是因为“一样”不只是南方官话的特征词，它也可以作为通语词。

---

① 《类编》第九十九课【注】：似的 A colloquial enclitic added at the end of a clause to fill out the force of the previous comparison. It is very much used in some places, and but little in others. It has no equivalent in good English. “Like” is sometimes used in colloquial English in a similar way, as, “He seems tired like.”（第 269 页）

（十四）数量结构：俩/两个—两个

“俩”即“两个”（数词+量词）的合音词。大约在清代中期出现，是北方口语中新出现的词。在《北》里，出现“俩”14 例，“两个”14 例。在《海》中，只出现“两个”12 例，未出现“俩”的用例。在相同篇目的两个版本中，有“俩”与“两个”的使用差异，如：

（70）a. 那人又说：“因为你们这么作践他，所以人都不想是这样，怎么你骑得这么苦呢？倒是你们别骑着，俩人抬着他罢！”（《北·父子卖驴》）

b. 那人说道：“一定不是自家的，若是自家的，总不肯这样劳苦他的，叫一只驴子身上骑你两人，那里载得起？不如你父子两个抬着驴子走，岂不省事？”（《海》第十三回）

《类编》中“俩”与“两个”也呈现出南北官话的差异，如：

（71）我们俩/两个只雇一个牲口。（《类编》第四十九课）

在《官话指南》中用“俩”，在上海话、粤语中用“两个”。如：

（72）a. 俩月的工夫，他就赚了有好几百两银子。（《官话指南》第二卷）

b. 两个月工夫，赚之好几百两银子。（《土话指南》第二卷）

c. 两个月咁耐，就捞啯几百银。（《粤音指南》第二卷）

同时，北京官话版《官话指南》的“俩”在九江书局版《官话指南》中均被替换为“两个”。同一概念表达，“两个”是通语词，相对于北方特征词“俩”，《海》中的“两个”就表现出南方的用法特色。

在《北京官话伊苏普喻言》与《海国妙喻》的南北官话对应的用词中还有“营生”与“事情”、“叼”与“衔”、“言语”与“开口”、“很”与“极”等组词，这些从一个侧面说明了《北京官话伊苏普喻言》与

《海国妙喻》用词的南北方特色，反衬出后者的南京官话特点。

三　结语

（一）《北京官话伊苏普喻言》是北京官话口语教材，偏重在通语的基础上更多地使用北方口语词汇。在《伊苏普喻言》的大部分词条中，常用词的使用大都是一组词，如：表示“放置”义，“搁”与“放”都用；表示“看视”义，“看”与“瞧”都用；表示“咽喉”义，“喉咙”与“嗓子”都用。但是《海国妙喻》只用“放”“看”“喉咙”一组词，不见“搁”“瞧”“嗓子”，这样一组组比较，不得不说，前者主要使用了当时的北京官话口语词，而后者只用了南京官话的口语词。郭锐、翟赟、徐菁菁（2017）通过对晚清、民国时期南京官话和北京官话材料的考察，发现普通话中有很多来自南京官话的词汇和语法成分，普通话的词汇和语法实际上是北京官话和南京官话的混合体。混合方式是以北京官话为底子，吸收部分南京官话的词汇和语法形式。在这里，我们想说的是，清末的北京官话口语教材，其词汇和语法实际上是南京官话和北方口语的混合体，但是其中的北京口语的味道更浓一些。

余思思（2017：24）对两部清末民初的北京官话材料——《言语声片》（1924—1926）、《官话急就篇》（1918）进行对比研究，指出“瞧”具有浓郁的北京方言气息，但“看”的适用范围更广，使用的频率比“瞧”高。在《言语声片》中，只出现“看”77处，但在《官话急就篇》中，“瞧”与“看”均在使用，“瞧”有30处，“看”有55处。这个观察与我们的结论大致一致。这也提醒我们在提取一部文献的语言特征时，应该注意多种现象的汇聚。

（二）梅侣女史（裘毓芳）在翻译《海国妙喻》时所使用的口语词，受作者所在地域的南方官话的影响，比较《海国妙喻》中的词汇面貌，该文献体现的是南京官话的用词特点，因此该文献可以看作当时的南京官话口语文献。

（三）《伊苏普喻言》作为教材，每一篇篇名都以四字命名，略显庄重，如：《二鼠相请》，不用“耗子”用“鼠”，不用“俩”用“二”；《马外视驴》不用“瞧”和“看”，而用“视”。《犬饮水死》，不用“狗”用“犬”，不用“吃”“喝”，而用“饮”；《羣逃羚洞》不用“窟窿”而用“洞”。这是语体语用的特点，显示出篇名语体雅致和韵律要求。

（四）《北京纪闻》同一内容的书面语与北京官话口语对译，反映了书面语与口语的两种风格。可以发现北京官话教材反映的是口语语体，偏重明清以来，特别是晚清以来新的词汇成分。通过对比发现，其书面语部分的用词是汉语通语底层的用词，很多在官话中存留。《海国妙喻》中的南方官话用词就是这些用词的体现。这一点帮助我们认识到南京官话的存古，北京官话趋新的特点。

（五）清末北京官话盛行，有一批北京官话的文献被挖掘出来。南京官话的材料学界讨论比较多的是域外文献，如日本江户时期唐话材料、琉球官话资料等得到了学界关注，另外内田庆市（2020）出版了包括《南京华言学堂课本》在内的《南京官话资料集》，为我们提供了新的资料。但是，南京官话的词汇语法特点还期待通过不断地发掘文献，能够得以进一步展示。本文将无锡人梅侣女史（裘毓芳）翻译的《海国妙喻》中所使用的南方话特征词，与《北京官话伊苏普喻言》相关片段所使用的北方特征词进行比较，从词汇角度来论证《海国妙喻》的南京官话特点。可见，地域特征词比较的方法，也可以作为我们判定一部作品地域特点的手段。期待运用这种方法来挖掘更多的本土南京官话文献。

参考文献

1. 陈顺成：《试析“搁”的语法化》，《汉语学习》2017 年第 1 期。

2. 方云云：《近代汉语“脖子语义场”主导词的历时演变》，《安徽农业大学学报》2010 年第 1 期。

3. 冈本正文编译：《北京纪闻》收入《京华事略・北京纪闻》（依据明治三十七年，1904，东京文求堂藏版），北京大学出版社 2018 年版。

4. 郭锐、翟赟、徐菁菁：《汉语普通话从哪里来？——从南北官话差异看普通话词汇、语法来源》，［日］《中国语言文化学》2017 年第 6 号。

5. 李荣主编：《现代汉语方言大词典》，江苏教育出版社 2002 年版。

6. 金小栋、吴福祥：《官话方言放置义动词“搁”的语义演变》，《语言科学》2017 年第 4 期。

7. 李贤中：《〈伊索寓言〉汉译本词汇比较研究》，硕士学位论文，清华大学，2019 年。

8. 吕传峰：《现代方言中“喝类词”的演变层次》，《语言科学》2005 年第 6 期。

9. ［日］内田庆市编：《南京官话资料集》，关西大学出版部 2020 年版。

10. 太田辰夫：《论清代北京话》，陈晓译，《语言学论丛》2013 年第 2 期。

11. 王凤阳：《古辞辨》，中华书局 2011 年版。

12. 余思思：《清末民初北京官话口语教材对比研究——以〈言语声片〉、〈官话急就篇〉为例》，硕士学位论文，四川师范大学，2017 年。

13. 张美兰：《〈官话指南〉汇校与语言研究》，上海教育出版社 2017 年版。

14. 张美兰：《汉语南北官话的词汇差异——以清末两本〈伊索寓言〉汉译本为中心》，沈国威、奥村佳代子主编《内田庆市教授古稀纪念论文集》，《文化交涉と言语接触》刊行会，［日］书友书店，2021 年版。

15. 张双庆：《粤语的特征词》，《汉语方言特征词研究》，厦门大学出版社 2002 年版。

16. 中田敬义编著：《北京官话伊苏普喻言》，收入陈颖、陈晓主编《日本北京话教科书汇编》，北京大学出版社 2018 年版。

17. Calvin Wilson Mateer. *A Course of Mandarin Lessons*, *based on idiom*. Shanghai: American Presbyterian Mission Press, 1900.

（张美兰，女，香港浸会大学中文系教授，主要从事汉语史研究。邮箱：zhangmeilan@mail. tsinghua. edu. cn）

高丽汉文词的语言特点及其在汉语词汇研究中的价值*

王彤伟

（四川大学文学与新闻学院/中国俗文化研究所）

摘　要：对于高丽时代汉籍中的汉文词，学界目前关注得还不够。这些作品的语言是学习中土汉语的结果，性质上是域外的汉语书面通用语。高丽汉文与本土汉文的关系属于单向的接受影响型关系，高丽汉文词中记录的词语基本都是本土词语的“存照”，可为汉语词义训诂及词汇历史研究提供新的材料，可作为研究古代汉语与中土文化域外传播及变异的重要依据，对其进行深入研究也有助于高丽汉文词文献的整理及相关的汉韩翻译等工作。

关键词：高丽汉文词；词语；训诂

随着研究视野的扩大和研究程度的加深，越来越多的汉语史研究者纷纷把目光投向域外汉籍，尤以日本、韩国两国的古代汉籍为重点，不断推出新的研究成果。

朝鲜半岛的谚文晚至公元1443年才创制出来，因此半岛高丽时代（918—1392）流传至今的作品全部都是用汉字来记录的。

在高丽建国之前，因为新罗“读书三品科”制度的施行以及受崇尚唐朝风气的影响，五七言汉文诗已经成为新罗文人写景抒情、叙事咏物的主要手段。高丽建国后，因为仿效中国实行科举制，所以识认汉字、通晓汉籍以及用汉字表达思想更成为文人修习的重要内容。

流传至今的高丽时代汉籍中有大量的历史、文学作品，这些作品的语言都是学习中土汉语的结果，可以作为我们研究汉语史的补充。汉文词即

---

* 本文为国家社科基金项目“朝鲜半岛古代汉文词辑录校注与语言文字研究”（项目号：20YY144）的阶段性成果。

高丽文士按照词律用汉字创作的诗词之词。在整理研究高丽汉文词的过程中我们发现，这些作品中很多词语或义项，在国内现今大型语文辞书中尚有阙如，对相关词语进行考察是近代汉语词汇研究的有益补充。

一 高丽汉文词的总体面貌

高丽时代的汉文词我们目前共辑得 20 家 157 首，按照作者先后列表如下：

表 1　　高丽时代汉文词统计

	作者/生卒年	数量（首）	词牌词题
1	王运/1049—1094	1	《添声杨柳枝·贺圣朝》
2	权述/不详，1081 年任内侍	1	《梧桐影》
3	金克己/1150？—1204？	4	《望江南·江南乐》，《采桑子·鳌头转处》，《锦堂春·翠黛》，《玉楼春·多景楼》
4	李奎报/1169—1241	12	《临江仙·希禅师方丈观棋》，《望江南·笼中鸟》，《望江南·衿州客舍》，《渔家傲·登家园》，《浪淘沙·黄菊趁前期》，《浪淘沙·两君见和又作》，《桂枝香慢·光华庆席》，《桂枝香慢·笙歌簇席》，《桂枝香慢·别赠门生》，《桂枝香慢·次韵李侍郎》二首，《清平乐·虚台豁榭》
5	慧谌/1178—1234	3	《渔家傲》，《渔父词》，《更漏子·秋风急》
6	李承休/1224—1300	1	《临江仙·水绕山回》
7	李齐贤/1287—1367	54	《沁园春·将之成都》，《江神子·七夕冒雨》，《鹧鸪天·过新乐县》，《鹧鸪天·九月八日》，《鹧鸪天·饮麦酒》，《鹧鸪天·扬州平山堂》，《鹧鸪天·鹤林寺》，《太常引·暮行》，《浣溪沙·早行》，《浣溪沙·黄帝铸鼎原》，《大江东去·过华阴》，《蝶恋花·茂陵》，《人月圆·马嵬效吴彦高》，《水调歌头·过大散关》，《水调歌头·望华山》，《玉漏迟·蜀中中秋值雨》，《菩萨蛮·舟中夜宿》，《菩萨蛮·舟次青神》，《洞仙歌·杜子美草堂》，《满江红·相如驷马桥》，《木兰花慢·长安怀古》，《木兰花慢·书李将军家壁》，《巫山一段云·潇湘八景》两组，《巫山一段云·松都八景》两组
8	闵思平/1295—1359	4	《梦仙乡·奉送许存抚使》，《朝中措·奉和益斋》，《朝中措·眼看红雪》，《朝中措·独怜春色》
9	李穀/1298—1351	10	《浣溪沙·真州新妓》，《巫山一段云·次郑仲孚蔚州八咏》，《南歌子·次平海客舍诗韵》

续表

	作者/生卒年	数量（首）	词牌词题
10	郑诵/1309—1345	11	《巫山一段云》八首，《临江仙·代人作》，《浣溪沙·昨夜香闺》，《浣溪沙·莫笑先生》
11	元天锡/1330—?	6	《鹧鸪天·夹岸垂杨》，《鹧鸪天·促织词》，《鹧鸪天·白鸥词》，《阮郎归·一区山水》，《蝶恋花·客里应难》，《鹧鸪天·布袜青縢》
12	金九容/1338—1384	7	《画堂春·代人》，《卜操作数·倚户望斜阳》，《长相思·松山青》，《巫山一段云·送李直》，《鹧鸪天·送薛廉使》，《少年游·骊江》，《朝中措·人间万事》
13	崔执钧/丽末，不详	1	《剔银灯·昨夜细看》
14	无名氏/丽末，不详	2	《瑞鹧鸪·海东今日太平天》，《月华清·雨洗天开》
15	成石璘/1338—1423	1	《阮郎归·春寒悄悄》
16	李詹/1345—1405	4	《临江仙·重游密城》，《临江仙·松月亭》，《南柯子·竹径烟》，《虞美人·惊塞雁》
17	权近/1352—1409	8	《巫山一段云·新都八景》八首
18	权遇/1363—1419	9	《巫山一段云·新都八景》八首，《菩萨蛮·寄春亭》
19	安鲁生/丽末鲜初，不详	12	《巫山一段云》十二首
20	李原/1368—1429	6	《巫山一段云》六首
共计		157	

二 高丽汉文词的语言性质

如前文所述，汉字是高丽文士书面表达和记录的手段。当时的高丽文士在出访中国时，搜求中土书籍往往是其主要目的之一，新刊出的书籍一到高丽马上就被阅读和传诵。例如，苏轼在元丰二年（1079）因“乌台诗案”下狱后，苏颂曾作《元丰己未三院东阁作》诗：“词源远远蜀江流，风韵琅琅舜庙球。拟策进归中御府，文章传过带方州。”① 诗后自注云：“前年高丽使者过余杭，求市子瞻集以归。”可见苏轼文集一经编成，高丽人即知此消息且访求市归。高丽文士通过阅读中土经典文献学习汉

① 带方为郡名，东汉建安时公孙康分乐浪郡南部而设，治所在今朝鲜凤山附近。

语，然后用学会的汉字书面语进行记录、交流和创作；另外，汉文词的作者都是熟谙汉语的上层士人，他们密切关注并尽力模仿当时中国的名士，故而其作品的语言和中土基本同步。

葛兆光《想象异域》提到，高丽、朝鲜文人“在使用汉文互相沟通、汉诗互相唱酬、汉典加以装饰的时候，无论是评价、赞誉还是质疑的标准，常常来自它是否符合传统中华的风格与样式”。他同时引述了申维翰《海游录》中的一个故事，即1719年朝鲜人申维翰与对马藩记室橘雨森、松浦仪的笔谈：“（仪）问余曰：‘公以为其诗如何？’余答曰：‘婉朗有中华人风调。’仪举手加额谢曰：‘昔木下先生门下，与白石为同门友，幸蒙君子嘉赏，何幸如之！’”① 这件事虽然发生在朝鲜时代，但高丽时代慕华风气与此是一致的。高丽士林不但以对汉文经典的熟悉和通晓作为科举评判的手段，而且对所创作的作品也以是否像中土文士的作品作为评价标准。因此高丽汉文属于纯汉文而非变体汉文。② 可以说，他们在这些汉字书面语中保存了当时丰富的社会、文化、生活、语言信息。因此，高丽汉文词的语言可以看作域外的汉语书面通用语。

另外需要注意的是，高丽汉文与本土汉文的关系属于单向的接受影响型关系，因此高丽汉文词中记录的词语基本都是本土词语的“存照”，可为汉语词义训诂及词汇历史研究提供新的材料。本文所举各条，今天的大型辞书如《汉语大字典》《汉语大词典》《近代汉语词典》均未收录，正可作为其研究价值的直观说明。

三 高丽汉文词中未见于国内大型辞书的词语举例

1. 奈今

当年试席，在蚁战正酣，谁是门客？经了千淘万汰，始登采摘。天墀拜受黄封酒，便飞荣，翼修鸣剧。奈今开宴，称觞奉寿，此情良

① 葛兆光：《想象异域》，中华书局2014年版，第19页。

② 根据日本汉文所使用汉语的纯正程度，峰岸明将其分为纯汉文和变体汉文两类。（峰岸明：《变体汉文》，东京堂，1986年版。转引自姚尧《日本中古汉文文献的语言特点》，《中国语文》2018年第3期。）

得。（李奎报[1]《桂枝香慢·又别赠门生》）

其中“奈今”与“当年”对举，“奈今”即“如今、而今”。

中土唐宋典籍中“奈+今”这样的组合在明代以后才常见，不过结合不紧密，尚处于成词的前夜阶段，其中“奈”往往含有转折的意味，用以说明原因。如：

臣才薄任重，伏蒙明旨，令臣坚守不战，以待蜀人之自敝；奈今诸葛亮遗臣以巾帼，待臣如妇人，耻辱至甚！（《三国演义》第一〇三回）

今之军士，设使平日所习所学的号令营艺，都是照临阵的一般，及至临阵，就以平日所习者用之，则于操一日，必有一日之效；一件熟，便得一件之利，况二百年耶？况自幼而为武士者耶？奈今所学所习，通是一个虚套，其临阵的真法真令真营真艺，原无一字相合。（《纪效新书》）

赞虽雄勇，奈今年纪老迈，不能久战。（《杨家将》第十八回）

吾非肯舍汝而去，奈今天下不久大乱，吾是以为保身之计。（《警世通言·旌阳宫铁树镇妖》）

帝曰：“奈今陇蜀未清，干戈骚扰，故召将军诣阙，共决机筹。愿将军明以教我，抚镇边疆，救生民之涂炭，士卒之劳苦。”（《东汉秘史》第四十八回）

与中土典籍相比，丽、鲜两朝的汉籍尤其是诗词中“奈今”的频率很高，这或是受诗词格律或字数限制，将“争奈/奈何今日”省略的结果。不过有的例子中“奈”表转折的意味已经不强了。如：

伏念世承箕子之封，地摄契丹之壤，曾未有与我释憾之故，奈今举如此无名之兵，阑入封疆，大残人物。（李奎报《谢蒙古皇帝表》）

死别吞声已半年，奈今灵榇下重泉。仪容远矣嗟何及，言笑依然

[1] 李奎报，1169—1241年，字春卿，号“白云居士”，有《东国李相国集》。

在耳边。(文景虎①《峄阳集》卷一)

井间人物，奈今凋零；城郭山河，依旧形胜。(洪锡箕②《晚洲遗集》卷六)

非复士缝掖，奈今时陆沈。(李海应③《蓟山纪程·关中太学》)

2. 冰白

老座主，乘酣快乐。更呼索华笺，濡染冰白。(李奎报《桂枝香慢·又别赠门生》)

“冰白”本谓像寒冰一样洁白。因冰与白纸在颜色上有相似性，这首词中的“冰白”引申指“素洁的纸张”。因寒冰质地纯净、颜色洁白，移之于人又常用以表道德品行之“清白高洁”。如：

汝祖居官冰白，不犯毫毛，常衣弊陋，御欵叚而已。(尚震④《禹富宁公墓志》)

余曾忝太史，恶得辞。既叙其略，而系以铭曰：“完之山高兮，公之名兮可争。完之冰白兮，公之德兮共清。”(李景奭⑤《白轩集·江原道观察使李公墓碣铭》)

半日无言仍伏枕，中宵失寐几巡庭。与人落落怀冰白，拍案时时说剑青。(林得明⑥《松月漫录·会津林得明子道著》)

3. 虚豁

虚台豁榭，自足清风，未知朱夏。自注：广厦虚豁，足容百人。华侈不可胜言。(李奎报《清平乐》)

---

① 文景虎，1556—1619年，有《峄阳集》。
② 洪锡箕，1606—1680年，有《晚洲遗集》。
③ 李海应，1775—1825年，有《蓟山纪程》。
④ 尚震，1493—1564年，有《泛虚亭集》。
⑤ 李景奭，1595—1671年，有《白轩集》。
⑥ 林得明，1767—1822年，有《松月漫录》。

作者在原词后对“虚台豁榭”自注曰“广厦虚豁”，可知“虚台豁榭”即“虚豁台榭”，意思是“旷阔豁亮的台榭”，使用了诗词常见的互文修辞法。《汉语大词典》“虚豁”条：“①旷达；②虚空”，可据以补充义项“③宽阔敞亮”。高丽时代汉籍中表示“宽阔敞亮”的“虚豁”并不乏见，再如：

烧荡门廊，计九十七间，望之虚豁。(尹彦颐[①]《广州谢上表》)

六窗虚豁体全彰，方信迷云堕杳茫。（元天锡[②]《书明山澈师卷》)

中土文献中表示“宽阔敞亮”的“虚豁”用例亦不乏见，但多在宋代以后。或许此义项至宋使用渐多，高丽文士又仿而用之。

涧路萦回斋处远，松堂虚豁讲声圆。[（唐末）郑谷《宜春再访芳公言公幽斋写怀叙事因赋长言》]

西北云高拂女墙，危亭虚豁望中长。[（北宋）韩琦《寄题广信军四望亭》]

禅庵倚崖断，轩窗爱虚豁。[（宋）韦骧《雪后游琅邪山联句》]

4. 清哦

幸今天下如家，顾去日无多来日多。好轻裘快马，穷探壮观。驰山走海，总入清哦。(李齐贤《沁园春・将之成都》)

“哦”本指“吟咏”。李齐贤词中“清哦”指“清雅的吟哦”，即“诗词”。“清哦”在丽、鲜汉籍中频见，也可作动词用，指“吟诵诗词、写作诗词”。如：

---

① 尹彦颐，1090—1149年，相当于中土之北宋、南宋之际。

② 元天锡，1330—？年，有《耘谷行录》。

谁识牧翁闲日月，午窓汤饮足清哦。（李穑[①]《得交州廉使朴会长崖蜜五味子》）

星霜催鬓华，偃卧衰病翁。长啸或清哦，不忧终岁穷。（李穑《秋云》）

一去少年无更返，每逢三月可清哦。（元天锡《二十九日示二三子》）

春风秋月撩诗思，对酒清哦醉后眠。（元天锡《次泥村李居士诗韵》）

醒罢清哦醉睡沈，不容世事苦相侵。（洪裕孙[②]《茅亭谒旌义，置酒作乐，夜分乃罢》）

细雨芦花鸣橹去，秖教诗子动清哦。（金安老[③]《忍性堂三绝》）

门巷寥寥树影斜，秋光淡淡入清哦。（李健[④]《次李君韵，以述别怀》）

“清哦”在北宋中土文献中已有用例，但都见于诗中，词中未见。

石罂注新汲，幽姿发清哦。[（北宋末）朱松《休宁村落间有奇石》]

烦君清哦当少休，万象乞怜争叩头。[（北宋末）释惠洪《遇如无象于石霜如与睿廓然相好故赠之》]

伐木清哦癖在肠，握笻苍磴履重霜。[（北宋末）释正觉《登祥云庵谒东林明首座》]

焉知荜门子，清哦袖鹑衣。[（南宋初）周麟之《辛酉大雪戏成二诗以千山鸟飞绝万径人踪灭为韵》]

诗雅词俗，故中土直至明以后词作中才见到“清哦”用例，如：

清哦未数松厅，别有功名垂竹帛。[（明）崔桐《青门引·赠史

① 李穑，1328—1396年，有《牧隐先生文集》。

② 洪裕孙，1452—1529年，有《篠丛遗稿》。

③ 金安老，1481—1537年，有《希乐堂稿》。

④ 李健，1614—1662年，有《葵窓遗稿》。

元忠丞河间》]

风幌清哦，月楼高咏，都付双鬟谱。[（清）熊琏《百字令·跋黄艮男先生金西志余》]

《汉语大词典》收“吟哦、清吟”，未收“清哦”，《近代汉语词典》亦未收，可据此补充。

5. 天悭

三峰奇绝，尽披露，一掬天悭风物。(李齐贤《大江东去·过华阴》)

“悭”本指吝啬。《玉篇·心部》：“悭，悋悭也。”“天悭”本指“上天吝啬之事物”，中土典籍多用作此义。如：

薄雪不盖土，麦苗稀可删。愿君发豪句，嘲诙破天悭。(北宋苏轼《祈雪雾猪泉，出城马上作赠舒尧文》)

功名莫苦怨天悭，一棹归来到死闲。[（南宋）陆游《镜湖》]

功名余事且加餐，老来闲，岂天悭，铁笛横吹，牛背稳如船。(金末元初段克己《江城子·尘事鞅掌每与愿违缅怀山林萧散之趣》)

常言道好事天悭，美姻缘他娘间阻，生拆散鸾交凤友。(元王和卿①《荼蘼香》)

储才藏地闷，抽思刮天悭。[（元）范梈②《贻孛朮鲁编修》]

丽、鲜汉籍中“天悭”由“上天吝啬之事物”引申而指“自然界非同寻常的奇绝胜景”，这个意思中土文献比较少见。如：

落日青山兴未阑，欲题诗句破天悭。(李齐贤诗《潘阆三峰》)

一掬天悭天为开，更将诗眼着亭台。（李齐贤诗《次韵中庵居

① 王和卿，生卒年不详，与关汉卿（1219—1301年）友善，卒后关汉卿往吊。

② 范梈，1272—1330年，与虞集、杨载、揭傒斯一起被称为“元诗四大家”。

士》其六）

诗人强欲状天悭，赢得鬓毛斑。（李齐贤词《松都八景·长湍石壁》）

头陁山之中台洞也，既奇既绝，露尽天悭。［（高丽）李承休[①]《葆光亭记》］

浪成鹤瘦僧夸格，露出天悭地诧工。［（高丽）李承休《次灯明寺板上韵》］

搜奇选胜动忘归，地秘天悭挂眉睫。［（高丽）李承休《朽竹笔柄寄馆翰诸公》］

峨洋万古人无眼，秘蓄天悭直待今。（安轴[②]《题平海望槎亭》）

游山乐哉是天悭，猿鸟林壑方烂斑。（李穑《访蘖院》）

天悭地秘几千年，此日投遗非偶然。（赵德邻[③]《朝起山容明媚，喜而成诗》）

6. 屹起

天地赋奇特，千古壮西州，三峰屹起相对，长剑凛清秋。（李齐贤《水调歌头·望华山》）

“屹”本指山势耸立之貌。《玉篇·山部》：“屹，山貌。”“屹、起”同义连用而成词，即屹立，高耸。在丽、鲜汉籍中常见，用以形容山势。

天龙寺东都南山之南，有一峰屹起，俗云高位山。（一然[④]《三国遗事》）

今观山麓自东逶迤数十余里，直家之北而屹起于平原，形如台峙，而其中可坐数十人。（申槩[⑤]《六松亭记》）

① 李承休，1224—1300年，有《动安居士集》。

② 安轴，1282—1348年，有《谨斋先生集》。

③ 赵德邻，1658—1737年，有《玉川集》。

④ 一然，高丽名僧，1206—1289年，有《三国遗事》。

⑤ 申槩，1374—1446年，有《寅斋先生文集》。

大槩山脉西来，蜿蜿不绝，屹起为山城。（洪命元[①]《论山城事宜书》）

长白山屹起，盘踞天地东。（李敏求[②]《长白山歌》）

“屹起”在中土典籍中首见于唐代，其后用例日夥。如：

回临浙江涛，屹起高峨岷。（唐韩愈《送惠师》）

巨浸无涯，接天茫茫。狂飙卷蹙，骇浪屹起。（唐高墉[③]《天威径新凿海派碑》）

谁谓山石顽，识此希世彦。凛然英气逼，屹起犹耸战。（北宋苏轼《自净土步至功臣寺》）

凭高寓目，爱屹起四窗，云南云北。（南宋史浩[④]《喜迁莺·四明洞天》）

惟漳潮之交，重溟浩瀚，渺无津涯，而南澚一山，屹起巨浸中。（明林熙春[⑤]《贺副将军心藿徐公拜闽元帅序》）

一时道播诸方，而临济一宗屹起于此，历七百余年。（明释隐元[⑥]《黄檗山寺志》）

目前所见的资料中，“屹起”的对象在丽、鲜汉籍中只有“峰峦”，而中土典籍中对象丰富；不过纵观用例，唐宋时期多指“浪涛、云峰、人”，用于指“山峰耸立”的时代要略晚于高丽汉籍。

7. 暗浪

夜深蓬底宿，暗浪鸣琴筑。（李齐贤《菩萨蛮·舟中夜宿》）

---

① 洪命元，1573—1623 年，有《海峰集》。
② 李敏求，1589—1670 年，有《东州集》。
③ 高墉，唐懿宗咸通时（860—874 年）人。
④ 史浩，1106—1194 年，南宋政治家。
⑤ 林熙春，1552—1631 年，明代政治家。
⑥ 释隐元，1592—1673 年，曾东渡日本传禅。

“暗浪”即江河的暗流、潜流。丽、鲜诗词中常见，如：

暗浪翻鱼眼，精糜泻马珠。(卢守慎[①]《寒晓》)
溪桥惊暗浪，山堞隐悲笳。(权擘[②]《次韵子中安城道中》)
暗浪淘沙雨脚垂，有声终夜在疏篱。(金昌翕[③]《鉴湖夜宿》)
嗷嗷道傍尔焉知，狭邪车尘暗浪飞。(金昌翕《车上叟》)
鱼龙收暗浪，歌舞倚晴空。(洪良浩[④]《关西录》)
一夕江湖暗浪生，疏篁滴沥倍寒声。[（宋）来熙[⑤]《烟寺暮钟》]

中土典籍中“暗浪”出现于南北朝，早于唐朝才出现的“暗流”一词，到唐宋时代就很常见了，如：

衣风飘遥起，车尘暗浪生。[（南北朝）戴皓《煌煌京洛行》]
霄烟近漠漠，暗浪远滔滔。[（南北朝）陈叔宝《立春日泛舟玄圃各赋一字六韵成篇》]
愁见滩头夜泊处，风翻暗浪打船声。[（唐）白居易《浪淘沙》]
小舟真一叶，下有暗浪喧。[（北宋）苏轼《和陶诗》]

《汉语大词典》收“暗流”，未收“暗浪”，《近代汉语词典》亦未收，可据此补充。

8. 囊钱

卜居少尘事，留得囊钱，买酒寻花被春恼。(李齐贤《洞仙歌·杜子美草堂》)

---

① 卢守慎，1515—1590 年，有《稣斋集》。
② 权擘，1520—1593 年，有《习斋先生集》。
③ 金昌翕，1653—1722 年，有《三渊集》。
④ 洪良浩，1724—1802 年，有《耳溪集》。
⑤ 宋来熙，1791—1867 年，有《锦谷集》。

“囊钱”本指“囊中钱财”，有“钱财不多”的言外之意。《汉语大词典》收“看囊钱”① 而未收“囊钱”，丽、鲜汉籍诗词中只有“囊钱”，没有“看囊钱”。如：

换酒囊钱莫惜抽，春来何处不携游。(李奎报《次韵李学士》)

癫狂走觅爱酒翁，囊钱不计无与有。（权近②《醉歌行赠金寺丞》)

杜陵虚叹囊钱涩，靖节无求盘粟余。(徐居正③《谨甫有和》)

十载辛勤有屋庐，囊钱朝满夕能除。(徐居正《再和》)

但得囊钱沽美酒，何须绮席舞纤腰。（李承召④《次陆放翁集诗韵》)

兹游宁可负北赏，买肴赊酒倾囊钱。(金安国⑤《龙门山纪游》)

珍馐八百，留得囊钱。(李滉⑥《寄题金绥之云云》)

中土典籍中“囊钱”连用最早见于《后汉书·文苑·赵壹传》：“文籍虽满腹，不如一囊钱。”这里“一囊钱”即“一小袋钱、一点点钱”，言钱之少。后来省作“囊钱”，一直有“言钱之少”的言外之意，如南朝钟嵘《诗品》：“元叔⑦散愤兰蕙，指斥囊钱。”到唐宋时，尤其宋代就比较常见了，如《晋书·食货志》：“惠后北征，荡阴反驾，寒桃在御，只鸡以给，其布衾两幅，囊钱三千，以为车驾之资焉。”北宋韦骧《萧洒参军宇六首》其五：“樽酒有时满，囊钱计日空。”

---

① 《汉语大词典》“看囊钱”条仅举清钱谦益《题钱叔宝手书〈续吴都文粹〉》：“余每过之，坐谈移日，出看囊钱，市糕饼噉余。”李齐贤这首词写的是成都杜甫草堂，其典源当为杜甫《空囊》诗：“翠柏苦犹食，晨霞高可餐。世人共卤莽，吾道属艰难。不爨井晨冻，无衣床夜寒。囊空恐羞涩，留得一钱看。”

② 权近，1352—1409年，有《阳村集》。

③ 徐居正，1420—1488年，有《四佳集》。

④ 李承召，1422—1484年，有《三滩集》。

⑤ 金安国，1478—1543年，有《慕斋集》。

⑥ 李滉，1501—1570年，有《退溪集》。

⑦ 即上述《后汉书》中的赵壹，字符叔。

9. 疲僮

旅枕生寒夜惨凄，半庭明月露凄迷，疲僮梦语马频嘶。(李齐贤《浣溪沙·早行》)

“疲僮”即“疲乏的童仆”，丽、鲜汉籍诗词中常见。如：

痩马疲僮向永州，一尊将洗来年愁。(金九容①《寄达可》)

疲僮回几日，矫首思悠悠。(李种学②《南迁常山录》)

蹇驴疲僮自萧索，匹马超超远游姿。（申叔舟③《题金监司出关图》)

疲僮战栗肤将裂，瘦马凌兢步欲蹉。(成汝信④《与百忍斋李子举韵》)

黄泥没膝疲僮泣，白水侵鞍倦马鸣。(赵锡胤⑤《途中遇雨》)

衣服饮食，一于寒俭，朴马疲僮，莫知其为大宰。(李选⑥《外舅吏曹判书尹公行状》)

疲僮弱马愁前路，白酒催沽送店娘。(申光洙⑦《别珍驿阻雨》)

中土典籍中“疲僮”在明代以后才略见，数量不多，如：

莫怪疲僮淹送马，十年一到竟何能。[（明）李东阳⑧《候马北安门外游慈恩寺后园有感》]

“疲僮”一词在丽、鲜汉籍中常见而中土典籍中少见，应和当时两地

① 金九容，1338—1384年，有《惕若斋学吟集》。
② 李种学，1361—1392年，有《麟斋遗稿》。
③ 申叔舟，1417—1475年，有《保闲斋集》。
④ 成汝信，1546—1632年，有《浮查集》。
⑤ 赵锡胤，1606—1655年，有《乐静集》。
⑥ 李选，1632—1692年，有《芝湖集》。
⑦ 申光洙，1712—1775年，有《石北集》。
⑧ 李东阳，1447—1516年，有《李东阳集》。

的主仆风俗制度有关。丽、鲜风俗中主仆的上下之别非常严格，以至于几百年后的朝鲜时代，燕行使闵镇远出使北京时在日记中记载说，中土“无上下之分，无男女之别；奴主并马而坐，行不可辨识；仆隶与内主昵坐对话；妇女无论尊卑，杂沓于驿卒辈而不知耻”①，吃惊与不满溢于言表。

10. 浪生

长羁旅浪生虚老，却不解消磨尽诗名。（李齐贤《洞仙歌·杜子美草堂》）

“浪”从南北朝开始有了“轻率、随便”之义，这里“浪生”即“胡乱产生（感想）”。“长羁旅浪生虚老”意即长期羁旅在外不由得让人产生虚度岁月之感。

中土典籍中“浪生”大约产生于唐五代口语，后代亦常见于口语性强的作品中，正统诗文中不多见。如：

一切忍行无不尽，赠言同志诸人辈。幸勿空中浪生愦，若悟此身同化人。（《敦煌歌辞总编》第六回《干就湿恩》）

太宗曰：“不可亿度，浪生猜贰。其功勋才用，无所不堪，朕岂惜重位，第未到耳。”（《旧唐书·宗室传·江夏王道宗》）

能诗何水曹，眼不识杯铛。而我岂解吟，亦得不饮名。持此以立世，可笑实浪生。［（北宋）文同《不饮自嘲》］

人无常活之身，身享有限之用，何苦妄认虚名、浪生幻念？［（明）王畿《怀玉书院会语》］

松烟偶作蛀痕，就里谁分丑好。他手我眼何干，浪生欢喜烦恼。［（明）袁宗道《绝句》］

丽、鲜汉籍中很少见到这个意思的“浪生”，目前只在李齐贤的词中见到这 1 例。这与李齐贤长期生活在元朝首都大都，又因各种原因游历过

① 闵镇远《燕行录》为其公元 1712 年入朝北京的记录。

川藏苏浙，同时与赵孟頫、虞集、张养浩等中土上层文士交好，其汉文水平高有极大的关系。“浪生”一词正可作为中韩文化交流与文明互鉴之具体有力的语言证据。

11. 市桥

市桥曾记买鱼归，一望却疑非。（李齐贤《巫山一段云·潇湘八景·山市晴岚》）

“市桥”即桥头集市。直到今天，官道上靠近人家的桥头还常成为自发的集市。这个意义的“市桥”在丽、鲜典籍中常见，如：

市桥风冷沽新酒，驿壁尘昏觅旧题。（徐居正《送日休赴京》）
真白真香世外姿，市桥官阁总非宜。（李滉《梅》）
青旗半掩市桥边，绿柳轻笼高阁上。（许篈[①]《春游浮碧楼》）
枭汝立首于铁物市桥头。生员南以恭，适骑马而过，即下马曰：“长者头在此，不可骑过。”（闵仁伯[②]《讨逆日记》）
书榻篆消痴坐久，市桥人散醉归喧。（李庆全[③]《白云》）
云钟街下市桥头，垂柳官渠接御沟。（李春元《次赠罗别提》）
牧笛渔舟晴旭外，市桥官路暮烟边。（姜栢年《追和李通川》）
青帘高挂市桥傍，处处人家橘柚香。（申晸《莱州曲》）
旗亭隐约市桥西，挟路垂杨处处迷。（申晸《辽阳盛时歌》）
京洛相逢止半年，今朝怅别市桥前。（洪世泰《送刘德而之龙湾》）

中土典籍中“市桥”首见于秦汉，为成都七座桥之一的专名。盖因桥而成市场，故桥亦称“市桥”。

① 许篈，1551—1588 年，有《荷谷粹语》。
② 闵仁伯，1552—1626 年，有《苔泉集》。
③ 李庆全，1567—1644 年，有《石楼遗稿》。

述乃悉散金帛，募敢死士五千余人，以配岑于市桥，伪建旗帜，鸣鼓挑战，而潜遣奇兵出吴汉军后，袭击破汉。（《东观汉记》卷二一《公孙述》）吴树平校注曰："'市桥'，范晔《后汉书·公孙述传》李贤注云：'市桥即七星之一桥也。'李膺《益州记》曰：'冲星桥，旧市桥也，在今成都县西南四里。'"

关于这一"市桥"，任乃强《华阳国志校注图录》所附《成都七桥考》中有专门的考证："市桥，秦少城正南为石牛门。门外跨郫江有桥，为市桥，为当时各族人民市易处。汉建益州，称为'州市'，谓一州最大市也。《寰宇记》卷七十二云：'市桥，在州西四里。'"①

南北朝时期"市桥"还是成都这座桥的专名。如：

泰始中，成都市桥忽生小洲。始康人邵硕有术数，见之曰："洲生近市，当有贵王临境。"（《南齐书·州郡志·益州》）

唐诗中，"市桥"有指成都之桥者，如杜甫《西郊》："时出碧鸡坊，西郊向草堂。市桥官柳细，江路野梅香。"其中的"碧鸡坊、草堂、市桥"皆是成都地名。同时，开始泛指一般的桥头集市。如：

归来共到市桥步，野蔓系船萍满衣。（刘禹锡《采菱行》）

禅智阑干市桥酒，纵然相见只相悲。（罗隐《寄韦赡》）

宋代就完全泛化指一般的桥头集市了。如：

市桥人寂寂，古寺竹苍苍。[（北宋）苏轼《雨晴后步至四望亭下鱼池上二首》]

遂呼告之曰："我台中放出官员也，病不能行，可烦为于市桥赁一马。"[（北宋）魏泰《东轩笔录》卷九]

市桥灯火春星碎，街鼓催归人未醉。[（南宋）侯寘《玉楼春》]

① 任乃强：《华阳国志校注图录》，上海古籍出版社1983年版，第224页。

12. 苇花

水暖仍菰米，霜寒尚苇花。（李齐贤《巫山一段云·潇湘八景·平沙落雁》）

“苇花”即“芦苇花”。在李齐贤之前见于李奎报的《东明王篇》：“河伯三女美，长曰柳花，次曰萱花，季曰苇花。”

“芦花、苇花”在丽、鲜汉文诗词中都很常见。如：

水北水南苇花白，山前山后柽叶红。（徐居正《精舍》）
毵毵霜蕊粘苇花，湛湛江枫猩血染。（金时习《江山白雪》）
细雨归帆画有声，平湖如练苇花明。（南孝温[①]《入芦花》）

尤其末例诗题为“芦花”，诗中用“苇花”，可知二词同义而“芦花”更常用，“苇花”乃因格律所需而入诗。

“芦花”“苇花”是因格律平仄需求而产生的同义词。中土文献中“芦花”首见于隋代，而“苇花”到中唐始见，像“八月寒苇花，秋江浪头白”（李颀《送刘昱》）中结合还不紧密，既可理解为“八月/寒/苇花”，也可理解为“八月/寒苇/花”。到盛唐诗歌中“苇花”才渐见使用，司马光《和人苇花》以“苇花”作诗题，可知宋代已经比较常见了（不过总量并不多）。如：

吴楚半秋色，渡江逢苇花。［（唐）马戴《江行留别》］
苇花迷夕棹，梧叶散秋砧。［（唐）许浑《秋晚登城》］
三秋梅雨愁枫叶，一夜篷舟宿苇花。（唐温庭筠《西江上送渔父》）
空洲对鹦鹉，苇花萧瑟。［（北宋）苏轼《满江红·寄鄂州朱使君寿昌》］
枫叶霜余霞灿烂，苇花风起雪纵横。［（北宋）王之道《和秦寿之铜陵江上二首》其一］

---

① 南孝温，1454—1492年，有《秋江集》。

高丽李奎报（1168—1241年）生活的时代相当于南宋，可知“苇花”在中土流行不久就传入了高丽。

13. 忙

断送浮云影，惊回过雁行。江楼红袖倚斜阳，远引客心忙。（李齐贤《巫山一段云·远浦归帆》）

其中“忙”即“慌乱、忧愁、难受”之义。《玉篇·心部》：“恾，忧也。忙，同上。”《汉语大字典》在“忙”下曰：“①内心着忙。《集韵·唐韵》：‘忙，心迫也。’《六书故·人六》：‘忙，仓皇也。’唐汪遵《采桑妇》：‘蚕饥日晚妾心忙。’”“仓皇、慌忙”为外在形貌，“忧愁、难受”为内心情绪，其实一也。

“忙”表“慌乱、忧愁、难受”在丽、鲜汉籍中用例不少。如：

久被山川住，翻嗟道路长。残霞望滕阁，夜雨听潇湘。鞭促征鞍发，心随去雁忙。（林椿①《游密州书事》）

君不见促织之号何太忙，箱无寸线机无声。（李奎报《促织叹》）

甲午六月二十六日，召门人嘱事，谓麻谷曰：“老汉今日痛忙。”答曰：“未审导什么？”师云：“老汉今日痛忙。”谷茫然。师微笑跏趺而化。（李奎报《真觉国师碑铭序》）

《汉语大词典》“忙”条下曰：“④慌，难受。清李渔《奈何天·筹饷》：‘人儿倦得慌，马儿饿得忙，把肩背事权安放。’”所引例证时代太晚，可据以补充。

14. 晴汉

绝壁凌晴汉，高台控太洋。遥看水色接天光，百里共苍苍。（郑

① 林椿，1146—1170年，有《西河集》。

诵[①]《蔚州八景·望海台》)

“晴汉”，晴朗的天空。“汉”本指汉水，引申指天河、银河，泛指天空。此词描写的是在望海台观看日出的情景，故具体指夜晚的晴空。丽、鲜汉籍中“晴汉”虽不多见，但表义比较明确。如：

岭南为客久，乡语偶能通。晴汉看归鹤，牕闻夜候虫。（李詹[②]《次木庵朴东雨三首》其三）

东韩本仙区，形胜称汉水。华亭据山腰，直压波不起。镜面泻晴汉，物象巧相比。(郑士龙[③]《史使游汉江楼韵》)

“镜面泻晴汉”意即晴朗的天空倒映在如镜的汉江水面上。

中土汉籍中“晴汉”首见于北宋，使用频率也不算高。如：

绝域冬犹暖，孤村日易斜。浮云点晴汉，幽鸟篆平沙。[（北宋）彭汝砺《惠州》其三]

生狞渴兽唇焦断，峻翮无声落晴汉。[（北宋）龚宗元《六月吟》]

晴汉疑收练，阴云忽涌涛。[（北宋）孔平仲《中夜口占》]

晚日纤纤出，痴云阵阵回。风林无定翼，晴汉有残雷。[（两宋之际）周紫芝《雨后》其二]

兴发寻春去，宁知生路赊。檐牙啄晴汉，屐齿散平沙。[（南宋）晁公溯《野亭》]

远水半连晴汉碧，暮霞全借夕阳红。[（南宋）华岳《秋望有怀》]

金碧三阁插晴汉，沉檀十里闻香风。[（南宋）赵汝燧《三阁曲》]

翠黛浮晴汉，虬枝立暝烟。回舟不用楫，江上水吞天。[（元末明初）丁鹤年《小画》其二]

---

① 郑诵，1309—1345年，有《雪谷集》。

② 李詹，1345—1405年，有《双梅堂箧藏集》。

③ 郑士龙，1491—1570年，有《湖阴杂稿》。

15. 几程

松山青，胜山青，两地相望知几程。(金九容[①]《长相思》)

“几程”，几许路程，若干路程。权近[②]《过沧州长芦县》：“夜行问几程，忽已将百里”，问答之间明确显示“几程”即“多少路程，几许路程”之义。丽、鲜汉文诗词中用例不少。如：

枕肱茅店夜三更，矫首金台路几程。(李齐贤[③]《感怀》)
晚登高阁还南望，此去金陵复几程。(郑道传[④]《蓬莱阁》)
契阔经三载，江山隔几程。(柳方善[⑤]《寄宗伯郑上舍》)

中土典籍中“几程”首见于唐代，唐诗中用例还不多，宋代以后才渐多。如：

长安南下几程途，得到邗沟吊绿芜。[（唐）崔颢《维扬送友还苏州》]
南去长沙又几程，二妃来死我来行。[（唐）张祜《湘中行》]
千里碧云闻塞雁，几程青草见巴陵。[（唐）齐己《湘江送客》]
沙漠关河路几程，师能献土远输诚。[（唐）有孚《七言美瓜沙僧献款诗二首》其一]

16. 长郊

丰草长郊外，清川断岸边。龙媒万匹竞腾骞，蔼蔼五花连。(权近《巫山一段云·新都八景·北郊牧马》)

---

① 金九容，1338—1384年，有《惕若斋学吟集》。
② 权近，1352—1409年，有《阳村集》。
③ 李齐贤，1287—1367年，有《益斋乱稿》。
④ 郑道传，1342—1398年，有《三峰集》。
⑤ 柳方善，1388—1443年，有《泰斋集》。

《巫山一段云》词牌首句的格律为“中仄平平仄”，故“长”当读平声。“长郊”，即“郊野、远郊”，与词题“北郊牧马”正相符合。丽、鲜汉籍中，“长郊”首见于崔致远的诗文，其时相当于中土的晚唐时代，其后渐多：

残星暎远林之梢，宿雾敛长郊之色。(崔致远[1]《咏晓赋》)
长郊平缥渺，远岫列嵯峨。(权近[2]《还平壤登浮碧楼》)
迟日长郊霁景鲜，蹇驴来往懒摇鞭。(卞季良[3]《郭外道中》)
长郊细草廉纤色，深院幽禽自在声。(徐居正[4]《春日书怀》)

中土典籍中“长郊”首见于南朝梁，唐代诗文中用例还较少，宋代诗词中才渐多。

若乃秋夜初露，长郊欲素。风赉寒而北来，雁衔霜而南渡。[（梁）吴筠《橘赋》[5]]

玉壶挈美酒，送别强为欢。大火南星月，长郊北路难。[（唐）李白《送梁四归东平》]

官借江边宅，天生地势坳。敧危饶坏构，迢递接长郊。[（唐）元稹《江边四十韵》]

长郊烟淡月华清，因醉荒坟半夜醒。[（唐）聂通志《经故宫女坟有感》其二]

四　高丽汉文词之词汇研究的价值

1. 可以作为中土近代汉语词汇研究的重要补充

如前文所述，高丽汉籍所用汉语是一种比较特殊的域外汉语书面语。

---

① 崔致远，857—？年，曾入唐参加科举并入仕，有《孤云先生文集》。

② 权近，1352—1409年，有《阳村集》。

③ 卞季良，1369—1430年，有《春亭集》。

④ 徐居正，1420—1488年，有《四佳集》。

⑤ 见《艺文类聚》卷八十六“果部·橘”。

这种书面语来自对中土汉语书面语及口语的学习和模仿，其遣词用语基本等同于中土，属于典型的纯正汉文。以高丽汉文词为例，其所用词语也体现了词汇历时发展的一面，既有词义的新发展，也有新词的增入，可以作为中土汉语词汇研究的重要补充。如前举各例都未见于《汉语大字典》《汉语大词典》《近代汉语词典》等大型辞书，可据以增补条目和义项。再如"贵介（尊贵者）、簪花（戴花）、围（量词，相当于'条、根'）"等，《汉语大词典》的首引例都晚至清代，其实高丽李齐贤（1287—1367）词中已见，据此可知其首见时代应当提前数百年。

2. 可作为研究古代汉语与中土文化域外传播及变异的重要依据

高丽时代（918—1392）大致相当于中土的唐末至明初。高丽汉籍所用的词汇大都来源于中土典籍，中土典籍中唐宋时代产生的新词新义或快或慢、或多或少在高丽汉籍中就能见到用例。至于中土词语进入高丽汉籍的时间之先后及量之多少，可能往往与语言背后的时代背景、社会文化因素以及高丽士人对中土汉语口语与书面语的分辨度等因素紧密相关。因此，通过对词语的共时、历时考察还可进一步探讨其传播、接受以及词语变异背后的社会文化因素。如首见于晚唐五代的"浪生"，在高丽词中只见到 1 例，这与词作者李齐贤长期生活在中土地区，同时又与元代中土上层文士交好，汉文水平高有极大的关系。再如"疲僮"，丽、鲜汉籍中常见而中土典籍中少见，应该和当时两地不同的主仆风俗制度有极大关系。再如"屹起"所修饰的对象，丽、鲜汉籍中只有"峰峦"，而中土典籍中对象丰富；再比较中土用例，发现唐宋时期多指"浪涛、云峰、人"，用于指"山峰耸立"的时代要略晚于高丽汉籍。

3. 有助于高丽汉文词文献的整理及相关研究

遣词以成句，连句而成文。对高丽词中的词语进行深入研究，有助于进一步提高高丽词文献的整理质量。例如①李齐贤《巫山一段云·松都八景·西江风雪》首句"渔市开门早，征帆入浦忙"中的"开"，唐圭璋《全金元词》、夏承焘《域外词选》、柳已洙《历代韩国词总集》等多种版本皆作"关"，而高丽大学本作"开"。通过相关训诂我们发现当以"开"为是。

对高丽词中的词语进行深入研究有助于准确深入地理解文义。如李齐

① 下举三例的详细论证，请参见王彤伟（2021）。

贤《人月圆·马嵬效吴彦高》下阙“海棠正好，东风无赖，狼藉春光”中的“无赖”，《域外词选》注曰：“无聊赖。”其实这里的“无赖”不是“无聊赖”的缩略，而是“无聊、令人讨厌”。全句的意思是海棠（杨贵妃）正在盛开，而无聊的春风（唐玄宗）令人生厌，糟蹋了美好的春光。

对高丽词中的词语进行深入研究有助于纠正不准确的韩语翻译。例如，李齐贤《鹧鸪天·饮麦酒》上阙“舌头金液疑初满，眼底黄云陷欲空”，韩国古典翻译院将“眼底黄云陷欲空”误译作“눈 아래 누런 구름 빠져내려 텅 비려 한다（眼底下黄色的云彩飘去，空空荡荡）”，就是因为不了解其中的“黄云”并非“黄色的云彩”，而是指“成熟的小麦”。

参考文献

1. 葛兆光：《想象异域》，中华书局 2014 年版。

2. ［韩］柳己洙：《历代韩国词总集》，한신대학교 출판부，2006 年版。

3. 민족문화추진회编：《韩国文集丛刊》（1—350），민족문화추진회，1990—2005 年版。

4. 민족문화추진회编：《韩国文集丛刊（续）》（1—150），민족문화추진회，2005—2012 年版。

5. 唐圭璋：《全金元词》，中华书局 1979 年版。

6. 王彤伟：《〈域外词选·朝鲜词〉校注献疑》，《域外汉籍研究集刊》2021 年第 21 辑。

7. 夏承焘（选校），张珍怀、胡树森（注释）：《域外词选》，书目文献出版社 1981 年版。

（王彤伟，四川大学文学与新闻学院/中国俗文化研究所教授，博士生导师，主要从事汉语言文字学研究。邮箱：344954697@qq. com。）

“念”的语义演变与认知机制

——从心理动词到言说动词、言语行为

王金英

（浙江大学古籍研究所）

摘　要：“念”的语义演变极具特殊性，演变路径为：心理动词—言说动词—言语行为。这与“行为—心理”“言说—心理”等一般演变规律恰好相反，是一个特例。“念”本是心理活动，具备持续、连贯的特点，名物化“念头”是一个、一个接续不断的。“刹那”的意译选用“念”也是因二者性质相似。“念”的“诵读”义是由于忆念义动词与诵读义动词组合共现，且心、口兼备的“念诵”方式本就是念经、念佛等的修习之法。“念”的语义发展深受汉译佛经影响，语言接触下呈“不规则”路径，但同时仍是基于词义内核有选择地发展。“念”的语义演变机制有四点：词义个性、“隐喻”和“转喻”、汉译佛经特殊语境下的语义沾染、佛教轨制要求等。

关键词：念；心理动词；言说动词；言语行为；语义演变

“念”在《汉语大词典》中的义项有：①思念，怀念。②思考，考虑。③引申为忧虑。④念头；想法。⑤爱怜。⑥哀怜，可怜。⑦诵读。⑧今多用以谓学生在校学习。⑨二十的俗称。⑩佛教语，法相宗别境之一，指记忆。⑪佛教语，极短的时间。⑫姓。

上述义项可分三大类：（1）与心理相关：义项①②③⑤⑥属于心理动词，由此引申的义项④⑩是名词义，也是佛教术语。（2）极短时间义：义项⑪，属于外来词义。（3）言说动词与言语行为义：义项⑦⑧。此外，义项⑨俗称和义项⑫姓氏暂不纳入考察范畴。

根据义项产生的历时顺序，我们对“念”的语义演变做出如下概括：心理动词（mental verb）—言说动词（speech act verb）——般行为（performative verb），“念”由言说动词发展而来的一般行为也即言语行为（speech act）。“念”由心理活动发展为言说动词、言语行为，这一发展路径与一般规律有别，可谓极具个性的特例①。一般而言，由具体而抽象更符合人类认知的一般规律，Sweetser（1990：28—32）也提出“以身喻心（Mind-as-Body）”的一般规律。因此，“一般动词或行为—言说动词”“手部动作—心理动词”“言说动词—心理动词”等语义演变规律更为普遍。李明（2003）、董正存（2009）、马云霞（2012）、谢书颖（2013）、李小军（2014）等都曾对上述中某一般规律展开具体研究，并列举大量符合规律的汉语词例。“念”的演变路径恰好与之相反，蒋绍愚（2015：242）也指出：“‘念’从‘思念’演变为‘朗读’，是反方向的演变。”

苏颖（2020：291）虽然指出“汉语心理动词与言说动词的双向演变”有“两个方向、四个类别”，但也称“念”的词义发展并不遵循其所发展路径，属于特例。其文所列举“心理动词—言说动词”的词例如“怨”“恶”“恐”“恫”等均属情绪类动词，而“念”仍与之不同，是专门用来表示思维活动的动词，其他类似的如“思”“想”等并未发展出“诵读”义乃至言语行为义。可见，“念”的语义演变极具特殊性。Traugott & Dasher（2002）设专节讨论“言说动词——一般行为”的语言规律，列举印欧语与日语词例，“念”由“诵读”义发展出言语行为义也是较好理解的。但是“念”的语义演变需要解决的关键问题在于，如何由“心念”转变为“口念”。

此前，已有学者对“念”的语义演变做出解释，但仍不够完整、准确。王凤阳（2011：828）解释“念”的诵读义的来源不够确切：“‘念’总是不断地反复地记起一件事物的意思。正因为如此，后代把反复诵读、不断重复也称‘念’，如‘念经’‘念书’等。”陈平（2012：150）称：“（念）本义为思念、怀念，核心义素‘思索’和‘念叨’贯穿于‘念’的本义和引申义中”，并认为“念头、想法”义由“思索”引申出，“诵读”义由“念叨”引申出。他对诵读义的来源判定有待商榷且词义产生先后似不合事实，因为“念叨”较“诵读”更晚出。蒋绍愚（2015：231—232）提出“心演口念”，这一解释联通了“心”与“口”，可看作“念”语义演变的认知基础，但“念”语义演变的特殊性还由其他语言内

① 关于“念”的演变路径有别于一般规律，蒙匿名审稿专家见示，谨致谢忱。

部、外部因素共同促成。

下面，我们力求全面对“念”的语义演变进行考察，再对其演变机制做出解释。同时，本文还将对“念”的“诵读”义的产生时代做出辨证。

一 “念”表示心理活动

（一）“念”作心理动词

《说文解字·心部》：“念，常思也。从心，今声。”“念”本身指一种心理活动，是常常想着或记起。王凤阳（2011：828）：“思、想、怀、念”条，称“关于人的思维活动大体上可以分为两个方面：其一是由已知到未知……其二是追忆已知的事物……‘思’和‘想’兼有这两者，而以前者为主；‘怀’和‘念’则以后者为主。”“念”除了表示追忆已知，也发展出推理、分析、判断的“由已知到未知”义。关于这一语义发展，王诚、吴慧欣（2020：205）通过分析、比较“思”“想”和“惟”“念”“虑”等一组意义相近的单音词所接谓词性宾语，认为“念”是“受‘思’的同化，汉代以后‘念’在时间指向上具有两可性”，即产生了“考虑、打算”义。“思”“念”连言，也有思维、考虑义：

（1）今全无悼远之志，反思念娶事，是《春秋》之所甚疾也。（西汉董仲舒《春秋繁露·玉杯》）

“念”的“忧虑”义由考虑义引申而来，若考虑的内容令人担忧即有“忧虑”义。

陈平（2012：149）还指出“念”有“料到”义，但仅一例见于《南齐书》。这里的“念”可能是临时表意，也即“想”义。“想”也有“料想，猜想”义，是基于已知对未发生的合理性推断、猜想。

（2）吾本布衣素族，念不到此，因借时来，遂隆大业。（《南齐书·高帝萧道成》）

"念"表示心理活动还引申有爱义、怜义。江蓝生（1988：149—150）指出："'念之'犹爱之。'爱念'，同义连文。""因为'念'有'爱、怜'二义，故'可念'亦有'可爱、可怜'二义。"这种语义关联也符合一般规律，如"怜"有"爱"义，"爱"也有"怜"义。

(3) 惟时天罔念闻，厥惟废元命，降致罚……（《尚书·多士》）孔颖达疏："惟是桀有恶辞，故天无复爱念，无复听闻。"

(4) 文规有数岁孙，念之。抱来，其左右鬼神抱取以进。（出《甄异记》，《太平广记》卷三二五《夏侯文规》）

可见，"念"本指常常想着或想起的心理活动，由于受到其他表思念义的语词影响，又产生了相关的心理活动义，如考虑、忧虑、爱、怜等义，均属于较常规的语义引申。

（二）"念"作名词"念头"义

胡敕瑞（2002：158）指出"念"有"念头、想法"义，是《汉语大词典》晚收的新义，见于东汉译经。而中土文献中则见于东晋陶渊明《闲情赋》：

(5) 各各发念，欲往诣佛。（后汉昙果共康孟详译《中本起经》卷上，4/149b）

(6) 悁悁不寐，众念徘徊。（东晋陶渊明《闲情赋》）

在上古汉语中也即"念"之前，这一概念由什么表达？《汉语大词典》"心"条义项⑤"思想、意念、感情的通称"，还有"志"表示"意志，感情""志向，志愿"等：

(7) 他人有心，予忖度之。（《诗经·小雅·巧言》）

(8) 诗言志，歌永言。（《尚书·舜典》）

但"心"这一概念较宽泛、模糊，也是一个意义复杂的哲学术语；"志"则偏向于个人的主观判断，是有意识地。"念"很可能是由外部原因所起，是对所发生的追忆或基于所发生的反应。在译经中，“念”这一名词义很常见，常见的偏正式搭配有“善念”“恶念”“正念”“邪念”“妄念”等：

（9）云何为念？于曾习境令心明记不忘为性。（唐玄奘译《成唯识论》卷五，31/28b）

（10）城内母人，各生善念，悲泣自责。（后汉昙果共康孟详译《中本起经》卷上，4/155b）

（11）愿令众生早离八难，心去恶念逢佛见法。（三国吴康僧会译《六度集经》卷一，3/4b）

名词“念”还受动词支配，如“端身正念”中“端”“正”为动词，“身”“念”相对为名词。又有“端心正身”。“心”“念”往往意义相同，也有“起心动念”“举心动念”等“心”“念”对文同义。

表示“念头”含义的双音节形式除了“心念”还有“想念”，见于中古译经：

（12）妄生想念，起种种邪见。（萧齐求那毗地译《百喻经》卷四《构驴乳喻》，4/555a）

“心念”见于中古时期，“念头”见于宋代，与之含义相近的还有“想头”“看法”“想法”见于清代小说。“心思”这一表意则晚出，见于清末民初。“意念”在《汉语大词典》中的释义为“思虑、念头”，词典中将两释义合并为一，表示“念头”义的语例也在中古时期。还有表示自己对某事、某物观点的语词，如“主张”“见解”见于唐代，“主意”这一释义则见于元代，与“念”相似但毕竟不同，均较晚出。可见，“念”这一概念的产生受汉译佛经影响，“念”由心理动词发展有名词义也深受译经影响。

二 “念”作极短时间义的意译形式

“念”表示短暂时间的名词义并非本来就有，不是本有词义引申而来，而是外来词义。东汉支娄迦谶译《内藏百宝藏经》中首见"念顷"，用此表达时间短暂在译经常见。三国吴支谦译《梵网六十二见经》中首见"发意顷"。旧题三国吴竺律炎共支谦译《摩登伽经》中首见"刹那"，西晋时见"刹那顷"，另一音译形式"叉拏"则见于北凉时期。"发意顷"在译经中用例30左右，西晋竺法护译经中占绝大多数。此外，竺法护译经中不见"刹那"，表示时间极为短暂除"发意顷"外还有"念顷"。

可见，"念"确是"刹那"的意译形式，"念"也就是"发意"即产生一个念头的时间。选用"念"作为意译形式，正是二者的性质相似，它们共有的特点一为短暂，二为可连续不断：

(13) 外国称刹那，此云念也。(隋吉藏撰《胜鬘宝窟》卷中，37/51c)

(14) 时极短者，谓刹那也。百二十刹那为一呾刹那，六十呾刹那为一腊缚，三十腊缚为一牟呼栗多，五牟呼栗多为一时，六时合成一日一夜，居俗日夜分为八时。(唐玄奘撰《大唐西域记》卷二《三国·印度总述·岁时》，51/875c)

(15) 梵语刹那，华言一念……念有大小：一念者，大念也；一刹那者，小念也。(明一如等集注《三藏法数》卷一)

粗略按今"一日一夜"约24小时计算，一刹那约为0.013秒，可见极为短暂。"念"与之相差无几，也可视作极短的时间，相区别时刹那可称"小念"。

丁福保编《佛学大辞典》："梵语刹那，译曰念，刹那者，时之极少，凡物变化于极少时者，莫如心念，故刹那义翻为念。念念者，刹那刹那也……又前后之心念，亦云念念。"这样来看，表示极短时间义和"念"的本义即心理活动义在意义上具有关联性。这就涉及了同音词和一词多义的判定问题。

三 "念"发展有言说动词、言语行为义

虽然《汉语大词典》中所举"念"作"诵读"义的语例出自《汉

书》，但是检中古时期文献，并未另见“念”表“诵读”义的例子：

（16）初，禹为师，以上难数对己问经，为《论语章句》献之……最后出而尊贵，诸儒为之语曰：“欲为《论》，念张文。”（《汉书·张禹传》）王先谦补注引周寿昌曰：“念，背诵也。今犹云读书为念书。”

而这例中的“念”究竟是何义亦有争论。“欲为《论》”有异文作“欲不为《论》”：

（17）《论语注疏》解经序邢昺疏：“（张禹）最后出而尊贵，诸儒为之语曰：‘欲不为《论》，念张文。’”

（18）《汉书》宋祁校语：“监本、越本‘欲’字下有‘不’字。”

杨颖（2013：138—139）通过分析认为“念张文”是“想想张禹这个人”，其中“张文”即张禹字子文这个人，“念”也就是“想想、想起”义，而非诵读义。其文考察“念”字较明确的诵读义在唐中晚期后，所举语例出自《旧五代史》所载唐明宗时史料。关于“念”的诵读义如何产生，其文称是受佛教文化尤其是净土思想影响的词义扩大。我们赞同受佛教影响，但是这并不属于词义扩大，而是组合同化，也即受到“诵读”义动词语义感染所致。

胡敕瑞（2002：153—154）指出“念”有“诵读”义是佛典出现的新义。但其所举东汉译经中的“念”例未必就是“诵读”义：一为“诵”“念”连言，另一为“念般若波罗蜜”，均未必是诵读义；又一例如下，我们在引用时增补其前后文以便说明。

（19）是般若波罗蜜以相累，常持谛了了取字，谛了了念、书，作字莫使缺减，谛视书莫左右望，一切恐是有难，谛是经中莫令字少。（后汉支娄迦谶译《道行般若经》卷一〇，8/477b）

例（19）中的“念、书”是并列结构而非现在常用的动宾式“念书”，在文意上对应的是“谛是经中莫令字少”，也即“念、书”经文都不要缺减字数。在俞理明、顾满林《东汉佛道文献词汇新质研究》（2013：189）中亦引此例，释“念书”为“口念手写”。但这些解释都不够准确，译经中还常见“忆念书持”“忆念书写”等，证明“念”已经产生“诵读”义的理据显然不够充分。我们又可参《道行般若经》同本异译《大明度经》《摩诃般若波罗蜜经》《大般若波罗蜜多经》《佛母出生三法藏般若波罗蜜多经》等，均可证明此处“念”与“持”“记”“忆”“思（惟）”等心理动词表义更相近：

（20）以明度无极经嘱累汝，谛持念了取字句，莫使缺减左右顾望。此是无尽经藏镇，诸法悉从中出。（三国吴支谦译《大明度经》卷六，8/507c）

（21）阿难！若有书般若波罗蜜，受持读诵、正忆念、为人广说，恭敬尊重赞叹，华香幡盖宝衣灯烛种种供养，当知是人不离见佛、不离闻法，为常亲近佛。（姚秦鸠摩罗什译《摩诃般若波罗蜜经》卷二七，8/423c）

（22）若善男子、善女人等欲勤修学诸声闻地、若独觉地、若菩萨地，皆应于此甚深般若波罗蜜多，至心听闻、受持、读诵、精勤修学，方便善巧令所修行速得究竟。（唐玄奘译《大般若波罗蜜多经》卷五三八，7/764a）

（23）阿难！若欲行般若波罗蜜多者，应当于此甚深正法受持读诵、记念思惟、为人演说，乃至书写一句一偈置清净处，以宝函盛尊重恭敬，即以种种金银珍宝、香华灯涂、幢幡宝盖等广大供养，乃至一香一华一礼一赞，随其所应恭敬供养。当知是人则受我教，我所称赞。（宋施护译《佛母出生三法藏般若波罗蜜多经》卷二五，8/676b）

译经中表示诵读义时，往往“念”“诵”“读”等共现，且往往与表“受持”义语词共现；西晋竺法护译经中多见“持讽诵读”连言，同句中不见“念”；译经中还多见受持、诵读义连言而“念”在其前后表示忆念、思惟义，“念”又往往与其他心理动词连言：

（24）菩萨摩诃萨若有念诵者，若持学书者，以为诸佛威神之所拥护。（后汉支娄迦谶译《道行般若经》卷四，8/446a）

（25）若有善男子、善女人书持般若波罗蜜，讽诵念守承事供养。（西晋无罗叉译《放光般若经》卷七，8/46b）

（26）佛自口宣，当速受之持讽诵读，是佛法目普令流布。（西晋竺法护译《普曜经》卷八，3/537a）

（27）须菩提！善男子、善女人，欲学声闻地亦当应闻般若波罗蜜，持诵读正忆念如说。（姚秦鸠摩罗什译《摩诃般若波罗蜜经》卷三，8/234a）

可见，“念”的诵读义并非是词义扩大或常规的词义引申，而是作为心理动词与表示诵读义、受持义语词组合共现，从而逐渐产生了诵读义。“受持”也即忆念不忘：

（28）执文曰读，背文曰诵，始则领受在心曰受，终则忆而不忘曰持。（隋吉藏撰《胜鬘宝窟》卷上，37/11c）

“念”在唐代产生较明确的言说动词义后，宾语也从“佛”“经”扩展到一般的图书、文字，如“念书”“念文章”等。在言说动词义定型后，近代汉语中又产生了相关言语行为义，表示“由于记挂而一再说起”，如：念叨、念到、念道等多种形式。“默念”在唐代本指“默默考虑”，“默诵”在唐宋出现表示“不出声地读书”，现代汉语中“默念”也出现了“不出声地读或背”义。在现代汉语、方言中也可见表示出声诵读义的“唸”，这一字形见于《说文解字》本是“呻吟”义，后借来表示出声诵读。“念书”也在清代小说中发展有“在校读书”“上学”义，直到现在还很常见用“念书”“读书”表示在校上学。

“念”由“心理活动”义发展为“言说动词”“言语行为”义，实际心、口、意之间本就关联密切：

（29）在口曰诵，在心曰念。故知念从心起，名为觉行之门。诵在口中，即是音声之相。（南朝梁菩提达摩述《达摩大师破相论》）

（30）梵语瞿酰，此云念诵。（辽觉苑撰《大日经义释演密钞》

卷五）

有“六念”“十念”均是心理活动义，又有“心念口言”“心念口称”见于中古译经，“念”也是心理活动义而非言语行为义。“心念”“观念”“口念”均是“念佛”之法，在《净土论》中较好说明了“心”“口”间的关系，“念佛”除了“忆念佛名”义也发展有“诵读佛名”义。与之相应的，“念诵”也有多种类型，其中一种是不出声默读即“金刚念诵”：

（31）念佛者复有二种：一是心念，二是口念。……口念者，若心无力，须将口来扶，将口引心，令不散乱。（《净土论》卷上，47/89b）

（32）念西方阿弥陀佛身真金色三十二相光明彻照端正无比，一心观想，心念口称念念不绝者。（唐善导集记《观念阿弥陀佛相海三昧功德法门》，47/26c）

（33）持四种念珠作四种念诵：一者音声念诵；二者金刚念诵，合口动舌默诵是也；三者三摩地念诵，心念诵是也；四者真实念诵，如字义修行是也。（唐金刚志述《念诵结护法普通诸部》，18/902a）

可见，“念”产生“诵读”义，除译经环境下组合同化外，还有佛教义理层面的内在要求：心之所念以口发声，以口称诵引导使致专心不散乱，“心”“口”是相辅相成的。不仅“念佛”如此，“念经”等也是如此。“念经”不仅是诵读经文还要思念经意：

（34）比丘常当念经，弃贪淫之态，常当念度世之道，自思惟身体，法可久。（西晋白法祖译《佛般泥洹经》卷上，1/161b）

四 “念”语义演变的认知机制

“念”的语义发展是由语言内部、语言外部因素共同促成的，就其本身而言，“念”的语义个性使之区别于其他表示“思惟”义的心理动词，汉译佛经这一特殊的语言环境为其语义扩充提供了充分可能，在语言接触下其发展路径呈现出不规则的特殊性。下面，我们分四个方面来归纳总结“念”语义演变的认知机制。

第一，“念”的语义特性。“念”的本义是心理活动，《说文解字》以“常思”训释十分精当。陈平（2012）概括核心义素为“思索”和“念叨”也是关注到了“思”和“常”两个特点。“常”这一特点是其他表示思虑义的动词所不侧重的。《释名·释言语》：“念，黏也，意相亲爱，心黏着不能忘也。”另外，其他辞书释义中也体现了“念”的连续性、常时性。如《重编国语辞典》中“念”条还有释义作“忆念，佛教指将心清楚放在对象上而不忘失。”“反反复复述说着。”后一义项所举例子如“念念有词”“她嘴巴一直念个不停”等。

第二，通过“隐喻”发展出“短时”义、通过“转喻”发展出言语行为义。“念”与“刹那”性质相似，这是选用“念”作为意译形式的重要原因，二者都极短暂且都可以接续不断。“念”作为一种心理活动具备持续、连贯的特点，产生一个念头的时间是短促的，“念”这一行为是持续不断地产生念头，名物化“念头”是一个、一个接续不断的。“刹那”的意译选用“念”正是由于“发意”“动念”所需时间短暂，现在也会用到一些持续性动词表示时间短暂，如“吃饭的工夫”“眨眼的工夫”。“念”由心理动词发展为言语行为，在“念叨”中表现得尤为明显。“他回家来常念叨林老师好①”，这一言语行为实际上表达了心中的挂念，可谓原因义转变为结果义的转喻②。

第三，汉译佛经特殊语言环境提供了语义沾染的条件，“念”与“诵读”义语词共现，且心、口兼备的“念诵”方式本就是念经、念佛等的修习之法，久之“念”也可用于表示言说动词“诵读”义且固定下来。组合同化后“念”在唐代产生了较明确的言说动词义，宾语也随之扩大，此前多局限于“念佛”“念经”“念咒”等，扩展至一般的图书、文字等。“念”的言说动词、言说行为义获得过程大致如下所示：

讽/诵/读+念（心理动词）+宾语（佛/经/咒）→念（言说动词）+宾

① 这句出自杨沫《青春之歌》第一部第十章，也是《汉语大词典》“念到（叨）”条引例。

② 这一演变机制蒙匿名审稿专家见示，谨致谢忱。

语（书/文章）→念（言语行为）

第四，佛教轨制的要求与影响。虽然学佛多提倡“明心见性”“不着相”，重实质而非形式，如为人熟知的《金刚经》所言：“若以色见我，以音声求我，是人行邪道，不能见如来。”但是，不可否认的是在佛教发展过程中，戒律仪轨日趋成熟、完善，中古时期译介了一些律典，唐宋时期中土产生了大量的律典注疏、律宗撰集、禅门清规与斋醮科仪等等，这些与中土宗门发展是密切相关的。佛教轨制也就要求了心理活动的“念”需要有一个外在的表现形式，也即由口发声，“念”在这一过程中被“仪式化”了，由“有心”发展为“有声”，从而影响了“念”原本词义“心理动作”隐退而“口部动作”凸显①。

可见，“念”的语义演变极具特殊性是多方面因素促成的，是一般规律之外的特例。但是，“念”的语义演变虽属例外，扩充的词义仍基于本义，汉语词义的发展仍是基于词义内核有选择地发展。同时，也可见汉译佛经对汉语词汇语义发展起到的重要影响。

综上所述，我们对“念”发展出的词义性质做出如下判定：“念”虽具短时特点，但“刹那”义毕竟是外来词义，这一词义不受核心义统摄，我们视“刹那”义的“念”、心理活动义的“念”为同音词。“诵读”义与心理活动义之间是“口”与“心”的关联，这一关联在佛教文献中尤为紧密，该词义已经固定下来成为“念”的基本词义之一，且在使用中仍具备心理活动特点，也即不仅用口还有用心。因此我们视言说动词、言语行为义的“念”为心理动词发展出的词义。根据考察，我们绘制“念”的语义演变路径、演变机制，如下所示：

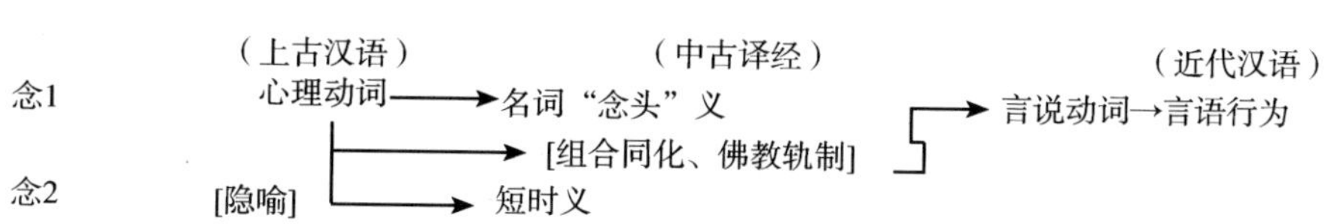

“念”的语义演变机制示意图

① 关于佛教“仪式化”的要求对“念”的言说动词义凸显，蒙匿名审稿专家见示，感谢专家的宝贵意见！

参考文献

1. 陈平：《古汉语心理动词词义演变研究——以〈世说新语〉和〈南齐书〉为例》，博士学位论文，福建师范大学，2012 年。

2. 董正存：《词义演变中手部动作到口部动作的转移》，《中国语文》2009 年第 2 期。

3. 胡敕瑞：《〈论衡〉与佛典的词义》，巴蜀书社 2002 年版。

4. 李明：《试谈言说动词向认知动词的引申》，《语法化与语法研究（一）》，商务印书馆 2003 年版。

5. 李小军：《论手部动作范畴向心理范畴的演变》，《江西师范大学学报》（哲学社会科学版）2014 年第 6 期。

6. 马云霞：《从身体行为到言说行为的词义演变》，《语言教学与研究》2012 年第 4 期。

7. 江蓝生：《魏晋南北朝小说词语汇释》，语文出版社 1988 年版。

8. 蒋绍愚：《汉语历史词汇学概要》，商务印书馆 2015 年版。

9. 苏颖：《汉语心理动词与言说动词的双向演变》，《中国语文》2020 年第 3 期。

10. 王诚、吴慧欣：《“思”“想”及相关动词带谓词性宾语的考察——以先秦至南北朝语料为依据》，《汉语史学报》2020 年第 22 辑。

11. 王凤阳：《古辞辨》，中华书局 2011 年版。

12. 谢书颖：《从手部动词到口部动词的历时演变研究》，硕士学位论文，江西师范大学，2013 年。

13. 杨颖：《关于“念”字诵读义考辨》，《学术交流》2013 年第 S1 期。

14. 俞理明、顾满林：《东汉佛道文献词汇新质研究》，商务印书馆 2013 年版。

15. Elizabeth Closs Traugott and Richard Dasher, *Regularity in Semantic Change*, Cambridge, UK: Cambridge University Press, 2002.

16. Eve Sweetser, *From Etymology to Pragmatics: Metaphorical and Cultural Aspects of Semantic Structure*, Cambridge, UK: Cambridge University Press, 1990.

（王金英，女，浙江大学古籍研究所博士研究生，主要从事汉语词汇语义学研究。电子邮箱：282299127@163. com。）

中国语言学的南大风格和传统

张玉来[1]　苏　婧[2]　张福通[3]

（1、3. 南京大学文学院；2. 北京语言大学语言科学院）

摘　要：南京大学语言学学科人才辈出，黄侃、胡小石、吕叔湘、周法高、方光焘、黄淬伯等都曾在此任教或求学。本文以人物及论著为纲梳理南大语言学的学科发展简史，从中可总结中国语言学的南大学术风格，共四个方面："人文化成，砥砺气节"；"学术为生，坚守信念"；"兼包并蓄，固本创新"；"尊师重道，安贫乐业"。之所以形成这样的学术风格，则与南京大学的语言学传统密切相关。南京大学中国语言学的传统主要由三个脉络构成：李瑞清等开创的国学传统、黄侃等开创的小学传统、方光焘等开创的现代语言学传统。这些学术风格与学术传统相辅相成，共同铸就了南大语言学的辉煌历史，构成了本学科的深厚学术底蕴。

关键词：中国语言学；南京大学；学术风格；学术传统

最近十年，为了纪念文学院语言学学科的一些前辈学者和著名校友，我们举办了"纪念方光焘、黄淬伯先生诞辰一百二十周年国际学术研讨会"，陆续写作了《黄侃先生在南京大学的岁月》《黄淬伯》《黄淬伯先生的中古音研究并论及〈切韵〉的语音性质》《周法高先生的中古音体系》《殷焕先语言学论文集·前言》等学术论文，总结了这些前辈的学术成就，彰显了本学科的学术道统。在会议筹备和论文写作过程中，我们逐渐有了整理本学科发展史的计划，以凝练本学科的学术传统。通过缅怀先辈们的成就，勉励我们不忘初心，牢记使命，发扬光大本学科的学术精神，在学科建设的新征途上开拓奋进。

本文是本学科发展史研究的一部分，共包括四个方面的内容：一、引言；二、学科发展简史；三、学术风格；四、学术传统。

一　引言

中国语言学的南京大学学术风格和传统这一论题需要界定。中国语言学，容许有不同理解，本文的讨论限于：1. 从语言类型方面看，包括汉语与境内其他语言；2. 从载体看，主要指采用中国语言的口语和书面语，即活的口头语言和历史文献中的语言，包括共同语、方言和传世文献；3. 中国学者关于本国语言和文字研究的学术成果（不含外国学者的相关论述）。南京大学的学术风格和传统是指本校语言学学科特定的学术风格和学术传统。

从学术上讲，风格、传统属于比较文化学的范畴。任何群体都具有不同于其他群体的风格、传统，小至衣食住行，大至世界观、人生观、价值观都有风格、传统。沈约《立太子恩诏》云："守器传统，于斯为重。"① 就学术风格、传统而言，则应该从著作和学风来观察，学术研究的对象、材料、理论、方法、观念、研究目的构成学术风格和传统。

风格、传统是历史积淀的文化特质。讲风格、传统必须讲历史。"以古为镜，可以知兴替"（《旧唐书·魏征传》），英国学者培根也说："读史使人明智。"回顾历史，凝练风格，总结传统，可以从中学到经验；总结得失，有利于学科明确方向、继续前行！

一般来说，历史是人物和事件构成的发展过程。南大语言学有很多知名人物和事件，构成了丰富多彩的历史。王希杰先生曾经描述过中国语言学会成立时的情景：

> 受各位大学长之托，我负责请南京大学（中央大学）的校友一同照相：吕叔湘先生、张志公先生、殷孟伦先生、殷焕先先生等等。负责照相的单耀海先生开玩笑说："现在我才知道，南京大学的人这么多，连吕先生也是南京大学的。我以后可不敢欺侮南大的人了。"吕先生瞪了他一眼，他当然就不敢再说什么了。②

① （清）严可均辑、冯瑞生审订：《全梁文》，商务印书馆 1999 年版，第 284 页。

② 《回忆张志公先生》，载王希杰、陈新、庄关通《晒不死的马齿苋——光明博客三人行》，2013 年，第 195 页。

吕先生很低调，不过这件小事就充分说明了南大语言学有足够长的历史，足够多的历史人物和历史事件，有足够丰厚的学术传统供我们发扬光大。

本文将遵循前人书写历史的基本原则——“活人不入史”，盖未盖棺定论也。涉及的人物和事件以已经去世的前辈学者为主。

二 南京大学语言学学科简史

学科发展史是由教师的教学、科研和学生的传承、发扬构成的，教与学都凝结在师生的课堂和学术论著中。一个学科首先要有教师，教师培养出学生，二者就成为构建学科史的人物。师生互动，产出学术论著，阐发学术观点，就构成学科史的事件。在教、学、研的过程中所表现出来的学术风格和学术传统就构成了该学科的历史经纬。

下面简要回顾南大语言学的学科史。

三江师范学堂到两江师范学堂时期（1902—1912）。1902 年，南大源头——三江师范学堂（1902—1906）成立，1906 年易名为两江师范学堂（1906—1912）。从三江到两江师范学堂时期，中国语言学并不是学校的专门学科，未设置相关专业，也无专任老师，更未招收这方面的学生，当时的老师们都具有传统的学术背景——文史哲一体、小学/经学并重，培养的学生走的也是类似的学术路径。这一时期的主要教师有李瑞清、柳诒徵、胡小石以及钟山书院出身的王瀣。

李瑞清（1867—1920），字仲麟，号梅庵、清道人等，江西临川人。清光绪二十一年（1895）进士，翰林院庶吉士，曾任江宁提学使等职，继缪荃孙等之后，出任南京两江师范学堂监督（类校长职）。民国后，去职，寓居上海，以鬻卖字画为生。有《清道人选集》和书画传世。李瑞清在两江师范学堂发展过程中，作出过巨大贡献，留下了“嚼得菜根，做得大事”的著名校训。

王瀣（1871—1944），字伯沆，号冬饮等，祖籍江苏溧阳，世居南京。早年就学钟山书院，大有文名，与陈三立等交，是陈寅恪等的启蒙老师。1908 年开始任教三江师范学堂，后去职，1915 年复任教于南京高等师范学校，历经东南大学、中央大学时期。抗战军兴，因病未能西迁，困居南京，直到离世。王瀣博通众学，于经学、理学、佛学皆有涉猎，诗文书画皆精，对《红楼梦》有精深研究，也精通《说文解字》等小学著作，有《冬饮庐词》等传世。

柳诒徵（1880—1956），字翼谋，号劬堂，江苏镇江人。曾求学于钟山书院、南箐书院，师从缪荃孙。1903 年任两江师范学堂教习，后去职，1914 年复任国立南京高等师范学校教职；再去职，1927 年复任第四中山大学、中央大学教职，抗战胜利后离职。1948 年当选中研院院士。解放后筹办上海博物馆。柳诒徵的主要学术成就在史学和文化史方面，在语言学方面稍有涉猎。著有《中国文化史》《国史要义》等。

胡小石（1888—1962），名光炜，字小石，以字行，祖籍浙江嘉兴，生于南京。1907 年入学两江师范学堂，深受李瑞清器重和栽培。胡小石长期执教有关高校，亲历南京大学的历史变迁，直至离世。他兼治文史，在甲骨、金文等古文字学考释及文法领域成就卓越，并以书法名世。他在语言文字方面的论著有《甲骨文例》《说文古文考》《金文释例》《齐楚古金表》《声统表》《江津县方言志》《说文部首疏证》《书库方二氏藏甲骨卜辞印本》等。胡小石是南大语言学学科发展史上的宗师之一。

三江师范学堂和两江师范学堂都处在清朝末年，整个学术风气带有浓厚的传统书院教育的痕迹，又带有新式师范教育（注重通才教育）的特点。这可以从胡小石先生身上得到印证，他文史哲皆通，诗词书画兼擅，极富才情。

南京高等师范学校时期（1914—1921）。这一时期，李瑞清因曾做过清朝的官员，出于传统士人不侍二朝的思想而拒斥民国政府（与王国维类似），离职去了上海，自称“清道人”，后与曾熙、黄宾虹、吴昌硕并称“海上四妖”。

1914 年，南高师设置国文科。此后，1952 年院系调整，与南京大学合并的金陵大学也在同年设置了语言学系。在这一时期，南高师聘请留学回国的陆志韦先生（1894—1970，1920 年就职，1928 年离职）教授心理学。后来他长期担任燕京大学校长，并出人意料地由心理学专家成了一流的语言学家。

东南大学时期（1921—1927）。主要有王瀣、柳诒徵和胡小石三位教师。这三位老师并非语言学家，但却培养出了三位语言学奇才：叶光球、张世禄和吕叔湘，他们都是 1921 年入学的。叶先生名气稍逊，他著有一部《声韵学大纲》,[①] 后来回到老家浙江东阳创办了东阳简易师范，一直在中学任教。张世禄和吕叔湘则名满天下，下文详叙。

中央大学时期（1928—1949）。此期进进出出的教师很多，仅择要介绍。

王瀣从三江师范学堂到中央大学一直都没有离开，抗战开始，中央大学西迁重庆，他因年老体病没能随迁，在贫病交加中，又不肯向日本人屈服，1944 年在南京逝世。

1928 年，中央大学迎来了一位很重要的语言文字学方面的老师——黄侃，他在中央大学任教七年，直至 1935 年离世，是南京大学中国语言学学科的又一宗师。

黄侃（1886—1935），字季刚，湖北蕲春人，晚号量守居士。1905 年留学日本，并从章太炎学，精通小学，旁及经学、文学等。黄侃先前曾在北京大学、东北大学、武昌高师教过书，除在北大期间培养了罗常培、陆宗达等几位著名学者之外，在中央大学时期培养的学生最多，成为语言学家的就有十几位，如潘重规、殷孟伦等。

汪辟疆（1887—1966），名国垣，字笠云，后改辟疆，以字行，江西彭泽人。1908 年入京师大学堂，1912 年毕业。1927 年起在南京第四中山大学、中央大学、南京大学任教授，直到离世。他主要从事文史和目录学研究，对语言文字也有研究，传世著作有《唐人小说》[②]《目录学研究》[③]《光宣诗坛点将录》《近代诗人述评》《汪辟疆文集》等。

马宗霍（1897—1976），字承堃，湖南衡阳人。早年在湖南南路师范学堂毕业，曾问学于章太炎。自 20 世纪 20 年代，在多家高校任教，大概从 1935 年到 1939 年任教于中央大学。虽然他在中央大学任教的时间不长，但他通过教学活动吸引了不少学生从事语言研究。重要著作有《音韵学通论》《文字学发凡》《中国经学史》《说文解字引经考》《说文解字引方言考》《说文解字引群书考》《说文解字引通人说考》等。

中央大学西迁重庆后，赵少咸 1937 年来校任教，1941 离职。

赵少咸（1884—1966），字世忠，祖籍安徽休宁，生于成都。赵少咸

---

① 叶光球：《声韵学大纲》，正中书局 1936 年版。

② 汪辟疆：《唐人小说》，神州国光社 1931 年版。

③ 汪辟疆：《目录学研究》，商务印书馆 1934 年版。

精通小学，与黄侃等交好，对《广韵》等典籍有精深研究，传世有《广韵疏证》《经典释文集笺》《古今切语表》等。赵少咸在重庆中央大学时期培养出了三位非常有名的语言学家，号称中大“三剑客”：周法高、李孝定和殷焕先。

张世禄（1902—1991），字福崇，浙江浦江人。1921 年入东南大学，1925 年毕业后，曾在多所大学任教，1943 年开始在中央大学任教，1952 年院系调整，去了复旦大学。张世禄著作丰富，他熟悉现代语言学理论，在中国语言学的众多领域都有卓越贡献，主要著作有《中国音韵学概要》《广韵研究》《音韵学》《中国音韵学史》《语音学纲要》《语言学概论》《张世禄语言学论文集》等。

吕叔湘（1904—1998），江苏丹阳人。1921 年考入东南大学外文系，1926 年毕业，1936 年赴英国留学，学习图书馆学。1938 年回国，先后在多所高校任教，1947 年开始兼任中央大学中文系课程。1949 年金陵大学合并到南京大学之后，在南京大学短暂工作了几个月，1950 年应聘去了清华大学，再后调任中国科学院语言研究所，曾任副所长、所长，中国科学院哲学社会科学部学部委员。吕叔湘先生主要研究汉语语法，也旁及其他方面，主要著作有《中国文法要略》、《语法修辞讲话》（与朱德熙合著）、《汉语语法分析问题》、《汉语语法论文集》等，主编《现代汉语词典》《现代汉语八百词》等。

方光焘（1898—1964），浙江衢县人。1914 年赴日本留学，1924 年回国。1929 年又赴法国攻读语言学，1931 年回国。方光焘曾在多所高校任教，1948 年始任教于中央大学，直到南京大学时期。他是中国科学院哲学社会科学部学部委员，学术声誉极高，是索绪尔语言学体系的传播者和实践者，是理论语言学的开拓者和建设者，参加了中国文法革新问题及语言和言语问题等讨论，在汉语词类、汉语形态、语法体系等研究领域有重要贡献。同时，他还是创造社的成员，在文学方面也有很高的成就。有《方光焘语言学论文集》等著作传世。方先生是南京大学语言学学科发展史上的另一宗师。

周钟灵（1918—1993），江苏溧阳人。1938 年考入中央大学中文系，后获哲学系硕士学位，师从宗白华和方东美，1948 年开始任中央大学教职。周钟灵的学术领域宽广，在语言学、哲学、逻辑学等方面均有研究，主要成果有《韩非子的逻辑》《〈马氏文通〉述评》等①。

中央大学时期入教职的还有鲍明炜。

鲍明炜（1919—2007），山东鄄城人，1942年考入中央大学，毕业后留校任教，直到逝世。鲍明炜在汉语方言学、音韵学等领域有重要贡献，代表性论著有《唐代诗文韵部研究》，主编《江苏省志·方言志》等。

中央大学时期毕业的语言学方面的学生非常多，下面列举一些具有代表性的人物，已在教师部分介绍者则不再重复。

潘重规（1908—2003），本名石禅，字袭善，江西婺源人。1930年毕业于中央大学中文系，从学于章太炎、黄侃等。曾任教海内外多所高校，在敦煌学、语言学、文学等方面卓有贡献，主要著作有《瀛涯敦煌韵辑别录》《瀛涯敦煌韵辑新编》《中国文字学》《中国声韵学》《敦煌俗字谱》等。

殷孟伦（1908—1988），字石臞，四川郫县人。1932年于中央大学毕业，从学于赵少咸、黄侃，曾赴日本留学，并短期任教于中央大学、四川大学，1953年起任教于山东大学。殷孟伦在训诂学、词汇史、文献辨伪等方面有精深研究，代表性论著有《“闻”的词义问题》《略谈红楼梦作者曹雪芹对语言艺术的认识》《莫友芝与〈韵学源流〉的关系质疑》《程瑶田〈果赢转语记〉疏证》《略谈训诂学这门科学的对象和任务》《汉魏六朝百三家集题注解》。有《子云乡人类稿》传世。他擅长考据，《试论唐代碎叶城的地理位置》一文考证了李白出生地碎叶城的位置。②

蒋维崧（1915—2006），字峻斋，江苏常州人。1938年毕业于中央大学中文系，曾任教于多所高校，1955年起在山东大学任教。蒋维崧主要研究文字学，并以书法名家，有《蒋维崧书法集》等，学术著作有《文字浅说》等。

周法高（1915—1994），字子范，江苏东台人。1939年毕业于中央大学中文系，1941年毕业于北京大学文科研究所，获硕士学位。历任“中研院”史语所助理研究员、副研究员、研究员，并曾兼任中央大学副教授。去台湾地区后，任“中研院”史语所研究员，曾兼台湾大学中文系教授。1964年起任香港中文大学教授，返台后，任东海大学教授。1964

① 周钟灵：《〈马氏文通〉述评》，《中国语文》1978年第1—4期。

② 殷孟伦：《试论唐代碎叶城的地理位置》，《文史哲》1974年第4期。

年当选为“中研院”院士。周法高在中国语言学的多个领域都卓有贡献，并旁及文学等领域。主要论著有《中国古代语法》《中国语文研究》《周法高上古音韵表》《中国语言学论文集》《中国音韵学论文集》《论中国语言学》《金文诂林》《汉学论集》《颜氏家训汇注》《足本钱曾牧斋诗注》等。

李孝定（1918—1997），字陆琦，湖南常德人。1939 年毕业于中央大学中文系，1940 年入北京大学文科研究所，1944 年获硕士学位后，任职“中研院”史语所。去台湾地区后，继续在“中研院”史语所工作，1963 年晋升研究员，同时兼任台湾大学教授。1965 年任教于新加坡南洋大学，1978 年重回“中研院”工作。1988 年退休后，任东海大学教授。李孝定一生致力研究甲骨文，并旁及汉字的其他方面，主要著作有《甲骨文字集释》《汉字的起源与演变论丛》等。

殷焕先（1913—1994），字孟非，江苏六合人。1940 年毕业于中央大学中文系，同年入北京大学文科研究所，1942 年获硕士学位。殷焕先从学于赵少咸、胡小石、汪辟疆、马宗霍、唐兰、王力等，并深受导师罗常培的学术影响。殷焕先曾任教于西南联大、北京大学、四川大学等高校，1946 年始任山东大学教授。殷焕先在中国语言学的诸多领域，尤其是音韵、文字方面贡献突出，在文字改革、方言调查、推广普通话等方面也有很大成绩。主要著作有《字调和语调》《反切释要》《实用音韵学》《汉字三论》《联绵字简论》《殷焕先语言学论集》等。

张志公（1918—1997），河北南皮人。1937 年考入中央大学工学院，一年后转入外语系，再后转入金陵大学外语系，1945 年毕业并留校任教。此后，在有关高校任教或在出版社做编辑工作，1955 年起任人民教育出版社汉语编辑室主任。张志公在语法研究、语文教材编写和语文教学方面做出了卓越贡献。他的重要论著有《张志公文集》《传统语文教育初探》《漫谈语文教学》等。

南京大学时期（1949 年至今）。与语言学有关的老师有胡小石、方光焘、黄淬伯、洪诚、周钟灵、鲍明炜等。大多数老师前文已介绍，可补充者有黄淬伯、洪诚二先生。

黄淬伯（1899—1970），字垂白，江苏南通人。1925 年作为首届生考入清华大学国学研究院，受业于王国维、梁启超、陈寅恪、赵元任等先生。1927 年夏研究结束，先后任教多所高校，1952 年起任南京大学中文系教授。黄淬伯在汉语音韵学、金石学、《诗经》研究、书画等领域都卓有贡献，代表性著作有《慧琳一切经音义反切考》《关中方言音系》《诗经覈诂》等。

洪诚（1910—1980），字自明，安徽青阳人，1935年毕业于中央大学国文系，1955年任教于南京大学。洪诚在古汉语语法、训诂、古籍整理、词典编纂等领域卓有贡献，重要论著有《论古汉语的被动式》《论南北朝以前汉语中的系词》《训诂学》等，选编过《中国历代语言文字学文选》。洪诚1979年主持了教育部主办的训诂学讲习班，非常成功，培养出很多人才。

南京大学时期毕业的学生很多，下面只列几位代表性人物。

王尧（1928—2015），江苏涟水人。1951年南京大学中文系肄业，同年就读于中央民族学院，师从于道泉，后留校任教。王尧是著名的藏学家，蜚声海内外，有《中国藏学史》《藏学概论》《西藏文史探微集》等重要著作。

徐思益（1927—2018），四川仪陇人。1954年毕业于四川师范学院中文系，1958年南京大学中文系研究生毕业，师从方光焘。徐思益长期任教于新疆大学，主要研究理论语言学和语法学，有《论语言的共时性和历时性》《描写语法学初探》《语言学导论》《徐思益语言学论文选》等重要论著。

龚千炎（1932—1996），江西南昌人。1956年毕业于南京大学中文系，分配至中国科学院语言研究所工作，后任教于安徽师范大学中文系，再后任职于教育部语言文字应用研究所，主编《语言文字应用》杂志。著有《句子分析》《中国语法学史稿》《语言文字探究》《汉语的时相时制时态》等。

施文涛（1933—1970），浙江宁波人，1956年毕业于南京大学中文系并留校任教。他在方言、音韵学、语法和语言理论等领域都有成就。主要论著有《言语有阶级性吗?》(与方光焘合作)、《略论语言学上两个基本问题——同朱星同先生商榷》、《宁波方言本字考》等。李荣《语文论衡》曾收入他的《关于汉语音韵的几个问题——与陆志韦先生商榷》(1964)一文。

黄景欣（1935—1965），福建惠安人，1957毕业于南京大学中文系并留校任教。他英年早逝，但却留下了很多语法研究、语言理论方面的论文，重要的有《秦汉以前古汉语中的否定词“弗”“不”研究》《试论词汇学中的几个问题》《论语言的“内”“外”及语言发展的内因和外因》《论我国语言学遗产的继承问题》《〈说“的”〉并论现代汉语语法研究的几个方法论问题》，有《黄景欣语言研究论文集》问世。

唐文（1931—1992），江苏盐城人。1959年毕业于南京大学中文系，曾任苏州铁道师范学院汉语史教授。著有《古代汉语简编》《郑玄辞典》《“国故论衡小学之部”疏证》等。

卞觉非（1933—2011），江苏扬州人。1961年毕业于南京大学中文系并留校任教，师从方光焘。主要从事语法研究和语言教学，有《新编实用汉语系列教材》《论所谓“言语—思想统一体”》《论句子的本质与系词“是”》《汉语语法分析方法初议》等论著。

于根元（1940—2019），江苏泰兴人，生于上海。1963年毕业于南京大学中文系，曾在中国社会科学院语言研究所、语言文字应用研究所、中国传媒大学工作，重要著作有《应用语言学概论》《中国现代应用语言学史纲》《网络语言概说》等。

以上我们大致梳理了南京大学语言学学科不同时段的人物和论著，主要包括过世的老师和学生，在世的就更不计其数，足见本学科的历史之长，人物事件之多。

三　中国语言学的南大学术风格

学术风格，是指一个学科历史演进中逐渐形成的教学和研究特色，并凝练为本学科师生的学术研究的底蕴。通过对南京大学各时段师生生平事迹及学术成果的梳理，中国语言学的南大学术风格可以归纳为如下四个方面。

第一，人文化成，砥砺气节。

教育的根本目的是培养受教育者的完美人格——充满美好的人文情怀，培养学生对人类的大爱，对人的生命、价值、尊严和文化的敬畏，追求精神独立，塑造理想人格。孔子有关教育的名言“君子敬而无失，与人恭而有礼，四海之内皆兄弟也”“人而无信，不知其可也”“君子成人之美，不成人之恶”“志于道，据于德，依于仁，游于艺”“施诸己而不愿，亦勿施于人”等都是关于人文教育的重要论述。传统上儒家要求士人“修身、齐家、治国、平天下”的理想也是人文情怀教育的体现。南京大学的语言学学科始终秉承人文化成的教育理念，自觉培养学生高尚的人格和道德素养。

整体来看，南大语言学学科沿袭了传统士大夫精神的培养模式，既注重培养气节，又注重训练诗词书画等才艺。我国传统教育特别强调“气节”教育，所谓“士可杀不可辱”“匹夫不可夺志”“天下兴亡匹夫有责”，尤其是在国家民族大难当头之时，要“临大节而不亏”，要忠于国家、忠于民族，不当叛徒。这方面有很多老师做出了榜样。

1911 年 9 月，江苏独立，不少达官贵人见清王朝大势已去，大多弃职遁逃。李瑞清却照常敲钟上课。在围城中，李瑞清努力保全学校，保护学生，解救百姓。清朝灭亡后，作为清臣的两江师范学堂校监李瑞清即挂冠而去，自谋生路，不为新政权所用，保持了应有的气节。晚年，他以卖书画的方式艰难地走完了自己惨淡的人生。榜样的力量是无穷的！李先生这种“临大节而不亏”的气节，激励了南大一代一代的学子，全校上下养成了一种求实、淳朴、正直的学风。①

王瀣在中央大学西迁后，据后人记载：由于失去工作，又年老多病，家境日益困难，以至不能举炊，只得变卖自己珍藏多年的书画典籍维持生计。1940 年夏，汪伪政府筹办伪中央大学，就想利用他的名望与影响，派人胁迫，同时以高薪诱惑，欲迫其就任伪教职。贫病交加中的老人断然拒绝，说：“余以行将就木之人，可以舍我矣，实不敢见张邦昌、刘豫丧权辱国之举。”临终前他交代家人说：“我生不愿见日寇，死了，棺材也不要见到敌人。我死后，不要发丧，棺材不准出门，就地埋在自家后院里。”②

胡小石的文名很高，有人找胡小石为蒋介石六十寿诞写一篇寿文。胡小石严词拒绝，说：“我只会给死人写祭文，不会替活人写寿文。”③ 这就是不向权势低头，这就叫气节。

人文化成的另一方面就是涵养诗词书画的技艺。早在两江师范学堂时期，李瑞清就特别强调艺术教育，并专门设有艺术科。在中央大学时期，中大毕业的学生基本上都会写诗吟词，结社活动极多，不少师生都

① 徐传德主编：《南京教育史》（第 2 版），商务印书馆 2012 年版，第 332 页。

② 朱成山主编：《日本侵华史研究》第 4 卷，南京出版社 2016 年版，第 13 页。

③ 郭维森编：《学苑奇峰——文史学家胡小石》，南京大学出版社 2000 年版，第 91 页。

有诗作传世。李瑞清有诗云：“孤舟曳寒烟，荡入梅花里。香雪空濛濛，不辨云与水。”① 同样，南京大学历届语言学学科的学生，能诗善词者极多，比如张世禄《自嘲》诗：“书剑飘零作客频，莲花落里探真情。分明别有青云路，犹把儒冠自误身”②，堪称名诗。殷焕先的诗词或感事抒怀，或酬赠友朋，词意婉切，韵味隽永，为师友所称道，如“一寸乡心对汝悲，年年天外照分离”（《中秋望月》）、“霜天惨淡晓星孤，西角凄其断欲无”（《侵晨趋赴大学口占》）、“可怜盛世存儒雅，好近班书酒一杯”（《赠赵俪生》），脍炙人口，广为流传。

在李瑞清、胡小石等影响下，学生中出了很多书法家，如蒋维崧、殷焕先等。殷焕先先生精于书道，有人评其书法说：“点画精到，笔路清晰，骨力遒逸。奇崛有情趣，清峻、豪放、雅逸的书卷清气和笔墨趣味沛然其间。”（见《殷焕先诗词墨迹》）书家或称其为“明清以来文人字写得很好的一位”“从他大量的作品中可以发现许多古人没有出现过的精彩表现，他的字里的多处重点横画，细微处比王羲之《姑母帖》里的横画还好”（见《殷焕先诗词墨迹》）。

第二，学术为生，坚守信念。

南京大学语言学科始终坚守学术为生，坚守信念。学术贵在求真，求得对某个问题、某个现象的解释，追求自己相信和坚持的解释，不随意屈从。学术来不得虚假，不能欺世盗名，更不能把学术当成牟利的工具。下面举几个例子。

1943 年，胡小石在昆明时，应西南联大的邀请去讲授《书学史》的“汉碑流派”部分。当时西南联大的教授汤用彤、罗常培都在，他们盛赞胡先生“专精独擅，非积数十年钻研不能到也”。③ 在很多人看来，胡小石首先是个文化人，其次才是个学者。但汤用彤、罗常培都认为胡小石是真有学问的学者，可见他在传统学术方面的实力。

20 世纪 60 年代初，语言学界有“语法”与“文法”之争，因为陈望道校长是“文法学派”的领袖，所以复旦大学有许多原来主张用“语

① 黄明、黄珅：《近代诗文》，上海人民出版社 2017 年版，第 108 页。

② 吴中杰：《海上学人漫记》，复旦大学出版社 2012 年版，第 70 页。

③ 参见吴白匋《胡小石先生传》，《中国当代社会科学家》第十辑，书目文献出版社 1987 年版，第 208 页。

法”的人，都纷纷放弃己见，投到“文法学派”的旗下，只有张世禄先生仍旧坚持“语法”的称谓。陈望道为了统一复旦语言学界，形成一个完整的复旦学派，特地登门拜访。这是新中国成立以来，陈望道唯一一次登上张家之门，目的是要张世禄先生同意“文法”的提法。但是，张先生就是不肯答应。他说：“我的观点，我会在报纸上发表的。”他发表的仍是“语法”之见。虽然这只是学术见解的不同，但是在当时的复旦，张先生要如此地坚持己见，还是要有相当的勇气的。①

又如，黄淬伯先生从研究《一切经音义》的反切开始便始终坚持慧琳的《一切经音义》是秦音，是中晚唐时代的音。② 他认为，《切韵》是个综合音系，慧琳音系则是一个现实的音系，两者不同。他特别坚持对《切韵》性质的判断，写过七八篇文章，③ 锲而不舍地论证《切韵》是综合音系，立论的材料、论证的过程看起来都非常充足。用今天的学术观点看，他的坚持未必正确，但很佩服他的坚持。④ 当然，黄淬伯也力主创新，晚年时著成《唐代关中音系》，⑤ 与他早期的《慧琳一切经音义反切考》的风格不同。他运用现代音韵学的工具，用音标的方式，构建出了一个系统，代表了他对《慧琳一切经音义反切考》音系的一种体系性的认识，这非常了不起。

再如周法高先生，据他自述：“我的导师是罗常培和丁声树先生。我曾经和罗先生因为讨论切韵是代表‘古今方国之音’的混合，还是代表隋及唐初的长安音，如高本汉所假定的那样，发生了激烈的辩论。我认为切韵如果不是代表一时一地之音，根本就不能拟音，而他认为纵使不如高本汉所说切韵代表六世纪的长安音，我们也可以加以拟音。另一点是：他

① 吴中杰：《海上学人漫记》，复旦大学出版社 2012 年版，第 67—68 页。

② 黄淬伯：《慧琳一切经音义反切声类考》，《历史语言研究所集刊》第 1 本第 2 分，1930 年；黄淬伯：《慧琳一切经音义反切考韵表》，《国学论丛》1930 年第 2 期。

③ 黄淬伯：《论切韵音系并批判高本汉的论点》，《南京大学学报》（人文科学版）1957 年第 2 期；《切韵“内部证据”论的影响》，《南京大学学报》（人文科学版）1959 年第 2 期；《关于〈切韵〉音系基础的问题——与王显、邵荣芬两位同志讨论》，《中国语文》1962 年第 2 期；《〈切韵〉音系的本质特征》，《南京大学学报》（人文科学版）1964 年第 3—4 期。

④ 张玉来：《黄淬伯先生的中古音研究并论及〈切韵〉的语音性质》，《汉语史与汉藏语研究》2019 年第 6 辑。

⑤ 黄淬伯：《唐代关中方言音系》，江苏古籍出版社 1998 年版。

要我研究《经典释文》中的旧音，我认为没有什么前途。”① 这说明，周先生对自己的观点十分坚持。这种理念的坚持，说明周先生在学术上敢于创新，即使与自己老师的观点相左，也要坚持探索下去。

第三，兼包并蓄，固本创新。

在南京大学不同时段，尤其是新中国成立以来，中国语言学研究有多种不同学术流派并存，有的是传统的小学派，有的是清华出身的“先师派”，有的是现代语言学派。学术传承不同，学术研究的方法和学术风格往往不同，这些不同流派在南京大学语言学发展过程中，都能兼容并蓄，互补共荣。比如，方光焘是索绪尔语言学的传播者，特别提倡语言理论的重要性；洪诚出身小学背景，特别重视从材料归纳观点。王希杰在《洪诚与方光焘》② 一文中提及方光焘与洪诚做学问的方式，方光焘是形上的，而洪诚是形下的，方光焘的研究方式是演绎的，而洪诚的研究方式是归纳的。当然，这两种方式的共同特点是必须有材料。洪诚写过一篇《论古汉语的被动式》③ 的文章，方光焘也同样写过一篇研究古汉语被动句的文章④，就是想要证明理论比材料重要。但到了现在，洪诚的文章影响仍很大。这说明，采用何种研究方式不重要，重要的是能对语言现象有合理的解释。

黄侃是相信传世文献的，研究文字学特别重视《说文解字》这类传统字书，他没有研究甲骨文、金文，他的老师章太炎甚至怀疑甲骨文、金文这类材料的真实性。但是，黄侃自己不研究，却并不反对别人研究，甚至自己也准备去研究。他给徐行可的信中说过如下的话：

> 近日闲居深念，平生虽好许书，而于数百年所出之古字所见未宏。夫山川鼎彝，洨长所信。今不信其所信，徒执木板传刻之篆书，以为足以羽翼《说文》，抑何隘耶？……洨长之书，岂非要籍，枣木传刻，盖已失真。是用勤探金石之书，冀获壤流之助，近世洹上发得

① 高增德、丁东编：《世纪学人自述》第5卷，北京十月文艺出版社2000年版，第194—195页。

② 王希杰：《洪诚与方光焘》，钟名诚、仲玖英编：《言为心声》，中国青年出版社2008年版，第136—140页。

③ 洪诚：《论古汉语的被动式》，《南京大学学报》（人文科学版）1958年第1期。

④ 方光焘：《关于古汉语被动句基本形式的几个疑问》，《中国语文》1961年第10—11期。

古龟，断缺之余，亦有瑰宝，惜搜寻未遍，难以详言，倘于此追索变易之情，以正谬悠之说，实所愿也。①

这两个事例都是兼包并蓄学风的最好证据。

再说“固本创新”。

固本是对传统学术的发扬光大，没有固本就没有学术积淀和文化传承；创新是学术的生命，没有创新，就没有学术的进步。

胡小石先生出身两江师范学堂，其国学根基深厚，就固本方面来讲，他的成就涉及文史哲、书画、金石各领域，写出了多种论著。但是，他并不保守，他勇于探索甲骨文、金文等的文法和体例，是甲骨金文语法研究的开拓者。

张世禄出身东南大学，家学和国学的根基毋庸置疑，但是他不愿意沿着小学的路子走下去，而是积极寻找新的方法研究汉语的问题。他对高本汉的学说十分钟情，认为高本汉开创的研究汉语音韵学的方法值得借鉴，他先后翻译了高本汉的《中国语和中国文》《汉语词类》《诗经研究》等名著，自己也身体力行，积极将现代语言学的理论与汉语音韵学的传统结合起来，他 20 多岁就写成了《中国声韵学概要》这样的著作，今天看来都非常具有系统性，有很强的科学意识，跟他之前的著作完全是两种风格。不仅如此，他在 30 多岁时还写出了《中国音韵学史》，令人敬仰。

李方桂是国际著名的语言学家，但他评价周法高时特别强调周是古汉语专家，好像不是地道的语言学家似的。② 周法高跟李方桂学习的时间比较长，李方桂应该很熟悉他。周法高晚年的成果确实主要集中在古汉语语法、金文和文史考辨方面，如《周秦名字新诂汇释及补编》《金文诂林》《颜氏家训汇注》《牧斋诗注校笺》《足本钱曾牧斋诗注》《钱牧斋吴梅村研究论文集》《柳如是事考》等，都是传统国学的范围，这说明中央大学的学术功底影响了他的一生，这是固本的体现。由此而言，学习西学的李方桂有那种观感也不难理解。但是，周法高在古代汉语语法和上古音方面

① 程千帆、唐文编：《量守庐学记》，生活·读书·新知三联书店 1985 年版，第 121—122 页。

② 李方桂：《李方桂先生口述史》，王启龙、邓小咏译，清华大学出版社 2003 年版，第 87 页。

都提出了不少新见，比如他给上古音、中古音都构拟了系统的体系，并以上古音三个元音而闻名学界，[①] 这都是他创新性的体现。

周法高的学术生涯很好地体现了固本与创新的兼顾。

固本不是守旧，创新也不是立异。周法高曾经说，学术不能钻牛角尖，不能死较劲，要善于听取别人的看法，不能掉到坑里去，所以要有开阔的眼光。周先生晚年修正了长安音说，根据陈寅恪等学者的论说，改为公元 6 世纪初士大夫阶级间流行的读书音说。周先生说："根据玄应反切系联的结果，我发现和《切韵》的系统非常接近，因此我便改变了我原来的主张而附和高本汉的主张。1938 年，陈寅恪先生在《岭南学报》上发表了《从史实论切韵》一文，说明除了颜之推和萧该是出生在南方而外，其他五人都在河南洛阳附近，因此《切韵》不可能代表长安方音，而可能代表'洛阳旧音'。我因此又修正了我的说法，认为《切韵》代表公元 6 世纪初士大夫阶级间流行的读书音。"[②]

第四，尊师重道，安贫乐业。

先说尊师重道。按传统学术的要求，老师是"传道、授业、解惑"者，老师要把"金针度与人"，要爱护学生；学生则应尊师重道。南京大学及此前的各阶段，都特别倡导尊师重道的传统，老师也能以身作则。殷焕先曾记载 1936 年前后王伯沆和马宗霍在中大上课相遇时的情景：

> 有的课时他跟哲学大师王伯沆师排的相同。上课铃响了，马师总是"徐行后长者"地随王师之后，一路谈到王师进了教室，马师才转来讲课。这种风度给我好感。我这里倒不是想把那"士先德行而后学问"也扯到讲课上，我只提一句"重其人"与"重其课"二者的相关之大。[③]

马宗霍比王伯沆稍微年轻一点，他尊重长者。胡小石先生安葬老师李瑞清更是学界流传的尊师佳话。

---

① 周法高：《论上古音》，《中国文化研究所学报》1969 年第 2 卷第 1 期。

② 高增德、丁东编：《世纪学人自述》第 5 卷，北京十月文艺出版社 2000 年版，第 196 页。

③ 殷焕先：《记学——纪念马宗霍师、赵少咸师》，《文史哲》1983 年第 6 期。

师生互相尊重是教育成功的重要体现，传授学业更是教育的本旨。“鸳鸯绣出从君看，莫把金针度与人”，这是相传已久的师傅守则，意思是老师把学生教会了，学生就会抢老师的饭碗；老师教人的时候要留着最后看家的本事，不能教给学生，以免被学生取代。但是，南京大学语言学传统里则是要把“金针度人”的，比如殷焕先记载赵少咸教学生：

> 一次，我呈交一份论文给先生，论文从某先生著的《韵谱》引用了些材料。第二天，先生叫查汉赋某赋某些韵句，我查了、抄呈了。到当面跟我谈论文时，赵师说：“你抄得还不错，你引得倒错了。平时说引用材料要核对，比如，不仅要把自己引的跟《韵谱》相核对，重要的是，还要把自己引的跟汉赋的原本相核对。这是基本训练。”我从此留了心，真还发现了一些人的以讹传讹的事例。讹，则误人误己。讹，则自己的立论很难做到可靠。我同研究生讲材料征引，于版本校勘之后，首列这一教训。①

黄侃教学生总是把学术的路径指示给学生，强调打基础的重要性。殷孟伦曾回忆道：“五十年前，我在南京始从黄先生学，先生以为可教，遂勖勉备至，启迪甚殷。首先告诫我要打好基本功，不要骛外，要耐心于久坐下苦功。让我先在一年内圈读完‘十三经’，此后又增加至二十六种，并要我三十岁以前读完唐以前的典籍。有了这样的基本功夫，再研究任何门类的中国学问，就容易多了。先生告诫我三十岁以前不要轻易在报刊上发表文字。我严格地遵守先生的教导，以积累自己的知识为先务。”②

再说安贫乐业。

教书育人和学术研究与赚钱常常是矛盾的，学术研究这一职业不会发财。如果要心想赚钱发财，就很难安心学术。因此，安贫乐业也就是一个学者应该固守的品德，否则就很难在学术的道路上行稳致远。

李瑞清是进士出身，不仅自己做官，父祖辈也都是高官，本来家境非常殷实，但他自奉节俭，淡泊明志，常年穿着仿裘粗葛，怡然盎然，即使

---

① 殷焕先：《记学——纪念马宗霍师、赵少咸师》，《文史哲》1983年第6期。

② 殷孟伦：《谈黄侃先生的治学态度和方法》，《文史哲》1982年第1期。

是大庭广众之间，应制军召之时，也不改变。① 但是人生常常会面临贫穷，辛亥革命后不久，李瑞清迁居上海，仍留着满头长发，身着长衫，俨然是个道士，自称“清道人”。清道人患半身手足麻痹之症，其躯体“有同蒲柳未秋先陨之态”。在寓居沪上之初，复患脚疾，“股臀间又生一大痈，痛苦不可言”，而一家数十口之生计全赖他一人，经济陷入困境，以至“贫至断炊”，只好日夕劳苦以鬻书画偷活。当时，他曾自嘲“已成为制米机器”。②

四　中国语言学的南京大学传统

我们通常所说的学术传统，是指一个学科或一个学术群体在发展过程中形成的具有研究范式的学术传承。南京大学中国语言学的传统主要由三个脉络构成：国学传统、小学传统和现代语言学传统。虽然许多大学的中国语言学研究也具有这三方面的学术继承，但是由于老师和学生构成、研究领域、研究手段等的不同，各自的学术传承就会有鲜明的差异。

（一）李瑞清、柳诒徵、王瀣、胡小石诸先生开创的国学传统

“国学”内涵尚无一致而明确的学术界定，一般是指相对于西学而言的中国传统文化和学术，有人称为国学，也有人称为汉学、中国学。诸如古典文学、史学、哲学以及传统艺术等都是国学的范畴，统而言之，即中国传统文化的方方面面。南京大学起源于师范教育，在培养学生方面，要求文史哲兼通，文学艺术并重。李瑞清、柳诒徵、王瀣和胡小石诸先生都身体力行，将这一传统深深刻印在中国语言学的学科史上，凝聚成了本学科的文化底蕴。国学传统的最充分体现是，南京大学的学者都有传统国学的根基，即使从事现代语言学研究，也能从历史文献中发现问题，并能诗善书，甚至能画。

《殷焕先自述》说：“照‘国学’的传统，是文、史、哲不分家的。老师都是渊深广博的。我还没有悟到‘学有专攻’，就逍遥于文、史、哲之苑，随遇而‘杂’了。南雍诗歌结社之风是很盛的。书生哀乐系诸国

---

① 徐传德主编：《南京教育史》（第2版），商务印书馆2012年版，第332页。

② 周简段：《画坛旧事》，新星出版社2017年版，第82页。

步，当时多是悲愤之词。那时，也追随师友之后学些新诗，互相传阅。前年周法高兄来信竟仍能记熟我当时的几首，足令我感动。现在回想，结社，也实在是南雍文科培养学生的一种方法。看来，这个方法还是有其良好的作用的。”①

（二）黄侃、赵少咸诸位先生开创的小学传统

传统上所谓的“小学”，即语言文字之学，也可称为中国传统语言学。小学是相对于经学而言的，是为经学或者其他书面文献的解读服务的。综观2000多年的中国语言研究史，自汉代产生的文字学、训诂学、方言学及稍后产生的音韵学，构成了中国古代语言学的框架，后来的语言研究无不在汉代学术研究的基础上发扬光大。中国古代语言学取得了丰硕的成果，其中包括大量的学术经典，形成了自己的学术传统。

黄侃、赵少咸先后主讲中央大学的小学类课程，为南京大学奠定了深厚的小学传统。后来黄淬伯和洪诚又进一步发展了这一传统。黄侃与赵少咸是好朋友，年相仿，学相若。小学传统是他们共同的学术兴趣。小学强调根基、强调专业养成。黄侃曾列出必读的古代“小学”10部专书：“依时代为次：一、《尔雅》；二、《小尔雅》；三、《方言》；四、《说文》；五、《释名》；六、《广雅》；七、《玉篇》；八、《广韵》；九、《集韵》；十、《类篇》。十书中以前六种为小学必要之书，昔人诠释，皆可用为研读之资。”② 黄侃的古音学著作中已经有了音系结构的系统思想，我们认真读读他的《音略》《声韵略说》《声韵通例》等名篇，就不难体会到他学术底层里是有音节结构以及语音演变对应这样的体系，只可惜的是，他没有用音标表示音类。

在1930年制定的中央大学文学院课程说明中，中国文学系课程目的第一条就是“以文字、声韵、训诂为研究一切国学之根底”。③ 也就是说，小学的这三个部分是学生必须学的，因此这个时代的学生都训练得非常

---

① 国务院学位委员会办公室编：《中国社会科学家自述》，上海教育出版社1997年版，第634页。

② 徐复：《师门忆语》，程千帆、唐文编：《量守庐学记》，生活·读书·新知三联书店1985年版，第148页。

③ 秘书处编纂组编：《国立中央大学一览·第二种·文学院概况》，国立中央大学印行，1930年，第1—14页。

好。第二条就是“欣赏高等文学之能力”，这是要求学生要有文学鉴赏力。第三条是“阅读古书之能力”。

总而言之，这三个目的的核心都是为研究古代的文献服务的，因此“小学”在南京大学的中国语言学研究中是被特别强调的。

（三）方光焘等先生开创的现代语言学传统

前面我们已经说过，方光焘是创造社的成员。他在日本和法国都留过学，一生最服膺的学者就是索绪尔。他是较早翻译索绪尔《普通语言学纲要》的中国学者。方光焘在语言学特别是语法学上的建树非常多。曾有学者整理总结过他的语法学成就，指出他主要提出了三个重大问题：一是“形态部”，二是“把汉语的特点放在语言的一般性里考察”，三是“区别句子论与广义形态”①。方光焘在语法学界具有很高的地位，尤其是他的“广义形态”的说法，得到了很多学者的支持。他提出“凭形态建立范畴，集范畴而成体系”，这是一句非常影响深远的学术名言。方光焘培养的学生非常多，前面我们提到的南大时期毕业的学生，里边有好几位都是他指导的。

方光焘倡导的现代语言学研究范式在南京大学生根发芽，并在学术上产生了重大影响，文法革新讨论、语言与言语的讨论、语言有无阶级性的讨论都有南京大学语言学团队的参与，并成为辩论的重要一方。

黄淬伯、洪诚等先生早年虽然受的是“小学”教育，但是随着现代语言学理论方法的发展，他们也能够自觉地学习利用，从而也能运用现代语言学的理论方法研究汉语史的问题。比如洪诚关于被动句的研究，黄淬伯关于语音史的研究，都突破了传统语言学的学术范式，走向了现代语言学的路径。

一个学科的发展总有起起落落，南大的语言学学科一定能够再创新的辉煌。

---

① 徐晶凝：《方光焘的语言观与汉语时体研究》，《汉语史与汉藏语研究》2019 年第 5 辑。

《音义》呈异彩　《校注》启新篇*

——读黄仁瑄教授《新译大方广佛华严经音义校注》

姜永超

（燕山大学文法学院）

摘　要：《新译大方广佛华严经音义》反映了当时佛学繁荣发展的局面，从根本上保证了汉语音义文献的多样性，具有比较鲜明的梵汉双语词典特征。《新译大方广佛华严经音义校注》基于普及和提高相结合的目的，最大限度地实现了系统性和学术性的有机统一，开启慧苑音义新的流播之旅，是传承慧苑音义的积极形式，也是汉语音义学学科建设的重要阶段性成果。

关键词：《新译大方广佛华严经音义》；校注；汉语音义学

《新译大方广佛华严经音义》（下称慧苑音义），唐五代五种佛典音义书之一种，约4.5万字[①]，盛唐释慧苑撰，约成书于唐玄宗开元二十年（732）前后，凡两卷，今有高丽藏本和慧琳《一切经音义》转录本（转录时析为三卷，见慧琳音义卷二十一、卷二十二、卷二十三）、赵城金藏本、元普宁藏本等流传；《新译大方广佛华严经音义校注》（下称《校注》），40万字，黄仁瑄教授撰，2020年1月出版，中华书局列为“音义文献丛刊”之一种，是慧苑音义研究的最新成绩，更是国家社会科学基金重大项目“中、日、韩汉语音义文献集成与汉语音义学研究”（19ZDA318）的重要阶段性成果。捧读之余，有如下几点感想。

---

* 本文为国家社会科学基金重大项目“中、日、韩汉语音义文献集成与汉语音义学研究”（19ZDA318）的阶段性成果。

① 参见黄仁瑄《唐五代佛典音义研究》，第42页。

一　慧苑音义是当时佛学繁荣发展局面的反映

慧苑音义专为《新译大方广佛华严经》中的难字僻词注音释义。《大方广佛华严经》，大乘佛教最重要的典籍，有三译：（1）六十华严。又称旧译华严、晋经，东晋释佛驮跋陀罗译，凡六十卷，故名。（2）八十华严。又称新译华严、唐经，唐释实叉难陀译，凡八十卷，故名。（3）四十华严。全称《大方广佛华严经入不思议解脱境界普贤行愿品》，或称贞元经，唐释般若译，凡四十卷，故名。佛教源于古印度，两汉之际输入中国内地，其后经数百年发展，至唐时已臻鼎盛，《大方广佛华严经》一译再译可证其时鼎盛景象之一斑。不仅如此，其时佛教也由被动地接受、主动地引进和吸收逐步演进到多样化发展阶段，天台宗、三论宗、三阶教、唯识宗、华严宗、禅宗、净土宗、律宗、密宗等（参见赖永海《中国佛教通史》第5、6、7卷）竞相登场，各领风骚。各宗所奉持之经典各有不同。《新译大方广佛华严经》乃华严宗的根本经典，创立华严宗的释法藏更是亲撰《华严经略疏》以弘扬之，可惜书稿最终没能完成。释慧苑是释法藏高足，称“上首门人”，精研华严，因而得承其遗愿续作《续华严经略疏刊定记》：“刊定记者，苑以薄祐，口口和上遽迁生所，制兹《略疏》，经才四分之一。始自《妙严品》，讫乎第二十行，并‘能造十定’疏前之九定，而‘悬谈’与‘中间’及‘十定’后疏并未修葺，其已撰者不遑剪刻。今故鸠集广略之文，会撮旧新之说，再勘梵本，雠校异同，顺宗和教，存之以折衷。简言通意，笺之以笔削云尔。”借此因缘，《新译大方广佛华严经》也就成了慧苑音义的注释依据：“苑不揣菲薄，少玩兹经索隐，从师十有九载，虽义旨攸邈难以随迎，而音训梵言聊为注述。”一句话，是当时佛学发展的繁荣局面促生了慧苑音义。慧苑音义是研究中华佛学尤其是华严宗的重要文献。

二　慧苑音义是汉语音义文献多样性的根本保证

《华严经略疏》和《续华严经略疏刊定记》所论关乎华严宗宗旨，慧苑音义则不同，它着力在《新译大方广佛华严经》的字音词义：“次以新译之经未有音释，披读之者取决无从，遂博览经书，恢张诂训，撰成二卷。俾初学之流不远求师，览无滞句，旋晓字源。然禀从贤首之门，不负庭训之美也。”（《宋高僧传》卷第六《唐洛京佛授记寺慧苑传》）

传统典籍中，注音释义的音义书别具一格，跟文字、音韵、训诂鼎足而立，其发展道路却曲折多变。从儒、释、道的角度看，音义书有儒书音义、佛典音义和道经音义三类；从汉语音义学史的角度看，先有儒书音义，次有佛典音义、道经音义。比较说来，儒书音义、佛典音义最为发达可观。《经典释文》是儒书音义的代表，据岳珂《相台书塾刊正九经三传沿革例·音释》，其体制经历了一个比较复杂的演变过程：“唐石本、晋铜版本，旧、新监本，蜀诸本与他善本，止刊古注，若音释则自为一书，虽难检寻而易差误。建本、蜀中本则附音于注文之下，甚便翻阅。然庞杂重赘，适增眴瞀。”拿今天的话来说：“最先是单经单行本，后有合刻本；先附于注疏本后，后散入各段经、注与疏文之间。”（尉迟治平《校注·序》）《经典释文》书出，李轨《春秋公羊音》、刘昌宗《礼记音》、徐邈《古文尚书音》等众多音义著作竟全部失传，儒书音义遂趋没落。继之而起的是佛典音义，其编撰显然受了儒书音义的重大影响，陈垣《中国佛教史籍概论》谓之《经典释文》体，但却是先有众经音义，接着才发展出单经音义。完帙传世的早期音义书中，慧苑音义是唯一的单经音义著作。在这样的意义上，慧苑音义就有了非同寻常的文献学意义。慧苑音义是汉语音义文献多样性的根本保证，有着重要的学术史暨汉语音义学史价值。

三 慧苑音义具有比较鲜明的梵汉双语词典特征

慧苑音义的价值绝不限于中华佛学和汉语音义学范围。据统计，慧苑音义共分立1285例字目，其中364例是梵汉对音材料，约占全书字目的28.3%，比例极大（参见《唐五代佛典音义研究》，第42、248页）。先看下面的例子（《校注》，第10页）：

1.042 阿兰若法 若，然也反。阿兰若者，或曰阿兰那，正云阿烂襄。此翻为无诤声。然有三类：一名达磨阿兰若，即此所明者也。谓说诸法本来甚寂无起作义，因名其处为法阿兰若处。此中处者即菩提场中是也。二名摩登伽阿兰若，谓冢间处。要去村落一俱卢舍，大牛

吼声所不及处者也。三名檀陁伽阿兰若，谓沙碛之处也。碛音迁历反也。(《新译大方广佛华严经》卷第一《世主妙严品》之一)

例中先注明所立字目的标准梵语音译（“阿烂𧝒”），次释其汉语意义（“无净声”），接着辨析其类别。行文体例井然，这就有了比较鲜明的梵汉双语词典的特征。其实，玄应《大唐众经音义》(其成书较慧苑音义早70余年）已经开始实践了这样的编纂方法（现有资料无法证明玄应书之前是否存在同样的编纂实践)，考虑到亚洲国家最早的双语词典《奥顿词集》(*Glossaire d'Autun*，亚美尼亚）成书在9—10世纪，“由一名教士编纂，据说教士不懂亚美尼亚语，由亚美尼亚人帮助，以手指物，加以记录整理编成”(黄建华、陈楚祥《双语词典学导论》，第3页)。这就证明了慧苑音义不仅在汉语辞书编纂史上有积极的学术意义，而且在世界双语词典暨世界辞书编纂史上也有其重要的学术研究价值。

四 《校注》开启了慧苑音义新的流播之旅

传统史志没能著录慧苑音义。内外之隔极大地阻碍了慧苑音义的流播。清嘉庆四年（1799）武进人臧庸翻刻永乐南藏本慧苑音义，并为作序录一卷，从而开启了慧苑音义的佛门外流传之旅，其时距其成书已经千余年了。

学术研究是典籍流播的重要形式。国内慧苑音义的现代学术研究大约始自陈垣《玄应慧苑两音义合论》(1947)，其主要内容又见陈垣《中国佛教史籍概论》(1962)，该书卷三列有“《一切经音义》二十五卷唐释玄应撰《新译华严经音义》二卷唐释慧苑撰”一节，详考其著述体例、版本源流等。最近二十年来，关于慧苑音义的研究开始变得热闹起来，《校注》是凑“热闹”的结果，也是慧苑音义最新的研究成果。

基于系统性的考虑，《校注》选取慧苑音义之高丽藏本为工作底本①，

① 今见二十余种汉文大藏经（参见童玮《二十二种大藏经通检》）中，只有高丽大藏经完整收录了初唐释玄应《大唐众经音义》、盛唐释慧苑《新译大方广佛华严经音义》、中唐释慧琳《一切经音义》、辽释希麟《续一切经音义》和后晋释可洪《新集藏经音义随函录》。参见黄仁瑄(2011)。

校以慧琳音义转录本、赵城金藏本等，同时梳理引文内容，比勘文字得失，揭出对音材料的源语形式。例如：

1.001 天冊　冊，测革反。《说文》曰："冊，符命也。"谓上圣符信教命以授帝位。字或从竹，或古为䇲。象形也。（《校注》，页3）

1.003 天道　日月星辰、阴阳变化谓之天道。《易》曰"乾道变易"是也。（《校注》，页3）

案：先看1.001"天冊"条。（1）"或古为䇲"之"䇲"，《校注》注："䇲，原作'圆'，金藏本作'冊'，今据慧琳本改。《说文》曰部'䇲，告也'。王筠句读：'经典皆用册。册祝，告神之词也；册书，告臣下之词也。'段玉裁注：'简牍曰冊，以简告诫曰䇲。冊行而䇲废矣。'"（2）"象形也"之"象"，《校注》注："'象'字原阙，今据慧琳本补。"再看1.003"天道"条。（1）"变化"之"化"，《校注》注："化，原作'作'，今据慧琳本、金藏本改。"（2）乾道变易，《校注》注："见《乾》。变易，今本作'变化'。"经此梳理，就使得慧苑音义变得更加通畅可读。

1.018 贝牒　贝，北盖反。牒，徒颊反。贝谓贝多树叶，意取梵本经也。牒谓简牒，即经书之通称也。（《校注》，页6）

1.041 摩竭提国　摩竭提者，或云摩伽陁，或云摩揭陁，或曰墨竭提。此之多名由依八转声势呼召致异，然其意义大略不殊。或有释云：摩者，不也；竭提，至也。其国将谋兵勇，邻敌不能侵至也。又有云：摩，遍也；竭提，聪惠也。言聪惠之人遍其国内也。又有云：摩，大也；竭提，体也。谓五印度中此国最大，统摄诸国，故名大体也。又释云：摩，无也；竭提，害也。言此国法不行刑戮，其有犯死罪者，送置寒林耳。（《校注》，页10）

案：先看1.018"贝牒"条。贝牒，《校注》注："贝，梵词pattra的略译，全译贝多罗。"指出"贝牒"之贝乃梵词音译，跟宝贝之贝没有任何关系。再看1.041"摩竭提国"条。摩竭提，《校注》注："摩竭提，梵词 Magadha。”指出摩竭提是梵词 Magadha 的音译。经此溯源，就为读者阅读和利用慧苑音义提供了极大的便利。

《校注》基于普及和提高相结合的目的，最大限度地实现了系统性和学术性的有机统一，从而为慧苑音义的广泛流播打下了坚实的基础。

《校注》的出版对揭橥慧苑音义的学术价值有重要意义，无疑会促进慧苑音义暨相关学科研究进一步走向深入，开启慧苑音义新的流播之旅，是传承慧苑音义的积极形式。

黄仁瑄教授有整理唐五代五种佛典音义的周密计划，并把它们作为汉语音义学学科建设的一个重要研究内容，目前已经完成了其中两种的校注工作，我们完全有理由期待其他三种校注能够早日问世。

参考文献

1. 陈垣：《玄应慧苑两音义合论》，《经世日报 · 读书周刊》1947 年第 39 期。

2. 陈垣：《中国佛教史籍概论》，中华书局 1962 年版。

3. 黄建华、陈楚祥：《双语词典学导论》（修订本），商务印书馆 2001 年版。

4. 黄仁瑄：《唐五代佛典音义研究》，中华书局 2011 年版。

5. 黄仁瑄：《新译大方广佛华严经音义校注》，中华书局 2020 年版。

6. 赖永海：《中国佛教通史》，江苏人民出版社 2010 年版。

7. 童玮：《二十二种大藏经通检》，中华书局 1997 年版。